MICHEL
BUSSI
Fremde Tochter

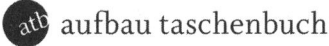

aufbau taschenbuch

MICHEL BUSSI, geboren 1965, Politologe und Geograph, lehrt an der Universität in Rouen. Er ist einer der drei erfolgreichsten Autoren Frankreichs. Seine Romane wurden in zahlreiche Sprachen übersetzt und sind internationale Bestseller.
Bei Rütten & Loening und Aufbau Taschenbuch liegen seine Romane »Das Mädchen mit den blauen Augen«, »Die Frau mit dem roten Schal«, »Beim Leben meiner Tochter« und »Das verlorene Kind« vor.
Mehr Informationen zum Autor unter www.michel-bussi.fr.

Frankreich im August: Clotilde verbringt mit ihrem Mann und ihrer Tochter Valentine die Ferien auf Korsika. Es ist das erste Mal, dass sie nach dem tragischen Unfall vor 27 Jahren, der ihre Eltern und ihren Bruder Nicolas in den Tod riss, auf die Insel zurückkehrt. Clotilde taucht in ihre Jugend ein, die in diesem Sommer des Jahres 1989 jäh ein Ende fand. Sie trifft nicht nur ihre Großeltern, sondern auch alte Freunde wieder, allen voran ihre Jugendliebe Natale. Doch dann tauchen plötzlich Briefe auf, die nur von einer Person stammen können: ihrer Mutter. Mit einem Mal weiß Clotilde nicht mehr, was sie glauben soll. Als sie auf der Suche nach der Wahrheit über den Unglückssommer auf Geheimnisse stößt, die mancher lieber im Verborgenen wüsste, gerät ihre Familie erneut in Gefahr.

MICHEL BUSSI

Fremde Tochter

• ROMAN •

Aus dem Französischen von
Eliane Hagedorn und Barbara Reitz

aufbau taschenbuch

Die Originalausgabe unter dem Titel
Le Temps est Assassin
erschien 2016 bei Presses de la Cité, Paris.

Auf Seite 7 finden sich Auszüge des Lieds *Mala vida* von Jose-Manuel Chao,
PATCHANKA, BMG RIGHTS MANAGEMENT (France), 1988.

Der Dialog auf Seite 280 stammt aus dem Film
Im Rausch der Tiefe, *Le Grand bleu* von Luc Besson © 1988, Gaumont.

Mein besonderer Dank gilt M. Luc Besson und Gaumont.

ISBN 978-3-7466-3537-8

Aufbau Taschenbuch ist eine Marke der Aufbau Verlag GmbH & Co. KG

1. Auflage 2019
© Aufbau Verlag GmbH & Co. KG, Berlin 2019
Die deutsche Erstausgabe erschien 2017 bei Rütten & Loening,
einer Marke der Aufbau Verlag GmbH & Co. KG
© Michel Bussi et Presses de la Cité, un département
de Place des Editeurs, 2016
Umschlaggestaltung www.buerosued.de, München
unter Verwendung eines Motivs von © Elly De Vries / Trevillion Images
Gesetzt aus der Bembo durch Greiner & Reichel, Köln
Druck und Binden CPI books GmbH, Leck, Germany
Printed in Germany

www.aufbau-verlag.de

Für die Freunde aus der Jugend, die man
sein Leben lang behält

Presqu'île de la Revellata

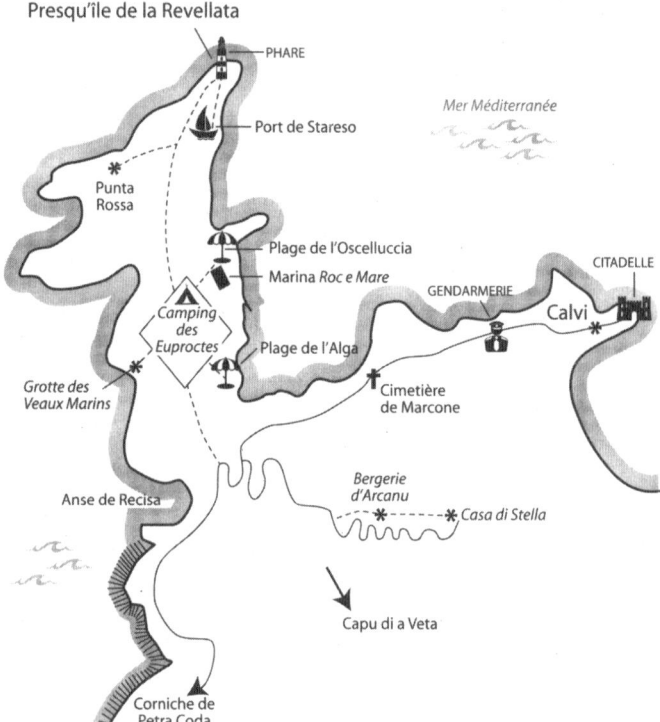

PHARE

Port de Stareso

Punta Rossa

Mer Méditerranée

Plage de l'Oscelluccia

Marina *Roc e Mare*

CITADELLE

GENDARMERIE

Calvi

Camping des Euproctes

Plage de l'Alga

Grotte des Veaux Marins

Cimetière de Marcone

Anse de Recisa

Bergerie d'Arcanu

Casa di Stella

Capu di a Veta

Corniche de Petra Coda

KAPITEL 1

Clotilde? Clo?«

Tú me estás dando mala vida.

Genervt schob Clotilde die Kopfhörer nach hinten. Manu
Chaos Stimme und die Musik von *Mano Negra* waren in der
flirrenden Hitze jetzt kaum lauter als das Zirpen der Grillen.
»Ja?«
»Wir wollen los …«
Clotilde seufzte, ohne sich von der Bank, auf der sie saß, zu
erheben – ein in zwei Hälften geschlagener Baumstamm, dessen raue Oberfläche sie an den Pobacken kratzte. Das störte
sie nicht. Sie mochte diese entspannte, fast schon provozie-
rend lässige Haltung, die Steine, die sich im Rücken durch
ihr Leinenkleid bohrten, die Rinde und die Späne, die ihr die
Oberschenkel zerkratzten, wenn sie ihre Beine zum Rhythmus
der Lieder von *Mano Negra* bewegte. Ihr Tagebuch auf den
Knien, den Stift in der Hand saß sie zusammengekrümmt da.
Sie war anders. Frei.
Stand im krassen Gegensatz zur Familie ihres Vaters, die
durch und durch steif, korsisch und verklemmt war. Sie drehte
die Musik lauter.

Se la traga mi corazón.

Diese Band war einfach göttlich! Clotilde schloss die Augen und öffnete leicht den Mund. Sie hätte alles dafür gegeben, in der ersten Reihe eines Konzerts von *Mano Negra* zu stehen, dreißig Zentimeter größer, drei Jahre älter und drei Körbchengrößen mehr zu haben. Und dann, im engen T-Shirt, vor der Nase der Gitarristen ausgelassen zu tanzen.

Sie öffnete die Augen. Nicolas stand noch immer vor ihr. Genervt.

»Clotilde, wir warten alle nur auf dich. Papa fährt nicht eher ...«

Nicolas war achtzehn, drei Jahre älter als sie. Später einmal würde er Rechtsanwalt werden. Oder irgendein hohes Tier bei der Gewerkschaft. Oder Chef-Unterhändler bei der GSG 9, der Typ, der mit den Bankräubern verhandelt, um die Geiseln frei zu bekommen.

Nicolas liebte es, sich schwierigen Herausforderungen zu stellen. Sich ins Getümmel zu stürzen, Schläge zu kassieren und wegzustecken. Das gab ihm vermutlich das Gefühl, stärker, vernünftiger, zuverlässiger zu sein als die anderen. Bestimmt würde ihm das sein Leben lang nützlich sein.

Clotilde wandte den Blick ab und sah kurz zum Doppelmond vor der Küste der Halbinsel La Revellata hinüber, der eine war von Wolken umhüllt, der andere strahlte am dunklen Firmament – als wären die zwei auf der Flucht vor dem Lichtkegel des Leuchtturms. Sie zögerte, die Augen erneut zu schließen. Im Grunde war es überhaupt nicht schwer, sich woandershin zu beamen.

Aber nein, sie musste die Augen offen halten, die letzten Minuten auskosten, sie in ihrem Heft festhalten, ehe ihr Traum sich verflüchtigte. Die Worte zu Papier bringen. Sofort. Unbedingt.

Mein Traum findet ganz in der Nähe statt, aber erst in der Zukunft, am Strand von L'Oscelluccia. Ich erkenne die Felsen, den

Sand, die Form der Bucht wieder, sie sehen immer noch gleich aus. Aber ich habe mich verändert, ich bin älter geworden.

Wie lange mochte das jetzt gedauert haben? Zwei Minuten? Die Zeit, in der sie noch ein paar Zeilen schrieb, die Zeit, in der *Rock Island Line* lief. Die Songs von *Mano Negra* dauern nie lange.

Aber Papa hatte es als Provokation empfunden. Dabei war es gar keine. Nicht dieses Mal. Dennoch packte er sie am Arm.

Clotilde spürte, wie die Kopfhörer runterrutschten, der rechte verfing sich in einer Strähne ihrer schwarzen gegelten Haare. Ihr Stift fiel auf den staubigen Boden. Das Heft blieb auf der Bank liegen, ohne dass sie noch danach hätte greifen, es in ihre Tasche packen, es wenigstens verstecken können.

»Papa, du tust mir weh, verdammt …«

Er antwortete nicht. Ruhig. Kalt. Abweisend. Wie immer, wenn er sauer war … Ein im Mittelmeer gestrandetes Stück Packeis.

»Beeil dich, Clotilde. Wir fahren nach Prezzuna. Alle warten nur noch auf dich.«

Papas behaarte Hand umklammerte ihr Handgelenk, zog daran. Sie konnte nur hoffen, dass Oma Lisabetta ihr Tagebuch und die anderen, im Schafstall herumliegenden Sachen einsammeln würde. Ohne das Heft zu öffnen, ohne es zu lesen. Und es ihr dann morgen zurückgeben würde. Aber Oma konnte sie vertrauen.

Zumindest ihr …

Papa zerrte sie ein paar Meter hinter sich her, dann schob er sie unsanft vor sich her. Im Hof der Schäferei, um den großen Tisch mit leeren Weinflaschen und Sträußen von verblühten gelben Rosen versammelt, sah ihr die ganze Familie dabei mit versteinerten Gesichtern zu. Opa Cassanu, Oma Lisabetta, alle …

Sie wirkten, als kämen sie geradewegs aus dem Wachsfigurenkabinett. Korsische Abteilung, Napoleons unbekannte Cousins.

Clotilde musste sich zusammenreißen, um nicht in schallendes Gelächter auszubrechen.

Nie hätte Papa die Hand gegen sie erhoben, das wusste sie, aber die Ferien dauerten noch ganze fünf Tage. Sie durfte es jetzt nicht zu weit treiben, nicht zu unverschämt sein, wenn sie nicht wollte, dass ihr Walkman, ihre Kopfhörer und ihre Kassetten vor der Küste der Halbinsel La Revellata im Wasser landeten, wenn sie ihr Tagebuch zurückhaben, Natale wiedersehen, vielleicht sogar Orophin, Idril und ihren Kindern noch einmal begegnen, wenn sie genügend Freiheit haben wollte, um Nicolas' und Maria-Chjaras Bande nachspionieren zu können.

Ohne zu trödeln, trottete sie gehorsam zum Auto.

Programmänderung also, sie fuhren nach Prezzuna.

Dann würde sie halt ganz brav zu dem Konzert in dieser gottverlassenen Kapelle gehen und dem traditionellen mehrstimmigen Gesang lauschen, gemeinsam mit Papa, Maman und Nicolas. Einen Abend zu opfern war in Ordnung. Allerdings war es schwerer zu verkraften, dafür ihre Selbstachtung über Bord zu werfen.

Sie sah noch, wie Opa Cassanu sich erhob und Papa eindringlich ansah, als dieser ihm signalisierte, dass alles in Ordnung sei. Der Blick ihres Großvaters machte ihr Angst. Mehr als sonst.

Der Renault Fuego war am Fuße des Hügels geparkt, auf dem Weg nach La Revellata. Maman und Nicolas saßen bereits im Auto. Ihr Bruder rutschte mit einem gequälten Lächeln zur Seite, um ihr auf dem Rücksitz Platz zu machen. Auch ihn nervte dieses Konzert in einer Kirche irgendwo in der Pampa, diese Obsession ihres Vaters.

Es musste ihn sogar mehr als sie stören. Aber Nicolas war zu beherrscht, um sich etwas anmerken zu lassen. Später, nach seinem Abschluss in Krisenmanagement, würde er vielleicht sogar Präsident von Frankreich werden, so wie Mitterrand, sieben Jahre lang klaglos lernen, sich ein dickes Fell zuzulegen, um sich am Ende problemlos wiederwählen zu lassen ... *just for fun*, nur um in den darauffolgenden sieben Jahren noch mehr einzustecken.

Papa fuhr schnell. Wie so oft, seit er sich den roten Fuego gekauft hatte. Wie so oft, wenn er sich über etwas aufregte. Ein stiller Wutausbruch. Maman legte hin und wieder ihre Hand auf sein Knie oder seine Hand, wenn er schaltete. Er war der Einzige, der dieses elende Konzert hören wollte. In seinem Kopf überschlugen sich sicher die Gedanken – diese undankbaren Kinder, seine Frau, die sie auch noch verteidigte, die vergessenen korsischen Wurzeln, ihre Kultur, ihr Name, dem sie etwas schuldig waren. Er dagegen immer tolerant und geduldig. Es ging doch nur um dieses eine Mal, nur um diesen einen Abend, das ist ja wohl nicht zu viel verlangt, verdammt noch mal!

Eine Kurve nach der anderen. Clotilde hatte sich wieder die Kopfhörer aufgesetzt. Auf diesen Küstenstraßen hatte sie selbst bei Tag immer ein wenig Angst, wenn ihnen ein Auto oder ein Wohnwagen entgegenkam. Bei der Geschwindigkeit, mit der ihr Vater fuhr – sei es, um sich abzureagieren, um nicht zu spät zu kommen oder um in seiner Kapelle unter Kastanien in der ersten Reihe zu sitzen –, wäre es aus und vorbei, wenn jetzt eine Ziege, ein Wildschein oder irgendein anderes frei laufendes Tier ihren Weg kreuzte ...

Aber es war kein Tier gewesen. Zumindest hatte Clotilde keins gesehen. Und dafür sollte es auch später nicht den geringsten Hinweis geben. Obwohl die Polizei es natürlich in Betracht gezogen hatte.

Es war eine enge Kurve am Ende einer langen geraden Strecke, hinter der Halbinsel La Revellata, eine Kurve oberhalb einer zwanzig Meter tiefen Felsschlucht namens Petra Coda.

Bei Tag war die Aussicht schwindelerregend.

Der Fuego rammte mit voller Wucht das hölzerne Geländer.

Die drei Planken, die die Straße vom Abgrund trennten, taten, was sie konnten. Sie verbogen sich unter der Wucht des Aufpralls, zerstörten die Scheinwerfer, bohrten sich in die Stoßstange.

Dann gaben sie nach.

Die Geschwindigkeit des Fahrzeugs wurde durch sie kaum gebremst. Sie fuhren einfach geradeaus weiter, genauso wie in diesen Comics, in denen der Held ins Leere läuft, stehen bleibt, erst verdutzt, dann plötzlich in Panik auf seine Füße hinabsieht ... und wie ein Stein in die Tiefe stürzt.

Clotilde spürte es. Dass das Auto keine Bodenhaftung mehr hatte. Dass die reale Welt um sie her verschwand. Wie eine Schwachstelle in einer Argumentationskette, etwas, das nicht passieren darf, nicht in echt, nicht ihnen, nicht ihr.

All das schoss ihr im Bruchteil einer Sekunde durch den Kopf, ehe die Wirklichkeit um sie her explodierte. Ehe der Fuego zunächst gegen die Felsen krachte und sich dann noch zwei weitere Male überschlug.

Der Brustkorb und der Kopf ihres Vaters wurden gegen das Lenkrad geschmettert, als der Wagen gegen den Fels prallte. Der Kopf ihrer Mutter wurde zertrümmert, als sich beim zweiten Überschlag eine Felsspitze durch das Fenster bohrte. Beim dritten Überschlag wurde das Dach aufgerissen.

Dann der letzte Aufprall.

Der Fuego landete in einem instabilen Gleichgewicht zehn Meter über dem ruhigen Meer.

Es wurde still.

Nicolas saß neben ihr. Aufrecht. Angeschnallt.

Er würde niemals Präsident werden, nicht einmal Personalvertreter in irgendeiner kleinen Klitsche. Sein Leben war einfach ausradiert worden. Zwischen die Fronten geraten, wie er sagen würde. Dass ich nicht lache! Ein kleiner Spatz, zermalmt vom Maul eines Monsters. Sein schlaksiger Körper vernichtet durch ein geborstenes Dach.

Die Augen geschlossen. Für immer woanders.

Eins, zwei, drei. Vorhang!

Eigenartigerweise hatte Clotilde so gut wie keinen Kratzer davongetragen. Die Polizei erklärte später, dass das dreimalige Überschlagen des Fahrzeugs jeweils einen Insassen getötet hatte. Wie ein Mörder, in dessen Revolver nur drei Kugeln steckten.

Sie war klein und wog kaum mehr als vierzig Kilo. Sie schlüpfte durch das zerborstene Autofenster hindurch, ohne auch nur zu spüren, wie die Glassplitter ihr Arme und Beine zerkratzten, ihr Kleid zerrissen. Sie kroch instinktiv hinaus, über die glitschigen Steine, auf denen sie eine rote Spur hinterließ.

Aber sie entfernte sich nicht von der Unfallstelle, sondern setzte sich einfach hin und starrte auf die Mischung von Blut und Benzin, die von den Leichen und dem zerfetzten Metall herabtropfte, auf das Gehirn, das aus ihren Schädeln quoll. So fanden sie die Polizisten, die Feuerwehrleute und die Sanitäter, die rund zwanzig Minuten später eintrafen.

Clotilde hatte ein gebrochenes Handgelenk, drei angeknackste Rippen, ein gestauchtes Knie ... Sonst nichts.

Ein Wunder.

»Ihnen fehlt nichts«, hatte der alte Arzt bestätigt, der sich im Schein der zuckenden Blaulichter über sie beugte.

Nichts.

Mehr war ihr nicht geblieben.

Die Leichen von Papa, Maman und Nicolas wurden in große weiße Müllsäcke gepackt. Menschen liefen mit gesenkten Köpfen zwischen den Felsen umher, als suchten sie nach weiteren verstreuten Teilen von ihnen.

»Sie müssen leben, Mademoiselle«, hatte ein junger Polizist zu ihr gesagt, als er ihr eine silberfarbene Rettungsdecke um die Schultern legte. »Sie müssen für sie leben. Damit sie nicht vergessen werden.«

Sie hatte diesen Idioten angestarrt, wie einen Priester, der vom Paradies faselt.

Erst viel später merkte sie, dass er irgendwie recht hatte. Selbst die schlimmsten Erinnerungen verflüchtigen sich nach und nach – wenn man sie unter anderen, unter vielen anderen Erinnerungen begräbt. Auch unter solchen, die einem schier das Herz zerreißen, oder denen, die sich für immer ins Gedächtnis gebrannt haben, ja besonders unter den intimsten.

Weil sich für sie niemand interessiert.

Siebenundzwanzig Jahre später

I

La Revellata

KAPITEL 2

»Hier ist es.«

Clotilde legte das Sträußchen aus zartlila Feldthymian auf der eisernen Balustrade ab. Sie hatte Franck gebeten, etwas weiter oben zu halten, um es im Ginster zwischen den Felsen von Petra Coda pflücken zu können.

So viel, dass es für drei reichte.

Franck legte ebenfalls einen Strauß nieder, ließ dabei aber die Straße keine Sekunde aus den Augen. Ihr VW Passat stand mit eingeschaltetem Warnblinklicht am Rand.

Valentine beugte sich als Letzte hinab, wobei man ihr deutlich ihren Widerwillen anmerkte.

Alle drei standen sie da, direkt vor dem zwanzig Meter tiefen Abgrund. Unablässig versuchte das zwischen den Klippen tosende Meer den roten Felsen, in deren Ritzen braune Algen wie Altersflecken klebten, sein Blau aufzuzwingen.

Clotilde drehte sich zu ihrer Tochter um. Mit ihren fünfzehn Jahren überragte Valentine sie bereits um gut fünfzehn Zentimeter. Sie trug eine oberhalb der Knie abgeschnittene Jeans und ein *House of Cards*-T-Shirt. Nicht unbedingt das passende Outfit, um an einer Gedenkstätte Blumen niederzulegen und eine Schweigeminute zu halten.

Clotilde übersah es einfach. Ihre Stimme wurde sanft, als sie sagte: »Hier ist es passiert, Valentine. Hier sind dein Opa und deine Oma gestorben. Und auch dein Onkel Nicolas.«

Valentines Blick war in die Ferne, auf einen Jetski gerichtet, der vor der Küste an der Spitze der Halbinsel La Revellata durch die Wellen pflügte. Franck, ans Geländer gelehnt, sah zum Warnblinklicht seines Passats hinüber.

Die Zeit dehnte sich, als würde sie durch die Hitze in die Länge gezogen. Die Sonne verflüssigte die Sekunden, die langsam dahinsickerten. Als ein Auto dicht an ihnen vorbeifuhr, spürten sie die abstrahlende Wärme des Motors. Der Mann, der mit nacktem Oberkörper am Steuer saß, sah erstaunt zu ihnen hinüber.

Seit jenem Sommer 1989 war Clotilde nicht mehr hier gewesen.

Doch viele tausende Male hatte sie an diesen Ort, an genau diesen Moment gedacht. Was sie im Angesicht des Abgrunds sagen, an was sie denken würde. Wenn die Erinnerungen wieder hochkämen. An die Art und Weise, wie sie diese Wallfahrt zelebrieren wollte. Wie eine Würdigung. Ein gemeinsames Erlebnis.

Und nun machten die beiden ihr alles kaputt!

Clotilde hatte sich enge Verbundenheit und behutsam gestellte Fragen ausgemalt, starke, mit Franck und Valentine geteilte Emotionen. Und nun standen sie hier ans Geländer gedrückt, als hätten sie bloß eine Reifenpanne und würden genervt auf den Abschleppwagen warten.

Aber noch wollte Clotilde nicht aufgeben.

»Dein Großvater hieß Paul, deine Großmutter Palma.«

»Ja, Maman ...«

Schönen Dank auch, Valentine! Bist wirklich ein cooles Mädchen!

Ihre Tochter hatte ihr »ich weiß« ein wenig zu sehr gedehnt, so dass es ihrer Standardantwort bei alltäglichen Ermahnungen glich.

Räum deine Sachen auf. Mach dein Handy aus. Krieg gefälligst deinen Hintern hoch.

Ihre übliche Minimalleistung an Entgegenkommen …

Ja, Maman …

Okay, Valou, dachte Clotilde. Okay, das ist jetzt vielleicht nicht der lustigste Augenblick deiner Ferien. Okay, ich gehe euch mit diesem Unfall, der beinahe dreißig Jahre zurückliegt, auf die Nerven. Aber verdammt noch mal, ich habe immerhin fünfzehn Jahre damit gewartet, dich hierher mitzunehmen! Damit du groß genug bist, um zu verstehen, und weil ich dich mit dieser Geschichte nicht zu früh belasten wollte.

Der Jetski war verschwunden. Oder es hatte ihn eine Welle erwischt und er war untergegangen.

»Gehen wir?«, fragte Valentine.

Diesmal sogar ohne sich die geringste Mühe zu geben, ihre Unlust zu kaschieren.

»Nein!«

Clotilde war laut geworden. Zum allerersten Mal ließ Franck seinen Passat aus den Augen, der ihm noch immer aufdringlich zuzwinkerte.

Nein! wiederholte Clotilde innerlich. Seit fünfzehn Jahren halte ich durch, fünfzehn Jahre lang habe ich versucht, dem allen aus dem Weg zu gehen, habe versucht, jegliche Andeutung dessen, was passiert ist, zu vermeiden. Zwanzig Jahre habe ich die Coole gemimt, mein lieber Franckie, habe mich nie beklagt. Zwanzig Jahre lang war ich die mit dem heiteren Lächeln, die ein wenig verrückte, immer lustige Person, die alles auf die leichte Schulter nimmt, die die Einzelteile wieder zusammenfugt, diejenige, die Frieden stiftet und euch sicher durch den Alltag schifft, mit einem Lied auf den Lippen, damit es euch nicht langweilig wird.

Und was verlange ich im Gegenzug von euch? Nur läppische fünfzehn Minuten! Fünfzehn Minuten eurer zweiwöchigen Ferien! Fünfzehn Minuten von deinen fünfzehn Lebensjahren, meine Große! Fünfzehn Minuten von unserer zwanzigjährigen Liebesbeziehung, mein Schatz!

Fünfzehn Minuten für alles, was ich euch gegeben habe, eine Viertelstunde Mitgefühl für meine Kindheit, die genau hier endete, an diesen Felsen, denen das völlig egal ist, die all das vergessen haben und auch noch in tausend Jahren da sein werden. Fünfzehn Minuten eines ganzen Lebens, ist das zu viel verlangt?

Sie gestanden ihr zehn zu.

»Gehen wir, Papa?«, fragte Valentine.

Franck nickte, und sie marschierte am Geländer entlang zurück zum Passat. Valentines Flip-Flops schmatzten auf dem Asphalt.

Franck drehte sich zu Clotilde um. »Ich weiß, Clotilde, ich weiß. Aber du musst Valou verstehen. Sie hat deine Eltern überhaupt nicht gekannt. Ich auch nicht. Sie sind vor siebenundzwanzig Jahren gestorben. Sie waren schon beinahe zehn Jahre tot, als wir beide uns kennenlernten, und fast fünfzehn, als Valou geboren wurde. Für sie sind sie …« Er zögerte, wischte sich mit dem Handrücken über die Stirn. »Sie … sind nicht Teil ihres Lebens.«

Clotilde antwortete nicht.

Es wäre ihr lieber gewesen, Franck hätte den Mund gehalten und sie die letzten fünf Minuten in Ruhe gelassen.

In ihrem Kopf tauchte der Vergleich mit Francks Eltern auf, mit Oma Jeanne und Opa André, bei denen sie jeden Monat ein Wochenende verbrachten und die Valou bis zu ihrem zehnten Lebensjahr jeden Mittwoch gehütet hatten. Bei ihnen verkroch sie sich noch immer, wenn etwas nicht nach ihrem Willen ging.

»Sie ist zu jung, um das zu verstehen, Clotilde.«

Zu jung …

Clotilde nickte, um ihm zu zeigen, dass sie seiner Meinung war. Dass sie ihm zuhörte. Wie immer. Wie so oft. Immer seltener. Dass sie seinen vorgefassten Lösungen widerspruchslos zustimmte.

Franck schlug die Augen nieder und ging nun seinerseits zum Passat hinüber.

Clotlide rührte sich nicht. Noch nicht.

Zu jung …

Hunderte Male hatte sie das Für und Wider abgewogen.

Sollte sie besser nichts sagen, ihre Tochter mit dieser alten Geschichte in Ruhe lassen? Sie für sich behalten? Eigentlich kein Problem, sie war es ja gewohnt, mit ihrem Kummer alleine fertigzuwerden.

Aber auf der anderen Seite waren da die Ansichten von Psychologen, die Frauenmagazine, die gut gemeinten Ratschläge von Freundinnen: Eine moderne Mutter sollte mit offenen Karten spielen, die Familiengeheimnisse auf den Tisch bringen, Tabus beiseitefegen. Vorbehaltlos alles offenlegen.

Weißt du, Valou, als ich in deinem Alter war, hatte ich einen sehr schweren Unfall. Versuch mal, dich an meine Stelle zu versetzen. Stell dir vor, uns dreien würde etwas passieren, und wir beide, Papa und ich, wären mit einem Mal nicht mehr da und du wärst auf einen Schlag auf dich alleine gestellt.

Versuch mal, dir das vorzustellen, meine Große … Vielleicht hilft dir das, zu verstehen, wer deine Mutter ist. Warum sie seither versucht, alles an sich abprallen zu lassen, und nicht vom Strudel des Lebens mitgerissen zu werden.

Wenn dich das überhaupt interessiert.

Clotilde sah ein letztes Mal hinüber zur Bucht von La Revellata, zu den drei zartlilafarbenen Thymiansträußchen und beschloss dann, ihrer Familie zu folgen.

Franck saß bereits hinter dem Lenkrad. Er hatte das Autoradio eingeschaltet. Valentine hatte ihre Fensterscheibe heruntergelassen und blätterte in einem Reiseführer. Sanft zerzauste Clotilde ihrer Tochter das Haar, die sich darüber beschwerte. Gezwungen lachte sie auf und stieg dann auf der Beifahrerseite ein.

Die Sitze waren brütend heiß.

Clotilde lächelte ihren Mann entschuldigend an. Das Versöhnliche hatte sie von Nicolas geerbt. Das war alles, was ihr

Bruder ihr vermacht hatte. Das und seine Vorliebe für Herausforderungen und seinem Hang zu unglücklichen Liebesgeschichten.

Der Wagen sprang an. Clotilde legte eine Hand auf Francks Knie, genau unter den Rand seiner Shorts.

Ruhig fuhren sie zwischen Meer und Bergen dahin. Im Licht der hochstehenden Sonne wirkten die Farben fast schon zu intensiv und gesättigt, als würden sie durch eine zu stark kolorierte Postkartenidylle fahren.

Traumhafte Ferien vor einer Wahnsinnskulisse.

Alles war schon vergessen. Der Wind würde die Feldthymiansträußchen noch vor Einbruch der Nacht wegfegen.

Nicht zurückblicken, ermahnte sich Clotilde. Nach vorne schauen.

Sich zwingen, das Leben zu lieben. Sich zwingen, ihr Leben zu lieben.

Sie öffnete das Fenster und ließ den Wind durch ihr langes Haar wehen, die Sonne ihre nackten Beine liebkosen.

So denken, wie es die Frauenzeitschriften, ihre Freundinnen und Glücksratgeber tun: Glück? Man musste einfach nur daran glauben!

Dazu waren die Ferien doch da, der wolkenlose Himmel, das Meer, die Sonne.

Einfach fest daran glauben.

Illusionen tanken für den Rest des Jahres.

Clotildes Hand glitt auf Francks Schenkel ein wenig höher, während sie den Kopf nach hinten neigte, um ihren Hals dem Himmel darzubieten, der so blau war wie eine künstliche Kulisse.

Franck erschauerte, während Clotilde die Augen schloss und automatisch weitermachte, ihre Finger von ihren Gedanken abkoppelte.

Auch dazu waren Ferien da.
Gebräunte Haut, nackte Körper, heiße Nächte.
Um die Illusion des Begehrens wachzuhalten.

KAPITEL 3

Montag, 7. August 1989, erster Ferientag,
blauer Sommerhimmel

Ich heiße Clotilde.

Ich möchte mich Ihnen vorstellen, einfach weil es höflich ist, auch wenn ich nicht weiß, wie Sie heißen.

Wenn ich das mit dem Schreiben durchhalte, werde ich es vielleicht in ein paar Jahren erfahren. Alles ist übrigens *top secret*. Außerdem bin ich neugierig, wer Sie sind und wie Sie trotz all meiner Vorsichtsmaßnahmen an mein Tagebuch kommen konnten.

Mein Liebhaber, der Mann meines Lebens, dem ich am Morgen nach dem ersten Mal zitternd das Tagebuch aus meiner Jugendzeit überreiche? Irgendein Idiot, der es gefunden hat, weil ich superchaotisch bin und so etwas deshalb fast vorprogrammiert war?

Einer meiner unzähligen Fans, die sich auf dieses Meisterwerk des jungen neuen Stars am Literaturhimmel stürzen?

Oder ich selbst … Wenn ich alt bin, so in fünfzehn Jahren … Sagen wir, wenn ich schon superalt bin, also in dreißig Jahren. Ich habe dieses Tagebuch unten in einer Schublade wiedergefunden, und während ich es lese, fühle ich mich, als säße ich in einer Zeitmaschine.

Zunächst werde ich Ihnen ein bisschen von mir erzählen, wie gesagt, ich heiße Clotilde. Drei Stichworte zu meiner Person:

Erstens: Mein Alter. Schon alt … Fünfzehn Jahre. Zweitens:

Meine Größe. Noch klein … ein Meter achtundvierzig, das Thema bereitet mir echt Kopfschmerzen!

Drittens: Mein Look. Meine Mutter findet ihn fürchterlich. Kein Wunder, das ist ja auch beabsichtigt, denn ich möchte aussehen wie Lydia Deetz in *Beetlejuice*. Ein Gothic Look mit schwarzer Spitze, Drachenzahnpony, großen Pandaaugen …, noch dazu kann sie mit Geistern sprechen! Gespielt von Winona Ryder, noch nicht mal achtzehn und die schönste Schauspielerin der Welt.

Aber kommen wir zurück zu meinem ersten Ferientag … Das große Abenteuer der Familie Idrissi aus Tourny in Papas rotem Fuego. Tourny liegt im Vexin und ist ein Kaff zwischen der Normandie und Paris, an einem kleinen Fluss namens Epte, von dem die Einheimischen behaupten, er habe mehr Kriege und Tote verursacht als der Rhein.

Ich habe lange darüber nachgedacht, wie ich am besten unseren nächtlichen Aufbruch mit jeder Menge Gepäck in die Sommerferien nach Korsika schildern soll. Die nicht enden wollende Fahrt hinten auf der Rückbank neben Nico, der sich zehn Stunden lang damit vergnügen kann, Autos, Bäume und Straßenschilder zu betrachten und dabei nicht mal gelangweilt wirkt. Der Tunnel unter dem Mont-Blanc, anschließend der traditionelle Imbiss in Chamonix (Gemüsequiche und Salat). Weiterfahrt durch Italien, weil – laut Papa – der Hafen von Genua nicht viel weiter weg ist als der von Nizza, Toulon oder Marseille, aber die Italiener niemals streiken. Ja, all das hätte ich detailliert schildern können, aber ich überspringe das lieber. Und konzentriere mich auf die Fahrt mit der Fähre.

Wer noch nie eine Überfahrt mit der Fähre gemacht hat, weiß nicht, was ein erster Ferientag ist.

Das werde ich Ihnen mit Hilfe der vier Elemente gleich beweisen.

Zunächst das Wasser
Die riesige, gelb-weiße Fähre mit dem korsischen Mohrenkopf

ist erst mal großartig. Doch wenn sie ihr Maul öffnet, vergeht einem der Spaß.

Zumindest Papa. Zehn Stunden Fahrt, nur um bei der Ankunft von einer Horde aufgeregter Italiener angebrüllt zu werden. Ich kann gut verstehen, dass einen das nervt.

Destra

Sinistra

Schreiende und mit den Armen rudernde Italiener, so als würde Papa gerade seine erste Fahrstunde absolvieren.

Avanti avanti avanti

Papa, der sich tapfer zwischen Dutzenden anderer verschreckter Autofahrer hindurchlaviert, die am Steuer ihrer Wagen mit Anhänger oder mit Jetskis auf dem Dach, in Sportcoupés mit überstehenden Surfbrettern oder in einem derart mit Schwimmreifen, Luftmatratzen und Badelaken vollgestopften Renault Espace sitzen, dass sie nach hinten keine Sicht mehr haben.

Avvicina avvicina

Lastwagen, Autos, Campingmobile, Motorräder. Alles passt rein! Immer. Auf den Zentimeter genau. Das erste Ferienwunder.

Stop stop stop

Die Italiener, die auf den Fähren arbeiten, waren früher, als sie noch klein waren, bestimmt Meister im Puzzeln. Dreitausend Fahrzeuge in weniger als einer Stunde in eine Fähre zu quetschen ist eine gigantische Meisterleistung. Der Italiener strahlt und hebt den Daumen.

Perfetto

Papas Fuego ist eines der dreitausend Puzzle-Teilchen. Er öffnet die Fahrertür, wobei er versucht, den links von ihm stehenden Corsa nicht zu beschädigen, und steigt mit eingezogenem Bauch aus.

Dann das Land

Das wirklich Wichtige geschieht zwischen dem Moment, wo

man sich in der Kabine auszieht und zum Schlafen hinlegt, und dem Zeitpunkt, wenn man, vier oder fünf Stunden später, wieder aufsteht. Es ist ein bisschen so, wie wenn sich eine Schlange häutet.

Oft bin ich die Erste von uns, die in ihre Shorts, das *Van Halen*-T-Shirt und die Flip-Flops schlüpft, die Sonnenbrille aufsetzt und, zack, zur Brücke rennt. *Land in Sicht!*

Alle stehen schon dicht gedrängt an der Reling, um die Küste, den Strandsee von Biguglia am Cap Corse zu bewundern. Die Sonne schickt ihre ersten Strahlen hinab, und ich stromere durch die Gänge des Schiffes auf der Suche nach unbekannten Gerüchen. Ich stolpere über einen großen blonden, verschlafenen Typen, der im Gang auf seinem Rucksack liegt. Voll krass! Das Mädchen, das sich mit zerzauster Mähne und nacktem Rücken an ihn kuschelt, schläft noch, eine Hand unter das offene Hemd ihres Schweden geschoben.

Eines Tages werde ich das Mädchen mit dem nackten Rücken sein. Und dann werde ich auch einen schlecht rasierten Backpacker an meiner Seite haben.

Hörst du, Leben, enttäusch mich gefälligst nicht!

Im Moment begnüge ich mich mit dem Geruch des Mittelmeers. An die Reling gelehnt, atme ich auf Zehenspitzen den Duft der Freiheit ein.

Das Feuer
Bitten kehren Sie zu Ihren Fahrzeugen zurück.

Das Höllenfeuer beginnt! *Subway to Hell!*

Eine Ewigkeit bleiben wir in diesem Backofen stehen, vielleicht nur, weil irgendein Oberschlauer, der noch nicht richtig wach ist, mit seinem Wagen die Tür blockiert. Womöglich derjenige, der am Vortag als Letzter eingetroffen ist. Vielleicht der blonde schwedische Backpacker.

Es ist eine Falle, wir werden hier alle in den Abgasen verrecken, weil irgendein Idiot schon den Motor angelassen hat und es ihm alle anderen nachmachen, ohne dass sich auch nur ein einziges Auto in Bewegung setzt.

Und dann öffnet sich das Tor der Fähre mit einem Krach, als würde ein Haus einstürzen.

Ich bin frei!

Die Luft
Traditionellerweise geht die Familie Idrissi gleich darauf an der Place Saint-Nicolas auf der Terrasse unter Palmen frühstücken.

Papa bietet uns das volle Programm: Croissants, frisch gepresste Säfte, Kastanienkonfitüre. Plötzlich hat man den Eindruck, dass wir eine Familie sind. Sogar ich, die *gothic queen*. Sogar Nico, der vor der Abreise den Globus drehte und blind auf ein Land deutete, um herauszufinden, aus welchem Land wohl das Mädchen vom Campingplatz kommt, mit der er ausgehen wird.

Ja, wir sind eine Familie, für einundzwanzig Tage, drei Wochen im Paradies.

Maman, Papa und Nicolas.

Und ich.

...

Sacht schloss er das Tagebuch.

Perplex.

Es ist schon Jahre her, dass er es gelesen hat.

Sie ist also zurück … Siebenundzwanzig Jahre später.

Warum?

Das ist so offensichtlich. Sie war zurückgekommen, um in der Vergangenheit zu wühlen. Um nach etwas zu suchen, das sie hier zurückgelassen hatte. In einem anderen Leben.

Aber er war darauf vorbereitet. Seit Jahren schon.

Wie weit würde sie gehen? Wie tief würde sie in den Geheimnissen der Familie Idrissi stochern wollen?

KAPITEL 4

12. August 2016
22 Uhr

Mein Vater hat das Lenkrad nicht eingeschlagen.«
Clotilde, die auf einem Stuhl im Garten saß, hatte ihr Buch
beiseitegelegt. Ihre nackten Füße mit den rot lackierten Nä-
geln wühlten im Sand. Über den grünen Plastikgartenmöbeln
baumelte am Ast des Olivenbaums eine Lampe, die ihr zu-
ckendes Licht in die Nacht warf. Ihre schattige, abseits gelegene Parzelle maß zehn auf fünfzehn Meter. Dafür waren
die Sanitäranlagen nicht in Nähe und der Bungalow für drei
Erwachsene lächerlich klein. »Hier lebt man eben draußen,
Mademoiselle Idrissi«, hatte der Platzwart der Campinganlage
Euproctes versichert, als sie im Winter reserviert hatte. Offensichtlich hatte sich Cervone Spinello nicht verändert.

»Was?«, entgegnete Franck.

Da er nur mühsam das Gleichgewicht hielt, machte er sich
nicht die Mühe, sich umzudrehen. Er hatte auf dem Rücksitz
eine Zeitung ausgebreitet, um sich mit nackten Füßen darauf zu stellen. Mit der linken Hand hielt er sich am Dachgepäckträger seines Passats fest, während er sich mit der rechten
abmühte, die Schrauben der Gepäckbox aufzubekommen.

»Mein Vater«, fuhr Clotilde fort. »In der Kurve von Petra
Coda hat er das Lenkrad nicht eingeschlagen. Daran erinnere
ich mich genau. Erst eine lange gerade Strecke, gefolgt von
einer engen Kurve, und mein Vater, der geradewegs in die hölzerne Absperrung rast.«

Franck wandte nur den Kopf zu ihr, während seine Hand weiter blindlings die Schraube lockerte.

»Was willst du damit sagen, Clotilde? Worauf willst du hinaus?«

Seine Frau ließ sich Zeit mit der Antwort. Sie beobachtete Franck. Das Erste, was ihr Mann am Abend des ersten Ferientages machte, war, den Dachgepäckträger und die dazugehörige Box abzumontieren. Sie wusste, dass er dafür eine ganze Reihe von Begründungen parat hatte. Der zusätzliche Treibstoffverbrauch, die Windanfälligkeit, die Abdrücke der Lastenträgerfüße auf der Karosserie ... Für Clotilde war es vor allem ein zusätzliches Teil, das sie in ihrem Feriendomizil unterbringen mussten. Aber im Grunde nicht einmal das. Diese Dachbox, die man irgendwohin stellen, verräumen, abdecken musste, war ihr so was von egal. Sie fand es einfach nur bescheuert! Wie konnte man sich mit so einem Blödsinn aufhalten? Eine kleine Schraube nach der anderen lösen und sie dann in kleine, den jeweiligen Löchern entsprechend nummerierte Säckchen verstauen?

Leider taugte Valou in solchen Momenten nicht als Friedensstifterin. Ihr Teenager stromerte bereits über den Campingplatz, um das Durchschnittsalter der Urlauber und ihre Nationalitäten herauszufinden.

»Nichts, Franck. Ich will nichts damit sagen.«

Clotildes Stimme klang leicht verdrossen. Franck war schon bei einem anderen Loch angekommen und meckerte über den Idioten, der die Schrauben zu fest angezogen hatte.

Er selbst, gestern.

Ein Beispiel für Francks Humor.

Clotilde beugte sich vor und blätterte durch die Seiten ihres Buches. *Temps glaciaires*, Eiszeit. Auf eine Art war es wirklich der perfekte Titel für einen Sommerbestseller.

Das war ihre Art von Humor.

»Ich weiß nicht«, fuhr sie fort. »Es ist nur so ein Gefühl.

Als ich mir vorhin die Strecke angesehen habe, hatte ich den Eindruck, dass mein Vater noch die Zeit gehabt hätte, auf die Bremse zu treten und das Lenkrad herumzureißen, selbst wenn er zu schnell gefahren wäre. Das habe ich schon damals gedacht.«

»Du warst fünfzehn, Clotilde.«

Ohne zu antworten, legte sie das Buch beiseite. Ich weiß, Franck. Ich weiß, dass es nur flüchtige Eindrücke sind; dass sich alles in zwei oder drei Sekunden abgespielt hat ... Aber das, Franck, das ist eine Gewissheit! Eine absolute Gewissheit! Papa hat das Lenkrad nicht eingeschlagen. Er fuhr geradewegs auf den Abgrund zu. Mit uns allen im Auto!

Für einen Moment fixierte Clotilde die Lampe, die sanft über ihrem Kopf schaukelte. Ein Schwarm Nachtfalter hauchte sein kurzes Leben an der heißen Glühbirne aus.

»Da ist noch etwas anderes, Franck. Während des Unfalls griff Papa nach Mamans Hand.«

»Vor der Kurve?«

»Ja, direkt davor. Kurz bevor wir gegen die Absperrung prallten, als wenn er schon gewusst hätte, dass wir alle in die Tiefe stürzen würden, dass er nichts dagegen tun konnte.«

Ein leichtes Seufzen. Die dritte Schraube gab nach.

»Was willst du damit sagen, Clotilde? Dass dein Vater Selbstmord begehen wollte? Mit euch allen im Auto?«

Clotilde antwortete schnell. Vielleicht zu schnell.

»Nein, Franck, natürlich nicht! Er war wütend, weil wir spät dran waren. Er wollte mit uns zu einem Konzert. Außerdem haben meine Eltern den Jahrestag ihres Kennenlernens gefeiert. Wir haben mit der ganzen Familie darauf angestoßen. Mit seinen Eltern, den Cousins und Cousinen, den Nachbarn. Nein, das war kein Selbstmord, natürlich nicht ...«

Franck zuckte mit den Achseln.

»Dann wäre das also geklärt! Es war ein Unfall.«

Er nahm den Schraubenschlüssel in die andere Hand. Vom

Stellplatz nebenan vernahm man leise eine italienische Fernsehserie.

»Und dann war da noch Nicolas' Blick. Er wirkte nicht überrascht«, sagte Clotilde mit gedämpfter Stimme.

»Wie meinst du das?«, fragte Franck und hielt inne.

»Kurz bevor wir die Absperrung durchbrachen, in der Sekunde davor, als wir schon wussten, dass es vorbei sein würde, dass nichts mehr das Auto aufhalten könnte, sah ich in den Augen meines Bruders einen merkwürdigen Ausdruck. Als wüsste er etwas, das ich nicht wusste, eben als sei er nicht sonderlich überrascht. Als hätte er begriffen, warum wir alle sterben mussten.«

»Du bist nicht tot, Clotilde.«

»Doch, ein wenig schon …«

Sie schaukelte mit ihrem Plastikstuhl hin und her. In dem Moment wünschte sie sich nichts sehnlicher, als dass Franck zu ihr kommen und sie in den Arm nehmen würde. Dass er sie an sich drücken, ihr irgendetwas sagen würde. Er hätte auch schweigen können. Hauptsache, er hätte versucht, sie zu trösten.

Nachdem die vierte Schraube gelöst war, lud er sich die leere, graue Dachbox auf den Rücken.

Genau wie Obelix, dachte Clotilde.

Die Vorstellung entlockte ihr ein Lächeln.

Allerdings ohne die Wampe. Mit vierundvierzig war Franck noch immer ein gutaussehender Mann, breitschultrig und muskulös. Es war nun fast zwanzig Jahre her, dass er sie mit seinem offenen Lächeln, seiner beruhigenden, selbstsicheren Art, aber auch mit seiner Statur eines disziplinierten Kraulschwimmers erobert hatte. Das hatte Clotilde geholfen, durchzuhalten, ihn zu lieben, sich davon zu überzeugen, dass er der Richtige war. Davon, dass es Schlimmeres gab, viel Schlimmeres.

Nun hatte er Jahr für Jahr ein halbes Kilo zugenommen, in der Taille Zentimeter um Zentimeter zugelegt und ein Bäuchlein bekommen. Doch ihr war das egal. Für sie war der Körper ihres Mannes nicht wirklich wichtig, während Franck eine große Sache daraus machte.

»Du solltest dir wirklich nicht deine Ferien mit dieser alten Geschichte vermiesen, Clotilde.«

Womit er eigentlich meinte:

Du solltest uns nicht die Ferien mit deiner alten Geschichte vermiesen.

Clotilde rang sich ein Lächeln ab. Alles in allem hatte Franck ja recht. Sie hatte der ganzen Familie ihre Wallfahrt aufgehalst. Das musste aufhören.

»Glaubst du, ich hätte Valou nicht davon erzählen sollen? Ihr besser nicht die Unfallstelle gezeigt?«

»Doch, natürlich. Immerhin sind es ihre Großeltern. Das ist wichtig für sie …« Das war Francks großer Vorteil. Man konnte immer mit ihm über Erziehungsfragen reden.

Während er auf Clotilde zukam, wischte er sich seine Hände an einem Tuch ab, das auf der Leine hing.

»Weißt du, Clotilde, ich bin stolz auf dich. Dass du, nach alldem, was du durchgemacht hast, den Mut dazu hattest. Ich weiß, woher du kommst. Das vergesse ich nicht. Aber jetzt …«

Er trocknete sich die Schultern, die Achseln, den Brustkorb ab, warf das Handtuch über die Leine und beugte sich dann über Clotilde.

Zu spät, dachte sie, zu spät, mein Liebling.

Nur ein paar Sekunden zu spät.

»Und was jetzt, Franck?«

Franck legte eine Hand um ihre Taille.

»Wir könnten uns vielleicht … ein wenig hinlegen?«

Clotilde erhob sich und wich sacht zurück. Ohne ihn vor den Kopf zu stoßen. Aber auch, ohne ihm Hoffnung zu machen.

»Nein, Franck. Nicht jetzt.«

Sie trat vor, griff nun ihrerseits nach einem Handtuch auf der Leine und schnappte sich ihren Kulturbeutel.

»Ich muss erst mal duschen.«

Kurz bevor sie die Allee erreicht hatte, machte sie noch einmal kehrt.

»Franck …, ich glaube nicht, dass wir den Unfall überlebt haben.«

Er sah sie dümmlich an, er hatte sie einfach so gehen lassen. Und er verstand nicht, was dieser Satz in ihrem Gespräch zu suchen hatte.

Der Campingplatz war nur schwach beleuchtet. Nach der einzigen Laterne in Allee B, wo seit einem halben Jahr fünf finnische Komfortbungalows standen, kam Clotilde am letzten, für Zelte reservierten Stellplatz vorbei. Dort lagerte eine Gruppe von Motorradfahrern, ein Bier in der Hand.

Der Duft nach Freiheit.

Mit einem Hauch Melancholie.

Clotilde spazierte an der Parzelle entlang. Rund ein Dutzend Köpfe drehten sich fast gleichzeitig nach ihr um. Clotildes Rock war knielang und die drei geöffneten Blusenknöpfe enthüllten die Wölbung ihrer Brüste.

Clotilde war sich bewusst, dass sie auch mit zweiundvierzig Jahren noch sehr attraktiv war.

Sicher, sie war klein und zart. Seit ihrem fünfzehnten Lebensjahr hatte sie gerade mal vier Kilo zugenommen. Heute schöner als gestern, mit Rundungen an genau den richtigen Stellen.

Wenige Minuten später kam Clotilde, in ihr Badetuch gehüllt, aus der Dusche. Sie hatte die Sanitäranlagen fast für sich allein. Außer ihr war nur ein dunkelhäutiger Teenie da, damit beschäftigt, sich die Beine mit einem Elektrorasierer zu enthaaren, der wie ein elektrischer Insektenvernichter surrte. Auf der anderen Seite der gekachelten Wand vernahm man das lautstarke Gelächter junger Männer, begleitet von endlosem Techno-Gedudel.

Clotilde nutzte die Gelegenheit, sich eingehend in dem großen Spiegel zu betrachten, der sich über die ganze Wand zog. Sie strich ihr langes, schwarzes Haar, das ihr bis zur Brust ging, glatt. Auf diesem Campingplatz fühlte sie sich in die Zeit von vor siebenundzwanzig Jahre zurückversetzt – derselbe Körper, dasselbe Gesicht, derselbe Spiegel.

Dieser mädchenhafte Körper, den sie zu jener Zeit nur als große Last empfunden hatte. Und dann dieser Einfall, der damals ihr einziger Trumpf, ihre einzige Waffe gegen die Jungen gewesen war. Lächerlich … eine Wasserpistole!

KAPITEL 5

Tut mir leid, dass ich mich zwei Tage lang nicht gemeldet habe. Es ist nicht so, dass ich zu beschäftigt gewesen wäre: Ich faulenze den lieben langen Tag. Doch ich brauchte Zeit, um mich startklar zu machen, mich zu orientieren, zu beobachten, mich zurechtzufinden, wie eine Anthropologin bei ihrer Arbeit, eine Zeitreisende, die ins Jahr 1989 katapultiert wurde. Inkognito … Lydia Deetz beim Rapport. Live-Übertragung von einem unbekannten Planeten, auf dem es bei Tag über fünfunddreißig Grad warm ist und die Eingeborenen praktisch nackt herumlaufen.

Kurz und gut, wenn ich Sie ein wenig vernachlässigt habe, dann deshalb, weil ich nicht weiß, womit ich beginnen soll. Und wo soll ich überhaupt schreiben? Mitten auf unserem langgestreckten Campingplatz, auf der Terrasse des Bungalows C29, den wir seit meiner Geburt jedes Jahr mieten?

Bei Opa und Oma, im Hof der Schäferei von Arcanu?

Mitten am Strand von L'Alga?

Okay, ich versuche es als Erstes am Strand! Ich werde Ihnen das Postkarten-Idyll beschreiben: Weißer Sand. Türkisfarbenes Wasser. Gebräunte Haut.

Und nur ein kleiner schwarzer Fleck.

Ich!

Die kleine Lydia-Winona, mit ihrem Sträflings-T-Sirt, der Igelfrisur und den Flip-Flops mit dem Zombiekopf. Eine Bekloppte, die auch bei vierzig Grad im Schatten ihr T-Shirt an-behält! Was? Geben Sie es ruhig zu. Sie denken dasselbe wie meine Mutter. Total verrückt, die Kleine …

Ihnen, aber nur Ihnen, meinem geheimen Vertrauten, werde ich es erklären. Bei meiner Größe von ein Meter vierzig und meinem nicht vorhandenen Busen sehe ich aus wie eine Zehn-jährige. Also ist das einzige Mittel, um etwas älter zu wirken, mein Zombie-T-Shirt auch am Strand zu tragen. Damit halte ich mir die Kleinen vom Hals, die vielleicht auf die Idee kom-men könnten, mich zu fragen, ob ich mit ihnen eine Sandburg bauen will. Denn wenn ich auch nicht wie fünfzehn aussehe, fühle ich mich doch in meinem Kopf, meinem Herzen und meinem Körper so.

Also streife ich meine Rüstung über.

Ich weiß, was Sie jetzt sagen werden, jetzt kommt die Leier von der verzogenen Göre, die es nicht zu schätzen weiß, an diesem wundervollen Fleckchen Erde seine Ferien verbringen zu dürfen, und die für Berge, Meer und Strand nur Verachtung empfindet.

Aber so ist es nicht. Überhaupt nicht.

Ganz und GAR NICHT.

Ich liebe das alles, ich liebe den Strand, ich liebe das Meer!

Im Hallenbad von Vernon schwimme ich wie eine Verrückte eine Bahn nach der anderen, bis ich nicht mehr kann und auf den Grund des Beckens sinke – so wie Isabelle Adjani in ihrem kleinen Matrosenpullover.

J'ai bu la tasse, tchin tchin.
T'avaler, que m'importe,
Si l'on me trouve à moitié morte.

Ich finde den Text von Adjani und Gainsbourg schön. Dieser Mann ist einfach göttlich … Er genehmigt sich eine Zigarette nach der anderen, eine Frau nach der anderen, und er wird noch viele unvergessliche Songs schreiben.

Übrigens, da wir gerade von Wasser sprechen: Ich muss Ihnen etwas gestehen ... Vor ein paar Monaten ist etwas Merkwürdiges passiert. Ich habe auf einmal das Bedürfnis, das Schwarz von Tim Burton gegen Blau einzutauschen.

Le Grand Bleu, Im Rausch der Tiefe. Das Mittelmeer im Zeitraffer direkt über der Wasseroberfläche gefilmt, die Musik von Eric Serra, die weißen und türkisfarbenen Fassaden der griechischen Häuser.

Und peng! In weniger als zwei Stunden habe ich mich unsterblich in die Delphine verliebt, und dann vielleicht auch ein bisschen in ihren menschlichen Kameraden, nicht in den Sizilianer mit der Brille, nein, in den anderen. Den Apnoetaucher mit den tiefgründigen Augen ...

Jean-Marc Barr ...

Wenn ich beim Eintauchen ins Mittelmeer nur daran denke, dass ich im gleichen Wasser schwimme wie er, macht mich das ganz verrückt. Es kommt mir vor, als wäre der Film hier gedreht worden, vor der Küste der Halbinsel La Revellata.

Das Schwarz als Schutzpanzer, doch mein Herz schlägt für Blau.

Sie dürfen es aber niemandem verraten! Das ist wichtig, ich vertraue Ihnen. Ich vertraue Ihnen mein Leben an.

Ich sitze hier im Sand und schreibe. Am Strand von L'Alga, der geformt ist wie eine nächtliche Mondsichel, die von den plätschernden Wellen des leuchtendblauen, seichten Meeres liebkost wird, und wo einem Fische zwischen den Fingern und Zehen hindurchschwimmen.

Von den Mitgliedern der Familie Idrissi ist nur Maman mit mir hier. Papa ist irgendwohin gefahren. Merkwürdig, immer wenn er in seiner Heimat ist, wird er rastlos. Doch ohne sie, zu Hause, klebt er am Sofa fest. Nico ist sicher mit einem ganzen Schwarm Mädchen unterwegs. Ich kann also nicht lange bleiben, denn ich muss ein Auge auf ihn haben. Ich möchte auf dem Laufenden sein.

Es sind also nur Maman und ich am Strand – und jede Menge fremde Leute. Ich liebe es, einfach mit meinem Tagebuch im Sand zu sitzen und das Leben der anderen zu beobachten. Zum Beispiel drei Badelaken von mir entfernt gibt es eine sehr hübsche Frau, die ihre Brüste entblößt hat, aber nicht, um sie zu zeigen, sondern um ein hungriges Baby zu stillen. Ich finde das einerseits sehr berührend, andererseits widert mich der Anblick an. Eine merkwürdige Mischung aus beidem.

Maman starrt auch, offenbar mit einem gewissen Neid, zu ihr hinüber.

Maman liegt auf dem Tuch neben mir, aber dennoch fünf Meter von mir entfernt.

Als wenn ich nicht ihre Tochter wäre.

Als würde sie sich für mich schämen.

Als sei ich ein Makel – der einzige an meiner perfekten Mutter.

Ich porträtiere sie kurz in drei Stichpunkten. Von der nettesten bis zur schlimmsten Seite.

Punkt 1. Maman heißt Palma. Der Name stammt aus dem Ungarischen, meine Großeltern kommen von dort, aus Sopron, unweit der österreichischen Grenze. Manchmal nenne ich sie Palma Mama.

Punkt 2. Maman ist groß und schön. Man sagt auch, sie sei schlank und rank, gut gebaut, rassig … Sie ist ein Meter fünfundsiebzig groß. Sie können sich also vorstellen, wie sie erst am Abend in Highheels aussieht mit ihren langen Storchenbeinen, einer Kolibritaille, dem Schwanenhals und den großen verwunderten Augen einer verschreckten Eule.

Manchmal sollen Gene ja eine Generation überspringen.

Dafür bin ich der lebende Beweis! Die Ärzte, die ich aufgesucht habe, sind sich einig. Mein Wachstum ist abgeschlossen. Ich werde nie größer als ein Meter fünfundfünfzig werden, wie Millionen und Abermillionen anderer Frauen auch, erklärten sie mir, um mich zu beruhigen. Und da die Gene oft eine Generation überspringen, wäre es durchaus möglich, dass ich irgendwann eine Tochter haben werde, die ebenso groß wird wie Maman. Schöne Aussichten! Ich ziehe es vor, nicht mal daran zu denken, und komme direkt zu Punkt 3.

Halten Sie sich fest.

Maman ist eine Nervensäge. Maman ist gemein. Maman geht mir auf den Wecker. Maman liegt fünf Meter von mir entfernt auf ihrem Badelaken und liest *Das rote Leuchten* von Régine Deforges, und ich würde ihr nur zu gerne all diese Worte, die ich in meinem Heft verberge, direkt ins Gesicht schleudern. Also, das schwöre ich bei all meinen korsischen Ahnen, die auf dem Friedhof von Marcone ruhen, ich schwöre am Strand von L'Alga, und Sie, mein zukünftiger Leser, sind mein Zeuge ...

Ich möchte später nicht so werden wie sie! Ich möchte nicht so eine Mutter werden wie sie. Nicht so eine Frau. Und schon gar nicht so alt sein wie sie.

Wow! Ich hebe den Kopf und merke, dass ich mir keine Sorgen machen muss. Maman schläft auf dem Bauch. Mit nacktem Rücken. Sie hat ihr grünes Bikinioberteil geöffnet. Sie kann mich ruhig mit meinem T-Shirt nerven, sie ist selbst nicht besser, sie verkleidet sich ja auch. Ihr winziges Oberteil, das sie, sobald sie aufsteht, mit gespielter Schamhaftigkeit wieder zuhakt, damit bloß kein Mann einen Blick auf ihren Busen erhaschen kann. Und wie sie ihr Buch hinlegt! Und wie sie mit kleinen Schritten zum Meer hinunterläuft und mir zuruft: Kommst du nicht, Liebes?

Und wenn sie tropfnass wieder da ist, zu mir sagt: Also, das Wasser ist wirklich wunderbar. Liebes, ist dir nicht zu heiß in deinem T-Shirt? Und zack, legt sie sich wieder hin und tut so, als würde sie sich für ihr Buch interessieren, das ihr übrigens die ganzen Ferien reicht. Dann lässt sie erneut ihr Oberteil fallen. Maman würde eher sterben, als dass auf ihrer Haut die Streifen der Träger zu sehen sind. Ich mit meinem T-

Shirt weiß schon jetzt, welchen Witz ich zu hören bekommen werde, wenn die Schule wieder losgeht: »He, Clotilde, bist du diesen Sommer die Tour de France geradelt?«

Ich höre besser auf, damit Sie mir jetzt nicht mit Ihrer Küchenpsychologie kommen ... Na los, sagen Sie schon, denn schließlich ist es das, was Sie denken ...

Ich bin eifersüchtig auf meine Mutter!

Pfff ... Wenn Sie meinen.

Aber ich habe meinen eigenen Plan. Ich werde einen Liebhaber finden, mit dem ich mein Leben lang Spaß habe! Ich werde Kinder haben, die ich derart zum Lachen bringe, bis sie sich für mich schämen. Und eine Arbeit, die ein ständiger Kampf ist: Boxerin, Bären-Dresseurin, Seiltänzerin, Exorzistin.

Mein Schwur am Strand von L'Alga!

Beim nächsten Mal erzähle ich von Papa. Aber jetzt muss ich gehen, Maman hat ihre Brüste in ihr winziges Oberteil mit den schlaffen Trägern gepackt und kommt zu MEINEM Handtuch. Ich schwanke, ob ich die Nette spielen oder zubeißen soll. Ich weiß noch nicht. Ich werde improvisieren.

Ciao ...

• • •

Er klappte das Heft zu.

Ja, zweifellos, Palma war eine schöne Frau. Eine sehr schöne Frau.

Sie verdiente es nicht zu sterben. Sicher nicht.

Aber da nun mal das Schlimmste geschehen war und sie nicht wiederauferstehen konnte, blieb ihm nur, dafür zu sorgen, dass niemand je die Wahrheit erfuhr.

KAPITEL 6

13. August 2016
9 Uhr

Clotilde hatte ein Baguette, drei Croissants und einen Liter Milch eingekauft und trug alles in einem Beutel in der einen, den Orangensaft in der anderen Hand. Sie hatte eine falsche Abzweigung genommen.

Mit Absicht.

Valou schlief immer noch. Franck war aufgebrochen, um zum Semaphor von Cavallo zu joggen.

Clotilde erinnerte sich, wie sie im Sommer 1989 jeden Morgen das Frühstück besorgen und frisches Brot an der Rezeption holen musste. Sie war damals durch die Alleen des Campingplatzes gestreift in der Hoffnung, irgendjemandem zu begegnen, doch zu dieser frühen Stunde lagen die Jugendlichen noch im Bett. Und so hatte sie einen komplizierten Rückweg durch das Labyrinth der Zelte gewählt. Heute hingegen wollte Clotilde auf dem schnellsten Weg ihr Ziel erreichen, den Bungalow C29. Dort hatte sie nämlich die ersten fünfzehn Sommer ihres Lebens verbracht.

Sie hätte ihn fast nicht wiedererkannt, denn in der Zwischenzeit waren die großen Olivenbäume mit den verknorpelten Stämmen gewachsen und bildeten einen Sichtschutz vor dem Gebäude, dessen Grundfläche sich verdoppelt hatte: eine elektrische Markise war hinzugekommen, eine Terrasse, ein Grill, eine Sitzecke. Der neue Leiter des Campingplatzes hatte alles modernisiert. Cervone Spinello, der den Platz von seinem Vater übernommen hatte, war ein Mann mit ausgeprägtem Geschäftssinn. All die Neuerungen, wie der Tennisplatz, die geplante Wasserrutsche und der Pool, machten Clotilde bewusst, dass von dem alten, naturbelassenen Platz ihrer Kindheit fast nichts mehr geblieben war. Damals hatte das Areal nichts weiter geboten als ein schattiges Grundstück, ein Bett zum Schlafen, Wasser zum Waschen und Bäume, um sich zu verstecken.

Während Clotilde das Grundstück C29 eingehender betrachtete, wurde ihr bewusst, dass sie seit dem Unfall nicht mehr hier gewesen war. Nach dem tragischen Unglück hatte der Besitzer des Campingplatzes, Basile Spinello, ihre Habseligkeiten – Kleidung, Kassetten, Bücher – in einer großen Tasche nach Calvi, ins Krankenhaus gebracht. All ihre persönlichen Gegenstände waren da, bis auf einen. Der, an dem sie am meisten hing: das Tagebuch. Dieses blaue Heft mit den Aufzeichnungen über alles, was sie während jenes Sommermonats bewegt hatte. Und das sie auf einer Bank in der Schäferei von Arcanu vergessen hatte.

Hatte Basile es übersehen oder war es in der Aufregung irgendwo verloren gegangen? Sie hatte nicht gewagt, danach zu fragen. Sie hatte noch häufig daran gedacht, als sie aus dem Krankenhaus in der Balagne nach Paris und dann nach Conflans gebracht wurde, zu Jozsef und Sara, den Eltern ihrer Mutter, von denen sie dann bis zu ihrer Volljährigkeit großgezogen wurde.

Aber mit den Jahren hatte sie auch das Heft vergessen. Vielleicht wartete es irgendwo auf sie, dachte Clotilde lächelnd. Lag in irgendeiner Schublade, war hinter ein Möbel gerutscht oder stand in einem Regal zwischen vergilbten Büchern.

Clotilde ging auf den Bungalow C29 zu und schob die Zweige eines Olivenbaums beiseite, der kleiner war als die vor der Terrasse. 1989 hatte ein Baum wie dieser vor ihrem Fenster gestanden. Vielleicht ließ Cervone die alten Bäume ausreißen, um neue zu pflanzen?

»Suchen Sie etwas?«, fragte ein Mann, der mit verwundertem Blick aus dem Bungalow trat. Er hatte eine Kaffeetasse in der Hand und ein Käppi der New York Giants über seine grauen Schläfen gezogen.

Clotilde mochte die unkomplizierte Geselligkeit der Campingplätze. Ein buntes Miteinander ohne Absperrungen, Hecken oder Zäune. Aber auch keine echte Privatsphäre.

»Äh, nichts.«

Etwas weiter weg spielten zwei Kinder auf dem Weg.

»Haben Sie Ihren Ball unter den Bungalow geschossen?«

Angesichts seines breiten Grinsens ahnte Clotilde, wie gern er sie auf allen vieren, den Hintern in den engen Leggins in die Luft gestreckt, vor der Terrasse hätte herumkriechen sehen. Und wenn sie es recht bedachte, störte Clotilde wiederum genau das an Campingplätzen. Das Fehlen von Abtrennungen und eindeutigen Grenzen. Die offenbaren Begierden.

»Nein. Ich schwelge nur in Erinnerungen. Früher habe ich in den Ferien hier immer in diesem Bungalow gewohnt.«

»Wirklich? Das dürfte aber länger her sein. Wir reservieren ihn nun schon seit acht Jahren jeden Sommer.«

»Das war vor siebenundzwanzig Jahren ...«

Der Giants-Fan setzte eine erstaunte Miene auf, die ein unausgesprochenes Kompliment ausdrückte. *So alt sehen Sie nicht aus.*

Hinter ihm tauchte eine Frau auf. Sie hielt einen Becher in der Hand, das lockige Haar war mit einer Holzspange zusammengehalten und die faltige Haut teilweise von einem Pareo verdeckt. Auch sie lächelte.

Sie stellte sich neben ihren Mann und fragte Clotilde:

»Siebenundzwanzig Jahre? Sie haben früher hier gewohnt? Entschuldigen Sie meine Neugier, aber sind Sie zufällig Clotilde Idrissi?«

Im ersten Moment wusste Clotilde nicht, was sie sagen sollte. Verrückte Gedanken schossen ihr durch den Kopf.

Hatte man etwa eine Gedenktafel am Haus angebracht: *Hier lebten Paul und Palma Idrissi*. Wurde der Unfall ihrer Eltern seit Jahrzehnten von Generation zu Generation auf dem Campingplatz weitererzählt? Der verfluchte Bungalow …

Die Frau blies auf ihren offensichtlich heißen Becher und schob eine Hand unter das T-Shirt ihres *Giants*.

Ein verstecktes und doch deutliches Zeichen. Der hier gehört mir. Die universelle Sprache der Körper und Gesten, die im Sommer unter freiem Himmel Ausdruck findet. Man stellt sich zur Schau, man beobachtet, man streift den anderen leicht im Vorübergehen … Aber anfassen ist verboten, selbst wenn die Nähe verführerisch ist.

»Ich habe Post für Sie, Clotilde. Und die wartet schon eine ganze Weile auf Sie.«

Wieder wurde Clotilde von einem Schwindel erfasst.

»Seit … siebenundzwanzig Jahren?«, stammelte sie.

Die Frau brach in Gelächter aus.

»Nein, nicht ganz so lang. Wir haben den Brief gestern erhalten. Fred, kannst du ihn mal holen? Er liegt oben auf dem Kühlschrank.«

Ihr Mann ging ins Haus und kam mit einem Umschlag zurück. Seine Frau schmiegte sich erneut an ihn und las die Adresse laut vor.

Clotilde Idrissi
Bungalow C29, Camping des Euproctes
20 260 La Revellata

Clotildes Herzschlag beschleunigte sich, sie starrte die Frau fassungslos an.

»Keine Bange, wir fragen Sie nicht nach Ihren Papieren«, sagte der Giants-Fan lachend. »Wir hätten den Brief sonst am Empfang abgegeben, aber wo Sie schon mal hier sind …«

Clotilde nahm den Umschlag mit feuchten Händen entgegen.

»Danke.«

Sie stolperte die Allee entlang. Ihre Ballerinas hinterließen schlängelnde Spuren im Sand. Sie starrte auf ihren Namen und Vornamen, die Anschrift auf dem Umschlag. Sie kannte diese Schrift, aber das war doch nicht möglich. Sie wusste, dass es nicht möglich war.

Planlos lief sie über den Campingplatz. Sie musste allein sein, um diesen Brief zu lesen, und nur ein Ort kam dafür in Frage. Geheim und heilig. Die *Grotte des Veaux Marins*. Ein Loch im Steilufer, das man entweder vom Meer oder über einen engen Pfad vom Campingplatz aus erreichen konnte. In diese Höhle hatte sie sich als junges Mädchen häufig zurückgezogen, um zu lesen, zu träumen, zu schreiben oder um zu weinen. Früher hatte sie gerne geschrieben, doch dann waren die Worte mit einem Mal auf- und davongeflogen. Ihr Talent hatte den Unfall nicht überlebt.

Mühelos stieg sie zu ihrem Versteck hinunter. Der Kiesweg war durch Zementstufen ersetzt worden. Die Wände der Höhle waren mit den Graffitis Verliebter und obszönen Tags beschmiert, und es roch nach Bier und Urin. Doch das war nicht wichtig, denn der Blick aus der Grotte auf das Mittelmeer war noch immer schwindelerregend schön. Man fühlte sich wie ein Meeresvogel, bereit, sich mit nur einem Flügelschlag in die Wellen zu stürzen.

Clotilde stellte ihre Einkaufstasche ab und drang tiefer in die Höhle ein, setzte sich auf einen kühlen, fast feuchten Felsen und öffnete behutsam den Umschlag. Sie zitterte, als würde sie einen Liebesbrief in den Händen halten, obwohl sie noch nie eine glühende Liebeserklärung per Post bekommen hatte. Dazu war sie ein paar Jahre zu spät geboren worden. Ihre Verehrer schrieben SMS oder E-Mails. Das war damals neu und ungemein aufregend gewesen, doch von diesen elektronischen Geständnissen war heute nichts mehr übrig. Keine Zeile, keine in einem Buch verborgene Nachricht.

Mit Daumen und Zeigefinger zog Clotilde ein kleines weißes, zweimal gefaltetes Blatt aus dem Umschlag und schlug es auf.

Meine liebe Clotilde,
ich weiß nicht, ob Du heute noch immer so eigensinnig bist,
wie Du es früher warst, aber ich möchte Dich um etwas
bitten.
Morgen, wenn Du in der Schäferei von Arcanu bei Cassanu
und Lisabetta bist, bleib ein paar Minuten bei Sonnen-
untergang an der Steineiche stehen, damit ich Dich sehen
kann.
Ich hoffe, ich erkenne Dich wieder.
Es wäre schön, wenn auch Deine Tochter da wäre.
Ich bitte Dich um nichts anderes. Wirklich nichts anderes.
Doch, vielleicht siehst Du hinauf zum Himmel
und betrachtest Beteigeuze. Wenn Du wüsstest, meine
Clotilde, wie viele Nächte ich diesen Stern betrachtet und an
Dich gedacht habe.
Mein ganzes Leben ist eine Dunkelkammer.
Ich umarme Dich.
P.

Die Wellen brachen sich am Eingang der Höhle und ließen Gischtspritzer ins Innere regnen. Clotildes Hand, die den Brief hielt, bebte.

Es war ein ruhiger und bereits sehr warmer Morgen. Die Sonne lugte schon neugierig bis tief in die Grotte hinein.

Ich umarme Dich.

Das war die Schrift ihrer Mutter.

P.

Das war die Unterschrift ihrer Mutter.

Wer, außer ihrer Mutter, nannte sie »*meine Clotilde*«? Wer, außer ihrer Mutter, kannte all diese Details? Ihre Gothic-Punk-Kleidung, die sie nach dem Unfall nie mehr getragen hatte. Wer sonst wusste von *Beetlejuice* oder Beteigeuze, dem Stern im Sternbild des Orions? Das Poster hing damals in Clotildes Zimmer. Maman hatte den Film direkt in Quebec bestellt und ihr zum vierzehnten Geburtstag geschenkt. Die frankokanadische Übersetzung des Films war so viel poetischer als die amerikanische Version.

Clotilde trat vor die Höhle und blickte auf den Pfad zum Meer und auf den Weg oberhalb der Grotte, der zu den Stränden von L'Alga und L'Oscelluccia führte. Dort irrte eine Jugendliche umher, das Handy ans Ohr gepresst.

Wieder blickte Clotilde auf den Brief.

Wer, außer ihrer Mutter, konnte sich an diesen Satz erinnern, mit dem Lydia Deetz im Film ihr Dasein definierte? Dieser Kultspruch aus ihrem Lieblingsfilm? Dieser Satz, den Clotilde ihrer Mutter an den Kopf geworfen hatte, damit sie sie endlich in Ruhe ließ, an jenem Abend, an dem sie so heftig miteinander gestritten hatten?

Es war ihr Geheimnis gewesen. Zwischen Mutter und Tochter.

Ihre Mutter wollte am nächsten Tag mit ihr in die Stadt, um präsentable Kleidung für sie zu kaufen, was bequem, bunt und feminin bedeutete. Ehe Clotilde ihr die Tür vor der Nase zuknallte, hatte sie sie noch verzweifelt angeschrien. Lydia Deetz' Worte schienen genau das zu beschreiben, was sie gerade fühlte.

Mein ganzes Leben ist eine Dunkelkammer. Eine riesige ... bescheuerte ... Dunkelkammer.

KAPITEL 7

Ich mag meinen Vater.

Ich bin mir nicht sicher, ob ihn viele Leute mögen. Aber ich ja. Dreimal ja!

Meine Freundinnen sagen manchmal, dass er ihnen Angst macht. Aber sie finden ihn auch gutaussehend mit seinen dunklen Augen, seinem rabenschwarzen Haar, dem kurz gestutzten Bart und dem kantigen Kinn. Vielleicht ist es sein Selbstbewusstsein, das für eine gewisse Distanz sorgt.

Verstehen Sie, was ich meine?

Mein Vater ist sehr selbstsicher, der Typ, der mit einem Wort unwiderruflich seine Meinung ausdrückt, seine Freundschaft mit zwei Worten beschreibt und sie mit dreien wieder aufkündigt. Er kann mit Blicken töten und kennt keine Gnade. Der Typ Mensch, den man fürchtet, respektiert, aber gleichzeitig auch hasst. So ist mein Vater allen gegenüber ... außer mir!

Ich bin seine Tochter, sein kleiner Liebling. Und die Tricks, die bei allen anderen immer funktionieren, sind bei mir wirkungslos.

Nehmen wir beispielsweise seinen Job. Er sagt, er arbeite für die Umwelt, in der Agronomie, in der Ökologie, und dass er die grünen Lungen unseres Planeten schützen würde ... In Wirklichkeit verkauft er Rasen! Er hat fünfzehn Prozent des französischen Marktes inne und wie es scheint, hängen Tausende Arbeitsplätze in Frankreich und in einem Dutzend anderer Ländern von ihm ab. Alle schauen beeindruckt, wenn Papa erklärt, dass in Frankreich pro Minute ein Areal von der Größe eines Fußballplatzes mit Rasen versehen wird, was zusammengerechnet am Abend der Fläche des Waldes von Fontainebleau entspricht. Verblüfft lauschen sie, wenn er erzählt, dass ihn jetzt das Wiesen-Rispengras oder der Echte Schaf-Schwingel, wie man sie in den Vorortgärten anpflanzte, überhaupt nicht mehr interessieren, da er den gesamten Markt der Golfplätze im Großraum Paris beherrscht und deshalb nur noch Weißes Straußgras verkauft, der absolute Top-Grashalm.

Darüber kann ich nur lachen.

Ein Papa, der Rasen verkauft!

Beschämend! Das habe ich ihm oft genug gesagt. Er hätte ja nun wirklich etwas Besseres finden können! Und dann necke ich ihn und sage, dass ich sehr wohl weiß, dass er mit seinen Grasgeschichten nur herumschwindelt, weil er in Wirklichkeit ein Spion ist, ein Gentleman-Gauner oder ein Geheimagent.

Mein Name ist Grass.

Ray Grass.

Jetzt ist Papa wie üblich nicht da. Niemand ist da, ich bin ganz allein, sitze unter dem Olivenbaum neben dem Bungalow und schreibe. Nicolas ist mit den anderen der Campingplatz-Clique unterwegs, Maman mit dem Fuego zum Einkaufen nach Calvi gefahren, und Papa ist in der Schäferei von Arcanu, bei seinen Eltern, zusammen mit Cousins und hiesigen Freunden.

Er pflegt seine Korsitis, sein Korsentum.

Über Papas Korsitis macht keiner Witze!

Paul Idrissi, verloren in der Normandie, im hügeligen Vexin.

Niemand darf darüber lachen …, nur ich! Denn in Wirklichkeit beschränkt sich Papas Korsitis auf ein gelbes Rechteck, das von September bis Juni auf der Heckscheibe des Autos klebt. Das kabbalistische Zeichen der Korsen, die es aufs Festland verschlagen hat. Der Aufkleber von *Corsica Ferries*.

Papas Korsitis beginnt, wenn der gelbe Aufkleber am Heckfenster anfängt, sich abzulösen, denn das bedeutet, dass die Tage länger werden und die Ferien näher rücken. Mein Papa ist ein wenig wie die Kinder, die anfangen, an den Weihnachtsmann zu glauben, wenn der Dezember naht, oder wie die alten Leute, die erst dann gottesfürchtig werden, wenn man ihnen sagt, dass sie nur noch ein paar Monate zu leben haben.

Oh! Warten Sie, lieber unbekannter Leser, ich muss kurz den Blick heben, denn Nicolas und Maria-Chjara laufen nämlich gerade an mir vorbei zum Strand von L'Alga, mit Cervone und Aurelia im Schlepptau und der ganzen Bande – Candy, Tess, Steph, Hermann, Magnus, Filip, Ludo, Lars, Estefan … Ich stelle sie Ihnen noch vor, aber alles zu seiner Zeit.

Eigentlich würde ich gern mit ihnen gehen, aber ich bleibe besser hier. Sonst werde ich einfach nur wieder übersehen, links liegen gelassen, gedemütigt oder vergessen … Damit könnte ich ein ganzes Wörterbuch füllen, aber ich verschone Sie.

Papas plötzliche Sehnsucht nach Macchia und eine heftige Korsitis suchen ihn also meistens im Juni heim wie ein Heuschnupfen. Es passiert in drei Etappen, von denen jede einen Familienkrach auslöst.

Die erste beginnt auf der Autobahn bei Paris, wenn er uns im Fuego mit korsischen Liedern auf Kassetten traktiert, die er aus irgendeinem Versteck gezaubert hat. Die zweite Etappe, schon auf der Insel, ist während des ersten Essens hier. Es gibt regionale Wurstwaren, wie Coppa und Lonzu, Brocciu, den König unter den korsischen Käsen, und Früchte. Während er die Sachen einkauft, schimpft er jedes Mal darüber, dass alles, was wir das restliche Jahr über essen, Mist sei. Die dritte Etappe besteht aus nicht enden wollenden Familienbesuchen bei den Großeltern, Cousins und Nachbarn, wo alle in dieser Sprache reden, die er selbst nicht richtig kann. Da fällt es ihm noch leichter, Englisch zu reden. Aber mein Paps hält eisern daran fest. Das ist schon rührend, wie er sich Mühe gibt, den Unterhaltungen zu folgen. Doch ich sehe ihn jeden Tag und kann versichern, dass er nicht mehr Korse ist als ich. Eigentlich ist Papa ein Korse in Shorts.

Das würde er zwar nicht gern hören, selbst von mir nicht. Das würde ihn zu sehr kränken. Und das möchte ich nicht. Ich mag meinen Papa lieber als meine Maman. Vielleicht, weil auch er mich lieb hat. Vielleicht, weil er nie etwas über meine Lydia-Gothic-Kleidung gesagt hat. Vielleicht, weil er meine schwarzen Klamotten mag, vielleicht, weil sie ihn an die korsischen Frauen erinnere.

Obwohl, bei den alten Korsinnen sind die schwarzen Gewänder die Uniform der Unterordnung, bei mir stehen sie für Rebellion.

Welches Schwarz wohl mein Vater bevorzugt? Beide? Unterordnung in der Öffentlichkeit, Rebellion zu Hause?

Ich glaube, so machen es alle Männer. Sie wollen eine Mutter, eine Putzfrau, eine Köchin … und hassen ihre Frauen, wenn sie wirklich so werden.

Oder?

So, das reicht für heute. Ich denke, dass Sie jetzt genug über Papa erfahren haben.

Ob ich doch zu den anderen an den Strand gehe, oder lese ich lieber ein Buch?

Wenn man liest, wirkt man auf jeden Fall älter.

Es macht die Leute neugierig. Mehr als ein Buch braucht man eigentlich nicht, um aus der »kleinen-Blöden-ohne-Freunde-die-sich-langweilt« eine »kleine-Rebellin-in-ihrer-Welt-die-euch-alle-zum-Teufel-schickt« werden zu lassen.

Natürlich ist es auch wichtig, was man liest.

Ich hätte gern ein Kultbuch, so wie ich zwei Kultfilme habe – *Beetlejuice* und *Im Rausch der Tiefe*. Ein Buch, das man tausendmal liest und neuen Jungs-Bekanntschaften ausleiht, um zu sehen, ob er der Richtige ist …

Ich habe drei Bücher in meinem Koffer.

Die unerträgliche Leichtigkeit des Seins
Gefährliche Liebschaften

Die unendliche Geschichte

Gut, ich weiß, was Sie jetzt sagen werden. Alle drei Bücher sind verfilmt worden. Richtig. Ich habe die drei ausgesucht, weil ich die Filme gesehen habe und mochte …, und wenn ich die Bücher gelesen habe, kann ich immer noch behaupten, ich hätte den Film HINTERHER gesehen und sei über die Verfilmung MASSLOS ENTTÄUSCHT gewesen.

Ok, so mach ich's. Mit *Gefährliche Liebschaften* unterm Arm gehe ich an den Strand.

Super!

Valmont und die Marquise de Merteuil, ganz große Klasse! Zum Dahinschmelzen, der böse John Malkovitch und der junge Keanu Reeves.

Dann bis bald, mein fiktiver Leser.

• • •

Ehe er das Tagebuch schloss, fing er mit dem Zeigefinger eine Träne auf, die aus seinem Augenwinkel rann.

Obwohl so viele Jahre vergangen waren, konnte er diesen Vornamen noch immer nicht ohne Gefühlswallungen lesen.

Jenen Vornamen, der durch dieses Tagebuch geisterte wie ein Phantom.

Völlig harmlos.

Das zumindest hatten sie alle geglaubt.

KAPITEL 8

13. August 2016
14 Uhr

Es ist ihre Handschrift!«

Clotilde hoffte auf eine Antwort, egal, wie sie ausfallen würde.

Vergebens.

Franck hing an einer Wasserflasche, gerade war er vom Joggen wiedergekommen. Er leerte sie bis auf ein Viertel und goss sich den Rest auf den nackten Oberkörper. Franck war bis zum Semaphor von Cavallo gelaufen, neun Kilometer hin und zurück. Nicht schlecht für einen Wiedereinstieg, besonders bei dreißig Grad im Schatten. Seelenruhig breitete er sein schweißgetränktes T-Shirt in der Sonne aus.

»Wie kannst du da so sicher sein, Clotilde?«

»Ich weiß es einfach.«

Clotilde lehnte an dem knorrigen Stamm des Olivenbaums. Noch immer hielt sie den Briefumschlag in der Hand, konnte den Blick nicht von der Anschrift lösen.

Clotilde Idrissi

Bungalow C29, Camping des Euproctes

Sie hatte keine Lust, Franck von den Postkarten zu erzählen, die ihre Mutter ihr als Kind geschickt hatte und die sie hin und wieder noch einmal las. Genauso wie das Hausaufgabenheft aus ihrer Schulzeit, in dem noch Anmerkungen ihrer Mutter standen. Und dann waren da noch die von ihr beschrifteten Fotos.

»Mein ganzes Leben ist eine Dunkelkammer. Eine riesige ... bescheuerte ... Dunkelkammer«, flüsterte Clotilde vor sich hin.

Franck kam mit tropfnassem Oberkörper auf sie zu. Sein kurzgeschnittenes blondes Haar schimmerte in der Sonne. Er verkörperte das genaue Gegenteil von Finsternis und Schatten. Genau das hatte sie vor Jahren so an ihm fasziniert. Er hatte sie zurück ins Licht gebracht.

Jetzt zog er einen Plastikstuhl heran und setzte sich direkt vor sie hin.

»Okay, Clotilde, okay ... Du hast mir ja alles erzählt, ich habe es nicht vergessen. Mit fünfzehn warst du ein großer Fan dieser Schauspielerin und hast dich wie sie gekleidet, warst eine Art Gothic-Igel. Als wir uns kennenlernten, hast du mir diesen Film, *Beetlejuice*, sogar gezeigt, erinnerst du dich? An der Stelle, an der das Mädchen sagt: ›Mein Leben ist eine Dunkelkammer‹, hast du den Film angehalten, gelächelt und gesagt, dass wir diese Dunkelkammer nun in allen Regenbogenfarben streichen würden ...«

Daran erinnerte sich Franck?

»Deine Winona Ryder musste gute zwei Stunden als Standbild auf dem Bildschirm ausharren und uns dabei zusehen, wie wir uns auf dem Sofa liebten.«

Aha, daran erinnerte er sich also ...

»Okay, Clotilde, wer auch immer dir den Brief geschickt hat, will dir einen Streich spielen.«

Einen Streich? Hatte Franck tatsächlich »einen Streich spielen« gesagt?

Clotilde las noch einmal die Passage, die sie am meisten aufgewühlt hatte.

Morgen, wenn Du in der Schäferei von Arcanu bei Cassanu und Lisabetta bist, bleib ein paar Minuten bei Sonnenuntergang an der Steineiche stehen, damit ich Dich sehen kann.

Ich hoffe, ich erkenne Dich wieder.

Es wäre schön, wenn auch Deine Tochter da wäre.
Ich bitte Dich um nichts anderes. Wirklich nichts anderes.

Am morgigen Abend wollten sie tatsächlich ihre Großeltern besuchen.

»Ja, Clotilde. Irgendjemand spielt dir einen fiesen Streich. Ich habe keine Ahnung, wer oder warum, aber ...«

»Aber?«

Diesmal legte Franck eine Hand auf ihr Knie, bevor er ihr wieder in die Augen sah. Der vertrauensvolle Partner war schon lange verschwunden, geblieben war der Moralprediger, der Besserwisser, der seine Binsenweisheiten herausposaunte und mit unwiderlegbaren Argumenten garnierte. Der geduldige Lehrer und seine engstirnige Schülerin. Sie konnte seine überhebliche Art einfach nicht mehr ertragen.

»Okay, Clotilde, dann versuche ich es anders. Am Abend des Unfalls, am 23. August 1989, habt ihr da alle vier – du, dein Vater, deine Mutter und Nicolas – im Auto gesessen? Bist du dir da ganz sicher?«

»Ja, natürlich.«

»Niemand kann aus dem Auto gesprungen sein, bevor es in den Abgrund stürzte?«

Clotilde sah die Bilder vor ihrem geistigen Auge. Sie war sie nicht wieder losgeworden. Der Fuego, der wie ein Geschoss geradeaus raste. Die enge Kurve. Ihr Vater, der das Lenkrad nicht einschlug.

»Nein, niemand. Unmöglich.«

Franck war am Ziel. Das war seine Stärke. Er glaubte nur an zwei Dinge: Rationalität und Effizienz.

»Clotilde, bist du absolut sicher, dass dein Vater, deine Mutter und dein Bruder bei diesem Unfall ums Leben gekommen sind? Alle drei?«

Dieses Mal war Clotilde fast dankbar für seine Taktlosigkeit. Ja, sie war sich absolut sicher.

Die zerquetschten Körper im Wrack des Fuego verfolgten

sie seit nunmehr fast dreißig Jahren. Die wie von einem Stahl-gebiss zermalmten sterblichen Überreste ihrer Eltern, der Ge-schmack von Blut, vermischt mit dem Geruch nach Benzin, der Rettungsdienst, der am Unfallort erschien und die drei Leichname identifizierte und abtransportierte ... Die Nachfor-schungen über die Unfallursache... Die Beerdigung ... Alles verwest mit der Zeit, nichts erwacht wieder zum Leben, alles ist und bleibt vergänglich, für immer ...

»Ja, alle drei sind tot, ohne jeden Zweifel.«

Franck legte die zweite Hand auf ihr anderes Knie und neigte sich zu ihr hinüber.

»Okay, Clotilde. Damit ist die Sache dann ja wohl geklärt! Ir-gendein Dummkopf spielt dir einen gar nicht witzigen Streich, vielleicht ein ehemaliger Verehrer von dir oder irgendein nei-discher Korse, egal. Verrenn dich nicht in irgendetwas!«

»In was denn?«

Clotilde fühlte sich wie eine Heuchlerin, hinterhältig und schwach, bereit, sich selbst zu belügen.

Manchmal erleichterte Francks Offenheit die Dinge erheb-lich.

»Red dir nicht ein, deine Mutter könnte noch am Leben sein. Und dass der Brief tatsächlich von ihr geschrieben wurde.«

Und peng!

Clotildes helle, vor Sonnencreme glänzende Haut verfärbte sich rötlich.

Natürlich nicht, Franck.

Natürlich nicht.

Wo denkst du hin?

»Natürlich nicht, Franck«, hörte sie sich sagen, »das würde mir nicht im Traum einfallen.«

Lügnerin!

Franck insistierte nicht weiter. Er hatte gewonnen, wieder einmal hatte die Stimme der Vernunft gesiegt.

»Also, dann vergiss es, Clotilde. Du bist diejenige, die unbedingt nach Korsika wollte. Und ich habe mich deinem Wunsch angeschlossen. Jetzt vergiss also diesen Brief und genieß den Urlaub!«

Ja, Franck.

Selbstverständlich, Franck.

Du hast ja so recht, Franck.

Danke, Franck.

Kurze Zeit später schlug Franck einen Ausflug nach Calvi vor. Die Festungsstadt lag keine fünf Kilometer entfernt, und die Fahrt dorthin dauerte nicht mal zehn Minuten. Es sei denn, die Strecke würde durch eine Herde Esel oder Wohnmobile blockiert.

Franck ging ins Haus, um ein sauberes Hemd anzuziehen, und Valou klatschte vor Freude in die Hände, als sie das Wort Calvi vernahm. Der Name stand für Ladenstraßen voller Touristen, für den Yachthafen, die dort aufgereiht liegenden Schiffe und für überlaufene Strände. Als Clotilde sah, wie Valou im Bungalow verschwand, ein enges Kleid anzog, ihr Haar aus Nacken und Stirn kämmte, es aufsteckte, so dass ihre kupferfarbenen Schultern frei blieben, und ihre feinen, aus ledernen Silberstreifen geflochtenen Sandalen anzog, als sie sah, wie Valou bei dem Gedanken strahlte, mit der Zivilisation wieder auf Tuchfühlung zu gehen – und zwar nicht mit irgendeiner Zivilisation, sondern mit der der Reichen und Braungebrannten, die sie faszinierte –, fragte sie sich, was zwischen ihnen beiden eigentlich schiefgelaufen war.

Bis zu Valentines zehntem Lebensjahr waren sie beide ein Herz und eine Seele gewesen. Eine kleine Prinzessin voller schräger Einfälle mit einer unangepassten Mutter. Genauso, wie sie es sich immer gewünscht hatte.

Da waren ihre Albernheiten, ihre Lachanfälle und die geteilten Geheimnisse.

Sie hatte sich geschworen, niemals eine sauertöpfische Mutter zu werden, eine Spaßverderberin, eine Schwarz-Weiß-

Mutter. Und dennoch war dann alles irgendwann gekippt, ohne dass sie es selbst bemerkt hätte. Und Clotilde war nicht auf der richtigen Seite. Sie hatte mit einer pubertären Rebellin gerechnet, so wie sie selbst eine gewesen war. Auf diese Konfrontation hatte sie sich vorbereitet.

Aber falsch!

Jetzt sah sich Clotilde mit einem angepassten, neuartigen Typ Teenager konfrontiert, der seine Mutter mit ihren Ideen aus einer längst vergangenen Epoche wie eine angestaubte Reliquie bestaunte. Heute war ihrer Tochter die ulkige Mutter im besten Fall egal, wenn sie sich, im schlimmsten Fall, nicht gar ihrer schämte.

Valou hatte sich ihre farblich zu ihrem Kleid passende smaragdgrüne Handtasche mit Fransen geschnappt und wartete vor dem Passat. Franck saß bereits am Steuer.

»Bist du fertig, Maman?«

Keine Antwort.

Die gereizte Stimme einer Jugendlichen.

»Maman, wir wollen los!«

Clotilde kam aus dem Bungalow.

»Franck, hast du meine Papiere eingesteckt?«

»Ich habe sie nicht.«

»Sie sind nicht mehr im Safe.«

»Ich jedenfalls habe sie nicht«, wiederholte Franck. »Bist du sicher, dass du sie nicht vielleicht woanders hingelegt hast?«

Okay, dachte Clotilde, ich mag das hirnlose, hässliche Entlein der Familie sein, aber ich bin noch nicht verkalkt.

»Ja!«

Clotilde sah noch genau vor sich, wie sie, bevor sie duschen gegangen war, ihre Brieftasche in dem kleinen Safe im Wandschrank neben dem Eingang eingeschlossen hatte.

Die Sonnenbrille auf die Stirn geschoben, trommelte Franck nervös auf dem Steuer herum und musste sich offenbar zurückhalten, um nicht wild zu hupen.

»Wenn sie nicht im Safe sind«, giftete er, »dann hast du sie mit Sicherheit …«

»Ich habe meine Papiere gestern Abend in diesen blöden Safe geräumt und ihn seither nicht mehr geöffnet.«

Wütend drehte sich Clotilde um, hievte ihren Koffer auf das Bett und durchwühlte ihre Sachen.

Nichts.

Sie öffnete alle Schubladen, strich mit der Hand über die höchsten Regale, sah unter dem Bett nach und untersuchte alle Möbel und Stühle.

Nichts.

Nichts in der Dachbox, nichts im Handschuhfach.

Franck und Valou waren jetzt still.

Clotilde ging zum Safe zurück.

»Ich habe meine Papiere in diese verdammte unknackbare Konservendose eingeschlossen. Jemand hat sie genommen …«

»Hör zu, Clotilde … Nur wir haben einen Schlüssel und das Codewort, nur wir …«

»Ich weiß! Ich weiß! Ich WEISS!

. . .

Clotilde mochte Cervone Spinellos Lächeln nicht. Sie erinnerte sich, dass sie ihn schon als Kind und Jugendlichen nicht hatte ausstehen können, wenn er unter dem Vorwand, sein Vater leite schließlich den Campingplatz, immer der Anführer sein wollte. Er war ein Lügner, ein berechnender Wichtigtuer.

Jahre später, nun zum Chef eines Campingplatzes mit achtzig Hektar Land, vielen Bäumen und Blick aufs Meer aufgestiegen, ergab das eine Persönlichkeit, die man in drei Worten beschreiben konnte: Kriecherisch, anmaßend, lüstern.

Ganz das Gegenteil von seinem Vater Basile.

»Tut mir leid, Clotilde!«, entschuldigte sich Cervone. »Ich hatte noch nicht die Zeit, dich persönlich zu begrüßen. Wir sollten unbedingt was ausmachen, um …«

Sie gab ihm gar nicht erst die Gelegenheit, ihr vorzuschlagen, sich auf einen Drink zu treffen, um rührselige Erinnerungen an ihre Eltern oder andere siebenundzwanzig Jahre alte Geschichten heraufzubeschwören, sondern berichtete ihm sofort vom Verschwinden ihrer Brieftasche. Ihrer Meinung nach konnte es sich dabei nur um Diebstahl handeln.

Cervone zog seine buschigen schwarzen Augenbrauen zusammen.

Es war ihm unangenehm. Immerhin …

Er griff nach einem Schlüsselbund, trat aus der Rezeption des Campingplatzes und rief nach einem großen Typen, der gerade Blumen goss.

»Orsu, du kommst mit.«

Cervone begleitete seinen Befehl mit einer Handbewegung – mit ausgestrecktem Zeigefinger deutete er Richtung Allee –, wie wenn man seiner Autorität gegenüber einem ohnehin schon gehorsamen Tier Ausdruck verleihen möchte. Die Geste eines kleinen Chefs. Der Angesprochene ließ wortlos alles stehen und liegen und folgte ihm.

Clotilde zuckte, als er sich zu ihr umdrehte. Orsu war über einen Meter neunzig groß. Sein voller, ungepflegter Bart und das dichte, lange, lockige Haar verdeckten sein Gesicht, aber nicht genug, um die linksseitigen Verletzungen zu verbergen. Ein Auge war unbeweglich, die Wange fleischlos, fast hohl, die Haut an Kinn und Hals schlaff, die Schulter deformiert, der linke Arm hing wie ein leerer Ärmel schlaff herab, an dessen Ende man einen rosa Plastikhandschuh angenäht hatte, und er hatte ein steifes Bein.

Unerklärlicherweise war Clotilde eher verwirrt als entsetzt. Im ersten Moment hielt sie ihr Mitgefühl gegenüber diesem behinderten Riesen einfach für Mitleid, möglicherweise eine Folge ihres Berufes, aber da war noch etwas anderes, das sie verstörte, ein Gefühl, das sie nicht einzuordnen wusste. Als Orsu drei Meter vor ihnen herging, flüsterte Cervone Clotilde ins Ohr:

»Du wirst dich nicht an ihn erinnern können. Orsu war in jenem verfluchten August erst drei Monate alt. Er hatte seither nicht viel Glück. Aber wir haben ihn hier behalten, man gibt ja eine Ziege auch nicht auf, nur weil sie drei Beine hat. So sind wir hier nun mal. Auf dem Campingplatz kümmert er sich um fast alles, wir nennen ihn Hagrid. Du weißt schon, der Halbriese aus Harry Potter. Das ist nett gemeint, nicht böse.«

Clotilde störte einfach alles an dieser Vertraulichkeit.

Zunächst einmal, dass er sie einfach duzte, obwohl sie sich siebenundzwanzig Jahre nicht gesehen hatten.

Dann die Art, wie er über Orsu sprach – als sei er ein zugelaufener Hund.

Und dann, wie er sich als Wohltäter aufspielte, wobei Clotilde das Bild von dem kleinen pickeligen Halbstarken, der Eidechsen, Frösche und andere unschuldige Tiere quälte, nicht aus dem Kopf ging.

Am Bungalow angekommen, beugten sie sich zu viert über den winzigen Safe. Nur Valou saß auf einem Stuhl, die Kopfhörer auf den Ohren, und lackierte sich die Fußnägel. Cervone schielte unverhohlen auf ihre Schenkel.

Lüstern, kriecherisch, anmaßend, korrigierte sich Clotilde. Sie hatte ins Schwarze getroffen, nur nicht in der richtigen Reihenfolge. Orsu hockte, seinen massigen Körper zusammengefaltet, vor dem Stahlwürfel und probierte mit seiner unversehrten Hand verschiedene Schlüssel aus, betrachtete das Schloss, prüfte Schließbolzen und Schließblech, wie auch die Zylinder. Cervone schaute ihm kritisch zu.

»Tut mir leid, Clotilde«, sagte der Leiter des Campingplatzes schließlich. »Nichts lässt darauf schließen, dass der Safe aufgebrochen wurde. Bist du wirklich sicher, dass deine Brieftasche darin lag?«

Clotilde schäumte innerlich. Hatten sie sich abgesprochen? Franck und Cervone, ihr Mann und dieser Typ, der sie mehr als alles auf der Welt anwiderte?

Aber sie nickte nur.

»War Geld in der Brieftasche?«

»Ein wenig …«

»Kennt eure Tochter den Code?«

Ganz schön direkt, dieser Cervone. Im Gegensatz dazu war Franck ja geradezu diplomatisch.

»Ja, aber …«

Clotilde wollte protestieren, aber Valou hatte sich hinter ihnen aufgerichtet.

»Wenn ich hätte Geld stehlen wollen, hätte ich eher Papas Brieftasche geklaut.«

Cervone brach in Gelächter aus.

»Gute Antwort, Mademoiselle. Damit ist deine Unschuld ja wohl bewiesen.«

Noch hassenswerter als alles andere fand Clotilde jedoch das verschwörerische Lächeln, das Valou und der Campingplatzchef austauschten. Franck, der hinter ihnen stand, schien einfach nur genervt.

»Und was machen wir jetzt? Meine Frau hat Ihnen doch gesagt, dass ihre Brieftasche in diesem verflixten Safe lag.«

Danke, Franck!

Cervone zuckte mit den Achseln.

»So oder so, wenn die Papiere nicht mehr da sind, müsst ihr eben zur Polizei. Wenn du willst, kannst du Anzeige erstatten, Clotilde.«

Mit einem zweideutigen Lächeln fügte er hinzu:

»Erwarte jedoch nicht, in Calvi Cesareu wiederzusehen. Dein alter Freund ist nun schon seit einigen Jahren Rentner. Ich weiß nicht, an wen du geraten wirst, aber die Polizisten, die jetzt hier Dienst tun, bleiben drei Jahre und kehren dann aufs Festland zurück.«

Orsu machte sich immer noch am Safe zu schaffen. Er ließ nicht locker und prüfte den Mechanismus des Schlosses. Er schien es einfach nicht zu verstehen. Clotilde dankte ihm innerlich, dass er sich nicht täuschen ließ, dass er ihr glaubte.

Sie war sich hundertprozentig sicher. Sie hatte die Brieftasche gestern in den Safe geschlossen.

Jemand hatte sie mitgehen lassen.

Warum?

Wer?

Auf jeden Fall musste es offensichtlich jemand gewesen sein, der entweder den Schlüssel hatte oder den Code kannte.

KAPITEL 9

Samstag, 12. August 1989, sechster Ferientag,
nachtblauer Himmel

Wissen Sie was?

Hier, im hintersten Winkel Korsikas, ist endlich mal was passiert, und ich habe Neuigkeiten für Sie, die hochexplosiv sind …

Sind Sie bereit?

Alles begann mit einem großen Knall. Exakt um 2:23 Uhr in der Nacht. Ich weiß es deshalb so genau, weil ich in dem Moment, als mich die Detonation weckte, gleich auf die Uhr gesehen habe. Dann warf ich kurz einen Blick hinaus aufs Meer, Richtung La Revellata, auf die westliche Balagne bis hinüber zur höchsten Erhebung, dem Capu di a Veta. Nichts zu sehen! Also habe ich mich wieder hingelegt.

Bereits im Morgengrauen war auf dem Campingplatz der Teufel los. Polizisten befragten die eher überraschten als beunruhigten Touristen. Dabei taten die Beamten so, als würden sie das breite Grinsen der Einheimischen nicht bemerken.

In der Nacht war der Hotelkomplex *Roc e Mare* mitsamt seinem Yachthafen in die Luft gesprengt worden.

Ich werde Ihnen das geographisch ein wenig veranschaulichen: Die Landzunge von La Revellata ist eine kleine fünf Kilometer lange und ein Kilometer breite Halbinsel inmitten unberührter Natur – bis auf ihren Leuchtturm am Ende der Welt, den kleinen Hafen namens Stareso, zwei oder drei weiße Villen und den Campingplatz, der sich mitten in einem Olivenhain befindet. Von dort aus hat man über einen steilen Pfad direkten Zugang zu zwei kleinen Stränden, dem von L'Alga im Südosten und dem von L'Oscelluccia im Nordosten. An der Westküste gibt es rein gar nichts zu entdecken, nur ein paar Steilklippen, von denen aus man hinabsteigen kann zur *Grotte des Veaux Marins* und zur steinigen Bucht von Recisa, die fest in der Hand der Windsurfer ist.

Fast das gesamte wunderschöne Fleckchen Erde hier gehört einem einzigen Mann. Meinem Großvater! Cassanu Idrissi. Doch er begnügt sich damit, mit seiner ganzen Familie in der Schäferei von Arcanu zu leben, die abgeschieden in den Bergen liegt und nur über einen steilen Pfad oder eine geteerte Straße zu erreichen ist. Außerdem gibt es eine große Antenne für den Fernsehempfang, jede Menge alte Steine, eine riesengroße Eiche in der Mitte des Hofes und den Duft der Macchia, der sich in den Mauern festsetzt. Kein Chichi, kein Pool, kein Tennisplatz. Der einzige Luxus ist der unglaubliche Blick auf die Bucht von La Revellata. Auch der Campingplatz gehört meinem Opa. Basile Spinello, der ihn leitet, ist ein alter Freund von ihm. Und dabei gilt nur eine einzige goldene Regel: Keine oder so gut wie keine Mauern, lediglich ein paar Duschen und Toiletten, kahle Stellplätze, auf denen man sein Zelt aufschlagen kann, eine Handvoll hölzerner Bungalows, gerade so viele, um im Sommer die Verwandtschaft vom Festland, Freunde und ein paar nette Touristen beherbergen zu können. Seine achtzig Hektar Land behandelt Opa Cassanu wie eine Frau, die er nicht mit anderen teilen will, die man bewundern, aber nicht besitzen darf und die für immer alterslos scheint. Sie duftet betörend nach Zistrosen und Zitronatzitronen und leuchtet im Indigoblau der wilden Orchideen, die meine Oma Lisabetta so sehr liebt.

Alles gehört ihm, bis auf ein paar kleine felsige Ecken direkt am Meer, oberhalb vom Strand von L'Oscelluccia. Es sind viertausend Quadratmeter, die ein entfernter Cousin vor Jahrhunderten geerbt hat. Und dieses Fleckchen auf dem Besitz meines Opas ist die einzige Gegend auf der Halbinsel, auf der gebaut werden darf. Die Preise stiegen gewaltig, und eine Baufirma begann, inmitten der roten Felsen einen Hotelkomplex zu errichten. Wie man hörte, war ein Italiener aus Portofino der Auftraggeber. Ein echt luxuriöser Kasten in der gleichen Farbe wie die Felsen, mit einer Terrasse mit Meerblick, einem kleinen Privathafen, Zimmer mit Jacuzzi und allem Drum und Dran. Sie hatten im März mit den Bauarbeiten begonnen, obwohl die korsischen Umweltschutzverbände unter Berufung auf das Gesetz zum Schutz der Küsten auf der Stelle Klage einreichten.

Ich muss gestehen, dass ich nicht alles begriffen habe, aber Opa Cassanu kann stundenlang mit Papa über dieses Thema reden. Offensichtlich ist die Enklave bebaubar, weil sie mehr als hundert Meter über dem Meer liegt, doch die Umweltschützer machten sofort die Erhaltung wichtiger natürlicher Lebensräume geltend, beriefen sich dabei auf den Landschaftsschutz, warfen ihr ökologisches Interesse in die Waagschale, wollten diesen Sektor zum Naturschutzgebiet erklären lassen, ein Vorkaufsrecht der Obersten Küstenschutzbehörde erwirken … Kurz, das totale Durcheinander.

Und so mutierte das Ganze zu einer Schlacht unter Anwälten, Journalisten und Beamten. Sicher wurden auch große Summen über und unter den Tisch geschoben. Doch währenddessen wurde auf die von italienischen Arbeitern gegossene Betondecke in der zukünftigen Hotelresidenz *Roc e Mare* fleißig Ziegel auf Ziegel gesetzt. Langsam, aber stetig liefen die Bauarbeiten weiter, ohne das Urteil abzuwarten, das die ganze Sache möglicherweise für illegal erklärt hätte, und das alles quasi direkt vor Opas Nase.

Bis zu dieser Nacht, als es um zwei Uhr morgens eine Explosion gab!

Ein großes Loch in der Betondecke. Die Arbeiter fanden am frühen Morgen nur noch einen großen Haufen Schutt vor.

Alles Weitere hat mir Aurélia, die Tochter von Cesareu Garcia, der Sergent bei der Polizei von Calvi ist, erzählt. Eigentlich mag ich sie nicht besonders. Sie ist zwei Jahre älter als ich und spielt sich immer ein bisschen auf. Mir tut schon jetzt ihr zukünftiger Ehemann leid, falls sie überhaupt jemals einen findet. Sie hat es echt nicht leicht, die Jungs schauen sie noch seltener an als mich, und das will was heißen!

Nicolas eingeschlossen. Dabei gehe ich jede Wette ein, dass die Arme auf meinen großen Bruder steht. Es ist nicht so, dass sie hässlich wäre, sie hat große dunkle Augen, schwarz wie Oliven, und breite Brauen, die sich über ihrer Nase fast berühren, was sie noch strenger aussehen lässt ... Sie geht einem einfach auf die Nerven.

Aber in jenem Moment, am Morgen nach dem großen Knall, war ich sehr erfreut über das, was Aurélia mir mit ihrer keifenden Stimme und ihrer schnippischen Art zu sagen hatte:

»Mein Vater hat deinen Großvater Cassanu aufgesucht. Alle Welt weiß, dass er den Hotelkomplex hat in die Luft sprengen lassen.«

»Wie bitte?«

»Aber natürlich wird keiner was sagen. Der Ehrenkodex der Schweigepflicht. Die Omertà, sagt mein Vater. Jeder hier verdankt deinem Großvater etwas. Als Erster Basile, der den Campingplatz leitet. Sie sind zusammen zur Schule gegangen. Verstehst du das? Es wird eine Bombe deponiert, jeder weiß Bescheid, dass er es war, aber niemand sagt was.«

Die Vorstellung amüsierte mich, dass ihr unbedeutender Vater, obwohl er mindestens so viel wiegt wie ein korsischer Stier, in seinem kleinen Polizeiauto zu meinem Großvater gefahren war, um ihn, schweißgebadet und mit zitternden Knien, zu vernehmen.

»Es gibt keine Beweise gegen meinen Großvater. Das hat dir dein Vater sicher auch gesagt.«

»Ja, das hat er.«

»Und diejenigen, die die Bombe gelegt haben, haben doch

recht, oder? Korsika ist viel hübscher ohne Beton. Wenn man auf den Ausgang des Prozesses warten würde, wäre La Revellata und der Rest der Insel längst verschandelt, glaubst du nicht?«

Aurélia hat keine Meinung. Nie.

Aber sie hat mir trotzdem geantwortet.

»Schon. Mein Vater hat auch gesagt, dass es richtig war, dass Cassanu das gemacht hat. Auch, wenn er nicht das Recht dazu hatte.«

Ich musste den ganzen Tag daran denken, und dann habe ich sogar gesehen, wie sich Opa am Eingang zum Campingplatz mit Basile Spinello unterhalten hat. Die beiden wirkten wie Verschwörer.

Immer wieder fuhren Polizeiautos durch die Gegend. Im Radio wurde über die Explosion berichtet, wenn auch nur kurz. Und am Ende des Tages stand es dann fest. Niemand hatte etwas gesehen oder gehört. Damit war die ganze Sache abgehakt. Die Bucht von La Revellata gehörte wieder allein den Möwen, Ziegen, Eseln, Wildschweinen und Campern. An diesem Abend blieb ich lange in der *Grotte des Veaux Marins*, um das Meer und den Sonnenuntergang über der Bucht von La Revellata zu betrachten, die ganz in Rot und Gold getaucht war.

Wunderschön.

Und ich war stolz.

Solange mein Opa da war, würde meine Bucht so bleiben.

Wild, unberührt, widerspenstig.

So wie ich!

• • •

Diese dumme Göre!

Er schloss das Heft.

KAPITEL 10

Die Arbeiter, alle mit nacktem Oberkörper, litten unter der Hitze. Die einen standen, auf ihre Schaufeln gestützt, herum, die anderen saßen reglos am Steuer ihrer abgestellten Bulldozer, und einige hatten das Glück, im Schatten eine Zigarette rauchen zu können. Fast wirkte es, als würden sie alle ungläubig das in den Felsen gegossene Fundament der Betonmauern betrachten, ganz so, als handele es sich um ein irres Unterfangen, ein Werk gigantischen Ausmaßes.

»Das wird das neue Vier-Sterne-Hotel«, erklärte Valou vom Rücksitz aus und klatschte begeistert in die Hände wie ein aufgeregtes Kind.

Franck fuhr mit leicht zusammengekniffenen Augen bedächtig und konzentriert. Hinter jeder Kurve blendete ihn die Sonne. Clotilde wandte sich zu ihrer Tochter um.

»Was wird das?«

»Das zukünftige Vier-Sterne-Hotel. Die Marina *Roc e Mare*. Ein altes Projekt, das Cervone Spinello wieder ausgegraben hat. Es wird ein Ableger des Campingplatzes Euproctes. An der Rezeption hängen schon die Pläne aus. Nächsten Sommer soll alles fertig sein. Absolut cool! Schwimmbad, Spa, Fitnesscenter, Zimmer zu dreihundert Euro die Nacht mit eigener Terrasse und direktem Zugang zum Meer.«

Clotildes Blick ruhte eine Weile auf der Baustelle. Eine riesige Werbetafel, die einen Teil der Arbeiten verbarg und die

Logos der Europäischen Union, der Region und des Departements trugen, zeigte einen luxuriösen vier- oder fünfstöckigen Hotelkomplex. Selbst wenn er in den Felsen lag, würde man ihn kilometerweit, sowohl vom Land als auch vom Wasser aus, sehen.

Ein seltsames Gefühl, das sie nicht richtig zu deuten vermochte, überkam Clotilde. Jahrelang hatte sie sich gezwungen, diese unbewohnte Felsspitze, die gefährliche Straße, den tödlichen Abgrund zu vergessen. Doch es war ihr nie ganz gelungen. Und nun, da sie an den Schauplatz des Dramas zurückgekehrt war, entfernte sie eigenartigerweise jede Kurve, jeder neue Blick auf die paradiesische Umgebung mehr von dem Unfall und führte sie in eine frühere Zeit zurück, zu all den Jahren, all den Sommern davor – selbst wenn es nur vage Erinnerungen waren, selbst wenn von all den Ferien ihrer Kindheit nur die Gewissheit blieb, dass sie diese Landschaft, diese Düfte geliebt hatte – und die Natur, auch wenn sie ihr später zum Verhängnis geworden war. Korsika war wie sie selbst: ein Waisenkind. Schön und einsam. Es war vor zwanzig Millionen Jahren seiner Familie, dem Kontinent, den Alpen, dem Esterel entrissen worden und ins Mittelmeer abgedriftet.

Valou verrenkte sich den Kopf, um das Fundament des Luxushotels sehen zu können und beharrte:

»Cervone hat es mir erklärt, als er gesehen hat, dass ich mich dafür interessiere. Nächstes Jahr bin ich sechzehn, vielleicht kann ich dann sogar dort arbeiten.«

Cervone … Ihre Tochter nannte diesen Dreckskerl von Campingplatzleiter schon beim Vornamen! Diesen risikofreudigen Betonfanatiker und Weiberhelden, der fünfundzwanzig Jahre älter war als sie.

Ohne nachzudenken, konterte sie:

»Mir ist es unbegreiflich, wie man zulassen kann, dass ein solcher Horror gebaut wird.«

Valou antwortete nicht, sondern betrachtete die Werbetafel.

Die schlimmsten Jugendlichen sind die, die die Auseinander-
setzung scheuen.

»Du kannst ja deinen Urgroßvater Opa Cassanu fragen, was
er davon hält. Morgen Abend sind wir bei ihm zum Essen.«

»Warum?«

»Nur so.«

»Ist er ein alter korsischer Separatist? Ein Bombenleger wie
aus einem Mafiafilm?«

»Du wirst es erleben.«

»Wie alt ist er eigentlich?«

»Am 11. November wird er neunundachtzig.«

»Und er lebt immer noch in seiner Schäferei am Ende der
Welt? Gibt es denn auf Korsika keine Altersheime?«

Clotilde schloss die Augen.

Sie näherten sich auf der Küstenstraße Petra Coda, der
Stelle, an der der Fuego abgestürzt war.

Alle schwiegen. Das Radio spielte Discomusik. Franck zögerte kurz, ob er den Ton leiser drehen sollte, tat es dann aber
nicht.

Von den drei Feldthymiansträußchen am Straßenrand war
nichts mehr zu sehen.

...

Die Brigade der Gendarmerie am Ortseingang von Calvi verfügte über einen einzigartigen Blick auf das Mittelmeer und
die Halbinsel La Revellata.

Clotilde ging allein hinein, während Franck weiterfuhr, um
Valentine am Hafen von Calvi abzusetzen. Wenn sie fertig
wäre, würde sie ihn anrufen, damit er sie abholte, es würde
sicher nicht lange dauern, bis sie den Verlust ihrer Papiere gemeldet hätte.

Der Polizist, der sie empfing, war jung und sportlich mit
kurzgeschorenem blondem Haar. In seinem Büro hingen verschiedene Wimpel und Schals von Rugby-Vereinen.

Kein einziger korsischer Verein.

»Capitaine Cadenat«, stellte er sich vor und reichte Clotilde die Hand.

Nachdem er sie angehört hatte, schob er mit fast entschuldigender Miene angesichts der Flut von Fragen das Formular zur Erfassung des Diebstahls ihrer Papiere zu ihr hinüber.

Clotilde erzählte ihm von den Umständen des Diebstahls, dem verschlossenen Safe, der nicht aufgebrochen worden war, und der dennoch verschwundenen Brieftasche. Die blauen Augen über dem Mund mit dem offenen Lächeln wanderten wie zwei flatternde Schmetterlinge Richtung Fenster.

Der Beamte erhob sich und betrachtete den Leuchtturm von La Revellata, der genau in seinem Blickfeld lag.

»Cervone Spinello wird nicht gerade erfreut sein, wenn wir bei ihm aufkreuzen. Normalerweise regelt er die Angelegenheiten auf seinem Campingplatz lieber selbst. Aber wenn Sie darauf bestehen …«

Clotilde nickte.

Ja, das tat sie. Allein schon, um Cervone zu ärgern.

Der Beamte rückte mit einer mechanischen Geste den Wimpel des CA Brive an der Wand zurecht.

»Um ehrlich zu sein, ich bin erst seit drei Jahren hier tätig, und ich habe noch immer Mühe zu verstehen, wie die Dinge funktionieren. Dabei stamme ich aus dem Süden … aus der Nähe von Béziers. Mein Urgroßvater war der größte Zweite-Reihe-Stürmer des Vorkriegs-Frankreichs. Ich beklage mich nicht darüber, dass ich nach Calvi versetzt worden bin, ich bin jetzt sogar viersprachig – Französisch, Englisch, Okzitanisch und Korsisch! Eine tolle Insel und tolle Menschen. Nur was Rugby angeht, sind die Korsen echt Nieten!«

Er lachte laut auf und überprüfte das Formular, das Clotilde ausgefüllt hatte.

Familienname

Baron

Mädchenname

Idrissi

Vorname
Clotilde
Beruf
Anwältin für Familienrecht

Die folgende Frage stellte er routinemäßig.

»Sind Sie Korsin?«

»Ja. Im Herzen, glaube ich.«

»Gehören Sie zur Familie Cassanu Idrissi?«

»Ich bin seine Enkelin.«

Cadenat schwieg eine Weile.

»Aha.«

Die Schmetterlinge waren auf einem Kaktus gelandet. Der Polizist erstarrte, als hätte man in seiner Gegenwart den Namen Vito Corleone erwähnt. Kurz darauf machte er sich energisch daran, die Papiere abzustempeln. Doch beim letzten Stempeldruck verharrte seine Hand in der Luft. Cadenat hob den Blick zu Clotilde. Ein Blick voller Mitleid. Die Schmetterlinge waren vom Kaktus zu einer Rose geflattert.

»Mann, bin ich blöd.«

»Wie bitte?«

Der Capitaine spielte mit dem Stempel und erklärte zögernd:

»Sie sind die …«

Er suchte nach den richtigen Worten. Clotilde erriet die, die er nicht auszusprechen vermochte.

Die Überlebende.

Die wie durch ein Wunder Gerettete.

Die Waise.

»Sie sind die Tochter von Paul Idrissi«, brachte er schließlich hervor. »Ihr Vater ist bei dem Unfall auf der Straße von La Revellate ums Leben gekommen, ebenso wie Ihre Mutter und Ihr Bruder.«

Clotildes Gedanken überschlugen sich. Er war erst vor drei Jahren auf die Insel versetzt worden. Der Unfall hatte sich vor siebenundzwanzig Jahren ereignet ... Seither musste es Dutzende von ebenso tödlichen Unfällen auf der verdammten Serpentinenstrecke gegeben haben. Warum kannte dieser junge Polizist dann so genau ...

Der Capitaine unterbrach ihre Überlegungen.

»Weiß der Sergent, dass Sie hier sind«?

Der Sergent?

Cesareu?

Cesareu Garcia?

Clotilde erinnerte sich genau an den Polizisten, der die Ermittlungen über den Unfall ihrer Eltern geleitet hatte. Cesareu Garcia. Sie erinnerte sich an seine angenehme Ruhe, an die feinfühlige Zurückhaltung, mit der er ihr im Krankenhaus Fragen gestellt hatte, an seinen mächtigen Körper und die sanfte Stimme. Zwei Stühle und eine Box mit Papiertaschentüchern, um sich während des dreistündigen Gesprächs in der Notaufnahme von Balagne Stirn und Hals zu trocknen.

Und natürlich erinnerte sie sich auch an seine Tochter, die zu der Clique des Campingplatzes gehört hatte – Aurélia Garcia, die Spielverderberin der Bande.

»Nein«, antwortete sie schließlich. »Ich glaube nicht. Cervone Spinello hat mir erzählt, dass er im Ruhestand ist.«

»Ja ... Seit einigen Jahren. Ich nehme an, Sie erinnern sich an ihn. Jemanden von seiner Statur vergisst man nicht! Wenn diese Idioten von Korsen wüssten, dass ein Ball auch oval sein kann, hätte er einen hervorragenden rechten Stürmer abgegeben. Und um Ihnen nichts zu verschweigen, seit er im Ruhestand ist, nimmt er jedes Jahr zehn Kilo zu.«

Er trat näher zu Clotilde. Die Schmetterlinge bebten, als misstrauten sie einer schönen, aber fleischfressenden Pflanze.

»Mademoiselle Idrissi, Sie müssen zu ihm gehen.«

Clotilde sah ihn verständnislos an.

»Er wohnt in Calenzana. Es ist wichtig, Mademoiselle Idrissi. Bevor er aus der Brigade ausgeschieden ist, hat er mir oft von dem Unfall erzählt. In den Jahren danach hat er nicht aufgehört, dazu zu ermitteln. Sie müssen mit ihm sprechen. Cesareu ist schwer in Ordnung. Viel intelligenter, als die Leute hier annehmen. Was den Unfall betrifft, so hat er …, wie soll ich sagen …«

»Was?«, fragte Clotilde und hob zum ersten Mal die Stimme.

Die Schmetterlinge bewegten ein letztes Mal die Flügel, bevor sie davonflatterten.

»Er hat eine Theorie.«

KAPITEL 11

Er schlug das Heft auf.

Es würde ihm nicht gefallen, was er da zu lesen bekam.

Aber es musste sein. Um seinen Hass zu schüren.

• • •

Sonntag, 13. August 1989, siebter Ferientag,
nachtblauer Himmel

Heute Abend ist Tanz.

Ich sage es Ihnen gleich, ich bin nicht wirklich gut ..., lieber sitze ich etwas abseits, im Schatten im Sand, mein Heft auf den Knien.

Das muss man gesehen haben ...

Wenn ich Tanz sage, dann meine ich eigentlich eine improvisierte Fête auf dem Campingplatz mit drei Girlanden und dem großen Kassettenrekorder, den sich Hermann von seinem Vater geliehen hat und der jetzt auf einem Plastikstuhl steht. Nicolas hat Kassetten mit den Songs der Hitparade mitgebracht, die er direkt vom Radio aufgenommen hat. Man hörte noch die Erkennungsmelodie und Teile der Werbung zwischen den Hits.

Aber vor allem hörten wir ein Lied.

DEN Hit!

Den, von dem Du, mein zukünftiger Leser, glücklicherweise nie gehört haben wirst, denn er wird so schnell in Vergessenheit geraten sein, wie er in jenem Sommer die Leute begeistert hat.

Lambada.

Das ist mehr als ein Song, es ist ein Tanz. Für die Jungen besteht er darin, den Oberschenkel zwischen die Beine des Mädchens zu drängen, gegen ihre Muschi, um es genau zu sagen.

Ehrlich.

Das sollte mal einer bei mir versuchen … Na ja, da besteht ohnehin keine Gefahr. Welcher Junge meines Alters sollte dazu Lust haben? Mit einem Zwerg wie mir … Da würde sich nicht sein Unterleib an meine Muschi pressen, sondern sein Knie! Also bleibe ich im Sand sitzen und lese *Gefährliche Liebschaften*.

Basile Spinello kommt vorbei und sagt, sie sollen die Musik etwas leiser drehen.

»Ja, Papa«, sagt Cervone, sein arschkriecherischer Sohn.

Ich bin Basiles Meinung. Musik ist eine Belästigung. Ich meine, solche vergeudete Musik, nicht etwa die, die über das Kabel eines Walkmans direkt von unseren Ohren in unser Gehirn dringt. Nein, Musik, die sich im Nichts verliert, irgendwo in der Natur verpufft, sie ebenso verunreinigt wie fettiges Papier, Zigarettenkippen oder der Schutt in der Marina *Roc e Mare*. Sie ist wie ein Mangel an Respekt gegenüber der Schönheit, die man nicht stören und nicht teilen darf. Die man nur genießen muss.

Allein.

Die Schönheit ist ein Geheimnis. Wenn man über sie spricht, schändet man sie.

Das ist Korsika für mich …

Man muss es lieben und in Ruhe lassen.

Basile hat das verstanden.

Genauso wie mein Opa Cassanu.

Vielleicht auch mein Vater.

Sobald Basile weg ist, stellt sein Sohn den Ton wieder lauter.

Du lambadast, wir lambaden, ihr lambadet.

Im Rhythmus.

Es sind etwa fünfzehn Teenies.

La Mano oder Nirvana kennen sie nicht einmal, und am meisten ärgert mich, dass sie die in ein oder zwei Jahren genial finden werden, weil sie dann alle genial finden.

Mein Tagebuch liegt aufgeschlagen in den *Gefährlichen Liebschaften*, aber niemand sieht es. Ich kann in aller Ruhe schreiben. Und mal die ganze Truppe vorstellen. Um die Dinge zu vereinfachen, werde ich jedem einzelnen einen Buchstaben zuordnen.

Zunächst wäre da mein Bruder Nicolas, der neben dem Kassettenrekorder hockt. Sagen wir, er ist wie Valmont, denn er ist auf seine Art ein hübscher Kerl, er hat unglaublichen Erfolg bei den Mädchen, und dank seiner coolen Art zerstreitet er sich mit niemandem. Ich habe auch eine Theorie dazu. Wenn man alle mag, dann mag man im Grunde niemanden. Also, ja, meinen großen Bruder Nicolas kann ich mir gut als Valmont vorstellen, der sich in alle Mädchen dieser Erde verknallt – mit der Aufrichtigkeit eines unglücklichen kleinen Engels, der im Endeffekt unfähig ist, auch nur eine Einzige zu lieben.

Nicolas ist N.

Das Mädchen neben ihm, das zu *Billie Jean* hopst, ist Maria-Chjara. Aber zu ihr später mehr – denn diese kleine Aufreißerin verdient durchaus ein ganzes Kapitel. Im Moment geht es nur darum, sie Ihnen vorzustellen, und in meinen Augen würde sie sehr gut die Marquise de Merteuil verkörpern. Die manipulierende Kurtisane des Romans. Ich denke, ich muss nicht mehr ins Detail gehen, Sie haben sicher begriffen, dass ich Maria-Chjara verabscheue, aber ich würde eine ganze Nacht brauchen, um zu Papier zu bringen, wie sehr.

Maria-Chjara ist M.

Die, die nicht im Takt und alleine tanzt – genauso alleine wie ich, aber ich zeige es nicht –, die kennen Sie schon, es ist Aurélia Garcia, die Spielverderberin. Die Tochter des Polizisten:

oje, die Musik ist zu laut, oje, ich rufe Papa, oje oje, Lambada, oh mein Gott, oje oje, die Jungs, oh nein, oh nein … Sie kratzt sich an der Augenbraue, lächelt dümmlich und träumt wahrscheinlich von einem Märchenprinzen, der Sterne im Widerschein ihrer Zahnspange sieht …

Aurélia ist A.

Es sind noch andere Mädchen dabei, Véro, Candy, Katia, Patricia, Tess, Steph, aber ich wende mich den Jungs zu, denjenigen, die mich zu Boshaftigkeiten inspirieren. Die übrigen, Filip, Ludo, Magnus, Lars, Tino, Estefan, sind ganz normal – das heißt, sie sind gutaussehend, trinken gerne Bier, klopfen dumme Sprüche und glotzen den Mädels hinterher.

Für die existiere ich also gar nicht.

Estefan, der die blonden Haare zu einem Knoten zusammengefasst trägt und einen okzitanischen Akzent hat, träumt davon, Mediziner zu werden und sich bei *Ärzte ohne Grenzen* in Äthiopien zu engagieren, Magnus davon, den vierten Teil von *Star Wars* zu drehen, Filip will in Cap Canaveral an Bord der Columbia gehen. Aber allein die Kurzbeschreibung dieser tollen Kerle deprimiert mich schon, also tobe ich mich lieber an den anderen aus.

Zunächst wäre da Cervone Spinello, der mit meinem großen Bruder verhandelt, um die Musik noch etwas lauter zu stellen. »Ganz bestimmt, Nico, das macht nichts, Papa sagt schon nichts.« Ich habe Ihnen schon ein wenig von ihm erzählt. Dieser Trottel ist davon überzeugt, dass er eines Tages den Campingplatz leiten wird, also benimmt er sich schon jetzt wie der Dauphin, der älteste Sohn des Königs, der darauf wartet, an die Regierung zu kommen. Im Allgemeinen ist der Dauphin inkompetent und ein besserwisserischer Trottel. Beides passt oft gut zusammen, wenn man an der Macht ist. Und so ist es auch bei Cervone. Das heißt, so wird er sein.

Cervone ist C.

Ich mache weiter mit dem Zyklopen, mit dem ich dann auch zum Ende komme. Wenn ich ihn so nenne, dann nicht, weil er sechs Zigaretten auf einmal qualmt, sondern weil man, egal von welcher Seite man ihn betrachtet, immer nur ein Auge von ihm sieht. Hermann, der Zyklop also, spaziert immer im Profil herum und schaut nur in eine Richtung. In die von Maria-Chjara.

Wenn Sie also Maria-Chjara sehen, brauchen Sie nicht lange zu suchen, um auch das Profil von Hermann zu entdecken, das ihr zugewandt ist. Wenn Maria-Chjara die Sonne wäre, wäre Hermann nur auf einer Seite braun. Ansonsten ist Hermann Deutscher, aber man muss zugeben, dass er mit Französisch und Englisch ziemlich gut zurechtkommt. Vermutlich gilt er bei sich zu Hause als *kolossal* überbegabt, der Typ, der darauf programmiert ist, zehn Monate im Jahr im Gymnasium zu ackern und sich dann in den restlichen zwei Sommermonaten völlig unangepasst zu verhalten.

Hermann ist H.

Haben Sie alles verstanden?

Ich fasse das Ganze noch einmal in einem geometrischen Liebesschema zusammen, eine Art *Gefährliche Liebschaften* für Nieten. Y hat einen Kreis, das heißt eigentlich zwei Kreise, deren Zentrum N (Nico) und M (Maia-Chjara) sind. Die normalen Jugendlichen, die ich nur namentlich erwähnt habe, verteilen sich in den beiden Kreisen. Die Mädchen im Kreis N, die Jungs im Kreis M.

A (Aurélia) und C (Cervone) würden gerne in die Kreise vordringen. H (Hermann) würde gerne eine direkte Gerade zu M (Maria-Chjara) ziehen. Aber das ist nicht die große Frage. Die lautet vielmehr: Werden die beiden Kreise sich vereinen, sich überlagern, eine Schnittmenge ergeben?

N ∩ M?
N ∪ M?
N = M?

Die Antwort folgt bald, bleiben Sie bei der Stange, statt *Lambada* kommt jetzt ein Slow. Die Gitarren der Scorpions weinen und schwören *still loving you.* Ich lausche bewundernd, Nicos Kassetten sind ein Musterbeispiel für Manipulation. Er hat diesen tödlichen Slow direkt nach dem aufpeitschenden Rock *Wake me up* von Wham! gesetzt. Die Mädchen sind durchgeschwitzt, der Schweiß rinnt ihnen den Rücken hinab in die Poritze, die Blusen kleben an den Brustwarzen. Wirklich clever, der Bruder!

Ich ziehe mich etwas weiter in die Dunkelheit zurück, ich brauche nicht viel Licht zum Schreiben.

Es bilden sich Paare.

Steph mit Magnus, Véro mit Ludo, Candy mit Fred, Patricia schwankt zwischen Estefan und Filip, Katia wartet, bis sich ihre Freundin entschieden hat – kurz, der große Sommerschlussverkauf.

Mein Hintern rutscht noch etwas weiter zurück in die Nacht. Wenn einer der Typen mich auffordern würde, würde ich ihn zum Teufel schicken. Und dann bis zum Morgen deswegen heulen.

Jetzt ist der schöne George Michael mit *Careless Whisper* zurück.

Der erste Kreis entfernt sich, mein Nico hat Tess, eine Schwedin, losgelassen, ohne Aurélia, die ihm den Arm entgegenstreckt, auch nur eines Blickes zu würdigen. Maria-Chjara hat den schönen Estefan losgelassen. Der König und die Königin des Balls sind endlich bereit, einander zu treffen.

Es geht los, die Marquise de Merteuil nähert sich Valmont. Ein, zwei, drei Schritte unter den Farbbirnen.

Es gibt keine Kreise mehr, nur noch verstreute Paare von Jugendlichen, begleitet vom Schluchzen des Saxophons.

Nur zwei Punkte, die aufeinander zustreben.

Maria-Chjara trägt ein weißes Kleid, dessen Farbe sich in dem Rhythmus ändert, in dem sie mit kalkulierter Langsamkeit unter den bunten Birnen der Lichterkette hindurchschreitet.

Blau gelb rot blau gelb rot blau gelb rot

Nicolas steht unter der letzten roten Birne der Kette, die sich zwischen den Zweigen des Olivenbaums wiegt.

Blau gelb rot blau gelb

Sie ist keine zehn Meter mehr von Nicolas entfernt, doch plötzlich bleibt Maria-Chjara stehen.

Gelb

Vielleicht hat sie einen Blick gespürt.

   Maria-Chjara tritt aus dem Lichtkreis, ihr Kleid wird nur noch vom Mondschein erhellt.

Weiß

Ich habe mit allem gerechnet, aber nicht damit. Maria-Chjara kehrt meinem Bruder den Rücken und wendet ihre nackten Arme, den feuchten Busen und die Taille, die zwei Jungshände umspannen können … Hermann zu.

   Der Zyklop traut seinen Augen nicht.

KAPITEL 12

14. August 2016
18 Uhr

*M*orgen, *wenn Du in der Schäferei von Arcanu bei Cassanu*
und Lisabetta bist, bleib ein paar Minuten bei Sonnenuntergang
an der Steineiche stehen, damit ich Dich sehen kann.

Diese wenigen Worte in der ihr immer noch so vertrauten
Schrift überschlugen sich in Clotildes Kopf.

Immer schneller.

Morgen … Damit ich Dich sehen kann …

Sie kämpfte gegen ihre widersprüchlichen Gefühle an – Ungeduld und Angst –, die die gleichen waren wie am Vorabend
eines ersten Rendezvous' und sie zugleich elektrisierten und
lähmten.

Morgen … hieß es in der Nachricht.

Jetzt waren es keine zwei Stunden mehr. Heute Abend
waren sie in der Schäferei von Arcanu bei ihren Großeltern
zum Abendessen eingeladen. Wer erwartete sie dort? Wer
wollte sie sehen?

Clotilde zögerte vor dem Spiegel im Waschraum. Sollte sie
ihr langes Haar offen über die Schultern fallen lassen oder lieber zu einem Knoten zusammenstecken? In ihrem Hirn ging
alles durcheinander. Sie versuchte, sich zu konzentrieren, um
sich an die Schäferei ihrer Großeltern zu erinnern, an den großen staubigen Hof im Sonnenlicht, an die riesige Steineiche,
die sicher jetzt noch mehr Schatten spendete, an das Meer,

das hinter jedem der Lehmziegelgebäude am Rande der Klippen zu sehen war. Aber die Worte des Briefs überlagerten die bruchstückartigen Erinnerungen.

Ich hoffe, ich erkenne Dich wieder.
Es wäre schön, wenn auch Deine Tochter da wäre.

Clotilde hatte Valou gebeten, sich etwas anzustrengen, einen langen Rock und ein nicht zu dekolletiertes Oberteil anzuziehen, ihr Haar zusammenzubinden und auf Kaugummi und die Ray-Ban zu verzichten. Das hatte ihre Tochter murrend akzeptiert.

Im Waschraum war niemand außer Orsu, der den Boden wischte. Er bewegte sich langsam und griff jedes Mal, wenn er eine neue Dusche reinigte, mit seinem gesunden Arm nach dem riesigen Wassereimer. Clotilde hatte bemerkt, dass er die Waschräume alle drei Stunden reinigte, im selben Rhythmus, in dem er seine anderen Aufgaben – das Gießen, Harken, Unkrautjäten und Bäumeschneiden – erledigte. Die reinste Sklavenarbeit!

Clotilde bedachte ihn mit einem Lächeln, auf das er nicht reagierte. Dann drehte sie sich zum Spiegel und betonte ihre Augen mit Eye-Liner, um ihnen orientalische Tiefe zu verleihen, als zwei Jugendliche eintraten.

Mit verdreckten Turnschuhen, die Mountainbikehelme in der Hand, und mit fluoreszierenden Knie- und Ellenbogenschützern gingen sie zu den Toiletten und kamen kurz darauf wieder heraus. Angewidert betrachteten sie ihre eigenen Dreckspuren auf den feuchten Fliesen. Der Ältere hielt inne und wandte sich dann an Orsu.

»Voll dreckig hier!«

Sein Freund ging vorsichtig, um nicht auszurutschen, um die Spuren herum und hinterließ seinerseits erdige Abdrücke.

»Ey, Hagrid. Warum putzt du die Klos nicht morgens oder nachts, wenn keiner hier ist?«

Der Größere legte nach.

»Stimmt, das machen doch alle so. In der Schule, im Büro meines Vaters und sogar auf der Straße. Den Dreck wegmachen, wenn es keinen stört.«

»So läuft das halt, Hagrid: Service für die Benutzer. Verstehste? Die Klos müssen sauber sein und du unsichtbar.«

Orsu riss die Augen auf. Clotilde las keinen Hass in seinem Blick, nur Angst. Angst vor zwei kleinen Idioten, vor dem, was sie sagen, was sie erzählen könnten. Vielleicht sogar Angst, sie enttäuscht zu haben.

Sie zögerte kurz. Früher wäre sie spontan auf die beiden losgegangen.

»Wie heißt du?«

»Ehm … warum, Madame?«

»Wie du heißt!«

»Céderic.«

»Céderic und weiter?«

»Céderic Fournier.«

»Und du?«

»Maxime. Maxime Chantrelle.«

»Gut, ich überlege es mir später.«

»Was wollen Sie sich überlegen?«

»Ob ich Anzeige erstatte …«

Die beiden Jungen sahen sie verständnislos an. Anzeige gegen den Typen erstatten, weil er nicht ordentlich den Boden wischte? Das ging zu weit. Das hatten sie nicht gewollt.

»Anzeige wegen Beleidigung eines Angestellten bei der Ausübung seines Dienstes, wegen diskriminierender Beschimpfungen«, sie warf einen nachdrücklichen Blick auf Orsus steifen Arm, »und Machtmissbrauchs gegenüber dritten.«

»Soll das ein Scherz sein, Madame?«

»Maître, nicht Madame. Maître Baron, Anwältin für Familienrecht in der Kanzlei IENA und Partner in Vernon.«

Die beiden starrten sie entsetzt an.

»Und jetzt verschwindet!«

Die Jungen machten sich aus dem Staub.

Orsu ignorierte ihr aufmunterndes Lächeln. Egal. Clotilde wandte sich wieder dem Spiegel zu, sie war stolz, den beiden kleinen Idioten einen solchen Schreck eingejagt zu haben. Aus den Augenwinkeln beobachtete sie den bärtigen Riesen. Orsu stand eine Weile reglos da, dann tauchte er den Wischlappen in den Eimer und zog sogleich einen anderen, sauberen daraus hervor.

Clotilde erstarrte, ein heftiger Schwindel überkam sie, und sie musste sich mit beiden Händen an dem Waschbecken festklammern.

Der Stift fiel ihr ins Waschbecken und schwarze Tropfen rannen über das saubere, weiße Porzellan.

Clotilde bemühte sich, wieder regelmäßig zu atmen, sich zu beruhigen, und die Szene, die sie beobachtet hatte, Orsus mechanische Bewegung noch einmal im Zeitlupentempo vor sich abzuspulen. Einen schmutzigen Lappen in einen Eimer werfen und einen zweiten, sauberen herausziehen.

Unmöglich, unmöglich, unmöglich.

Die schwarze Eye-Liner-Spur hatte den Ausguss erreicht, wie eine Schlange ihr Versteck.

Eine mechanische Bewegung.

Mittlerweile wandte Orsu ihr schon wieder den Rücken zu und wischte mit dem Schrubber, den er in einer Hand hielt, die Spuren der beiden kleinen Idioten weg.

Eine irreale Geste ... aus dem Jenseits.

Sie verlor den Verstand.

• • •

»Du siehst großartig aus, Valentine ...«

Cervone Spinello stand mit gezücktem Handy am Eingang der Campinganlage und begrüßte die Ankommenden mit der

Lässigkeit eines Schulaufsehers. Seine Frau Anika saß am Tresen und informierte in perfektem Englisch skandinavische Touristinnen, die ihre Rucksäcke – doppelt so groß und dick wie sie selbst – am Boden abgestellt hatten. Anika, eine hochgewachsene, lächelnde und elegante Frau, war kultiviert, aufmerksam und geschäftig. Sie war das Herz der Anlage.

Valentine blieb stehen und drehte sich zu Spinello um.

»Danke.«

Sie deutete auf ihr Haar, das unter einem braven Schal versteckt war, den langen Rock, der bis zu den Knöcheln reichte, und murmelte in vertraulichem Ton:

»Ich bin sozusagen dienstlich unterwegs. In zwei Stunden essen wir bei meinen Urgroßeltern zu Abend.«

»Bei Cassanu und Lisabetta? In der Schäferei von Arcanu?«

Valentine nickte mit einem aufmüpfigen Lächeln, schob eine Haarsträhne unter den lachsfarbenen Stoff zurück und betrachtete das Plakat mit den Plänen der Marina *Roc e Mare*.

»Übrigens meint Maman, es wäre besser, gegenüber Opa nicht von Ihrem Luxushotel zu sprechen.«

Cervone steckte sein Handy ein, fasste Valou bei den Schultern und drehte sie ein Stückchen herum und deutete auf die große Karte von Korsika. Sein Finger verharrte über dem Mittelmeer. »Weißt du, wie der drittgrößte spanische Flughafen nach Madrid und Barcelona heißt?«

Valou schüttelte den Kopf.

»Palma! Palma de Mallorca. Die Hauptstadt der Balearen. Die Balearen, Valentine, das sind fünftausend Quadratkilometer, eine Million Einwohner und zehn Millionen Touristen. Halb so groß wie Korsika, aber viermal so viele Besucher … Dabei gibt es dort nur ein Viertel der Attraktionen, die wir auf unserer Insel zu bieten haben!« Sein Finger glitt weiter über das Blau der Karte. »Also, Valentine, kannst du mir sagen, warum eine Mittelmeerinsel Besucher anzieht, Arbeitsplätze und Reichtum schafft, und die andere nicht?«

»Ich … ich weiß nicht.«

»Das wirst du heute Abend erfahren. Du brauchst nichts zu fragen, sondern nur deinem Großvater zuzuhören.«

»Meinem Urgroßvater.«

»Ja … stimmt. Weißt du, dass Cassanu einer der besten Freunde meines Vaters war?«

Er wandte sich zum Eingang der Campinganlage, streckte den Arm aus und deutete mit dem Zeigefinger auf den Horizont.

»Sieh hin. Genau vor dir.«

Valentine betrachtete die Halbinsel La Revellata, die sich wie ein riesiger Zeigefinger ins Meer schob.

»Was siehst du, Valentine?«

Sie zögerte.

»Nichts.«

Cervone jubilierte.

»Ganz genau – nichts! Korsika ist ein Paradies, einer der schönsten Flecken der Welt, ein Geschenk des Himmels, und was haben sie daraus gemacht? Nichts! Sieh dir diese traumhafte Halbinsel an. Was haben sie daraus gemacht? Nichts! Außer, sie zu konfiszieren, wie die Alten, die ihr ganzes Geld unter der Matratze verstecken. Ihretwegen haben wir fünfzig Jahre verloren. Weißt du, welches das größte Unternehmen Korsikas ist?«

Valentine schüttelte den Kopf.

Spinello fasste sie aufgeregt am Arm.

»Ein Supermarkt! Alle Jugendlichen verschwinden von hier, und trotzdem gibt es noch zehn Prozent Arbeitslose auf der Insel. Das ist die Schuld der sogenannten Protektoren Korsikas. Exilierten, die in Marseille oder im Umland von Paris arbeiten. Wirtschaftsflüchtlinge, die das ganze Jahr über deprimiert darauf warten, einen Monat mit der Familie auf ihrer Insel zu verbringen, und Krokodilstränen vergießen, wenn sie wieder weg müssen. Aber helfen sie mit ihrer konservativen Einstellung der Insel? Ist das etwa Heimatliebe?«

Er blickte einen Moment schweigend zur Halbinsel, dann drehte er sich zu den Bauplänen um, die in der Halle der Campinganlage befestigt waren.

»Die Marina *Roc e Mare*«, erklärte er. »Ein altes Projekt, das aufgegeben wurde und das wir wieder ausgegraben haben. Es hat Jahre gedauert, bis ich dieses Gelände habe kaufen können. Aber wenn der Bau erst einmal fertig ist, schafft das dreißig feste Arbeitsplätze. Im Sommer das Dreifache.«

Cervone tätschelte Valentines Wange.

»Einer ist für dich, das ist kein leeres Versprechen. Du hast ihn dir verdient, du lebst schließlich auch im Exil. Und du bist nicht irgendjemand. Du bist sozusagen die Erbin.« Er näherte sich ihrem Ohr und raunte: »Und ich verspreche dir, diesmal wird dein Urgroßvater nichts dagegen einzuwenden haben.«

Valentine versuchte, sich zu lösen, doch er hielt sie zurück.

»Alle hier haben Angst vor Cassanu. Auch heute noch. Er ist der Boss. Sie alle fürchten ihn. Außer mir. Ich will dir etwas anvertrauen, Valentine: Ich habe deinen Opa verhext. Er fügt sich all meinen Wünschen.«

• • •

Der dickflüssige Eye-Liner war fast im Abfluss verschwunden, zurück blieb nur eine schleimige graue Spur. Clotilde hatte Mühe, sich wieder zu fassen. Wenn sie sich etwas zur Seite neigte, konnte sie Orsu im Spiegel beobachten. Nachdem er die entfernteren Toiletten gereinigt hatte, nahm er sein Ritual wieder auf. Er warf den schmutzigen Aufwischlappen in die Seifenlauge im Eimer und zog den heraus, der seit einigen Minuten einweichte. Dann wrang er ihn mit seiner gesunden Hand aus, indem er ihn zwischen die Knie klemmte, und legte ihn um den Schrubber.

Clotilde schloss die Augen.

Das Bild war nicht verschwunden. Es war da, vertraut. Ein Eimer, ein Schrubber, ein feuchter Boden.

Doch es war nicht der des Waschraums auf dem Camping-platz, sondern der der Küche in ihrem Haus in der Normandie. Jenes Haus, in dem Clotilde die ersten fünfzehn Jahre ihres Lebens verbracht hatte.

Und es war nicht Orsu, der sich über den Schrubber beugte, sondern ihre Mutter.

Palma hatte sie diese Technik gelehrt wie ein überliefertes Familiengeheimnis. Ihren Sohn Nicolas, ihren Ehemann, auch wenn dieser nur wenig mit häuslichen Aufgaben befasst war, und Clotilde.

Mit zwei Aufwischlappen putzen! Immer einen einweichen, während der andere den Schmutz aufnimmt. Dann wechseln, um keine Zeit zu verlieren. Diese alte Technik, von der niemand wusste, von wem sie stammte, war zur Familiengewohnheit geworden, ganz natürlich, fast eine Art Ritual.

Und Orsu kannte dieses Ritual.

Clotilde öffnete die Augen und zwang sich, ruhig nachzudenken.

Orsu benutzte diese Technik wie Hunderte von Männern und Frauen auf der Welt. Sie durfte nicht den Kopf verlieren, sich nicht von lächerlichen Zufällen verrückt machen lassen. Sie musste sich im Griff haben und den Emotionen möglichst wenig Platz lassen, genauso, als wenn sie einen Fall bearbeitete, der ihr naheging.

Sie musste sich konzentrieren.

Heute Abend, während des Abendessens mit den Groß-eltern in der Schäferei von Arcanu. Sie musste ihre Emotionen zügeln und die richtigen Fragen stellen.

Und auch morgen, wenn sie Cesareu Garcia treffen würde. Clotilde hatte vor einigen Stunden mit dem pensionierten Polizisten telefoniert, aber er hatte nichts sagen wollen. »Morgen, Clotilde, morgen. Nicht am Telefon. Komm vorbei, wann du willst. Bei mir in Calenzana. Ich bin den ganzen Tag zu Hause.«

Orsu hinkte mit seinem Eimer und seinem Schrubber davon. Trotz aller Anstrengung vermochte Clotilde sich nicht zu be-

ruhigen. Neben dem verrückten Zufall mit den beiden Wischlappen (die Anekdote hätte all ihre Freundinnen laut auflachen
lassen, versuchte sie sich wieder und wieder einzureden)
wühlte sie die Szene zwischen Orsu und den beiden Jungs
immer noch auf. Allein die Tatsache, dass sie ihn Hagrid nannten, machte sie verrückt. Vielleicht lag das nur an seiner Behinderung, an der Tatsache, dass Cervone ihn bei der Arbeit auf
dem Campingplatz ausbeutete – hier in dieser Umgebung, auf
dieser Insel, bei diesen Menschen, die sie so idealisiert hatte.

Clotilde sah auf ihre Uhr.

Sie waren in weniger als einer Stunde in der Schäferei verabredet.

Dort wartete jemand auf sie. Jemand, der hoffte, sie wieder-
zuerkennen.

Während sie ihrem Spiegelbild eine Grimasse schnitt, hoffte
sie, dass sie noch immer ein wenig der schmollenden, rebellischen Jugendlichen glich. Innerlich wiederholte sie erneut
die wenigen Zeilen der Nachricht. Wie ein Gebet. Wie eine
Instruktion.

Ich bitte Dich um nichts anderes. Wirklich nichts anderes.
Doch, vielleicht siehst Du hinauf zum Himmel und
betrachtest Beteigeuze. Wenn Du wüsstest, meine Clotilde,
wie viele Nächte ich diesen Stern betrachtet und an Dich
gedacht habe.

Der Timer war abgelaufen, und das Licht im Waschraum
erlosch.

Mein ganzes Leben ist eine Dunkelkammer.

Franck erschien im Türrahmen.

»Gehen wir, Clo?«

Ich umarme Dich.
P.

KAPITEL 13

Montag, 14. August 1989, achter Ferientag,
rosa-blauer Himmel

Ich bin's! Sie erinnern sich? Ich habe Sie letztes Mal bei meinen Teenies und der Lambada-Musik im Stich gelassen.

Ich hoffe, Sie nehmen es mir nicht übel.

Ich sage, meine Teenies, weil ich mich zu ihnen zähle – selbst wenn ich mir keinen Buchstaben zugeordnet habe.

M, N, A, C, H, Maria-Chjara und Nicolas, Aurélia, der Zyklop, Cervone und die anderen … Die großen Herzensangelegenheiten. Ich versichere Ihnen, Sie haben nichts verpasst, im Moment gibt es nichts Neues, nur schüchterne Annäherungsversuche. Ich werde Sie informieren, sobald etwas passiert.

Aber vielleicht interessieren Sie ja meine Erzählungen von den Flirtereien nicht? Dann werde ich Ihnen eben eine etwas kompliziertere Liebesgeschichte erzählen, eine unglückliche und verworrene.

Eine Geschichte von Erwachsenen. Von einem Mann und einer Frau. Von meinem Vater und meiner Mutter.

Seit Beginn der Ferien lief alles eher gut zwischen ihnen, damit meine ich nicht, dass es normalerweise schlecht ginge, aber eben auch nicht gut. Sagen wir, es läuft gar nichts. Papa kommt spät nach Hause, Maman wartet auf ihn, dann sprechen sie über die Arbeiten im Haus, die Einkäufe für den nächsten Tag, die Mülleimer, die rausgestellt werden müssen. Manchmal gehen sie auch ohne uns aus, und wahrscheinlich lieben sie sich danach. Aber seit wir im Urlaub sind, läuft es besser, zumindest nach dem, was ich beobachten kann, kleines Küsschen auf den Hals, kleine Bemerkung »Du bist hübsch, Liebling«, kleines Lachen, das nicht verletzend ist. Wenn ich entscheiden müsste, würde ich sagen, dass Papa eher derjenige ist, der sich Mühe gibt, die Batterien wieder aufzuladen. Doch dann die Katastrophe.

Ich muss dazu sagen, dass Papa und Maman sich auf Korsika kennengelernt haben. Maman machte mit Freunden eine Motorradreise auf der Insel. Papa wohnte hier bei seinen Eltern in der Schäferei Arcanu. Die Einzelheiten ihrer Romanze kenne ich nicht, ich weiß nur, dass sie sich am 23. August 1968, am Tag der Sainte-Rose, auf La Revellata getroffen haben.

Also ist jeder 23. August der Jahrestag ihrer ersten Begegnung. An diesem Tag ist Papa verpflichtet, einen Blumenstrauß zu präsentieren, in den ersten Jahren rote Rosen, Symbol der leidenschaftlichen Liebe, dann weiße Rosen, Symbol der reinen Liebe, und schließlich orangefarbene Rosen, Symbol des Verlangens … Aber der Familienlegende zufolge war keiner so schön wie der, den er ihr im ersten Jahr gepflückt hat, die Buschwindröschen, die freien, wilden Rosen, die Maman so sehr liebt. Die *Rosa Canina*.

Solange ich mich erinnern kann, gönnen sich Papa und Maman an jedem 23. August eine Auszeit und verbringen den Abend in der *Casa di Stella*, der besten Unterkunft zwischen Calvi und Porto mit einer romantischen Terrasse unter Olivenbäumen, Steinofen, geschmortem korsischem Kalb, gegrilltem Zackenbarsch, dazu den moussierenden Muskatwein Casanova nach Wunsch. Man erreicht das Lokal nur über einen kleinen Fußweg oberhalb der Schäferei Arcanu. Sie übernachten auch dort. Ich vermute, sie reservieren das Hochzeitszimmer mit einem großen Holzbett, einem Marmorwaschbecken, einer nostalgischen Badewanne mitten im Zimmer und einer riesigen Fensterfront, die Blick auf den Großen Wagen bietet. So zumindest stelle ich es mir vor. Um ehrlich zu sein, träume ich davon, dass mich mein Liebster eines Tages in die *Casa di Stella*, das Haus der Sterne, einladen würde …

Das Eheglück meiner Eltern auf der Terrasse zur Milchstraße – das war früher.

Denn dieses Jahr knallte es!

Alles fing mit den Plakaten an, die überall auf dem Campingplatz und auf der Straße hingen. Ein mehrstimmiges korsisches Konzert. Am 23. August um einundzwanzig Uhr. Die Gruppe heißt *A Filetta* und ist offenbar superbekannt. Sie treten weltweit auf, und jetzt spielen sie nebenan in der Kapelle Santa Lucia, in dem fast verlassenen Dorf Prezzuna, oberhalb von Galéria.

Papas Vorgehen ist etwas zu offensichtlich. Er bleibt vor jedem Plakat stehen. Und spielt pausenlos ihre Kassetten.

Und dann macht er gegenüber Palma Mama immer wieder Andeutungen, dass der Jahrestag ihrer Begegnung diesmal vielleicht zu einem anderen Zeitpunkt gefeiert werden könne, eventuell am Vorabend der Sainte-Rose. Oder an Saint-Fabrice oder Saint-Barthélemy …

Wie gesagt, eine Katastrophe.

Palma Mama hat sich nicht einmal dagegen gewehrt, sondern nur geantwortet: »Wie du möchtest.«

Die schlimmste Antwort überhaupt! Seither schmollt sie. Sie spielt die Rose des Kleinen Prinzen unter ihrem Glassturz. Aufrecht, hochmütig und verärgert. Alle Dornen ausgefahren.

Alles in allem eine sehr angespannte Atmosphäre. Grob gesagt sehe ich nur zwei Möglichkeiten. Die erste und wahrscheinlichere: Es gelingt Palma Mama Papa ein so schlechtes Gewissen zu machen, dass er auf sein Konzert verzichtet. Und auch wenn ich es ihm nicht einmal unter Folter gestehen würde, in diesem Fall gebe ich Maman recht! Weibliche Solidarität verpflichtet.

Die zweite: Papa gibt nicht nach, und wir treten in den Zustand des Kalten Krieges ein – mindestens, bis wir wieder auf der Fähre sind, aber vielleicht auch noch länger.

Während ich das schreibe, fällt mir noch eine dritte Mög-lichkeit ein, eine, die noch schlimmer wäre. Nämlich, dass sie Nicolas und mich mit hineinziehen. Dass Papa sauer wird und uns einen Familienausflug vorschlägt, erklärt, dass man unsere Wurzeln auf dieser Insel festigen und unseren Geist für die korsische Kultur öffnen müsse. Und auf das Gedudel schimpft, das normalerweise im Radio läuft. Die Geschichte mag Ihnen belanglos erscheinen, diese Obsession fast lächer-lich.

Aber wir Idrissis sind starrköpfig.

Dieser 23. August wird über das Schicksal unserer Familie entscheiden … und das alles wegen einer Lappalie!

• • •

Wegen einer Lappalie, wiederholte er.

Vier Tote.

Drei Männer und eine Frau.

Wegen einer Lappalie.

KAPITEL 14

Franck fuhr langsam. Nicht weil er Angst hatte, den Weg nicht zu finden – es gab nur eine Straße, die hinauf in die Berge zur Schäferei von Arcanu führte –, sondern weil bei jeder Serpentine die Schlucht, die sich direkt neben dem Asphalt auftat, immer tiefer wurde.

Clotilde saß, den Kopf gegen die Scheibe gelehnt, auf dem Beifahrersitz und sah weder den Teer noch die Leitplanke, sondern nur den Abgrund. Die Autotür war wie ein Fenster zum Nichts, wie eine Kabine, die, mit einem unsichtbaren Seil am Gipfel befestigt, in der Luft hing. Gehalten durch ein Seil, das jeden Moment reißen konnte.

Zu Fuß hätte man die Schäferei auch über einen kleinen, nicht einmal fünfhundert Meter langen Pfad erreichen können, doch die Straße zog sich kurvig über drei Kilometer hin.

»Geradeaus«, erklärte Clotilde Franck. »Du kannst sie gar nicht verfehlen, es ist das einzige Haus.«

Franck fuhr weiter in eine schmale, asphaltierte Allee, vorbei an dem einzigen Wegweiser mit der Aufschrift *Casa di Stella. 800 Meter*. Das Holzschild war auf einem kleinen unbefestigten Parkplatz aufgestellt, von dem einige Wanderwege abgingen. Valentine hatte die Rückscheibe heruntergelassen, und der Duft der Pinien, vermischt mit den wechselnden Gerüchen der Macchia, erfüllte das Wageninnere. Thymian, Rosmarin, wilde Minze …

Nach jeder Kurve öffnete sich der Blick auf eine neue Landschaft, die ihr doch jedes Mal so vertraut war: eine riesige korsische Schwarzkiefer, die die anderen Bäume um fast zwei Meter überragte, die Ruine einer alten Kastanienmühle oberhalb eines steinigen Flussbetts, ein einsamer Esel, der auf einer nicht umzäunten Weide graste. Nichts hatte sich hier in den letzten dreißig Jahren verändert, ganz so, als hätten die Menschen geduldig dafür gesorgt, dass die Natur gleich blieb. Oder aber, als hätten sie die Gegend ganz verlassen.

Alle, mit Ausnahme der Idrissis.

Drei Kurven später trafen sie das erste menschliche Wesen. Eine alte, ganz in Schwarz gekleidete Frau lief auf der Hangseite am Straßenrand entlang, so gebeugt, als trage sie die Trauer um ein ganzes Dorf, das in den Abgrund gestürzt war und sie allein zurückgelassen hatte. Franck bremste und lenkte den Wagen noch näher zur Schlucht. Offensichtlich nicht nah genug. Die Frau bedachte sie zunächst mit einem finsteren Blick, als wäre sie erstaunt, dass sich ein unbekannter Wagen hierher vorwagte. Als sie sie überholt hatten, sah Clotilde im Rückspiegel, wie die Alte den Arm in ihre Richtung hob und ihr Gesicht im Zorn verzog. Und mit einem Mal war sich Clotilde sicher, dass sie sie nicht für Touristen hielt, die sich auf ihr Territorium verirrt hatten, sondern sie wiedererkannt hatte und sie verwünschte.

Nach der nächsten Kurve verschwand die Alte aus ihrem Blickfeld.

Einige hundert Meter weiter führte nach einer kurzen flachen Strecke überraschend ein Kiesweg zur Linken in den weitläufigen Hof der Schäferei. Erneut stiegen alte Erinnerungen auf. Der Bauernhof von Arcanu, den alle einfach nur die Schäferei nannten, bestand aus drei grauen Lehmziegelgebäuden, die an den Hängen der Balagne ein offenes U bildeten: Das Bauernhaus, in dem die Familie Idrissi wohnte, ein großer Schuppen und eine Scheune, in der die Tiere schliefen. Alle Fenster, die nach Norden gingen, boten Menschen, Ziegen und Schafen einen Panoramablick auf La Revellata und das Mittelmeer. Auf dem großen ungeteerten Hof im Zentrum des Gehöfts waren einige Heckenrosen und Beete mit wilden Orchideen – Omas Lieblingsblumen – die einzigen Farbtupfer und erweckten den Eindruck, dass nichts anderes im Schatten der dreihundert-jährigen korsischen Steineiche, die sich in der Mitte erhob, gedeihen konnte.

Clotilde wandte den Blick zur Scheune. Die Bank war noch immer da. Der gespaltene Baumstamm, auf dem sie an jenem Abend des 23. August 1989 Musik gehört hatte. La *Mano Negra* dröhnte in ihren Ohren, das geöffnete Heft lag auf ihren Knien, bis Nicolas sie rief.

»*Clotilde, wir warten alle nur auf dich. Papa fährt nicht eher ...*«

Wer hatte das Tagebuch eingesammelt? Wer hatte es auf-geschlagen? Sie erinnerte sich so gut wie nicht mehr an die Worte, die Sätze oder irgendetwas, was sie zu jener Zeit ge-schrieben hatte, das Einzige, was sie noch wusste, war, dass sie damals oft boshaft, zynisch und grausam gewesen war. Zu-mindest bevor sie Natale kennengelernt hatte. Wenn jemand ihr Tagebuch gefunden hatte, musste er sie für eine schreck-liche Zicke gehalten haben!

Sie hätte es heute allzu gerne noch einmal gelesen. Ihre größte Angst in diesem Sommer 1989 war gewesen, dass ihr Vater oder ihre Mutter es entdecken und lesen könnten. Diese Schmach war ihr immerhin erspart geblieben ... Nach ihrem Unfall und ihrer Rückkehr nach Hause hatten alle mög-lichen Leute ihre Gedanken lesen können. Alle – außer ihren Eltern.

Cassanu und Lisabetta erwarteten sie in der Haustür. Auch wenn Clotilde sie seit siebenundzwanzig Jahren nicht mehr gesehen hatte, schienen sie ihr nicht viel älter als in ihrer Er-innerung. Sie hatte ihnen regelmäßig geschrieben. Ein paar

Postkarten, eine Geburtsanzeige, Fotos, begleitet von einigen Zeilen. Aber gesehen hatten sie sich nie wieder. Ihre Großeltern waren schon lange nicht mehr aufs Festland gereist, und Clotilde hatte sich all die Jahre gescheut, wieder an den Ort des Unfalls zurückzukehren.

Es war Lisabetta, die sie in die Arme schloss und an sich drückte. Cassanu hingegen begnügte sich damit, als Erstem Franck die Hand zu schütteln, dann klopfte er Clotilde und Valou auf die Schulter.

Es war Lisabetta, die sie bat, einzutreten und sich wie zu Hause zu fühlen, deren Worte sich überschlugen, während Cassanu schon vom Zuhören erschöpft schien.

Und es war Lisabetta, die ihnen das Bauernhaus zeigte, eine Abfolge von Zimmern mit Lehmziegelwänden, durch die sich mächtige Deckenbalken zogen. Cassanu wartete inzwischen an dem unter der Pergola im Hof gedeckten Tisch.

Unscharf stiegen die Erinnerungen an die Schränke unter der Holztreppe, in denen sie jeden Sommer mit Nicolas Verstecken gespielt hatte, auf, an den riesigen Kamin, in dem sie nie Feuer gesehen, der ihr aber doch den Eindruck vermittelt hatte, man könne einen ganzen Haifisch darin braten. Der Blick aufs Meer, der sich von jedem Fenster aus bot, und Maman, die ihr zurief, sie solle sich nicht zu weit hinauslehnen. Der Dachboden, so hoch wie eine Kathedrale, auf den sie sich mit den Cousins oder anderen Kindern aus der Gegend zurückzogen, um ihn mit Decken, Kissen und an die Balken gehefteten Laken einzurichten – mal als Gespensterschloss, dann wieder als Boudoir für Zärtlichkeiten.

Die Fotos, die gerahmt an den Wänden hingen, waren vor siebenundzwanzig Jahren noch nicht da gewesen. Clotilde erkannte Cassanu, Lisabetta, Papa, teils in Großaufnahme, teils ganz klein mit dem Meer oder den Bergen im Hintergrund. Und auch sie war zu sehen, im Taufkleid, und Nicolas am Tag seiner Kommunion. Ein anderes Bild zeigte die beiden auf einer Steinbrücke, die über einen Wildbach führte. Sie erinnerte sich nicht im Geringsten an den Ort oder das Jahr, in dem es aufgenommen worden war, aber das war ihr egal, sie ließ sich einfach von ihren Gefühlen überwältigen.

Nur von Maman gab es kein Foto.

So genau sie die Wand auch absuchte, es war keins da.

Auf anderen Bildern hingegen erkannte sie im Hintergrund, meist hinter Lisabetta und Cassanu, die Alte mit den gekrümmten Fingern, die sie auf dem Weg zur Schäferei überholt hatten. Etwas weiter unten waren an einen Rahmen die Fotos geheftet, die sie vor Jahren geschickt hatte, eines zeigte Franck und sie selbst auf der Rialtobrücke in Venedig, ein anderes ebenfalls sie beide mit Valentine auf ihrem Dreirad, alle drei mit Mützen, wie sie vor dem Mont-Saint-Michel posierten. Clotilde war von den Bildern fasziniert, ging von einem zum anderen, ließ die Generationen sich in ihrem Geist begegnen.

Es war ihre Großmutter, die sie schließlich drängte, am Tisch Platz zu nehmen, da es schon spät war. Als sie wieder in den Hof traten, schien Opa auf seinem Stuhl eingenickt zu sein. Doch als alle unter der Pergola Platz genommen hatten, führte er das Gespräch, während Lisabetta sich zurückhielt, zwischen Küche und Terrasse hin und her lief, Brot schnitt, korsischen Wein öffnete, Wurst brachte und frisches Wasser einschenkte.

Das Essen schien endlos zu dauern. Nachdem die gemeinsamen Erinnerungen zu schnell heraufbeschworen worden waren, zogen sich die Gesprächsthemen jetzt in die Länge wie ein seltenes Gut, mit dem man sparsam umgeht, um es länger nutzen zu können. Clotilde konnte nicht umhin, immer wieder die Sonne zu betrachten, die sich wie eine riesige Wanduhr dem Meer näherte.

Bleib ein paar Minuten bei Sonnenuntergang an der Steineiche stehen, damit ich Dich sehen kann.

Bei Sonnenuntergang ...

Der Himmel rötete sich. Clotildes Wangen noch mehr, als sie sich erhob. Lisabetta hatte gerade die Dessertteller abgeräumt.

»Entschuldigt mich. Entschuldigt mich bitte einen Augenblick«, stotterte sie.

Sie nahm Valou bei der Hand.

»Komm mit und stell keine Fragen. Komm. Nur ein paar Minuten.«

...

Franck und Cassanu blieben allein am Tisch zurück.

Lisabetta hatte erstaunlich flink die Bestecke und Teller abgeräumt, die beiden Männer vor zwei Gläsern und einer Flasche Cedrat-Schnaps zurückgelassen und war dann auf geheimnisvolle Weise verschwunden. Cassanu lächelte und sah auf seine Uhr.

»Lisabetta kommt in zwanzig Minuten zurück«, erklärte er. »Meine Frau ist, wie Sie sicher bemerkt haben, eine perfekte Gastgeberin. Aber sie vergisst die Tradition der korsischen Gastfreundschaft voll und ganz, um nicht ihre Lieblingsserie *Plus belle la vie* zu verpassen ...«

Was für eine absurde Situation, dachte Franck. Plötzlich ganz allein, auf mehr als fünfhundert Meter Höhe und mindestens drei Kilometer von der nächsten Behausung entfernt ... Das Leben war schon seltsam.

Cassanu war ein intelligenter Mann mit wachem Verstand, der auch körperlich noch recht fit war. Ein Typ, den er mochte. So wollte er im Alter auch sein. Aufrecht, entschlossen, unbeugsam, wenn es nötig war, kräftige Hände, um eine Familie aufzubauen, ein kantiges Gesicht, hinter dem sich ordentliche Überzeugungen verbargen, und ein Dickschädel, um sich nicht von ihnen abbringen zu lassen.

Franck nahm einen Schluck Cedrat-Schnaps und beobachtete Clotilde, die etwa fünfzig Meter entfernt unter der Steineiche stand.

»Ich weiß nicht, was sie da treibt«, gestand er Cassanu.
Diese verlegen herausgebrachte Entschuldigung amüsierte
Cassanu.

»Sie erinnert sich an ihre Kindheit, an ihre Wurzeln. Clotilde hat sich sehr verändert, seit ich sie das letzte Mal gesehen habe.«

Franck erinnerte sich an die Aufnahme, die seine Frau als
Teenager zeigte. Mit Igelhaaren. Das ganze morbide Outfit.
Zu jener Zeit war die Gothic-Rebellin in dieser Gegend sicher
mehr als auffällig gewesen.

»Vermutlich.«

Cassanu hob sein Glas. Unter Männern. Wie eine Art Aufnahmeritual, um bei den Idrissis akzeptiert zu werden.

»Was machen Sie beruflich, Franck?«

»Ich arbeite in Evreux. Eine kleine Stadt, eine Stunde von
Paris entfernt. Ich koordiniere Arbeiten in den Grünanlagen.«

»Haben Sie als Gärtner angefangen?«

»Ja … Nach und nach bin ich dann aufgestiegen. Ich habe
mich festgeklammert wie eine Art Glyzinie, Efeu oder Mistel … Das zumindest dürften meine Kollegen über mich denken.«

Cassanu betrachtete wieder Clotilde und Valou, er schien
in Gedanken versunken, vielleicht dachte er an seinen Sohn,
der Landwirtschaft studiert hatte und schließlich Vertreter für
Rasensamen geworden war. Der alte Korse fuhr fort.

»Wissen Sie, warum ich vor fast fünfzig Jahren diesen Campingplatz, den allerersten im Nordwesten der Insel, Euproctes
genannt habe?«

»Keine Ahnung.«

»Das dürfte Sie interessieren. Ein Euprocte ist ein kleiner
Salamander, eine endemische Art, die in der Nähe des Wassers unter den Felsen lebt und gerne den ganzen Tag schläft.
Heute gehört er zu den geschützten Tierarten. Er ist nicht nur
ein Garant für die Reinheit des Wassers, sondern zeugt auch
von der Ruhe des Ortes, an dem er sich nur aufhält, wenn es

keinen Lärm, keine Bewegung und keine Eindringlinge gibt. Früher fand man Tausende von Euproctes zwischen Arcanu und dem Campingplatz bis hin zur Bucht von La Revellata.«

»Und heute?«

»Heute verschwinden sie ... So wie alle anderen auch.«

Franck zögerte, leerte sein Glas und beschloss dann, den Alten ein wenig zu testen.

»Ich habe eher den Eindruck, dass in der Gegend ganz schön gebaut wird. Die Erweiterung des Campingplatzes, die Marina *Roc e Mare*.«

Cassanu bedachte ihn mit einem Lächeln.

»In den letzten Jahren, Franck, sind die Grundstückspreise hier um achthundert Prozent gestiegen. Seit der Ankündigung des Baubeginns der Marina haben sie sich noch einmal verdoppelt. Fast fünftausend Euro pro Quadratmeter. Also ja, Franck, alle verschwinden, und das wird auch so bleiben, solange die Korsen nicht den Status Gebietsansässiger bekommen. Irgendein Typ kauft sich für ein Vermögen eine Wohnung in der Marina, um dann zweimal im Jahr herzukommen, dafür fehlen dreißig jungen Leuten aus der Gegend Wohnungen, weil sie sie sich nicht leisten können. Selbst wenn man ihnen anbietet, an zehn Wochenenden im Jahr in einem Luxushotel auszuhelfen.«

Man hörte die unterdrückte Wut in Cassanus Stimme.

Franck war anderer Meinung. Korsika war nicht die einzige Region, in der es Bodenspekulation gab. Und schöne Häuser, Autos, private Yachten und Flugzeuge verleiteten ihn eher zum Träumen – selbst wenn er sich so etwas nie leisten könnte. Oder gerade, weil er es sich nie würde leisten können.

Doch das behielt er für sich, er wollte keinen Streit mit dem Großvater seiner Frau. Der mächtigste Mann der ganzen Gegend, wie die Leute behaupteten.

Er drehte sich um und blickte zu der Steineiche.

»Kommst du, Clo?«

»Ja, gleich.«

Am Horizont versank langsam der blutrote Ball der Sonne im Meer.

• • •

Valou maulte.

»Was machen wir hier eigentlich, Maman?«

»Wir bleiben noch ein bisschen.«

»Wie lange?«

»Bis es dunkel wird.«

Ohne weiter auf die Seufzer ihrer Tochter einzugehen, sah Clotilde noch einmal über die Landschaft um sich her. Von dem Hügel aus, auf dem die Steineiche wuchs, hatte sie einen weiten Blick.

Bleib ein paar Minuten bei Sonnenuntergang an der Steineiche stehen, damit ich Dich sehen kann.

Beobachtete der Verfasser der Botschaft sie? Sie und Valou? Wer?

Von wo aus?

Er konnte sich an allen möglichen Orten aufhalten – in den Bergen, die im Osten und im Süden einen weiten Kreis bildeten, irgendwo in der Macchia, wo er sich möglicherweise mit einem Fernglas verbarg, oder hinter einem der Fenster des Bauernhauses, vielleicht auch in der Scheune zu ihrer Rechten, oder aber in einer der Schäferhütten, die auf den leicht abfallenden Hügeln der Balagne verstreut waren.

Irgendjemand.

Irgendwo.

»Gehen wir, Maman?«

Die Sonne war endgültig im Meer versunken. Es war vorbei, der Betrachter zeigte sich nicht. Er würde sie vielleicht weiter im Auge behalten, wenn er ein Nachtfernglas besaß.

Idiotisch! Sie verlor den Verstand. Cassanu und Lisabetta würden sich fragen, was sie da trieb. Und Franck war sicher sauer, weil sie ihn mit Großvater Cassanu allein gelassen hatte.

»In Ordnung, Valou, du kannst gehen.«

In den Bergen, in Richtung der Halbinsel und in der langgestreckten Bucht von Calvi flammten die ersten Lichter auf. Clotilde fühlte sich wie eine von Glühwürmchen erschreckte Ameise auf einem riesigen Feld. Plötzlich glitt ein Schatten durch das Tor der Schäferei, hielt inne, fixierte sie und verschwand dann hinter der Scheune. Clotilde hatte gerade noch Zeit genug, die alte Frau zu erkennen, die sie auf dem Weg verflucht hatte und die sie auf den Fotos bei Cassanu und Lisabetta gesehen hatte.

Über den Bergen erschienen die ersten Sterne wie schlecht vertäute Schäferhütten, die davongeflogen waren.

Doch, vielleicht siehst Du hinauf zum Himmel und betrachtest Beteigeuze. Wenn Du wüsstest, meine Clotilde, wie viele Nächte ich diesen Stern betrachtet und an Dich gedacht habe.

Welcher von diesen Sternen war Beteigeuze? Sie wusste es nicht.

Versuchte tatsächlich irgendjemand irgendwo zur gleichen Zeit wie sie, diesen Stern zu betrachten? Wandten sich ihrer beider Blicke gleichzeitig in dieselbe Richtung, wie Saint-Exupéry, der mit den Augen den Stern seines kleinen Prinzen suchte?

Ihre Mutter?

Das war völlig unsinnig.

Los, beweg dich, befahl sich Clotilde. Zu Franck gehen, sich entschuldigen, noch ein wenig reden und dann verschwinden, vergessen.

Gerade als Clotilde von dem Hügel steigen und zur Pergola

gehen wollte, kam ein Hund auf den Hof gelaufen. Im Dämmerlicht konnte sie die Farbe seines Fells nicht genau erkennen, aber das Tier hatte die Statur eines Labradors. Sicher ein Hirtenhund ... Clotilde liebte Hunde genauso wie alle anderen Tiere auch. Sie empfand keinerlei Angst, und hätte sie noch einmal wählen können, wäre sie Tierärztin geworden. Warum hätte sie sich auch vor dem Tier fürchten sollen, das auf sie zugelaufen kam? Cassanu würde seinen Wachhund zurückpfeifen, ehe er an ihr hochspringen oder ihren Rock mit seinem Geifer beschmutzen würde. Ihr Großvater zwang allen Korsen im Umkreis von dreißig Kilometern seine Autorität auf, da würde ihm nicht gerade sein Hund den Gehorsam verweigern.

Doch Cassanu Idrissi sagte kein Wort und machte nicht die geringsten Anstalten, das Tier zurückzurufen.

In dem Augenblick, als sich der Hund Clotildes Hand näherte, löste sich ein weiterer Schatten aus dem Eingang der Schäferei. Ein massiger Schatten, der den Arm in Richtung des Hundes hob. Einen einzigen Arm.

Orsu!

Gleich darauf hört Clotilde seine Stimme.

»Halt, Pacha, bei Fuß!«

Der Hund hielt auf der Stelle inne und rührte sich nicht. Er hatte sehr sanfte Augen und einen schelmischen Blick. Dennoch war Clotilde wie versteinert. Ihre Knie gaben nach, und sie sackte langsam in sich zusammen, bis sie zitternd im Gras saß.

Pacha beobachtete sie, verwundert und zögernd, ob er ihre Hand lecken sollte oder ihre Wange, die sich genau vor seiner Nase befand.

»Pacha, bei Fuß!«, wiederholte Orsu.

Pacha.

Der Name hallte in Clotildes Schädel wider, aber es war kein Labrador, der in ihrer Erinnerung so hieß, sondern eine kleine Promenadenmischung mit undefinierbarem Stammbaum, den ihr ihre Mutter zum ersten Weihnachtsfest geschenkt hatte. Sie war damals noch kein Jahr alt gewesen.

Pacha.

IHR Hund.

Während ihrer ersten sieben Lebensjahre hatte Clotilde ihn auf dem Arm getragen, im Puppenwagen spazieren gefahren, heimlich mit Schokolade und Zuckerstückchen gefüttert. Pacha hatte sie wie ein lebendiges Plüschtier überallhin begleitet, hatte sie weder beim Mittagschlaf verlassen noch in der Nacht, wenn er in ihrem Bett schlief, oder auf der Rückbank des Fuego, wo er sich neben ihr zusammenrollte. Und jeden Tag sprang Pacha über den Zaun. So war es sicher auch passiert. Er war nicht da, als sie mit Maman von der Schule kam. Und er war nie zurückgekommen. Sie hatte ihn nie wiedergesehen. Sie hatte ihn nie vergessen.

Diesmal pfiff Orsu, und der Hund lief schließlich zu seinem Herrchen.

Ein Zufall … zwang sich Clotilde zu denken, um sich zu beruhigen. Noch ein Zufall? Vermutlich hießen Tausende von Hunden in Frankreich Pacha …

Der Labrador, der sich entfernte, war höchstens zehn, also Jahre, nachdem ihre Familie bei dem Unfall ums Leben gekommen war, geboren worden. Fast zwanzig Jahre später. Warum hatte man ihm dann den Namen ihres Hundes gegeben? Der 1981 verschwunden war, der nie auf Korsika gewesen war, weil Mamans Eltern ihn jeden Sommer gehütet hatten. Von dem weder Cassanu noch Lisabetta noch Orsu etwas gewusst hatten.

Clotilde sah, wie sich Franck unter der Pergola erhob. Valou saß etwas abseits auf der Holzbank, die fluoreszierenden Hörer ihres Handys in den Ohren.

»Fahren wir, Clo?«

In diesem Augenblick trat ihre Großmutter aus der Schäferei und umarmte Orsu, als wäre er ihr Sohn.

»Ja, wir gehen«, antwortete Clotilde.

Was hätte sie auch anderes sagen sollen? Sie konnte nicht einfach so hier stehen bleiben. So ganz allein unter ihrer Eiche hatte Clotilde nicht eben Familiensinn bewiesen.

Mein ganzes Leben ist eine Dunkelkammer.

In *Beetlejuice* hat die junge Lydia Deetz die Gabe, mit Geistern zu sprechen. Vielleicht konnte Clotilde das ja auch?

Höchstens früher. Mit fünfzehn. Heute nicht mehr. An diesem Abend war sie jedenfalls mit keinem Geist in Kontakt getreten.

Außer mit dem ihres Hundes.

Ihrer Promenadenmischung.

Wiedergeboren als Labrador.

KAPITEL 15

Normalerweise greife ich ja nur einmal am Tag zum Stift, entweder, wenn alle noch schlafen, oder aber am Abend, versteckt in meiner *Grotte des Veaux Marins*, im Schein meiner Taschenlampe und den gefräßigen Mücken ausgeliefert.

Heute Morgen, Sie erinnern sich, habe ich Ihnen geschrieben, um Ihnen von der großen Geschichte zu berichten: Papa, der versucht, Maman zum Jahrestag ihres Kennenlernens zum Besuch eines mehrstimmigen Konzerts anstelle des Essens in der *Casa di Stella* zu überreden. Maman hat seitdem nichts mehr dazu gesagt. Gar nichts. Das ist schlimmer als alles andere. Und Nico und ich beobachten die Kollateralschäden.

Die erste Bombe ging auf die Ile de Beauté nieder.

Die ganze Familie Idrissi war heute Nachmittag in der Einkaufsstraße von Calvi unterwegs zu einer …, na ja, wie soll ich sagen? Einer Pokerpartie? Ich habe mittlerweile den Eindruck, dass eine Ehe nichts anderes ist als das: Lügenpoker.

Stellen Sie sich eine schmale, abschüssige Straße vor, auf der mehr los ist als am Osterwochenende auf dem Mont-Saint-Michel.

Das ist Calvi, an diesem Nachmittag.

Maman trödelt, sieht sich etwas an, bleibt zurück, läuft voraus, immer etwas vor oder hinter den anderen. Sie schaut sich nur ein bisschen länger die Schaufenster an als sonst. Sie ist nur ein bisschen einsilbiger als sonst. Währenddessen brät Papa in der Sonne auf der Terrasse des Restaurants Pardina am Fuß der Treppe, die zur Zitadelle führt. Nicolas und er versuchen, die Zeit totzuschlagen, indem sie ein paar Fotos vom Hafen machen, die Yachten begutachten und den kleinen Italienerinnen nachsehen. Maman scheint magisch vom Schaufenster von Benoa, einer kleinen korsischen Boutique angezogen zu sein. Ein paar Stoffstückchen, die ein Vermögen kosten, auf Schaufensterpuppen drapiert, die nicht zwingend besser gebaut sind als meine Mutter.

Ich beobachte. Mit The Cure im Ohr. Ich höre mir immer wieder *Boys don't cry, Charlotte Sometimes* und *Lovecats* an. Alles andere ist mir egal.

Ich glaube, wir haben eine Stunde gebraucht, um die Festungsmauer zu erreichen, ohne dass Maman ein Wort gesprochen hätte. Erst kurz vor der Zugbrücke, am Eingang zur befestigten Stadt, genau vor dem Denkmal, das behauptet, Christoph Columbus wäre hier geboren (manchmal könnte ich mich kaputtlachen über diese Korsen!), sagt sie:

»Hast du den Fotoapparat?«

Die Umhängetasche, die Papa auf der Schulter trägt, ist offen, und an seinem Hals ist keine Spur von der Kodak zu sehen. Also wirft mein Papa idiotische Blicke nach unten zu der Terrasse vor dem Pardina und stottert:

»Mist!«

Ich liebe Papa wirklich, aber seit heute Morgen übertrifft er sich selbst. Maman zuckt mit den Achseln, während er – die Touristen im Blick, um zu sehen, ob sich nicht einer von ihnen bückt und etwas Schwarzes aufhebt – wieder nach unten rennt. Maman wartet nicht auf ihn. Sie tritt unter den steinernen Torbogen und wendet sich zu mir um, bevor sie die Zitadelle betritt.

»Du wolltest doch zu Tao, also los komm!«

Sie geht weiter.

Tao ist ein Restaurant mit Bar, das ganz oben auf der Zitadelle von Calvi liegt. Unglaublich bekannt! Unglaublich *in*! Unglaublich überfüllt. Ich weiß schon, was Sie sagen wollen: aus welchem verdammten Grund muss ich unbedingt einen Minze- oder Grenadinesirup bei Tao trinken?

Antwort A: Weil sich alle jungen, hübschen und reichen Arschlöscher, die auf Korsika Urlaub machen, bei Tao treffen?

Antwort B: Weil der größte Balladensänger der Welt, Jacques Higelin, für seinen Freund das schönste Chanson der Welt, *La ballade de chez Tao,* geschrieben hat?

Ich lasse Sie raten.

Auf zu Tao!

Wir sitzen schon an einem kleinen runden Tisch auf unseren roten Skai-Stühlen, als Papa endlich atemlos angerannt kommt.

»Hast du sie?«, fragt Maman

Sie hat eine Piña Colada bestellt.

»Nein, keine Spur …«

Normalerweise würde Maman jetzt die Marke des Apparats benennen, das Jahr und den Monat, in dem man ihn ihr geschenkt hat, den ungefähren Kaufpreis, den emotionalen Wert, das hat sie alles im Kopf gespeichert.

Doch Nicolas ergreift als Erster das Wort.

»Bist du ganz sicher, dass du ihn nicht in deiner Tasche hast, Papa?«

Also sucht Papa in seiner Umhängetasche, schiebt die Gläser beiseite und leert die Unordnung darin auf dem Tisch aus: Schlüssel, Stifte, ein Buch, eine Landkarte, Zigaretten, eine Plastiktüte, bis er ganz unten schließlich … den Fotoapparat findet!

»Er war also in deiner Tasche?«

Maman kann es nicht fassen, trotzdem denkt sie nicht daran, sich zu entschuldigen.

»Na ja, bei dem Durcheinander.«

Papa sagt nichts. Automatisch sortiert Maman die Sachen, die auf dem Tisch liegen, den Schlüssel und den Rest, bis sie schließlich verwundert zwischen Sonnenbrille und Sonnencreme eine Plastiktüte entdeckt.

Eine Plastiktüte der Boutique, vor der sie vorhin so lange gestanden hat.

Sie öffnet sie, wickelt vorsichtig das Päckchen aus und entdeckt ungläubig ein kurzes, rückenfreies Kleid mit V-Ausschnitt, dessen schwarzer Stoff mit Dutzenden von Rosen bedruckt ist. Genau das Kleid, das sie vorhin im Schaufenster bewundert hat! Papa hat in die Tüte auch ein passendes, rubinrotes Collier und ein Armband geschoben.

»Ist das etwa für mich?«

Ja, Maman, es ist für dich. Papa hat wirklich Klasse bewiesen, als er vorgegeben hat, seinen Fotoapparat verloren zu haben, um es schnell für dich zu kaufen.

Maman läuft auf die Toilette, zieht das Kleid an, kommt wieder heraus, die dünnen schwarzen Träger ziehen sich über ihre gebräunten Schultern, ihre Brüste, Hüften und Schenkel zeichnen sich unter dem feinen Stoff ab – anscheinend ist es Georgette (wie kann ein Stoff mit so altmodischem Namen so aufregend sein, wenn ihn eine sexy Frau trägt?). Selbst die Kellner des *Tao* drehen sich nach Maman um, dabei haben sie hier sicher schon viele gutgebaute Frauen in superkurzen Miniröcken gesehen. Ich singe still für mich das Mantra des *Tao*, das durch Higelins wunderbare Melodie zur Hymne geworden ist.

Vivez heureux aujourdhui, demain il sera trop tard, genieße den Augenblick, denn schon morgen kann es zu spät sein.

Ehe sie sich setzt und die nackten Beine unter dem Tisch übereinanderschlägt, haucht Maman ein leises Danke. Nicht mal einen Kuss auf die Wange. Nicht mal ein »Du bist ein Schatz«. Nicht mal ein »Da hast du mich wirklich überrascht«.

Schon gemein!

Darin ist sie echt Spitzenklasse, Palma Mama. Völlig beherrscht.

Wenn ein Mann so etwas für mich tun würde, würde ich dahinschmelzen, ich würde ihm um den Hals fallen, selbst wenn er mir vorher übel mitgespielt hätte. Aber sie nicht. Sie lässt nur ihren Blick zu den Plakaten für das Konzert wandern, die an der Bar hängen, und lauscht den sieben A Filetta-Sängern in ihren schwarzen Hemden. Völlig beherrscht. Macht sich begehrenswert.

Lässt Hoffnung aufkommen. Enthüllt ein wenig das Bein, den Brustansatz und bewahrt einen kühlen Kopf. Die Gefühle liegen auf Eis. Sich nie ganz hingeben. Niemals.

Eine Beziehung ist wie ein Pokerspiel.

Ich könnte nie ein solches Spiel spielen. Ich würde auf den erstbesten hübschen Jungen hereinfallen. Ich habe nichts von dieser Selbstsicherheit, die andere Mädchen an den Tag legen, von dieser Gewissheit, dass ich die Fäden in der Hand halte.

Ich bin nicht vom selben Schlag wie Palma Mama oder Maria-Chjara, denn auch von ihr muss ich erzählen, es gibt Neuigkeiten …

Ich liebe Papa, und nach der Überraschung mit dem Kleid noch mehr.

Aber ich bewundere Maman … Sagen Sie das bloß keinem weiter, ja, versprochen?

Es wäre mir superpeinlich, wenn sie das lesen würde.

Hier meine Prognose für den Tag der Sainte-Rose beziehungsweise den Abend des 23. August.

Mehrstimmiger korsischer Gesang oder ein romantisches Essen in der *Casa di Stella*?

Ich setze auf Palma Mama!

• • •

Er hob den Blick zum Himmel und starrte auf die Sterne.

Sicher. Alles wäre anders gekommen, wenn Palma Idrissi gewonnen hätte.

KAPITEL 16

Calvi hatte sich nicht verändert, das zumindest war Clotildes erster Eindruck. Unverändert überragte die Granit-Zitadelle die Bucht, unverändert die Dörfer in der Balagne, unverändert die alte Bahn zum Strand von L'Île-Rousse.

Nur gab es heute mehr Touristen in Calvi als in ihrer Jugend. Der Kontrast zwischen dem Camping Euproctes mitten in der Macchia, der Schäferei von Arcanu in den Bergen und diesen Menschenmassen am Strand, den Familien, die mit ihren Autos auf überhitzten Parkplätzen kreisten, ehe sie sich entschlossen, den Wagen weiter entfernt abzustellen und zu Fuß zurückzukommen, dieser Touristenflut, die sich wie eine lebendige Lawine von der Zitadelle durch die Gassen wälzte, um sich dann über die Kais, Café-Terrassen und Strände zu ergießen. Aber die Tatsache, dass die Insel Tausende von Besuchern aufnahm, schien nicht die Ruhe und Gelassenheit der unberührten Gegenden zu gefährden, und Cassanu und die anderen Freunde eines naturbelassenen Korsika mussten sich keine Sorgen machen, denn so zahlreich die Besucher auch waren, drängten sie doch alle an dieselben Orte.

Normalerweise verabscheute Clotilde Menschenauflaufe, doch an diesem frühen Nachmittag empfand sie es eher als beruhigend. Die Masse garantierte Anonymität.

Seit gestern Abend hatte sie unendlich viel gesprochen. Über sich. Über die Ihren.

Zuerst mit Franck auf dem Rückweg zum Campingplatz. Clotilde hatte sein kleines siegessicheres Lächeln verabscheut. Gib es zu, Clotilde, auch wenn du mit Valou unter der Steineiche rumgestanden und mich mit deinem Großvater allein gelassen hast, es ist niemand gekommen. Dein mysteriöser Briefeschreiber hat dich versetzt!

Aber sicher, Franck, natürlich, du hast so recht. Nichts, nichts außer mir und meiner Tochter, die leeren Berge gegenüber.

Vor diesem Hintergrund hatte Clotilde es nicht einmal gewagt, mit ihrem Mann über den neuerlichen Zufall zu sprechen, der ihr keine Ruhe ließ.

Pacha.

Der Name von Orsus Hund.

Der Name des Hundes aus ihrer Kindheit.

Ein Name, den – wenn sie ihre Überlegungen fortsetzte, ohne dass man sie unterbrach, und ihr sagte »das ist nicht möglich, meine Liebe« – vor zehn Jahren jemand diesem Hundebaby gegeben hatte, der ihren Pacha gekannt haben musste. Und da sie es nicht selbst gewesen war, blieb nur eine Lösung.

Nur ihre Maman konnte den Hund auf diesen Namen getauft haben.

Vor knapp zehn Jahren, zwanzig Jahre nach dem Unfall, zwanzig Jahre nach ihrem Tod.

Das ist nicht möglich, meine Liebe!

Franck hatte den Wagen vor der geschlossenen Schranke des Campingplatzes geparkt, Clotilde auf die Wange geküsst und kurz an sich gedrückt. Doch diese Geste hatte nichts Zärtliches, dachte sie. Nur ein respektvolles Schulterklopfen zwischen zwei Spielern nach einer Tennispartie. Beschränkte sich ihre Beziehung auf einen Wettkampf? Eins zu null für Franck.

Clotilde hatte schon immer Francks herablassende Art, diese gezwungene Höflichkeit, die sich ein engstirniger Vorgesetzter seinen Angestellten gegenüber abringt, verabscheut. Doch noch mehr hatte sie sich heute Morgen über das Lä-

cheln von Cervone Spinello am Empfang des Campingplatzes geärgert. Als sie gekommen war, hatte er gerade ein Plakat
für einen Eighties-Abend am Strand von L'Oscuelluccia aufgehängt.

»Darf ich dich zu einem Kaffee einladen, Clotilde?«

»Nein, danke.«

»Deine Tochter ist wirklich super.«

Idiot!

»Sie erinnert mich an deine Mutter, sie hat ihre Klasse,
ihre …«

Noch ein Wort und …

Clotilde hatte sich beruhigt. Durch ihren Beruf als Anwältin
hatte sie nach und nach gelernt, ihre Ausbrüche in den Griff
zu bekommen, auch dann ruhig zu bleiben, wenn die Unauf-
richtigkeit eines Mandanten alles Vorstellbare überschritt, und
sie ihn trotzdem verteidigen musste. Deswegen konnte Clotilde jetzt auch Cervone nach Orsu befragen, so, als sei nichts
gewesen.

Orsu war ein Waisenkind. Seine Mutter, die einen unehe-
lichen Sohn zur Welt gebracht hatte, starb an Erschöpfung,
Einsamkeit und Scham, so dass er von seiner Großmutter auf-
gezogen worden war, von Speranza, der schwarz gekleideten
Alten, die sie gestern auf dem Weg zur Schäferei getroffen hatten. Speranza arbeitete seit jeher dort, sie kümmerte sich um
den Haushalt und die Küche, molk die Tiere und half bei der
Maronenernte. Sie gehörte fast zur Familie Idrissi, und Orsu
war unter ihrer Obhut in Arcanu aufgewachsen.

Bei intensivem Nachdenken erinnerte sich Clotilde vage
an einen Schatten, der das Essen brachte, auskehrte und das
Spielzeug hinter ihnen einsammelte, wenn sie den Tag mit Nicolas in der Schäferei verbracht hatte. Etwas genauer erinnerte
sie sich an ein Baby von ein paar Monaten, das fast immer be-
wegungslos inmitten von abgenutzten Plüschtieren und ver-
blichenem Plastikspielzeug in einem Laufstall im Schatten der
Eiche saß. Ein stummes Baby. Mager und seltsam.

Orsu?

War aus diesem schmächtigen Säugling dieser Riese, dieser Bär geworden?

Als Orsu sechzehn war, hatte Cervone ihn auf dem Campingplatz eingestellt, weil niemand ihn mehr wollte, vor allem nicht in der Schule. Aus reiner Gutmütigkeit. Aus Freundschaft zu Cassanu. Aus Mitleid, wenn du so willst, Clo, ganz genau, aus Mitleid, um die Dinge beim Namen zu nennen.

Aus Mitleid.

Dreckskerl!

Clotilde hatte keine Kraft mehr, die Flüche zu variieren, die sie innerlich ausstieß, ihr Gehirn war übersättigt von erstaunlich präzisen Erinnerungen, die hinter jeder Kurve, bei jeder Begegnung, jedem Gespräch in ihr aufstiegen und mit dem kollidierten, was sie seit gestern erlebt hatte, als würde sich dahinter eine unaussprechliche Wahrheit verbergen, eine Wahrheit, die sie 1989 mit ihren fünfzehn Jahren nicht im mindesten hatte erahnen können.

Siebenundzwanzig Jahre später schob sie sich langsam durch das Gedränge auf der Rue Clemenceau. Das geschäftige Treiben in der Einkaufsstraße von Calvi beruhigte sie. Ihr Blick verlor sich im Schaufenster des Schuhgeschäfts Lunatik, ruhte auf den Ketten des Schmuckgeschäftes Mariotti, auf den Kleidern bei Benoa. Andere Bilder traten vor ihre Augen, längst vergessene, die sich zunächst durch eine vage Ähnlichkeit ankündigten, den Eindruck, diese Situation schon einmal erlebt zu haben, ehe der Schleier endgültig riss und sie den Film klar vor sich sah. Die Rue Clemenceau in Calvi, ihre Mutter, die – so wie sie heute – vor den Schaufenstern trödelte, ihr Mann, der ihr das schwarze Kleid mit den roten Rosen schenkte und dazu den rubinroten Schmuck, alles, was ihr so gefallen hatte.

Sie hatte es am Tag des Unfalls getragen.

Clotilde verstand erst heute die ganze Tragweite dieser Geste ihres Vaters, der seiner Frau jenes Kleid schenkte, in dem sie sterben sollte, ihre Aufmachung fürs Jenseits, so verführerisch wie möglich für einen letzten verliebten Blick.

Jetzt hatte sie so lange vor dem Schaufenster von Benoa gestanden, dass Valou sie eingeholt hatte. Es kam nur selten vor, dass Clotilde einen Schaufensterbummel machte und noch seltener zusammen mit ihrer Tochter. Doch durch das Wunder der Zeit, die in diesen Ferien stillzustehen schien, hatten Mutter und Tochter jetzt beide den Blick auf dasselbe anthrazitfarbene Viskosekleid gerichtet, wie zwei Komplizinnen, die den Mann der Familie von diesem Spiel ausschlossen – Franck, der zehn Meter weiter oben an der Mauer des Vorplatzes der Kirche Sainte-Marie lehnte. Eine solche, nach Geschlechtern getrennte Aufteilung war ganz untypisch für ihre Familie.

Die schwitzenden Touristen suchten Schatten, während sie sich die steile Gasse zur Zitadelle hinaufquälten. Trotz des Andrangs war seit dem Sommer 1989 niemand auf die Idee gekommen, einen Aufzug zu installieren. Hinter der Zugbrücke zögerte Clotilde kurz, ob sie Franck und Valou vorschlagen sollte, etwas bei *Tao* zu trinken, fand jedoch ihre Idee sogleich albern: Die Wallfahrt auf den Pfaden ihrer Jugend hatte ihre Grenzen, und Valou hatte sicher noch nie ein Chanson von Higelin gehört. Also zog sie es vor, sich im Gewirr der kleinen Gassen zu verlieren. Bis sie schließlich auch Franck verloren hatten.

Neun Minuten und sieben SMS später trafen sie sich an einem kleinen schattigen Platz auf der Terrasse des A Candella wieder, die durch die Olivenzweige einen Panoramablick auf den Hafen bot. Als Clotilde Franck, der ungeschickt eine Tüte von Benoa hinter dem Rücken versteckte, an der Festungsmauer neben dem Salzturm auftauchen sah, vergaß sie darüber sogar für eine Weile all die Rätsel, die ihr die letzten Tage aufgegeben hatten. Franck hatte im Laufschritt die zweihundert Meter hinunter und wieder herauf zurückgelegt. Wie damals ihr Vater!

Sie erinnerte sich, dass sie als Jugendliche hin- und hergerissen war zwischen einem Gefühl des Stolzes ob dieser feinfühligen Aufmerksamkeit ihres Vaters, der Bewunderung des gekonnten Verführungsspiels ihrer Mutter und der Eifersucht, die wie ein großer Hut alles überschattet hatte. Und plötzlich fiel ihr wieder ein, dass sie damals davon geträumt hatte, dasselbe Spiel zu spielen. Das hatte sie gar nicht so schlecht hinbekommen. Franck fand bisweilen noch Geschmack an solchen Überraschungen.

Die Fähigkeit, den anderen zu überraschen, dachte Clotilde, das war der Schlüssel für eine dauerhafte Beziehung.

Selbst wenn Francks Vorgehen nicht so diskret war wie das ihres Vaters vor Jahren, nicht so gut inszeniert und phantasievoll, da er keine Erklärung für sein plötzliches Verschwinden gegeben hatte und die Tüte von Benoa nur schlecht hinter seinem Rücken verbarg.

Nicht zu anspruchsvoll sein, das war der zweite Schlüssel für eine dauerhafte Beziehung.

Franck schob die Gläser beiseite und legte die Tüte auf den Tisch.

»Für dich, mein Liebling.«

Der Liebling, dem Franck die Tüte zuschob, war Valou.

»Ich bin sicher, es steht dir hervorragend, meine Hübsche.«

Sonnenfinsternis. Ein Gewitter hätte auf die Zitadelle niedergehen, ein Tsunami die Yachten im Hafen davonfegen, eine Windböe die Sonnenschirme und Fahnen mitreißen sollen.

Dieser Idiot.

Während Clotilde noch immer innerlich schimpfte, kam Valou schon in ihrem anthrazitfarbenen Kleid, das sie hastig über den Badeanzug gestreift hatte, von der Toilette zurück. Sexy, enganliegend, perfekt.

»Danke, Papa. Du bist wirklich super!«

Valou umarmte ihren Papa inbrünstig. Clotilde steckte den Schlag ein. Vielleicht hätten sie doch zwei Kinder bekommen sollen, ein Einzelkind ist Quatsch, ein Fallstrick für eine Beziehung. Ja, zwei Kinder, eines für jeden.

Sich den Mann von der eigenen Tochter wegnehmen zu lassen, das war der absolute Niedergang.

Valou hatte sich erhoben, hockte sich auf die Brüstung, im Hintergrund die belebte Bucht von Calvi, und zückte ihr Handy. Und hopp, ein Selfie, um die Freundinnen eifersüchtig zu machen. Geschenk von meinem Papilein.

Unglaublich.

Und dieser Trottel von Franck, der ihr weiter zulächelte und seine Tochter anbetete.

Und der dann eine zweite Benoa-Tüte hervorzog!

»Und für dich, mein Liebling.«

Der Idiot! Der wundervolle Idiot!

Clotilde geriet ins Wanken. Warum war sie bloß so verletzlich?

Nicht so anspruchsvoll sein.

Sich üppig, feucht und sinnlich geben.

Und ihren Mann rückhaltlos umarmen.

Nicht so anspruchsvoll sein …

Die kleine Stimme zum Schweigen bringen, die ihr zuflüsterte, dass alles ablief wie vor siebenundzwanzig Jahren. Derselbe Ort, dieselbe Geschichte, dieselbe Familienszene. Dieses Kleid, das ihr Mann ihr schenkte, ganz wie ihr Vater damals ihrer Mutter …, vielleicht würde es ja auch ihr Totenkleid sein.

Als sie sich wenige Stunden später auf dem Campingplatz Euproctes allein im Waschraum befand, wo weder Orsu den Boden wischte, noch Jugendliche rumtanzten, probierte sie das Kleid an und begutachtete sich im Spiegel. Das Urteil fiel eindeutig aus: Wenn auch sie dieses Kleid am letzten Tag ihres Lebens tragen sollte, wäre sie als Tote nicht so sexy wie ihre Mutter!

Der leicht elastische Stoff beulte am Busen, der nicht groß genug war, lag an den Hüften nicht eng genug an und reichte bis zum Knie, weil ihre Beine nicht lang genug waren.

Definitiv konnte sie ihrer Mutter nicht das Wasser reichen. Und Franck nicht ihrem Vater.

Beide waren zu früh gestorben, um sie zu erziehen. Sie so zu erziehen, dass sie ihnen das Wasser hätte reichen können.

Aber warum?

Warum waren sie gestorben?

Vielleicht würde sie es morgen erfahren.

Cesareu Garcia, der Polizist im Ruhestand, der ihr am Telefon nichts hatte sagen wollen, erwartete sie am nächsten Vormittag.

»Seit siebenundzwanzig Jahren suchst du nach Antworten, Clotilde«, hatte er gesagt, bevor er auflegte. »Da kannst du auch noch ein paar Stunden länger warten.«

KAPITEL 17

Hallo, hallo? Hier live vom Strand von L'Alga.

Ich liege auf meinem Handtuch, es ist schwarz und feuer-
rot mit aneinandergereihten hübschen weißen kleinen Kreuzen, und ich kann Ihnen versichern, dass es eine wahre Meisterleistung ist, so ein Strandlaken mit dem Cover von *Master
of Puppets* von Metallica überhaupt aufzutreiben! Nicos ist
knallrot mit dem gelben Ferrari-Emblem, fast ebenso altmo-
disch wie das von Maria-Chjara – ein orangefarbener Sonnenuntergang und im Vordergrund als Scherenschnitt eine Palme
und die Umrisse zwei eng umschlungener, nackter Liebender.
Das Handtuch von Hermann, das zwischen dem von Nico und
Maria-Chjara liegt, ist schwarz und weiß mit einem riesigen
B und einem für Franzosen unaussprechlichen Namen: Bo-
russia Mönchengladbach. Glamour pur! Aber eines muss man
dem Zyklopen lassen – er ist flink und reaktionsschnell, denn
er war nicht der Einzige, der sein Strandlaken neben das der
schönen Italienerin legen wollte. Der Kampf der Handtücher
am Strand erinnert an den der Plätze im Klassenzimmer. Man
muss die Ellenbogen einsetzen, um am richtigen Tisch neben
der richtigen Person zu sitzen.

Mir ist das egal. Wie gewöhnlich halte ich mich etwas abseits, oberhalb, fast im Schatten der Pinien, Knie und Hinterteil unter meinem zu großen T-Shirt verborgen. Von dort
aus habe ich Blick auf den Strand, ich kann alle Blautöne des

Wassers erkennen, das dummerweise durchsichtig wird, wenn man hineintaucht. Die intensiv türkisfarbenen Tropfen zwischen dem tiefen Blau der Büschel von Neptungräsern.

Nicht zu vergessen die Menschen um mich herum, die es zu beobachten gilt.

Wenn ich den Blick zur Spitze von La Revellata wende, sehe ich die Ruinen des *Roc e Mare*. Die Untersuchungen zu diesem Vorfall haben noch immer nichts ergeben, so sehr ich auch Aurélia, die Tochter des Gendarmes, auszuquetschen versuche, ich bekomme nichts aus ihr heraus. Übrigens regt die mich immer noch genauso auf, wie sie mit ihrer überlegenen Miene und vollständig bekleidet – genau wie ich – am Strand herumspaziert. Ich hasse die Vorstellung, sie könnte meinen, wir seien uns ähnlich. Als ob ich irgendwelche Gemeinsamkeiten mit ihr hätte!

Bitte bestätigen Sie mir, dass ich keine Ähnlichkeit mit ihr habe!

Ich beurteile niemanden.

Ich verurteile niemanden.

Ich analysiere nur, ich lerne.

Ich sammele zumindest schon einmal theoretische Informationen. Für später. Wenn ich groß bin.

Genau vor mir hat Maria-Chjara ihren karamellfarbenen Körper auf dem orangefarbenen Handtuch umgedreht und mit geschlossenen Augen den Arm in Richtung Hermann ausgestreckt, ganz so, als wisse sie nicht, wer neben ihr liegt, und als sei es ihr auch völlig egal. In der Hand hält sie eine Tube Sonnencreme. Kein Wort, kein Blick. Nur eine explizite Geste – sie öffnet im Rücken das Oberteil ihres Bikinis, drückt ihre großen Brüste auf das Handtuch, die Brustwarzen in den Frotteestoff. Genau wie Maman, die mit ihren Freundinnen vom Campingplatz ein Stück weiter liegt. Die Eltern auf der einen Seite, die Kinder auf der anderen – das ist das Gesetz des Strandes.

Palma Mama hat stets eine große Tasche mit ihrer Wasserflasche und ihrem dicken Buch dabei, ohne das sie das Haus nicht verlässt. Sie ist immer noch auf Seite zwölf, ich habe nachgesehen, das Lesezeichen steckt seit einer Woche an der gleichen Stelle.

Papa ist nicht da. Er mag den Strand nicht. Wahrscheinlich ist er in Arcanu mit seinem Vater, seinen Cousins, den Freunden – mit den Korsen eben …

Früher hat Papa sich manchmal einen Ruck gegeben und ist mitgekommen, um mit Nico Fußball zu spielen oder Sandburgen mit uns zu bauen (na gut, das ist schon länger her). Hin und wieder ist er auch kurz ins Wasser gegangen oder hat ein Stündchen geschlafen, Hand in Hand mit Maman.

Jetzt wäre das unvorstellbar. Papa und Maman sind wegen der Sache mit dem mehrstimmigen Konzert am Tag der Sainte-Rose noch immer zerstritten. Wenn ich irgendwann einen Liebsten habe, möchte ich nicht so enden wie die beiden.

Ich schaue mich um, mein Blick fällt auf ein junges Paar. Ein Handtuch für zwei.

Das will ich auch!

Das Paar gleicht Dutzenden von anderen. So schwer ist es gar nicht, glücklich zu sein! Man muss nur zwanzig sein, und das trifft, da werden Sie mir recht geben, irgendwann auf jeden zu. Man muss nur hübsch sein, wenn man sich auszieht, was bei den meisten mit zwanzig der Fall ist, und vor allem braungebrannt. Ein Mädchen und ein Junge, die sich in die Augen sehen, als wären es Spiegel, die sich bei der Hand halten, sich streicheln, den Hintern des anderen bewundern, aufstehen, um schwimmen zu gehen, sich zulächeln, laut auflachen, dem anderen Aufmerksamkeit entgegenbringen, weil sie ahnen, dass man solche Augenblicke nicht verderben darf, weil es die schönsten sind, die nie wiederkehren. Also genießen sie es, verlieben sich, lieben sich ganz einfach.

Mein Blick gleitet den Strand hinauf, als würde er sich in die Vergangenheit richten.

Ich finde, was ich suche. Ein Paar von dreißig Jahren. Er sieht nicht schlecht aus, sportlich, fast verschwunden in dem Sandloch, das er mit seinen Kindern gegraben hat, die etwa zwei und vier Jahre alt sein müssen, beide eingecremt und mit Sonnenhütchen. Er scheint beinahe mehr Spaß daran zu haben als die Kleinen. Sie liest zerstreut und hebt von Zeit zu Zeit den Kopf, um sie zu beobachten, glücklich. Sie rückt das Band des Sonnenhutes unter dem Kinn des Jungen zurecht, reicht ihm eine Wasserflasche mit Sauger, verscheucht eine Fliege.

Sie wacht über sie.

Durch und durch sexy. Man spürt, dass sie erreicht hat, was sie wollte. Den Höhepunkt, den Gipfel.

Sie ist wachsam.

Denn alles, was sie hat – ihren liebevollen Mann, die wohlerzogenen Kinder, ihren wohlgeformten Körper –, will sie auch behalten.

Als würde all das ewig währen! Du träumst wohl, meine Liebe!

Mein Blick wandert weiter, ich habe nur die Qual der Wahl, und richtet sich auf ein anderes Paar.

Sie sind vierzig. Vielleicht auch fünfzig.

Sie liest wirklich. Konzentriert. Die letzten Seiten eines dicken Schinken. Er liegt neben ihr und langweilt sich. Dabei sieht er noch ganz gut aus, graue Schläfen und etwas Machtvolles im Blick. Er schaut woandershin. An einem Strand mangelt es nicht an hübschen Pflänzchen, auf die man ein Auge werfen kann.

Oder nehmen wir noch ein anderes Paar. Im gleichen Alter, aber mit vertauschten Rollen. Er liegt im Schatten eines Sonnenschirms auf der Seite, der etwas dicke Bauch hängt wie ein erschlaffter Ballon vor ihm. Sie, die noch super aussieht, liegt neben ihm und langweilt sich. Schlank, elegant, geschminkt, gepflegte Erscheinung. Sie sieht woandershin. Sie schaut Kindern zu, die etwas weiter entfernt spielen. Ihre eigenen sind schon zu alt oder noch zu jung, um ihr Enkel geschenkt zu haben. Sie langweilt sich und ist resigniert, den Rest ihres Lebens so warten zu müssen.

Die Zeit vergeht. Mein Blick wandert weiter. Es dauert eine gute Weile, bevor ich die Objekte finde, die ich suche.

Sie sind siebzig, vielleicht auch achtzig. Ich höre nicht, was sie sagen, aber sie sprechen miteinander, das ist sicher. Wahrscheinlich fragt er sie, ob ihr nicht zu heiß ist, und sie fragt ihn, ob er sein Buch, seine Brille oder seine Kappe will. Und dann erheben sie sich plötzlich.

Ich mag ihre nackten Körper nicht. Wenn ich so faltige Haut hätte, durch die sich fast die Knochen zu bohren scheinen, und Fleisch, das herunterhängt, als wäre es zu schwer – am Kinn, am Hals, am Bauch, am Hintern –, dann würde ich all das verbergen.

Meine Hände krallen sich in mein T-Shirt.

Diese beiden Alten faszinieren mich. Hand in Hand gehen sie, ohne zu zögern, ins Wasser, die Kälte lässt sie nicht einmal erschauern. Ihre Lippen begegnen sich kurz, dann entfernen sie sich voneinander und kraulen perfekt und koordiniert zu den Segelschiffen.

»Wen belauerst du jetzt?«

Ich hebe den Blick.

Es ist Cervone. Cervone Spinello. In Bermudas, einem Blumenhemd und Turnschuhen. Auch ihn sieht man nie in Badehose. »Den Strand«, habe ich ihn einmal plärren hören, »habe ich das ganze Jahr für mich alleine. Also überlasse ich ihn im Sommer den Spießern.«

Wie lange ist er schon da? Wie lange beobachtet er mich schon? Mich, meine Mutter, die anderen Mütter, die anderen Jugendlichen? Wie auf frischer Tat ertappt, wandert mein Blick zurück über den Strand, so als könne ich alles zurückspulen, was ich gesehen habe und zum Ausgangspunkt zurückkehren.

Drei scheußliche Handtücher.

Nicos Hintern hockt noch immer auf dem sich aufbäumenden Pferd des Ferrari-Emblems, er hat nur die Sonnenbrille auf, keine Creme und keinen Hut, ganz so, als wäre es ihm egal, welchen Schaden die Sonne auf seiner straff über den Muskeln gespannten Haut anrichten kann. Maria-Chjara windet sich noch immer unter den gallertartigen Liebkosungen von Hermann, ihr Blick ist dabei auf die Jungen gerichtet, die etwas weiter entfernt Volleyball spielen – Estefan, der davon träumt, Arzt zu werden, Magnus mit seinen Oscar-Phantasien, Filip, der von den Sternen träumt. Der junge Deutsche verstreicht hingebungsvoll die Creme auf dem Rücken der schönen Italienerin, er ist schon bei der fünften Schicht und zögert, sich weiter vorzuwagen, einen Finger über die gebräunten Wölbungen gleiten zu lassen, unter das Gummiband des Bikinihöschens oder zu den Brüsten, die auf dem geöffneten Oberteil ruhen.

Armer Kleiner …

Ich glaube, es wird Zeit, dass ich enthülle, wer Maria-Chjara wirklich ist.

Das wird Ihnen gefallen!

• • •

Er schließt das Heft und lässt eine Handvoll Sand durch die Finger rinnen. Er saß am Strand von L'Alga, es war nur logisch, dieses Tagebuch am Ort des Geschehens zu lesen. Alles hatte hier, an jenem Tag begonnen.

Zweifellos besaß Clotilde großes Talent, Gefühle zu beschreiben. Erstaunlich für eine Fünfzehnjährige. Man hätte meinen können, diese Aufzeichnungen stammten nicht von ihr, oder aber, sie hätte sie Jahre später formuliert, mit mehr Abstand und Reife. Fast, als wäre ihr Tagebuch überarbeitet worden, auch wenn es dafür keine Anhaltspunkte gab.

KAPITEL 18

Rue de la Confrérie 19«, hatte Cesareu Garcia am Telefon erklärt. »Direkt hinter der Kirche von Calenzana. Du kannst es gar nicht verfehlen.«

Merkwürdig. An der angegebenen Adresse stand ein Haus mit abgeblätterter gelber Fassade, schlecht verfugten Ziegelsteinen und Löchern in den Fensterumrandungen.

»Du brauchst nicht anzuklopfen«, hatte der Gendarm noch hinzugefügt. »Ich höre dich ohnehin nicht. Mach einfach die Tür auf und geh durchs Haus, ohne dich an der Unordnung zu stören. Ich erwarte dich hinten im Garten. Im Pool.«

Im Pool ...

Clotilde hatte sich eine feudale, oberhalb des Dorfes gelegene Villa vorgestellt, mit einer großen hellen Terrasse, Sonnenschirm und Liegestühlen. Ein bisschen wie auf den Plakaten entlang der Wegstrecke, die für einen Eighties-Abend in der Diskothek Tropi-Kalliste am Strand von L'Oscelluccia warben.

Clotilde riss sich zusammen und öffnete die Tür, durchquerte zwei winzige, übervolle Zimmer und eine muffige Küche, in der es nach gebratenen *figatelli* roch – der korsischen Wurstspezialität aus Schweineleber. Dann kam sie ins Wohnzimmer, das fast vollständig von einer ausgeklappten Couch ausgefüllt wurde. Sie war derart ramponiert, dass es unmöglich schien, sie wieder zusammenzuklappen. Am anderen Ende des Zimmers flatterten zerrissene Vorhänge vor der Tür, die in den Garten führte. Angeekelt schob Clotilde sie beiseite – so wie man ein Spinnennetz von einem ausrangierten Möbelstück entfernt.

»Komm her, Clotilde.«

Ihr Blick folgte dem Klang der Stimme, die aus einem Gully zu kommen schien.

Der Garten war noch winziger als das Zimmer, aus dem sie gerade kam. An drei Seiten von einem Bretterzaun umgeben, bestand er eigentlich nur aus einer Betonplatte, die man über drei Stufen erreichte. In den Zement war ein Loch von circa einem Quadratmeter Durchmesser eingelassen. Nicht größer als ein Brunnenschacht. Und darin dümpelte Cesareu. Nur seine massigen Schultern, sein Stiernacken und sein Kopf, den ein Käppi mit der Aufschrift *Tour de Corse 97* zierte, schauten heraus.

Sein Pool?

»Komm näher. Nimm dir einen Stuhl, Clotilde. Ich komm auf keinen Fall aus meinem Loch, bis die Sonne nicht hinter dem Gartenzaun verschwunden ist.«

Sie setzte sich auf einen Plastikstuhl.

»Ich bin wie ein Pottwal«, meinte der Gendarm, »der gestrandet ist. Sobald die Temperatur auf über fünfundzwanzig Grad steigt, muss ich mich im Wasser aufhalten. Und mich dabei so wenig wie möglich bewegen, sonst krepiere ich!«

Ungläubig betrachtete ihn Clotilde. Cesareu tippte mit dem Finger auf den Betonrand.

»Eine Maßanfertigung, meine Schöne … Genau auf meinen Taillenumfang abgestimmt … Und ja, meine Hübsche, es stimmt, Sergent Garcia hat, seitdem du ihn das letzte Mal gesehen hast, ein paar Kilo zugelegt.«

Sie begnügte sich mit einem Lächeln. Natürlich erinnerte sie sich. Alle Welt hier nannte Cesareu Garcia »Sergent«, nie hatte ihn jemand mit seinem richtigen Dienstgrad angesprochen. Capitaine? Lieutenant? Adjudant?

»Gut, dass du gekommen bist.«

»Ich weiß nicht recht …«

»Ich eigentlich auch nicht.«

Na, das fing ja gut an. Cesareu sagte nichts weiter, er schien in seiner Badewanne eingeschlummert zu sein. Vielleicht war es ja auch nur eine List des Seeelefanten, der darauf wartete, dass sie reagierte, um nicht den Anfang machen zu müssen.

Wenn es das war, was er wollte …

»Wie geht es Ihrer Tochter, Cesareu? Es wäre sicher eigenartig, sie wiederzusehen. Für mich ist und bleibt Aurélia siebzehn Jahre alt, obwohl sie bestimmt schon über vierzig ist. Sie ist ja zwei Jahre älter als ich.«

»Es geht ihr gut, Clotilde, sehr gut. Sie ist verheiratet, weißt du. Seit vielen Jahren schon.«

Verheiratet?

Welcher Mann würde sein Leben schon gerne mit dieser Spielverderberin verbringen wollen?

Seit vielen Jahren?

Der arme Kerl!

»Hat sie Kinder?«

»Nein.«

»Das tut mir leid.«

»Wohl wahr. Es ärgert mich schon sehr, nicht Großvater geworden zu sein.«

Cesareu richtete sich etwas auf. Augenblicklich sank der Wasserstand bis auf Brusthöhe ab. Clotilde stellte sich vor, dass er unten in seinem Brunnen auf einer Art Leiter saß und seinen Hintern eine Stufe nach oben bewegt hatte.

»Also, Cesareu, was ist Ihr großes Geheimnis?«

Der Sergent betrachtete eingehend seinen Minigarten, den Bretterzaun, die offene Verandatür und die flatternden Vorhänge, als ob die Spionageabwehr überall Mikrofone installiert hätte.

»Weißt du, meine Hübsche, denn du bist wirklich sehr hübsch, Clotilde, und ich denke, ich bin nicht der Erste, der dir das seit deiner Rückkehr auf die Insel sagt. Du warst schon damals hübsch, aber du wusstest es noch nicht. Der Zauber eines Mädchens ist wie das Glück, ein Wunder, ein Talisman und all der andere Quatsch, an den man nur fest genug glauben muss, damit er funktioniert.«

Clotilde bemühte sich nicht einmal, ihre Verärgerung zu verhehlen. Sie schüttelte energisch ihre Hand, als wolle sie eine unsichtbare Fliege verscheuchen. Dann stand sie auf, umkreiste das Loch und blieb schließlich hinter dem Sergent stehen.

»Warum sollte ich herkommen, Cesareu?«

Der Gendarm, der in seinem Loch feststeckte, konnte nur noch Clotildes Stimme lauschen und ihren schmalen Schatten erahnen, der jedoch genügte, um die auf der Wasseroberfläche tanzenden Sternchen auszulöschen. Er versuchte, sich umzudrehen, gab es aber gleich wieder auf.

»Du erinnerst dich sicher, Clotilde, dass ich damals mit der Untersuchung des Falls beauftragt war. Ich allein. Ich stand wahnsinnig unter Druck, das kannst du mir glauben. Drei Tote mitten im Sommer, selbst wenn die Korsen wie die Irren fahren, kommt so was doch nur sehr selten vor. Sehr ungewöhnlich. Außerdem war ja dein Vater nicht irgendwer. Er war der Sohn von Cassanu Idrissi. Ich weiß nicht, ob dir das eigentlich klar ist. Cassanu gehörte die halbe Gemeinde, und du weißt, was man über die korsischen Gemeinden sagt. Sie sind größer als die auf dem Festland, sie erstrecken sich vom Gebirgskamm bis zum Horizont. Im Winter kann man Skifahren und im Sommer Wasserski.«

Clotilde unterbrach ihn mit schneidender Stimme.

»Es war ein Unfall, oder?«

»Ja, ein Unfall, natürlich. Ein Unfall, und alle Welt ist zufrieden.«

Mit einem Mal erhob sich der Sergent. Sein fettleibiger Körper spritzte den Beton nass, als er über eine am Brunnen befestigte Leiter hochkletterte. Auf der Stelle sank der Wasserspiegel ab, ja, schien gegen null zu gehen. Er trug einen winzigen roten Slip, der fast in seinen Bauchfalten verschwand und an einen verkehrt herum sitzenden String erinnerte – ein Dreieck, das die Pobacken bedeckte, und ein schmaler Steg für den Rest. Ohne sich abzutrocknen, betrat er das Haus, schien Möbel herumzuschieben und schimpfte dabei ununterbrochen vor sich hin. »Wo hat Aurélia bloß die verdammte Akte hingepackt?« Einen offenen Bademantel über den Schultern, kam er kurz darauf mit einer Mappe wieder heraus. Er zog einen Plastikstuhl in den Schatten des Bretterzauns und reichte Clotilde den Aktendeckel.

»Mach auf.«

Clotilde legte den Ordner auf ihren Schoß, öffnete ihn und drehte das erste Blatt um.

Ein Name. Ein Autokennzeichen. Ein Zulassungsdatum.

Fuego. Modell GTS. 1233 CD 27. Erstzulassung am 03/11/1984.

Fotos des Autowracks.

In Farbe.

Ein geborstenes Dach. Verkohlte Reifen. Großaufnahmen der Glassplitter.

Clotilde wurde beinahe übel.

»Blättere weiter um, Clotilde. Gleich werde ich es dir erklären.«

Noch mehr Seiten.

Rote Felsen. Drei Leichen auf den Felsen. Blut. Überall Blut.

Nächste Seite.

Ein Name, Paul Idrissi, geboren am 17. Oktober 1945, verstorben am 23. August 1989.

Ein Dutzend Fotos mit Details der vorherigen Aufnahmen, Vergrößerungen, ein geschwollenes Gesicht, ein verdrehter Arm, ein zermalmter Körper, ein mit einem Schraubstock zerquetschtes Herz.

Nächste Seite, Nicolas Idrissi, geboren am 8. April 1971, gestorben am 23. August …

Clotilde konnte nicht weiterlesen. Sie versuchte, die aufsteigende Galle zurückzuhalten und den Blick erneut auf die Akte zu richten, doch dann sprang sie plötzlich auf, kniete sich vor das Wasserloch und übergab sich.

Cesareu reichte ihr ein Papiertaschentuch.

»Tut mir leid«, entschuldigte sich Clotilde.

»Das sollte es auch. Sie haben für heute siebenunddreißig Grad angekündigt. Und der Wartungstechniker für meinen Pool ist bis zum 21. August im Urlaub.«

Clotildes Blick fiel auf den am Zaun lehnenden Blätterkescher. Der Sergent hielt sie zurück.

»Lass gut sein, Clotilde. Ich rede Unsinn, das ist nicht weiter schlimm. Es ist meine Schuld, aber ich wollte, dass du dir alles bis zum Schluss ansiehst ... Bis ...«

»Bis zu den Fotos meiner Mutter?«

Cesareu nickte. Noch immer kniend, warf Clotilde dem Sergent einen Blick zu wie Maria Magdalena dem auferstandenen Christus.

»Maman ist nicht tot. Ist es das?«

Sie hatte einfach geraten. Es war ja ganz offensichtlich. Alle Indizien sprachen dafür, stimmten überein. Der unmissverständliche Brief, der auf die Dunkelkammer anspielte, die Art, wie Orsu den Boden wischte, der Hund, der auf den Namen Pacha hörte. All diese Ungereimtheiten ließen sich nur dadurch erklären, dass ihre Mutter noch lebte, hier. Cesareu Garcia kannte den Schlüssel, um diese unmögliche Gleichung zu lösen: Wie hatte Palma Idrissi den Unfall überleben können?

»Maman ist nicht tot?«, wiederholte sie fragend.

Cesareu sah sie an, als hätte er nicht richtig gehört.

»Was redest du da, Clotilde?« Er wirkte ernsthaft bestürzt. »Fang bloß nicht an, dir so etwas einzureden, meine arme Kleine. In dieser Hinsicht gibt es nicht den geringsten Zweifel. Deine Mutter ist in der Schlucht von Petra Coda gestorben, zusammen mit deinem Vater und deinem Bruder. Du hast es doch mit eigenen Augen gesehen. Genau wie ich und ein Dutzend anderer Leute. Nein, ich habe dich selbstverständlich nicht hergebeten, um dir zu sagen, dass deine Mutter von den Toten auferstanden ist.«

Clotilde presste die Lippen fest zusammen, um nicht ohnmächtig zu werden. Oder zu weinen.

»Wa... rum dann?«

»Sieh dir die nächste Seite nach den Fotos an.«

Clotilde griff erneut nach der Akte, übersprang die Seite von Nicolas, hatte aber die Kraft, sich die ihrer Mutter anzusehen – sechs Detailaufnahmen ihres zerfetzten Körpers – und blätterte dann weiter.

Es folgten die Fotos des Fuego – statt Leichenteilen nun zerquetschte Karosserie. Zunächst der Wagen als Ganzes, dann Aufnahmen, die das Innenleben des Autowracks, der Mechanik und der Fahrgastzelle darstellten. Clotilde betrachtete verständnislos Großaufnahmen des Keilriemens, der Nockenwelle, der Lenkstange, der Radaufhängung, des Bremskabels. Oder dessen, was sie dafür hielt. In ihrem ganzen Leben hatte sie erst einmal eine Motorhaube öffnen müssen, um verschmutzte Kerzen zu säubern. An jenem Tag war sie über sich selbst erstaunt gewesen, wie sie es geschafft hatte.

Sie sah von der Akte auf und geradewegs hinüber zu Cesareu, ihr Blick fiel direkt auf seinen Bauch. Der Körper des Gendarmen schien in der Sonne zu zerfließen.

Ekel. Wieder überkam sie großer Ekel. Sie schrie beinahe.

»Verdammt noch mal, warum wollten Sie, dass ich herkomme?«

»Diese letzte Seite, Clotilde, diese letzten Fotos, sie sind nicht Bestandteil der offiziellen Akte. Wenn du auf das Datum schaust, siehst du, dass sie Wochen nach dem Unfall aufgenommen wurden, als die offiziellen Ermittlungen schon längst abgeschlossen waren. Ich habe gewartet, bis sich alles beruhigt hatte, und dann einen Freund gebeten, die Überreste des Fuego zu untersuchen. Ganz diskret. Ibrahim hat eine

Werkstatt in Calenzana. Wir kennen uns seit Kindertagen. Auf den Typen ist Verlass.«

»Warum haben Sie so lange gewartet?«

Er lächelte.

»Ich habe es dir doch schon gesagt, auf mir lastete damals ein enormer Druck. Es handelte sich um den Sohn, den Enkel, die Schwiegertochter von Cassanu Idrissi, ich weiß nicht, ob du dir darüber im Klaren bist. Die ganze Angelegenheit weckte nicht nur das Interesse des zuständigen Abgeordneten, sondern auch das des korsischen Ministerpräsidenten Rocca Serra. Also musste sich irgendwer halt darum kümmern. Und das war ich. Sergent Garcia. Ich leitete eine Untersuchung ein, deren Ergebnis von vornherein feststand: UNFALL.«

Clotilde versuchte, die Bilder des Fuego, der die Absperrung durchbrach, in die Tiefe stürzte, dreimal aufschlug, dreimal tötete, zu verdrängen.

Ein Unfall, natürlich. Aber worauf wollte dieser dicke Gendarm hinaus?

»Sieh dir das dritte Foto an, Clotilde. Es handelt sich um die Lenkstange. Und, an den Enden, um das Schaltgestänge und die Spurstangenköpfe.«

Sie sah nur eine Eisenstange, ein konisches Stück Metall und eine dicke Schraubenmutter.

»Einer der Spurstangenköpfe hat sich gelöst. Auf einmal. Und zwar in dem Moment, als dein Vater direkt vor der Schlucht von Petra Coda schalten wollte.«

Ihr Vater hatte das Lenkrad nicht eingeschlagen.

Sie sah wieder den Fuego vor sich, der wie eine Rakete davonschoss. Es war kein Selbstmord gewesen, sondern das Gestänge, das sich gelockert hatte.

»Dann war es also wirklich ein Unfall?«

»Ja, wie ich dir schon sagte, steht es so im Bericht. Einer der Spurstangenköpfe hat nachgegeben. Die Schuld liegt also beim Auto. Doch laut meinem Freund Ibrahim …«

Dicke Tropfen liefen seinen Wanst hinab.

»Doch laut meinem Freund«, wiederholte er, »war der Defekt an dem Kopf, wie soll ich sagen, … nicht natürlichen Ursprungs.«

»Was soll das heißen?«

Er beugte sich zu ihr hinüber.

»Ich will deutlicher werden, Clotilde. Ich habe seitdem immer wieder darüber nachgedacht, mit Ibrahim die Sache diskutiert, die Fotos und die Beweisstücke immer wieder betrachtet. Und mit der Zeit hat sich meine Vermutung gefestigt.«

»Kommen Sie endlich auf den Punkt, verdammt noch mal!«

»Die Lenkung ist manipuliert worden, Clotilde! Die Schraubenmutter an einem der Spurstangenköpfe ist gelockert worden, gerade so viel, dass sie durch die Vibrationen nach ein paar Kurven herausspringen, das Lenkrad nicht mehr reagieren und der Fahrer so die Kontrolle über das Fahrzeug verlieren würde.«

Clotilde sagte kein Wort.

Sacht erhob sie sich und setzte sich auf den nassen Betonboden. Die Arme um ihre Knie geschlungen, hockte sie zusammengekauert da. Fassungslos.

»Ich musste es dir sagen, Clotlide.«

Ihr war kalt. Sie zitterte. Der Brunnen zog sie magisch an. Sie stellte sich vor, er habe keinen Boden, so dass sie bis in alle Ewigkeit immer tiefer und tiefer sinken könne.

»Danke, Cesareu.«

Sie schwieg lange, ehe sie weitersprach.

»Wer … wer weiß sonst noch davon?«

»Nur eine einzige Person … Die einzige, die es erfahren musste. Dein Großvater, Clotilde. Ich habe Cassanu Idrissi eine Kopie der kompletten Akte übergeben.«

Sie biss sich auf die Lippen, bis sie fast bluteten.

»Was hat er gesagt?«

»Nichts, Clotilde, überhaupt nichts. Keine Reaktion seinerseits. Als ob er es schon immer gewusst hätte. Das habe ich damals gedacht. Dass er es schon immer gewusst hat.«

Er stand auf, brauchte wahnsinnig lange, um seinen Bademantel zu schließen, betrachtete die verunreinigte Oberfläche seines Wasserlochs und ging dann noch langsamer zum Kescher am Bretterzaun. Ein letztes Mal drehte er sich zu Clotilde um.

»Geh Aurélia besuchen. Sie wird sich freuen.«

Dieses Biest besuchen gehen? Was für eine absurde Idee!

»Sie wohnt nicht weit weg. Du kannst dich sicher noch an den Weg erinnern. Sie wohnt in Punta Rossa, unterhalb des Leuchtturms von La Revellata.«

Die Worte vermischten sich, als wären sie in einen Strudel geraten.

Aurélia, dieses Biest

Punta Rossa

Der Leuchtturm von La Revellata

Cesareu lüftete sein Käppi und starrte Clotilde an.

»Ich dachte mir schon, dass du überrascht sein würdest, meine Schöne. Auch ich habe es zunächst nicht für möglich gehalten, als sie es mir damals sagte. Aber ja, Aurélia wohnt seitdem dort. Du weißt, was das bedeutet.« Er machte eine Pause. »Aurélia lebt dort mit Natale.«

Clotilde schwankte. Wieder das Gefühl, in ein tiefes Loch zu fallen. Dieses Mal verschlug es ihr noch mehr den Atem.

Und es war schmerzlicher.

Sehr viel schmerzlicher.

KAPITEL 19

Es war einmal ... Es war einmal eine kleine kalabrische Prinzessin. Maria-Chjara Giordano.

Es beginnt wie in einem Märchen, denn Maria-Chjara ist eine echte Prinzessin. Sie ist drei Jahre älter als ich und kommt aus dem kleinen italienischen Dorf Pianopoli in der Nähe von Catanzano.

Ihr Vater ist der größte Broccoli-Produzent in Kalabrien. Wie es scheint, ist das Gemüse dort *die* Spezialität. Als Maria-Chjara geboren wurde, war ihr Daddy schon sechzig und hatte bereits sechzig Millionen Franc auf seinem Konto. Ein schöner älterer Herr, wie man so sagt, was eigentlich bedeutet, dass an ihm nichts mehr schön ist außer seinen braunen Augen und seinem gelockten, silbergrauen Haar. Ihre Mutter ist neunzehn Jahre jünger und auch ohne Absätze neunzehn Zentimeter größer als ihr Ehemann: Sie ist Mannequin für Ungaro, außerdem Schauspielerin in zweitklassigen Serien, von denen noch keine in Frankreich zu sehen war. Das habe ich natürlich überprüft.

Maria-Chjara ist ziemlich schnell gewachsen. Auf jeden Fall schneller als ich. Mit fünfzehn war sie schon über ein Meter siebzig und mittlerweile über ein Meter fünfundsiebzig groß und hatte an Brust, Po und Hüften weibliche Rundungen entwickelt. Ein kleines Wunderwerk der Harmonie mit Kurven wie eine italienische Comic-Heldin aus den schlüpfrigen

Heften, die Papa im Bücherregal zwischen Tintin und Asterix versteckt. Ein Mädchen aus der Feder von Milo Manara.

So eine ist sie …

Papa Giordano, der sicher mal dem Kohlduft entfliehen und Zeit mit seinem neunzehn Zentimeter größeren Starlet verbringen wollte, hatte in den Hügeln oberhalb von La Revellata eine Villa gekauft. Die kleine kalabrische Prinzessin und Alleinerbin langweilte sich in ihrem steinernen Palast, und so brachte sie der Geländewagen ihres Vaters – zunächst gelegentlich, dann immer häufiger – an den Strand von L'Alga oder zum Campingplatz Euproctes, damit sie sich mit Freundinnen ihres Alters amüsieren konnte. Mit Freundinnen … und Freunden.

In diesem Sommer waren Papà und Mamma Giordano mit ihrer Yacht, die das ganze Jahr über in der Bucht von Calvi vor Anker lag, zu einer Tour nach Sardinien aufgebrochen. Und Prinzessin Chjara hatte ihnen, mit der Unverfrorenheit ihrer gerade erlangten Volljährigkeit unmissverständlich klargemacht, dass sie sich auf keinen Fall einen Monat lang mit ihnen in diesem dreißig auf zehn Meter großen, schwimmenden Gefängnis langweilen würde.

Sie käme schon alleine zurecht. Und ihr Vater hatte ihr die Schlüssel der Villa ausgehändigt.

Chjara hat nicht übertrieben. Sie kam tatsächlich sehr gut alleine klar. Tanzte besser Lambada als Kaoma. Sang besser *Una storia importante* als Eros Ramazotti. Beherrschte besser die Antworten aus *Cinema Paradiso* als Agnese Nano, die Kuss-Szenen inbegriffen.

Sie war dazu prädestiniert, ein Star zu werden!

In der Galaxie zu brillieren, bevor alle anderen Sternchen erloschen.

Bezaubern oder untergehen!

Ich sitze noch immer im Schatten auf meinem Stück Strand am Rande des Pinienhains, dessen Nadeln mir in den Hintern pieksen, meine *Gefährliche Liebschaften* auf den Knien. Maria-Chjara hat sich unvermutet von ihrem Strandlaken mit den Scherenschnitten erhoben und Hermann der Zyklop blieb, die verschmierten Hände in der Luft, einfach sitzen.

Da bist du wohl nicht schnell genug gewesen, Hermann …

Maria-Chjara ist einfach so aufgestanden, ohne ihr Bikinioberteil anzuziehen und zum anderen Ende des Strandes gegangen, um sich eine Cola zu holen. Der ganze Strand drehte sich nach ihr um. Ich schwöre es Ihnen, von meinem erhöhten Beobachtungsposten aus war das Spektakel äußerst faszinierend. Es war, als würde ein Feld voller Sonnenblumen dem Lauf der Sonne folgen, allerdings in tausendfacher Beschleunigung. Und die Mohnblumen, Kornblumen und Weizenähren gleich mit.

Ich tue so, als sei ich in mein Buch vertieft.

Im Übrigen habe ich mich getäuscht.

Valmont, das ist nicht mein Bruder! Valmont, das ist Maria-Chjara. Der frivole Verführer in diesem Roman aus dem 18. Jahrhundert konnte damals unmöglich eine Frau sein. Aber heute auf jeden Fall! Die Mädchen, die man respektiert und bewundert, sind jene, die zu sich stehen, die selbstsicher auftreten, die mit ihrem Körper und ihrem Herzen machen, was sie wollen, die den Jungs sagen, wo's langgeht.

Verdammt, davon bin ich noch meilenweit entfernt!

Maria-Chjara ist noch Jungfrau. Zumindest den Gerüchten zufolge, die in den Zelten, am Strand, in der Mädchendusche und auf den Jungstoiletten kursieren. Man muss dazu sagen, dass sie es praktisch über Lautsprecher auf dem Campingplatz verkündet hat.

Ich bin Jungfrau …, und ich will es auf keinen Fall bleiben.

Maria-Chjara hat ein Entjungferungsgelübde abgelegt.

Und seitdem ist sie im String-Tanga mit entblößten Brüsten unterwegs, egal, ob sie sich ihr Pistazieneis holen geht, ein

Baguette oder eine Zeitschrift. Valérie Kaprisky in *Teuflische Umarmung*, wenn Sie nicht wissen, was ich meine.

Und da kommt sie auch schon mit ihrer Cola zurück.

Geht drei Schritte, wird langsamer, wirft den Kopf in den Nacken, trinkt einen Schluck, geht weiter, mit aufrechtem Gang, wiegt sich in den Hüften, lässt mit unschuldiger Miene ein paar Tropfen hinablaufen, die sie mit dem Handrücken wegwischt.

Alle Männer verrenken sich den Hals! Die Schaufeln der Papas erstarren über den Sandburgen, die eiskalten Bierdosen bleiben an den Lippen kleben, die Volleybälle rollen davon, ohne dass ihnen irgendwer hinterherläuft. Estefan, Magnus, Filip, alle sind wie erstarrt!

Verdammter Mist!

Ich kann nicht umhin, sie zu bewundern …

Sie zu beneiden …

Sie zu verabscheuen.

Diese Blicke der Männer zu hassen, die auf ihre wippenden Brüste glotzen.

Ich bin ja eher kleinbusig. Langfristig gesehen hat das nur Vorteile. Sozusagen eine dreißig Jahre währende Garantie. Mit einem Mädchen zu gehen, das einen kleinen Busen hat, ist eine Wahl, die man auch nach Jahrzehnten nicht bereut, während ein großer Busen zwangsläufig irgendwann hängen und enttäuschen wird. Das ist doch ganz logisch, oder? Physikalisch belegt! Also selbst wenn diese kleine Sexbombe namens Maria-Chjara mir momentan gegenüber im Vorteil ist, werde ich sie doch schließlich einholen, in meinem Rhythmus, mit kleinen Schritten.

Wir werden ja sehen, Chjara!

Später einmal, sehr viel später, denn im Moment ist die Nachfrage nach deinen Reizen groß. Sehr groß.

Die schöne Italienerin ist schon wieder auf ihr Handtuch zurückgekehrt, nachdem sie es dreimal umrundet hat wie eine

Katze. Cervone, der ebenfalls unter den Pinien versteckt liegt, lässt sich nichts von dem Schauspiel entgehen. Der Zyklop bleibt erwartungsvoll stehen. Und selbst mein Nico, mein schöner, hinter seiner Ray-Ban-Sonnenbrille verborgener Bruder, der sich gleichgültig gibt, hat sich mit einer unmerklichen Halsbewegung verraten.

Auch er, rettungslos verloren.

• • •

Er betrachtete das Plakat, zögerte, es zu zerreißen.

Doch was hätte das genutzt? Es gab so viele davon, Dutzende entlang der Straße.

Heute Abend. 22 Uhr. Strand von L'Oscelluccia. Diskothek Tropi-Kalliste.

Er würde dort sein.

Nicht, um Maria-Chjara singen zu hören.

Sondern, um sie zum Schweigen zu bringen.

KAPITEL 20

Das Plakat hing überall, sogar an den Türen der Sanitäranlagen, an der Parkplatzabsperrung und an dem Raum für die Müllcontainer. Valentine blieb vor dem Aushang gegenüber ihrem Bungalow stehen. Sie hatte sich einen Pareo um die Taille geschlungen und ließ die Flip-Flops gegen ihre Fußsohlen klatschen, als würde sie mit High Heels über das Parkett eines Tanzsaals stöckeln. Obwohl sie es eilig hatte, hielt auch Clotilde inne. Sie trug die Einkäufe, und die Pampelmusen, Orangen, Melonen und die halbe Wassermelone wogen zentnerschwer in den Plastiktüten, die sie beidhändig schleppte.

Valentine reckte das Kinn und las.

Eighties-Abend
22 Uhr, Diskothek Tropi-Kalliste
Strand von L'Oscelluccia

Auf dem Plakat waberte bunter Schaum aus einem riesigen Pool am Strand. Ein Mädchen im Bikini sprang unter einem goldglitzernden Konfettiregen daraus in die Höhe.

Valou, die die Frau eingehend betrachtete, meinte:

»Anscheinend war sie hier auf dem Campingplatz eine echte Berühmtheit. Alle Welt spricht von nichts anderem. Sie hat früher ihre Ferien hier verbracht, und inzwischen ist sie in Italien ein echter Star.«

Überrascht wandte Clotilde den Blick von Valous funkelnden Augen zu dem Plakat. Das Gesicht der Sirene war unter dem starken Make-up nicht zu erkennen, ihr perfekter Körper ähnelte dem Tausend anderer, wenn man im Internet den Suchbegriff *Starlet* oder *Bikini* eingab, doch ihr Künstlername weckte bei Clotilde sofort Erinnerungen an ihre Kindheit.

Maria-Chjara.

Die Henkel der vollgestopften Plastiktüten schnitten ihr in die Finger.

»Cervone hat mir sogar erzählt, dass du sie von früher kennst, Maman! Er sagt, ihr hättet hier fünf oder sechs Sommer gemeinsam verbracht. Auch mein Onkel Nico kannte sie gut.«

Sieh mal an, auf einmal erinnerst du dich, dass du eine Familie hast?

Clotilde hatte seit jenem August 1989 eher selten von Maria-Chjara gehört. Einmal hatte sie sie vor fast zwanzig Jahren in einem italienischen Fernsehfilm in einer Nebenrolle gesehen. Eine junge Frau, die auf dem Fahrrad mit wehendem Rock durch die Straßen von Lucca fuhr. Das zweite Mal, als sie vor sechzehn Jahren noch vor Valous Geburt mit Franck in Venedig gewesen war. Dort hatte sie aus einem Korb mit Sonderangeboten eine alte CD für vier Euro gefischt, auf der sie ihren Namen gelesen und auch ihr Gesicht wiedererkannt hatte: grelle Farben, unbekannte Songs.

»Weißt du, Valou ... Damals war sie achtzehn. Sie ist inzwischen wohl sehr ... aus der Mode gekommen.«

Valentine war das herzlich egal. Nur der Vorwand zählte.

»Hast du keine Lust, sie wiederzusehen?«

Der Strand von L'Oscelluccia lag genau unterhalb des Campingplatzes. Über einen steilen Pfad, der am Meer entlangführte, gelangte man direkt dorthin. Clotilde betrachtete das Plakat, den Schaum, den Pool, den Bikini mit derselben Begeisterung, als handele es sich um die Ankündigung zu einem Stierkampf.

»Machst du Witze?«

»Und wenn ich dich begleite, Maman? Ich geh hin wegen der Stimmung und du wegen deiner Freundin.«

Daher wehte also der Wind.

Clotilde wollte ihr gerade antworten: »Später, mein Schatz, lass uns später darüber reden. Ich will erst diese Tüten mit dem Obst wegbringen, sonst fallen mir gleich die Arme ab«, als Franck hinter ihnen auftauchte und Clotilde einfach die Einkäufe abnahm. Ohne ein Wort darüber zu verlieren, ohne jede Anstrengung, ohne überhaupt auch nur darüber nachzudenken.

Galant, stark, der perfekte Mann eben. Worüber beklagst du dich eigentlich, meine Liebe?

»Was gibt's, meine Hübschen?«

Valentine erklärte es ihm, die Party am Strand, der Star von La Revellata, die Freundin aus Mamans Jugend …

»Würdest du hingehen wollen?«, fragte Franck an Clotilde gewandt. »Es wäre bestimmt lustig, deine Freundin von früher wiederzutreffen, oder?«

Warum nicht? Warum eigentlich nicht?

Franck fasste seine Tochter bei den Schultern.

»Es kommt überhaupt nicht in Frage, dass du allein zu dieser Strandparty gehst. Aber wenn deine Mutter dich begleitet …«

»Danke, Papa.«

Und dieses kleine Biest fiel dem Vater, ihrem Helden, um den Hals. Kein Dankeschön an Clotilde, die ja diesen Eighties-Abend würde durchstehen müssen. Es war eine Ewigkeit her, dass sie einen Fuß in eine Diskothek gesetzt hatte.

Den Rest des Tages dachte Clotilde nicht mehr daran. Vom Strand zum Bungalow, vom Liegestuhl zum Badelaken, den Kopf entweder im Mittelmeer oder unter der Dusche. Bis zum Abend gab sie sich Zeit, drei Fragen zu beantworten.

Ja oder nein.

Ihren Großvater kontaktieren, um ein Familientreffen einzuberufen mit Oma Lisabetta, vielleicht sogar mit dieser Hexe Speranza und ihrem Enkel Orsu. Auch Pacha, der Hund, sollte dabei sein. Sie würde alle unter der Steineiche im Hof von Arcanu versammeln und ihnen diese Enthüllung offenbaren, die sie quälte: ihre Eltern waren keinem Unfall zum Opfer gefallen, sondern die Lenkung des Fuego war absichtlich beschädigt worden.

Ja, wenn auch die Art und Weise dieser Zusammenkunft noch genauer bestimmt werden musste.

Dann mit Franck reden. Mit ihm über die Enthüllungen des Polizisten sprechen. Ihm die Fotos von der beschädigten Lenkstange zeigen, ihn nach seiner Meinung fragen, seinen Rat einholen, denn er kannte sich mit all diesen Metallteilen unter der Motorhaube aus.

Nein! Auf keinen Fall ertrüge sie noch einmal seinen Sarkasmus, sein genervtes Mitleid, am ehesten noch seine alternativen Lösungsvorschläge: entweder Anklage erheben oder die ganze Sache vergessen.

Schließlich einen Spaziergang nach Punta Rossa unternehmen, einfach nur, um sich ein wenig die Beine zu vertreten, bis zum Leuchtturm, die Aussicht genießen, wie so viele andere Touristen auch, und warum nicht bei der Gelegenheit mal bei Natale vorbeischauen, der damit beschäftigt ist, Netze zu flicken, auf seiner Terrasse zu rauchen, der Welt beim Drehen zuzusehen.

Nein. Ganz klar nein!

· · ·

Aus den Lautsprechern dröhnte ohrenbetäubend *Live is life,* was die Menge nicht zu stören schien, denn sie antwortete unaufgefordert im Chor:

La la la la la

Clotilde und Valou bahnten sich am schmalen Strand von L'Oscelluccia einen Weg durch die tanzende Menge. Zwischen zwei

Felsen gelegen, war die kleine Bucht ein weiterer paradiesischer Ort, den Cervone Spinello in Beschlag genommen hatte.

Auch wenn man von hier aus noch nicht die Mauern der zukünftigen Marina *Roc e Mare* erkennen konnte, war es trotzdem unmöglich, das *Tropi-Kalliste* zu verfehlen. Die Strohhütte mit Bar, Terrasse und einer Tanzfläche aus Bambusholz war sicher leicht abbaubar – für den Fall, dass ein Gewitter aufzog oder ein übereifriger Polizeipräfekt unangekündigt vorbeikam. Ihr Name stammte von Cervone und vereinte den Gedanken an eine tropisch warme Nacht mit lauter Musik und die antike Bezeichnung für Korsika, *Kalliste* … die Schönste! Die Diskothek bestand nur aus dieser Hütte, von der Laser und Spots bis zum Mond strahlten, aus großen Lautsprecherboxen, die direkt im Sand standen, und einer Tanzfläche von zehn mal zehn Metern, auf der sich weniger als ein Viertel der Menge austobte. Extra für heute Nacht war eine zwei Meter hohe, langgestreckte Bühne aufgebaut worden, die an einen Laufsteg oder ein breites Sprungbrett erinnerte. Darunter stand ein großer aufblasbarer Pool in Neonblau, bewacht von drei schwarzgekleideten Bodyguards, die von der Musik nicht sonderlich begeistert schienen.

Live is life

La la la la la

Heute Abend saß Cervone ausnahmsweise mal das Geld locker. Denn wenn auch der Eintritt 7 Euro kostete, der Mojito 9 Euro und ein Krug des korsischen Kastanienbiers *Pietra* 15 Euro, würde er dennoch auf seine Kosten kommen.

Relax ordnete Frankie goes to Hollywood der entfesselten Menge an. Clotilde schätzte, dass rund zwei- bis dreihundert Gäste da waren. Jeden Alters. Jugendliche, zum Teil hysterisch und auch schon betrunken, die die Lieder auswendig kannten, obwohl sie aus einer Zeit stammten, als sie selbst noch in den Windeln gelegen hatten; auch Paare und einige Gruppen älterer Herrschaften.

Alt im Vergleich mit der Mehrheit des Publikums.

So alt wie sie.

»Ich geh dann mal, Maman!«

Clotilde sah ihre Tochter verständnislos an.

»Mit Clara, Justin, Nils und Tahir. Das Handy habe ich dabei. Schreib mir einfach 'ne SMS, wenn wir gehen!«

Valou verschwand in der Menge.

Wenn Franck davon Wind bekäme, würde er sie umbringen. Nicht seine Tochter, seine Frau!

Clotilde war das ziemlich egal.

Sollte Valou sich doch amüsieren … Mein Gott, warum nicht? Was konnte schon passieren?

Sie entfernte sich ein wenig von den Tanzenden, ging hinunter zum Meer, wobei sie einen Bogen um einige, wie von der Flut angespülte, am Strand liegende Personen machte. Ein paar Meter entfernt war an einem verrosteten, in die Felsen gehauenen Eisenring ein Kahn vertäut. Mit der Handy-Taschenlampe beleuchtete Clotilde den abgeblätterten Rumpf des Fischerbootes.

Die *Aryon*.

Die Buchstaben A, Y und N waren gerade noch zu erkennen. Nur sie vermochte den ganzen Namen zu entziffern. Der Rumpf schien verwittert zu sein, die Leine abgewetzt, der Kiel gesprungen. Es gab kein Ruder, kein Segel, keinen Motor. Das Boot wirkte wie ein ausgebüxtes Tier, dem man eine Leine um den Hals gelegt und es dann einfach hier vergessen hatte. So empfand es wenigstens Clotilde, der es schwerfiel, die Tränen zurückzuhalten beim Anblick des nächsten Wracks auf ihrer Reise in die Vergangenheit.

Mit einem Mal hörte die Musik auf. Für einen Augenblick lag der Strand völlig im Dunkeln, bis ein grüner Laser auf die Menge gerichtet wurde und das Stroboskop sie in epileptisch zitternde Zombies verwandelte.

Maria-Chjara erschien auf der Bühne in einem langen, mit Pailletten bestickten Etui-Kleid, das eher dezent wirkte – wenn man vom raffiniert geschnittenen Dekolleté absah.

Eine Synthesizermelodie untermalte rhythmisch ihre ersten Tanzschritte.

Oho oho oho oho

Bevor ihre Lippen sich ans Mikro pressten, um die ersten Noten von *Future Brain* anzustimmen, dem Mega-Hit von Den Harrow, dem inzwischen vergessenen Italo-Disco-König der Achtziger …

Da täuschst du dich aber, Clotilde!

Oho oho oho oho, skandierte die Menge.

Angestaubte Hits sind unsterblich.

Seit ihrer Rückkehr nach Korsika war Clotilde noch nicht wieder am Strand von L'Oscelluccia gewesen. Warum hatte ihr Großvater Cassanu Idrissi, dem dieses paradiesische Stückchen Strand seit jeher gehört hatte, Cervone gestattet, hier eine heruntergekommene Disco aufzumachen? Was hatte dieses verrottete und verlassene Boot hier verloren? Warum tolerierte man diesen Lärm, diese entfesselte Meute, diese hypnotisierenden Lichter? Warum hatte man nicht die Stille erhalten? Wenn sie hier nicht erhalten blieb, wo dann?

Oho oho oho oho

Warum hatte sich nicht ein großer, böser Wolf dieser Strohhütte am Strand genähert? Ein Wolf, der mit ihrem Großvater befreundet war. Man bräuchte dafür keine Kapuzenmütze und keine Bombe, keinen Benzinkanister und kein Streichholz. Es würde reichen, fest zu pusten. Nur ein bisschen Wind, der, anstatt die Strohhütte wegzufegen, den Lärm bis nach Calvi trug.

Maria-Chjara setzte ihr Programm fort. Im zuckenden Licht der Scheinwerfer und mit dem Make-up war es unmöglich, ihr Alter zu erraten.

Fünfundvierzig. Clotilde wusste es genau.

Maria-Chjara überzeugte. Hit folgte auf Hit. Italienische, englische, französische, spanische.

Valou tauchte auf und verschwand gleich wieder.

Clotilde langweilte sich.

Nach *Tarzan boy*, dessen nicht enden wollende *ho ho ho* – Chöre sämtliche Meeressäuger im Walschutzgebiet bis nach Monaco aufschreckten, wurde auf einmal das Licht heruntergedimmt, alle Synthesizerklänge verstummten und Maria-Chjara murmelte mit betont italienischem Akzent ins Mikro:

»Ich werde jetzt ein Lied für euch singen, das ohne Begleitung auskommt. Ohne Instrumente. Nur mit meiner Stimme. Es ist ein Lied, das ihr sicher alle kennt. Es heißt *Forever Young*, aber dieses Mal bitte ich euch, nicht mitzusingen.« Sie schenkte der Menge ein Lächeln, das einem Kuss ähnelte. »Ich werde es auf Korsisch singen. Für euch. *Sempre giovanu.*«

Ein weißer Spot war auf Maria-Chjara gerichtet. Die italienische Sängerin schloss die Augen, trat allein mit ihrer Stimme gegen das Rauschen der Wellen an, mit einer Stimme, die immer weiter auf der Tonleiter nach oben kletterte, um sogar den Mond zum Weinen zu bringen.

Sempre giovanu

Getragen von einem reinen klaren Sopran, den niemand erwartet hätte, wurde die Melodie zur Hymne. Die Menge lauschte ergriffen in der Dunkelheit, schweigend. Ein kleines Wunder, so als hätte jeder begriffen, dass die Sängerin den ganzen Zirkus hier nur akzeptierte, wenn man ihr diese vier Minuten zugestand, sie während ihres Gebets, ihres *a cappella*-Credos in Ruhe ließ.

Sempre giovanu

Eine Klammer. Die sich schloss.

Noch ehe Maria-Chjara ihre Augen wieder öffnete, noch ehe der letzte Ton ganz verklungen war, dröhnte schon wieder rhythmisches Stampfen aus den Boxen, gefolgt von einem Synthesizerton, den sofort alle Discobesucher erkannten.

Pure Ekstase nach dem wohligen Schauer.

Maria-Chjaras Kleid fiel herab und wie durch Zauberei stand sie plötzlich im Bikini vor ihrem Publikum.

Weiß. Makellos.

Boys boys boys, skandierte schon die Menge, noch ehe die Tonbandaufnahme einsetzte.

Maria-Chjara sang mit, wiegte sich im Rhythmus, lächelte, trat ein paar Schritte vor, wieder zurück, nahm schließlich drei Schritte Anlauf

Boys boys boys

und sprang kopfüber in den Pool unterhalb der Bühne.

Tauchte unter einem Konfettiregen mit angeklatschten Haaren und abgewaschenem Make-up wieder an die Oberfläche, egal, das Wesentliche war etwas anderes: das Oberteil ihres nassen Bikinis rutschte beunruhigend tiefer – ein verführerischer, kalkulierter Effekt. Es war genau dasselbe wie vor Jahren, fast wie eine eingetragene Marke.

Boys boys boys wurde Maria-Chjara nicht müde zu wiederholen. Man hatte ihr ein neues Mikro gebracht, dazu einen großen, regenbogenfarbenen Plastikball, Kanonen bliesen unablässig Schaum. Die Sängerin verteilte Kusshändchen und hauchte:

»*Come with me.*«

Einer geschickten Choreographie folgend, rückten schließlich die drei Bodyguards ab, worauf ein wahrer Kleiderregen über dem Strand niederging. Fast hundert Leute quetschten sich in den Minipool und grölten zum tausendsten Mal *Boys boys boys*.

Summertime love.

Die Wagemutigsten ließen ihre Oberteile davonfliegen.

Nicht Maria-Chjara.

Anscheinend war sie aus dem Alter heraus.

Nur angestaubte Hits altern nicht.

• • •

»Ich bin eine Freundin von Maria-Chjara. Eine Freundin aus Kindertagen.«

Der große Schwarze schien nicht überzeugt.

Die Menge tanzte noch immer am anderen Ende des Strandes, inzwischen zu Housemusic, die nicht mehr viel mit dem Sound der Achtziger gemein hatte.

»Können wir noch bleiben, Maman?«

»Okay, ein bisschen«, hatte Clotilde auf die besorgte SMS ihrer Tochter nach dem letzten Lied der Italienerin geantwortet. Das war vor etwa zwanzig Minuten gewesen. Seitdem hatte sie vor dem auf dem Parkplatz abgestellten Wohnwagen gewartet, der der Italienerin als Garderobe diente. Nicht, dass sie jetzt in einer langen Warteschlange voller Fans feststeckte, nein, Clotilde war allein, doch die Tür öffnete sich nicht, und der Wachmann davor ließ nicht mit sich reden.

»Klopfen Sie doch wenigstens an. Sagen Sie ihr, dass ein Fan sie sprechen will. Das wird ihr sicher gefallen.«

Der Bodyguard konnte sich ein Grinsen nicht verkneifen, oder er hatte Mitleid. Jedenfalls pochte er schließlich an die Aluminiumtür.

»Madame Giordano. Für Sie …«

Kurz darauf steckte Maria-Chjara den Kopf durch die Tür. Sie hatte einen Bademantel an und ein Handtuch um den Kopf gewickelt. Von Make-up, Schminke oder Lipgloss keine Spur. Die Tür nur einen Spaltbreit geöffnet, wandte sie sich an Clotilde.

»Ja?«

Sie war noch immer schön. Damit hatte Clotilde nicht gerechnet. Bestimmt war sie geliftet, hatte sich die Lippen spritzen und an anderen Stellen Silikon, und sich hier und da operieren lassen, aber es stand ihr gut. Sie war wie ein getuntes Auto, dachte Clotilde, ein bisschen vulgär, aber originell, stolz darauf, anders zu sein, stolz darauf, die Blicke auf sich zu ziehen. Ob die Leute voller Bewunderung oder peinlich berührt zu ihr hinübersahen, war ihr egal. Monster oder Ikone, was machte das schon für einen Unterschied?

»Hast du mal 'ne Zigarette für mich?«

Der durchtrainierte Wachmann, der mindestens fünfundzwanzig Jahre jünger war als sie, fingerte nervös eine Zigarette aus der Schachtel, zündete sie mit dem Blick eines etwas unsicheren John Wayne an, hielt sie an ihre Lippen und wusste nicht recht, wo er hinschauen sollte.

Ein kleiner schüchterner Junge vor seiner Lehrerin.

»Also«, meinte Maria-Chjara schließlich, an Clotilde gewandt, »bist du mein letzter Fan? Und du glaubst, ich mache dir deswegen die Tür auf? Nicht mal im Traum denke ich daran, meine Schöne, ich bin nicht wie all diese Schwanzlutscherinnen, die zu Muschileckerinnen werden, sobald die Typen nichts mehr von ihnen wissen wollen.«

Sie brach in schallendes Gelächter aus.

Ihre Gesten, ihre Bewegungen hatten etwas Katzenhaftes, und ihre Augen waren schmale Schlitze. Auch wenn Clotilde das Wort nicht mochte, »Puma« beschrieb sie am treffendsten.

Oder Tigerin.

»Ich bin Clotilde. Die Schwester von Nicolas. Nicolas Idrissi, erinnerst du dich?«

Maria-Chjara kniff die Augen zusammen, tat so, als würde sie ganz tief in ihrer Erinnerung kramen. Clotilde hätte jedoch schwören können, dass die Sängerin sie schon auf den ersten Blick erkannt hatte. Dass sie die Türklinke ein wenig fester umklammerte, Daumen und Zeigefinger leicht zuckten.

Maria-Chjara schüttelte den Kopf.

»Keine Ahnung. Ein Ex?«

Sie wirkte überzeugend. Man könnte meinen, Berlusconi engagiere seine Statistinnen nach ihrem schauspielerischen Talent. Clotilde bedauerte es, nicht daran gedacht zu haben, ein paar Fotos von Nicolas mitzubringen.

»Sommer 89. Und die fünf Jahre davor.«

Maria-Chjara blies den Zigarettenrauch in das Gesicht des Wachmanns, steckte eine nasse Haarsträhne unter das Handtuch, ließ den Bademantel über ihren Nacken gleiten. Eine tätowierte, von schwarzen Dornen umzingelte Rose kam zum Vorschein, deren Ranken sich bis zu ihrer Schulter und ihrem Arm schlängelten.

»Sommer '89!«, staunte die Sängerin. »Na, mein Püppchen, das macht uns beide auch nicht jünger. Damals war ich ein Hingucker, ein echter Knaller, und alle Typen scharf auf mich, also, wenn dein Brüderchen mit zu denen gehörte …«

Das Jahr deiner Entjungferung, mein Kätzchen! Das vergisst man doch nicht!

»Ein großer Blonder. Gutaussehend. Der Sommer, als alle Lambada tanzten. Er tanzte nicht so gut wie du.«

Maria-Chjara warf die Zigarettenkippe weg. Ihr rot lackierter Daumen kratzte nervös am Lack ihrer Behausung.

»Tut mir leid, meine Liebe. Ich habe fünftausend Kontakte auf der Website ›Freunde von früher‹. Und ich spreche nur von denen, mit denen ich im Bett war, und nicht von all den Unschuldigen, die mich befummelt haben.«

Sie log. Clotilde blieb nichts anderes übrig. Sie holte ganz tief Luft, füllte ordentlich ihre Lungen, ehe sie damit dieses Blechungetüm wegblasen würde.

»Ich spreche von dem, der gestorben ist, Maria. Gestorben auf der Straße von La Revellata. An dem Abend, als ihr beide, du und mein Bruder Nicolas, zum allerersten Mal miteinander schlafen wolltet.«

Der rote Nagel brach ab. Glatt.

Doch Maria-Chjaras kaltes Lächeln blieb.

Hut ab!

»Tut mir leid. Keine Ahnung. Ich bin todmüde, komm ein andermal wieder. Ciao.«

KAPITEL 21

Donnerstag, 17. August 1989, elfter Ferientag,
strahlendblauer Himmel

Der Hafen von Stareso besteht aus einem betonierten Kai und drei Häusern. Anscheinend war dieser Mini-Hafen unterhalb des Leuchtturms von La Revellata lange für die Öffentlichkeit gesperrt, er verfügte nur über eine kleine wissenschaftliche Forschungsstation im Mittelmeer. Aber seit diesem Sommer ist er für einige Besucher, Taucher, Fischer und einmal in der Woche auch für fahrende Händler geöffnet, die auf dem Deich ihre heimischen Produkte verkaufen.

Das wollte Maman auf keinen Fall verpassen. Maman liiiiebt Märkte.

Sie spielt gerne die Schöne mit Hut, die herumflaniert, bummelt, sich interessiert, sich begeistert, diskutiert, schimpft, weggeht, es bedauert, zurückkommt, verhandelt, feilscht, kauft und es wieder bedauert. Als ich zwölf war, waren wir eine Woche in Marrakesch, und im Souk habe ich mich für sie fast zu Tode geschämt und bin deshalb lieber die ganze Zeit in unserem Riad geblieben. Heute Morgen beim Frühstück habe ich den fatalen Fehler begangen, mich bereit zu erklären, Maman auf den Markt zu begleiten. Das dauert natürlich den lieben langen Vormittag! Als ich es leid bin, mich von den Urlaubern herumschubsen und mir von einem Kinderwagen über die Füße fahren zu lassen, setze ich mich auf die einzige Bank. Mitten in die Sonne. In Tarnkleidung. Aus meinen Kopfhörern dröhnt Manu Chao, und auf den Knien habe ich zur Abwechslung statt des Tagebuchs den *Corse-Matin*, dessen Schlagzeile mich echt neugierig gemacht hat.

VOM BOOT GEFALLEN?

Ein gewisser Drago Bianchi, Unternehmer aus Nizza, ist verschwunden, das besagen die wenigen Zeilen, die ich auf der Titelseite gelesen habe. Man hat seine Yacht gefunden, nicht aber ihn selbst, nur seine Angel, deren Leine noch immer im Wasser hing – ohne einen Fisch am Haken. Er hatte in der Bauindustrie viel Geld gemacht. Ansonsten langweilt mich die Rubrik »Vermischtes«, die von allem berichtet, was auf der Insel passiert, so dass ich mir lieber die Landschaft ansehe.

Direkt vor mir liegt ein kleines, blau-weißes Fischerboot, das eher einem Kahn gleicht als einem Kutter. Keine Segel, nur einen Motor. Auf dem Deck liegen Metallreusen herum und vor allem wassergrüne Netze, die einen großen Kokon bilden, in dem eine riesige Raupe mit einem Körper aus gelben Rettungsringen gefangen ist. Vielleicht entfliegt ihm, wenn man die Netze auseinandergezogen hat, der größte Schmetterling der Welt.

Der Fischer wäre sicher dazu in der Lage.

Nun beobachte ich ihn schon fast eine Stunde hinter meiner Lolita-Sonnenbrille verborgen.

Soll ich ihn auch beschreiben? Ich habe Ihnen ja von *Im Rausch der Tiefe* erzählt. Stellen Sie sich Jean-Marc Barr vor, halb Mensch, halb Delphin, mit all den verschiedenen Blaunuancen in seinen Augen, wahre Tiefseegräben voller Sterne, zwei Glaskugeln, die das gesamte Universum beherbergen. Nun, vor mir steht sein Doppelgänger. Ein Fischer, der ebenso attraktiv ist wie er: derselbe rasierte, runde Babyschädel, derselbe poetische Blick. Und übrigens ebenso verträumt. Nur dass er offensichtlich nicht seine Tage als Apnoetaucher in der Tiefe verbringt, sondern eher auf dem Wasser. Er arbeitet mit den Händen und entwirrt beharrlich in der sengenden Sonne seine verdammten Netze.

Ich warte.

Wie alt mag er sein? Maximal zehn Jahre älter als ich?

Ich warte einfach so lange, bis er in der Sonne geschmort ist. Stelle mir vor, wie seine gebräunten Hände dann das verschwitzte T-Shirt über den Kopf ziehen, wie die feuchten Muskeln den Stoff spannen, seine Hände sich …

»Hey du, komm mal her.«

Er hat mich angesprochen, verdammt noch mal, was jetzt?

»Komm mal her«, wiederholt er. »Ich brauche dich. Deinen Rat. Sieh dir das mal an.«

Was hätten Sie an meiner Stelle getan?

Versuchen Sie nicht, mich hinters Licht zu führen. Natürlich genau dasselbe wie ich! Also habe ich mein Buch und meinen Walkman beiseitegelegt, meine Brille ins Haar geschoben und bin zu ihm in das Boot gestiegen.

»Ich brauche mal deine Meinung. Schau mal, was hältst du davon?«

Und – egal, auch wenn Sie mir nicht glauben – der Delphin-Mann war wirklich einer, so als hätte ich es ihm irgendwie angesehen und er hätte es gewusst. Ja, eine Art Telepathie, eine Kommunikation wie bei den Zetazeen via Sonar, direkt von Gehirn zu Gehirn. Na gut, von meiner Bank zu seinem Boot sind es weniger als fünf Meter, aber das ist ja erst der Anfang … Mein Delphin-Mann und ich werden üben und uns verbessern, bis wir schließlich von einem Ozean zum anderen kommunizieren können.

»Schaust du es dir jetzt an?«

Er deutet auf ein kleines blaues Schild, das er direkt auf ein Stück Sperrholz gemalt hat. Es zeigt die dunklen Silhouetten dreier Delphine vor einem glitzernden Meer.

Meeres-Safari – Schwimmen Sie mit Delphinen.
Täglich bis Ende August
L'Aryon

»Was hältst du davon?«

»Nicht schlecht.«

Ehrlich gesagt hat er einfach das Plakat von *Im Rausch der Tiefe* kopiert, und sich dabei nicht einmal besonders angestrengt, Besson könnte ihm deshalb sogar einen Prozess anhängen.

Doch dann füge ich hinzu:

»Aber ziemlich schlecht gemacht.«

Ich provoziere gerne. Der Blick des Delphin-Mannes bleibt an der Sphinx mit dem Totenkopf auf meinem T-Shirt hängen. Er verzieht das Gesicht.

»Findest du?«

»Ja.«

Er fährt sich mit beiden Händen übers Gesicht, so als wolle er es plattdrücken. Aber es bleibt immer noch genauso perfekt. Und dann zeigt es zu meiner Freude ein Lächeln.

»Mist. Eben darum habe ich dich gefragt. Denn ich will ja Frauen wie dich anlocken. Sirenen, die davon träumen, mit Delphinen zu schwimmen! Auf dem offenen Meer.«

Ich sehe meinen Sirenen-Fischer ungläubig an.

»Soll das ein Witz sein?«

Er nickt und lacht laut auf.

»Nein, ganz und gar nicht. Es gibt Tausende von Delphinen im Mittelmeer. Und Hunderte vor der Küste von Korsika. Bei Kreuzfahrten vor Porto, Cargèse, Girolata begegnet man ihnen auf der Höhe des Naturparks La Scandola. Aber bei den vielen Schiffen stehen die Chancen eins zu hundert, dass man eine Flosse zu sehen bekommt. Die Delphine mögen die Fischerboote lieber, da können sie die Netze zerbeißen und Fische stehlen.«

»Sind Sie schon welchen begegnet?«

Er nickt, als wäre es das Natürlichste von der Welt.

»Ja, wie alle Fischer hier am Mittelmeer. Aber im Allgemeinen sind Fischer und Delphine nicht wirklich gute Freunde.«

Ich rolle mit den Augen wie Maman, wenn sie auf dem Markt handelt.

»Aber Sie schon! Und gleich werden Sie mir erzählen, Sie hätten sie gezähmt.«

»Das ist nicht besonders schwer. Es sind intelligente Tiere, die das Geräusch eines Bootes und eine menschliche Stimme wiedererkennen. Man braucht nur etwas Geduld, um ihr Vertrauen zu gewinnen.«

»Und das ist Ihnen gelungen?«

»Ja ...«

»Das glaube ich Ihnen nicht!«

Er lächelt mir wieder zu. Es scheint ihm zu gefallen, dass ich ihm widerspreche. Und ich sehe, dass er die Wahrheit sagt. Ich glaube, mein Fischer ist ein kleiner Junge, der sein Leben lang, allein in seinem Zimmer, von Delphinen geträumt hat und sie schließlich gefunden, sich ihnen genähert hat und sie liebt. Ich glaube, dass ...

»Du hast recht, Clotilde, man darf niemandem sofort trauen. Niemandem.«

Wow, noch dazu kennt er meinen Vornamen!

»Das hat dich dein Großvater gelehrt. Man braucht Zeit, um sich einander zu nähern.«

»Mein Opa?«

»Du bist doch die Enkelin von Cassanu, oder? Weißt du, die Idrissis sind recht bekannt hier in der Gegend. Und mit deiner Verkleidung kann man dich nur schwer übersehen.«

Meine Verkleidung? Nachdem er weder Haare noch Bart hat, hätte ich ihm am liebsten die Wimpern ausgerissen ... Wenn die Augen darunter nicht so schön gewesen wären.

Meine Verkleidung!

Natürlich hat er noch nie *Beetlejuice* gesehen. Niemals einen Fuß in ein Kino gesetzt oder ein Buch aufgeschlagen, für ihn zählen nur seine Fische, seine Leidenschaft ... Mein Gott, gibt es solche Leute wirklich?

»Was ist denn mit meiner Verkleidung?«

»Nichts. Aber ich bin nicht sicher, ob du dich mit einem Totenkopf auf dem T-Shirt den Delphinen nähern kannst.«

»Was wäre Ihnen denn lieber? Eine fluoreszierende Sonne? Rosa Wolken? Goldene Engelchen?«

»Ach, das hast du also unter deinem T-Shirt versteckt? Alle diese Farben?«

Dieser Mistkerl! Er hat mich bereits nach wenigen Worten entlarvt.

Ich suche gerade nach einer passenden Antwort, als das Boot zu schwanken beginnt.

»Stört sie Sie?«

Ich fasse es nicht!

Meine Mutter! Ungeniert ist sie in das Boot gestiegen und mischt sich in unsere Unterhaltung ein.

Und ab diesem Moment ändert sich alles.

Zuallererst er.

Es ist, als gäbe es nur noch meine Mutter, Palma Mama, mit der verschreckten Miene eines Rehs, das man auf einem Floß ausgesetzt hat. Sie verheddert sich mit ihren Absätzen in den Netzen, bleibt mit ihrem Kleid an einem Korb hängen, stößt kleine Schreie aus.

Als hätte er mich schon vergessen.

Schlimmer noch.

Als hätte er mich nur auf sein Boot gebeten, um meine Mutter auf sich aufmerksam zu machen. Ich bin nicht der Fisch, sondern der Köder!

Ein Regenwurm!

Ein Regenwurm, um meine Mutter anzulocken.

»Erzählen Sie ihr keine Geschichten von Ihren Delphinen«, erklärt Palma Mama affektiert, senkt den Blick und betrachtet das Plakat von *Im Rausch der Tiefe*.

»Hinter ihrer rebellischen Art verbirgt sich ein Marshmallow-Herz.«

Ein Marshmallow-Herz! Das ist alles, was meine Mutter an ihren Angelhaken hängt.

Ich hasse sie!

»Das ist kein Scherz, Madame Idrissi«, antwortet mein Traum-Fischer. »So seltsam es auch klingen mag, aber die Delphine sind mein eigentliches Geschäft. Ein Paar mit seinen Jungen hat sich vor La Revellata eingerichtet. Sie vertrauen mir. Ich kann sie Ihrer Tochter wirklich zeigen, wenn sie das möchte.«

Meine Mutter hat sich gesetzt. Die nackten Beine zusammengepresst. Ich bemerke sehr wohl, dass sie die sanften Augen des Sterne-Verkäufers herauszufordern versucht.

»Das müssen Sie sie fragen.«

Sie schlägt die Beine übereinander.

Ich verschränke schmollend die Arme und schweige. Dumme Kuh.

»Vielleicht ein andermal«, erklärt sie schließlich und erhebt sich. »Gehen wir, mein Liebling?«

Er sagt nichts mehr, aber das ist auch nicht nötig.

Er reicht Maman die Hand, um ihr auf den Kai zu helfen. Die andere Hand legt er um ihre Taille, und sie stützt sich auf seine nackte, braune Schulter. Zum Schluss erlaubt sich Maman mit gelüpftem Rock und gespreizten Beinen einen großen Schritt.

»Kann ich mich bei Ihnen melden, wenn Clotilde es sich anders überlegt?«

»Mit Vergnügen, Madame Idrissi.«

»Palma. Nennen Sie mich einfach Palma. So wie der Name Idrissi hier ausgesprochen wird, könnte man meinen, es gehe um die Königinmutter.«

»Eher um die Prinzessin.«

Die Prinzessin kichert wie eine Pute.

»Aber die Prinzessinnen werden fast nie Königin«, fügt sie

hinzu. »Die Dauphins hingegen werden König, nicht wahr, Monsieur … Monsieur?«

»Angeli. Natale Angeli.«

Auf dem Heimweg grübele ich darüber nach, was mir gerade klar geworden ist.

Wie eine Erkenntnis.

Ja, meine Mutter ist in der Lage, meinen Vater zu betrügen.

Ihn mit diesem Mann zu betrügen.

Natale. Natale Angeli. Der König der Sirenen-, Prinzessinnen- und Delphin-Fischer.

Es fällt mir schwer, die nächsten Worte zu schreiben.

Aber letztlich ist es mir egal! Es wird sie eh nie jemand lesen.

Sie würde ihn mit Natale betrügen, obwohl er im Grunde, im Grunde … mich liebt. Und ich ihn liebe.

Das habe ich auf den ersten Blick gewusst.

Machen Sie sich nicht über mich lustig, es ist mir ernst, so ernst, dass ich all meine Tränen auf dieses Heft vergießen könnte.

Ich liebe Natale.

Zum ersten Mal liebe ich.

Und kein anderer Mann wird je gegen ihn ankommen.

...

Er klappte das gewellte Heft zu und blieb einen Moment sitzen.

Die Technomusik drang vom Strand von L'Oscelluccıa zu ihm hinüber.

Er ging ein Stück die Allee entlang, um sie besser hören zu können.

KAPITEL 22

Franck sah auf seine Uhr.

Wo blieben die beiden bloß?

Der Wind trieb den Klang des Technobeats herüber, von dem vor allem das dumpfe Schlagzeug zu hören war – monoton und beherrschend.

Bum, bum, bum, bum …

Dennoch schienen alle auf dem Campingplatz zu schlafen.

Was trieben sie bloß? Clotilde würde doch wohl nicht zu dieser Musik tanzen!

Frank wartete noch eine halbe Stunde, dann lief er unruhig auf dem Campingplatz umher

Um genau 3:04 Uhr erhellte die Taschenlampe von Clos Handy das Ende des Weges. Franck war hellwach und hatte ununterbrochen auf die Uhr geschaut. Er erkannte sie sofort, als sie in den Schein der Laterne vor ihrem Bungalow trat.

»Wo ist Valou?«

Franck machte sich sogleich Vorwürfe, keine andere Frage gestellt zu haben. Aber Clotilde war alleine.

Sie schien erschöpft, und ihre Züge waren angespannt. Sie schien viel zu müde, um irgendetwas erzählen zu wollen. Franck verabscheute diese Gleichgültigkeit, die fast an Verachtung grenzte. Er hasste es, so ausgegrenzt zu werden.

»Wo ist Valou?«, wiederholte er.

Clotilde ließ sich auf einen Stuhl sinken.

»Sie ist noch dageblieben. Mit Freundinnen. Freundinnen vom Campingplatz. Sie kommen dann zusammen zurück.«

»Soll das ein Witz sein? Sie ist erst fünfzehn, verdammt noch mal! Hast du überhaupt kein Verantwortungsgefühl, oder was?«

Er warf ihr einen vernichtenden Blick zu.

»Ich gehe hin. Ich hole sie.«

Und noch ehe Clotilde reagieren konnte, war Franck in der Nacht verschwunden.

• • •

Als er zurückkam, schlief Clotilde.

Zumindest lag sie in ihrem *Charlie und die Schokoladen-fabrik*-T-Shirt unter dem Laken.

Die Augen geschlossen.

Sie hatte das Fenster des Bungalows offen gelassen, und Franck wagte nicht, es zu schließen. Er zog sich rasch im Halbdunkel aus und schmiegte sich an den Körper seiner Frau.

»Alles okay, Valou ist im Bett.«

Die Lippen zusammengepresst.

Franck legte den Kopf auf Clotildes nackte Schulter, schob den Arm unter sie und umschloss ihre linke Brust.

Das Herz zusammengekrampft.

Er spürte ihren Atem in seiner Hand, und das Echo der Technobeats, das durch das geöffnete Fenster hereindrang, vermittelte ihm den Eindruck, ihr Herz eine Million Mal lauter schlagen zu hören.

»Es tut mir leid, Clo. Es tut mir leid, dass ich so mit dir gesprochen habe. Ich hatte nur Angst um Valentine. Da unten waren Betrunkene. Und es gab Gras. Der Strand, das Meer, die Felsen.«

Der Rhythmus ihres Herzschlags beruhigte sich langsam, während sich der der Musik beschleunigte.

Die Lippen endlich leicht geöffnet.

»Was hat sie gesagt?«

»Valou? Nichts. Ich glaube, sie war verwundert, dass sie so lange bleiben durfte.«

Bum bum bum bum.

Draußen.

Die Augen jetzt weit geöffnet.

Clotilde drehte sich vorsichtig um und blickte ihm tief in die Augen.

»Das macht nichts, du hattest Angst. Reden wir nicht mehr darüber. Du bist … du bist ein großartiger Vater.«

Francks Hände wagten sich unter das T-Shirt, die kühnere umschloss die andere Brust.

»Und ein erbärmlicher Ehemann?«

Sie ließ ihn gewähren, sie liebkosen, spürte das Verlangen in sich aufsteigen, die Seufzer in ihrem Mund, die Lust in ihrem Bauch, bis die letzten Vorbehalte verschwunden waren und sie murmelte:

»Sei still, du Dummkopf!«

Sie liebten sich leise. Um nicht gehört zu werden. Nicht von draußen, nicht von Valou, wie zwei verschämte Teenager.

Zu schnell.

Gleich danach verschloss sich Clotilde wieder.

Mit abgewandtem Rücken unter dem zerknitterten Laken zusammengerollt.

Francks Anspannung ließ nach.

Clotilde entzog sich ihm.

War das alles von vornherein vorbestimmt?

Er dachte an ihre erste Begegnung zurück, vor fast zwanzig Jahren bei einem Kostümfest von gemeinsamen Freunden. Sie waren beide seit kurzem wieder solo, sie war als Morticia Addams verkleidet, er als Dracula. Ohne diese morbide Ähnlichkeit hätte Clotilde ihn sicher nicht einmal bemerkt. Wovon hängt der Verlauf eines Lebens ab? Von einer Maske, die man trägt? Am Vortag der Party hatte er vergeblich nach einem Peter-Pan-Kostüm gesucht …

Francks Geschlecht war jetzt nur noch ein schlaffes, feuchtes und hässliches Anhängsel.

Begegnungen hängen von Zufällen ab, überlegte er weiter. Davon, wie die Würfel fallen. Wenn Beziehungen, die durch eine Fügung entstanden sind, halten, dann bedeutet dies, dass es auch mit jeder anderen hätte klappen können, wenn das Schicksal so entschieden hätte. Eine Liebesgeschichte ist also nicht mehr wert als irgendeine andere, und tausend andere Leben wären möglich gewesen, vielleicht bessere, vielleicht schlechtere. Im Grunde genommen, dachte Franck und starrte durch das Fenster auf den sternenlosen Himmel, sind die einzig wahren Liebesgeschichten die, bei denen am Anfang einer betrügt, den Zufall beeinflusst, sich verkleidet, das richtige Kostüm, die richtige Maske trägt und Jahre wartet, bis er sie fallen lässt. So lange, bis der andere sich daran gewöhnt hat, konditioniert ist und in der Falle sitzt.

»Und deine schöne Italienerin?«, fragte Franck leise den ihm zugewandten Rücken.

»Schön, immer noch schön …«

Er war verrückt. Clo war einfach nur bedrückt. Verstört. Ihre Beziehung würde das überstehen. Er musste nur den Kurs halten. Sein Finger glitten an der Wirbelsäule seiner Frau hinauf.

»Schön«, fuhr sie fort, »aber seltsam. Sie erinnert sich nicht mehr an Nicolas.«

Sein Finger fuhr leicht nach rechts und links.

»Siebenundzwanzig Jahre später? Findest du das seltsam? Und du? Erinnerst du dich noch an deine Freunde? An die, die du mit fünfzehn Jahren hier hattest?«

Sie zögerte.

»Nein, du hast recht.«

Francks Finger hielt enttäuscht kurz vor Clotildes Nacken inne.

Er wusste, dass sie log.

KAPITEL 23

Samstag, 19. August 1989, dreizehnter Ferientag,
tintenblauer Himmel – so wie deine Augen

Lieber zukünftiger Leser,
wie ich gestehen muss, hatte ich in den letzten Tagen Besseres zu tun, als Ihnen zu schreiben.
Ich bin zu beschäftigt.
Beschäftigt mit Nichtstun. Nur träumen.
Also zwinge ich mich, von mir hören zu lassen, nachdem ich Sie zwei Tage im Stich gelassen habe. Kurz, wie auf den Postkarten, die ich während meines Aufenthalt in einer Ferienkolonie im Vercors geschrieben habe. Meine Mutter hatte mir Briefmarken für die ganze Familie mitgegeben – mit der Verpflichtung, allen Tanten, Onkeln, Cousins und Cousinen zu schreiben …
Wenn es also sein muss …

Liebe alle,
ich bin noch immer auf Korsika.
Hier läuft alles gut, ich habe viel Spaß und jede Menge
Freunde.
Und auch einen Freund. Seit vorgestern.
Einen Delphin-Fischer. Ich denke immerzu an ihn.
Aber er weiß es nicht. Er wird es nie erfahren. Er wird mich
nie lieben.
Vielleicht liebt er stattdessen meine Mutter.
Mein ganzes Leben ist ein einziges, großes Missverständnis.

Sonst ist alles gut.
Ich umarme Euch
Clotilde

Ich weiß, das ist sehr kurz ... Tut mir leid!

Ich muss zugeben, dass ich mich seit zwei Tagen, seit Natale mich angesprochen hat und mein Herz im Rhythmus seines sich wiegenden Boots schlägt, etwas weniger für die Teenagerbande und ihre albernen Abenteuer interessiere. Ich sehe Maria-Chjara in der Ferne vorbeilaufen, seltsam, sieht aus, als hätte sie ihren Hintern blau angemalt, jeansblau, bis zum Anfang der Oberschenkel, mit Taschen, einem Reißverschluss und Fransen, das wirkt superecht, wie richtiger Stoff. Aber das ist ganz und gar unmöglich, denn ich kann mir nicht vorstellen, wie sie ihren hübschen kleinen Knackarsch in so winzige Shorts hätte zwängen können, die wie eine zweite Haut anliegen. Die Männer rennen ihr nach, als wären sie umherirrende Rüden, die unbedingt an ihr schnüffeln müssten ...

Maria-Chjara ist noch immer Jungfrau, aber sie hat deutlich gemacht, dass sie ihre Unschuld verlieren will, bevor sie am 25. August das Rollfeld betritt, um das Flugzeug nach Bari zu besteigen. In sechs Tagen. So kann sie die Temperatur in den Köpfen der kleinen, durch die Pubertät verwirrten Männchen noch um ein paar Grad anheizen.

Wollen Sie meine Meinung hören? Der eigentliche Favorit ist der, der am weitesten hinten liegt und am langsamsten läuft. Der zusieht, wie die anderen sich abrackern. Mein Bruder Nicolas! Ich gehe jede Wette ein, dass Maria-Chjara ihn auswählen wird. Zum richtigen Zeitpunkt. Sie weiß es. Er weiß es. Das macht meinen Bruder ein bisschen zu eingebildet. Fast schon schulmeisterlich und doof.

Aber ich bin nicht objektiv.

Ich bin verliebt.

Ich will Natale wiedersehen. Ich will, dass er mich auf seinem Boot mitnimmt. Ich will, dass er mich bemerkt.

Ich wusste nicht, dass es möglich ist, einen Mann eine Viertelstunde anzusehen, drei Worte mit ihm zu wechseln und dann Tag und Nacht an nichts anderes mehr denken zu können als an ihn.

Ist das Liebe? Sagen Sie es mir.

Zu leiden wie ein Hund für einen Mann, dem ich völlig gleichgültig bin, der mich wahrscheinlich schon vergessen und nur als Vorwand benutzt hat, um sich meiner Mutter zu nähern.

Sagen Sie es mir.

Übrigens hat Maman auch einen gewissen Vorsprung gegenüber Papa, sie hat gestern über den Abend des 23. gesprochen und verhandelt, und Papa hat nachgegeben, wir nehmen alle zusammen einen Aperitif in der Schäferei von Acarnu und dann gehen meine Eltern zur *Casa di Stella*, um den Jahrestag ihres Kennenlernens zu feiern.

Alle Cousins besuchen das Konzert von A Filetta … nur wir nicht. Maman hat gewonnen, sie wird ihre Buschwindröschen am Tag der Sainte-Rose bekommen. Und das macht auch sie etwas eingebildet, fast schon doof. Aber zumindest entgehen wir dem Konzert, das ist jetzt sicher.

Aber nun muss ich Ihnen erzählen, was heute passiert ist …

Weit, sehr weit von hier entfernt.

Aber sehr nahe an Mamans Herz.

Etwas total Verrücktes.

· · ·

Der 19. August 1989 … erinnerte er sich.

Nach diesem Tag war auf der ganzen Welt nichts mehr wie vorher, selbst wenn niemand sofort die Auswirkungen dieses Tages erahnen konnte. Die größten Revolutionen, jene, die die Menschheit wirklich erschüttern, entwickeln sich im Verborgenen.

19. August 1989. Der Beginn einer neuen Ära.
Das war allen egal, denn alle waren in den Ferien.
Allen war dieser Tag egal, allen, außer Palma.

KAPITEL 24

Ich habe dich erwartet, Clotilde. Ich habe schon früher mit dir gerechnet. Gedacht, dass ich der Erste bin, den du wiedersehen willst.«

Clotilde betrachtete das Meer durch die große Glasscheibe der Villa Punta Rossa. Die Aussicht war noch immer schwindelerregend. Das Haus schien am Felsen zu hängen, so dass man befürchtete, beim Öffnen der Tür direkt ins Meer hinabzustürzen. Von der gegenüberliegenden Fensterfront aus hatte man Blick auf das Gipfelrelief der Balagne, im Vordergrund Notre-Dame de la Serra, dahinter Capu di a Veta und ganz hinten der Monte Cinto.

Zeitlose Schönheit.

Nur Natale war gealtert. Gut gealtert.

Darauf bedacht, nicht von den Touristen entdeckt zu werden, die sich in der Nähe des Leuchtturms aufhielten, lief sie ein paar Schritte auf dem Steg entlang, der über die Felsen der Punta Rossa führte. Franck hatte sie erzählt, sie würde noch einmal zur Polizei nach Calvi fahren, um sich bei Capitaine Cadenat zu erkundigen, ob es etwas Neues wegen ihrer Brieftasche gäbe. Eigentlich hatte sie nur halb gelogen, denn immerhin wohnte hier die Tochter eines Polizisten – zumindest, wenn sie nicht im Krankenhaus arbeitete. Aurélia Garcia war jetzt Krankenschwester in der Klinik von Calvi, fing früh an zu arbeiten und kam erst mittags nach Hause.

Natale hatte ihr einen Kaffee angeboten und sie hatte angenommen.

Er ließ sich Zeit.

Es dauerte eine Weile, bis das Eis gebrochen war.

Clotilde ließ den Wind durch ihre Haare wehen. Es war angenehm auf dem Steg, und sie hatte keine Lust, in die Villa zurückzugehen. Zumeist, dachte sie, sind die Häuser selbst in gehobenen Wohnvierteln von außen banal, gleichförmige Siedlungen mit ähnlichen Wohnungen. Doch hinter diesen grauen Fassaden verbarg sich etwas Intimes, Räume, in denen jeder Gegenstand, jedes Bild, jedes Buch eine Identität enthüllte. Einen Geschmack. Eine Seele.

Punta Rossa war das genaue Gegenteil.

Das eigenartige Chalet aus Glas und Holz, das auf den Felsen thronte, hatte Natale mit knapp zwanzig Jahren eigenhändig errichtet – Brett für Brett, Scheibe für Scheibe. Und es konnte nur von einem außergewöhnlichen Menschen bewohnt werden, das zumindest war die Meinung der Bergwanderer, die es vom Sentier des Douaniers aus entdeckten. Jedes Detail, von den in die Pfeiler eingelassenen Muscheln bis hin zu den in die Balken geschnitzten Delphinen, war mit viel Phantasie vom Erbauer erdacht worden. Die Villa Punta Rossa war Tausende Male fotografiert und auf Google gestellt worden. Das hatte Clotilde in den vergangenen Jahren bemerkt, wenn sie *Punta Rossa* in eine Suchmaschine eingegeben hatte, um über dieses kleine architektonische Kunstwerk zu phantasieren ... und über seinen Erbauer. Doch welcher Wanderer hätte vermuten können, dass das Innere des Chalets kitschig, banal und fast geschmacklos eingerichtet war? Eine weiß lackierte Ikea-Einrichtung – Bücherregale, Fernsehmöbel, Anrichte, Hocker, Couchtisch – und als Farbtupfer ein paar Plakate: *Der Kuss* von Klimt, *Die Klavierstunde* von Renoir, *Seerosen* von Monet.

»Hier ist dein Kaffee, Clotilde.«

Natale erklärte ihr, er sei etwas in Eile, weil er um elf Uhr zur Arbeit müsse. Er leitete die Fischabteilung im Supermarkt Super U in Lumio.

»Sieh mich nicht so an, Clotilde.«

»Wie ...?«

»Als wärest du enttäuscht ... Von allem. Von mir.«

»Warum? Warum sollte ich enttäuscht sein?«

»Nun tu doch nicht so.«

Er entfernte sich und kam kurz darauf mit einem Glas zurück, ein kleiner Becher von der Größe eines Fingerhuts, gefüllt mit einer rosafarbenen Flüssigkeit.

Likör oder Medikament?

Natale musste jetzt knapp über fünfzig sein, und Clotilde fand ihn noch immer attraktiv. Mehr als vor fünfundzwanzig Jahren. Überdrüssig. Melancholisch. Fast zynisch. Sie verließ die Terrasse und folgte ihm ins Haus. Ein Foto von Aurélia hing über einer verglasten Vitrine, in der eine Sammlung von Serviettenringen und Teedosen ausgestellt war. Clotilde musterte es betont auffällig. Aurélia lächelte. Markenkleid, gebräunte Haut, sorgfältig gezupfte Augenbrauen.

»Ich bin nicht enttäuscht, Natale, ich hätte es mir nur nie vorstellen können.«

»Ich auch nicht.«

Er wandte sich ab. Sein Fingerhut war leer und gleich darauf wieder voll. Diesmal konnte Clotilde das Etikett auf der Flasche sehen, die übrigens nicht in einem Arzneimittelschrank stand.

Myrtenschnaps, 40 %, Kellerei Damiani.

Dabei konnte Clotilde es nicht belassen. Nicht nach all den Jahren.

»Natale ...«

Zu spät, sie konnte nicht mehr zurück. Sie wandte den Blick von Aurélias Bild ab.

»Jetzt kann ich es dir ja sagen, Natale, denn es ist, wie man so schön sagt, verjährt. Weißt du, du warst die ganze Zeit über für mich präsent, auch wenn wir nicht telefoniert, uns geschrieben haben oder sonst wie in Kontakt waren. Du hast mich begleitet. Ich spreche nicht vom Sommer 89, als ich fünfzehn war, nicht von unseren Bootsfahrten in der Bucht von La Revellata. Ich spreche von später. Von meinem Leben danach. Du warst der Beweis dafür, dass alles möglich ist, Natale. Wie soll ich sagen … Du warst eine Art Kompass, der eine fünfte Himmelsrichtung anzeigte, irgendwo bei den Sternen.«

Die Antwort kam wie ein Peitschenhieb.

»Das hättest du nicht tun sollen, Clotilde. Ich habe es nicht verdient. So ist das Leben. Man sieht, wie die Idole altern. Wie sie einen enttäuschen. Wie sie vor einem sterben.«

Jetzt bin ich schon so weit gegangen, dachte Clotilde, nun kann ich auch noch den Rest auspacken.

»Trotzdem, ich war verliebt in dich.«

Wieder wurde ein Fingerhut geleert.

»Ich weiß …, aber du warst fünfzehn.«

»Ja, und ich habe Totenköpfe gesammelt, mich angezogen wie ein Zombie. Und ich liebte Phantome.«

Natale begnügte sich damit zu nicken, und Clotilde fuhr fort:

»Und du warst in meine Mutter verliebt. Das hat mich verrückt gemacht.«

Natale trat zu Clotilde. Er schien zu zögern, ob er eine Hand auf ihre Schulter legen sollte.

»Du hast deine Mutter zu sehr verabscheut und deinen Vater zu sehr geliebt. Logischerweise hätte es umgekehrt sein müssen, aber mit fünfzehn hast du eben noch nicht alles verstanden.«

Clotilde trat bis zur Außentür zurück. Natales Anspielung verwunderte sie.

Du hast eben noch nicht alles verstanden.

»Was willst du damit sagen?«

»Nichts, Clotilde. Nichts. Wozu soll es gut sein, alte Schatten zu erhellen? Lass deine Eltern in Frieden ruhen.«

Natales Blick wanderte vom Mittelmeer zu den Bergen bis hin zum Capu di a Veta.

»Ich habe meine Mutter nicht verabscheut«, fuhr Clotilde fort. »Ich war nur eifersüchtig. Das war so lächerlich, wenn ich es heute bedenke. So lächerlich angesichts all dessen, was danach passiert ist.«

Natales Augen leuchteten kurz auf, und Clotilde hatte das Gefühl, wieder fünfzehn zu sein. Er antwortete ihr mit abgewandtem Blick.

»Du warst vor allem dumm! Du hast mir ja gut gefallen mit deiner schwarzen Kleidung, deinem rebellischen Teenagerlook, mit deinem Heft und deinen Büchern unter dem Arm. Widerspenstig, genau wie ich. Nur nicht auf dieselbe Art und Weise.«

Andere Worte hallten in Clotildes Kopf wider, Worte, die Natale in einem anderen Leben am Strand von L'Oscelluccia ausgesprochen und die sie nie vergessen hatte.

Wir sind vom selben Schlag, Clotilde. Die Traumfischer gegen den Rest der Welt.

Natale füllte wieder seinen Fingerhut, setzte sich in einen scheußlichen Sessel mit auberginefarbenem Samtbezug und fuhr fort.

»Inzwischen habe ich *Beetlejuice* gesehen … und auch *Edward mit den Scherenhänden*. Und jedes Mal habe ich an dich denken müssen. Diese verrückte Lydia Deetz, die mit Phantomen sprach. Bist du immer noch so verrückt nach Winona Ryder?«

»Ja. Ich habe sie vor fünf Jahren in *Black Swan* gesehen, zusammen mit meiner Tochter Valentine. Sie mochte weder den Film noch die Schauspielerin. Ich fand beide super.«

Ein weiterer Fingerhut.

Clotilde fuhr fort, langsam kam wieder eine gewisse Vertrautheit auf.

»Weißt du, dass Winona Ryder noch keine achtzehn war, als sie sich in Johnny Depp verliebte, der schon fast dreißig war?

Sie sind vier Jahre zusammengeblieben. Sie haben sich verlobt, und Johnny Depp war so unsterblich in sie verknallt, dass er sich ein *Winona Forever* auf den Arm hat tätowieren lassen, kannst du dir das vorstellen?«

Natale sagte nichts. Doch das war schon eine Form der Antwort, vor allem, wenn man die Entwicklung der Geschichte bedachte – die Trennung von Winona und Johnny. Da er das Tattoo nicht entfernen konnte, ließ er es verändern in *Wino Forever* …

»Für immer betrunken«.

Die Mythen der Jugend.

An etwas glauben, enttäuscht werden, tief sinken.

Mythen, die man in Myrtenschnaps ertränkte.

Natale hatte nichts mehr zu sagen.

Clotilde schon. So leicht würde sie nicht aufgeben. Sie betrachtete Natale, der in dem Sessel saß, der zu niedrig für ihn war – es war nicht sicher, dass er sich daraus erheben könnte, um in der Tiefkühlabteilung seine Muscheln und den Kabeljau zu verkaufen.

»Gestern Abend habe ich Maria-Chjara wiedergesehen, sie hat am Strand von L'Oscelluccia gesungen.«

»Ich weiß. Die Plakate waren kaum zu übersehen.«

»Ich habe auch die *Aryon* gesehen.«

»Zwangsläufig, sie liegt immer noch dort vor Anker. Es scheint, als würde auch sie sich an diesen Ort klammern.«

Natale hielt sein Miniaturglas so, als hätte er nicht mehr die Kraft, es zu füllen.

»Und auch Cervone habe ich wiedergetroffen. Besser gesagt, ich sehe ihn jeden Tag, weil ich auf dem Campingplatz Euproctes wohne. Und auch Orsu, obwohl ich ihn nicht gleich erkannt habe. Natürlich auch Opa Cassanu und Oma Lisabetta. Speranza hatte ich schon fast vergessen …«

»Was genau willst du, Clotilde?«

Dich provozieren. Dich zu einer Reaktion bewegen. Diese

Myrtenschnapsflasche an die Wand schmeißen und dich ins Meer, damit du nüchtern wirst. Mit dir über all die Dinge sprechen, die mich belasten, dich um Hilfe bitten, dich, den Einzigen, dem ich vertraue.

»Die Wahrheit? Findest du das okay, Natale? Die Wahrheit! Ich kann dir alles erzählen, alles, was nicht stimmt, seit ich nach La Revellata zurückgekommen bin. Dein Schwiegervater, Sergent Garcia hat mir gesagt, dass die Lenkung des Fuego vorsätzlich beschädigt wurde. Man hat mir aus dem abgesperrten Safe in unserem Bungalow meine Papiere gestohlen. Ohne ihn aufzubrechen. Das ist ganz unmöglich, und doch ist es passiert. Und das scheint fast normal im Vergleich zum Rest. Der Brief. Du wirst mich auch für verrückt halten, aber was soll's! Ich habe eine Nachricht aus dem Jenseits bekommen. Eine Nachricht von Palma.«

Natale zitterte. Er stellte den Fingerhut auf dem nächstbesten Tisch ab. Als hätte er sich verbrannt.

»Sag das noch einmal.«

»Einen Brief, der mich im Bungalow C29 erwartete. Der vor einer Woche dort abgegeben wurde. Einen Brief, den nur meine Mutter mir hat schreiben können.« Sie zwang sich zu einem Lachen. »Bei so was könnte man glatt an Geister glauben, findest du nicht, Natale? Wenn ich nun doch Lydias Gabe hätte?«

Natale erhob sich. Er trat entschlossen auf sie zu, so als wäre er mit einem Schlag wieder nüchtern.

»Es gibt sie, Lydia.«

»Lydia?«

»Clotilde, meine ich. Es gibt sie.«

»Wen?«

»Die Geister.«

Nein, ganz offensichtlich war er nicht nüchtern.

»Ich will dir etwas anvertrauen, Clotilde. Etwas, was ich nie Aurélia und noch weniger ihrem Vater zu sagen gewagt habe. Wenn ich in diesem Haus wie in einem Gefängnis lebe, wenn ich mich mit Aurélia zusammengetan und nach und nach auf all meine Pläne verzichtet habe, dann wegen der Geister. Besonders wegen eines Geistes. Du hattest ganz recht, Clotilde oder Lydia, wie du willst. Es gibt sie. Und sie versauen uns das Leben! Ich weiß, dass du mich für verrückt halten wirst, aber das ist mir egal. Und jetzt musst du gehen. Aurélia kommt mittags nach Hause. Und ich denke nicht, dass sie erfreut wäre, dich hier anzutreffen.«

Das kam gar nicht in Frage.

Natale machte sich über sie lustig.

»Was treibst du mit ihr? Und fang jetzt bloß nicht mit deinen Phantomen an!«

Er hob den Blick und starrte durchs Fenster zum Kreuz auf dem Capu di a Veta.

»Es ist schon eigenartig, Clotilde. Im Grunde bist du mehr gealtert als ich. Heute bist du diejenige, die nicht mehr an das Seltsame, das Irrationale glaubt. Allen Anzeichen zum Trotz. Aber nachdem du nichts davon hören willst, sage ich dir einfach nur, dass ich meine Gründe hatte, auf Aurélias Annäherungsversuche einzugehen. Gute Gründe. Zwingende Gründe.«

Der Funke, der kurz in seinen Augen aufgeflackert war, erlosch endgültig.

»Weißt du«, fuhr er fort, »Vernunftehen, die ohne jegliche Anziehung, ohne Illusionen beginnen, halten am längsten. Aus einem ganz einfachen Grund, Clotilde. Einem nicht zu widerlegenden Grund. Weil man nicht enttäuscht werden kann. Weil es irgendwann besser wird, als man erwartet hat. Wer kann das schon von einer Liebesgeschichte behaupten? Oder von Leidenschaft? Dass es am Ende besser ist als am Anfang.«

In Clotildes Kopf schrie eine Stimme »Hilfe«! Nicht du, Natale, nicht du. Jeder x-Beliebige kann mir so was erzählen, jeder Idiot ... Aber nicht du!

Jahrelang hatte sie, wenn es ihr schlecht ging, an ihn gedacht. An Natale Angeli, den Sirenenfischer, den Delphinbändiger, einen Mann, der an die Sterne glaubte, an seinen Traum, der so groß war wie das Meer. Und der diesen Glauben auf ein Mädchen übertragen hatte. Der sie davon hatte überzeugen können, dass nicht alles von Anfang an vorbei war.

Natale Angeli.

Der den Fingerhut abstellte, in dem er seine Illusionen ertränkt hatte, und zur Arbeit in den Supermarkt ging. Immer noch mit diesem furchtsamen Blick von einem Fenster zum anderen, wie in einem Vivarium, zwischen *mare* und *monti,* gefangener Gebirgsmolch, ganz so, als wisse er nicht, von welcher Seite die Phantome kommen würden, um ihn mitzunehmen.

»Und du, Clotilde, ist deine Beziehung glücklich?«

Rums! Was hatte sie denn geglaubt?

Dass sie ihm Lektionen erteilen könnte, ein bisschen zu eingebildet, fast schon doof?

Das aufsässige Kind, die Totenköpfe, die rabenschwarzen Haare.

Was glaubte sie denn?

Dass Natale nicht auch enttäuscht war?

KAPITEL 25

Schon merkwürdig.

Es ist Nachmittag, und alle Leute sitzen vor dem Fernseher. Das heißt, fast alle.

Sie starren gebannt hin, als wäre etwas Schlimmes passiert. Ich habe versucht, vom großen Mittelweg des Campingplatzes aus durch das Fenster der Italiener etwas zu sehen. Sie haben nämlich einen riesigen Bildschirm und auch eine Betontreppe vor der Tür, einen gefliesten Weg und eine kleine Hecke aus Stiefmütterchen und Geranien rund um ihren Platz. Sie leben neun Monate des Jahres hier.

Aber ich bemerke nichts Besonderes auf dem Bildschirm.

Das heißt schon, aber die Bilder sind banal, keine Spur von einem Attentat oder einem Kriegsausbruch. Sie werden es nicht glauben, man sieht nur Menschen beim Picknick. Sie sitzen mit kleinen Stofftischdecken auf einer Wiese, umgeben von sanften Hugeln.

Das schauen sich die Leute also an! Sie sehen anderen beim Essen zu!

Schließlich ergreift ein Journalist das Wort, ich höre zwar nicht, was er sagt, aber ich kann den Text lesen.

»Direktübertragung aus Sopron«

Sopron?

Ihnen sagt das natürlich nichts, aber mir … Völlig verrückt, diesen Namen zu lesen. Sopron ist eine kleine ungarische

Stadt mit sechzigtausend Einwohnern und liegt, soweit ich weiß, in der Nähe der österreichischen Grenze. Nicht, dass Sie glauben, ich wäre so gut in Geographie, Sopron ist die Stadt, aus der die Familie meiner Mutter stammt.

Verrückt, was? Aber ich hab's ja gesagt.

Aus welchem verdammten Grund sind alle Kameras der Welt auf Sopron gerichtet?

Ich renne nach Hause und erreiche schließlich den Bungalow C29.

Meine Familie ist nebenan bei den Deutschen auf dem Platz C25, bei Hermanns Eltern Anke und Jakob Schreiber.

Sie ist da, weil es dort einen Fernseher gibt und bei uns nicht.

»Was ist los, Ma…«

Palma Mama legt den Zeigefinger auf die Lippen. Niemand dreht sich um, alle sitzen auf ihren Plastikstühlen und starren auf den Bildschirm, wo man noch immer die Familien im Jogginganzug sieht, die Hühnerbeine essen und Bier trinken. Was soll der Quatsch? Was ist in Ungarn los?

Das Ende der Welt?

Ist eine fliegende Untertasse mit Mini-Aliens, so groß wie Ameisen, auf ein Picknicktuch gefallen?

Ich brauche eine ganze Weile, bis ich begreife, warum die Augen der ganzen Welt auf diese Hinterwäldler gerichtet sind, die essen. Die Hinterwäldler sind Deutsche, die in Ungarn Ferien machen. Genauer gesagt Ostdeutsche. Und die Hügel liegen in Österreich.

Verstehen Sie?

An diesem 19. August 1989 hat die ungarische Regierung beschlossen, die Grenzen zu öffnen. Den eisernen Vorhang. Für die Ungarn galt diese Regelung schon seit einigen Wochen, und im Allgemeinen kehrten sie, nach einer kleinen Spritztour in den Westen, in ihr Land zurück. Aber diesmal haben sie die Übergänge für alle Menschen geöffnet, egal, welcher Nationalität. Operation offene Grenze! Genau drei Stunden lang, zwischen fünfzehn und achtzehn Uhr. Lange genug für ein paneuropäisches Picknick, wie sie es genannt haben. Die Militärs haben mit verschränkten Armen zugeschaut.

Das Gerücht hat sich verbreitet, und die Ostdeutschen haben nicht lange gezögert.

Über sechshundert, die zu jener Zeit zufällig in der Gegend im Urlaub waren, sind nach drüben gegangen, ehe die Tore wieder geschlossen wurden. Und sie denken nach Aussage der Journalisten nicht daran, zurückzukehren.

Und die Journalisten werden nicht müde zu wiederholen, dass dies die erste Bresche in der Mauer zwischen Ost und West ist, auch wenn das alles nur geschah, um die Reaktion der Russen zu testen.

Die ist jetzt klar.

Gorbatschow ist es völlig egal.

Wenn man der Sendung glauben darf, ist nur die ostdeutsche Regierung nervös. Sie haben Bilder von dem großen Chef der DDR, Erich Honecker, gezeigt, der außer sich vor Wut ist. Und er plärrt weiter vor all den Kameras, die live aus Ost-Berlin übertragen. Stramm steht er da, eine Hand auf dem Herzen, die andere am Schirm seiner Mütze, hinter ihm eine Armee von Stasileuten, die nicken.

Die Mauer bleibt noch hundert Jahre!

Und er wiederholt:

Die Mauer bleibt noch hundert Jahre!

Wie eine historische Wahrheit.

Die man sich zu merken, zu wiederholen, sich einzuprägen hat.

In goldenen Lettern in die Dummheit der Geschichte gemeißelt.

• • •

Er wiederholte fast belustigt im Geist:

Die Mauer bleibt noch hundert Jahre.

KAPITEL 26

9 Uhr

Sobald die Sonne über die Zweige des Olivenbaums stieg, heizten sich die Metallbungalows auf. Clotilde liebte diese fast unerträgliche Hitze. Sie blieb gerne allein im Bett liegen, während es immer wärmer wurde, bis es fast nicht mehr auszuhalten und sie schweißgebadet war. Fehlte nur eine Dusche oder besser noch ein Schwimmbecken, um sich abzukühlen.

Franck war joggen gegangen. Valou schlief noch, ihr aufmerksamer Papa hatte ihr das Zimmer gegeben, das fast bis mittags im Schatten lag. Alles für den kleinen Liebling …

Clotilde hingegen fühlte sich wie ein aufgeregter Teenager. Ihre Finger glitten wieder über die Tastatur des Handys. Und sie las erneut die dreizeilige SMS, die sie um 4:05 Uhr in der Nacht bekommen hatte.

Freue mich, dich wiedergesehen zu haben.
Du bist sehr schön geworden, Clotilde, auch wenn du mir als Lydia Deetz noch besser gefallen hast.
Wahrscheinlich, weil ich inzwischen gelernt habe, mit Geistern zu leben.
Natale

Sie nahm sich Zeit, die drei Zeilen wieder und wieder zu lesen und jedes Wort ihrer Antwort sorgfältig abzuwägen.

Freue mich, dich wiedergesehen zu haben.
Du bist noch immer sehr schön, Natale, auch wenn du mir als
Delphinjäger besser gefallen hast.
Inzwischen habe ich gelernt, ohne Geister zu leben.
Clotilde

Ein angenehmes Gefühl der Euphorie erfüllte sie. Natale hatte nicht mehr viel mit dem Mann gemein, dessen Erinnerung sie sorgfältig bewahrt hatte, dennoch verflüchtigte sich nach und nach seltsamerweise das Gefühl der Enttäuschung. Ein bisschen so, als wäre ein Jugendidol, irgendein Sänger, dessen perfekter Körper auf einem Plakat abgebildet war, jetzt herabgestiegen und durch die kleinen Unzulänglichkeiten noch verführerischer. Menschlicher. Liebenswerter.

Clotilde erinnerte sich, dass sie damals verrückt nach Natale gewesen war. Ein Traumprinz – unerreichbar für eine Fünfzehnjährige. Heute entdeckte sie einen verletzlichen Mann mit all seinen zerbrochenen Träumen. Unverstanden, ungeliebt und unglücklich verheiratet.

Kurz gesagt, immer noch frei!

Immer noch frei! Clotilde fand den Ausdruck paradox. Natale war immer noch frei ..., weil eine Frau ihm seine Freiheit gestohlen hatte. Sie lachte still in sich hinein. Im Grunde genommen sind alle verliebten Frauen Diebinnen der Freiheit. Sie träumen davon, ihren Märchenprinzen zu treffen ..., um ihn dann einzusperren.

Sie legte das Telefon auf das Nachtkästchen und verfiel, in die warmen, feuchten Laken gewickelt, in einen Halbschlaf.

Wie viel Zeit war vergangen, bis Francks Stimme sie aufschrecken ließ?

»Danke für das Frühstück.«

Über eine halbe Stunde!

Clotilde fuhr hoch, während Franck sie auf die Stirn küsste. Ihr Schweiß vermischte sich – der von Francks Anstrengung bei seinem Lauf bis Notre-Dame de la Serra und der von Clotildes Faulenzerei in der Hitze.

Sie verstand den Grund für diesen seltenen Kuss nicht.

Danke für das Frühstück?

Verwundert erhob sie sich.

Der Tisch war gedeckt!

Frisches Brot, Croissants, Kaffee, Tee, Tassen und Honig. Fruchtsaft und Marmelade.

Franck? Franck hatte den Tisch gedeckt, um sie zu beeindrucken! War sein »Danke für das Frühstück« eine ironische Formel, um sie zum Aufstehen zu bewegen? Wollte er, der Tapfere, der Sportliche, die schlaffe Nichtstuerin wachrütteln?

Clotildes Blick streifte mit leichtem Schuldbewusstsein das Handy auf dem Nachtkästchen.

Nicht alles verderben …

Sie drückte Franck einen Kuss auf den Hals.

»Danke.«

Franck schien erstaunt.

»Wofür?«

»Für das köstliche Frühstück, fehlt nur noch die Rose in der Vase.«

Jetzt schien Franck völlig verdattert.

»Hast du das denn nicht gemacht?«

»Nein, ich habe geschlafen.«

»Und ich bin gerade erst gekommen.«

Zwei ungläubige Blicke wanderten zur Zimmertür ihrer Tochter.

Valou?

Der Einsatz diskreter Heinzelmännchen schien fast realistischer, als dass Valou ihren Eltern diese Aufmerksamkeit erwiesen hätte. Die Vorbehalte bestätigten sich durch das Knurren, als Franck die Tür zum Zimmer ihrer noch schlafenden Tochter öffnete.

Weder Valoú noch Franck, noch sie selbst …

Wer dann?

Clotilde hatte ein Hemd übergestreift und betrachtete aufmerksam den Tisch. Die Details, die sie zunächst nicht bemerkt hatte, verstörten sie. Auf dem kleinen Campingtisch standen nicht drei Gedecke, sondern vier. Doch das war unbedeutend im Vergleich zu den anderen Zufällen.

Als Franck aus Valentines Zimmer zurückkam, wies Clotilde auf ein Glas mit rosa-orangefarbenem Saft und einen weißen Becher, der daneben stand.

»Nicolas hat immer am unteren Ende gesessen und zum Frühstück nie etwas anderes getrunken als Grapefruitsaft und Milch.«

Franck antwortete nicht, und Clotilde deutete auf eine Tasse und eine Kanne mit heißem Kaffee und fuhr fort:

»Papa saß ihm stets gegenüber, dort. Er trank schwarzen Kaffee.«

Daneben ein Wasserkessel und zwei Teebeutel.

»Maman und ich haben Tee getrunken. Sie hat auch immer Marmelade auf dem Markt von Stareso gekauft – Feige und Erdbeer.«

Vorsichtig drehte sie die beiden Gläser um, die neben dem Baguette standen.

Feige und Erdbeer.

Clotilde schwankte leicht und stützte sich mit der Hand auf dem Tisch ab

»Alles ist da, Franck. Alles. Wie vor …«

Franck verdrehte die Augen.

»Wie vor siebenundzwanzig Jahren, Clo? Wie kannst du dich noch an die Marmeladensorte erinnern, die ihr vor siebenundzwanzig Jahren zum Frühstück gegessen habt? Vielleicht auch an die Teemarke? An …«

Clotilde sah ihn böse an.

»Weil es die letzten Momente sind, die ich mit meiner Familie verbracht habe! Die letzten gemeinsamen Mahlzeiten. Sie verfolgen mich seither, Tausende Nächte, Tausende Tage sitzen die Phantome von Papa, Maman und Nico neben mir am Frühstückstisch, ebenso an all jenen Morgen, an denen ich alleine bin, weil du schon bei der Arbeit bist. Ja, Franck, ich erinnere mich. An jedes Detail.«

Franck trat schnell den Rückzug an. Eine List, um einen anderen Angriffspunkt zu wählen.

»Okay, Clo, okay. Aber du musst zugeben, dass es sich nur um einen Zufall handelt. Kaffee, Tee, Fruchtsaft, örtliche Marmelade. So etwas essen neun von zehn Familien morgens.«

»Und der Tisch? Wer hat den Tisch gedeckt?«

»Keine Ahnung. Vielleicht war es doch Valou. Oder du. Oder ich? Oder es ist einfach nur ein schlechter Scherz. Eine Aufmerksamkeit deines Freundes Cervone oder seines ergebenen Hagrid. Sie scheinen dich ja alle sehr zu lieben.«

Clotilde zuckte zusammen, als sie Orsus Spitznamen hörte. Sie musste sich zusammenreißen, um nicht den Alubeinen des Tischs einen Fußtritt zu versetzen, damit der kalte Kaffee und die geschmolzene Butter am Boden zerschellten.

Francks Ruhe war ihr noch unerträglicher.

»Jemand will dich an die Vergangenheit erinnern, Clo. Lass dich nicht auf das Spiel ein. Versuch nicht einmal, herauszufinden, wer es war …«

Clotilde hörten den Argumenten ihres Mannes nicht mehr zu. Sie hatte gerade auf einem Stuhl eine zusammengefaltete Zeitung entdeckt.

Le Monde. Die Ausgabe von heute.

Sie betrachtete sie, als würde sie jeden Moment in Flammen aufgehen.

»Und … die Zeitung?«

»Das ist dasselbe«, fuhr Franck fort. »Eine Inszenierung. Ich nehme an, deine Eltern haben jeden Morgen die Zeitung gelesen, so wie es alle im Urlaub tun.«

»Nein, nie!«

»Na, siehst du. Der mysteriöse Akteur hat einen Fehler gemacht. Das beweist, dass …«

»Nie«, unterbrach ihn Clotilde. »Meine Eltern haben im

Urlaub nie die Zeitung gelesen. Außer einem einzigen Mal. Ein einziges Mal hat Papa im Laden in Calvi die *Le Monde* gekauft und sie mitgebracht, ehe Maman aufgewacht ist. Er hat sie auf einen Stuhl gelegt. Es war beim letzten Frühstück, das wir gemeinsam eingenommen haben. Die letzte Mahlzeit zu viert. Am nächsten Morgen hat Papa mit seinen Cousins einen Segeltörn zu den Sanguinaires-Inseln gemacht und ist erst am 23., am Tag des Unfalls, zurückgekommen.«

Franck betrachtete verständnislos die Tageszeitung auf dem Stuhl.

»Am 19. August 1989 haben die Ungarn den Eisernen Vorhang geöffnet. Im Geburtsort meiner Mutter, in Sopron, an der österreichischen Grenze. Zum ersten Mal in ihrem Leben hat meine Mutter die Zeitung gelesen, die mein Vater für sie geholt hatte. Am 19. August, Franck, demselben Datum wie heute. Das kann kein Zufall sein! Und dennoch ...«

»Und dennoch was?«

Für einen Augenblick hatte Clotilde das Gefühl, Franck würde ihr etwas vormachen, als wüsste er Bescheid, denn nur er hatte den Tisch decken können, ohne sie zu wecken. Doch sie vertrieb schnell diesen dummen Gedanken und fuhr fort, als hätte sie nicht gehört, was ihr Mann sagte.

»Und dennoch kann niemand anders etwas davon wissen, niemand außer Nicolas, Maman, Papa und mir. Diese Familiengeschichte ist nur eine belanglose Anekdote. Papa hat die Zeitung einfach gekauft, Maman hat den Artikel innerhalb von fünf Minuten gelesen, das Blatt dann unter den Grill gelegt, und am Mittag wurde es verbrannt. Dieses Detail kann niemand wissen. Niemand außer uns vieren. Verstehst du, Franck? Derjenige, der diese Zeitung auf den Stuhl meiner Mutter gelegt hat, war zwangsläufig einer von uns vieren. Einer von uns vier Lebenden.«

»Das ist nicht der Stuhl deiner Mutter, Clo ...«

Doch, wollte Clotilde antworten. Doch, wollte sie schreien. Aber Valou kam ihr zuvor, platzte herein und schrie:

»Könnt ihr nicht endlich aufhören, euch zu streiten?«

Ihr Haar war ungekämmt, die Züge angespannt, und sie trug einen Betty-Boop-Bademantel. Sie setzte sich auf den Platz von Nicolas, griff mit der einen Hand nach der Zeitung, mit der anderen nach der Kaffeetasse und verzog das Gesicht.

»Pfui Teufel, der ist ja kalt!«

Clotilde betrachtete sie betroffen.

»Wir müssen die Fingerabdrücke nehmen lassen, Franck.«

Er seufzte und bedachte seine Tochter mit einem schützenden Blick, während er seine Frau ansah, als wäre sie verrückt. Als hätte die eine definitiv den Platz der anderen eingenommen, dank ihrer Jugend, ihrer Schönheit, ihrer Lebensfreude …, ihrer Vernunft.

Seine Tochter öffnete mit einer energischen Handbewegung das Marmeladenglas, verzehrte lustvoll ihr Brot, genoss das Leben, freute sich, nachdem sie ausgeschlafen und in der Sonne gut gefrühstückt hatte, auf einen schönen Tag. Super Ferien, ein traumhaftes Leben! Doch Clotilde vermochte sich nicht von der Vorstellung freizumachen, dass Valou alles, was sie berührte, entweihte. Dass sie mit jeder Bewegung eine geheime, heilige Ordnung zerstörte.

Franck hatte recht: Sie wurde langsam verrückt.

• • •

»Ist Ihr Mann nicht da?«

»Nein, er ist zum Tauchen gefahren.«

Capitaine Cadenat hatte über drei Stunden gebraucht, um zu kommen. Franck hatte eine Stunde gewartet und war dann gegangen. Der Polizist hatte am Telefon gemeint, er würde diese ganze Geschichte mit dem gedeckten Frühstückstisch nicht verstehen, aber trotzdem vorbeischauen, allein schon um die Sache mit der Brieftasche endgültig abzuschließen. Er hatte mit den Ermittlungen begonnen, aber nichts gefunden. Kein Indiz, keinen Ansatz von einer Spur.

Seit ein paar Minuten lief er jetzt um den Bungalow herum.

»Und Ihre Tochter?«

»Sie musste weg, sie war zum Canyoning angemeldet.«

Cervone Spinello, der etwas entfernt stand, nickte. Die Hälfte aller Jugendlichen des Campingplatzes war mit einem Minibus für den Nachmittag in den Zoicu-Canyon gefahren.

»Ich wüsste nicht, was ich sonst noch tun könnte, Madame Baron.«

Fingerabdrücke nehmen, du Idiot! Und sie mit denen aller Touristen auf dem Campingplatz vergleichen, weil es zwangsläufig einer von ihnen war, der mir diesen Streich gespielt hat. Zeugen befragen, alle, die heute Morgen an meinem Bungalow vorbeigekommen sind. Und vor allem aufhören, mich wie eine Geisteskranke zu behandeln.

Der auf die Île de Beauté exilierte Außendreiviertelspieler sah sie mit hängenden Schultern an. Unter Garantie hatte Cervone ihn gebrieft. Der Unfall vor siebenundzwanzig Jahren, die Erinnerungen, die Überlebende, die etwas durcheinander ist.

Cervone legte die Hand auf die Schulter des Polizisten. Zeichen der männlichen Solidarität. Das heimliche Einvernehmen der dritten Halbzeit zwischen dem durstigen Sportler und dem, der die Runde zahlt.

»Darf ich Sie zu einem Gläschen einladen, ehe Sie fahren?«

Der Polizist lehnte nicht ab.

Als Clotilde ihnen nachsah, wurde ihr bewusst, dass sie weder auf die Hilfe der Polizei noch von irgendjemand anderem rechnen konnte. Dass sie alleine wurde zurechtkommen müssen. Alleine musste sie dringend Verabredungen planen, Zeugen befragen und zum Reden bringen.

Zunächst diese Zicke von Maria-Chjara, die ihr die Tür ihres Campingbusses vor der Nase zugeknallt hatte, ganz so, als stünde ein Geist vor ihr.

Dann ihren Großvater Cassanu, der von Anfang an von der Sabotage am Wagen ihrer Eltern gewusst hatte.

Natale. Natale, der ihr ebenfalls einen Geist vorzustellen hatte.

Je größer das Mysterium wurde, umso mehr war Clotilde davon überzeugt, dass die Lösung in den Erinnerungen lag, in den Erinnerungen an den Sommer 1989, aber es blieben ihr nur Bruchstücke davon, einzelne Bilder, die durch den Filter ihrer Albträume gelangt waren. Wie sollte sie sich darauf verlassen? Sie brauchte einen konkreten Blick in die Vergangenheit, greifbare Fakten, vertrauenswürdige Zeugen. Sie hätte alles dafür gegeben, noch im Besitz ihres Tagebuchs zu sein, in dem sie die Ereignisse dieses Sommers notiert hatte. Und das man ihr nie zurückgegeben hatte.

Warum?

Sie musste einen Ausgangspunkt finden, den Anfang des Fadens, um den Knoten zu entwirren, einen realen Filmbeginn, der die anderen Bilder nach sich ziehen würde. Und sie wusste auch schon, wo sie ihn finden würde!

Clotilde betrachtete erneut den Frühstückstisch. Etwas weiter entfernt stand Orsu mit seiner Harke und Schaufel und beobachtete sie, als warte er nur darauf, abräumen zu können. Als wüsste er Bescheid. Als hätte er alles gesehen, ohne etwas sagen zu dürfen.

Plötzlich fiel Clotilde es ein. Sie verfluchte sich, weil sie nicht vorher daran gedacht hatte. Hundert Schritte, zwei Alleen und drei Mobile Homes weiter war das Gedächtnis des Campingplatzes archiviert. Alle Fakten und Zeichen. Alle Gesichter. Alle Blicke.

Fünfzig Jahre Geschichte.

Jetzt musste sie nur noch den Hüter des Museums dazu bringen, ihr zu helfen.

KAPITEL 27

Samstag, 19. August 1989, dreizehnter Ferientag,
fieberblauer Himmel

Nun schreibe ich Ihnen heute schon zum dritten Mal. Die Aufregung um Sopron scheint sich gelegt zu haben, der Eiserne Vorhang ist wieder geschlossen, umso besser für die, die auf der richtigen Seite geblieben sind. Sobald im Fernsehen eine geopolitische Diskussionsrunde auf die Bilder von den österreichisch-ungarischen Hügeln folgte, ist Palma Mama an den Strand zurückgekehrt, um in der Sonne zu schmoren. Und ich habe wieder die *Grotte des Veaux Marins* aufgesucht, um dort auf den Sonnenuntergang zu warten. Ich habe es noch nicht erklärt, aber die Veaux Marins sind eine Robbenart, genauer gesagt, Seehunde, die aber etwas kälteempfindlicher sind, eine Wassertemperatur von fünfundzwanzig Grad lieben und gerne auf den Felsen in der Sonne liegen... Doch jetzt sind alle verendet, und ich habe ihre Höhle in Besitz genommen! Man braucht nur ein paar Meter den Felsen hinaufzuklettern, um sie zu entdecken, drinnen riecht es etwas nach Pipi, Asche und salzigen Algen, und das Meer kitzelt einem die Füße. Von dort aus kann man alles sehen, ohne gesehen zu werden, außer von den Fischern, die Langusten, Bärenkrebse und Seeigel fangen.

Denen ähnele ich am meisten.

Ich bin im Seeigel-Modus.

Keine Lust und keine Kraft, vollständige Sätze zu formulieren, nur fähig, einzelne Worte zu produzieren. Den Rest überlasse ich den anderen, denen, die etwas zu sagen haben. Den

Journalisten von *Le Monde*, die berichten, am anderen Ende der Welt würde ein Vorhang zerreißen, denen von *Corse-Matin*, die noch immer von Drago Bianchi, dem Bauunternehmer aus Nizza sprechen, dessen Leiche inzwischen gefunden wurde, oder zumindest eine Leiche, die das trug, was von seiner Kleidung übrig geblieben war. Er soll in der Bucht von Ajaccio unter ein Fährschiff geraten sein.

»Stimmt was nicht, Clotilde?«

Zuerst sehe ich ein Stück Angelrute und schließlich an deren Ende Basile Spinello. Den Leiter des Campingplatzes. Der Freund meines Großvaters.

Mit ihm würde ich womöglich reden, und es Ihnen dann später erzählen. Womöglich.

»Was ist denn los, Clotilde?«

»...«

»Du bist doch sonst nicht so melancholisch. Zumindest lässt du es dir nie anmerken.«

Offenbar hat er den magischen Satz gesagt. Denn ich erzähle ihm, ich weiß auch nicht, warum, mein Leben.

»Ich bin verliebt.«

»Das ist normal in deinem Alter.«

»Eben nicht. Ich habe mich nicht in einen Idioten meines Alters verliebt.«

»An wen genau denkst du da?«

»...«

»An meinen Sohn? An Cervone?«

»Nicht nur an ihn!«

Basile lacht laut auf. Ich mag dieses Mammutlachen, das fast die Stalaktiten in der Grotte lösen könnte.

»Weißt du, meine Schöne«, sagt er augenzwinkernd zu mir, »die Korsen haben nur einen Fehler – sie lieben ihre Familie. Daran darf man nicht rühren.«

Er hält inne, aber ich spüre genau, dass er den Rest bloß nicht auszusprechen wagt.

Die Korsen lieben ihre Familie. Daran darf man nicht rühren.

Aber wenn man einen blöden Sohn hat, hat man eben einen blöden Sohn!

»In wen bist du dann verliebt?«

Die Worte sprudeln ungewollt heraus.

»In Natale Angeli!«

»Ah!«

»Kennst du ihn?«

»Ja … Du hättest es schlechter treffen können. Natale ist eigentlich nicht faul, nicht dumm, nicht hässlich. Und er stammt aus einer guten Familie. Sein Vater Antoni war lange der Leiter der Klinik von Calvi. Bis er sich hat scheiden lassen und dann eine andere an der Riviera aufgemacht hat. Man erzählt, Pancrace Idrissi, dein Urgroßvater, hätte ihm tausend Quadratmeter Land auf der Punta Rossa geschenkt – für einen Koronararterien-Bypass, der sein Leben um fünf Jahre verlängert hat. Natale ist seit der Scheidung seiner Eltern mit seinem Vater zerstritten, aber hier ist die Familie eben die Familie, und so hat Antoni seinem Sohn das Grundstück überlassen, ehe er nach Italien gegangen ist. Die Leute hier halten Natale mit seiner Villa Punta Rossa, die er unterhalb des Leuchtturms gebaut hat, und seinem Gerede von den Delphinen für einen Spinner. Sie denken, er ist ein Idealist und auch ein bisschen ein Schwätzer. Aber meiner Meinung nach macht Natale uns etwas vor, er spielt den Träumer, um uns keine Angst zu machen. Sein Plan mit dem Delphin-Reservat und den Fahrten aufs Meer, um sie zu sehen, kann funktionieren. Natale ist ehrlich, das spüren die Leute, und sie sind bereit, Geld für so etwas auszugeben. Ehrlichkeit. Glaubwürdigkeit. Aber Natale ist viel zu alt für dich, Clo.«

Basile sagt das auf eine sehr einfühlsame Art, echt rührend.

»Ich weiß … ich weiß. Aber ich will jemanden wie ihn.«

»Den wirst du auch finden. Wenn du Geduld hast. Wenn du warten kannst. Ohne deine Ansprüche herunterzuschrauben.«

»Er hat mir angeboten, morgen früh mit mir zu den Delphinen vor La Revellata zu fahren.«

»Dann sag zu. Aber schnell! Vielleicht braucht er dich auch ein bisschen.«

»Mich? Warum?«

»Denk doch mal nach. Du bist alles andere als dumm. Warum sollte er dich brauchen? Und deine Mutter bestimmt auch.«

Ahnt Basile schon, dass sich da etwas zwischen Natale und meiner Mutter anbahnt? Bin ich so blöd? Spielt sich da direkt vor meiner Nase etwas ab, von dem alle außer mir schon längst wissen?

»Denk nach, Clotilde. Natale hat einen großen Plan: ein Delphin-Reservat und dazu ein Haus des Meeres, eine Art Delphin-Museum, um sie zu beobachten, zu schützen, zu behandeln. Ein ökologisches Haus, das in die Umgebung passt. Und welchen Beruf hat deine Mutter?«

»Architektin …«

»Und wem gehört das Land, das er für das Schutzgebiet braucht?«

»Meinem Großvater …«

»Ganz genau, meinem Freund Cassanu. Ich kenne diesen alten Verrückten gut. Das Projekt von Natale Angeli könnte funktionieren, aber Cassanu ist vorsichtig und misstrauisch. Es wird nicht leicht, ihn davon zu überzeugen, er hat nichts für Neuerungen übrig.«

Wenn ich recht verstanden habe, will Natale Maman und mich benutzen, um Opa zu beeinflussen?

Oder Basile spinnt …

»Opa hat ganz recht, misstrauisch zu sein, da bist du doch meiner Meinung, Basile, oder? Auch wenn ich nur einmal im Jahr herkomme, liebe ich diese Gegend, den Campingplatz Euproctes, den Strand von L'Oscelluccia, die Halbinsel La Revellata. Ich möchte alles jeden Sommer unverändert vorfinden, in den restlichen elf Monaten darf niemand das Recht haben, daran zu rühren.«

»Und doch verändert sich alles, Clotilde. Du auch, du wirst

sehen. Du wirst dich verändern, und zwar schneller als die Landschaft.«

»Nicht zwangsläufig. Du hast dich ja auch nicht verändert.« Basile stimmte zu.

»Richtig. Aber das ist vielleicht eher ein Fehler als ein Verdienst. Vielleicht ist es der große Fehler der Korsen, dass sie sich nicht verändern. Das habe ich mit deinem Opa gemein. Respekt, Ehre, Tradition. Und trotzdem wird es einen Wandel geben, auch wenn wir ihn nicht wollen. Denn er und ich, wir werden nicht ewig leben. Nach mir wird ein Umbruch kommen.« Sein Blick umfasste das Panorama bis hin zu den Zelten. »Und um ganz ehrlich zu sein, wünsche ich mir, das nicht mehr miterleben zu müssen.«

Aber er war noch da. Und er sah es schon kommen.

Über den kleinen Pfad, der oberhalb der Grotte zum Meer hinabführte, bewegte sich eine Prozession Jugendlicher, die es eilig hatten, vor Sonnenuntergang den Strand zu erreichen. Maria-Chjara, ganz in weißer Spitze gekleidet, führte sie an, gefolgt von Hermann mit einem Radio auf der Schulter, das *You're My Heart, You're My Soul* von Modern Talking plärrte und im Rhythmus von Marias Slalom und den Wegbiegungen von einer Schulter auf die andere wanderte. Nach den beiden kamen Cervone und Estefan, die einen kleinen Wagen mit Bierdosen zogen. Nicolas trödelte hinterher, wenige Meter entfernt folgte Aurélia, dann Tess, Steph, Lars, Filip, Candy, Ludo …

Ich vermute, die Herde trabte zum Strand von L'Alga.

· · ·

Er schloss das Heft und legte die Handfläche auf den kalten Stein der Grotte.

Basile hatte recht gehabt, sich vom Krebs dahinraffen zu lassen.

Seither hatten die Trottel das Paradies erobert.

KAPITEL 28

Ihr Handy piepste. Alles in Ordnung, Valou. Begleitet wurde die SMS von einem Foto, das Valentine und andere Jugendliche mit Helm und Klettergurt, angeschirrt über einem spektakulären Wasserfall zeigte. Clotilde hatte keinen Anlass zur Sorge, das Canyoning wurde von erfahrenen Betreuern organisiert, und Valentine war ein sportliches Mädchen. Dennoch gelang es ihr nicht ganz, die Vorahnung zu vertreiben, die auf ihr lastete und die sie den vielen Ungereimtheiten um sie herum zuschrieb. Franck, der zum Tauchen an den Golf von Galéria gefahren war, hatte zumindest in einem Punkt recht. Sie durfte nicht so viel grübeln. Sie musste vorankommen.

Sie lief über den Weg mit dem rosa Kies zum Mobile Home A31, das als das bestgepflegte des ganzen Campingplatzes galt. Der Besitzer hatte sogar Sonnenkollektoren auf dem Dach angebracht und ein Wassersammelbecken und auch ein kleines Windrad an einem Mast neben der deutschen Fahne installiert.

Jakob Schreiber war der älteste Besucher des Campingplatzes Euproctes. Anfang der sechziger Jahre war er zum ersten Mal zusammen mit seiner Frau hierhergekommen, beide mit Rucksack und Motorrad. In den siebziger Jahren war er dann mit seinem Audi 100 und einem Dreimannzelt zurückgekehrt. Ihr Sohn Hermann war damals erst drei Monate alt gewesen. Von diesem Zeitpunkt an kamen sie jedes Jahr, ab 1977 mieteten sie den Bungalow A31, den sie 1981 schließlich kauften. Es folgten die schönsten Jahre, in denen Jakob seinem Grundstück eine persönliche Note verlieh, einen Garten anlegte, eine Veranda baute. In den achtziger Jahren verlief die Geschichte dann umgekehrt. Zunächst verbrachten Jakob und Anke ihre Ferien wieder zu zweit, denn ab seinem neunzehnten Lebensjahr blieb Hermann in ihrer Wohnung in Leverkusen, da er in den Sommermonaten bei Bayer arbeitete. Als dann 2009 Anke für immer die Augen schloss, kam Jakob allein und blieb drei Monate.

In Dörfern gibt es Alte und Weise und in Firmen Archivare, die die Geschichte überliefern, auf dem Campingplatz hatte ein alter Tourist, der Fotos aufbewahrte, diese Rolle übernommen. Fotos aus fast sechzig Jahren, seit 1961.

Die schönsten hatte Jakob den Leitern des Campingplatzes geschenkt, und sie hingen jetzt am Empfang, in der Bar und unter der Pergola. Schwarz-Weiß-Aufnahmen, die alte Bikinis zeigten, Tanz am Strand in Schlaghosen, die deutsch-französischen Fußballabende von 1962 bis 2014 dokumentierten, Kinderlachen, riesige Grillfeste … Jakob Schreiber war ein leidenschaftlicher Fotograf. Pingelig und beinahe zwanghaft. Im Laufe der Jahre war er eine Art stummer Zeitzeuge geworden.

Jakob Schreiber bat Clotilde mit fast altmodischer Höflichkeit herein. Die Wände des Bungalows waren mit großen Rahmen bedeckt, in denen Hunderte von Fotos hingen, die offenbar keiner Ordnung unterlagen. Clotildes erster Reflex war, sie zu betrachten und nach den Jahren zu suchen, die sie interessierten. Doch aus Höflichkeit hielt sie sich zurück.

»Monsieur Schreiber, ich bin auf der Suche nach Fotos. Alles, was Sie vom Sommer 1989 haben.«

»Das Jahr, in dem Ihre Eltern und Ihr Bruder den Unfall hatten?«

Jakob hatte einen starken deutschen Akzent. Er sprach laut,

um das Radio zu übertönen, das keine Musik, sondern eine deutschsprachige Sendung übertrug, in der nur die Stimme des Moderators zu hören war.

»Ich verstehe, ich verstehe.«

Während er sprach, eilte er zu seinem Handy und drückte verschiedene Tasten. Das dauerte eine ganze Weile, so dass Clotilde zögerte, ob sie nicht ebenso unhöflich sein und direkt an den Wänden nach den Bildern suchen sollte.

»Tut mir leid, Mademoiselle Idrissi«, sagte Jakob, als sie sich gerade erheben wollte. »Ich bin ein verwitweter Rentner, der sich wie ein schlecht erzogener kleiner Junge benimmt. Kennen Sie ›Wer will in seinem Wohnzimmer Millionen gewinnen?‹«

Clotilde schüttelte den Kopf.

»Es ist dasselbe Spiel wie im Fernsehen, aber fürs Radio adaptiert. Man muss sich mit seinem Telefon anmelden und eine App herunterladen. Dann stellt der Moderator Fragen, die man in weniger als drei Sekunden beantworten muss – zu kurz, um im Internet nachzusehen. Man muss A, B, C oder D drücken. Ist die Antwort richtig, kann man weiterspielen. Nur bei den letzten drei Fragen werden keine Auswahlantworten angeboten.«

»Und wenn alles richtig ist, gewinnt man tatsächlich eine Million?«

»Ja, anscheinend. Das Ganze wird durch Werbung finanziert. Das Programm ist in Deutschland ein Renner, Hunderttausende sind eingeschrieben. Aber ich bin, ganz so wie die meisten Zuhörer, noch nie weiter als bis zur zehnten Frage gekommen.«

»Und diesmal?«

»Ich bin bei der neunten, bei der zwölften kommt man in die zweite Runde. Aber ich habe Zeit, die nächste Frage wird erst in fünfzehn Minuten gestellt. Ich sage ja, Werbung! Also, Sommer 1989?«

Jakob erhob sich. Der Siebzigjährige schien noch sehr fit zu sein. Er ging in den hinteren Teil des Bungalows.

»Hermanns Zimmer«, erklärte er. »Ich habe es in den neunziger Jahren in ein Fotostudio umgewandelt.«

Auf den Regalen standen Dutzende von sorgfältig beschrifteten und nummerierten Archivkästen.

Sommer 61

Sommer 62

Das zog sich hin bis 2015. Für die letzten Jahrgänge gab es mehrere Boxen.

»Ich mache übers Jahr mehrere Hundert Fotos«, erklärte Jakob. »Vor allem seit der Digital-Ära. Aber auch vorher habe ich schon jeden Sommer mehrere Dutzend Filme verbraucht. Also 89 …«

Er stieg auf einen Hocker, zog eine Box heraus und wandte sich zu Clotilde um.

»Wenn Ihre Eltern nicht durch einen Unfall ums Leben gekommen, sondern ermordet worden wären, könnte man vermutlich das Konterfei des Mörders auf einem der Fotos sehen.«

Sie glaubte zunächst, das sei sein Ernst, doch dann lächelte der alte Mann.

»Und ich wäre ein Zeuge, den man aus dem Weg schaffen müsste … Aber ich gehe davon aus, dass Sie aus Nostalgie gekommen sind. Manchmal fragen mich ehemalige Touristen nach Fotos für einen Hochzeitstag oder einen runden Geburtstag.«

Er warf wieder einen Blick auf sein Handy – das war fast albern, denn das Radio spielte noch immer deutsche Jingles – dann öffnete er den Karton.

Kurz glaubte Clotilde, Jakob würde hier vor ihren Augen an einem Herzinfarkt sterben.

∙ ∙ ∙

Valentine wartete, bis sie an der Reihe war, den großen Sprung ins Nichts zu wagen. Das schien nicht besonders schwer. Die ersten sieben Meter musste man sich abseilen, dann auf dem kleinen Absatz auf halber Höhe des Wasserfalls stehen bleiben, durchatmen, sich die Nase zuhalten und springen. Nach Angaben des Betreuers war das Wasserbecken unterhalb von ihnen das größte natürliche im Zoicu Canyon und drei Meter tief.

Nils und Clara waren schon gesprungen. Jetzt war nur noch Tahir vor ihr.

Valentine konnte es nicht wissen. Vielleicht war das auch besser so.

Valentine konnte nicht wissen, dass der Karabiner, der ihren Klettergurt halten sollte und durch den ihr Sicherungsseil lief, nachgeben würde. Dass das ganze Sicherheitssystem einer abrupten Bewegung nicht standhalten würde.

Valentine betrachtete das Nichts mit einer Aufregung, die keinen Platz für Angst ließ. Gerade war Tahir von dem Absatz ins Wasser gesprungen. Auf seinen fast animalischen Schrei war großes Gelächter gefolgt, nachdem er wieder aufgetaucht war.

Pures Glück. Valentine reimte sich auf Adrenalin.

Valentine konnte nicht wissen, dass die Ausrüstung, die man ihr kurz vor der Abfahrt gegeben hatte, vorsätzlich beschädigt worden war.

Jetzt war sie an der Reihe.

Jérôme, der Canyoning-Betreuer, fasste sie beim Handgelenk, führte sie an den Rand zum Nichts und legte dabei das Seil um ihre Taille.

...

Die Box war leer.

Sommer '89.

Eine leere Schachtel.

Kein Foto und kein Negativ.

»Das ... das verstehe ich nicht«, stotterte Jakob.

Er fuhr mit der Hand durch den Kasten, als wolle er sich vergewissern, dass er keinen doppelten Boden hatte. Die Szene war fast komisch. Er stieg wieder auf seinen Hocker und zog die anderen Kartons hervor, um zu sehen, ob der Inhalt vielleicht dahinter gefallen war. Erfolglos.

Dann öffnete er fluchend eine nach der anderen. Als wäre durch die leere Box sein wohlgeordnetes Leben aus den Fugen geraten, als würde dadurch der Inhalt all seiner Archivboxen gleich mit verschwinden. Wie bei einem Dominospiel, bei dem der Fall eines Steins den der anderen nach sich zieht. Clotilde fragte sich, ob sie Jakob nicht sagen sollte, er solle es gut sein lassen. Ihm erklären, dass nicht seine Ordnung in Frage gestellt wäre und er keinen Fehler gemacht hatte. Dass diese Fotos einfach nur gestohlen worden waren. Dass ein Geist hier gewesen war.

Wie bei ihrer Brieftasche im Safe, wie bei dem Brief ihrer Mutter, wie bei dem gedeckten Frühstückstisch.

»Das verstehe ich nicht«, wiederholte Jakob zum x-ten Mal.

Ein Jingle im Radio schien ihn endlich aufzurütteln. Der Moderator von »Wer will in seinem Wohnzimmer Millionen gewinnen« würde weitermachen.

Zehnte Frage.

Jakob erstarrte. Der Sprecher stellte in atemberaubendem Tempo eine unverständliche Frage und bot dann noch schneller die Lösungen an:

A, Goethe, B, Mann, C, Kafka, D, Musil.

Eins, zwei, drei …

Jakobs Handy gab einen Ton von sich.

Ja, Antwort B, nur Thomas Mann hat sich im Sanatorium von Davos aufgehalten, kein Zweifel!

Jubel und Euphorie dauerten noch einen Moment an, bis ihn der leere Karton zu seinen Füßen in die traurige Gegenwart zurückbrachte.

»Vielleicht verliere ich ja langsam den Verstand, Mademoiselle Idrissi. Ich verbringe meine Zeit damit, dieses verdammte Archiv zu sortieren, und an dem Tag, an dem jemand etwas haben möchte …«

»Das macht nichts, Monsieur Schreiber. Es war, wie Sie schon sagten, nur Nostalgie.«

»Ich werde vielleicht langsam verrückt, aber wie Sie gesehen haben, wahre ich diese verdammte Erinnerung.«

Im Radio bestätigte der Moderator Antwort B, Thomas Mann, bevor erneut ein langer Werbespot eingeblendet wurde.

Clotilde erhob sich. Wieder befand sie sich in einer Sackgasse. Also blieb ihr nur, Maria-Chjara und Cassanu zu befragen. Und noch einmal mit dem Polizisten Cesareu Garcia zu sprechen oder besser vielleicht mit seiner Tochter Aurélia.

Kling.

Diesmal hatte Clotilde eine SMS erhalten.

Natale.

Sie spürte, wie sie errötete, der Reflex eines Mädchens, das bei einem Gespräch mit seinem Liebsten überrascht wird. Sie schaltete das Telefon aus. Später. Sie würde die Nachricht später lesen. Warum nicht im Schutz der *Grotte des Veaux Marins?*

»Ich sage ja, dass es nichts macht, Monsieur Schreiber.«

Der Deutsche kratzte sich das schüttere Haar.

»Wenn Sie es nicht zu eilig haben, kann ich alles, was Sie suchen, in der Cloud finden.«

»Wo?«

»In der Cloud. Das ist ein Speicherplatz im Internet. Es hat Jahre gedauert, aber ich habe alle Fotos ab 1961 gescannt und in diesem virtuellen Bunker gelagert. Stellen Sie sich nur vor, mein Landhaus würde abbrennen oder von einem Sturm fortgerissen. In der Cloud sind die Dateien bis in alle Ewigkeit gespeichert, das ist wie ein auf Lebenszeit gekauftes Grab. Ich brauche nur eine gute Wi-Fi-Verbindung und einen USB-Stick, dann finde ich alles wieder.«

Clotilde atmete auf. Niemand würde Daten aus dieser virtuellen Wolke klauen können.

»Ich muss mit meinem Laptop zum Empfang gehen«, erklärte Jakob, »dort ist die Verbindung am besten. Ich werde Cervone Spinello bitten, mir heute Abend einen kleinen Platz frei zu machen. Dann kann ich die Bilder auf meinem Drucker ausdrucken. Wenn alles gut geht, bekommen Sie sie morgen früh. Passt das?«

Beinahe wäre Clotilde ihm um den Hals gefallen.

Doch sie hielt sich zurück. Das Radio spielte noch immer alberne Jingels. Sie hoffte, der Moderator würde bald eine weitere Frage stellen, um ihr einen Vorwand zu geben, sich zu verabschieden.

Das Handy einzuschalten und loszulaufen, um die SMS in der Grotte zu lesen.

Jetzt wurde zum ersten Mal ein Lied im Radio gespielt.

»Möchten Sie einen Tee, Mademoiselle Idrissi?«

• • •

Jérôme sicherte Valentines Abstieg. Er hatte das Seil um ihre Taille gelegt und ließ es nach und nach herunter – immer zehn Zentimeter.

Routine. Das Mädchen war klasse. Valentine.

Hübsch und nicht ängstlich.

Er kontrollierte ihren Abstieg mit den Augen. Noch fünf Meter, dann hätte sie den Absatz erreicht und könnte das Seil loslassen, um in den Wasserfall zu springen, wie er es ihnen beigebracht hatte – gerade wie ein Stock, damit die Füße zuerst ins Wasser tauchen und nicht Rücken oder Nacken durch den Aufprall verletzt wurden.

Für einen Augenblick ließ Jérômes Aufmerksamkeit nach. Doch es hätte auch nichts geändert, wenn das nicht der Fall gewesen wäre.

Er spürte zuerst, dass das Seil nicht mehr gespannt war, so als trage es kein Gewicht mehr. Dann sah er es im Nichts baumeln wie eine Schlange.

Und Valentines Körper stürzen.

Aber nicht wie ein Stock, sondern zusammengerollt, den Kopf voran.

KAPITEL 29

Zeit: genau Mitternacht
Ort: Campingplatz Euproctes, Strand von L'Alga, weit weg
von den Eltern
Motto des Tages: Komplott des 23. August 1989
Anwesend: alle, die der Komplott-Chef eingeladen hat

Achtung, mein unsichtbarer Vertrauter, hier geht es um einen
Plan, einen geheimen Plan, niemand darf davon erfahren.
Versprochen?

Gut, höchstwahrscheinlich werden Sie dieses Tagebuch nach
dem 23. August 1989 lesen, aber man weiß ja nie, vielleicht
wird das auch erst nach dem Jahr 2000 der Fall sein, wenn man
bereits eine Art Zeitmaschine erfunden hat, die Ihnen die Mög-
lichkeit gibt, ins Jahr 1989 zurückzureisen, einige Tage vor dem
Komplott, das Sie dann verhindern könnten ...

Keine Sorge, es ist auch kein tödlicher Plan.

Der Kopf der Bande ist Nicolas. Ja, mein Bruder! Der kleine
Nico, der allen etwas vormacht. Immer freundlich gegenüber
den Eltern, den Erwachsenen und den Mädchen. Aber er hat
alles organisiert.

Fassen wir zusammen, Nicolas hat einen Plan für den
Abend der Sainte-Rose ausgeheckt. Alles steht fest. Ein perfekter Coup. Das Timing wurde festgelegt und geprobt wie
beim Überfall auf das größte Casino von Las Vegas.

Ab 19 Uhr …

Aperitif bei Opa Cassanu und Oma Lisabetta in der Schäferei von Acarnu, zusammen mit den Eltern, Cousins und Nachbarn.

Zwischen 20 und 21 Uhr …

Die Eltern gehen zum Essen zur *Casa di Stella*. Sie übernachten dort, wachen verliebt am nächsten Morgen erst spät auf.

Ab 21 Uhr

Fast alle Korsen, die in der Bucht von La Revellata wohnen, vor allem aber die, die in Arcanu essen und trinken, verschwinden, um das mehrstimmige Konzert in der Kirche Santa Lucia mitten in der Macchia zu hören. Und in Anbetracht der Größe der Kapelle müssen sie rechtzeitig los, wenn sie *A Filetta* im Sitzen lauschen wollen.

Nach 21 Uhr, kurz zusammengefasst:

Freedom!

Freiheit!

Libertad!

Libertà!

Die einzige Gelegenheit während der ganzen Ferien, wo die Eltern nicht da sind, hat Nicolas erklärt und dabei den Akzent eines Mafiosi angenommen. Sobald die Erwachsenen weg sind, hat Nico einen Trip in die größte Disco der Gegend geplant, in das *La Camargue* an der Pinienallee hinter Calvi. Also, Nico plant, tüftelt, denkt an alle Eventualitäten. Er muss nur noch sein Team zusammenstellen, wie in dem Film *Mission: Impossible*, das heißt, die anderen Jugendlichen auswählen, die sich in den Fuego quetschen werden.

Die Armen, die Blöden, die Idioten.

Sie begreifen nicht, dass in allen Filmen der Kopf der Bande das alleinige Ziel verfolgt, sie hereinzulegen, dass es hinter dem geheimen Plan einen geheimen Plan gibt. Nicolas' eigentliches Ziel ist es nicht, vier pickelige Jungs ins *La Camargue* zu bringen, damit sie sich auf der Tanzfläche verrenken können.

Die Disco ist Nico völlig egal, ebenso wie der tolle Abend. Der einzige Schatz, den er an diesem Abend stehlen will, verbirgt sich im String von Maria-Chjara.

Der 23. August, der große Abend, an dem es zur Sache geht.

Er weiß es.

Sie weiß es.

Sie beide wissen es.

Das ist ihr geheimer Plan.

Das Geheimnis der Sainte-Rose. Nicolas hat schon immer gerne Papa kopiert.

Und ich?

Danke, mein zukünftiger Leser, dass Sie an mich denken, Sie sind der Einzige.

Und ich? Und ich, und ich?

Wie immer …

Ich begnüge mich mit der Rolle der stummen Zeugin. Jener, die schweigt. Die sich damit zufriedengibt, die ganze Nacht zu grübeln, da sie morgen in aller Frühe aufstehen wird, um einem Angeber zu folgen, der sie glauben machen will, dass sie mit den Delphinen schwimmen kann. Die Zeugin, die alles weiß, aber schweigt.

Ich weiß, ich bin zu jung, um mitzugehen, ich weiß, Nicolas hat es mir zu verstehen gegeben und nicht mal insistieren müssen.

Er nervt mich …

Im Zweifelsfall wünsche ich mir, dass die Sache vor dem Abend des 23., genau vorher, auffliegt.

· · ·

Er schloss das Heft und erhob sich.

Er musste konzentriert bleiben. Langsam näherte Clotilde sich der Wahrheit.

Er konnte sich nicht mehr damit zufriedengeben zu beobachten. Er musste handeln.

Es tun.

Zum Schweigen bringen.

KAPITEL 30

Clotilde versuchte zum fünften Mal, das Krankenhaus zu erreichen.

»Antworten Sie, bitte! Antworten Sie!«

Sie lehnte an dem Olivenbaum, der ihr den Rücken zerkratzte, Tränen füllten ihre Augen, und sie hatte den Eindruck, ihr Herz müsse zerspringen. Seit über zehn Minuten verfluchte sie den Anrufbeantworter, drückte die eins, dann die zwei, die Raute- und dann die Sternchentaste, geriet an die verdammte Station, beschimpfte eine Krankenschwester, die von nichts wusste und die versuchte, sie wieder mit dem Empfang zu verbinden.

»Geben Sie mir endlich meine Tochter, zum Teufel …«

Während sie noch immer in der Warteschleife hing, bekam Clotilde einen anderen Anruf.

Franck. Endlich.

»Franck? Wo bist du?«

Die Antwort ihres Mannes klang verächtlich.

»Im Krankenhaus von Calvi! Mit Valentine.«

»Wie geht es ihr?«

Antworte verflucht!

»Ich bin mit Cervone Spinello hier. Er hat Valou mit dem Geländewagen des Campingplatzes in die Notaufnahme gebracht. Cervone hat fast eine Stunde lang versucht, dich zu erreichen, ist aber immer nur an deine Mailbox geraten. Verdammt noch mal, Clo, warum war dein Telefon ausgeschaltet? Du bist verantwortungslos! Wo warst du?«

Sie hatte eine Stunde mit Jakob Schreiber gesprochen und darüber vergessen, dass sie ihr Handy ausgeschaltet hatte. Unmöglich, dem alten Deutschen zu entkommen, er erzählte nur von sich und seinem Sohn Hermann, von seinem Erfolg, der Zyklop war Ingenieur bei der HealthCare AG, dem medizinischen Unternehmen von Bayer, mit einer Opernsängerin verheiratet und hatte drei blonde Kinder – wie in jeder Generation der Schreibers seit Wilhelm II. Er hatte ihr sogar die Telefonnummer seines Sohnes gegeben. Hermann war ein weiterer Zeuge des Sommers 89.

»Wo warst du?«, wiederholte Franck.

Konzentriert bleiben. Nicht durchdrehen. Schließlich war auch Franck nicht zu erreichen gewesen. Niemand wusste, wo er sich befand, und so hatte Cervone sich um Valou kümmern müssen. Ohne die Stimme zu heben, wiederholte Clotilde:

»Wie geht es Valentine?«

Franck schien nichts zu hören …, dafür aber ihre Gedanken zu lesen.

»Glücklicherweise hat Cervone mir Bescheid geben können! Er hat jemanden am Empfang des Tauchclubs erreicht, der den Betreuer an Bord des Boots informiert hat. Sie haben mich hochgeholt und auf der Stelle alle fünfzehn Personen, die ihren Tauchgang bezahlt hatten, nach Galéria zurückgebracht. Ich bin sofort losgerast. Ich war zehn Meter unter Wasser, als Valentine gestürzt ist, Clo. Du warst auf dem Campingplatz, und dennoch bin ich …«

Antworten auf alle Fragen! Außer auf ihre einzige Frage. Diesmal explodierte Clotilde.

»Verdammt noch mal, wie geht es Valou?«

»Ach, jetzt machst du dir auf einmal Sorgen um sie?«

Die Ironie, die in Francks Stimme mitschwang, war wie ein Schwefeltropfen, der auf ihr Herz fiel.

Dreckskerl, nun sag mir doch endlich, wie es meiner Tochter geht!

»Bitte, Franck!«

Du hast doch bekommen, was du wolltest! Du hast das Schluchzen in meiner Stimme gehört. Also bitte, nun kannst du mir auch antworten.

»Es geht ihr gut«, erklärte Franck schließlich. »Sie hat nur ein paar Prellungen, am Ellenbogen und unter der Fußsohle. Jérôme, ihr Canyoning-Betreuer, wird nicht müde, sie zu loben. Ohne in Panik zu geraten, ist es ihr innerhalb weniger Sekunden gelungen, sich während des Sprungs in die richtige Position zu bringen. Ein Sturz aus zehn Metern Höhe, ohne auch nur einen Kratzer davonzutragen. Sie ist begabt. Nur wenige Jungen oder Mädchen hätten das so hinbekommen. Du hast eine außergewöhnliche Tochter. Hübsch. Mutig. Und sie versteht es, einen kühlen Kopf zu bewahren.«

Nicht übertreiben, Franck, ich hab's schon kapiert. Dein kleiner Liebling ist perfekt. Also darf ihre Mutter nicht mehr an ihr herumnörgeln.

»Wann kommt ihr zurück?«

»Nicht sofort. Die Ärzte wollen, dass sie sich noch etwas erholt. Ich muss auch jede Menge Papiere ausfüllen. Das hätte wirklich schlimm ausgehen können, Clo, sehr schlimm, ein Drama … Das ist dir anscheinend nicht klar!«

Doch … du Mistkerl!

• • •

Als sie vom Duschen kam, sah Clotilde den Passat vor dem Bungalow stehen. Es war fast zwanzig Uhr. Sie beschleunigte den Schritt, während Valentine den ihren verlangsamte. Ohne nachzudenken, schloss sie ihre Tochter in die Arme. Ihr Gesicht reichte nur bis zum Hals des hochgewachsenen Mädchens, dennoch wiederholte sie immer wieder: »Meine Kleine, meine arme Kleine, Gott sei Dank hast du nichts abbekommen.«

Valentine schien das eher peinlich zu sein.

»Du bist ganz nass, Maman.«

Endlich ließ Clotilde ihre Tochter los. Das Handtuch, in das sie sich gewickelt hatte, hatte Valous Adidas-T-Shirt durchnässt. Nichts Schlimmes.

»Ich gehe mich umziehen …«

Kurz darauf hatte Valou ihr T-Shirt gegen ein neongrünes Top getauscht, die Jogginghose gegen einen Minirock, das Haar zu einem lässigen Knoten zusammengesteckt, Lippen und Augen geschminkt.

»Ich treffe mich mit den anderen.«

Sie war nur knapp dem Tod entronnen, doch das schien ihr nichts auszumachen. Mit fünfzehn ist man unsterblich.

»Wer sind die anderen?«

»Tahir, Nils, Justin. Willst du ihre Ausweise sehen?«

Clotilde antwortete nicht. Es fiel ihr erneut schwer, die Vorahnung zu vertreiben, dieses Gefühl von drohender Gefahr.

Franck hatte sich eine Flasche korsisches Bier geholt. Die im Krankenhaus verbrachten Stunden schienen ihn mitgenommen zu haben. Doch Clotilde vermochte kein aufrichtiges Mitgefühl zu empfinden. Sie hatte noch immer nicht die Anspielung mit dem Telefon verdaut. Wenn man es recht bedachte, hatte Franck schließlich nicht das Monopol auf Angst, sie war ebenso erschrocken gewesen wie er, als sie von Valous Unfall gehört hatte. Sie hatte sich ebensolche Sorgen gemacht. Sie hatte sich noch immer nicht ganz beruhigt, was glaubte er denn?

Franck reihte die grünen, roten und blauen Bonbons in seinem Candy Crush Handyspiel auf und beantwortete gleichgültig Clotildes Fragen, so als habe er einen anstrengenden Arbeitstag hinter sich.

Ja, der Karabinerhaken hatte nachgegeben, nein, man wusste nicht, warum, anscheinend war das Material zu alt, aber bei der Überprüfung hatte man nichts bemerkt, nein, der Canyoning-Betreuer war nicht schuld, im Gegenteil, er hatte sich verantwortungsbewusst gezeigt, ja, es tat allen leid, aber so etwas konnte man nie ganz ausschließen, nein, Franck, wollte die Sache nicht aufbauschen, Anzeige erstatten oder gar noch weitergehen, ja, alles würde gut, wenn sie eine Nacht darüber geschlafen hätten.

Du bist verantwortungslos! Wo warst du?

Diesmal hatte Franck seine Pfeile im Fleisch stecken lassen, auch als die Aufregung vorüber war, hatte er kein Wort der Entschuldigung gefunden. Sie hatte die Tränen zurückgehalten. Und sie erinnerte sich an einen Satz, den sie irgendwo gelesen hatte: *Eine Frau, die vor ihrem Liebsten weint, bekommt von ihm alles, was sie will; eine Frau, die vor einem Mann weint, der sie nicht mehr liebt, ist aufgeschmissen.*

Sie zögerte und begann dann:

»Ist es denn sicher, dass es ein Unfall war?«

Franck schoss seine Bonbons, die Dreierreihen bilden sollten, in die Luft. Im Handumdrehen wechselten Haltung, Ton und Blick von Überdruss zu Aggression.

»Was willst du damit sagen?«

»Nichts … Es ist nur die Häufung von Zufällen. Valous Sturz, der Karabinerhaken, der nicht hält. Vor sechs Tagen wurden meine Papiere gestohlen … heute Morgen der gedeckte Frühstückstisch.«

»Hör auf!«

Er knallte sein Handy heftig auf den Campingtisch.

»Hör auf! Deine Tochter wäre fast gestorben, Clo, also komm mal wieder auf den Boden und hör mit diesen alten Geschichten auf, hör auf mit diesem ganzen Quatsch, dem Brief, deinen verlorenen und wiedergefundenen Freunden. Verdammt, Clotilde, hör auf mit dem Unsinn oder ich raste aus.«

Als er sich erhob, fiel der Plastikstuhl um.

Franck gingen die Nerven durch. Das kam nur selten vor. Vermutlich, weil er fertig war, weil er Angst gehabt hatte, seine Tochter könnte tot oder für den Rest ihres Lebens gelähmt sein.

Hätte nicht auch sie in einem solchen posttraumatischen Zustand sein müssen?

War sie eine Rabenmutter?

Franck griff nach seinem Handy, schob es in die Tasche und wollte gehen.

»Ach so, eins noch. Wenn du weggehst, vergiss dein Handy nicht auf dem Bett.«

Verdammt!

Clotilde dachte sofort an die SMS von Natale. Nachdem sie wegen des Gesundheitszustands ihrer Tochter beruhigt gewesen war, hatten sie sich mehrmals geschrieben, bevor Clotilde zum Duschen gegangen war. Sie würde Natale morgen treffen, er hatte einen Geist zum Tee eingeladen, das waren seine Worte, einen Geist, der nur mit Lydia Deetz sprechen wollte. Die Nachrichten hatten nichts Kompromittierendes, aber Franck war nicht blöd, und jeder Satz war doppeldeutig.

Auch Clotilde konnte die Nerven verlieren. Und bissig sein, wenn es nötig war.

»Mein Handy auf dem Bett? Hast du rumspioniert?«

»Warum? Hast du etwas zu verbergen?«

Sollte er es gewagt haben?

Franck machte drei Schritte in die Dunkelheit.

»In der Bar wird heute Poker gespielt. Ein paar Stammgäste. Cervone hat mich eingeladen, und ich denke, ich gehe hin.«

Ehe er endgültig in der Nacht verschwand, wandte er sich noch einmal um.

»Zum letzten Mal, Clotilde, ich bitte dich, vergiss diese alten Geschichten! Kümmer dich um deine Tochter. Kümmer dich um deinen Mann. Kümmer dich um das, was heute geschieht. Und vergiss den Rest!«

KAPITEL 31

Er ist ein Süßholzraspler. Die Männer sind alle Dumm-schwätzer.

Das ist Geschwafel, Unsinn, nur eine Falle.

Um mich reinzulegen.

Und die *Aryon* schaukelt auf dem Wasser, und Natale redet unermüdlich über Delphine, Belugas, Narwale, Tümmler, alle Zetazeen des Mittelmeers, ihre natürliche Umgebung, ihre Intelligenz, die sie tatsächlich haben, ihre Lernfähigkeit. Er erklärt mir mit einem komplizierten Wort, wie man sie findet – mit dem *Upwelling*. Übersetzt heißt das, dass man einen Ort im Meer finden muss, wo es sehr tief ist und eine starke Strömung herrscht, die, wenn ich es recht verstanden habe, das Wasser nach oben drückt und so die tieferliegenden Schichten aufsteigen lässt und damit auch die Nahrung. Und selbst wenn sich die Strömung dauernd ändert, sind die Delphine klug genug, um sie aufzuspüren. Natale auch. Und vor allem die ligurisch-provenzalische Strömung, die ist die wichtigste und verläuft zum Glück nur zehn Kilometer vor La Revellata.

Wer soll das glauben?

Ich auf alle Fälle nicht. Er findet sicher Frauen, denen er so was weismachen kann und die ihm abnehmen, dass sie mitten zwischen den Delphinen baden können, Frauen, die Hello-Kitty-Kleider, Barbie-Bikinis und Minnie-Maus-Käppis tragen. Mich hingegen wird er nicht reinlegen – trotz seines Piratenblicks, seiner Haudegenmuskeln, seines Rettungsschwimmer-lächelns. Übrigens hatte er mir gesagt, ich sollte etwas anderes anziehen, um die gezähmten Delphine nicht zu erschrecken, na, nun sieht er, dass ich nicht zu jenen gehöre, die ihren Look ändern. Ich habe schwarze Jeans gewählt, ein T-Shirt mit dem *Weißen Hai* und ein *Shark*-Käppi.

Jetzt sind wir mitten in seinem Reservat angekommen. Ich spüre nur, dass der Wind etwas stärker ist und das Boot vielleicht etwas mehr schaukelt. Der Leuchtturm von La Revellata hinter uns wirkt wie ein Zahnstocher auf einer schwimmenden Insel. Natale hat den Motor der *Aryon* ausgeschaltet und hat zu beten angefangen, so zumindest sieht es aus.
Ein Gebet, das ich kenne.

Einmal unten genießt du die Stille
Und dann willst du ihnen dein Leben schenken
Für immer bei ihnen bleiben
Erst dann werden sie herbeieilen, um deine Liebe zu prüfen.

Ich rezitiere weiter. Natale scheint beeindruckt.

Ist sie ehrlich
Ist sie pur und edel
Und sie mögen dich

Ich überlasse ihm das Ende

*Werden sie dich für immer mitnehmen.**

Das war schon völlig verrückt, so mitten im Nichts und auf dem Meer aus *Im Rausch der Tiefe* zu zitieren.

---

* Dialog aus dem Film *Im Rausch der Tiefe* von Luc Besson (© 1988, Gaumont)

Natale hat sich eine Zigarette angezündet. Ohne mir eine anzubieten. Ein weiteres Zeichen dafür, dass ich in seinen Augen noch ein Kind bin.

»Wir müssen sicher nicht lange warten«, erklärt er zwischen zwei Zügen. »Kennst du die Geschichte *Der kleine Prinz*? Als er lernt, den Fuchs zu zähmen? Erinnerst du dich an das Wichtigste?«

»…«

»Jeden Tag zur selben Stunde kommen, damit das Herz da sein kann. Du wirst sehen, meine Prinzessin, die Delphine sind, wenn man sie zähmt, wie die Füchse. Sie sind auch mit dem Herzen dabei und kommen jeden Tag zur selben Stunde. Schau …«

Vorsichtig zeigt er nach links.

Ich sehe nichts. Das ist Dummschwätzerei. Es ist auch Süß-holzraspelei, als er meine Hand nimmt und sie in die richtige Richtung führt.

»Da … Beweg dich nicht mehr …«

Sie sind da, mein Gott … Ich habe sie gesehen.

Ja, genau wie ich es sage, ich habe sie GESEHEN, wie ich jetzt, da ich schreibe, meinen Stift sehe.

Vier Delphine, zwei große und zwei kleinere, und ich habe nicht nur die Spitze der Rückenflosse gesehen, nein ich habe sie schwimmen und springen sehen, verschwinden und wieder auftauchen.

Ich habe geweint.

Ich schwöre Ihnen, ich bin in Tränen ausgebrochen wie ein Idiot, während Natale mit ihnen gesprochen und ihnen Fisch zugeworfen hat. Ich rieb mir die Augen, um es zu verbergen und betrachtete heimlich meine Finger, die von der Wimpern-tusche schwarz waren.

»Hast du Hunger, mein Orophin? Lass deiner Liebsten auch etwas übrig! Deinen Jungen! Komm, Idril, schnapp ihn dir. Nun mal etwas hopp, Galdor und Tatie.«

Ich schwöre Ihnen, die vier Delphine waren keine drei

Meter entfernt und stießen kleine Schreie aus. Wir waren nicht in irgendeinem bescheuerten Aquapark, sondern bei ihnen, und sie waren da und verlangten nach Fisch.

»Willst du zu ihnen?«

Ich sah ihn aus meinen Mascara verschmierten Augen verständnislos an.

»Geht das denn?«

»Klar, wenn du schwimmen kannst ...«

Und ob ich schwimmen kann ...

Ich zog meine schwarze Jeans aus, in der ich schwitzte und auch das T-Shirt mit den großen Zähnen. Natale konnte ein Lächeln nicht unterdrücken, als er mich im Badeanzug sah. Ein Lächeln, das nichts Abartiges hat, eher das eines Vaters, der entdeckt, dass seine kleine Tochter unter dem Schlafanzug noch ihr Feenkostüm trägt.

Ich habe ihm keine Zeit gelassen, den indigoblauen Schimmer meines Badeanzugs, die Pailletten und die kleinen mit Perlen geschmückten Blüten zu betrachten.

Ich bin ins Wasser gesprungen.

Und ich habe sie sogar angefasst. Vor allem die Jungen, Galdor und Tatie.

Ich habe ihre Flossen gestreichelt, bin mit der Hand über ihre glatte Haut gefahren und habe versucht, winzige Verformungen zu spüren. Ich habe sie unter Wasser beobachtet, wenn sie plötzlich mit einer Schwanzbewegung zehn Meter tief tauchten und dann mit zwei Bewegungen wieder aufstiegen, sie gestreift, wenn sie in die Luft sprangen und Wasser spritzten. Das ist kein Traum, das ist jenseits ... jenseits all dessen, was man erleben kann.

Ich bin mit den Delphinen geschwommen.

»Komm«, sagt Natale und lässt den Motor wieder an, »ich muss dir noch etwas zeigen.«

• • •

Die Sonne war hinter den Bungalows der Allee C versunken.

Er schloss das Heft und betrachtete das Foto von 1961, das hinter der Bar hing. Es war Zeit, es zu Ende zu bringen. Die Vergangenheit endgültig zum Schweigen zu bringen, die Spuren zu einem Scheiterhaufen aufzurichten, zu verbrennen und dann die Asche zu verstreuen.

Als hätte all das nie existiert.

KAPITEL 32

Ihr Bier, Herr Schreiber.«

Marco, der junge Kellner in der Bar des Campingplatzes Euproctes hatte sich vergewissert, dass die Flasche Bitburger gut gekühlt war, ehe er sie Jakob servierte. Der Chef bestellte jeden Sommer acht Pack davon – nur für den ältesten Gast des Platzes. Eine Art kaiserliches Privileg.

»Danke.«

Der Deutsche hatte nicht einmal von seinem Laptop aufgeschaut. Schreiber war genau die Art Gast, die Marco nicht leiden konnte. Einer, der sich für interessant hielt. Der einen mit einem verächtlichen Lächeln bedachte, der das Wie und Warum erklärte, und vor allem dauernd betonte, früher sei alles besser gewesen, der Espresso, die Motorräder, das Mittelmeer ... Nur eines konnte man Jakob Schreiber nicht vorwerfen, nämlich dass es ihm mit seinen über siebzig Jahren an Energie und Neugier mangelte. Mit dem Elan eines jungen Mannes verteidigte er die Vorzüge der Pétanque-Kugeln aus Karbonstahl gegenüber denen aus Edelstahl, die der Analogfotografie gegenüber Digitalkameras, die des handgebrauten Biers gegenüber dem industriell gefertigten.

Seine Tage auf dem Campingplatz waren so streng organisiert wie das 4-4-2-System der »Mannschaft«. Eine Pétanque-Partie am Morgen, zehn bis zwanzig Fotos am Nachmittag, dreiunddreißig Zentiliter Bier am Abend.

Und es war zu vermuten, dass sie ihn noch zwanzig weitere Jahre ertragen müssten.

Nicht der Typ, der an den Pokerrunden der Touristen im Nebenraum teilgenommen hätte.

Doch heute Abend ärgerte sich Jakob vor seinem Bildschirm. *67 % der Elemente kopiert* zeigte die graue Leiste an, die sich langsam grün färbte. Die Dateien flimmerten über seinen Bildschirm. Doch nach Jakobs Geschmack war das nicht schnell genug. Er hatte ausgerechnet, dass er etwa achthundert Fotos von der Cloud herunterladen musste, all jene vom Sommer 1989, die mit 300 dpi gespeichert waren. Entweder überforderte das seinen alten Laptop oder die Wi-Fi-Verbindung des Campingplatzes war nicht schnell genug.

Download in 11 Minuten beendet, zeigte die Leiste an, doch das glich einer irreführenden Werbung, der geschätzten Wartezeit in einer Schlange oder einem Stau. Der Sekundenzeiger von Jakobs Uhr hingegen raste über das Zifferblatt.

21:12 Uhr.

Die nächste Frage von »Wer will in seinem Wohnzimmer Millionen gewinnen«, die letzte des Tages, würde in einer knappen halben Stunde gestellt.

73 % der Elemente kopiert.

Während er verärgert wartete, hob er den Blick zu den fünf Postern, die die Wände der Bar zierten. Abzüge, die er seinerzeit Cervone Spinello und seinem Vater Basile geschenkt hatte, ohne dafür ein anderes Privileg zu verlangen, als dass man ihm seine Biermarke servierte sowie Brezeln und Knacker, die direkt aus Nordrhein-Westfalen importiert wurden.

Sommer 1961, 71, 81, 91, 2001.

Mit unverhohlenem Stolz bewunderte Jakob die Aufnahmen – von den ersten Firstzelten bis hin zu selbstaufbauenden Igluzelten, von den Schlafsäcken am Strand bis zu den selbstaufblasenden Luftmatratzen, vom Holzfeuer bis zum Hightech-Grill. Als er am wenigsten damit rechnete, beschleunigte sich der Download plötzlich und sprang von 76% auf 100%, noch bevor er sein Bitburger ausgetrunken hatte.

Scheiße!

Er kippte das Bier hinunter, schnappte sich eine Handvoll Brezeln, klemmte den Laptop unter den Arm und nahm sein Etui mit den Pétanque-Kugeln in die andere Hand, denn er trennte sich nie von seinen Prestige Carbone 125 halb-hart, von denen er behauptete, sie seien in Gold nicht aufzuwiegen. Böse Zungen versicherten, Herr Schreiber schliefe auf seinen Kugeln wie die Prinzessin auf der Erbse.

Es wurde dunkel. Das Zirpen der Grillen, die in den Zweigen der Olivenbäume versteckt waren, verkündete das Ende des Tages. Bei dem Lärm und im Dämmerlicht achtete Jakob Schreiber nicht auf die Schritte hinter ihm. Er ging schnell und entschlossen.

Seine Füße, die in Socken und bequemen Sandalen steckten, hätten den Weg zum Bungalow auch alleine finden können. Das hatten sie schon bewiesen, und zwar an jenem Tag, an dem Jakob die acht Pack Bitburger zusammen mit Touristen verschiedenster Nationalitäten auf einen Schlag geleert hatte. Das war am achten Juni 1990 gewesen, als die Deutschen die Fußballweltmeisterschaft gewonnen hatten. Damals waren Hermann und Anke noch mit dabei gewesen. Er hatte den Rest des Sommers gezapftes Pietra trinken müssen und sich geschworen, sich nie wieder zu solcher Großzügigkeit hinreißen zu lassen. Vor zwei Jahren hatte er allein in seinem Bungalow dem erneuten Sieg seines Landes beigewohnt. Damals hatte er nicht einmal eine Flasche geöffnet, um Mario Götzes Tor in der Verlängerung zu feiern.

Hermann und Anke waren nicht mehr mit dabei gewesen.

Nachdem er die Tür seines Bungalows geöffnet hatte, legte Jakob die Pétanque-Kugeln neben dem Tisch ab und schaltete das Radio ein. Er hatte Zeit, sich vorzubereiten, es wurde noch Werbung gesendet, die zwölfte Frage würde erst in neun

Minuten gestellt. Er setzte sich an den Tisch und schaltete den Laptop ein. Zerstreut klickte er den Ordner *Sommer 89* an und dachte an die Fragen neun, zehn und elf, die er mit einer Leichtigkeit beantwortet hatte, die ihn selbst erstaunte. Dabei hatte er es in den sieben Jahren, in denen er die Sendung hörte, nie weiter als bis zur zehnten gebracht ... War die kleine Clotilde Idrissi ein Glücksbringer? Bei der zehnten Frage hatte er den Großen Brockhaus in vierundzwanzig Bänden gewonnen, von dem er nun schon drei Ausgaben besaß, also insgesamt zweiundsiebzig dicke Bücher, die er in seiner Wohnung unterbringen musste, und er hatte bereits ernsthaft daran gedacht, eine Serie mit hierher, in seine achtundzwanzig Quadratmeter große Zweitwohnung zu bringen.

Die zwölfte Frage entsprach der dritten Runde, die laut einer Statistik auf der Internetseite nur einer von einer Million Spielern erreichte. Dabei gewann man kein Geld, sondern eine VIP-Eintrittskarte für die Pinakothek, den großen Münchner Museumskomplex, mit einer Führung durch alle der Öffentlichkeit unzugänglichen Bereiche, Besichtigung der Restaurierungsateliers, und vor allem fertigte ein Bildhauer Büsten der VIP-Besucher an, die dann in einem speziellen Raum ausgestellt wurden. Bislang waren nur siebzehn hochintelligente Deutsche auf diese Art und Weise in die Annalen eingegangen.

Jakob trennte nur noch eine Frage davon, der achtzehnte zu werden ...

Zerstreut sah er sich die Fotos des Sommers 89 an. Die Erinnerung an die Gesichter war noch erstaunlich präzise. Er erkannte auf Anhieb die kleine Clotilde, Nicolas Idrissi, Maria-Chjara Giordano, Aurélia Garcia, Cervone Spinello. Bei denen, die nur einen Sommer dagewesen waren, war es etwas schwieriger, aber einige Namen fielen ihm noch ein, Estefan, Magnus, Filip. Schnell klickte er sich durch die Landschaftsaufnahmen, die von den Erwachsenen und vom täglichen Leben und wandte sich dann wieder den Bildern der Jugendlichen zu.

Es beunruhigte ihn, dass man seine Fotos gestohlen hatte – denn er war fest davon überzeugt, dass sie gestohlen worden waren. Es gab mit Sicherheit einen Zusammenhang mit Clotilde Idrissis Rückkehr auf die Insel, doch er verstand nicht, welchen. Eins nach dem anderen, sagte er sich, jetzt musste er sich zuerst auf das Quiz konzentrieren. Doch dann beugte er sich über die folgenden Fotos.

Plötzlich war er ganz und gar konzentriert.

Zu sehr, um das Knirschen des Kieses vor seinem Bungalow zu hören.

Der Radiosprecher verkündete, er würde die berühmte zwölfte Frage in weniger als einer Minute stellen. Während Jakobs rechte Hand das Mobiltelefon umklammerte, zitterte seine linke leicht und schloss sich, so als wolle sie das Lampenfieber vertreiben, um die Maus.

Sommer 1989. Der Strand von L'Alga bei Sonnenuntergang, die *Grotte des Veaux Marins* am frühen Morgen, eine Pétanque-Partie, die Jugendlichen beim Tanzen, der Empfang des Campingplatzes, der Parkplatz.

Noch dreißig Sekunden, erklärte der Radiosprecher.
Jakob runzelte die Stirn, etwas auf dem Bild irritierte ihn.

Er hörte nicht, wie sich die Tür des Bungalows leise öffnete.

Noch fünfzehn Sekunden.
Wie hypnotisiert starrte Jakob auf die wenigen Autos, die auf dem Parkplatz standen, deutlich unter den anderen zu erkennen war der Fuego der Familie Idrissi. Der, der keine vierundzwanzig Stunden später auf den Felsen von Petra Coda zerschellen sollte. *23. August 1989* verkündete die Bildunterschrift. Doch es war nicht das Auto selbst, das den alten Mann interessierte, sondern der Jugendliche, der es mit dem Blick desjenigen musterte, der ...

Noch fünf Sekunden.

Jakob schloss die Augen und hob den Daumen leicht an, um sich ganz auf die Frage zu konzentrieren, die der Sprecher im Tempo einer MG 08 herausbringen würde. Drei Sekunden, um zu antworten.

Antwort A: Mönchengladbach, B: Kaiserslautern, C: Hamburg, D: Köln.

Eins

Jakob wusste die Antwort.

Zwei

Er hatte nicht den geringsten Zweifel, selbst wenn er von Natur aus vorsichtig war. Wie im Traum sah er seinen Daumen auf die Taste drücken und die richtige Antwort bestätigen, sah, wie die Journalisten ihn bedrängen würden, seinen Namen über einem dreispaltigen Artikel seiner Heimatzeitung.

Seine Büste in Bronze in der Neuen Pinakothek ausgestellt.

Drei

Es war das vorletzte Bild, das er vor Augen sah.

Jakob würde nie die dritte Runde erreichen.

Sein Daumen hielt wenige Millimeter vor der Taste inne, genau in dem Moment, als das Etui mit den Prestige Carbone 125 halb-hart seine rechte Schläfe traf. Jakob brach zusammen und riss im Fall den Tisch mit Laptop und Handy mit.

Mit blutendem Kopf schlug er auf den schmalen Flur des Bungalows A31.

Bevor sich seine Augen schlossen, sah er ein letztes Mal auf das Foto auf dem Laptop, der wenige Zentimeter neben seinem Gesicht lag.

Immer noch das von dem Fuego auf dem Parkplatz und von demjenigen, der den Wagen betrachtete, als wisse er, dass die Lenkung am selben Abend nachgeben würde. Von diesem Jugendlichen, den er kannte, dem er noch heute Abend begegnet war, dem er die Hand geschüttelt und der ihn sogar gefragt hatte, warum er so spät noch eine Wi-Fi-Verbindung brauche.

Cervone Spinello.

• • •

Er zögerte lange, zu lange.

Es wäre ein Kinderspiel, die Fotos verschwinden zu lassen, er brauchte sie nur zu löschen, den Laptop mitzunehmen und in irgendeine Mülltonne zu werfen, dann würde keine Spur, kein Beweis bleiben. Es wäre auch kein Problem, die Pétanque-Kugeln zu entsorgen. Man würde die Tatwaffe nie finden.

Aber was sollte er mit der Leiche des alten Deutschen anfangen?

Den Schutz der Nacht, der Stille nutzen?

Zu spät. Es war schon zu spät.

Draußen lief eine laute Menschengruppe über die Allee A, vermutlich die Spieler eines der Pokertische, die ihre Partie beendet hatten und jetzt über das Bluffen, unerwartete Glückstränen, verzweifeltes All-in diskutierten. Und es würden weitere folgen, ein Tisch nach dem anderen.

Er musste sich etwas anderes einfallen lassen. Jetzt, wo alles vorbei war, brauchte er Ruhe.

KAPITEL 33

Er wischte das Blut von seinen Händen, von den Pétanque-Kugeln und beseitigte die roten Flecken vom Boden, dann entfernte er sich, bis er eine abseits gelegene Straßenlaterne gefunden hatte und griff nach dem Tagebuch.

Rot, alles war rot.

Alles, außer diesem Heft, mit den blauen, den tiefblauen Worten.

• • •

Sonntag, 20. August 1989, vierzehnter Ferientag,
delphinidinblauer Himmel

Delphinidin ist der wissenschaftliche Name für den blauen Farbstoff von Blüten. Unglaublich, was? Es ist das Pigment, das den Rosen fehlt. Darum gibt es keine blauen Rosen!

Ich bin keine Rose.

Ich lasse mich auf den Felsen des Strandes von L'Oselluccia von der Sonne trocknen. Jetzt kann Natale nach Herzenslust meinen naiven Nixen-Badeanzug bewundern, auf dem es weder Totenköpfe noch Skelette gibt, kein Fleckchen schwarz, dafür aber sämtliche Blautöne.

Die *Aryon* ist an einem in den Felsen geschlagenen Ring vertäut. Der Strand von L'Oselluccia ist eigentlich kein verborgenes Plätzchen, das nur vom Meer aus zu erreichen ist, denn es gibt auch einen kleinen Pfad, der direkt vom Campingplatz hierherführt. Aber er ist sehr steil, zu steil, um mit Flip-Flops und Sonnenschirm herunterzugehen, darum ist hier weniger Betrieb als am Strand von L'Alga.

Und im Moment sind wir ganz allein.

Natale Angeli redet weiter, raspelt sein Süßholz. Doch jetzt höre ich ihm zu.

»Siehst du, Clotilde, dies wäre der ideale Ort für mein Reservat. Zunächst wäre es ausreichend, einen Steg zu bauen und ein paar Anlegeplätze, eine Kasse und vielleicht einen Getränkestand. Mein Vorbild wäre die Bucht von Tamarin auf Mauritius, hast du davon gehört?«

Ich schüttele den Kopf. Ich schließe die Augen. Er kann mir erzählen, was er will …

»Es ist eine Bucht, in der sich Dutzende von Delphinen niedergelassen haben. Jeden Tag fahren die Leute dort aufs Meer hinaus. Das läuft supergut. Sie müssen sogar die Zahl der Boote begrenzen. Das ist schon ein richtiges Unternehmen, aber so würden wir das hier nicht machen, wir würden die Anzahl der Exkursionen beschränken. Das würde das Interesse steigern, es wäre eine Art Privileg, und neben Tausenden von Enttäuschten gäbe es nur wenige Auserwählte. Und wenn es dann richtig funktioniert und Geld in die Kasse kommt, können wir vergrößern. Ein Steinbau, ein Meerwasserschwimmbecken, eine Pflegestation und ein kleines Forschungsteam …«

Ich spüre, dass er sich zu mir umwendet und sich nähert, sein Schatten fällt auf mich und der ist kalt.

»Sprichst du mit deinem Großvater darüber? Würdest du das für mich tun?«

Ich öffne die Augen, oder besser gesagt, Natale öffnet sie mir.

Er steht in der Badehose vor mir, schön wie ein unerreichbarer Pirat mit seiner kupferfarbenen Haut, dem Bandana um den Kopf und den nackten Füßen, die Spuren im Sand hinterlassen. Verdammt, dieser Typ, der mich da um einen Gefallen bittet, ist in der Lage, mit Delphinen zu sprechen! So als wäre er aus einem Roman oder Film entsprungen, um mir die Hand zu reichen und mich hineinzuziehen.

»Natürlich … Warum sollte Opa nein sagen?«

»Weil ihm die Zetazeen, die Touristen und Natale Angeli völlig egal sind. Wenn ihn aber seine Enkelin, die verrückt nach Delphinen ist, darum bittet …«

Ich denke, in diesem Moment müsste ich kokettieren, verhandeln, Bedingungen stellen, aber dazu bin ich außerstande, also klatsche ich in die Hände.

»Alles, was Sie wollen! Und wo würden Sie sich Ihr Museum vorstellen?«

Und wieder redet Natale wie ein Wasserfall, benutzt Worte, die ich nicht verstehe, Umweltnormen ISO und so ein Zeug, Verbundwerkstoffe, Recyclingsysteme, er spricht sogar über das Budget, all das ist unglaublich technisch, und ich höre gar nicht mehr richtig zu, bis er ein Wort sagt, das mich aufschrecken lässt, ein Wort mitten in seinem Amortisierungsplan von Tausenden von Franc. *Maman.*

»Hast du schon mit Maman darüber gesprochen?«, frage ich ihn. Ich glaube, ich duze ihn zum ersten Mal.

»Natürlich. Deine Maman ist Architektin und auf Ökobauweise spezialisiert. Sie denkt praktisch. Sie meint, man könnte sich mit hier und da aufgestellten Solarkollektoren energietechnisch selbst versorgen …«

Er deutet auf die flachsten Felsen.

Ich glaube es nicht!

»Hast du sie mit hierhergenommen?«

Er mimt hervorragend den Zackenbarsch oder wie diese Fische mit den runden Augen heißen.

»Ja, deine Mutter ist kompetent, sie ist sogar brillant. Wenn mein Projekt sich realisieren ließe, wäre sie für die Planung wohl die Geeignetste …«

Ich unterbreche ihn.

»Wenn sie so kompetent ist, warum bittest du sie dann nicht, mit Opa zu reden?«

Er setzt sich neben mich wie Robinson Crusoe. Ich liebe diese coole Art, wie er sich zusammenkauert, eine Mischung aus Kraft und Kindlichkeit, ein Mann, der selbstsicher und dennoch in seinem Gebaren ein kleiner Junge geblieben ist.

Einen solchen Mann gibt es nur einmal, und ich habe ihn gefunden. Außer, dass ich zehn Jahre zu spät geboren bin.

»Deine Maman ist nicht gerade die Schwiegertochter, die er sich gewünscht hat … Wie soll ich dir das erklären? Allein die Tatsache, dass sie keine Korsin ist, ist ein Handicap. Sicherlich ein zu überwindendes. Dass sie aber deinen Vater mit aufs Festland genommen hat, und zwar nicht nach Aix oder Marseille, sondern in den hohen Norden, oberhalb von Paris, das macht die Sache noch viel schlimmer.«

»Ich wohne ja auch im Norden von Paris.«

»Ja, aber du hast korsisches Blut in deinen Adern. Du bist eine Idrissi! Wahrscheinlich wirst du sogar das alles hier irgendwann erben, die ganzen neunzig Hektar. Vielleicht reicht das aus, um deinen Opa zu überzeugen …«

Um Ihnen alles zu erklären, falls Sie es noch nicht verstanden haben, ich war im Begriff, mich ernsthaft zu verlieben. Das Gefühl, dass man alles für einen Mann tun, alles opfern will, dass man bereit ist, alle Werte, die Ehre, die Prinzipien, die man sich geschworen hat, über Bord zu werfen. All diese Gefühle brachen mit einem Schlag und ungeordnet über mich herein, doch zugleich erstarrte ich, so als wäre das ein weiblicher Darwinscher Reflex, als wäre Vorsicht zur zweiten Natur geworden.

»Und warum sollte ich dir helfen, Natale? Du himmelst meine Mutter an. Ich bin sicher, dass du auch ihr deine Delphinnummer vorgespielt hast, dass du sie auf dem offenen Meer herumgefahren, durchgeschaukelt und hast eintauchen lassen, ehe du mit ihr an diesen Strand gekommen bist. Warum sollte ich dir helfen, wenn ich dir doch ganz egal bin?«

Natale bedachte mich mit einem Blick, den ich bemerkte, ohne ihn deuten zu können, auch wenn ich schon damals wusste, dass ich mir einen solchen Blick ein Leben lang wünschen würde. Ein erstaunter, neugieriger Blick, zugleich beunruhigt und fasziniert.

»Clotilde, lass uns ehrlich sein, du bist fünfzehn. Natürlich bist du reifer als andere in deinem Alter, du bist originell, rebellisch, äußerst phantasievoll, und absolut der Typ Frau, der mir gefällt, aber du bist fünfzehn. Also schlage ich dir vor, dass wir Partner werden. Okay? Wir arbeiten vertraulich zusammen, würde dir das gefallen? Wir haben denselben Traum, allein schon das: die Delphine, die Erde, das Universum retten. Ich kann dir versichern, dass ich das noch nicht vielen Mädchen angeboten habe.«

Und er streckt mir die Hand entgegen, und ich schlage ein. Dabei träumte ich davon, dass er seine Hand in der meinen lassen würde. Dass er seine Lippen auf die meinen legen würde. Seine Haut sich gegen meine pressen würde.

»Wir sind uns ähnlich, nicht wahr, Clotilde? Die Traumfischer gegen den Rest der Welt.«

Er war hier mit Maman gewesen.

Vielleicht hat er sie geküsst.

Vielleicht hat er sie ausgezogen, vielleicht haben sie sich geliebt.

Vielleicht begehrt er Mamans Körper, welcher Mann würde ihn nicht begehren, aber als er sie gestreichelt, ihr zärtliche Worte zugeflüstert hat und in sie eingedrungen ist, hat er womöglich an mich gedacht.

Daran, dass er mich liebt, auch wenn es unmöglich ist.

»Ich will einen Vertrag, Natale. Einen Vertrag, der dich dreißig Jahre bindet. Ich will dreißig Prozent der Einnahmen, ein Boot mit meinem Namen, ein gläsernes Büro mit Blick aufs Meer, ein Delphinpaar für mich alleine, ich will mich auch kleiden können, wie ich will, und wenn du mir all das zugestehst, dann verhandle ich mit Opa Cassanu über deine verrückte Idee.«

Er lacht laut auf.

»Ist das alles?«

»Ja … Und einen Kuss auf die Wange.«

KAPITEL 34

Im Meer trieben leere Flaschen, durchweichtes Konfetti, zerfetzte Luftschlangen und ebenso viele Träume – jene, die am Ende der Nacht von erschöpften Tänzern und ausgelaugten Feiernden zurückgelassen worden waren und die am Morgen von den Wellen wieder angespült wurden. Ausgewaschen.

Früh am Morgen.

Die *Aryon* schaukelte inmitten des Unrats. Natale, in seinen Gedanken versunken, schien das egal zu sein, ganz so, als hätte er schon längst die Hoffnung aufgegeben, dass das Meer die Flaschenpost zurückbringen würde, die er ihm vor Jahren anvertraut hatte.

Clotilde war spät dran. Dennoch blieb sie kurz stehen, ehe sie zum Strand von L'Oscellucia hinabging. Ein paar Sekunden, um die Zeit zurückzudrehen. Es war derselbe Sand wie vor siebenundzwanzig Jahren, dieselben Kiesel, dieselbe Gischt, derselbe Wasserstaub mit der herben, pfeffrigen Note der in den Felsnischen wachsenden Pflanzen. Nichts hatte sich verändert, vorausgesetzt, man wandte den Blick nicht zur Strohhütte des Tropi-Kalliste oder zur Marina *Roc e Mare*. Der Anblick überwältigte erneut ihr Herz, wiegte es wie die Wellen dieses Boot.

Mein Gott, war Natale attraktiv!

Es reichte, dass dieser Mistkerl einfach nur dasaß, die lagunenblauen Augen auf den Horizont gerichtet, mit diesem

Blick, der alle Korallenriffe der Welt sprengte und alle Fische freiließ, um den Meeren Farbe zu geben und sie zu kräuseln.

Natale trug ein lachsfarbenes Kapuzen-Sweatshirt, eine Jeans, die etwas zu groß war, und Ledersandalen. Clotilde vermutete, dass er oft wie erstarrt dastand, dass ihm von seinen früheren Träumen eine magische Macht geblieben war, die ihn befähigte, in seinem Geist für einige kurze Sekunden die Realität zu beschönigen. Dass er gelernt hatte, sich damit zufriedenzugeben. Die Fischabteilung in seinem Supermarkt in Lumio in ein unberührtes Schutzgebiet zu verwandeln, den Cours Napoléon, die Hauptverkehrsstraße von Ajaccio, auf der die Autos Stoßstange an Stoßstange fuhren, in eine Atlantiküberquerung im Alleingang, die flüchtige Umarmung der Frau, die jeden Abend neben ihm schlief, in eine sternenklare Liebesnacht mit einer der Frauen, denen er früher begegnet war.

Schön. Stark. Verletzlich.

»Natale?«

Sie trug ein fliederfarbenes Kleid, das ihre Schenkel umspielte, die Sandalen hatte sie ausgezogen, um barfuß durch den noch kalten, fast feuchten Sand zu laufen.

Er wandte sich um und versenkte seinen Blick in den ihren.

Schön. Stark. Verletzlich.

Gefährlich.

Es gibt nichts Gefährlicheres, als Männer mit lagunenblauen Augen, dachte Clotilde. Das Korallenriff zu sprengen bedeutete auch, die Meerungeheuer in das geschützte Gebiet eindringen zu lassen.

Sie gingen aufeinander zu, ließen jedoch einen Meter Sicherheitsabstand.

»Es ist ein Spiel mit dem Feuer, dich hier mit mir zu verabreden«, sagte Natale. »Ich hatte mir geschworen, nie wieder einen Fuß an diesen Strand zu setzen.«

»Du hattest dir auch viele andere Dinge geschworen ...«

Er antwortete nicht. Sein Blick glitt zur *Aryon* hinüber, die noch immer an dem Ring im Felsen vertäut war.

»Du hattest auch Glück. Ich habe heute frei, ich arbeite erst morgen früh wieder.«

Clotilde kniff die Lippen zusammen.

»Ich nicht. Mein Mann ist beim Joggen, eine halbe, maximal eine Stunde bis Notre-Dame de la Serra. Ich muss ungefähr zur selben Zeit wieder auf dem Campingplatz sein wie er. Es … es ist etwas schwierig … Ich habe ihm gesagt, ich hätte hier einen Ohrring verloren. Eine silberne Kreole. Das ist im Übrigen nicht nur ein Vorwand, ich habe sie wirklich neulich nachts bei dem Konzert verloren.«

Plötzlich gerieten die kleinen Falten in Natales Gesicht in Bewegung, in Harmonie, so als hätten sie in all den Jahren eine Choreographie eingeübt, um sein Lächeln noch unwiderstehlicher zu machen.

»Soll ich dir beim Suchen helfen?«

Er ergriff ihre Hand. Die Geste schien ganz natürlich. Sie gingen langsam und mit gesenktem Blick.

»Erinnerst du dich?«, fragte Clotilde.

»Natürlich. Hast du geglaubt, dass ich oft Mädchen mit in mein Reservat genommen habe?«

O ja, mein schöner Sirenen-Fischer, zu jener Zeit hast du dir sicher nichts entgehen lassen!

Sie sah aufs Meer.

»Gibt es noch Delphine?«

Natales Augen blieben auf den Sand geheftet. Er antwortete nicht. Clotilde sprach weiter. Danach würde sie schweigen, versprochen. Würde ihn reden lassen. Ihn erklären lassen. Sie würde sich damit begnügen zuzuhören, wie früher.

»Galdor und Tatie leben doch bestimmt noch«, meinte sie. »Orophin und Idril auch, man sagt, Delphine werden fünfzig Jahre und älter. Und dass sie ein Wahnsinnsgedächtnis haben! Ein besseres als Elefanten, was die Liebe betrifft, das beste von allen Säugetieren. Ich habe gelesen, dass sie eine Partnerin auch zwanzig Jahre nach der Trennung an ihren Schreien erkennen. Kennst du einen Menschen, der das könnte?«

Er hielt die Augen noch immer auf den Sand gerichtet.

Warum hatte sie bloß diesen blöden Ohrring erwähnt?

Sie betrachtete die geschlossene Strohhütte des Tropi-Kalliste, die vor ihnen lag, die aufgestapelten Mülltonnen, den mit einem Vorhängeschloss gesicherten grauen Wohnwagen. Den Plakaten zufolge, setzte Maria-Chjara ihre Tournee im Westen der Insel fort, gestern Abend war sie in Sartène aufgetreten, heute war Propriano dran, aber in zwei Tagen würde sie nach Calvi zurückkehren.

Sie drückte Natales Hand fester, wie eine Art Vorwarnung für das, was sie gleich sagen würde.

»Was ist das für ein Mist? Diese heruntergekommene Disco. Diese grässliche Hütte? Dabei hätten hier dein Steg, dein Reservat, dein Zetazeen-Museum entstehen sollen. Erklär es mir, Natale. Erklär mir, warum Cervone Spinello gewonnen, sich gegen dein Projekt durchgesetzt hat?«

Vor ihnen flatterten zerfetzte Plastiktüten, und Bierdosen rollten über den Sand. Es würde Stunden dauern, um all das zu reinigen, und am nächsten Tag sähe es wieder genauso aus. Warum hatte ihr Großvater Cassanu ein solches Sakrileg zugelassen? Warum hatte er es vorgezogen, dass sich dieser Strand in eine Müllhalde verwandelte, statt hier Natale Angelis Delphin-Schutzgebiet entstehen zu lassen?

»Das ist eine alte Geschichte, Clotilde. Es ist Vergangenheit, bitte.«

Okay, okay, ihn bloß nicht vor den Kopf stoßen.

»Du warst auch mit meiner Mutter hier.«

Du bist ja verrückt! bedauerte Clotilde sofort. Und das nennst du, ihn nicht vor den Kopf stoßen?

Doch diesmal reagierte Natale. Sein Fuß durchwühlte den Sand, als hoffe er noch immer, den Ohrring zu finden.

»Ja – und du warst bereit, die Krallen, die Reißzähne und die Stachel auszufahren, ein kleiner Igel, wahnsinnig vor Eifersucht auf die eigene Mutter.«

»Ich hatte doch allen Grund dazu, oder?«

»Nein!«

Sie hielten inne, wandten sich um und standen der *Aryon* gegenüber.

»Ich war fünfzehn, Natale, aber ich war nicht total blöd. Du sahst meine Mutter mit einem Blick an, der, wie soll ich sagen …, der sie auszog! Und sie betrachtete dich mit demselben Verlangen, so hatte sie noch nie andere Männer betrachtet …, nicht einmal Papa.«

Natales Daumen streichelte sanft ihre Handfläche. Es war wie die Geschichte von dem Flügelschlag eines Schmetterlings, der am anderen Ende der Welt einen Tsunami auslöst, eine leichte Berührung ihrer Haut, die Gefühle tief im Bauch wachrief.

Ein Liebes-Tsunami? Gab es so etwas?

»Gut, Clotilde«, sagte Natale und hob plötzlich die Stimme. »Lass uns ehrlich sein. Zu jener Zeit, im Sommer 1989, war ich fünfundzwanzig Jahre alt, deine Mutter war vierzig. Ich gebe dir recht, wir fühlten uns zueinander hingezogen. Um genau zu sein, körperlich angezogen. Aber deine Mutter war treu, und es war nichts zwischen uns, glaub mir, selbst wenn sie vielleicht versucht war.«

»Kleine brave Engelchen«, meinte Clotilde ironisch.

Natale fuhr fort, als hätte er es nicht gehört.

»Wenn deine Mutter versucht war, deinen Vater zu betrügen, dann nicht, weil sie sich in mich verliebt hatte und noch weniger, weil sie mich deinem Vater vorgezogen hätte.« Er lächelte traurig. »Sondern genau das Gegenteil war der Fall.«

»Das Gegenteil? Das verstehe ich nicht, Natale.«

»Deine Mutter hat sich mir genähert, hat mich angemacht und mit mir geflirtet, ist in der Öffentlichkeit mit mir herumspaziert, damit alle es sehen, wissen und darüber reden sollten … Aber geliebt hat sie deinen Vater. Verstehst du mich jetzt?«

»Nein, noch immer nicht, tut mir leid.«

»Deine Mutter wollte deinen Vater eifersüchtig machen! So

einfach ist das, Clotilde. Mein Schutzgebiet war ihr völlig egal, ebenso wie meine Delphine und meine Hände, die nach Fisch stanken, sie wollte nur, dass dein Vater reagiert.«

Clotilde ließ seine Hand los. Bot ihr Gesicht dem Wind dar, ließ ihn ihre Beine streicheln.

»Es war auch etwas schwierig zwischen deinen Eltern, Clotilde.«

Sie wollte nicht mehr hören, nicht hier, nicht jetzt.

»Die Geschichte ist so alt wie die Welt. *Gefährliche Liebschaften*, erinnerst du dich, das Buch, das du auf deiner Bank im Hafen von Stareso gelesen hast, genau gegenüber der *Aryon*. Deine Mutter hat mit mir gespielt, mich benutzt, weil sie einen anderen liebte … Und ich Trottel habe nichts bemerkt, bin in die Falle getappt. Palma hatte viel Charme und Klasse, sie interessierte sich für mein Projekt, sie war Architektin und hatte sehr konkrete Ideen. Ich glaubte damals fast, wir könnten sie zusammen umsetzen. Ich hatte den Eindruck, dass es eine Verbundenheit zwischen uns gab. Doch in Wirklichkeit …«

Nun war ich diejenige, die den Blick auf den Sand gerichtet hielt. Aber kein vergrabenes Schmuckstück, nur Kippen, Kronkorken, vielleicht auch ein paar Kondome, wenn man etwas mit dem Fuß im Sand kratzte.

»Doch in Wirklichkeit entstand diese Verbundenheit zwischen dir und mir …, nicht mit Palma …, sondern mit dir … Ich denke, auch das hat eine Rolle gespielt.«

Clotilde suchte nach Natales Hand, ergriff sie und zog ihn herum, bis er ihr gegenüberstand.

»Du warst hinter der Mutter her und wusstest, dass die Tochter hinter dir her war, findest du das nicht etwas pervers?«

»Nein, Clotilde … Nein … Natürlich warst du mit deinen fünfzehn zum Anbeißen, selbst wenn du aussahst, als wärest du kaum dreizehn. Aber da gab es für mich keine Ambiguität. Absolut nicht. Ich habe es nur damals schon geahnt.«

»Was?«

Sein Fuß scharrte im Sand. Verlegen. Herrlich verlegen.

»Geahnt, wie du dich entwickeln würdest … mit der Zeit. Ein unglaublich phantasievolles Mädchen, ein cleveres, intelligentes Mädchen, übersprudelnd, voller Lebensfreude. Ein Mädchen, dass auch später noch die Welt durch dieselbe Brille sehen würde wie ich.«

Eine weit entfernte Stimme hallte in Clotildes Kopf wider.

Wir sind uns ähnlich, Clotilde. Die Traumfischer gegen den Rest der Welt.

»Aber ich war zehn Jahre zu alt, Clotilde. Zehn Jahre, das ist nicht viel, aber in unserem Fall waren es zwei Kurven, die sich kreuzten, deine stieg auf der Leiter der Verführungskraft nach oben, während meine schon zu sinken begann.«

»Hör auf!«

Er bückte sich plötzlich, als wollte er ihren Armen entgehen.

»Hör auf, Natale. Hör auf, alles schlecht zu machen. Dich zu zerstören. Du weißt genau, dass …«

Er richtete sich wieder auf. Zwischen Daumen und Zeigefinger hielt er die silberne Kreole.

»Ist das dein Ohrring?«

Unglaublich!

Magie! Reine Magie!

»Danke.«

Man darf nie gegen die Magie ankämpfen, dachte Clotilde. Das bringt Unglück. Ihre Gedanken ordneten sich plötzlich.

Es lag auf der Hand. Sie musste ihn einfach küssen.

Nur ein Kuss. Zu Ehren eines siebenundzwanzig Jahre alten Vertrags.

Nur ein Kuss, um eine siebenundzwanzig Jahre alte Phantasievorstellung einzulösen.

Nur ein Kuss, nichts weiter.

Um nicht dumm zu sterben, um es nicht immer bedauern zu müssen, wenn der Körper altern würde.

Nur den Geschmack seines Mundes spüren.

Sanft legte Clotilde ihre Lippen auf die von Natale.

Kurz, nur kurz.

Dann lösten sie sich wieder voneinander, so als wäre es abgesprochen, als würde es sich so gehören.

Ehe ihre Hände erst nervös an der silbernen Kreole fingerten. Dann umschlang Clotilde seinen Nacken und Natale ihre Taille und ihre Lippen verschmolzen, ihre Zungen holten die verlorene Zeit auf, ihre Körper pressten sich aneinander, als wären sie von jeher füreinander bestimmt.

Als würde es auf der Welt nichts anderes mehr geben.

Sie standen lange eng umschlungen da, ihre Brüste an seinen Oberkörper gedrückt, wussten nicht, wie sie die Zeit aufhalten sollten. Clotilde, deren Kopf auf Natales Schulter ruhte, betrachtete die *Aryon*, die vor Anker lag. Die Hände des Fischers glitten über ihren Rücken, hastig, unermüdlich, ungeschickt.

»Mach sie wieder flott, Natale, lass uns einsteigen, zu den Delphinen fahren, den zweiten Teil des Films drehen, es gibt mindestens fünf Folgen von *Der weiße Hai*, da können wir durchaus auch eine zweite von *Im Rausch der Tiefe* machen ...«

Er lächelte bedauernd.

»Unmöglich, Clotilde.«

»Warum?«

Sie küsste ihn erneut, bis sie keine Luft mehr bekamen. Sie fühlte sich so lebendig.

»Unmöglich, ich kann es dir unmöglich sagen.«

»Warum? Warum hast du die *Aryon* angekettet, Natale? Warum hast du Aurélia geheiratet? Warum bist du heute derjenige, der Angst vor Phantomen hat«

»Weil ich sie gesehen habe, so einfach ist das, Clotilde.«

»Verdammt, Natale, es gibt keine Geister! Selbst als ich mit fünfzehn als Lydia verkleidet war, habe ich nicht daran geglaubt. Es war ein Spiel. Geister sind das Gegenteil von Vampiren. Ein Kuss und sie verschwinden.«

Und sie küsste ihn erneut.

»Ich habe es mit eigenen Augen gesehen, Clotilde.«

»Wen, wen hast du gesehen?«

Ihre Lippen näherten sich, doch plötzlich wandte er den Kopf ab, begnügte sich damit, sie an sich zu ziehen.

»Du wirst mich für verrückt halten.«

»Das tue ich sowieso schon, lass dir etwas anderes einfallen.«

»Es ist kein Scherz, ich habe das noch nie jemandem erzählt, nicht einmal Aurélia, doch es verfolgt mich seither.«

»Seit wann?«

»Seit dem 23. August 1989.«

Ihre Knie wurden weich, sie klammerte sich an seiner Schulter fest.

»Erzähl es mir, Natale, erzähl es mir!«

»Ich war in Punta Rossa. Allein zu Hause, und ich hatte getrunken. Ich habe schon damals getrunken, zwar weniger als heute, aber dennoch. Zumindest an diesem Abend. Mir war klar, dass ich Palma nicht treffen konnte. Du weißt natürlich genau, warum, es war der Jahrestag ihres Kennenlernens. Der Tag der Sainte-Rose. Ihr großer Tag. Also habe ich meine erbärmliche Eifersucht, den Blick auf den Gipfel des Capu di a Veta gerichtet, in Myrtenschaps ertränkt. Der Geist ist um 21:02 Uhr oben auf dem Hügel erschienen, das ist ganz sicher, Clotilde, denn der Fernseher lief, *Thalassa* hatte gerade angefangen, und auf dem Bildschirm wurde die exakte Zeit eingeblendet. Der Geist stand reglos etwa hundert Meter vom Haus entfernt auf dem Sentier des Douaniers.«

21:02 Uhr ... Am 23. August 1989.

Clotilde fröstelte und drückte sich an Natales heißen Körper, schmiegte ihre Wange in die Kapuze seines Sweatshirts.

Der Fuego war um genau 21:02 Uhr in den Abgrund gestürzt, das bestätigten alle Berichte der Polizei und der Rettungskräfte.

»Ich weiß, dass es nicht zu glauben ist, Clotilde, ich weiß, dass du mich für verrückt hältst, aber in der Sekunde, als der Wagen auf die Felsen von Petra Coda geschlagen ist, in der Sekunde, als dein Vater, dein Bruder und deine Mutter ums Leben gekommen sind, habe ich deine Mutter ebenso deutlich erkannt wie jetzt dich. Sie hat mich angestarrt, als wolle sie mich ein letztes Mal sehen, bevor sie entschwand. Sie stand lange einfach so da, ohne dass sie es gewagt hätte, die letzten Meter zurückzulegen, die sie von mir trennten. Als ich begriffen habe, dass sie sich nicht von der Stelle rühren würde, beschloss ich, zu ihr zu gehen. Doch bis ich mein Glas abgestellt und die Tür geöffnet hatte, um zu ihr zu laufen, war sie schon verschwunden.«

Seine Finger verkrampften sich in Clotildes Rücken.

»Ich habe erst einige Stunden später von dem Unfall deiner Eltern erfahren«, fuhr Natale fort. »Und erst in diesem Augenblick habe ich begriffen, dass es nicht deine Mutter gewesen sein konnte. Denn zu dem Zeitpunkt, als sie mir erschien, starb sie vier Kilometer entfernt. Es konnte also nur ein Phantom sein … Und wer würde mir das glauben?«

»Ich!«

Ich glaube dir! hämmerte Clotilde ihrem Gehirn ein, damit es diese Vorstellung zuließ. Denn dieses Phantom hat mir geschrieben. Dieses Phantom hat mich unter der Eiche von Arcanu beobachtet. Dieses Phantom hat gestern gefrühstückt und Zeitung gelesen, dieses Phantom hat einen Hund aufgenommen, um sich nicht zu langweilen.

Clotilde drückte einen langen Kuss auf Natales Hals und löste sich dann sanft aus der Umarmung.

Voller Bedauern.

»Ich muss gehen … Franck kommt jeden Moment zurück. Alles … alles wird schwierig … Dass wir uns wiedersehen, uns wirklich wiedersehen.«

Sie zwang sich zu einem Lächeln, ehe sie fortfuhr.

»Das müsste die Regel Nummer eins aller Handbücher für ungeschickte Ehebrecherinnen sein, sich nie während des Familienurlaubs mit Mann und Tochter einen Liebhaber nehmen.«

»Morgen früh arbeite ich«, sagte Natale mit einer Sicherheit, die sie verwirrte. »Aber heute Nachmittag habe ich Zeit, du könntest zu mir kommen.«

»Unmöglich, Natale.« Sie wedelte mit der Kreole vor seinen Augen. »Ich finde keine andere glaubwürdige Entschuldigung. Franck ist misstrauisch und er …«

»Belvedere de Marcone«, unterbrach der Fischer sie. »Um dreizehn Uhr. Dein Mann wird dich alleine gehen lassen.«

Belvedere de Marcone.

Natale hatte recht.

Franck würde nie vermuten, dass sie dorthin ginge, um ihren Liebhaber zu treffen.

Das wäre der letzte Ort, an dem sie ihn hätte betrügen wollen.

Der Belvedere de Marcone war bekannt wegen seines Friedhofs. Für seine Mausoleen, die den reichsten korsischen Dynastien der Balagne gehörten, und für das imposanteste unter ihnen: das der Familie Idrissi.

Das Grab ihrer Eltern.

KAPITEL 35

Montag, 21. August 1989, fünfzehnter Ferientag,
rauchblauer Himmel ohne Feuer

Heute Morgen werde ich Ihnen nicht schreiben. Ich schreibe nur ab!

Ganz sicher.

Es stand heute früh in der Zeitung *Corse-Matin*. Es geht immer noch um die Geschichte des Bauunternehmers aus Nizza, der ertrunken ist. Eine Geschichte, die den Journalisten gerade recht kommt. Darum schreibe ich diesmal lieber ab, denn ich weiß nicht genau, was ich davon halten soll. Es gibt ein ganzes Dossier über die Ankäufe der obersten Küstenschutzbehörde, über die endlosen Verfahren hinsichtlich des Bodennutzungsplans, die genaue Abgrenzung der Zonen zum Schutz der Artenvielfalt. Nachdem ich heute Morgen den *Corse-Matin* gelesen habe, weiß ich nicht, ob ich meinen Opa noch mehr lieben … oder eher ein wenig Angst vor ihm haben sollte. Bitte bilden Sie sich selbst Ihre Meinung.

Auszug aus *Corse-Matin* vom 21. August 1989
Der gute Stern des Hirten. Wer ist Cassanu Idrissi?
Das Gespräch führte Alexandre Palazzo

»Cassanu« ist das älteste Wort für eine Eiche, es stammt aus dem Keltischen, dem Okzitanischen, dem Altkorsischen. 1926 hat der verstorbene Pancrace Idrissi seinem einzigen Sohn diesen Namen gegeben – eine Hommage an die dreihundertjährige Eiche im

Hof der Schäferei von Arcanu, damit sein Sohn dieselbe Kraft,
Langlebigkeit und Verwurzelung haben möge.

Dreiundsechzig Jahre später sind die Wünsche des Patriarchen
der Idrissi-Dynastie in Erfüllung gegangen und haben seine Hoff-
nungen sicher noch übertroffen. Cassanu Idrissi ist eine der em-
blematischen Figuren der Balagne und auch eine der einfluss-
reichsten, selbst wenn seine Persönlichkeit in gewisser Weise
atypisch ist und sich nicht so leicht einordnen lässt. Der Schäfer
von Arcanu ist nicht Bürgermeister irgendeines Dorfes, in sei-
ner Familie gibt es weder Regionalabgeordnete noch Verbands-
vorstände. Cassanu präsentiert sich als einfacher Schäfer, der
über achtzig Hektar unberührtes Land vor den Toren von Calvi
herrscht, auf dem es nur einen Campingplatz und drei Anwesen
gibt. Cassanu Idrissi ist ein Einzelgänger.

Der friedliche Rentner mit der athletischen Statur empfängt
mich mit ausgesuchter Gastfreundschaft in der Schäferei von Ar-
canu. Während seine zurückhaltende Ehefrau Lisabetta einen
üppigen Imbiss zubereitet, führt er uns über den Hof und erklärt,
dass quasi alles, so weit das Auge reicht, ihm gehört.

In der nächsten Sekunde fügt er hinzu, dies alles sei eigentlich
nichtig …, in Wahrheit sei nichts sein eigen, ebenso wenig wie
die Wüste den Tuaregs gehört oder die Steppe den Mongolen,
dass er nur der Hüter ist. Er hat dieses Land nicht geerbt, denn
das würde bedeuten, dass es ihm gehören, dass er es veräußern,
verkaufen oder aufteilen könnte. Doch Cassanu Idrissi deutet
mit der Spitze seines Stockes auf den Gipfel des Capu di a Veta
und sagt, dieses Land sei ihm anvertraut worden, er sei einfach
nur dafür verantwortlich. Dann bringt Lisabetta den Maronen-
tee, Fiadone und Canistrelli mit Mandeln und Rosinen. Cas-
sanu entfaltet auf dem Tisch alte Karten, Besitzurkunden, von
denen einige auf die Zeit von Pascal Paoli, Sampiero Corso oder
Napoleon Bonaparte zurückgehen und beharrt darauf, dies alles
sei bedeutungslos. Ihm zufolge sind die jüngsten Bebauungs-
pläne, die die Verwaltung mit so viel Leidenschaft produziert,
auch nicht legitimer. Im Grunde ginge es nur um Grenzen, die

von den Menschen festgelegt, Striche, die auf großen Blättern mit dem Lineal gezogen wurden, ganz so, als könnte der Mensch, der nur ein vorübergehender Gast auf dieser Erde sei, auch nur ein Gramm Sand, einen Tropfen Wasser oder einen Grashalm besitzen und mit ins Jenseits nehmen. So als könne man, sollte es wundersamerweise doch ein Paradies geben, dort mit seinen Koffern eintreten. So als würde die Erde nicht nach uns weiter existieren. Wenn Wasser, Feuer, Baumwurzeln und Wind fähig sind, die größten Mauern zu zerstören, die höchsten Türme und die steinernen Brücken über den tosenden Wildbächen brüchig zu machen, was kann ihnen dann ein Bleistiftstrich auf dem Papier anhaben? Der Natur ist das Erbe völlig gleichgültig, das der Mensch in ihrem Namen zu schützen vorgibt.

»Also«, erregt sich der Schäfer und gestikuliert wild, während seine Frau die Gläser zu schützen versucht, »steckt doch alle eure Gebiete und Zonen ab, zeichnet so viele Grenzen, wie ihr wollt, teilt euch den Ozean und das Packeis, den Himmel und die Sterne, die Berge und die Flüsse, legt fest, wem jeder Stein gehört, jede Akeleiblüte, wenn es euch Spaß macht, wenn ihr euch wichtig fühlt und das eurem Leben einen Sinn gibt ... Aber die alleinige Wahrheit werdet ihr damit nicht ändern. Die Erde ist uns nur anvertraut worden. Mein Land ist mir anvertraut. Und kein menschliches Gesetz wird mich dazu bewegen können, meine Pflicht zu vergessen, das heißt, es nicht so weiterzugeben, wie ich es bekommen habe.«

Corse-Matin: Da Sie gerade von den Gesetzen der Menschen sprechen, Monsieur Idrissi die Zeitungen berichten in den letzten Tagen viel über den Mord an Drago Bianchi, dem Bauunternehmer aus Nizza, der den Plan hatte, ein Luxushotel an der Spitze der Halbinsel La Revellata zu errichten, und der sich in einem Artikel unserer Zeitung vor nicht einmal einem Monat der Unterstützung des Präfekten, der Region und des örtlichen Tourismusverbandes rühmte. Was sagen Sie zu diesem Mord?

»Nicht viel mehr als die anderen Korsen hier. Ich habe keine Träne vergossen, als ich davon erfahren habe, ich habe keinen Kranz zur Beerdigung geschickt, und ich glaube mich zu erinnern, dass auch seine Freunde, der Präfekt, der Präsident der Region und die Vertreter des Tourismusverbandes, nicht da waren. Man muss das, was man in den Zeitungen liest mit Vorsicht behandeln, ebenso wie die Protektion, die jemand zu genießen behauptet. Das ist meine Antwort, aber vielleicht war eine Andeutung in Ihrer Frage versteckt. Sollte das der Fall sein, dann tut es mir leid, aber sie war falsch formuliert. Und unnütz. (Er lächelt.) Sie glauben doch wohl nicht im Ernst, dass ich Ihnen bei Maronentee und den guten Canistrelli, die meine Frau gebacken hat, gestehen würde, ich wäre der Mörder?«

Corse-Matin: Natürlich nicht, natürlich nicht, Monsieur Idrissi. Vergessen wir die Sache und bleiben wir bei den Ideen, Prinzipien und Werten. Wie weit würden Sie gehen, um Ihr Land zu schützen? Würden Sie dafür, brutal ausgedrückt, vielleicht sogar töten?

»Warum sollte ich das brutal finden? Das ist doch dieselbe Frage wie eben, die sie mir da stellen, oder? (Erneutes Lächeln) Und ohne Ihnen zu nahe treten zu wollen, sie ist immer noch ebenso schlecht formuliert. Natürlich wünsche ich niemandem den Tod. Wie könnte ich mir wünschen, dass ein Mann auf offenem Meer von einem fünf Tonnen schweren Fährboot zermalmt oder vor den Augen seiner Verlobten auf einer Caféterrasse erschossen wird, dass sein Auto durch eine Bombe in die Luft gesprengt wird, nachdem der Vater seine Kinder zur Schule gebracht hat. Wer könnte solches Unglück wünschen, gutheißen oder in Auftrag geben? Sicher nicht ein alter Mann, der nur in Frieden leben will. Bei mir brauchen Sie nichts Schlechtes zu suchen. Suchen Sie es lieber bei denen, die nach anderem streben, die ein seltsames Bedürfnis nach Macht, Geld und Frauen haben. Hier auf Korsika hängen Macht, Geld und Frauen oft vom Grundbesitz *ab, ich meine vom Land. Wenn also diese Menschen, statt sich mit dem zufriedenzugeben, was man ihnen anvertraut hat, lieber eifersüchtig und habgierig sind und spekulieren ..., was kann ich dafür? Was kann ich dafür, wenn sie ihrem Leben nur Interesse abgewinnen können, indem sie es gefährden, so wie die Irren, die Risikosport betreiben? Sie glauben, die Ordnung der Dinge herausfordern zu können. Klagt man die Wellen an, den leichtfertigen Surfer getötet zu haben? Den brüchigen Stein, den unvorsichtigen Alpinisten verraten zu haben? Die Serpentine, den ungeduldigen Autofahrer umgebracht zu haben?«*

Corse-Matin: *Danke, Monsieur Idrissi, auch ich glaube, zwischen den Zeilen Ihrer Antwort lesen zu können. Haben Sie, der Sie so viel Land besitzen, pardon, Sie, dem so viel Land anvertraut wurde, angesichts so großer Habgier nicht Angst, dass man es Ihnen wegnimmt? Und banaler gefragt, dass man Sie töten könnte?*

»*Nein, Monsieur Palazzo, nein. (Kurzes Schweigen) Es wäre berechtigt, Angst zu haben, wenn ich irgendetwas besitzen würde, was ich verlieren könnte. Aber da ich nur ein Hüter bin, würde ein anderer meinen Platz einnehmen, wenn mir etwas zustoßen würde, und nach ihm wieder ein anderer – oder vielleicht auch eine andere –, ein Freund, ein Verwandter, irgendein Mann oder eine Frau, die dieselben Werte, dasselbe Ehrgefühl teilt. Angehörige meiner Familie, und dazu zähle ich auch jene, die nicht blutsverwandt sind, die wissen, was zu tun ist, sollte mir eines Tages etwas zustoßen. (Langes Schweigen) Ebenso wie ich wusste, was zu tun wäre, sollte ihnen eines Tages etwas zustoßen.*«

Corse-Matin: *Die Vendetta? Würden Sie dem zustimmen? Kann ich Ihre Antwort mit diesem Wort zusammenfassen?*

»*Die Vendetta? Mein Gott, wer hat Ihnen denn davon erzählt? (Ein Seufzer) Wer, außer den Journalisten, spricht heute noch* davon? Die Morde, für die Sie in Ihrer Zeitung Werbung machen, werden für ein paar Banknoten, ein paar Gramm Drogen, einige gestohlene Autos von Banditen, Ganoven, Mafiosi begangen. Was habe ich damit zu tun? Inwiefern betrifft das einen Rentner, der zurückgezogen in seiner Schäferei lebt und nicht einmal weiß, wie Cannabis-Barren, jugoslawische Prostituierte oder die Computer aussehen, die im Hafen von Ajaccio von einem Container ›gefallen‹ sind? Die Vendetta, das ist gut für Touristen, die Colomba von Prosper Mérimée lesen. (Er lächelt wieder.) Das ist alles viel einfacher. Lassen Sie mein Land in Ruhe. Lassen Sie meine Familie in Ruhe. Dann bin ich der friedfertigste und harmloseste Schäfer der Welt.«

Corse-Matin: Und wenn nicht? Wenn man Ihr Land oder Ihre Familie nicht in Ruhe lässt?

»Und wenn nicht? Und wenn nicht, was dann? Ihre Frage ist schon wieder schlecht formuliert, Monsieur Palazzo. (Er lacht.) Das ist so, als würden Sie einen General in der Kommandozentrale fragen, ob er im Fall eines Angriffs auf den roten Knopf drücken würde, um die Explosion der Atombombe auszulösen und damit die der ganzen Welt. Er würde Ihnen nicht antworten, weil der Fall nicht eintreten wird. Verstehen Sie mich recht, ich glaube nicht, dass irgendjemand vorhat, meinem Land etwas anzuhaben und noch weniger meiner Familie. Und wenn Ihre Zeitung zu etwas nutze ist, dann dazu, die Leser daran zu erinnern. Bitte, nehmen Sie noch ein paar Canistrelli, die hat meine Frau extra für Sie gebacken.«

Corse-Matin (**mit vollem Mund**): Danke, Monsieur Idrissi.

Das Ende der letzten und vorletzten Antwort habe ich hinzugefügt, wäre doch lustig gewesen, wenn sich der Journalist wirklich getraut hätte, das zu schreiben, finden Sie nicht? Aber ich glaube, nachdem er seine letzte Frage gestellt hatte, hatte der Journalist eher Lust, schnell zu verschwinden, als noch einen von Omas Kuchen zu nehmen.

• • •

Er schloss das Heft.
   Ein harmloser Rentner …
   Das war ja zum Totlachen!

KAPITEL 36

Franck hatte nichts gesagt, als Clotilde den Bungalow betreten hatte. Sie wusste nicht, wie lange er schon da war, auf jeden Fall hatte er schon geduscht und seinen Kaffee getrunken.

»Ich habe sie gefunden«, erklärte Clotilde und zeigte ihm die silberne Kreole.

Auch sein Lächeln war schwer zu deuten.

Also gab Clotilde sich damit zufrieden, das zu tun, was alle Ehefrauen dieser Welt tun, wenn sich ihr Mann zurückzieht und abkapselt, nicht mehr reden will. Sie brach das Schweigen, redete über dieses und jenes, so als wäre alles ganz normal und in Ordnung, sprach über Valentine und übers Essen.

»Eine baskische Piperade, vielleicht? Was haltet ihr davon? Ich gehe zum Markt, und dann machen wir uns das zum Mittagessen, mal was anderes als dauernd diese Pommes.«

Im Grunde erwartete Franck genau das. Das alles wieder normal wurde. Dass sie eine normale Ehefrau war. Heute, zumindest heute, konnte sie sich ja auf dieses Spielchen einlassen.

»Kommt einer mit? Franck? Valou?«

Keine Antwort. Also würde sie mal wieder alleine einkaufen gehen.

Ziel erreicht. Ein normales Leben.

...

Selbst wenn ihre Einkauftasche tonnenschwer war, war Clotilde ausgesprochen stolz auf das, was sie gefunden hatte: für die baskische Piperade Paprika und Olivenöl, um sie darin einzulegen, marinierte Rindersteaks, Mangos und Ananas für einen Obstsalat. Sie würde Franck bitten, den Grill anzuzünden, jeder sollte bis zum bitteren Ende seine Rolle spielen. Während sie an der Kasse des Supermarktes von Calvi wartete, der wahrscheinlich achtzig Prozent seines Jahresumsatzes in den zwei Sommermonaten machte, was die unendlich lange Schlange erklärte, schrieb sie etwas auf die Rückseite ihres Einkaufszettels. Eine Liste von Fragen ohne Antwort.

Wer hatte ihr den Brief geschrieben und mit P. unterzeichnet?

Wer hatte ihre Brieftasche gestohlen?

Wer hatte den Hund von Arcanu Pacha getauft?

Wer hatte gestern den Frühstückstisch gedeckt?

Wer hatte Orsu das System mit dem Aufwischlappen erklärt?

Wer hatte die Lenkung im Fuego ihrer Eltern vorsätzlich beschädigt?

Wer hatte den Karabinerhaken von Valentines Klettergurt vorsätzlich beschädigt?

Wer war der Geist, den Natale am 23. August 1989 um 21:02 Uhr an der Punta Rossa gesehen hatte?

Es konnte sich unmöglich in allen Fällen um ein und dieselbe Person handeln. Es konnte unmöglich ihre Mutter sein.

Bei mindestens der Hälfte der Fragen war es jedoch unmöglich, dass es nicht ihre Mutter gewesen war.

Franck hatte sicher recht, um glücklich zu sein, war es besser, statt der Fragen die Einkäufe aufzulisten, sich mit der Aufzählung unbedeutender Zutaten zu begnügen, statt Fragen auf die leere Rückseite des Zettels zu kritzeln.

Nur die Vorderseite ihres Lebens zu lesen.

Eventuell einen Liebhaber in ihren Einkaufswagen zu packen.

Während sie über die Folgen dieser Vorsätze nachdachte,

schlug ihr die Vernunft doch ein kleines Schnippchen: Auf dem Rückweg entschied sie sich für einen Umweg von dreißig Metern und wählte die Allee A statt der Allee C. So würde sie an dem Bungalow C31 vorbeikommen und könnte nachsehen, ob Jakob Schreiber da war und ob er Zeit gehabt hatte, die Fotos vom Sommer 89 aus seiner tollen Cloud runterzuladen.

Nicht, um sie sich anzusehen, sondern einfach nur, um ihn zu fragen.

»Jakob?« Sie klopfte an die Tür des Bungalows. Heftig genug, damit diese gleich aufsprang. Sie brauchte sie nur noch etwas weiter zu öffnen.

»Jakob?«

Das sah dem Deutschen so gar nicht ähnlich, einfach zu gehen, ohne die Tür abzuschließen. Doch es war auch schwer vorstellbar, dass er sich in den achtundzwanzig Quadratmetern seines Hauses versteckte. Merkwürdig ... Clotilde sagte sich, wenn jetzt plötzlich Herr Schreiber mit seinen Pétanque-Kugeln oder seinem Fotoapparat um den Hals auftauchen würde, hätte sie womöglich alles verdorben. Dem Alten war es sicher nicht recht, wenn man unaufgefordert sein Domizil betrat, vor allem wenn er einen Teil seines Abends damit verbracht hatte, nach den alten Aufnahmen zu suchen, um ihr einen Gefallen zu tun.

Dummes Ding, geh und schäl deine Paprika und komm heute Nachmittag oder morgen wieder ...

Clotilde wollte gerade gehen, als ihr Blick auf eines der Fotos an der Wand fiel.

Ihr Bruder Nicolas.

Sie trat näher. Eigentlich war es gar nicht so schwierig, unter den Hunderten von Fotos, die an den Wänden hingen, die aus den Jahren 1976 bis 1989 zu erkennen. Die gebräunten Körper und die Umgebung waren gleich, das Meer, der Strand, die Wellen, die Zitadelle von Calvi im Vordergrund, dahinter das Cap Corse, doch die Kleidung, so spärlich sie oft auch sein mochte, enthüllte eindeutig das Jahrzehnt der Aufnahme. Die Länge der Shorts, die Marke der Baseballkäppis, wie viel Hinterteil oder Busen der bunte Stoff verhüllte. Die Veränderungen der Bekleidungsdetails waren verblüffend, auch wenn sich auf den ersten Blick ein Jahr nicht vom anderen unterschied, und Clotilde immer den Eindruck gehabt hatte, im Juni wieder dieselben Sachen aus dem Schrank zu nehmen, die sie im September weggeräumt hatte.

Sie stellte ihre Einkauftasche ab. In der Allee A hörte sie Camper vorbeigehen.

Auf dem Bild war Nicolas keine fünf Jahre alt. Das Foto verstörte sie. Sie sah auch eines von sich selbst, im Alter von einem Jahr in den Armen ihrer Mutter. Die Backen rot wie Äpfel, auf dem Kopf einen grässlichen marineblauen Hut, der unter dem Kinn mit einem Gummiband gehalten wurde und ihr offensichtlich lästig war, die pummeligen kleinen Beinchen schienen nur darauf zu warten, durch den Sand oder das kalte Wasser zu stapfen. Papa war nicht auf den Fotos. Sie entdecke ein anderes, auf dem Nicolas elf und sie acht Jahre alt war, es war am 14. Juli aufgenommen worden, als sich der gesamte Campingplatz zum Feuerwerk am Strande von L'Oscelluccia versammelt hatte. Es gab noch keine Strohhütte, aber Clotilde entdeckte Natale, im Alter von achtzehn und unglaublich attraktiv, an der Hand einer traumhaften Blondine, deren Haare bis zum Hintern reichten. Ein Mädchen, das sie nie gesehen hatte. Und auch Basile Spinello war da, ebenso wie Sergent Cesareu Garcia, Lisabetta und Speranza Seite an Seite.

Sie hörte draußen, ganz in der Nähe, Schritte, die sie nicht weiter beachtete. Auf einem Campingplatz musste man sich an das Gefühl gewöhnen, dass der Nachbar jeden Augenblick auf der Schwelle stehen konnte. Ihre Blicke glitten weiter über die Aufnahmen. Sie hatte noch andere Bilder vom Sommer 1989 entdeckt, da war sie sich sicher. Sie erkannte das schwarze Benoa-Kleid von Maman, das mit den roten Rosen, das Papa ihr in Calvi gekauft hatte. Das Foto war wenige Tage vor dem Unfall gemacht worden.

»Deine Mutter war wirklich schön.«

Clotilde fuhr herum.

Eine eisige Hand legte sich auf ihre nackte Schulter.

»Langsam, Clotilde, langsam. Ehrlich, findest du nicht, dass deine Mutter eine Schönheit war?«

Cervone Spinello. Höchstpersönlich.

Was hatte er hier zu suchen? Er schien sich gar nicht zu wundern, sie hier anzutreffen. Doch er schien sich, ganz im Gegenteil, für alles Mögliche, nur nicht für sie zu interessieren, dafür aber für jeden Winkel des Bungalows.

»Ist Jakob da?«, fragte er nur.

Clotilde schüttelte den Kopf.

»Verdammt«, fluchte Cervone. »Was treibt der Preuße? Serge, Christian und Maurice warten auf dem Bouleplatz auf ihn. In dreißig Jahren ist er nicht einmal zu spät gekommen.«

Er zuckte mit den Achseln und senkte den Blick, so als wolle er die Sauberkeit des Bodens überprüfen.

»Er ist zwar nicht mehr in dem Alter, in dem man in der Macchia einer Touristin nachläuft, aber wir wollen doch noch etwas warten, bevor wir die Polizei verständigen.«

Cervone betrachtete die Fotos an den Wänden.

»Vielleicht war er es einfach nur leid, immer dieselbe Gegend zu knipsen, und ist mit seinem Apparat woandershin gegangen.«

Clotilde schwieg noch immer, doch Cervone redete einfach weiter.

»Auch wenn dieser alte *Boche* der nervigste Gast auf dem ganzen Campingplatz ist, muss man doch zugeben, dass er ein guter Porträtfotograf ist. Es gelingt ihm, mit seinen Bildern besser Erinnerungen heraufzubeschwören, als wenn er einen Film gedreht hätte. Schau her ...«

Cervone deutete auf andere Schnappschüsse.

Eine Gruppe Jugendlicher an einem Lagerfeuer. Clotilde erinnerte sich, die Aufnahme war am Tag vor dem Unfall gemacht worden, spätabends am Strand von L'Alga. Nicolas versuchte, Gitarre zu spielen, Maria-Chjara hatte den Kopf an seine Schulter gelegt. Im Schein der Flammen erkannte man die ganze Truppe: Estafan mit einer Djembé zwischen den Oberschenkeln, Hermann mit seiner Geige, Aurélia, die mit ihren olivgrünen Augen unter den dicken Brauen die Musiker, insbesondere Nicolas, verschlang.

»Das waren unsere Jahre!«

Cervone schien glücklich wie ein Kind, doch als er Clotildes verschlossenen Blick kreuzte, erstarrte er plötzlich.

»Tut mir leid, Clotilde, ich bin manchmal wirklich zu blöd!« Manchmal …

»Unsere Jahre … Ich denke an meine Jugend, an die Mädchen, die Partys, während du …«

»Vergiss es, Cervone, wenn ich nichts davon hören wollte, hätte ich nicht auf diesen Campingplatz zurückkehren dürfen.«

»Es sei denn, du wolltest die Wahrheit erfahren.«

»Was weißt du denn von der Wahrheit?«

Cervone stieß mit dem Fuß die Tür des Mobile Home zu. In der Hand hielt er ein Etui mit drei halb verrosteten Pétanque-Kugeln. Sollte er die als Waffe einsetzen, könnte sie mit ihrem Einkaufsnetz und den drei Paprika darin nichts gegen ihn ausrichten. Sie zwang sich zu scherzen, denn der Leiter des Campingplatzes machte ihr fast Angst. Was hatte er hier zu suchen? War er ihr gefolgt? Wenn er in irgendeiner Form versuchen würde, sie in diesem Leichtbauhäuschen anzugreifen, könnte sie immer noch schreien, und man würde sie hören. Das erste Gesicht, das ihr dabei in den Sinn kam, war das von Franck, nicht das von Natale. Weil Franck nicht weit weg war. Das waren ihre dummen Gedanken.

»Sieh her.«

In dem Bungalow, der jetzt im Halbdunkel lag, deutete Cervone auf ein Foto. Vor den Autos, die auf dem Parkplatz des

Europroctes abgestellt waren, spielten mehrere Männer Pétanque. Clotilde kannte sie nicht, aber im Hintergrund war ein Auto zu sehen. Unbeschädigt. Ihre Knie gaben nach. Ihr Auto, der rote Fuego.

»Warst du bei Sergent Garcia? Ich nehme an, er hat dir von seiner Theorie erzählt?«

Wusste Cervone Bescheid? Wusste er von der vorsätzlich beschädigten Lenkung? Dabei hatte Cesareu Garcia ihr versichert, seine Ermittlungen seien vertraulich gewesen und er habe nur Cassanu Idrissi informiert. Niemand anderen. Nicht einmal seine Tochter. Welche Rolle spielte Cervone Spinello in dieser Geschichte?

Sie musste Zeit gewinnen.

»Welche Theorie?«, fragte Clotilde unschuldig.

Der Leiter des Campingplatzes lächelte, ohne den Fuego aus den Augen zu lassen.

»Dass die Lenkung nicht mehr reagiert hat. Ganz plötzlich. Und dass es sich dabei nicht um eine unglückliche Fügung des Schicksals handelte.«

Rums!

»Aber der alte Sergent weiß nicht alles«, fügte Cervone hinzu.

Sein Finger glitt über die Aufnahme und hielt bei einem Mann inne, der dem Objektiv den Rücken zuwandte.

»Sieh dir deinen Vater genau an, und auch, wer hinter ihm steht.«

Er hatte recht. Ihr Vater bückte sich und sammelte die Pétanque-Kugeln ein, und es war eindeutig, wer hinter ihm stand, selbst wenn sein Körper fast verdeckt war.

Nicolas.

Mein Bruder interessierte sich nicht für die Partie, wohl aber für das Auto, das dort geparkt war.

Cervone jubilierte.

»Diese Fotos sind unglaublich, findest du nicht? Wenn man sich Zeit nimmt, sie genau anzusehen, den Vordergrund, den

Hintergrund, die Haltung, dann erzählen sie viele Geschichten, enthüllen fast alle Geheimnisse.«

»Worauf willst du hinaus, Cervone?«

Er legte seine Hand kurz auf ihre Schulter, so als wolle er den dünnen Träger ihres Kleides beiseiteschieben. So als wolle er verhandeln, aber das bildete Clotilde sich natürlich nur ein.

»Auf nichts, Clotilde. Auf nichts. Ich weiß genau, dass du mich nicht besonders magst, dass du mich ebenso sehr verabscheust, wie du meinen Vater geliebt hast. Dass ich in deinen Augen all das verkörpere, was du im Leben bedauerst – deine verlorenen Illusionen, die Versprechen der Jugend, die eines nach dem anderen erlöschen, und die Idioten, die in dieser beschissenen Welt an die Macht kommen. Ich will mich nicht dafür entschuldigen, Clotilde. Ich will mich nicht dafür entschuldigen, mit der Zeit gegangen zu sein. Denn ich kenne keine Desillusionen, kein Bedauern, Clotilde.« Er betrachtete die Aufnahme von dem Lagerfeuer, ehe sein Blick wieder zu dem Foto mit dem Fuego wanderte. »Ich bin heute glücklicher als früher, die Zeit hat mich selbstsicherer gemacht, mächtiger, reicher und auch schöner. Ich will mich also nicht dafür entschuldigen, denn um das zu erreichen, habe ich hart gekämpft. Siehst du, und auch wenn du mich nicht magst, beruht das nicht auf Gegenseitigkeit. Ich kenne keinen Hass, keine Verbitterung, empfinde nur Sympathie für alle, die Sympathie desjenigen, der es zu etwas gebracht hat. Auch Sympathie für dich.«

Er stellte die Pétanque-Kugeln ab. Nun legte sich auch die andere Hand auf ihre nackte Schulter. Jede von Cervones Händen schien zu einer Kühnheit fähig, um die andere zu beeindrucken. Sie wich einen Schritt zurück. Vielleicht war es doch gar keine so schlechte Idee, ihm die Paprika ins Gesicht zu schleudern.

»Das reicht, Cervone, erspar mir deine Predigten. Was weißt du?«

»Reagier nicht so aggressiv, Clotilde. Glaub mir. Und es ist an dir, eine Frage zu beantworten, eine einzige Frage. Willst du wirklich die Wahrheit erfahren?«

»Weißt du sie denn?«

»Du bist hier nicht vor Gericht, Clotilde, also leg deine Robe ab, lass die Maske fallen und beantworte meine Frage. Willst du die Wahrheit erfahren?«

»Über … Über den Unfall meiner Eltern? Über die verdammte Lenkung? Ob sie vorsätzlich beschädigt wurde?«

»Ja …«

»Weißt du es denn?«

»Ja … Aber es wird dir nicht gefallen. Ganz und gar nicht.«

»In all diesen Jahren haben mir auch die Lügen nicht wirklich gefallen.«

Er lächelte und betrachtete ein letztes Mal das Foto.

»Setz dich, Clotilde, setz dich. Ich will es dir erzählen.«

II

Sainte-Rose

KAPITEL 37

Montag, 21. August 1989, fünfzehnter Ferientag,
lotusblauer Himmel und kein Sterbenswörtchen

Es ist schon fast Mittag, und ich sitze in aller Ruhe in meiner kühlen *Grotte des Veaux Marins* und lese. *Die unendliche Geschichte*, heimlich, während mir *Gefährliche Liebschaften* als Sitzkissen dient. Plötzlich taucht Nicolas auf. Mir kommt es so vor, als würde ein großer Bär hereinkommen und mir das Licht nehmen, damit ich nicht weiterlesen kann. Schnell tausche ich unauffällig die Bücher aus – Bastian mit seinem Topfschnitt gegen Valmont und seine Marquise. Nicolas Silhouette zeichnet sich gegen das Sonnenlicht ab.

»Ich muss mit dir reden, Clo.«

Nur zu.

»Ich weiß, dass du gerne herumschnüffelst und dann alles in deinem Heft notierst, aber diesmal musst du auf Abstand gehen. Du musst nicht einmal verschwiegen sein, sondern am besten gar nicht erst versuchen, etwas in Erfahrung zu bringen.«

»Was sollte ich nicht versuchen zu erfahren?«

Ich gehe meinem Bruder leidenschaftlich gern auf die Nerven.

»Clo, es ist mein Ernst.«

Er beugt die Schultern leicht nach vorn, als wolle er mir etwas zuflüstern, aber vielleicht auch nur, um sich nicht an der Decke der Grotte zu stoßen.

Die plötzliche Helligkeit blendet mich.

»Ich bin verliebt!«

Wenn es weiter nichts ist.

»In wen? In Chjara?«

Es gefällt ihm nicht, wie ich sie nenne, er sagt wahrscheinlich nur Maria oder Mary oder MC, wie die Engländer.

Und die Art, wie ich ihn ansehe, gefällt ihm auch nicht, ganz und gar nicht. Also insistiere ich und wedele mit meinem Buch vor seiner Nase.

»Du darfst das nicht verwechseln, Bruderherz, es ist keine Liebe, sondern nur Erregtheit. Erregtheit unter euch Jungs, weil ihr konkurriert. Wer als Erster ihre Titten anfassen darf.«

Ich liebe es, mich ihm gegenüber vulgär auszudrücken.

»Bei dir würden die Jungs sicher nicht in Scharen angelaufen kommen …«

Mistkerl! Das schreibe ich nur auf, weil ich hoffe, dass meine Aufrichtigkeit Sie berührt.

Aber es ist längst verziehen. Ich vertrage mich nämlich auch leidenschaftlich gerne mit meinem großen Bruder.

»Also, Casanova, was willst du von mir?«

»Nichts … Nur dass du Abstand hältst, nicht die Aufmerksamkeit von Maman und Papa auf mich lenkst …, sondern sie, falls nötig, sogar ablenkst. Erfinde irgendwas, wenn ich nicht da bin. Ich will einfach nur, dass du mich zwei Tage deckst, ok?«

»Bis zur Sainte-Rose? Was ist denn für den Abend geplant? Willst Du deinen Strauß Heckenrosen pflücken wie Papa? Den Strauß des Siegers? Willst du nach der Lambada Soca tanzen? In Chjaras Möse?«

Ich liebe es wirklich, mich meinem Bruder gegenüber vulgär auszudrücken. Und er kann nichts dagegen sagen, denn das alles habe ich von ihm gelernt.

»An diesem Abend hebe ich ab, Schwesterherz, aber es geht dich absolut nichts an, wohin. Vielleicht erzähl ich es später einmal …«

»Wenn du deine Chjara geheiratet hast und ihr Kinder habt?«

Nico wechselt die Position, wirft wieder Schatten auf mich.

»Genau. Wir laden dich zur Hochzeit ein.«

Ich zögere, weiter zu bohren.

»Bist du dir wirklich sicher?«

»Sicher weswegen?«

»Dass du der Erste bist?«

»Ja, da bin ich mir sicher!«

»Und die Konkurrenz?«

»Das ist wie ein Strategiespiel, man muss immer ein paar Züge voraus sein.«

»Erklärst du sie mir? Deine Strategie?«

Mein Bruder beugt sich vor, setzt sich neben mich, sein Schatten hüllt mich schützend ein. Nicolas hat mir alles beigebracht, er hilft mir auf die Spur in der Macchia meines Lebens.

»Man muss die Tricks kennen, Schwesterherz. Weißt du, so wie in dem Buch, das du zu lesen vorgibst, *Gefährliche Liebschaften*. Ich intrigiere, erfinde Pläne, ich habe ein Schema im Kopf, ein einfaches Schema, einen Kreis mit den Vornamen der ganzen Truppe, ein Junge ein Mädchen, ein Junge ein Mädchen, und Pfeile, die sie verbinden. Wie bei einem Spiel, bei dem man die Mitspieler eliminieren muss, um nicht selbst eliminiert zu werden. Unglaublich, wie einfach das ist, man braucht nur einem Mädchen zuzuflüstern, dass ein Typ sich für sie interessiert oder einem Jungen, das ein Mädchen ein Auge auf ihn geworfen hat, und schon hat man gewonnen. Ich habe Aurélia, die gerne mit mir gegangen wäre, auf Hermann den Zyklopen angesetzt, der lieber etwas mit Maria angefangen hätte. Und da Maria eher Cervone mochte, obwohl ich mich frage, was sie an Spinello junior finden kann, habe ich dieses Papasöhnchen mit einem Papatöchterchen verkuppelt, das frivoler ist, als du denkst – mit Aurélia. Und hopp, schon hat sich der Kreis geschlossen …«

Aurélia! Sollte sich hinter ihrem Mauerblümchen-Gehabe und den buschigen Augenbrauen etwa eine Aufreißerin verbergen? Während Chjara bei all ihrem Flittchen-Getue letztlich nur mit einem schlafen würde, nämlich mit Nicolas? Macht er sich da nicht etwas vor?

»Also, versprichst du es? Hilfst du mir? Deckst du mich?«

»Wenn es umgekehrt wäre, wenn ich einen Liebsten hätte, würdest du das dann auch für mich tun?«

»Das würde ich … An dem Tag, an dem du endlich einen Busen hast.«

Mistkerl!

Ich liebe es, mich auf meinen Bruder zu stürzen und so zu tun, als würde ich mit Fäusten auf ihn einschlagen. In meinem Zimmer werfe ich ihm normalerweise erst einmal alle meine Plüschtiere an den Kopf. Also keine andere Wahl, als mich auf ihn zu stürzen.

Okay, großer Bruder. Ich gestehe dir zwei Tage lang deine Freiheit zu – bis zum Abend des 23. Normalerweise hätte ich dir alles versprochen und dir dann doch nachspioniert, aber in diesem Fall ist es mir egal. Eure ganze Clique, in der jeder mit jedem gehen will, ist mir gleichgültig. Das ist das richtige Wort. Gehen. Egal, mit wem. Wichtig ist nur, aus dem Kreis rauszukommen.

Also lass ich euch in Frieden, ich habe Besseres zu tun. Ich habe einen Vertrag!

Und einen Kuss in Aussicht. Und zwar von einem Mann, der nie in irgendeinen Kreis treten, der sich nie einsperren lassen würde, sondern der mir beibringen wird, was wahre Freiheit ist.

Ich muss nur Opa Cassanu überzeugen. Und glauben Sie mir: Ich werde es schaffen!

• • •

Er schloss das Heft und verbarg es unter seiner Jacke.

Ein Spiel, bei dem man die anderen eliminiert, das hatte Nicolas Idrissi angekündigt.

Und es war die reine Wahrheit.

KAPITEL 38

Clotilde wartete.

Cervone Spinello brauchte geschlagene fünf Minuten, bis er von der Toilette zurückkam. Vielleicht machte er sich ja zurecht, oder es war nur ein Manöver, um sie schmoren zu lassen. Was machten nach siebenundzwanzig Jahren schon ein paar Minuten?

Sobald Cervone den Weg entlangkam, wandte sie sich zu ihm um, ohne ihre Ungeduld zu verbergen. Der Leiter des Campingplatzes begnügte sich damit, ein bedauerndes Gesicht aufzusetzen, während er mit ausgestrecktem Finger auf die Fotos des alten Deutschen zeigte.

»Bist du sicher, dass du wirklich wissen willst, was damals passiert ist?«

Er wartete ihre Antwort nicht ab, sah sie auch nicht an, sondern starrte weiterhin gebannt auf die Fotos.

»Du erinnerst dich, Clotilde, für die Nacht des 23. August hatte dein Bruder Nicolas geplant, in die Diskothek *La Camargue* kurz hinter Calvi zu fahren, während deine Eltern den Abend in der *Casa di Stella* verbrachten. Sie mussten zu Fuß zur Hütte hinaufsteigen und den Fuego auf dem Weg zur Schäferei von Arcanu stehen lassen. Nicolas hatte vor, sich heimlich den Wagen eurer Eltern auszuleihen und auf dieser Spritztour so viele Leute mitzunehmen, wie ins Auto passten. Du erinnerst dich sicher auch, dass sein Plan noch etwas anderes beinhaltete. Er wollte die anderen auf der Tanzfläche beschäftigen und sich mit Maria-Chjara ein Sofa reservieren. Ein paar Mojitos und Joints sollten ihm dabei helfen, seine schöne Italienerin an einen anderen, vielleicht nicht ganz so bequemen, aber diskreteren Ort zu bringen. Erinnerst du dich an all das, Clotilde?«

»Ja.«

»Tja, was danach geschah … Wie soll ich es dir sagen? Maria-Chjara kriegte kalte Füße. Nicht wegen des Sofas, der Joints, des Rums und auch nicht wegen des Folgeplans. Nein, damit war Maria-Chjara sehr einverstanden.«

Seine Finger strichen über das Foto von dem Lagerfeuer am Strand von L'Alga, über Maria-Chjaras Kopf an Nicolas' Schulter, der auf seiner Gitarre spielte. Sein Daumen glitt über die langen dunklen Haare der Italienerin, dann über ihren Ausschnitt, ihre kupferfarbene Haut.

»Nein, sie kriegte nur aus einem einzigen Grund kalte Füße: wegen des Autos. Nicolas hatte noch keinen Führerschein! Er hatte lediglich rund ein Dutzend Stunden Theorie absolviert und ein paar Kilometer Fahrerfahrung in Begleitung deines Vaters. So einfach ist es. Maria-Chjara dachte an die engen Straßen, die vielen Kurven, die Schluchten, das freilaufende Wild, kurz, sie hatte Angst, dass er einen Unfall bauen würde!«

»Also sind sie nicht gefahren.«

»Nein, nicht am Abend des 23. August, das weißt du, und du weißt auch, warum. Aber niemand hat eine Ahnung, was davor passiert ist. Um Maria-Chjara zu überzeugen, wollte Nicolas ihr beweisen, wie ungefährlich es ist.«

Nach und nach verkrampfte sich Clotildes Körper immer mehr. Es begann mit einer unsichtbaren Armee von Insekten, die ihre Füße lähmten.

»Ein paar Stunden, bevor deine Eltern nach Arcanu aufbrachen, waren beide sehr beschäftigt. Deine Mutter machte sich für ihren romantischen Abend zurecht, dein Vater, der gerade von einem Segeltörn zurückgekehrt war, studierte Unterlagen, die er mit Cassanu besprechen wollte. Das war die perfekte Gelegenheit. Dein Bruder schnappte sich also die Autoschlüssel und bat Maria-Chjara, auf dem Beifahrersitz Platz zu nehmen. Nur für eine kleine Spritztour, ein paar Kilometer, ein paar Serpentinen hinunter nach Galéria, um ihr zu beweisen, dass er alles im Griff hatte und auch ohne diesen Lappen Autofahren konnte. Vor allem aber, dass er vorsichtig war.«

Die kannibalischen Insekten kletterten Clotildes Körper empor. Die ersten erreichten ihre Lunge und verteilten sich wimmelnd in Schwärmen, um ihre Atmung zu blockieren.

»Zehn Minuten später kamen sie zurück. Nico parkte das Auto an genau der gleichen Stelle wie zuvor. Beide stiegen aus. Zu der Zeit arbeitete ich gerade am Empfang des Campingplatzes, ich bin der Einzige, der sie gesehen hat.«

Die Insekten, die sich ganz oben in ihrer Luftröhre zusammengeballt hatten, sorgten dafür, dass aus ihrem Mund nur ein lächerlich dünnes Stimmchen zu vernehmen war.

»Was gesehen?«

»Ich habe sie gesehen und gehört. Nicolas kniete sich hin, um unter den Motor des Wagens zu sehen, bevor er Maria-Chjara versicherte: ›Es ist nichts, er hat nichts abbekommen.‹ Als er mit seinen dreckigen, ölverschmierten Händen ihrem Kleid aus weißer Spitze zu nahe kam, wich Maria zurück und sagte ihm ordentlich die Meinung zu dem, was passiert war.«

Clotilde schluckte. Ihre Schläfen pochten, aber nicht so laut, das sie nicht die Worte gehört hätte, die sie niemals hatte hören wollen.

»Nicolas hatte einen Unfall gebaut! Nach ein paar Kurven war er einfach schnurstracks geradeaus gefahren und hatte dabei den unteren Teil der Karosserie an den Felsen aufgeschrammt. Nur so ist das Auto zum Stehen gekommen. Nicolas musste mit Vollgas zurücksetzen, ohne zu wissen, was unter dem Wagen scheuerte, sich verbog, mit einem unerträglichen metallischen Knirschen weggerissen wurde.«

Clotilde wurde schwindelig, Übelkeit stieg in ihr hoch.

»Den Zusammenhang habe ich erst ein paar Tage später hergestellt, als sich die Jungs aus der Nachbarschaft leise über ein defektes Lenkgestänge, eine verbogene Spurstange und eine gelöste Schraubenmutter unterhielten.«

Clotildes Magen krampfte sich zusammen. Keuchend übergab sie sich direkt auf den alten Linoleumboden des Bungalows.

Cervone wandte sich nicht ab.

Das durfte nicht wahr sein. Sich nicht mal eine Sekunde lang vorstellen, er würde die Wahrheit sagen.

Dass Nicolas nichts erzählt hatte, sich der Gefahr nicht bewusst gewesen war, es vorgezogen hatte, die Autoschlüssel heimlich zurückzulegen, um keinen Ärger zu bekommen.

»Du wolltest die Wahrheit, Clotilde. Du hast mich gefragt. Tut mir leid.«

Sie sah Nicolas direkt vor sich, sein Gesicht, ein paar Augenblicke vor dem Aufprall, genau in dem Moment, bevor der Fuego schwerelos ins Leere stürzte. Dieses Gefühl, dass sie in all den Jahren hartnäckig verfolgt hatte: Nicolas wusste etwas. Er wusste über etwas Bescheid, was sie nicht wusste. Er hatte nicht überrascht gewirkt, als die Lenkung des Wagens nicht reagierte, so als hätte er begriffen, warum sie alle sterben würden.

Natürlich, nun war alles sonnenklar.

Er hatte sie alle getötet!

• • •

»Isst du nichts?«

Francks Stimme hatte einen ironischen Unterton.

Clotilde hatte alles weggeworfen, die Paprika, die Rindersteaks und die exotischen Früchte. Statt des versprochenen Festmahls gab es nun gewürfelten Schinken, geschnittene Tomaten und dazu Mais aus der Dose.

Franck hatte Valou zwanzig Euro in die Hand gedrückt,

damit sie am Empfang ein Schälchen Pommes, ein Magnum Café, ein Cornetto Erdbeer kaufte, und du, Clo, was willst du?

»Danke. Für mich nichts.«

Clotilde hatte beschlossen, nicht darüber zu sprechen. Nicht sofort. Nicht jetzt. Nicht einfach so.

Sie wollte nur eins.

In starke Arme sinken. Mit ihren Fäusten auf den Brustkorb eines Mannes hämmern, an einer Schulter herzzerreißend weinen, das Leben lautstark verfluchen, während er ihr beruhigende Worte ins Ohr flüsterte. Sich ganz einem Mann hingeben, der sie verstand, der dann schwieg, der sie liebte.

Franck war nicht dieser Mann.

Sie stand auf, stapelte die Teller, räumte das Geschirr ab, griff sich einen Schwamm, einen Plastikbehälter und ein Geschirrtuch.

»Wenn ich mit dem Spülen fertig bin, gehe ich zum Grab meiner Eltern. Belvedere de Marcone. Ich werde nicht lange weg sein.«

• • •

Die Korsen glauben an Geister, Phantome. Ihre Gräber sind der Beweis dafür. Warum würden sie sonst so monumentale letzte Ruhestätten errichten? Familiengruften, die manchmal imposanter sind als das Haus, in dem sie einst gelebt haben? Warum reservieren sie die schönsten Grundstücke für diese feudalen Zweitwohnsitze, in denen bis zu sieben Generationen ihre Gebeine lagern? Warum sollten sie für ihre Friedhöfe das schönste Panorama wählen, wenn sie nicht daran glaubten, dass die Toten von den nebelumhüllten Bergkämmen, dem Blick auf die Kirchtürme oder den Sonnenuntergängen über der Zitadelle von Calvi profitieren würden? Zumindest die, die über die nötigen Mittel verfügen.

Die Gruft der Familie Idrissi würde bis in alle Ewigkeit jeder Wetterlage trotzen. Stolz erhob sie sich mit ihrer azurblauen Kuppel, ihren korinthischen Säulen über die Mauer des Friedhofs von Marcone, damit jeder, der auf der Küstenstraße vorbeifuhr, an den Namen des ehrenwerten Geschlechts erinnert wurde. Zu den ältesten Idrissis zählten ein Admiral (1760–1823), ein Abgeordneter (1812–1887), ein Bürgermeister (1876–1917) und Pancrace, der Urgroßvater von Clotilde (1898–1979).

Sowie drei weniger bekannte Familienmitglieder.

Paul Idrissi (1945–1989)

Palma Idrissi (1947–1989)

Nicolas Idrissi (1971–1989)

Natale erwartete sie bereits auf dem Friedhof im Schatten der Mauer aus Gips und Kalkstein. Clotilde warf sich in seine Arme und küsste ihn, weinte, weinte, weinte, ließ sich schließlich unter den nächstbesten Baum sinken, eine Eibe mit vom Meerwind gezeichneten Stamm, ohne sich weiter um die Nadeln zu scheren, die ihre nackten Schenkel zerkratzten. Der Friedhof lag verlassen da, bis auf eine alte Frau, die mühsam vom Brunnen eine Gießkanne zu einem der hinteren Gräber schleppte.

Und endlich sprach Clotilde. Natale saß neben ihr und hielt ihre Hand. Ihre Körper berührten sich nicht, nur ihre Finger waren ineinander verflochten. Clotilde redete sich alles von der Seele: Cesareu Garcias Enthüllungen über das Auto ihrer Eltern, ihr Leben, das eine einzige riesige Dunkelkammer war, ihre Liebe zu Franck, die sich in Luft auflöste, ihre Tochter, die ihr entglitt und so anders war, dass sie sich ernsthaft fragte, ob sie sie wirklich liebte. Und sie sprach auch über die Vergangenheit, jene Vergangenheit, die ihr eine Last war, über ihre Mutter, auf die sie eifersüchtig gewesen war, und über ihren Vater, den sie vergöttert hatte, über diesen Typen, der ihr von den Delphinen erzählt und den sie nie vergessen hatte. Dann kam sie auf ihren Bruder Nicolas zu sprechen, ihren großen Bruder, der ihr den Weg ins Leben geebnet hatte, indem er jedes Hindernis beiseiteräumte, sie huckepack trug, wenn der Hang zu steil war, sie die Abkürzungen lehrte, ihren Bruder, der sie hier auf La Revellata verlassen hatte, der sie gebeten hatte, sein Geheimnis zu wahren, der nicht gewagt hatte, etwas zu sagen, sondern es vorgezogen hatte, stillschweigend in ein Auto zu steigen, das zu einer tödlichen Falle wurde, ohne sich dessen bewusst zu sein. Leichtfertigkeit, das war es, Leichtfertigkeit.

Clotilde entledigte sich all ihrer Ängste, all ihren Grolls, und nachdem sie den Ballast abgeworfen hatte, fühlte sie sich leicht und unbeschwert.

Die Grabstätte der Idrissis war ein Blütenmeer. Ein Strauß Heckenrosen, Lilien, Orchideen. Das farbenfrohste Grab auf dem ganzen Friedhof. Cassanu und Lisabetta gehörten nicht zu denen, die die Ahnen vernachlässigten. In der prallen Sonne kam die alte Frau mit der Gießkanne direkt auf sie zu.

Nur eine Frage schwirrte immer weiter in Clotildes Kopf. Warum hatte Nicolas nichts gesagt? Nicolas der Vernünftige, Nicolas der Kluge, Nicolas der Amboss, der alle Schläge einfach erduldete, Nicolas das Vorbild, Nicolas der Aufrechte, der Schöne, der Freundliche, Nicolas, der alles für sie gewesen war. Warum hatte Nicolas die Autoschlüssel gestohlen? Warum war er ohne Führerschein mit dem Wagen gefahren? Warum hatte er diesen verrückten Plan einer nächtlichen Spritztour ausgeheckt?

Die Antwort war einfach, grausam, erbärmlich, verachtenswert, schmutzig.

Wegen einer blöden Ziege. Um ein Mädchen zu beeindrucken, in das er noch nicht einmal verliebt war. Um endlich einmal Brüste anfassen zu dürfen. Um seinen Penis in eine Vagina zu stecken, die sich anderen verweigert hatte, aber nicht ihm. Weil Nicolas der Verstandesmensch auch nur ein triebgesteuertes Tier war – wie alle anderen Männer. Doch all seine Prinzipien, seine ganze Erziehung, all die Bücher, die er gelesen hatte, seine Bildung spielten keine Rolle mehr angesichts der Kurven eines Mädchens, ihrer kupferfarbenen Haut, ihrer ihn verschlingenden Pantheraugen, ihrer leicht geöffneten Lippen, die stumme Versprechen beschworen. Ja, so lächerlich war es. Nicolas hatte seinen Vater und seine Mutter, sich selbst getötet und sie, seine Schwester, zu einer lebenslangen Last verurteilt. Alles nur, um zum ersten Mal ein Mädchen zu besitzen, ein Mädchen, das ihn nicht verdiente und um das es eigentlich gar nicht ging, sondern nur um ihren Körper, nur um ein Objekt, bestenfalls eine Puppe.

Sie erinnerte sich an Maria-Chjaras entsetzten Blick, als sie an jenem Abend vor ihrer Garderobe von Nicolas und dem Unfall gesprochen hatte. An ihr Schweigen. Ihr Leugnen. Ihre Flucht. Sie verstand nun, wie sehr sie unter der Last dieses Geheimnisses gelitten haben musste. Sie, die um nichts gebeten hatte! Sie, die alles provoziert hatte.

Die Unschuldige, die mit dem Feuer gespielt hatte.

»Versprich mir, Natale, versprich mir, dass nicht alle Männer so sind. Das …«

Ihre Lippen hielten ein paar Zentimeter voneinander entfernt inne.

»Entschuldigung.«

Aus der Gießkanne der alten Frau tropfte Wasser, das wie durch Zauberhand kurz darauf schon wieder vom Weg, von der ockerfarbenen Erde verschwunden war. In diesem Moment erkannte Clotilde ihr von einem schwarzen Schleier umrahmtes Gesicht.

Speranza. Die Hexe von Arcanu. Orsus' Großmutter. Das »Mädchen« für alles bei Lisabetta und Cassanu.

Ohne die beiden auch nur eines Blickes zu würdigen, leerte Speranza eine der fünf Vasen auf dem Grab aus, zog behutsam eine Blume nach der anderen heraus, füllte frisches Wasser nach, sortierte die Blumen aus, knipste ein Blatt ab, holte aus den Tiefen ihrer Tasche eine Gartenschere, um ein paar verwelkte Stiele abzuschneiden und machte sich dann an der zweiten Vase zu schaffen.

Ihre Worte hallten durch die Stille.

»Du hast hier nichts verloren!«

Clotilde fuhr zusammen.

Speranza sah nur sie an, so als würde Natale gar nicht existieren. Sie stellte die Gießkanne ab und fuhr langsam mit ihrem Finger über die auf dem Grabstein eingravierte Inschrift.

Palma Idrissi (1947–1989)

»Und sie auch nicht.«

Die ersten Worte schienen Speranza am schwersten gefallen zu sein, doch dann sprudelte es aus ihr heraus.

»Ihr Name hat hier bei den Idrissis nichts verloren. Nicht ich bin die Hexe der Berge, la *streia*, sondern deine Mutter! Du weißt nichts, du warst ja noch nicht einmal geboren«, rasch bekreuzigte sie sich, »aber deine Mutter hat ihn verhext.«

Sie starrte auf Pauls in den Grabstein eingravierten Namen.

»Glaub mir, Frauen sind dazu in der Lage. Deine Mutter hat deinen Vater verhext, und sobald er ihr verfallen war, hat sie ihn uns gestohlen. In ihren Netzen gefangen, hat sie ihn mitgenommen, weit, weit weg von all jenen, die ihn liebten.«

Weit weg, dachte Clotilde, das heißt ins Vexin, nördlich von Paris, wo er dann hektarweise Rasen verkauft hatte. Ihr war nie bewusst gewesen, wie schwer es für die Familie ihres Vaters gewesen sein musste, seine Entscheidung zu akzeptieren.

Natale drückte, ohne einzugreifen, beruhigend ihre Hand. Wütend leerte Speranza die zweite Vase aus. Welke Blütenblätter rieselten wie pastellfarbenes Konfetti auf ihr schwarzes Kleid.

»Wenn dein Vater ihr nicht begegnet wäre«, fuhr Speranza fort, »hätte er ein Mädchen von hier geheiratet. Hätte hier eine Familie gegründet und seine Kinder wären hier geboren. Wenn deine Mutter nicht aus der Hölle aufgestiegen wäre, um ihn mitzunehmen und mit ihm dorthin zurückzukehren.«

Beherzt kappte sie drei Rosen, zwei Feuerlilien und eine wilde Orchidee. Zum ersten Mal wurde ihre Stimme sanfter.

»Du kannst nichts dafür, Clotilde. Du bist eine Fremde. Du

weißt nichts über Korsika. Du ähnelst nicht deiner Mutter. Deine Tochter schon. Deine große Tochter ist wie sie, sie wird auch eine Hexe. Aber du, du hast die Augen deines Vaters, seine Art, die Dinge zu betrachten, an das zu glauben, an was die anderen nicht glauben. Dir bin ich nicht böse.«

Zum ersten Mal sah Speranza zu Natale. Ihre runzlige Hand umklammerte noch immer die Gartenschere. Nervös öffnete und schloss sie das Werkzeug unablässig, so als wolle sie mit ihm den Sauerstoff kappen, den sie alle atmeten. Dann stieß sie plötzlich mit der Klinge gegen den marmornen Grabstein, kratzte damit über den Namen Palma Idrissi, als versuche sie, ihn auszulöschen. Der Stahl der Schere hinterließ auf dem grauen Stein ein weißes Mal, das A und das M bröckelten.

Die Augen der Alten fielen auf den Namen darüber.

Paul Idrissi

Wieder bekreuzigte sie sich.

»Paul hätte hier leben sollen. Wenn deine Mutter ihn nicht umgebracht hätte. Hier leben, verstehst du? Leben. Nicht hierher zurückkommen, um zu sterben.«

...

Natale begleitete Clotilde zu ihrem Auto. Als die beiden fluchtartig den Friedhof verließen, wetterte die alte Speranza noch immer gegen Palma.

Vor der geöffneten Wagentür küssten sie sich lange. Clotilde gelang es trotz allem, zu scherzen.

»Meine Mutter scheint hier nicht sehr willkommen gewesen zu sein. Weder als Lebende noch als Tote. Offenbar warst du wohl der einzige Korse, der sie geliebt hat …«

»Nicht der einzige. Dein Vater hat sie auch geliebt.«

Treffer!

»Ich muss los.«

Ein letzter Kuss.

»Schon klar, ich ruf dich an …«

Sie wagte es, ihm eine letzte Frage zu stellen. Schließlich war sie die Lokführerin.

»Der Hass der Korsen, Natale, der Hass der Korsen auf meine Mutter, zu der Zeit, als ihr beide, sagen wir, euch doch sehr nahe standet. Hat dein aufgegebenes Boot, deine Heirat mit der Tochter eines Polizisten etwas damit zu tun? Mit dieser Last, diesem Druck und all den Flüchen, mit denen dich die alten Korsinnen bedenken wollten?«

Er begnügte sich mit einem Lächeln.

»Fahr, meine Prinzessin, fahr zurück in deinen Turm, in den du dich eingesperrt hast. Bring dich in Sicherheit, während dein Ritter die Hexen im Zaum hält.«

Mit Tränen in den Augen fuhr Clotilde los. Durch ihren verschleierten Blick verformten sich die Felsen, glitten ins Meer, als lösten sie sich auf. Mit jeder Kurve rückte die Spitze der Halbinsel La Revellata näher. Die Landschaft verblasste, die Strommasten verbogen sich, aber Clotilde fuhr langsam genug, um Maria-Chjaras Gesicht auf den Plakaten zu erkennen, das an jedem zweiten Mast klebte.

Eighties-Abend, Diskothek Tropi-Kalliste, 22. August, am Strand von L'Oscelluccia

Übermorgen … Das gleiche Programm wie vor vier Tagen. Es gab keinen Grund für Cervone, eine Einnahmequelle, die sich rentierte, aufzugeben, vor allem, wenn die Urlauber nicht allzu lange blieben.

Clotilde konnte sich diese Gelegenheit nicht entgehen lassen! Sie musste Maria-Chjara unbedingt noch einmal treffen, sie zum Sprechen bringen und dazu, ihr zu gestehen, was sich an jenem 23. August 1989 zugetragen hatte. Ob sie tatsächlich von der Fahrbahn abgekommen waren, die Lenkung beschädigt wurde, und warum sie so beharrlich geschwiegen hatte. Maria-Chjara war die Einzige, die Cervones Version bestätigen konnte. Aber wie sollte sie sie dazu bewegen? Sie würde damit, Jahrzehnte später, ihre Mitverantwortung für den Tod dreier

Menschen eingestehen. Das würde sie niemals zugeben. Sie würde wohl niemals mit absoluter Sicherheit die Wahrheit erfahren.

Sie konnte gar nicht mehr aufhören zu weinen. Inzwischen fuhr sie weniger als zwanzig Stundenkilometer, hinter ihr drängelte ein riesiges Wohnmobil mit niederländischem Kennzeichen, das bereit schien, sie in den nächstbesten Abgrund zu schubsen, falls sie noch langsamer werden sollte. In einem dummen Reflex, wie um die verschwommene Landschaft deutlicher zu sehen, betätigte sie die Scheibenwischer.

Erst in diesem Moment bemerkte Clotilde den Umschlag – vielleicht eine Werbung? –, der darunter klemmte und durch die Bewegung davonflatterte.

Clotilde machte eine Vollbremsung.

Das niederländische Wohnmobil ließ die Hupe aufheulen, die durchdringender war als das Nebelhorn der Fähre bei der Einfahrt in den Hafen von Bastia, scherte aus, eine Rothaarige auf dem Beifahrersitz beschimpfte sie auf Holländisch, während die hinten sitzenden Kinder ihre Nase an das Fenster pressten und sie wie ein seltsames Tier beäugten.

Clotilde war das völlig egal. Sie parkte das Auto halb auf der Straße, ließ die Tür einfach offen stehen und rannte dem Umschlag hinterher, der von Fels zu Fels flatterte. Schließlich klaubte sie ihn aus einem wilden Maulbeerbaum auf, wobei sie sich den Unterarm aufschürfte. Franck hatte recht, sie verlor jeglichen Sinn für das rechte Maß. Sie hatte ihre Gefühle nicht mehr im Griff. Sie hatte sich in Lebensgefahr gebracht, und das wegen eines Flyers, der womöglich für die Sonderöffnung des Supermarkts an der Ecke warb oder für einen Trödelmarkt, ein Konzert, vielleicht sogar für das von Maria-Chjara.

Ein Umschlag!

Ihre Hand zitterte.

Das Kuvert war weiß – bis auf zwei Worte.

Für Clotilde.

Eine weibliche Handschrift, die sie unter Tausenden wiedererkannt hätte.

Die Schrift ihrer Mutter.

KAPITEL 39

Montag, 21. August 1989, fünfzehnter Ferientag,
gebrochenes Kristallblau

Ich bin deinem Rat gefolgt, Basile, und mit Natale zu den Delphinen gefahren.«

Und nicht nur das. Anschließend war ich in der Bar des Campingplatzes, die brechendvoll ist. Es ist Zeit für den Aperitif, der Pastis und das korsische Bier fließen in Strömen, und in den Schälchen liegen so viele Oliven, dass alle Bäume im Osten der Insel leer gefegt sein müssen.

Rund zwanzig Gäste sind da. Nur Männer. Also erzähle ich ihnen alles, absolut alles von der Fahrt auf der *Aryon*, von den Delphinen und ihren Babys. Ja, es stimmt, Natale spricht mit ihnen, er muss magische Kräfte haben. Ich bin mir sicher, dass keiner von ihnen *Im Rausch der Tiefe* gesehen hat.

Go. Go and see, my love. [*]

Ich bin ja nicht dumm und habe meinen Plan gut vorbereitet. Ich glaube, ich kann ein bisschen Eindruck schinden bei dieser Bande behaarter, bärtiger und dickbäuchiger Gesellen in meinem extra für sie ausgesuchten, schwarz-weißen T-Shirt mit dem blutroten WWF-Logo und einem geköpften Panda.

»Das Komplizierteste an diesem Projekt«, erkläre ich mit

---

[*] Zitat aus dem Film *Im Rausch der Tiefe* von Luc Besson (© 1988, Gaumont)

einer Treuherzigkeit, die im scharfen Kontrast zu meinem blutrünstigen T-Shirt steht, »ist nicht, die Delphine zu überzeugen, sondern das Schutzgebiet zu errichten.«

Den Gästen ist das schnuppe, sie glauben genauso wenig an Delphinsafaris wie an die Wiedergeburt der Seehunde.

»Auch ich stamme aus Korsika, wie Natale Angeli, also kommt Beton auf keinen Fall in Frage. Wir müssen uns was anderes überlegen, andere Baumaterialien wählen, Holz, Glas, Stein, etwas Schönes! Wir wollen schließlich nicht die Gegend verschandeln, immerhin ist es ja Opas Land.«

Also, das gefällt mir am besten. Meinen Großvater als »Opa« zu bezeichnen vor all diesen Männern, die bei einem Gläschen Anis- oder Myrtenschnaps im Dunst ihrer Zigaretten gerne über Gott und die Welt, Korsika und die Macchia diskutieren. Sie sehen in Cassanu Idrissi eine Art General, dessen Namen man nicht aussprechen darf, ohne dabei zur Steinsäule zu erstarren. Ich komme hier im Zombie-Look auf die Insel und nenne ihren obersten Befehlshaber einfach Opa!

Und dabei habe ich noch gar nicht meine Geheimwaffe gezückt …

»Zum Glück«, fahre ich fort, »wird das Ganze ja ein Familienprojekt! Opa stellt das Terrain und meine Mutter, die Architektin ist, wird das Delphinhaus bauen.«

Ob sie denken könnten, dass ich zu dick auftrage?

»Meine Mutter und Natale verstehen sich, glaube ich, ganz gut! Wo sind denn hier die Toiletten?«

Ganz aufgekratzt gehe ich Richtung Keller, wo eine steile Treppe zu den Toiletten führt. Anstatt jedoch hinunter zu gehen, bleibe ich auf den obersten Stufen stehen und warte, bis die Zeitschaltuhr erloschen ist, und lausche. Gut, ich gebe zu, das fallen zu lassen war nicht besonders schlau, eher schäbig, aber ich bin eifersüchtig! Und ich will wissen, ob meine Mutter tatsächlich mit Natale schläft. Also warte ich jetzt im Dunkeln und lausche.

Und es dauert nicht lange, bis sich eine erste Stimme erhebt.

»Also, Natale traut sich was! Sich an Cassanus Schwiegertochter ranzumachen …«

Einvernehmliches, nicht identifizierbares Gelächter ertönt. Ein Typ mit näselnder, quakiger Stimme setzt noch einen drauf.

»Aber ich muss sagen, Pauls Frau macht mir auch echt Lust, Umweltschützer zu werden.«

Beunruhigtes Schweigen.

»Seit zwanzig Jahren plädieren die Umweltschützer dafür, Hasen zu schützen«, fährt die Stimme fort. »Na, wenn es um sein Häschen geht, schließe ich mich gerne an.«

Lautstarkes Gelächter ertönt. Ich erkenne Basiles Stimme, der in der Bar für etwas Ordnung sorgt.

»Vielleicht braucht er wirklich einen Architekten«, besänftigt der Leiter des Campingplatzes die Gemüter. »Und auch wenn Palma etwas zu sehr um Natale herumscharwenzelt, so hat sie ja auch einen guten Grund dafür …«

»Wie, warum hat sie einen guten Grund?«

»Hör gut zu, mein Kleiner, hier in der Gegend haben wir ein Sprichwort: Auf La Revellata holen die Hirten im Winter das Vieh in den Stall und im Sommer die Frauen ins Haus, sobald Paul Idrissi mit der Fähre kommt.«

Tosendes Gelächter.

»Man muss ihn verstehen. Paul langweilt sich da oben mit den Pariserinnen, die sich in der Metro verkriechen. Wir hier auf der Île de Beauté – der Insel der Schönheit – können dafür das ganze Jahr über jagen gehen.«

»Das hindert ihn nicht daran, die schönsten Trophäen einzuheimsen, selbst wenn er nur zwei Monate im Jahr hier ist.«

»Er könnte seinen Freunden ruhig mal was abgeben.«

Johlendes Gelächter. Ich schaffe es nicht, mich vom Fleck zu bewegen, mein Kopf rauscht.

Durch den dichten Nebel dringt Basiles Stimme.

»Dabei ist Palma sehr hübsch …«

»Ja, er hat ihr seine Delphine gezeigt und sie ihm ihre Muschi …«

»Und trotzdem, Natale hätte sich eine suchen können, die jünger und vor allem weniger verheiratet ist ...«

Plötzlich Stille.

»Psst«, murmelt jemand.

Für einen Moment glaube ich, dass sie mich entdeckt haben. Aber nein, kurz darauf höre ich Babygeschrei. Der einzige Säugling, den ich kenne, ist der kleine behinderte Junge, den seine Großmutter, die bei Opa und Oma den Haushalt führt, ständig im Kinderwagen spazieren fährt.

Ich steige hinab, bei jeder Stufe auf der dunklen Treppe wanke ich, wage mich in den endlosen Tunnel vor. Eine Ewigkeit bewege ich mich tastend vorwärts und verliere alles, was von meiner Kindheit geblieben ist. Und als ich die Toiletten erreiche, ist praktisch ein Leben vergangen, und ich schließe mich mit dem Gefühl ein, auf der anderen Seite des Mittelmeers, der Menschlichkeit, der Milchstraße angelangt zu sein. Ohne Licht zu machen, setze ich mich auf die Klobrille, begnüge mich mit dem schwachen Schein, hole mein Heft heraus und schreibe alle Worte auf, die ich gehört habe, male die Buchstaben mit kleinen Beinchen nach, als wären sie lebendig und wollten davonrennen.

Ich schreibe immer wieder dasselbe.

Zeile um Zeile. Als Strafe. Um für die Familienschuld zu büßen.

Schreibt das ab. Schreibt es eine Million Mal.

Mein Vater betrügt meine Mutter.
Mein Vater betrügt meine Mutter.
Mein Vater betrügt meine Mutter.
Mein Vater betrügt meine Mutter.
Mein Vater betrügt meine Mutter.

. . .

Drei Seiten mit diesem Geschreibsel.

Er blätterte sie um, fand es unterhaltsam.

Wenn dieses Tagebuch einmal veröffentlicht werden würde, wie viel würde der Herausgeber davon stehen lassen?

KAPITEL 40

Autos fuhren unter ohrenbetäubendem Gehupe vorbei, wichen in Richtung Abgrund aus und beschimpften die Fahrerin des Passats, der mitten auf der rechten Fahrbahn der unübersichtlichen Küstenstraße hielt.

Clotilde hörte es nicht einmal.

Sie saß, den Brief in der Hand, reglos da. Vorsichtig öffnete sie ihn.

Sie las ihn, entzifferte mühsam die Schrift.

Meine liebe Clotilde,
danke, dass Du es getan hast. Danke, dass Du unter die Eiche gekommen bist. Ich weiß nicht, ob ich Dich sonst wiedererkannt hätte. Du bist eine sehr hübsche Frau geworden.
Deine Tochter auch, sie ist vielleicht sogar noch hübscher. Ich glaube, sie sieht mir ähnlich. Oder zumindest der Frau, die ich früher einmal war.
Ich würde so gerne mit Dir sprechen.
Heute Abend. Heute Abend wäre es möglich, wenn Du kannst.
Komm um Mitternacht zu dem Weg, der zur Casa di Stella führt.
Dort wartest Du, bis er kommt und Dich führt.
Zieh Dich warm an, es wird sicher etwas kalt sein.
Er führt Dich zu meiner Dunkelkammer. Ich werde Dir die

*Tür zwar nicht öffnen können, aber vielleicht sind die Wände
dünn genug, damit ich Deine Stimme hören kann.*

Bis Mitternacht. Im Schein von Beteigeuze.
Ich umarme Dich
P.

...

Den Rest des Tages über zwang sich Clotilde zur Fröhlichkeit.

Franck hatte ihre Schweigsamkeit beim Mittagessen ebenso
wenig kommentiert wie ihren plötzlichen Wunsch, zum Grab
ihrer Eltern zu gehen, ihre wechselnden Launen oder das vergessene Handy und die SMS, die er darin hätte lesen können. Die Zeit verstrich langsam, und ohne dass man sie hätte
genießen können. Am Strand bleiben, bis einem langweilig
wurde, zu Fuß zurückkommen, die nassen Handtücher auf-
hängen, den Sand von der Terrasse fegen, Obst schälen für
einen Fruchtsalat – doch allmählich fand Clotilde die nervige
Hausarbeit fast angenehm ...

Sie ließ sich sogar dazu hinreißen, über Francks Schulter zu streicheln. Sie fand ihn fast rührend, wie er dahockte
und gegen die Ameisen kämpfte, die jeden Tag neue Straßen
zu dem Vorratsschrank fanden. Wie er alles wegräumte, ver-
packte, Zucker, Kaffee, Kekse überprüfte, ob alles hermetisch
abgedichtet war und die Knoten der Plastiktüten festzog. Ein
kleiner Junge, machtlos angesichts der Gerissenheit und Be-
harrlichkeit der Insekten.

Clotilde ließ die Hand auf seiner nackten Schulter ruhen. In
dieser Geste lagen ein bisschen Schuldbewusstsein, ein bisschen Angst und viel Strategie. Nicht wegen Natale, zumindest
nicht in diesem Moment, sondern wegen ihrer mitternächt-
lichen Verabredung.

»Du musst mir nur etwas Zeit lassen, Franck. Bald erkläre
ich dir alles. Ich habe Informationen erhalten. Neue Informationen.«

Sie zögerte ein wenig, vielleicht etwas zu lange, doch Franck kehrte ihr noch immer den Rücken zu und betrachtete die Ameisen.

»Dabei geht es nicht um irgendwelche Hirngespinste, Franck, keine Sorge. Nur um die Wahrheit. Alte Fotos, Zeugenaussagen, die grausame Wahrheit.«

Sie zögerte erneut, bückte sich und drückte ihm einen Kuss auf den Hals. In diesem Augenblick hatte sie seltsamerweise das Gefühl, aufrichtig zu sein. Mehr als zuvor, als sie noch keinen Liebhaber gehabt hatte. Franck sah sich um, musterte sie lange, so als versuche er, ihre Gedanken zu erraten. Die Ameisenzüge zu beobachten, die durch das Gehirn dieser Verrückten liefen, die er zur Frau genommen hatte, so als würde er überlegen, ob man nicht auch diese Wahnvorstellungen isolieren könnte, indem man sie in hermetisch verschlossene Plastikbeutel packte.

»Wie du willst, Clo. Wie du willst.«

. . .

War es eine Falle?

Clotilde war in ihre Gedanken versunken.

»Reichst du mir die Mayonnaise, Maman?«

Komm um Mitternacht zu dem Weg, der zur Casa di Stella führt.
Dort wartest Du, bis er kommt und Dich führt.

»Seid ihr noch immer mit einer Segelpartie für morgen einverstanden, Mädels?«

Ich würde so gerne mit Dir sprechen.
Heute Abend. Heute Abend wäre es möglich, wenn Du kannst.

War das erneut eine plumpe Falle, in die sie blindlings tappen würde? Die Fragen kreisten in ihrem Kopf wie ein Karussell, Fragen, die irgendjemand bewusst ausgelöst, strukturiert und gut geplant hatte: Der erste Umschlag im Bungalow C29, ihre gestohlenen Papiere, der Hund, der denselben Namen trug wie in einem früheren Leben der ihre, der gedeckte Frühstückstisch, die neue Nachricht hinter ihrer Windschutzscheibe …

»Clo, Valou, hört ihr mir zu? Ich habe die Yacht morgen für den ganzen Tag reserviert. Ihr werdet sehen, das wird super! Der Wind, die Ruhe, die Freiheit …«

Das, was Cervone ihr anvertraut hatte, brachte keine Antwort auf diese Fragen, selbst wenn es ihr weiter das Herz zerriss, selbst wenn Nicolas' letzter Blick sie verfolgte, dieser Blick, den sie nun zu deuten vermochte: Er hatte begriffen, dass er ein Mörder war und in derselben Sekunde, dass er sich selbst zum Opfer fallen würde. Bestand ein Zusammenhang zwischen diesen beiden verrückten Geschichten: zwischen Nicolas' Verführungsplan und den Briefen aus dem Jenseits?

Es gab nur eine mögliche Erklärung, dachte Clotilde. Eine einzige, die noch verrückter war.

Ihre Mutter lebte.

• • •

23:00 Uhr.

Nachdem Franck seinen Kompass, seine Seekarten und sein Handbuch des perfekten kleinen Seefahrers zusammengepackt hatte, war er schlafen gegangen. Morgen mussten sie früh aufstehen. Schon vor fast sechs Monaten hatte er die Yacht für den 21. August reserviert. Franck hatte nichts dem Zufall überlassen, er hatte gelesen, geübt und gestern fast den ganzen Tag lang alles wiederholt. Clotilde saß auf einem Stuhl und zählte die Zeilen ihres Romans mit ebenso viel Interesse, als handele es sich um die Körner einer Sanduhr. Während sie ihren Mann beobachtete, schweiften ihre Gedanken ab. Abenteurer, egal, ob Bergsteiger, Surfer oder Skipper, mussten, wenn man sie gut kannte, recht langweilig sein. Pingelige Typen, die dem Unbekannten und Unvorhergesehenen keinen Platz einräumten.

Sie sah zu, wie ihr Mann sorgfältig sein Handtuch zusammenfaltete, den Handfeger wegräumte, seine Mütze aufhängte.

Der Umkehrschluss traf allerdings nicht zu.

Nicht alle pingeligen Typen waren Abenteurer.

»Gehen wir schlafen?«

Franck hatte die Checkliste des Freizeitseefahrers abgearbeitet.

»Ich komme gleich. Ich lese noch ein bisschen.«

»Wir müssen morgen früh raus, Clo.«

Ein versteckter Vorwurf, den Clotilde mit einem Lächeln aufnahm. Ihre Selbstsicherheit verwunderte sie. Die Leichtigkeit, mit der sie log oder zumindest nicht die ganze Wahrheit sagte.

»Ich weiß ... Morgen bietest du mir einen Sonnentag an Deck, ohne Badeanzug, dafür mit einem aufmerksamen Mann, der mir eisgekühlte Mojitos serviert. Das war doch die Abmachung, als du im Winter reserviert hast, ja? Ich hoffe, du hast es nicht vergessen, Liebling.«

23:45 Uhr

Clotilde legte das geöffnete Buch auf den Gartentisch und ließ den Becher mit Tee, von dem sie kaum getrunken hatte, stehen, damit alles so aussah, als würde sie gleich zurückkommen. Franck schnarchte. Vorsichtig und leise entfernte sie sich in der Dunkelheit.

• • •

Als sie sich vom Campingplatz schlich, um dem verlassenen Weg unter den Olivenbäumen zu folgen, wich die Stille schnell den Geräuschen der Nacht. Alle Hässlichen und Schüchternen, die die Sonne flohen, erwachten. Ängstliche Feldmäuse, neugierige Käuze, verliebte Kröten. Clotilde ging zehn Minuten im Schein der Handytaschenlampe, bis sie den Weg zur Casa di Stella erreichte, den ein großer hölzerner Pfeil auf einem unbefestigten Parkplatz anzeigte.

Dann blieb sie stehen.

Dort wartest Du, bis er kommt und Dich führt.
Zieh Dich warm an, es wird sicher etwas kalt sein.

Wie ein gehorsames kleines Mädchen hatte sie einen wollweißen Baumwollpullover angezogen, ganz so, als wäre es tatsächlich der Geist ihrer Mutter, das ihr Anweisungen gab.

Lächerlich!

Noch war es Zeit, zurückzulaufen, sich auszuziehen, an Franck zu schmiegen, ihm diesen Brief zu zeigen, ihn zu informieren.

Lächerlich …

Seit sechs Monaten hatte er in seinem Kalender den 21. August rot angestrichen. Nichts würde ihren Mann davon abhalten, mit seiner Familie zum Segeln zu gehen – nicht einmal dieser Brief. Nicht einmal das Geständnis, dass sie einen Liebhaber hatte.

Weit weg im Wald quakte eine Kröte. Ein klagender Ruf der Liebe oder der Agonie.

Einen Liebhaber, dachte Clotilde. War es nicht die beste Lösung, Natale eine SMS zu schreiben? Ihm alles zu erklären, ihn zu bitten, jetzt sofort zu ihr zu kommen, um sie zu begleiten, zu beschützen?

Lächerlich.

Zu dieser Zeit schlief er in den Armen seiner Polizistentochter, die früh zu Bett ging, weil sie im Morgengrauen aufstehen und in der Klinik von Calvi antreten musste, während er seine Kartons mit tiefgefrorenen Fischen in Empfang nahm.

Ihr ganzes Leben war eine einzige Farce. In Romanen, die es wagten, so surreale Geschichten zu erzählen wie die ihre, entdeckte man im Laufe der Zeit, dass die Heldin verrückt war, dass sie an Schizophrenie litt oder an Persönlichkeitsspaltung, dass die Briefe, die sie erhielt, erfunden waren, oder dass sie sie selbst geschrieben hatte …

Sie vernahm kein Geräusch, entdeckte keinen Schatten. Nur erschien ihr plötzlich die Nacht dunkler, tiefer, intensiver, ohne dass sie hätte erklären können, warum.

Die Lichter der Bucht von Calvi und des Leuchtturms von La Revellata waren auf einmal verschwunden.

Und wurden mit einem Schlag wieder sichtbar, als die Lichter der Yachten auf dem Mittelmeer erloschen.

Der dunkle Fleck bewegte sich.

Hinkend, wie sie nun hörte.

Die riesige Masse, die die Lichter der Nacht verdeckte, erhob sich vor ihr. Clotilde erkannte ihn erst, als sie den Schein ihrer Taschenlampe auf seinen gelähmten Arm, den Hals und das Gesicht richtete.

Hagrid … Hagrid war der Name, der ihr ungewollt in den Sinn kam, auch wenn sie sich selbst dafür verabscheute.

»Orsu?«, murmelte sie.

Der Riese antwortete nicht, sondern begnügte sich damit, ihr seinen gesunden Arm entgegenzustrecken und sie ängstlich anzusehen. Dann deutete er auf den Pfad und schaltete seine Taschenlampe an. Trotz seines steifen Beins lief er mit erstaunlicher Geschwindigkeit. Nach einigen Minuten verließ er den zur Casa di Stella ausgeschilderten Weg und bog in die Macchia ab. Die weichen Zweige des Ginsters und der Erdbeerbäume streichelten in der Dunkelheit ihre Beine. Der Aufstieg schien kein Ende nehmen zu wollen. Orsu sprach kein einziges Wort. Zu Anfang hatte Clotilde gezögert, ihm Fragen zu stellen.

Wohin gehen wir? Wer erwartet uns? Kennst du meine Mutter?

Doch schließlich hatte sie geschwiegen, weil sie ahnte, dass Orsu nicht antworten würde, vielleicht auch, um die Feierlichkeit des Augenblicks nicht zu stören, ganz so als müsse dieser Marsch notwendigerweise schweigend vonstattengehen, um seinen Sinn, sein Ziel und seine tiefere Bedeutung vollständig erfassen zu können. Damit eine zwingende Gewissheit Gestalt annahm.

Die Person, die sie erwartete, war ihre Mutter.

Er bringt Dich zu meiner Dunkelkammer.

Wer sonst hätte diese Worte verwenden können?

Sie folgten einem kleinen Wasserlauf, dann einem steil ansteigenden Pfad, der in die Garigue führte. Immer wieder wandte Orsu sich um, so als wolle er sich vergewissern, dass ihnen niemand folgte. Clotilde ebenfalls. Aber es war unmöglich, ihnen zu folgen! Ihre Lampen erhellten den Weg auf ungefähr hundert Meter, und es war ausgeschlossen, ohne Licht hier im Dunkeln zu laufen. Und man hätte jeden anderen Lichtschein sofort wahrgenommen wie den Abendstern bei Einbruch der Dunkelheit.

Eine Gewissheit, dachte Clotilde. Sie waren allein.

Eine weitere: Sie war leichtsinnig.

Freiwillig lief sie nachts durch die Macchia, um einem Ruf aus dem Jenseits zu folgen, begleitet von einem hinkenden Riesen, dem sie auf Anhieb vertraut hatte. Die Pilgerreise zu einem Ort, einem Gott, von dem sie nichts wusste, dauerte schon über eine Stunde.

Jetzt liefen sie durch den niedrigen Farn einen Berghang hinauf. In der Ferne wirkte die erleuchtete Zitadelle von Calvi wie eine befestigte Insel, die nur durch die Neonlichter der Hafenbars mit dem Festland verbunden schien. Der Weg setzte sich noch eine gute Weile fort, wandte sich von der Küste ab und mündete nach einem Wäldchen in eine kleine Lichtung. Orsu erhellte einen schmalen Pfad, der durch einen Teppich von Zistrosen und über einige in den Felsen gehauene Stufen führte. Dann hob er den Strahl seiner Lampe an.

Clotildes Herz schlug zum Zerspringen.

Der Schein fiel auf eine kleine Schäferhütte, die, wie es ihr schien, im Nichts stand. Vielleicht hatte Orsu sie in der Dunkelheit im Kreis geführt, und sie befanden sich jetzt ganz in der Nähe des Ausgangspunktes. Die Hütte schien recht gut instand gehalten. Orsu beleuchtete sie mit seinem Spot, als wolle er es ihr beweisen: die perfekt geformten Lehmziegel, die geschlossenen Fensterläden, die Tür aus rohem Holz. Clotilde musste sich beherrschen, um ihm nicht die Lampe zu entreißen und auf die Hütte zuzustürzen oder besser noch, sie auf den Boden zu werfen, um sie auszuschalten und zu überprüfen, ob nicht unter der Tür oder zwischen den Fensterläden ein winziger Schein durchdrang.

Weil jemand dort wohnte.

Weil jemand sie dort erwartete.

Sie.

Palma.

Maman.

Sie war ganz in ihrer Nähe, das spürte sie.

Orsu war ihr Verbündeter.

Ich werde Dir die Tür nicht öffnen können. Aber vielleicht sind die Wände dünn genug, so dass ich Deine Stimme hören kann.

Vor der Hütte war der Boden eben und festgetreten. So als hätte Orsu ihre Gedanken erraten, schaltete er die Lampe aus. Clotilde lief los, die Augen leicht zusammengekniffen, um einen eventuellen Lichtschein wahrzunehmen, und hoffte, dass sich die Tür jeden Moment öffnen würde.

Wie mochte ihre Mutter jetzt aussehen?

Seltsamerweise hatte sie nie nachgerechnet, welches Alter sie heute hätte. Natürlich wären die Haare grau und das Gesicht faltig, vielleicht auch der Rücken gebeugt? Außer, ihr

Phantom wäre nicht gealtert und sie noch immer die attraktive Frau von früher, auf die sie eifersüchtig und in die Natale verliebt gewesen war.

Du bist eine sehr hübsche Frau geworden.
Deine Tochter auch, sie ist vielleicht sogar noch hübscher.
Ich glaube, sie sieht mir ähnlich.

Ja, nur ihre Mutter, nur ihr jung gebliebenes Phantom konnte ihrer Tochter so verletzende Worte schreiben. Die Tür würde sich öffnen und sie würden einander dennoch in die Arme fallen. Clotilde ging weiter.

Doch das Licht ihr gegenüber kam nicht aus der Hütte und auch nicht von Orsus Taschenlampe hinter ihr. Es traf sie von der Seite, genau an der Schläfe, und blendete sie.

Schritte.

Rasche, nervöse, atemlose Schritte.

Der Gang, das Keuchen, die Anspannung, alles an dem sich nähernden Schatten verriet seinen Zorn. Zweige knackten, die Sohlen zermalmten die Kiesel.

Schlimmer als Zorn, schlimmer als Hass.

Sie hatte ein Tier vor sich. Eine wütende Bestie.

Es war eine Falle. Orsu war verschwunden.

Clotilde trennten nur noch dreißig Meter von der Tür der Schäferhütte, doch sie würde sie nie erreichen. Mit einem Mal stand das Tier direkt vor ihr.

Clotilde erkannte es.

Sie hatte sich nicht geirrt, weder was den Zorn betraf noch den Hass.

Dabei war es ganz unmöglich, dass jemand ihnen durch die Macchia gefolgt war. Die Bestie musste sie bereits hier erwartet haben.

Woher hatte sie das gewusst?

Das war jetzt egal. Clotilde war verloren.

KAPITEL 41

Mein Vater betrügt meine Mutter.

Sein Blick folgte den Worten, den Zeilen, den beidseitig beschriebenen Blättern, die diesen einfachen Satz endlos wiederholten, dann betrachtete er vorsichtig die schwarzen Zeichnungen, die Spinnen, die Netze, so als könne die trockene Tinte ihm auch nach all den Jahren noch etwas anhaben.

Die Schrift wurde mit jeder Seite ruhiger. So, als legte sich der Zorn langsam.

Nicht aber der seine.

• • •

Montag, 21. August 1989, fünfzehnter Ferientag,
mülleimerblauer Himmel

Ich betrüge
Du betrügst
Er oder sie betrügt

Ich bin am Strand und blättere die Seiten meines Tagebuchs um.

Maman schmort in der Sonne, Papa schläft.

Papa hat darauf bestanden, mit uns an den Strand von Port'Agro zu fahren, zu einer fast geheimen Bucht, die unter den Felsen von Petra Coda versteckt liegt. Man erreicht sie über einen schmalen Pfad, den normalerweise Esel und Ziegen benutzen. Man muss etwas klettern, sich zwischen den Dornen der Wachholderbüsche hindurcharbeiten, eine kleine Steinbrücke überqueren, dann einen Kilometer ohne jeglichen Schatten durch die sengende Sonne laufen, sich an einem staubigen Steilhang den Knöchel verstauchen, über einen sandigen Weg stapfen, und dann schließlich enthüllt sich hinter den letzten Dünen der traumhafte Strand, bis zu dem sich keine zehn Wanderer pro Tag vorwagen.

Eine letzte Anstrengung, bevor wir Familie Robinson im Paradies spielen. Und dann, das schwöre ich Ihnen, sehe ich Hunderte von Touristen am Strand. Und vor uns Segelboote, Yachten und motorisierte Schlauchboote, die uns die Sicht versperren – ich zähle hinter den Bojen, die den Badebereich abtrennen, mindestens ein Dutzend. Die Rümpfe und die weißen Segel der Boote sehen in der Landschaft ebenso schmutzig aus wie Papierfetzen im Rinnstein. Robinson spielen? Dass ich nicht lache!

Wir betrügen
Ihr betrügt
Sie betrügen

Palma Mama hat ihr Handtuch den größten Yachten gegenüber ausgebreitet. Wir sind ihrem Beispiel gefolgt. Seit Stunden betrachte ich das glänzende Holzdeck der Blu Castello: Madame mit ihrem Chihuahua, Monsieur mit seinem Panamahut, Gino mit seinem Matrosenpulli und der Kapitänsmütze, die dicke Teresa mit Staubwedel und Handtüchern, eine Jugendliche in meinem Alter, die sich nicht von ihrem Liegestuhl rührt. Mein Urteil ist unwiderruflich:

Auf einer Yacht langweilt man sich zu Tode!

Stimmt doch, wenn man es recht bedenkt – der kleinste und schlechteste Platz auf einem Campingplatz ist ja schon größer als die größte Luxusyacht. Selbst wenn sie dreißig Meter lang ist, läuft man schnell im Kreis. Ein bisschen so, als wäre man den ganzen Sommer über in einen Bungalow eingesperrt. Keine Möglichkeit, sich zurückzuziehen, ein Bullauge zu öffnen, um auszureißen, oder die Tür hinter sich zuzuschlagen und einfach zu verschwinden. Rundherum gibt es nichts als Wasser und nochmals Wasser, kilometerweit nur Wasser. Je mehr ich mir die auf dem Meer vor Anker liegende Blu Castello ansehe, desto klarer wird mir das offensichtlich Verrückte: Die, die an Land am meisten Geld haben, sperren sich in Gefängnisse ein, in Gefängnisse, die sie selbst gekauft haben und die Millionen kosten, einfach nur, weil man eben, wenn man Millionen besitzt, nicht zu Fuß zum Strand geht oder auf einem Campingplatz schläft, wo die Familie nebenan ihr Kind schreien lässt und man den Grillgeruch der anderen ertragen muss. Und da das die Reichen am meisten stört, verlassen sie die Insel und gehen ins Exil. Ich finde das im Grund eher cool, dass man die Aristokraten aufs Meer verscheucht, selbst wenn sie uns dort die Aussicht versperren.

Das Mädchen auf der Blu Castello ist aus seinem Liegestuhl aufgestanden, hat drei Worte mit seinen Eltern gewechselt und steht jetzt auf der Brücke eingezwängt, wechselt drei oder vier Mal die Seite – Backbord, Steuerbord – und kehrt dann zu seiner Liege zurück.

Ich möchte nicht an ihrer Stelle sein. Selbst wenn ihre Eltern sich lieben. Vielleicht ist Geld wenigstens dafür gut.

Ich habe betrogen
Du betrügst
Er oder sie wird betrügen.

Maman schläft und Papa sieht den Mädchen nach.

Wie kann man betrügen?

Denjenigen betrügen, mit dem man lebt? Und trotzdem weiterleben?

Betrügt man jemanden, weil man sich geirrt hat? In der Frau geirrt hat, im Leben, in den Träumen?

Werde ich mich auch im Leben irren?

Werde ich auch eines Tages jemanden betrügen?

KAPITEL 42

20. August 2016, Mitternacht

D u?«

»Hast du jemand anderen erwartet?«

Clotilde zögerte zwischen einer Antwort und einem Schrei der Verzweiflung.

Sie standen sich vor der Schäferhütte gegenüber, herausfordernd und kampfbereit wie Boxer.

Das Raubtier und seine Beute.

Räuber und Gendarm.

Mann und Frau.

Franck und sie.

Nachdem sie sich von ihrer Verwunderung erholt hatte, versuchte Clotilde, die wirren Gedanken zu ordnen, die in ihrem Kopf umherflatterten wie ein Vogelschwarm nach einem Schuss, versuchte die Fragen, die sich überschlugen, im Gänsemarsch aufzureihen. Nach dem »Wer?« konzentrierte sie sich jetzt auf das »Wie?«.

Wie konnte Franck wissen, dass sie hier war? Denn es war unmöglich, ihr ungesehen durch die Macchia zu folgen. Also hatte ihr Mann sie vor dieser abgelegenen Hütte erwartet, er kannte den Ort der Verabredung. Sie sah wieder vor sich, wie er schlief und schnarchte, als sie sich vor einer Stunde vom Campingplatz geschlichen hatte. Er hatte simuliert. Er hatte alles sorgfältig vorbereitet.

Franck griff als Erster an.

»Dein Tee wird kalt. Du hast ihn auf dem Campingtisch vergessen, ehe du gegangen bist.«

»Was hast du hier zu suchen?«

Er lachte auf.

»Nein, Clotilde. Diesmal nicht. Diesmal wollen wir nicht die Rollen vertauschen.«

»Was hast du hier zu suchen?«, wiederholte Clotilde.

»Hör auf, Clo … Wenn der Dieb auf frischer Tat ertappt wird, fragt er die Polizeistreife auch nicht, warum sie zur rechten Zeit am richtigen Ort ist.«

»Ich bin nicht mit einem Polizisten verheiratet. Also sag mir, woher du es wusstest.«

»Ich bin dir gefolgt.«

»Unmöglich, lass dir etwas anderes einfallen!«

Franck schien kurz verunsichert, so als zögere er wortlos umzukehren. Er beherrschte sich.

»Bitte, Clotilde …«

»Bitte was?«

»Okay, du willst, dass wir klar Schiff machen? Meine liebe Ehefrau bekommt den lieben langen Tag SMS, die sie beantwortet, meine liebe Ehefrau erfindet tausend Vorwände, ein Besuch am Grab der Eltern eingeschlossen, um sich mit ihrem Liebhaber zu treffen, und da sie noch nicht genug Zeit füreinander haben, wartet meine liebe Ehefrau, bis ich eingeschlafen bin, um dann die Nacht mit ihm zu verbringen.«

Clotilde explodierte.

»Du wolltest mich reinlegen, nicht wahr? Der Brief, der Brief, den ich unter meinem Scheibenwischer gefunden habe, den hast du geschrieben? Hast du den ersten als Vorlage benutzt?«

Franck seufzte.

»Natürlich, Clotilde, wenn es dir hilft, dann stell dir nur vor, dass ich derjenige war, der von Anfang an alle Rollen übernommen hat – die deines Mannes, des Vaters deiner Tochter, deiner auferstandenen Mutter ... deines Liebhabers. Habe ich etwa auch die SMS von Natale Angeli auf deinem Handy geschrieben?«

Franck hatte in ihrem Handy herumgeschnüffelt! Und er gab es zu. Schlimmer noch, er stand dazu.

»Ich weiß, dass ich dich enttäusche, Clo. Du zwingst mich, Dinge zu tun, auf die ich nicht stolz bin. Die zu tun ich nie für möglich gehalten hätte. Ja, ich habe in deinen SMS geschnüffelt, als du das Handy auf deinem Bett hast liegen lassen, um zu lesen, was dieser Angeli dir schreibt.«

Clotilde schwor sich, dass er dafür bezahlen würde. Dafür würde Franck bezahlen. Später! Während sie sprachen, hatte er Clotilde beim Arm gepackt und zwang sie, mit ihm herunterzugehen. Clotilde wehrte sich nach Kräften und beobachtete die Schäferhütte, die sich nur noch vage in der Nacht abzeichnete. Orsu war in den Bergen verschwunden.

Ihr Mann war ihr eine Erklärung schuldig.

»Du hast mir unmöglich folgen können, Franck. Das war ohne Licht ausgeschlossen, und ein Licht hätte ich zwangsläufig bemerkt. Du wusstest, wohin ich gehe. Also bitte, Franck, antworte mir. Ich muss wissen, ob du mir diesen Brief geschrieben hast, um mich hierher zu locken ... Ob du ...«

Sie war mit den Nerven am Ende. Jemand wollte sie verrückt machen. Jemand, dem es gelingen würde.

»Verdammt, ich will wissen, ob du es warst, der mir geschrieben hat, oder meine Mutter!«

Franck starrte sie erschrocken, fast entsetzt an. Mit ihren Falten, die im Zwielicht tiefer wirkten, erinnerten sie an zwei alte Schauspieler in einem schlecht ausgeleuchteten Schwarz-Weiß-Film.

»Verdammt noch mal, Clotilde, reagier endlich! Ich versuche dir gerade zu erklären, dass ich dich verlassen werde, weil du einen anderen Typen küsst, sobald ich dir den Rücken kehre und mit ihm ins Bett steigen willst, während ich schlafe. Valou liegt ahnungslos bei uns zu Hause im Bett. Du machst alles kaputt. Wir sind im Begriff, alles kaputt zu machen, hier und jetzt, wenn dir das lieber ist. Und das Einzige, was dich interessiert, ist deine Mutter. Schlimmer noch, das Phantom deiner Mutter! Verflucht …« Er zwang sich zu einem Lachen. »Ich weiß, dass es Männer gibt, die ihre Frauen wegen der Schwiegermutter verlassen … Aber nicht wegen einer Schwiegermutter, die vor siebenundzwanzig Jahren gestorben ist.«

Er ging weiter und zog seine Frau mit. Die Hütte war in der Nacht verschwunden.

»Hast du mir nichts anderes zu sagen, Clo? Begrab endlich die Toten, verdammt noch mal! Selbst wenn du unsere Beziehung zerstören willst, so hast du doch eine Tochter. Das kann dir doch nicht so egal sein.«

In Clotildes Hirn hob sich ein Schleier.

Der Mann, der mit ihr sprach, der sie anschrie, war ein völlig Unbekannter. Er hatte an jenem Abend, an dem er zufällig als Dracula verkleidet gewesen war, mit ihr geflirtet. Er hatte sie heiraten wollen. Er hatte bleiben wollen. Sie hatte seit Jahren lediglich seine Gegenwart akzeptiert.

Akzeptieren, lächeln, schweigen.

»Es ist mir nicht egal, Franck, ich bin verloren. Verstehst du das? Verloren! Nachdem ich schon so weit gegangen bin, kann ich dir auch alles sagen: Ja, ich glaube, dass meine Mutter lebt. Dabei weiß ich, dass es unmöglich ist … Ich wage nicht mehr, mit dir zu sprechen, Franck. Ich weiß, wer meine Eltern getötet, wer die Lenkung des Fuego beschädigt hat, wer …«

»Das ist mir scheißegal, Clotilde!«

Franck hatte die Stimme gehoben.

»Der Unfall, deine vor siebenundzwanzig Jahren gestorbenen Eltern, dein Bruder, den ich nie gekannt habe, das alles ist mir scheißegal! Vollkommen gleichgültig! Das Einzige, was zählt, was mich verrückt macht, ist, dass du einen anderen Typen geküsst hast, dass er dich befummelt hat und dass ihr heute Abend verabredet wart, um miteinander zu schlafen.

Das kann ich nicht hinnehmen, Clo. Ich kann nicht. Du hast mit deiner Rückkehr hierher alles kaputt gemacht, Clo. Du machst alles kaputt!«

Während des langen Abstiegs wechselten sie kein weiteres Wort mehr miteinander.

• • •

Franck saß mit angespannter Miene vor seiner Kaffeetasse. Ihm gegenüber hockte eine taufrische Valou vor einem Schüsselchen mit Kakao, auf dem sich ein Berg Cornflakes türmte, daneben zwei Spiegeleier und ein Glas Orangensaft.

Hinter ihnen machte sich Clotilde zu schaffen. Franck trank einen Schluck Kaffee, ehe er zu sprechen begann.

»Soll ich dir eine tolle Neuigkeit erzählen, Valou? Wir können das Boot, das ich für heute gemietet habe, länger behalten. Zwei, drei Tage oder auch eine Woche. Das habe ich ausgehandelt, alles ist arrangiert.«

Valou zerstach die beiden Eigelbe auf ihrem Teller.

»Wir sollen eine Woche zu dritt auf einem Segelboot verbringen?«

»Zu zweit, Valou, zu zweit. Maman kommt nicht mit. Wir legen an, in Ajaccio, Porticcio, Propriano … Ganz zu schweigen von den vielen kleinen Buchten, die man nur vom Meer aus erreicht.«

Valou tunkte frisches Baguette in das Eigelb und zückte dann, ohne weitere Erklärungen zu verlangen, ihr Handy, wie ein Firmenchef, der wegen einer dringlichen Verpflichtung seine Termine für die nächsten Tage absagen muss.

Clotilde lief hinter ihnen auf und ab, packte warme Sachen in Valous Tasche, Medikamente, Zahnbürste, Sonnencreme, eine für zwei ausreichende Menge von ihren Lieblingskeksen. Würde es helfen, die Rolle der perfekten, zuvorkommenden und aufmerksamen Ehefrau zu spielen?

Dummkopf!

Warum empfand sie heute diese alltäglichen Aufgaben, die sie seit Jahren erledigte, als Rolle?

Franck erhob sich.

»Lasst nur, ich räume schon ab«, sagte Clotilde.

• • •

8:57 Uhr. Der Minibus des Campingplatzes erwartete sie. Mit schweren Taschen beladen, gingen Clotilde und Franck zum Parkplatz. Valentine folgte ihnen, den Blick auf ihr Handy gerichtet.

Franck ergriff die Flucht.

Er haute ab, ging in den Untergrund, verließ das sinkende Schiff, um mit seinem Kahn zu verschwinden. War dieses Verhalten seine Art zu negieren, dass sie ihn betrogen, dass sie diesen Eklat heraufbeschworen hatte? Doch es wollten sich bei ihr keine Schuldgefühle einstellen. Alles, was jetzt geschah, schien seit Jahren vorprogrammiert, sie war dabei nur eine Figur auf dem Schachbrett. Es ging ihr nicht aus dem Sinn, dass Franck sie ausspioniert, ihr einen Teil der Wahrheit vorenthalten hatte, und letztlich hatte er die besten Möglichkeiten, um all das auszuhecken – den Diebstahl der Papiere aus ihrem Safe, den gedeckten Frühstückstisch. Um sie in den Wahnsinn zu treiben. Gestern hatte er verhindert, dass sie ihre Mutter traf. Heute nahm er ihr ihre Tochter. Er warf ihr vor, dass sie ein paar Stunden ausgerissen war, um Natale zu treffen, doch jetzt war er derjenige, der verschwand, und zwar gleich für mehrere Tage und an einen ihr unbekannten Ort.

Franck hatte ihr diese Trennung aufgezwungen, um Bilanz zu ziehen. Um Valou zu schützen, wie er behauptete. Clotilde hatte sich nicht widersetzt. Denn im Grunde war es genau das, was sie wollte. Zeit für ihre Nachforschungen.

Marco, der Fahrer, stand vor dem Minibus.

»Wir müssen los ...«

Clotilde umarmte Valentine und stand dann vor ihrem Mann, ohne zu wissen, wie sie sich verhalten sollte.

»Ihr ruft mich an, ja? Versprochen, ihr ruft an?«

»Wenn wir im Bermudadreieck Netz haben«, antwortete Valou, ohne von ihrem Handy aufzusehen.

Der Minibus verschwand am Ende der Straße. Um Clotilde den Passat zu überlassen, hatte Franck Cervone um einen Transfer zum Hafen gebeten. Das Einzige, worüber er an diesem Morgen mit seiner Frau gesprochen hatte, war das Auto: die Papiere, der Ölstand, der Luftdruck der Reifen, der Tankschlüssel. Sie hatte zerstreut zugehört und so getan, als wisse sie genau, wie ein Motor funktionierte. Auch Franck spielte eine Rolle – die des in seinem Stolz verletzten Ehemannes, für den es dennoch Ehrensache ist, aufmerksam zu bleiben.

Ihr maskulines Alter Ego.

Genauso dumm wie sie. Vielleicht etwas zynischer. Unter anderen Ratschlägen, die er ihr gegeben hatte, falls sie den Wagen für einen Ausflug nutzen wollte, hatte er ihr auch gezeigt, wie die Liegesitze funktionierten.

Clotildes Magen zog sich zusammen. Dabei war es nicht das erste Mal, dass sie sich trennten. Jeden Samstagnachmittag begleitete Franck Valou zum Basketball. Für ein paar Stunden, nicht für ein paar Tage. Für ein paar Stunden, die Clotilde nutzte, um Reißaus zu nehmen – auf das Sofa mit ihrem Buch. Nicht mit einem Liebhaber.

Der Minibus war schon eine Weile aus Clotildes Blickfeld verschwunden, doch sie rührte sich nicht von der Stelle. Sie konnte nicht umhin, an ihren Vater zu denken, der ebenfalls einen Segeltörn gemacht hatte, wenige Tage vor dem Unfall auf den Felsen von Petra Coda. Das zumindest hatte man ihr erzählt. Er war erst am 23. August, dem Tag der Sainte-Rose, zurückgekommen.

Übermorgen …

Eine Hand berührte ihren Arm, und sie wandte sich um. Hinter ihr stand Cervone Spinello.

»Beklag dich nicht, Clotilde, dein Mann fährt mit deiner Tochter. Die meisten Typen hätten sich abgesetzt und der Mutter die Göre überlassen.«

»Lass gut sein, Cervone.«

Der Leiter des Campingplatzes schien nicht verärgert. Und nahm auch nicht die Hand von ihrem Arm. Clotilde biss sich auf die Lippe. Es kam gar nicht in Frage, vor diesem Dreckskerl zu heulen. Es kam nicht in Frage, sich von ihm ein Taschentuch reichen zu lassen. Während sie nach einem Ausweg suchte, um sich seinem Gerede zu entziehen, fiel ihr plötzlich auf, dass sie Orsu heute noch nicht auf dem Campingplatz begegnet war. Wo war er seit dem nächtlichen Marsch zu der Schäferhütte geblieben? Natürlich hätte sie Cervone fragen können, aber sie hatte nicht die geringste Lust, den Leiter des Campingplatzes ins Vertrauen zu ziehen. Und so wich sie auf ein anderes Thema aus.

»Immer noch keine Neuigkeiten von Jakob Schreiber?«

»Nein«, antwortete Cervone. »Wenn ich bis heute Abend kein Lebenszeichen von ihm habe, informiere ich die Polizei.«

Clotilde fragte sich, warum er es nicht schon längst getan hatte. Cervone schien sich ja recht gut mit Capitaine Cadenat zu verstehen. Als sie ihn gerade darauf ansprechen wollte, sagte Cervone:

»Ich habe eine Nachricht für dich, Clotilde. Von deiner Oma Lisabetta. Sie hat am Empfang angerufen. Sie schien sehr in Sorge. Dein Opa Cassanu will dich so schnell wie möglich sehen.«

»In Arcanu?«

»Nein ...«

Er wartete kurz, ehe er fortfuhr.

»Da oben.«

Sein Blick wanderte zu den Wolken um den Gipfel des Capu di a Veta. Auch Clotildes Augen glitten über den Gebirgskamm bis zu einem kleinen schwarzen Kreuz, das sich am Himmel abzeichnete.

Reine, leichte Erinnerungen stiegen in ihr auf, die Cervone mit einem Satz verdarb.

»Sofern er sich nicht mit dem Helikopter absetzen lässt, wird der alte Irre noch unter dem Kreuz krepieren.«

KAPITEL 43

Hallo, wecke ich Sie, mein Vertrauter?

Sind Sie in Form? Kann ich Ihnen meine Träume und Albträume des Morgens erzählen? Des sehr frühen Morgens! Wenn ich Ihnen sage, wie spät es jetzt ist, werden Sie es nicht glauben.

Erinnern Sie sich an meine Mission – einen Kuss von Natale, sofern es mir gelingt, meinen Großvater Cassanu zu überzeugen? Ich habe mich nicht einschüchtern lassen und ihn um ein Treffen gebeten, eine geschäftliche Verabredung, habe ich gesagt, und Opa hat eingewilligt. In Arcanu, was weiter keine Überraschung ist, aber um fünf Uhr morgens!

Dabei krieche ich normalerweise nicht vor Mittag aus dem Bett.

Trotzdem, ich war da um fünf Uhr morgens und ohne zu wissen, was mich erwartete.

Ich muss sagen, dass ich während dieser Ferien unglaubliche Emotionen durchlebe, jeden Tag eine neue Wendung, von den Lügen der Erwachsenen hin zum Besten, wie, mit den Delphinen zu schwimmen und dem, was ich heute erlebt habe, frei und leicht, hätte ich fast die Wolken fangen und die Königsadler am Schwanz ziehen können.

Also, um fünf Uhr morgens, noch vor Sonnenaufgang, erwartete mich Opa auf dem Hof der Schäferei von Arcanu am Fuß der Steineiche mit einem Spazierstock und einem Fernglas, das er mir umhängte.

»Sieh nur.«

Er befahl mir, die Gipfelkette nach Süden abzusuchen, in Richtung Asco, oberhalb, viel weiter oben noch als Notre-Dame de la Serra.

Ein Kreuz!

Oder das, was noch davon übrig war.

»Wir unterhalten uns unter dem Kreuz, Clotilde. Bist du bereit?«

Belustigt betrachtete er mein *Guns N'Roses*-Sweatshirt und meine Turnschuhe.

Ich tat so, als wollte ich lossprinten.

»Soll ich oben auf dich warten?«

Aber ich habe mich schnell beruhigt.

Siebenhundertdrei Meter! Und wir sind sozusagen auf Meereshöhe gestartet.

Vier Stunden gemäßigte Steigung, dann immer steiler und am Ende auf den letzten zweihundert Metern ein Steilhang, den man nur auf allen vieren erklimmen konnte. Und das Ganze, sozusagen ohne ein Wort zu wechseln. Opa hat fast den ganzen Aufstieg über geschwiegen. Nur auf halbem Weg, als gerade die Sonne hinter dem Cap Corse aufging, haben wir eine kleine Pause mit Picknick eingelegt – Schafskäse und Coppa. Es sah aus wie eine Szenerie von Tolkien. Eine große Feuerkugel, die über einem langen, verkohlten Finger aufstieg.

Jetzt, da ich Ihnen schreibe, habe ich mich erholt. Mein Herzschlag ist normal, meine Beine gehorchen mir wieder, meine Füße zittern nicht mehr so sehr, dass sie auf dem Geröll abrutschen, und der Schwindel hat nachgelassen. Als wir oben waren, hat Opa mir erklärt, dass man es das Kreuz der Österreicher nennt, weil es Wiener Bergsteiger waren, die vor etwa fünfzig Jahren den Weg zu diesem Gipfel geöffnet haben. Es stammt aus dem Jahr 1969, und sein Zustand hat sich in den letzten zwanzig Jahren sehr verschlechtert. Ich habe den Eindruck, die erstbeste Windböe könnte es hinwegfegen.

Das Kreuz der Österreicher, da musste mein Opa lachen. Er

hat mir erklärt, dass die Korsen nicht auf die Wiener gewartet haben, um den Capu di a Veta zu besteigen. Er selbst war acht Jahre alt, als er zum ersten Mal mit seinem Vater Pancrace, meinem Urgroßvater, den Gipfel erklommen hat.

Ich verstehe, warum.

Es ist nicht leicht in Worte zu fassen, aber als wir, oben angekommen, auf diesem kleinen Steinhaufen sitzen, hat man den Eindruck ... die Welt zu beherrschen. Der Wind pfeift in unseren Ohren und lädt dazu ein, sich endlos im Kreis zu drehen, um den unglaublichen Rundumblick zu genießen. Wie Riesen. Oder eher wie Kinder, Kinder, die eine Knetgummi-Insel gebaut haben.

Das Gefühl zu schweben. Das Gefühl, allein auf der Welt zu sein mit meinem Opa, der überhaupt nicht außer Atem ist und den ganzen Aufstieg über alle zwanzig Meter auf mich gewartet hat. Ich habe das Gefühl, ihm alles sagen zu können.

Und ich habe es auch getan.

»Eines wundert mich, Opa. Man könnte meinen, dass sich hier alle vor dir fürchten. Aber ich finde dich nett.«

Operation Beluga. Wenn ich mir eingebildet hatte, ihn so bezirzen zu können ...

»Böse, nett, das will nichts heißen, meine Kleine. Mit Freundlichkeit kann man Katastrophen auslösen, das Leben verderben, oder man kann sogar aus Freundlichkeit töten.«

Aus Freundlichkeit töten?

Okay, Opa, das schreibe ich in mein Heft – für später.

Ich wende den Kopf, um die Landschaft zu bewundern, 360 Grad, so wie die sphärische Kuppel La Géode in Paris in der Cité des Sciences (dorthin ging dieses Jahr unsere Klassenfahrt).

»Opa, wie weit reicht das Land, das dir gehört?«

»Das uns gehört, Clotilde. Nichts gehört einem Menschen allein. Was sollte er auch damit anfangen? Stell dir den reichsten Menschen der Weltgeschichte vor, wer sollte das sein? Der, der alle anderen umgebracht hat? Der allein auf der Welt lebt mit allen Reichtümern, die sie hervorgebracht hat? Er wäre der reichste Mensch, den die Welt je erlebt hat, aber auch der ärmste, weil niemand weniger besitzt als er. Um über Reichtum zu sprechen, muss man wenigstens zu zweit sein, wie die Siedler in den Western, ein Paar, das sich irgendwo im Nichts niederlässt und einen Unterschlupf baut, um dort seine Kinder zur Welt zu bringen. Der Reichtum wächst mit einer Familie, mit weiteren Kindern, Enkelkindern, damit das Land, das Haus, die Erinnerung weitergegeben werden können. Letztendlich müsste der Reichtum auch dem ganzen Stamm gehören, all jenen, die einander geholfen haben. Er gehört einer Insel, einem Land, der ganzen Welt, wenn die Menschheit zur gleichen Solidarität fähig wäre, die ein Paar, eine Familie, einen Stamm eint. Aber das ist nicht der Fall, es wird nie der Fall sein, weil wir das verteidigen, was uns gehört. Bei dem Egoismus jedes Einzelnen und dem Wahnsinn der Welt können wir nur Wächter über dieses Gleichgewicht sein. Also, um dir zu antworten, meine Kleine, dies ist, was uns gehört.«

Er deutet auf die gesamte Halbinsel von La Revellata bis hin zum Leuchtturm und zum Campingplatz Euproctes, zum Strand von L'Alga. Sein Finger hält im Norden am Eingang zu Calvi inne und im Süden bei den Felsen von Petra Coda. Dann erklärt er mir, dass einige Quadratmeter der Küstenverwaltung gehören und den Wissenschaftlern des Hafens von Stareso. Die Enklave der Punta Rossa, die Natale von seinem Vater geerbt hat, erwähnt er nicht und auch nicht den Teil oberhalb des Strandes von L'Oscelluccia, auf dem die Marina *Roc e Mare* explodiert ist.

Ich drehe meinen Kopf erneut um einhundertachtzig Grad. Direkter Blick auf die Gebirgskette des Monte Cinto, dem höchsten Gipfel Korsikas. Zweitausendsiebenhundertsechs Meter. Wenn man die mehrere hundert Meter des Tiefseegrabens unter dem Mittelmeer – der, in dem die Lieblingsnahrung der Delphine aufsteigt – dazurechnet, ergibt sich ein Höhenunterschied von dreitausendfünfhundert Metern – ebenso hoch wie die Bergspitzen der Alpen!

Ich drehe mich zu meinem Großvater um.

»Ich hab dich gerne, Opa. Wenn du so redest, hat man den Eindruck, du kämst aus einem Film. Du weißt schon, die Filme mit den Paten, die den Clan verteidigen.«

»Ich habe dich auch gerne, Clotilde, und ich bin sicher, dass du etwas aus deinem Leben machen wirst. Du hast Ehrgeiz und Überzeugungen. Aber …«

»Aber was?«

»Versprich mir, dass du nicht sauer wirst und mich hier oben sitzen lässt.«

»Aber was, Opa?«

»Du bist keine Korsin! Keine richtige Korsin, meine ich. Hier tragen die Frauen schwarz und keine Totenköpfe auf ihren Kleidern. Hier sind die Frauen zurückhaltend und schweigen, sie herrschen über das Haus, nicht über den Rest. Ich weiß, gleich explodierst du, meine kleine Widerspenstige, aber was willst du, ich bin es nun mal so gewohnt. Ich bin es gewohnt und mag die Frauen so. Das, was du verkörpern willst, verstehe ich nicht, Clotilde, selbst wenn auch ich die Freiheit über alles stelle. Wäre ich vierzig Jahre später geboren, würde ich vielleicht eine Frau wie dich heiraten …«

»So wie Papa!«

»Nein, meine Kleine. Nein. Palma ist nicht wie du.« Er schweigt eine Weile. »Also, was wolltest du mich fragen?«

Fünfundvierzig-Grad-Drehung. Ein weiter Blick über die Balagne. Das Panorama des korsischen Gartens erstreckt sich von Calvi bis L'Ile Rousse. Mit etwas Phantasie kann man sogar die Agriates-Wüste und den Hafen von Saint-Florent am Fuße des Cap Corse erkennen. Ich blicke aufs Meer, so als wollte ich tief einatmen, bevor ich ohne Sauerstoffgerät in die blaue Tiefe tauche, und dann erkläre ich ihm alles in einem Zug. Die Delphine, Orophin, Idril und ihre Jungen, Natale, der mit ihnen spricht, die *Aryon*, einen Steg zum Anlegen,

einen Ponton für größere Schiffe, auf dem Meer ein Schutzgebiet, am Ufer eine Terrasse und einen Getränkestand …
Damit höre ich auf. Ich spreche nicht sofort vom Haus der
Delphine, und vor allem nicht von der weiblichen Architektin,
die Natale kontaktiert hat.

Opa hat mir schweigend zugehört.

Dreihundertzwanzig-Grad-Drehung. Direkter Blick auf La
Revellata. Von hier wirkt die Halbinsel wie ein schlafendes
Krokodil. Ganz ehrlich! Die grau-grüne Haut, die Spitze von
L'Oscelluccia und die von Punta Rossa bilden die massigen
Pfoten, und das Ende der Halbinsel die im Wasser schwim-
mende Schnauze. Die vielen weißen Felsen sind aufgereiht
wie Zähne, und der Leuchtturm wirkt wie ein Pickel auf der
Nase.

Dann beginnt mein Opa zu sprechen. Mit einem kleinen
Lächeln.

»Was ist denn so Besonderes an einem Delphin?«

Ich habe mit allem gerechnet, nur nicht damit!

Also versuche ich, ihm zu erklären, was ich auf der *Aryon*
empfunden habe und als ich im Wasser war und mit den Delphinen geschwommen bin. Er spürt sicher, wie sehr mich das
berührt hat, allein wenn ich daran denke, zittern meine Hände
und mir kommen die Tränen.

»Sag ja, Opa. Sag ja, allein schon, um auch anderen das
Glücksgefühl zu vermitteln, wenn sie mit den Delphinen
schwimmen so wie ich. Natale will diesen Schatz nur teilen.«

Und dann geht es wieder los. Ich hätte nie die Worte
»Schatz« und »teilen« verwenden dürfen. Opa spricht wie ein
alter Weiser mit langem Bart, so als wolle er mein Heft, dem
ich seine Worte anvertraue, in ein Zauberbuch verwandeln.

»Siehst du, meine Kleine, es gibt von jeher nur drei Hal-
tungen, die man gegenüber einem Schatz einnehmen kann –
egal, ob es sich um eine Frau, einen Diamanten, Land oder
eine Zauberformel handelt: ihn begehren, ihn besitzen oder
ihn schützen. Ebenso wie es nur drei Arten von Männern gibt:

die Eifersüchtigen, die Egoistischen und die Hüter. Niemand teilt einen Schatz, Clotilde, niemand …«

Am Anfang haben mir Opas Tiraden gut gefallen. Aber so langsam gehen sie mir auf die Nerven! Und, ich will ihn natürlich nicht verärgern, aber ich sehe nicht den Unterschied zwischen den Egoisten, die besitzen, und den Konservatoren, den Hütern, die schützen, ohne zu teilen. Aber das sage ich nicht. Ich habe eine andere, bessere Idee, um ihm eine Reaktion abzutrotzen.

»Meinetwegen, Opa, meinetwegen. Aber ich glaube, der eigentliche Grund ist, dass du, wie alle Korsen, das Mittelmeer nicht magst. Du magst die Delphine nicht. Du magst dich nicht in diese Himmelsrichtung drehen. Denn wenn die Korsen das Meer wirklich lieben würden, würden sie es nicht den Italienern und ihren Yachten überlassen.«

Er lacht.

Der letzte Satz war zu viel. Er wird sich über mich lustig machen, statt sich zu ärgern.

»Dein Bild von den Italienern gefällt mir, aber du irrst dich, Clotilde. Was die Korsen und das Mittelmeer betrifft. Weißt du, ich war nicht immer Schäfer. Ich habe fünf Jahre in der Handelsmarine gedient und bin drei Mal um die Welt gesegelt …«

Du bist wirklich ein As, liebe Clo, es hat funktioniert!

Zweihundertfünfzig-Grad-Drehung. Wenn ich dem Strand mit den Augen in südliche Richtung folge, habe ich den Eindruck, fast bis zum Naturschutzgebiet von La Scandola und nach Girolata sehen zu können, bis dorthin, wo die Felsen rot werden und die Fischadler auf dem Vulkangestein ihre verrückten Nester bauen, die Ausguckposten gleichen.

»Schau geradeaus, Clotilde, in Richtung Arcanu, wenn du weiter in gerader Linie zum Meer blickst, gelangst du zu den Felsen von Petra Coda. Die höchsten sind dreißig Meter hoch. Als ich in deinem Alter war, sind alle jungen Korsen, die, von denen du behauptest, sie hätten Angst vor dem Wasser, von dort ins Meer gesprungen. Zwar muss ich einräumen, dass ich nicht der Mutigste von allen war. Mein Rekord liegt bei vierundzwanzig Metern. Mit zunehmendem Alter wurde die Höhe geringer. Fünfzehn Meter … Zehn Meter … Aber ich schwimme noch immer so oft ich kann von Petra Coda bis zur *Grotte des Veaux Marins*, manchmal auch bis nach Punta Rossa. Auf das Meer zu verzichten, hieße, auf die Jugend verzichten, nichts weiter.«

»Also, dann sag ja, Opa, sag ja zu den Delphinen, sag ja zu meiner Jugend, sag ja, nur für mich.«

Er lächelte.

»Du gibst wohl nie auf, was, meine Kleine? Aus dir würde mal eine gute Anwältin werden. Ich werde darüber nachdenken, das verspreche ich dir. Lass mir nur etwas Zeit.« Diesmal lacht er. »Alles geht zu schnell. Die Frauen verändern sich und ergreifen das Wort.« Er lacht wieder. »Die Delphine verändern sich und sprechen mit den Fischern. Ich will nicht, dass sich auch mein Korsika so schnell verändert …«

»Also ja?«

»Noch nicht ganz. Es bleibt eine Frage, eine Frage, über die du nicht gesprochen hast.«

Der Schatten des Kreuzes fällt auf uns.

»Ich weiß nicht, ob man diesem Natale Angeli vertrauen kann.«

• • •

Er nuschelte durch die Zähne.

Du hast sie reingelegt, Opa

Du hast deine Antwort bekommen.

Und zwar nicht die, die du erwartet hast.

KAPITEL 44

12 Uhr

Du hast den Sonnenaufgang verpasst, Clotilde. Mit fünfzehn warst du früher auf den Beinen.«

Cassanu saß auf dem Gipfel des Capu di a Veta an das Holz-kreuz gelehnt, dessen sieben Meter hoher Schatten ihn schier erdrückte. Man hätte ihn für einen Pilger halten können, der sein Kreuz den Berg hinaufgeschleppt hatte, um es hier oben aufzustellen, davor ein Loch auszuheben und sich darin zu be-graben.

Clotilde ging nicht auf die Bemerkung ihres Großvaters ein. Nach dem vierstündigen Aufstieg musste sie erst einmal ver-schnaufen. Sie war überrascht, dass der alte Mann es mit sei-nen fast neunzig Jahren bis hierher geschafft hatte, während sie vollkommen erschöpft war.

Erschöpft ... und gereizt! Während ihres einsamen Weges war sie, trotz der atemberaubend schönen Landschaft um sie her, nicht in der Lage gewesen, abzuschalten, geschweige denn den Augenblick oder die Düfte zu genießen, die von den Mastixsträuchern, den Zitronatzitronen und den wilden Fei-gen zu ihr hinüberwehten. Ganz im Gegenteil, die Fragen überschlugen sich in ihrem Kopf, und alle liefen letztlich auf eine hinaus: Hatte ihre Mutter gestern Abend in der Schäfer-hütte auf sie gewartet? Sie bedauerte es, nicht mehr an die Tür geklopft zu haben, nachdem Franck aufgetaucht war. Das hatte sie am meisten geärgert, dass er die Magie des Augenblicks zerstört hatte. Sie hatte praktisch die ganze Nacht nicht geschlafen, hatte nachgedacht, aus ihren Erinnerungen, aus der Hoffnung geschöpft, um eine Antwort auf *die* Frage zu finden, die sie umtrieb.

Wie konnte es sein, dass ihre Mutter noch am Leben war?

Wenn sie in ihrem Kopf den Film des 23. Augusts 1989 an sich vorüberziehen ließ, gab es nur drei Möglichkeiten.

Ihre Mutter war nicht mit im Auto ...

Doch, ihre Mutter hatte auf dem Beifahrersitz gesessen, vor Nicolas und neben Papa. Sie hatte sie gesehen, bevor sie ins Auto einstieg, nachdem sie sich angeschnallt hatte und während der Fahrt. Es gab nicht den geringsten Zweifel, sie waren alle vier zusammen in Arcanu losgefahren.

Ihre Mutter war vor dem Unfall aus dem Auto ausgestiegen ...

Aber der Fuego hatte nirgendwo angehalten und auf dem Weg von der Schäferei ins Tal auch das Tempo kaum verlangsamt. Außerdem war Clotilde sich hundertprozentig sicher, dass sie auf der Fahrt bis nach Petra Coda nicht eingeschlafen war. Im Übrigen waren es ja nur ein paar Kilometer, und ihre Mutter hatte noch im Auto gesessen, als der Wagen von der Straße abkam und sich überschlug und Papa nach ihrer Hand griff ...

Ihre Mutter hatte den Unfall überlebt ...

Das war die einzig plausible Erklärung, auch wenn der Fuego sich dreimal überschlagen hatte, auch wenn sie mit eigenen Augen die drei zerquetschten Leichen gesehen hatte, die einfach so dagelegen hatten, dann in Plastiksäcke verpackt und abtransportiert worden waren ... Sie hatte damals unter Schock gestanden. Vielleicht hatte ihre Mutter noch gelebt? Vielleicht hatte der Notarzt ein Wunder vollbracht? Aber wieso hatte man sie dann für tot erklärt? Wie konnte es sein, dass ein Patient reanimiert wurde und niemand davon erfuhr? Nicht mal die eigene Tochter. Aus welchem Grund hatte man sie zum Waisenkind gemacht? Um ihre Mutter zu schützen? Weil man eigentlich sie hatte töten wollen? Clotilde hatte das Gefühl, allmählich den Verstand zu verlieren! Sie wusste nicht mehr, wem sie trauen konnte. Hatte Cervone ihr die Wahrheit erzählt, über ihren Bruder und den Unfall ihrer Eltern? Spielte Franck, ihr Ehemann, womöglich ein doppeltes Spiel? War Natale wirklich ihrer Mutter begegnet? Und was wusste ihr Großvater Cassànu? Wer hatte hier, von Anfang an, die Fäden in der Hand?

Alle paar Minuten sah sie auf ihr Handy. Einen guten Teil des Aufstiegs über hatte sie telefoniert und versucht, drei Menschen zu erreichen.

Als Erstes Franck und Valou, um zu erfahren, wie es ihnen ging. Sie hatte keine Antwort bekommen. Nur die Mailbox sprang an, die sie nach Herzenslust beschimpfen konnte.

Als Nächstes war es ihr noch zu Beginn ihres Weges gelungen, Natale zu erreichen. Sie wollte unbedingt, dass er sie auf den Gipfel des Capu di a Veta begleitete, doch der Traumfischer hatte es abgelehnt, sich frei zu nehmen. Unmöglich, Clo, nicht vor heute Abend, ich arbeite den ganzen Tag im Supermarkt, aber Aurélia hat heute Nachtschicht, also, ja, Clotilde, heute Abend, wenn du kannst, wenn du willst.

Okay, dann eben bis heute Abend …

Doch Clotilde wurde das Gefühl nicht los, dass er, selbst nach all diesen Jahren, vor allem Cassànu nicht über den Weg laufen wollte. Kein großer Freund der Berge, und vielleicht auch ein wenig ängstlich.

Auf halbem Weg hatte Clotilde dann ihren letzten und womöglich überraschendsten Versuch gestartet. Und dieses Mal nahm der Angerufene schon nach zweimaligem Klingeln das Gespräch an. Er sprach ein fast lupenreines Französisch, aber mit einem ebenso starken deutschen Akzent wie sein Vater.

»Clotilde Idrissi? Du liebe Güte, wirklich merkwürdig, nach so langer Zeit Ihre Stimme zu hören.«

Clotilde war überrascht. Hermann Schreiber schien sich über ihren Anruf gar nicht zu wundern.

»Mein Vater hat sich gestern bei mir gemeldet«, erläuterte der Deutsche. »Gleich nach Ihrem Besuch, und wir haben ein wenig über diesen so besonderen Sommer '89 geplaudert.«

Er siezte sie. Seine Stimme hatte einen unangenehmen, leicht autoritären Unterton. Clotilde fragte sich, ob sich Hermann an seinen Spitznamen erinnerte.

»Erinnern Sie sich noch an diesen Sommer?«, begnügte sie sich letztlich zu fragen.

»Ja, an alle Namen und Vornamen, sogar an die Gesichter. Es war immerhin ein sehr verhängnisvoller Sommer, nicht wahr? Für uns alle.«

Vor allem für mich, du Idiot!

Sie beschloss, ohne Umschweife zum Thema zu kommen und Hermann den Grund ihres Anrufes zu erklären, indem sie in wenigen Worten Cervone Spinellos Enthüllungen zusammenfasste. Angeblich habe ihr Bruder Nicolas wenige Stunden vor dem Unfall den Wagen bei einer Spritztour unwissentlich beschädigt und dabei die Spurstangenköpfe und das Schaltgestänge verbogen. Hermann wirkte überrascht, so als könne er nicht glauben, was er da gehört hatte. Dann, nach kurzem Nachdenken, wurde seine Stimme beinahe feierlich.

»Dann hätten also eigentlich wir sterben sollen. Wir fünf. Nicolas, Maria-Chjara, Aurélia, Cervone und ich. Wir wären alle um Mitternacht in das Auto Ihrer Eltern gestiegen, um uns von ihrem Bruder in die Disco fahren zu lassen.« Er schien länger nachzudenken, ehe er fortfuhr. »Das, was Sie mir da gerade erzählt haben, ändert vieles. Merkwürdig, nach all der Zeit. Es ist ein bisschen so, als hätte man ein Flugzeug verpasst, das dann später abstürzt.« Er dachte noch mal nach. »Ja, eigentlich hätten wir fünf in dieser Schlucht enden müssen. Dass ich jetzt noch am Leben bin, hängt von einer Frage ab, die nur Sie beantworten können: Warum hat Ihr Vater an jenem Abend seine Meinung geändert? Was hat ihn dazu bewogen, mit seiner Familie das Auto zu nehmen, um doch zu diesem Konzert zu fahren?«

»Ich … ich weiß es nicht.«

»Nichts geschieht rein zufällig. Wenn Sie in Ihren Erinnerungen kramen, werden Sie auf eine Erklärung stoßen.«

Hermanns Stimme klang wieder schroff. Die Tonart eines Mannes, der daran gewöhnt ist, dass man ihm gehorcht. Clotilde erriet, dass es seit siebenundzwanzig Jahren seine Hauptsorge war, anderen die Demütigungen widerfahren zu lassen, die er selbst in seiner Jugend erdulden musste. Und dennoch hatte er recht. Das Einzige, was momentan zählte, war diese Schlüsselfrage: Warum hatte ihr Vater das Programm für den Abend des 23. August geändert? Sie hatte keine Erklärung dafür. Der Brunnen ihrer Erinnerungen war hoffnungslos ausgetrocknet. Vielleicht stand die Lösung ja in ihrem Tagebuch aus dem Sommer 89, in jenem Heft, in das sie auf der Bank in Arcanu bis zur letzten Sekunde hineingeschrieben hatte. Vielleicht hatte sie ihre Erinnerungen in diesem Tagebuch verborgen, um sie zu schützen. Vielleicht aber enthielt das Heft auch nichts als Hirngespinste. Dinge, die sie sich als verlogener, eifersüchtiger und frustrierter Teenager einfach ausgedacht hatte.

»An Spuren sollte es Ihnen wahrlich nicht mangeln«, fuhr Hermann Schreiber fort. »Korsika, das Land und die Familie sind kompliziert, wie das Leben und der Tod, das Geld und die Macht. Aber, Clotilde, sind Sie wirklich sicher, dass man Cervone Spinello trauen kann? Haben Sie noch andere Zeugen gefunden? Unter den fünfen? Sie müssten doch noch alle am Leben sein.«

Bis auf Nicolas, dachte Clotilde. Der Zyklop war noch immer der Meister des Taktgefühls … Sie erwiderte wie aus der Pistole geschossen.

»Ich habe Maria-Chjara wiedergesehen.«

Hermann lachte laut auf.

»Ah, Maria-Chjara! Ich war ja damals dermaßen verrückt nach ihr. Früher glaubte ich, es reicht, wenn man Goethe zitieren und Liszt auf der Geige spielen kann, um einem Mädchen zu imponieren. Im Grunde müsste ich ihr dankbar sein. Nur weil ich Mädchen wie ihr gefallen wollte, habe ich so hart gearbeitet.« Er lachte erneut. »Mädchen, die genauso hübsch waren wie sie, wollte ich sagen. Meine Frau ähnelt ihr, in Blond. Nur, dass sie Opernsängerin in Köln ist und nicht Sängerin in irgendwelchen Soap-Operas.«

Clotilde hatte nicht übel Lust, das Gespräch an dieser Stelle zu beenden. Alles durch den Schmutz zu ziehen, was einem als Jugendlicher gefallen hatte, war das nicht ein Fluch?

»Schade, Hermann, haben Sie nicht noch einen anderen Hinweis für mich?«

»Vielleicht. Besuchen Sie noch einmal meinen Vater. Er hat in all den Jahren nicht nur Fotos gesammelt, sondern auch mit jedem auf dem Campingplatz über den Unfall diskutiert. Ich glaube, er hatte seine eigene Theorie dazu entwickelt. Etwas, was ihn damals beunruhigte, eine Sache, die nicht stimmig war, aber er hat immer nur mit meiner Mutter darüber gesprochen, mit Anke, nicht mit mir.«

Clotilde traute sich nicht, ihm zu sagen, dass sie seit gestern nichts mehr von Jakob Schreiber gehört hatte. Und sie fühlte sich noch unbehaglicher, als Hermann quasi darauf bestand.

»Um Ihnen die Wahrheit zu sagen, ich bin manchmal ein wenig beunruhigt wegen meines Vaters. Obwohl er gerne zu uns und seinen Enkeln in unsere große Villa mit Pool nach Kroatien kommen kann, zieht dieser Sturkopf es vor, seine Ferien allein auf Korsika zu verbringen.«

Die herablassende Hochnäsigkeit des Zyklopen stieß Clotilde erneut ab. Wer in seinem Umfeld konnte sich wohl vorstellen, wie schüchtern und ängstlich er als Jugendlicher gewesen war? Hermann hatte gründlich aufgeräumt; wie alle hatte er seine Lebensgeschichte vollkommen neu geschrieben. Clotilde verspürte nicht übel Lust, ihn mit seinem Spitznamen zu konfrontieren, nur um ihn an seine Vergangenheit zu erinnern. Doch er ließ ihr keine Zeit dazu.

»Besuchen Sie noch einmal meinen Vater«, wiederholte er.

»Mit seinem blöden Fotoapparat hat er sich sein Leben lang einen Spaß daraus gemacht, die Vergangenheit an die Wand zu pinnen wie andere Schmetterlinge. Mit seinem Zoom, den er auf alles richtete, was ihm ungewöhnlich erschien, glich er einem Spion. Sein Objektiv war sein einziges Auge, auch wenn ich aus Ihrer Sicht der Einäugige, der Zyklop war!«

· · ·

»Setz dich, Clotilde.«

Cassanus Worte rissen sie aus ihren Gedanken. Später. Sie würde später über die von Hermann Schreiber gestellten Fragen nachdenken. Ihr Großvater schien wieder besser Luft zu bekommen. Mit einer langsamen Bewegung bedeutete er ihr, sich auf den Stein gleich neben ihm zu setzen. Tief unten, im Norden, wirkte die Zitadelle von Calvi geradezu winzig, verglichen mit der Größe der Stadt, die bis an die Hänge der Balagne reichte. Vor siebenundzwanzig Jahren hatte Clotilde noch einen ganz anderen Eindruck gehabt.

Opas Stimme zitterte nicht mehr. Er drehte sich um und blickte hinauf zu dem riesigen Gipfelkreuz, an dem er lehnte.

»Erinnerst du dich, meine Kleine, an das alte? Das Holz war verfault, die Nägel rostig, es drohte, auf uns herabzufallen. Anschließend haben sie ein neues aufgestellt, das nicht sehr lange gehalten hat, dann dieses hier vor weniger als drei Jahren. Die Österreicher verfolgen ihre Ideen äußerst beharrlich.«

»Wieso wolltest du dich hier mit mir treffen?«

»Deswegen.«

Ihr Blick glitt über das Panorama, und ihre Augen erkundeten das schlafende Krokodil. Die Küste – von L'Ile-Rousse bis nach Calvi, von La Revellata bis Galéria – erinnerte an einen weiß gesäumten Rand, an feine Spitze, an eine mit ruhiger Hand gezeichnete, klare Linie. Sie wusste jedoch, dass das nur eine Illusion war. In Wahrheit war die Küste zerklüftet, und die weißen Felsen stachen scharf und spitz wie tausend geschliffene Messer ins Meer.

»Deswegen?«, wiederholte Clotilde.

»Ja, wegen dieser Aussicht, dieser Landschaft. Wegen des Privilegs, sie ein letztes Mal von hier oben zu betrachten. Gemeinsam mit dir. Du kannst unser Familientreffen bezeichnen, wie du es möchtest: als Segen, als Übertragung. Du bist unsere einzige direkte Erbin, Clotilde. All das ...«, mit seinem Arm beschrieb er einen großen Kreis, »all das wird eines Tages dir gehören.«

Clotilde erwiderte nichts. Ein solches Erbe schien ihr derart irreal, in dermaßen weiter Ferne und hatte so rein gar nichts mit ihrer momentanen Situation und den quälenden Fragen zu tun. Einen Moment lang war sie versucht, ihren Großvater zu provozieren, ihn nach der vorsätzlich beschädigten Lenkung des Fuego zu fragen, doch dann zog sie es vor, sich an ihren Plan zu halten. Erst überprüfen, dann beschuldigen. Wie jede gute Anwältin. Erst überprüfen, ob Cervone Spinello die Wahrheit gesagt hatte, und erst dann ihren Bruder Nicolas beschuldigen. Und dafür brauchte sie Cassanu. Während sie die siebenhundert Meter Höhenunterschied mit den Augen maß, nahm sie den Ton einer aufgebrachten Krankenschwester an.

»Findest du das angeraten, dich in deinem Alter zu solchen Heldentaten hinreißen zu lassen?«

»Eine Heldentat, das ich nicht lache! Ich habe gelesen, dass ein Japaner mit über achtzig Jahren den Mount Everest bestiegen hat und dass sein Vater vor ihm mit neunundneunzig Jahren den Mont Blanc auf Skiern hinabgefahren ist. Also, auf diesen Idiotenhügel zu klettern ...«

Er war laut geworden. Cassanu wirkte erstaunlich fit, aber der Aufstieg hatte ihn sicherlich mehr mitgenommen, als er zugeben wollte. Er hustete lange, ehe er fortfuhr.

»Das erste Mal bin ich 1935 hier hochgekommen, und ab 1939 dann mehrmals täglich, um den Partisanen zu helfen, ihnen Nahrung, Waffen und Munition zu bringen. Wir hier in Korsika waren die Ersten, die die Nazis verjagt haben, noch vor der Landung der Amerikaner in der Normandie, und ohne ihre Hilfe! Wir waren das erste befreite französische Departement, doch das haben sie vergessen in den Geschichtsbüchern zu erwähnen. Du, meine Kleine, warst fünfzehn Jahre alt, als du das erste Mal hier hochgeklettert bist. Erinnerst du dich? Mit Sicherheit, denn es war genau …«

Opa brachte es nicht über sich, den Satz zu vollenden. Natürlich erinnerte sich Clotilde. Das Fernglas um den Hals, die Vesper mit korsischem Käse, die aufgehende Sonne, die am Himmel vorüberziehenden Wanderfalken. Schon damals war ihr Cassanu alt vorgekommen. Doch er war unverwüstlich, unverwüstlicher als die Gipfelkreuze.

Sie besah sich das lackierte, schon aufgeplatzte Holz, die bereits verrosteten Eisennägel.

Ihr Großvater würde auch dieses hier noch überleben.

Vielleicht.

»Lisabetta vergeht sicher vor Sorge«, sagte sie.

»Seit über sechzig Jahren schon …«

Clotilde lächelte.

»Ich muss dich einiges fragen.«

»Das denke ich mir.«

Clotildes Blick glitt siebenhundert Meter nach unten. Die Küste war eine Abfolge verschiedener Halbinseln, die wie graue, schaumbedeckte Tentakeln aussahen, die ein Gott hier hatte entstehen lassen, um die Zahl der geheimen Buchten, der Ankerplätze, der winzigen Pfade zu vermehren. Ein bestechlicher Gott, der verstanden hatte, wie viel Profit man eines Tages daraus würde ziehen können.

Bevor Clotilde auf ihr Anliegen zu sprechen kam, wandte sie ihren Blick Richtung Osten, Richtung Meer. Man konnte von hier oben die Bungalows des Campingplatzes sehen, die Grundmauern der Marina *Roc e Mare*, den Schatten der Strohhütte des Tropi-Kalliste am Strand von L'Oscelluccia.

»Das letzte Mal, als wir beide hier oben saßen, gab es rundherum rein gar nichts, Cassanu. Nichts, außer ein paar Olivenbäumen, unter denen man sein Zelt aufstellen konnte, einen Pfad hinunter zum Strand, ein vertäutes Fischerboot, und Delphine in der Bucht von La Revellata. Wie hast du nur die ganzen Machenschaften von Cervone Spinello zulassen können? Seine ehrgeizigen Bestrebungen, seinen Betonwahn? Er erzählt überall herum, der allmächtige Idrissi würde ihm aus der Hand fressen.«

Cassanu wirkte nicht gekränkt.

»Das ist kompliziert, meine Kleine. Sehr kompliziert. Alles hat sich in den letzten Jahren sehr verändert. Aber es lässt sich mit einem einzigen Wort zusammenfassen. Mit vier Buchstaben. Das liebe Geld, Clotilde. Geld.«

»Das glaube ich dir nicht! Dir ist Geld doch völlig egal. Da musst du schon was anderes finden, um mir zu erklären, warum Cervones Strohhütte nicht längst abgebrannt ist. Warum die Grundmauern seines Hotels nicht explodiert sind.«

Offensichtlich hatte er keine andere Erklärung.

Auf einmal schien ihm das Atmen schwerzufallen.

Clotilde überprüfte sofort, ob ihr Handy hier oben überhaupt Empfang hatte, ob sie andere Nachrichten erhalten hatte und ob sie im Fall der Fälle die Notfallnummer wählen konnte. Von Calvi aus würde ein Hubschrauber weniger als fünf Minuten benötigen, um hierherzukommen. Verirrte Wanderer vom Berg zu retten, war das täglich Brot der korsischen Hilfskräfte. Beruhigt fuhr sie fort, ihren Großvater aus der Reserve zu locken, so als wären seit ihrer letzten Unterhaltung nicht siebenundzwanzig Jahre vergangen, sondern siebenundzwanzig Sekunden.

»Cassanu, warum hast du die Projekte dieses Mistkerls Cervone dem ökologischen Schutzgebiet von Natale Angeli vorgezogen? Du hattest es mir eigentlich so gut wie versprochen. Du hattest schon fast ja gesagt. Warum hast du deine Meinung geändert? Weil Natale in meine Mutter verliebt war? Weil er, indem er sich der Frau deines Sohnes näherte, die Ehre der Familie verletzt hatte?«

»Ehre, Clotilde, ist das, was bleibt, wenn man alles verloren hat.«

Clotilde betrachtete das riesige Stück Land vor ihnen.

»Alles verloren? Das ist ja wohl etwas übertrieben, nicht wahr? Aber du hast meine Frage nicht beantwortet, Cassanu. Bei den Idrissis betrügt eine Frau nicht ihren Ehemann, ist es das? Das ist verboten! Doch wenn der Mann ...«

Sie rechnete damit, dass Cassanu einschreiten würde.

Nichts, er wartete ab.

Okay, wenn du wirklich willst, dass ich in das Wespennest der Familiengeheimnisse steche, bitte ...

»Ich bin kein kleines Mädchen mehr, Cassanu. Ich weiß, dass mein Vater meine Mutter betrogen hat. Alle Welt wusste es, alle Bewohner der Gegend machten Witze darüber. Also, warum nahm man es dann Natale und Palma übel?«

Schließlich reagierte der alte Mann.

»Das Problem liegt woanders, Clotilde, sehr viel weiter zurück. In einer Zeit, als du noch gar nicht geboren warst. Das Problem ist, dass dein Vater deine Mutter niemals hätte heiraten dürfen.«

Endlich war es so weit! Nach siebenundzwanzig Jahren kam schließlich doch die Wahrheit ans Licht!

»Weil sie keine Korsin war?«

»Weil dein Vater schon längst einer anderen versprochen war. Bevor er deiner Mutter begegnete, hatte er sich in sie verliebt. Und für deine Mutter hat er dann alles aufgegeben.«

»Sie war natürlich von hier, oder?«

»Sie hieß Salomé. Sie war aus unserem Clan, gehörte praktisch zu unserer Familie, sie war ihm treu, und sie wäre ihm stets treu geblieben. Paul wäre seiner Insel treu geblieben. Deine Mutter war nicht die richtige Frau für ihn. Und schon hatten wir den Schlamassel, Clotilde! Deine Mutter war nicht die Frau, für die du sie gehalten hast.«

Die Worte schwebten in der Stille, der Wind schien sie empor-
zutragen, hinauf zum Gipfel, wo sie hängen blieben wie Speranzas Worte auf dem Friedhof von Marcone.

*Glaub mir, Frauen sind dazu in der Lage. Deine Mutter hat
deinen Vater verhext, und sobald er ihr verfallen war, hat sie ihn
uns gestohlen. In ihren Netzen gefangen, hat sie ihn mitgenommen, weit, weit weg von all jenen, die ihn liebten.*

Sie vermischten sich mit dem Gelächter der Männer aus der
Bar des Campingplatzes, als sie fünfzehn war und von der Un-
treue ihres Vaters erfahren hatte …

*Paul hätte hier leben sollen. Wenn deine Mutter ihn nicht um-
gebracht hätte. Hier leben, verstehst du? Leben. Nicht hierher
zurückkommen, um zu sterben.*

Cassanu hustete lautstark, als solle der Lärm die Stimmen
der Vergangenheit verscheuchen.

»So einfach ist das, meine Kleine, dein Vater hätte nicht
deine Mutter heiraten dürfen. Er hat seinen Entschluss bedauert. Wir wissen alle, dass er ihn bedauert hat. Aber da war
es schon zu spät.«

»Zu spät für was?«

Er sah Clotilde traurig an.

»Ihr wart schon geboren, du und Nicolas.«

»Na und?«

Er schloss die Augen für einen langen Moment, so als fürchtete er, zu viel zu sagen, dann traf er eine Entscheidung.

»Na und? Palma war in unseren Kreis eingedrungen, wie
eine Made in die Frucht. Und so nahm das Verhängnis seinen
Lauf.«

Das Verhängnis?

Sprach Opa von dem Unfall?

Erst beschuldigte man ihren Bruder, und nun war ihre Mutter an der Reihe?

»Versuche nicht, mehr in Erfahrung zu bringen«, fügte Cassanu noch hinzu. »Es tut mir leid, Clotilde, obwohl wir ver-
wandt sind, obwohl du eines Tages das Land erben wirst, wirst

du niemals zu unserem Clan gehören. Dafür muss man hier auf der Insel leben. Es gibt Dinge, die du nicht verstehen, Dinge, die du nicht lernen kannst.«

Clotilde wollte protestieren, aber Cassanu bedeutete ihr, dass er noch nicht fertig war.

»Weißt du, meine Kleine, jetzt siehst du mich mit diesem mitleidigen Gesichtsausdruck an, als würde ich gleich hier am Fuße des Gipfelkreuzes sterben. Niemand hier, niemand aus dem Clan sieht mich je mitleidig an. Und niemand hier hat mich je mit ›Opa‹ angesprochen.«

Ihr wurde klar, dass sie nicht mehr aus ihrem Großvater herausbekommen würde: kein Geständnis, keine Beichte. Egal, damit hatte sie gerechnet, und deswegen war sie ja schließlich auch nicht hergekommen.

»Das tue ich auch nicht mehr, wie du vielleicht bemerkt hast. Das kleine Mädchen, das dich Opa nannte, ist tot, Cassanu, gestorben am 23. August 1989, in den Felsen von Petra Coda. Ihre Familie ist tot. Ihre Kindheit tot. Alles ist an jenem Tag gestorben. Wir haben wenigstens eins gemein, Cassanu, an jenem Abend haben wir beide unsere Illusionen verloren. Also wenn ich heute heraufgekommen bin, um dich zu sehen, dann nicht, damit du deine Schweigepflicht, die Omertà brichst, und schon gar nicht aus Mitleid.« Das letzte Wort betonte sie besonders. »Ich brauche dich. Ich möchte, dass du mir einen Gefallen tust.«

Der Blick des alten Mannes erhellte sich.

»Welchen?«

»Einen Gefallen, den mir nur jemand tun kann, der keine Angst vor der Polizei hat. Jemand, der seinen eigenen Gesetzen folgt.«

»Wie kommst du darauf, dass ich da der Richtige bin?«

»Ich gehöre vielleicht nicht zu eurem Clan, dennoch ist es nicht zu übersehen, dass du dem Präfekt, den Notaren und den Polizisten hier nicht sonderlich traust …«

Diese Bemerkung entlockte ihm ein Lächeln.

»Ich habe mich mein Leben lang nach Kräften bemüht, Ungerechtigkeiten auszugleichen.«

Sie legte ihm einen Finger auf die Lippen.

»Psst ... Erinnerst du dich an deine Worte von vor siebenundzwanzig Jahren? Besonders an einen Satz: ›Du gibst wohl nie auf, was, meine Kleine? Aus dir würde mal eine gute Anwältin werden.‹ Letzten Endes bin ich eine geworden, vielleicht dank deines Ratschlags. Also, du vertraust dich mir an, wenn du mal meine professionelle Hilfe brauchen solltest, doch einstweilen will ich nichts von den Bauunternehmern hören, die plötzlich ertrunken sind, von Villen, die in Rauch aufgehen, oder von dieser nicht identifizierten Leiche, die man, wie ich heute Morgen im Radio gehört habe, in der Bucht von Crovani gefunden hat. Und auch nichts von den LKWs, die samt ihrer Ladung auf der Straße von Algajola in die Luft gesprengt wurden. Auch wenn ich es wirklich schade finde, dass Cervone Spinello nicht mit auf der Liste stand.«

Das entlockte ihm erneut ein Lächeln. Er kam wieder zu Kräften, vielleicht musste er doch nicht im Hubschrauber zurück. Zuversichtlich fuhr sie fort:

»Mein Anliegen hat natürlich nichts damit zu tun. Ich brauche dich für eine Intervention. Eine nicht ganz legale Intervention, die möglicherweise gefährlich ist. Ich möchte, dass du eine Handvoll entschlossener und bewaffneter Männer zusammentrommelst.«

Er musterte sie aufmerksam und erstaunt zugleich. Vielleicht revidierte er sogar sein Urteil. Vielleicht floss ja doch in ihren Adern etwas von seinem Blut. Vielleicht konnte sie wenigstens eine Fußspitze in seinen Clan setzen.

»Bewaffnet? Ich bin ein alter Mann, ich habe nicht mehr den geringsten Einfluss. Wen soll ich da fragen?«

»Tatarata ...« Clotilde hielt ihm ihr Handy hin. »Ich bin sicher, dass du dafür nur ein oder zwei Telefonanrufe tätigen musst. Dass sich deine Korsen um diese Art Mission reißen.«

»Das hängt von der Mission ab ...«

»Einen Leibwächter ruhigstellen. Vielleicht zwei, einen durchtrainierten Mann, der aber nicht bewaffnet ist.«

Er schloss die Augen. Stellte sich die Szenerie vor.

»Und wo soll das Ganze vonstattengehen?«

»Das wird Erinnerungen in dir wachrufen. Die Strohhütte des Tropi-Kalliste am Strand von L'Oscelluccia. Ich weiß nicht, ob dir die Plakate aufgefallen sind, aber ich möchte zu Maria-Chjara Giordano.«

»Dieser Schlampe?«

Tja, offensichtlich waren ihm die Plakate nicht entgangen.

»Was willst du von ihr wissen?«

»Die Wahrheit! Die Wahrheit über den Tod deines Sohnes. Meines Vaters. Den Tod meiner Mutter und meines Bruders. Sie allein kennt sie. Eine Wahrheit, über die selbst du nicht Bescheid weißt.«

Diesmal traf Cassanu der Schock völlig unvermittelt, mehr, als Clotilde vermutet hätte. Ihm schien schwindelig zu werden, er blinzelte, keuchte, hustete, glitt mit ausgebreiteten Armen nach vorn.

Clotilde ergriff seine Hand: »Ist alles in Ordnung mit dir, Opa?«, zögerte aber noch, Hilfe zu holen, gab ihm stattdessen zu trinken und redete beruhigend auf ihn ein. Allmählich hörten seine Beine auf zu zittern und sein Herz zu rasen. Sie umschloss ganz fest mit ihren Händen seine Finger, als ob sein Leben ein Vogel wäre, der bereit war, davonzufliegen. Es dauerte einige Minuten, bis Cassanu wieder voll bei Bewusstsein war. Doch dann atmete er wieder völlig normal, richtete sich wieder auf und griff nach seinem Stock.

»Hilf mir auf, Clotilde. Wir brauchen gut eine Stunde für den Abstieg. Du leihst mir unterwegs dein Handy. Ich werde dir deine bewaffneten und vermummten Jungs schon besorgen.«

KAPITEL 45

Dienstag, 22. August 1989, sechzehnter Ferientag,
porzellanblauer Himmel

We are the world ... We are the children.

Wie alle anderen schließe ich mich am Strand von L'Alga in
der großen Gefühlsgemeinschaft rund um das Lagerfeuer der
allgemeinen Bewegung an: Ich singe, halte die Hand meines
Nachbarn und wiege mich leicht. Nicolas sitzt in der Mitte
und hofft vermutlich, der Schein der Flammen würde ihm
helfen, die Gitarrentabulatur zu entziffern, die er ohnehin
nicht kennt. Mein brother in arms hält den Rhythmus so gut
er kann, wenn er wie Mark Knopfler spielen würde, wäre das
bekannt. Estefan, der sich offenbar für Manu Katché hält, begleitet ihn mit der Djembe.

Es ist fast Mitternacht unter Beteigeuze und seinen Freun-
den. Heute ist der Abend der braven Kinder. Wir grillen
Marshmallows und singen Bob Marley, Le Forrestier und die
Titelmusik von Fernsehserien.

Dieser Abend dient dazu, die Eltern zu beruhigen, damit sie
morgen keinen Verdacht schöpfen, wegen der Spritztour ins
La Camargue, die Nico für die Großen und Volljährigen organisiert hat, wo Laserprojektoren die Sterne ersetzen, Techno
die Gitarren und kreisende Joints die Haribos.

Das ist Nicos Plan, innerhalb von vierundzwanzig Stunden
vom Kind zum Erwachsenen werden.

So als wüssten sie alle nicht, wie die Sache endet. Man hat

den Eindruck, sie haben es eilig, zu flirten, mit dieser und jenem zu schlafen und dann nur noch mit einer, mit einem, unter die Haube zu kommen, zu heiraten, weniger miteinander zu schlafen, einmal pro Monat, einmal pro Jahr, am Jahrestag des ersten Mals, sich daran zu erinnern, davon zu träumen, mit einer anderen zu schlafen, die schon unter der Haube ist. So als hätten sie es eilig, dem Vorbild ihrer Eltern zu folgen. Meiner Eltern. Als hätten sie es eilig, ihnen nachzueifern.

We are the children.

Maria-Chjara hält sich für Cindy Lauper und übertönt den Chor mit ihrem »Well, well, well«. Sie hat eine schöne Stimme, das muss man ihr lassen. Der Einzige, der eingeschnappt ist, ist Hermann. Er wollte *Neunundneunzig Luftballons* singen, aber außer den beiden Holländern Tess und Magnus ist er der Einzige, der Nenas Lied auf Deutsch versteht. Also sitzt er da wie ein Trottel. Dabei hat er extra seine Geige mitgebracht, aber er ist ausgebuht worden, als er vorgeschlagen hat, damit die Begleitung zu spielen. Uns waren Nicolas' mittelmäßigen Akkorde lieber, und das sage ich nicht, weil er mein Bruder ist. Also hält Hermann die Hand seiner Nachbarin Aurélia, und Aurélia hält die Hand von Cervone, der die von Candy hält.

We are the ones ... We are the children ...

Und es geht weiter:

Loin du cœur et loin des yeux
Petite fille de casbah
Le monde est bleu comme toi
Au Macumba, Macumba
Moi aussi, j'irai là-bas

Bis endlich Stille einkehrt. Und Hermann die Gelegenheit nutzt, um den Kreis zu öffnen, nach seiner Geige und seinem Bogen zu greifen und ihr, ohne dass wir Zeit hätten zu protestieren oder uns über ihn lustig zu machen, herzzerreißende Töne zu entlocken.

Er spielt gut, das muss man ihm lassen. Auch wenn wir nicht gleich die Melodie erkennen. Maria-Chjara reagiert als Erste. Sie beginnt zu singen, und diesmal schweigen alle. Man könnte glauben, die beiden hätten den ganzen Sommer über geprobt.

Forever young, I want to be forever young

Chjaras Stimme und Hermanns Geige scheinen sich gegenseitig in den Himmel zu schießen. Keiner spricht mehr ein Wort. Es gibt solche Augenblicke, in denen Worte überflüssig sind. Ich hätte mir nur gewünscht, Sie wären dabei gewesen und hätten hören können, wie Hermanns Geige schluchzte und Maria-Chjaras Stimme sie tröstete.

Ist ja irgendwie blöd, aber wenn die albernsten Lieder gut gesungen sind und von Liebe erzählen, jagen sie einem einen Schauer über den Rücken – selbst wenn man ein *Back in Black*-T-Shirt trägt.

Nicolas ist ein guter Verlierer und legt seine Gitarre in den Sand. So viel Klasse hat Aurélia nicht, sie starrt die beiden mit dem Blick einer eifersüchtigen Polizistin an, die sie am liebsten wegen nächtlicher Ruhestörung, Überschreitung der vorgeschriebenen Herzfrequenz und dem fehlenden Sicherheitsgurt in ihrer Rakete zur Milchstraße einsperren würde. Sie sieht Nicolas verliebt an, doch es besteht keine Gefahr, dass mein ungeschickter Bruder das Signal auffängt.

Die letzten Geigenklänge verlieren sich in der Unendlichkeit, es ist vorbei.

Alle applaudieren.

Für immer jung ...

Sie wissen, dass auch das vorbei ist.

Hermann setzt sich wieder in den Kreis, nimmt Aurélias Hand, die die von Cervone ergreift und so weiter … Nicolas sieht mich durchdringend an, und ich weiß, warum. Ich habe meine Aschenputtel-Ausgangszeit überschritten!

Um Mitternacht bist du gefälligst im Bett!, hatte Palma Mama zu mir gesagt.

Widerwillig gehe ich zurück zum Campingplatz und überlasse die anderen ihren Utopien. Das letzte Bild, das ich von oberhalb des Strandes aus sehe, ist der Kreis, der sich in Konfetti aufgelöst hat, das sich jetzt, zumeist paarweise, verstreut hat. Aurélias Hand liegt in der von Hermann. Maria-Chjaras Kopf ruht auf der Schulter von Nicolas. Cervone ist von Tess und Candy umringt.

Als ich den Bungalow erreiche, lasse ich den Kies unter meinen Füßen knirschen. Ich mache absichtlich Lärm mit der Kühlschranktür, als ich mir Wasser einschenke, lasse meine Gürtelschnalle mit dem Totenkopf gegen den Schrank knallen, meine Ringe über das Nachtkästchen rollen. Ich antworte »gut«, als Palma mich fragt, wie es war, und knalle die Tür zu meinem Minizimmer mit dem Fuß zu. Ich behalte mein T-Shirt an und öffne das Fenster, denn hier drinnen ist eine Bruthitze, ich lege mich ins Bett, kann aber nicht einschlafen, obwohl ich mir Mühe gebe, das schwöre ich. Ich versuche es, aber der Schlaf scheint nebenan im Eheschlafzimmer eingesperrt zu sein, also stehe ich auf, nur diesmal mache ich nicht den geringsten Lärm.

Vierzig Kilo, so schlank wie eine Barbie-Puppe, nur ohne vorstehenden Busen und Hintern. Perfekt, um aus dem Fenster eines Minizimmers zu steigen.

Es ist vier Uhr morgens. Eigentlich habe ich Nicolas ja versprochen, nicht zu spionieren, ihm mindestens bis zum Tag der Sainte-Rose, also morgen, nicht nachzustellen, ich habe »ja« gesagt, ein aufrichtiges »ja«, denn ich hatte Besseres zu tun, musste Opa von den Delphinen überzeugen und und …

Aber das ist erledigt. Und ich will nicht hierbleiben und mich langweilen.

Der Strand ist leer, die Teenies sind fast alle weg, das Feuer ist erloschen. Nur Nicolas sitzt noch im Dunkeln da und stochert ganz allein in der Glut, ein Geräusch wie eine schüchterne Grille, die übt, bevor die Sonne aufgeht.

Wo sind die anderen? Im Bett?

Eine Stimme antwortet aus dem Wasser, wie die einer Nymphe, Sirene oder Nixe, ich weiß nie genau, was der Unterschied zwischen all diesen Wasserfabelwesen mit Frauenkörpern ist.

»Kommst du?«

Maria-Chjara steigt aus dem Meer, im Schein der letzten Glut und des Mondes erkenne ich zunächst nur einen Schatten, dann ihre Silhouette. Das Wasser reicht ihr noch bis zum Bauchnabel.

»Kommst du, Nico?«

»Du bist verrückt, das ist doch eiskalt.«

Im Dunkel versteckt, beobachte ich sie fasziniert. Ich lerne, lerne Dinge, die einem Mütter nie beibringen würden.

»Komm und hol es dir!«

Ohne dass ich gesehen hätte, wie, hängt das Bikini-Oberteil in Maria-Chjaras ausgestreckter Hand.

»Los komm, hol es dir!«

Sie tanzt, und jede Bewegung scheint kalkuliert, damit der Schatten sich an ihre Kurven schmiegt, sie liebkost, ihr Dekolleté verbirgt und dann plötzlich enthüllt, zwei Brustwarzen versteckt, die dann wieder im Mondschein aufleuchten, Schatten, die sich auf ihren Busen legen, ihn drücken, anheben, pressen.

Nicolas erhebt sich.

So funktioniert das also? Die Verführung … Ein Strudel, ein Schwindel, ein Köder, den man schwenkt.

»Zu spät!«, ruft die Italienerin kokett.

Das Bikini-Oberteil fliegt in hohem Bogen davon. Es ist im Übrigen kein Bikini, sondern ein weißer Spitzen-BH, der wie eine Qualle im feuchten Sand landet.

Beeil dich, Nicolas … Mein Riesen-Idiot von Bruder lässt sich Zeit, sein Hemd auszuziehen, es zusammenzufalten und vor seine Füße zu legen. Außer, auch diese kalkulierte Langsamkeit gehört mit zum Spiel.

Das könnte ich nie … Ich würde sofort über meinen Typen herfallen.

»*Seconda possibilità?*«

Und wieder wedelt Maria-Chjara wie von Zauberhand mit einem weiteren weißen Spitzenfetzen durch die Luft. Das Wasser reicht ihr noch immer bis knapp zum Bauchnabel. Sie bleibt stehen, streckt die Trophäe in die Luft. Sie geht ein paar Schritte vor, bis ihre leicht geöffneten Schenkel über der Wasseroberfläche einen Bogen bilden, den die Gischt sanft liebkost.

Jetzt hat Nicolas es plötzlich eilig. Der Slip fällt zusammen mit der Hose. Sobald ich ein Stückchen vom Hintern meines Bruders erhasche, muss ich die Augen schließen.

Als ich sie wieder öffne, sind sie nicht mehr zu sehen, ich höre nur ihr Lachen im Wasser, es spielt, kommt näher, gurrt.

Ich nehme mir fest vor, sobald das Lachen aufhört, mir die Ohren zuzuhalten und die Augen zu schließen oder, was das Einfachste wäre, zu gehen.

Zu spät! Maria-Chjara kommt als Erste heraus. Nackt. So unglaublich schön, wie ich es nie sein werde, wie die meisten Mädchen es nicht sein werden. So schön, dass alle anderen Mädchen der Galaxie sie verfluchen könnten.

Sie lacht weiter, ein bisschen hysterisch, das klingt ebenso falsch wie die Akkorde von Nicos Gitarre. Ich finde, das macht sie ein bisschen weniger sexy, aber man muss zugeben, dass da noch Spielraum ist.

Sie sammelt ihr Höschen und das Oberteil ein, das weiße Leinenhemd, das ein paar Meter weiter entfernt liegt.

Beeil dich, mein Nico, sonst entwischt sie dir! Langsam fange ich an, das Spiel zu verstehen … Danke, Chjara.

Sie ist schon angezogen, als Nicolas, etwas verschämt und nackt, aus dem Wasser kommt. Während er einen Fuß in seine Jeans schiebt, wie ein Reiher auf einem Bein dasteht, küsst sie ihn lange … Und verschwindet dann.

Um sie einzuholen, müsste Nicolas Weltmeister im Sackhüpfen sein.

»*A domani, amore mio*«, kichert die schöne Italienerin. *Domani, t'offrirò la mia chiave.*«

Und im Laufen verliert das Miststück einen ihrer Flip-Flops.

Kurz darauf, als die Nacht sie endgültig verschlungen hat, hebt Nicolas ihn auf. Mit seinem Schuh in der Hand steht mein Bruder da wie ein Idiot, wie der Märchenprinz vom Campingplatz im Reich von Aschenputtel im Bikini.

Ich schleiche mich davon.

»Bis morgen …«

Morgen ist der 23. August.

Nein, eigentlich ist es schon fünf Uhr morgens. Der Tag, an dem sich alles entscheidet, hat schon begonnen.

• • •

Forever Young, murmelte er.

Let us die young or let us live forever.

Lasst uns jung sterben oder ewig leben.

Ihnen hatte man nicht einmal die Wahl gelassen.

KAPITEL 46

Im Schatten der Hecke, etwas abseits des Strands von L'Oscelluccia, hätte man meinen können, der Wachmann, der vor
dem Wohnwagen stand, hätte Verstärkung bekommen – drei
ebenso kräftige und muskulöse Typen, aber mit einem etwas
anderen Outfit. Der Bodyguard, der den Wohnwagen von Maria-Chjara bewachte, trug einen ordentlichen anthrazitfarbenen Anzug, während die drei anderen mit grünen Drillich-
oder dunklen Jogginghosen bekleidet waren. Und so hätte ein
eventueller Besucher, der sich dem abseits stehenden Wohnwagen genähert hätte, schnell seinen Irrtum bemerkt.

Vier dunkle Gesichter, ein Farbiger und drei mit schwarzen
Kapuzenmützen.

Maria-Chjara beobachtete sie eine Weile durch das Fenster
ihrer Garderobe und wandte sich dann ihrer Besucherin zu,
die vor einem himbeerfarbenen Ledersessel stand.

»Es wäre nicht nötig gewesen, hier mit Ihren Gorillas auf-
zutauchen«, meinte die Italienerin. »Ich hätte Ihnen auch so
geöffnet.«

Nun trat auch Clotilde einen Schritt vor und musterte die
vier Männer, die gemeinsam Kaffee aus einer Thermoskanne
tranken und sich schon fast angefreundet zu haben schienen.
Ihre Gewehre lehnten brav an einer Mülltonne.

Auf Opa war Verlass! Während des Abstiegs vom Capu di a
Veta hatte er mit Clotildes Handy einige Freunde angerufen,

die in der Lage waren, diskret Maria-Chjaras Wachmann außer Gefecht zu setzen. Was dann folgte, war beunruhigender gewesen. Nach dem zweistündigen Marsch hatte Cassanu erschöpft die Schäferei von Arcanu erreicht. Er war mitten auf dem Hof entkräftet auf einen Stuhl unter der Steineiche gesunken. Angesichts seiner Atemnot hatte Oma Lisabetta nicht auf seinen Protest gehört und Doktor Pinheiro angerufen, dessen Besuch Cassanu ansonsten lediglich für seine Grippeimpfung zuließ. Dieser hatte sofort einen Krankenwagen kommen lassen und den Patriarchen zu einer längeren Beobachtung und Ruhepause ins Krankenhaus der Balagne eingewiesen. Clotilde bedauerte schon im Voraus die arme Krankenschwester, der die Aufgabe zukäme, Cassanu mitzuteilen, dass er, auch wenn er sich erholt hätte, noch einige Tage im Bett bleiben müsse.

Clotilde wandte den Blick vom Fenster ab.

»Neulich abends nach dem Konzert bin ich ohne meine Eskorte zu Ihnen gekommen, Maria, und Sie haben mir die Tür nicht geöffnet.«

»Aber an jenem Tag waren Sie auch nicht in Begleitung von Brad Pitt.«

Der Blick der Italienerin versenkte sich in den von Natale, der in einem zweiten, apfelgrünen Sessel saß.

Natale, unrasiert und mit struppigem blonden Haar, hatte schnell eine löchrige Jeans und ein weißes, ausgeschnittenes T-Shirt übergestreift, um zu Clotilde zu eilen. Gutaussehend und in sich ruhend, strahlte er die Kraft einer Raubkatze aus. Clotilde versuchte, die Glut der aufkeimenden Eifersucht zu ersticken, doch Maria-Chjara tat alles, um sie anzufachen. Sie nahm auf dem kleinen Hocker vor ihrer Garderobe Platz, die aus einem großen Spiegel und einem Schminktisch bestand, dazu Dutzende von farbigen Glasflakons, Make-up, Glitter, Pinsel und Stifte in allen Rot- und Rosatönen.

»Welche Freude«, fuhr die Sängerin fort, »alte Freunde, die zufällig zum Tee vorbeikommen. Aber bitte entschuldigen Sie mich, ich muss mich fertigmachen. In zwei Stunden beginnt mein Konzert ... und mein Publikum erwartet mich.«

Sie blinzelte belustigt ihrem Spiegelbild zu. Ganz offensichtlich machte sie sich keine Illusionen über die Motivation der präpubertären Jugendlichen, die kamen, um sie in ihrem weißen, durchsichtigen Badeanzug in den Pool springen zu sehen. Clotilde warf einen letzten Blick nach draußen zu den vermummten Männern und zog dann den Vorhang zu.

»Es tut mir leid«, meinte sie, »aber ich musste zu solchen Mitteln greifen, um Sie zu treffen ...«

Maria-Chjara hatte den Leoparden-Morgenrock von ihren Schultern gleiten lassen. Er blieb wie eine zurückgelassene Jagdtrophäe liegen, während sie ihnen, nur mit rotem Slip und BH bekleidet, ihren Rücken mit der tätowierten Rose darbot, die sich von ihrem Nacken bis zur Pofalte zog. Der Spiegel des Boudoirs gewährte einen schamlosen Blick auf die Vorderansicht.

Natale blieb ebenso kühl wie das Mobiliar aus falschem Marmor – ein Tisch, eine Kommode, ein Beistelltischchen und eine Statue mit Venus und Amor. Kitsch as Kitsch can. Vermutlich sah die Wohnung einer Luxus-Prostituierten für alte wohlhabende Knacker eben so aus, dachte Clotilde boshaft. Eine gedämpfte Atmosphäre mit Kunstleder und falschem Furnier, um die Misere zu kaschieren.

»Wissen Sie«, scherzte Maria-Chjara, »nachdem ich zwanzig Jahre lang das Starlet auf Canale 5 gespielt habe, habe ich alle Arten von Carabinieri kennengelernt.«

Geschickt hantierte sie mit Pinseln, Watte und Make-up.

»Nachdem es eilig zu sein scheint«, fuhr die Sängerin fort, »tun Sie sich keinen Zwang an und verlieren Sie nicht Ihre Zeit.«

Clotilde begann. Sie erzählte alles, und Maria-Chjara unterbrach sie nicht ein einziges Mal. Sie brachte das, was Cervone Spinello ihr gesagt hatte, mit ihren eigenen Erinnerungen an den 23. August 1989 zusammen: die von Nicolas geplante

Spritztour ins *La Camargue*, der Fuego, den dieser sich ausgeliehen hatte, um mit Maria-Chjara auf dem Beifahrersitz eine Runde zu drehen, der anscheinend harmlose Unfall. Das Auto hatte nichts abbekommen, nur die Lenkung, die Spurstange, die Schraubenmutter, das Lenkrad …

Als Clotilde ihre Ausführungen beendet hatte, schob Maria-Chjara mit einer eleganten Bewegung ihren Rollhocker herum. Während ihres Monologs hatte Clotilde ihr nicht beim Schminken zugesehen. Das Ergebnis war verblüffend. Sie hatte sich das Gesicht einer dreißigjährigen Diva aufgemalt. Die vollen Lippen waren samtig-rot, die großen Augen schwarz umrahmt, die hohen Wangenknochen betont, die Stirn glatt und gewölbt. Sie erinnerte eher an die jugendliche Anita Ekberg, bereit zum nächtlichen Bad im Trevi-Brunnen vor der Kamera von Fellini, als an eine alternde Diva, die von iPhones aufgenommen wurde, wenn sie in ein Plastikplanschbecken springt.

Sie rollte mit ihrem Hocker über den hellgrünen Teppich zu Clotilde und ergriff ihre Hand, ehe sie antwortete.

»Natürlich erinnere ich mich an Ihren Bruder, meine Liebe. Nicolas war so anrührend, so anders und schön. Mehr als das sogar. Er hatte eine entwaffnende Freundlichkeit. Wollte verführen, ohne dass es ihm wirklich gelungen wäre. Und er spielte so schlecht Gitarre, versuchte, sich großspurig auszuziehen, wobei man doch spürte, dass er im Grunde ein schüchterner kleiner Junge war. Am Vorabend des Unfalls war er so herzergreifend. Das war hier, am Strand von L'Oscelluccia, an einem Lagerfeuer.«

Clotilde unterbrach sie scharf.

»Und warum hat Nicolas, dieser charmante, rührende Junge, dann nichts gesagt? Warum hat er es nicht gewagt, mit meinem Vater zu sprechen? Warum ist er lieber ein paar Stunden später in dieses Auto gestiegen, statt den Unfall zuzugeben?«

»Das hätte Nicolas nie getan.«

Clotildes Hand zuckte zurück. Doch Maria-Chjara ließ sie nicht los.

»Das hätte Nicolas nie getan«, wiederholte sie. »Und das wissen Sie ganz genau ...«

Tränen traten in Clotildes Augen. Ihre linke Hand suchte die von Natale, der in dem Sessel neben ihr saß. Die rechte blieb in den warmen Fingern der Italienerin.

»Cervone Spinello hat in einem Punkt recht, ich wollte sichergehen, dass Nicolas Autofahren konnte, ehe ich in die Spritztour mit dem Fuego einwilligte. Ihr Bruder hat Ihrem Vater wirklich den Schlüssel geklaut und mir diese Probefahrt nach Galéria vorgeschlagen. Aber was dann kam, unterscheidet sich von der Version des Campingleiters. Nicolas ist vorsichtig, sicher und langsam gefahren.« Die Krallen umklammerten sanft Clotildes Finger, Maria-Chjara konnte sie einziehen wie eine Katze. »Und ich kann Ihnen versichern, dass der Test unter harten Bedingungen stattgefunden hat: Küsschen auf den Hals, Liebkosungen am Saum seiner oder meiner Shorts. Aber er hat uns sicher und wohlbehalten auf den Parkplatz des Euproctes zurückgebracht. Ohne auch nur einmal von der Straße abzukommen.«

Clotilde erinnerte sich an das, was Nicolas nach Cervones Erzählung gesagt haben sollte, während er sich unter den Wagen beugte. »Es ist nichts, er hat nichts abbekommen«, während sich seine ölverschmierten Hände Maria-Chjaras Kleid aus weißer Spitze näherten, die zurückwich, ihn beschimpfte und weglief.

Wer von den beiden log?

Ihre Stimme bebte.

»Cervone hat gesehen, wie Sie auf dem Parkplatz miteinander geredet haben.«

»Stimmt ... Ich erinnere mich nicht an den genauen Wortlaut, aber nachdem wir ausgestiegen waren, habe ich Nicolas bestätigt, dass er den Test bestanden hatte und ich mitkommen würde. Aber nur unter einer Bedingung ...«

Maria-Chjaras Hand umklammerte die von Clotilde, und so als würde sie einen elektrischen Impuls aussenden, drückte Clotilde ihrerseits die Hand von Natale.

»Unter einer Bedingung. Nämlich, dass wir alleine fahren würden, ohne die anderen Trottel vom Campingplatz.«

Cervone Spinello hatte alles erfunden!

Nicolas war unschuldig und für nichts verantwortlich! Die Geschichte mit dem Unfall war nur eine widerwärtige Verleumdung.

In letzter Sekunde gelang es Clotilde, die Tränen zurückzuhalten, und jetzt überkam sie eine süße, berauschende Euphorie. Maria-Chjara hingegen ließ ihren Tränen freien Lauf, die innerhalb weniger Sekunden die Verschönerungsarbeiten der Bellissima zunichtemachten.

»Ich habe am nächsten Tag auf Ihren Bruder gewartet, Clotilde. In meinem schönsten Kleid, Glitter um die Augen und Rosen im Haar habe ich die ganze Nacht auf ihn gewartet. Er sollte mein erster Liebhaber sein. Er und kein anderer. Ja, ich habe unter den Sternen gewartet, bis sie einer nach dem anderen erloschen. Als der letzte verschwand, hielt ich ihn für den schlimmsten Dreckskerl. Und ich bin mit einer definitiven Abscheu gegenüber allen Männern zu Bett gegangen. Als ich am nächsten Morgen aufwachte, habe ich es dann erfahren. Von dem Unfall ... Dem Unvorstellbaren.« Die roten Nägel bohrten sich in ihre Haut, doch Clotilde zog ihre Hand nicht zurück. »Ich schwöre es, Clotilde, ich schwöre es Ihnen, jedes Mal, wenn ich mit einem Mann schlafe – und Gott weiß, dass es oft und mit verschiedenen vorkommt –, denke ich an Ihren Bruder. Wäre ich Schriftstellerin, wäre dies eine Art Widmung oder etwas Ähnliches. Ja, Clotilde, nie vergesse ich, ihm diesen kleinen Tod zu widmen, den er nie erlebt hat. Den ich ihm verweigert habe, um ihn herauszufordern, aus Dummheit. Wenn ich heute bisweilen oder eher selten einem Idioten nein sage, es auf morgen verschiebe, statt ihn am Abend in mein Bett zu lassen, dann, damit Nicolas mir verzeiht.«

Maria-Chjara weinte weiter und stieß schluchzend Worte hervor, die Clotilde jedoch nicht mehr hörte. Sie konzentrierte sich darauf, ihre Schlüsse zu ziehen.

Es war offensichtlich, dass Maria-Chjara nicht log.

Also hatte Cervone Spinello alles erfunden ...

Warum?

Aus Eifersucht? Aus Boshaftigkeit?

Oder war Cervones Spiel noch einfacher? Es reichte, zwei und zwei zusammenzuzählen: Cervone hatte die Geschichte mit dem Unfall erfunden, um zu erklären, warum die Lenkung des Fuego beschädigt war. Aber der Sergente Césareu Garcia hatte ausdrücklich erklärt, die Schraubenmutter sei gelockert worden, und deshalb habe die Spurstange nachgegeben, er hatte hingegen nicht erwähnt, dass sie verbogen gewesen sei. Er hatte von vorsätzlicher Beschädigung gesprochen. Wer außer dem, der das getan hatte, könnte ein Interesse daran haben, Lügen über die Unfallursache zu verbreiten?

Maria-Chjara erhob sich und betrachtete lächelnd das Desaster im Spiegel.

»So kurz vor dem Konzert wird es schwierig sein, ein neues Kunstwerk zu malen.« Sie streckte ihrem Spiegelbild die Zunge heraus. »Aber das ist denen sowieso egal, sie kommen nicht, um meine Augen zu sehen.«

Geübt vollzog sie alltägliche Gesten, öffnete mit einer Hand ihren BH und griff mit der anderen nach dem weißen Badeanzug auf dem Garderobenständer.

»Der Artikel 1 meines Vertrages besagt in französischer, italienischer und englischer Sprache, dass ich genau nach der zweiten Strophe von *Boys Boys Boys* in den Pool springen muss, und zwar in einem Bikini, und der Zusatz *a* des ersten Paragraphen präzisiert: Größe 65 C.

Sie wandte Natale ostentativ ihren Busen zu, doch diesmal empfand Clotilde keine Eifersucht.

»Tun Sie sich keinen Zwang an, Brad, genießen Sie das

Schauspiel. Privatvorstellung. Nutzen Sie die Gelegenheit, denn sie gehören nicht mir … Das heißt noch nicht – bei dreitausendfünfhundert Euro pro Titte habe ich einen Kredit auf zehn Jahre aufnehmen müssen. Ist doch eine tolle Erfindung, seine Jugend auf Raten kaufen zu können, oder?«

Während Maria-Chjara sich verrenkte, um sich in den winzigen Badeanzug zu zwängen, wandte sie sich an Clotilde.

»Seien Sie mir nicht böse, meine Liebe. Sie müssen in etwa so alt sein wie ich, ein paar Jahre jünger, Sie sind hübsch, und Sie kreuzen hier mit einem Liebhaber mit betörendem Blick auf, also nehmen sie es mir nicht übel. Die Männer lieben Sie wegen Ihres Lächelns, Ihrer Energie und Eleganz, während sie bei mir seit meinem vierzehnten Lebensjahr nur auf den Busen starren. Er ist, wie soll ich sagen, meine Identität … Meine doppelte Identität!«

Sie lachte auf.

Diesmal ergriff Clotilde die Hand von Maria-Chjara.

»Sie singen toll, Maria. Ich habe gestern Ihr *Sempre giovanu* gehört. Sie haben immer wunderschön gesungen. Und das hat die Männer gereizt, nicht ihr Körper.«

Clotilde warf sich sofort vor, in der Vergangenheit gesprochen zu haben, doch Maria-Chjara schien es nicht zu bemerken oder ihr zumindest nicht übel zu nehmen.

»Danke, meine Liebe. Das ist nett. Und jetzt entschuldigen Sie mich, ich muss ins Schwimmbad …«

Sie lachte wieder, sah Natale ein letztes Mal an und rückte ihr Oberteil zurecht, das nach einer einstudierten Symmetrie bereits zwei dunkle Brustwarzen enthüllte. Dann wandte sie sich pfeifend ab, ohne noch einmal einen Blick in den Spiegel zu werfen.

Boys boys boys.

• • •

Sobald sie den Wohnwagen verließen, verschwanden die vermummten Wachen in der Nacht. Natale fasste Clotilde bei der Hand, um sich durch die Menge zu kämpfen, die jetzt zum Strand eilte. Sie liefen der jungen tanzwütigen Meute entgegen, die sich der Bühne näherte. Gedankenverloren ließ Clotilde sich führen.

Inmitten der lärmenden jungen Leute, gekleidet in Neonfarben und Glitzer, fühlte sie sich wie in einer Art Karneval, der sie weder belästigte noch ablenkte. Im Gegenteil, die Gelassenheit ihres Herzens erhob sie über das bunte Treiben und machte sie zu einer versöhnlichen Zuschauerin.

Nicolas hatte nichts mit dem Tod ihrer Eltern zu tun.

Die Lenkung des Fuego war absichtlich beschädigt worden.

Cervone Spinello wurde immer verdächtiger. Alles deutete auf ihn als Schuldigen. Der Tod ihres Vaters, ihrer Mutter und ihres Bruders würden gerächt, die Grauzonen erhellt werden. Dieser Dreckskerl von Spinello würde bezahlen, gestehen, sich erklären müssen. Warum hatte er ihre Brieftasche aus dem Safe des Bungalows gestohlen, das Frühstück gemacht, mit »P« unterschrieben? Um den Mord an ihrer Familie vor siebenundzwanzig Jahren zu vertuschen? Endlich würde Clotilde es erfahren, verstehen, sich von alldem erholen können.

Je weiter sie sich am Strand von den Neonlichtern des Tropi-Kalliste entfernten, desto weniger Menschen begegneten sie. Jetzt waren es nur noch vereinzelte Gruppen Jugendlicher. Clotilde zog ihr Handy aus der Tasche.

Um Cervone würde sie sich später kümmern.

Gleich morgen früh.

Doch zunächst wollte sie die Nacht genießen.

Sie ließ Natales Hand los und entfernte sich ein paar Schritte. Er stand etwas abseits, beobachtete die Jugendlichen und betrachtete neidisch die Alkoholflaschen, die von einem zum anderen kreisten.

Wo bist du?

Clotilde konzentrierte sich und drückte die Taste »Wahlwiederholung«. Diese Nachricht hatte sie den Tag über schon ein

Dutzend Mal an Franck und Valentine verschickt, doch weder von ihrer Tochter noch von ihrem Mann eine Antwort erhalten. Sie wartete kurz ab. Vergebens. Es ging keine neue SMS ein.

Okay, auf dem offenen Meer hatten sie nicht zwangsläufig Empfang, doch Franck und Valentine segelten nicht bei Nacht. Bei Valentine war eine solche Gleichgültigkeit nicht außergewöhnlich, sie antwortete ihrer Mutter nur selten, im Allgemeinen nicht vor der zehnten SMS und tagsüber schon gar nicht.

Franck hingegen …

Clotilde betrachtete ein letztes Mal das leere Display ihres Smartphones, dann hob sie den Blick zu dem dunklen, verlassenen Teil des Strandes, der von zerklüfteten Felsen eingeschlossen war, die an haarige Monster erinnerten. Nachdem sie über die ersten Steine gestiegen waren, knirschten Büschel von Meerfenchel unter ihren Sohlen. Ein paar Meter weiter tanzte im Schatten am Fuße der Klippen ein kleines Fischerboot. Von den sanften Wogen hin- und hergeschaukelt, erwartete sie die *Aryon*, die noch immer mit einem abgenutzten Seil an dem verrosteten Ring im Felsen vertäut war.

Clotilde drückte Natales Hand.

»Bring mich zu deinem Boot.«

Natale sah sie lächelnd an. Wortlos schob er seine Hosenbeine bis übers Knie hinauf. Er führte Clotilde in der Dunkelheit, so als würde er jede Mulde im Sand, jeden Felsen, über den sie stiegen, auswendig kennen. Ehe sie ins Wasser wateten, hob er sie plötzlich hoch und trug sie die letzten Meter bis zur *Aryon*.

Als er sie absetzte, reichte ihm das Wasser bis zur Brust, und selbst wenn er sein Dynamit auf ausgestreckten Armen trug, hatte es sich doch in einen feuchten Knallkörper verwandelt. Sie waren beide völlig durchnässt, als sie sich ins Boot hievten und auf den Boden fallen ließen, geschützt vor den Blicken der Tänzer am Strand.

Die elektronische Musik von Depeche Mode übertönte das Rauschen der Wellen.

Der Meerwind war eiskalt.

Eine Art Trunkenheit berauschte Clotilde, der Eindruck, dass sie die letzten Momente eines langen Albtraums durchlebte, der schon bald der Wahrheit weichen würde. Auch wenn diese Vorstellung dumm sein mochte, vielleicht würde es ja damit enden, dass Cervone, in die Enge getrieben, gestand, dass ihre Mutter noch immer lebte und seit Jahren auf sie wartete.

Im Rumpf des Boots ausgestreckt, warf Clotilde einen letzten Blick auf ihr Handy und schob dann mit einer schlängelnden Bewegung die Beine ihrer nassen Dreiviertelhose herunter. Sie hatte sicher wesentlich weniger Talent für ein Striptease als Maria-Chjara. Das würde sie durch Selbstironie ausgleichen.

»Hat die schöne Italienerin dich erregt?«

Natale wand sich neben ihr, um sich seiner Boxershorts zu entledigen. Das T-Shirt hatte er schon ausgezogen und damit vage seinen Oberkörper abgetrocknet, ehe er es sorgfältig über die Reling legte.

»Hm … *Molto, molto*«, meinte er. »Wenn du mich übrigens auch Brad nennen könntest …«

»Abgelehnt! Für mich bist und bleibst du Jean-Marc. Und eigentlich nur Jean-Marc in seiner Rolle als Delphin-Mann.«

Dann streckten sie sich wortlos nebeneinander aus und versuchten, die letzte Unterwäsche abzustreifen. Clotilde, die ihren kalten, nassen Körper an Natale presste, war klar, dass sie sich in genau dieser Position lieben müssten, dass sich nicht einer auf den anderen legen durfte. Sie stellte sich vor, wenn sie sich eines Tages noch einmal irgendwo anders lieben würden, müsste es auch so sein, aneinandergeschmiegt, wie Löffelchen. Dann stellte sie sich die unglaublichsten, verschiedenen Orte dafür vor: im hohen Gras am Rande einer befahrenen Straße, im oberen Bett, fast unter der Decke eines Schlafwagens, der Richtung Venedig fuhr, unter einer Theaterbühne während der Vorstellung …

Das Boot schwankte leicht.

Genau wie ihr Leben.

• • •

»Und wenn wir die Anker lichten würden?«

Clotilde und Natale lagen nackt und auf dem Rücken ausgestreckt am Boden der *Aryon* wie in einer von den Wellen sanft geschaukelten Wiege unter dem Sternenzelt. Heute vermochte Clotilde nicht mehr Beteigeuze unter den Tausenden anderen Gestirnen zu erkennen.

»Und wenn wir die Anker lichten würden?«, wiederholte sie.

Die *Aryon* wurde nur von einem Seil gehalten, ein Hieb mit einem Taschenmesser hätte ausgereicht, um die Verbindung zum Land zu kappen.

In der Ferne erhob sich in absoluter Stille Maria-Chjaras reine Stimme mit *Sempre giovanu* in die Luft. Clotilde hatte versucht, den Höhepunkt bis zu diesem Lied hinauszuzögern, weil sie gedacht hatte, es mache die Lust intensiver – eine letzte Geduldsprobe vor dem lang ersehnten Augenblick, der Wunschvorstellung ihrer Jugend, seit fast dreißig Jahren der Wunschvorstellung ihres Lebens. Doch es war ihr nicht gelungen. Stattdessen war sie während des Refrains von *Joe le taxi* gekommen.

Und wenn wir die Anker lichten würden?, fragte Clotilde diesmal still für sich.

Natale hatte ihre Frage nicht beantwortet.

Sie würde sie nicht noch einmal stellen.

Sie verharrten schweigend, den Blick auf der Suche nach einer Sternschnuppe zum Himmel gerichtet, und verloren jegliches Zeitgefühl.

Clotilde zumindest.

»Ich muss gehen, Clo.«

Die Sterne tanzten, als würde ein schelmischer Gott sie durcheinanderwirbeln.

»Nach Hause?«

»Meine Frau hat um Mitternacht Dienstschluss. Ich muss da sein, ehe Aurélia kommt.«

Sie wollte Beteigeuze in dem Gewirr finden oder das Gestirn des Kleinen Prinzen, Castor und Pollux, irgendeinen Stern, der seit der Urzeit für Liebe steht.

»Warum, Natale?«

Das Boot schwankte, aber diesmal weil Natale auf der Suche nach seinen Boxershorts und seinem Gürtel herumkroch, wie ein noch benommener Liebhaber am frühen Morgen.

»Warum bist du all die Jahre mit ihr zusammengeblieben? Mit einer Frau wie ihr?«

Er bedachte sie mit einem Lächeln, einem Lächeln, das bedeutete »willst du das wirklich wissen?«, und das sie erwiderte.

»Auch wenn du es nicht wahrhaben willst, Clo, Aurélia hat viel getan, um mich zu begleiten, mein Leben geordnet und verbessert. Aurélia ist organisiert, aufmerksam, ehrlich, aufrichtig, zuverlässig, beruhigend, immer da, und sie liebt mich ...«

Clotilde starrte angestrengt zum Himmel, um den hellsten Stern auszumachen. Es gelang ihr nicht, ihre Stimme zu kontrollieren, die einen schrillen Klang annahm wie ein Stück Kreide auf einer Schiefertafel.

»Okay, verstehe, ich glaube dir.«

Sie zwang sich, ruhiger und gesetzter weiterzusprechen:

»Aber das ändert nichts an meiner Frage, Natale, alles, was du mir über Aurélia erzählst, ändert nichts, denn ich weiß, dass du sie nicht liebst.«

»Na und, Clo? Na und?«

• • •

Go. Go and see, my love. *

• • •

Natale war gegangen. Clotilde zog sich gerade an, als ein leiser Ton den Eingang einer SMS auf ihrem Handy anzeigte.
    Franck.

Alles in Ordnung.
Wir kommen, wie geplant, in ein paar Tagen wieder.
Du bist mir wichtig.

Natales Worte hallten noch in ihrem Kopf wider. Das Spiegel-bild ihres eigenen Lebens.

»Ich weiß, dass du ihn nicht liebst.«
»Na und?«

* Zitat aus dem Film *Im Rausch der Tiefe* von Luc Besson (© 1988, Gaumont)

KAPITEL 47

Der große Tag!

Ich erzähle Ihnen schon so lange vom 23. August, mein lieber Leser von gestern und morgen, und nun ist er endlich da.

Sainte-Rose, der Tag der Zärtlichkeit, der Abend der Versprechen, die Nacht der Liebkosungen.

D-Day für meinen Dummkopf von großem Bruder, daran muss ich Sie ja wohl nicht erinnern.

L-Day, für Papa und Maman, L, wie Lügen, denn die werden sie am Jahrestag ihres Kennenlernens austauschen, sich schwören, dass sie sich noch lieben, dass es die Liebe gibt, aber natürlich. Liebe ist der Weihnachtsmann für Erwachsene.

Mir egal, ich glaube dran!

Als ich klein war und die anderen mir auf dem Pausenhof erzählten, es gäbe keinen Weihnachtsmann, wollte ich das auch nicht wahrhaben.

Irgendwann wird mir vielleicht ein Liebhaber, der mich verlässt, versichern, es gäbe keine Liebe, doch dann werde ich mir die Ohren zuhalten.

Ich schwöre, dass ich immer ganz fest an den Weihnachtsmann glauben werde, genauso wie an Außerirdische, Einhörner, Sirenen und Delphine, die mit Menschen kommunizieren.

Und Natale glaubt auch daran.

Ich laufe zu ihm.

Ich habe am Hafen von Stareso eine Verabredung mit ihm, um ihm zu erzählen, dass ich Opa Cassanu – die Steineiche von Arcanu, den Bären der Balagne, den Falken des Capu di a Veta, den Hüter von La Revellata – umgestimmt, bezirzt und betört habe und dass er dem Projekt des Delphin-Schutz-gebiets am Strand von L'Oscelluccia zustimmen wird. Und dann schuldet mir Natale nicht nur einen Kuss, sondern jeden Tag einen, dazu eine Fahrt auf der *Aryon*, endlose Bäder mit Idril und Orophin und jede Menge andere Versprechen, damit ich, wenn ich groß bin, zwar nicht mehr an den Weihnachts-mann, aber immer noch an die Liebe glaube.

Ich folge dem Bergpfad oberhalb von La Revellata und steige dann den steilen Weg zum Hafen von Stareso hinab, der Leuchtturm von La Revellata liegt genau vor mir, die Punta Rossa im Nordwesten. Dieser Teil ist der höchste und steilste der Halbinsel und bietet nach allen Seiten Blick aufs Meer. Wenn ich hier, genau vor meine Füße pinkeln würde, könnte ich nicht wissen, auf welcher Seite das kleine Rinnsal ins Meer laufen würde. Im Westen, den Felsen herab, als Wasser-fall oder im Osten zum Strand hinunter?

Während ich darüber nachdenke, verlangsame ich den Schritt, wie immer beeindruckt von der unglaublichen Aus-sicht. Und ich frage mich, welche riesige Malerpalette all die Rottöne der Halbinsel und die Blaunuancen des Wassers ge-zaubert hat. Sollte Gott ein bärtiger Maler sein, der die Welt mit ein paar Pinseln und einer Staffelei geschaffen hat? Ge-genüber dem Miniaturkai erkennt man, an die rosafarbenen Felsen geschmiegt, fast unsichtbar die Häuser von Stareso, wie Wohnhöhlen, nur in viereckiger Version. Die *Aryon* liegt nicht vor Anker.

Diesmal bleibe ich stehen, konzentriere mich auf das Meer, auf dem nur ein Fährschiff zu sehen ist, so gelb, als wäre ein Stück von der Sonne abgebrochen. Ich zögere. Ich sage mir, es wäre das Beste hierzubleiben, oberhalb von La Revellata in der Bruthitze und im Wind, und den Horizont zu beobachten. Natales Boot würde zwangsläufig in den Hafen zurückkehren. Ich brauche nur mein *Bon Jovi*-Käppi tiefer in die Stirn zu ziehen, die Sonnenbrille aufzusetzen und mich auf einen Stein zu hocken.

»Wartest du auf deinen Liebsten?«

Die Stimme in meinem Rücken lässt mich zusammenzucken.

»Auf wen?«

»Auf deinen Liebsten! Auf den Alten!«

Diese Stimme gehört Cervone Spinello, und ich begreife, dass dieser Mistkerl mir nachspioniert, dass er schon alles über Natale weiß. Es sei denn, sein Vater Basile wäre zu geschwätzig gewesen, aber das würde mich wundern.

»Mein Liebster? Du spinnst ja! Ich habe nur geschäftlich mit Natale Angeli zu tun.«

»Das hoffe ich für dich, denn Angeli hat eine Schwäche für ältere Frauen.«

Dieser Idiot verdient es nicht einmal, dass ich mich verteidige. Sein Blick ist starr auf die Bucht von Recisa gerichtet, die südlich von La Revellata liegt. Sie ist wegen des besten Windes in der ganzen Balange das Paradies der Surfer.

»Na ja«, meint Cervone, »eigentlich verstehe ich Angeli. Denn die Alten haben Geld. Siehst du die Bucht da unten, die mit den Windsurfern? Dort werde ich mich, sobald ich kann, niederlassen.«

Dieser Blödmann hat recht. Das Ballett der Segel auf dem Meer ist unglaublich, ein irrer Tanz von bunten Flügeln. Aber ich sehe eigentlich nicht, wo sich dieser Trottel von Cervone niederlassen könnte, denn in der Bucht von Recisa gibt es nur Felsen, Kiesel und mehr Erde als Sand, den der Wind zu Wanderdünen aufgepeitscht hat.

Ich schiele weiter auf meine Halbinsel, von einer Meerseite zur anderen, um die Rückkehr der *Aryon* nicht zu verpassen.

»Am Strand von Recisa gibt es nichts.«

»Eben. Ich würde eine Strohhütte aufstellen. Mit Sonnenschirmen, um im Schatten lesen zu können, und einem Spielplatz für die Kinder.«

Ich muss ihn seltsam angesehen haben, denn Lesen und Kinder, das ist so gar nicht Cervones Ding.

»Willst du damit Geld verdienen?«

»Wer hat denn von Geld gesprochen. Mein Plan ist nur eine Mega-Aufreiße.«

Und dann erklärt er mir sein Vorhaben. Ich gebe es ausführlich wieder, aber ich garantiere nicht, dass es der exakte Wortlaut ist. Aber ich will Ihnen erklären, wie Cervone tickt, auf seine Art ist auch er ein Genie, ein Genie der verrückten Ideen, die etwas bringen könnten – aber nur ihm.

Das Gegenteil von Opa. Und auch das Gegenteil von Natale.

»Verstehst du, Clotilde, seit Jahren beobachte ich immer wieder diese Bucht. Diejenigen, die zum ersten Mal zum Surfen nach Recisa kommen sind jung und haben keine Kinder. Es sind muskulöse, braungebrannte Typen im Abenteurerlook und sportliche Mädchen, klasse Frauen, sehen aus wie Kalifornierinnen, Australierinnen oder Kreolinnen, auch wenn sie aus Lyon, Straßburg oder Brüssel kommen. Sie treffen sich dort, teilen dieselbe Leidenschaft, finden sich schön und cool, verknallen sich, lieben sich wie verrückt, gehen eine Beziehung ein, machen ein Kind, dann noch eins, kaufen einen Van, um die Surfbretter auf dem Dach und die Kinder drinnen zu transportieren, und kehren natürlich jedes Jahr zum Surfen an ihren Strand zurück. Aber es ist so, und das ist eine Tatsache, die ich seit Jahren beobachte, dass der Typ niemals auf seine Leidenschaft verzichtet. Nie! Und die Frau bleibt mit den Kindern am Strand. Wo ist Papa? Da hinten, siehst du, das große rote Segel, das schnell dahingleitet, das ist Papa! So wartet sie mit Eimerchen, Schaufel, einer Wasserflasche und einem Buch – im Schatten der Strohhütte, wenn es eine gäbe. Und sie langweilt sich, sie hat Zeit, sich mit einem Typen zu unterhalten, wenn es denn einen gäbe, mit einem netten Kellner aus der Gegend, vor allem, wenn ihr Kind mit ein paar Spielgeräten beschäftigt ist. Übrigens fängt ihr Zweijähriger bereits an, auf das Karussell zu klettern, und sie weiß schon, dass sie ihren kleinen auf dem Sand gestrandeten Prinzen bis zum Alter von sechs, maximal acht Jahren in den Armen halten wird, bevor er mit seinem Vater, seinem Helden aufs Wasser geht. Und wenn er zurückkommt, sagt er: ›Das hättest du sehen müssen, Maman, Papa und ich, wir hatten einen Riesenspaß!‹ Und sie lächelt dann und freut sich, freut sich zumindest für die beiden. Sie, die seit zehn Jahren nicht mehr gesurft ist, die sich das ganze Jahr über auf ihre drei Wochen Urlaub freut und dann alleine am Strand bleibt und auf ihren Sohn und ihren Mann wartet, um abends die Neoprenanzüge aufzuhängen und die kleinen Wehwehchen zu verarzten. Ich könnte es dir noch ausführlicher beschreiben, Clotilde, aber ich glaube, du hast den Angriffsplan verstanden. Kannst du mir einen einzigen anderen Ort auf der Welt nennen, an dem sich die schönsten Frauen der Welt allein langweilen? Nein! Ein Warteraum für Superweiber, meine Liebe, wenn die Männer mit den breiten Schultern auf dem Wasser sind! Das ist die Chance für Männer, die nur die eine haben: zur rechten Zeit am rechten Ort zu sein.«

Ich unterbreche die Pendelbewegung meines Blicke, rechte Seite der Halbinsel, linke Seite und wieder zurück, und starre ihn ob seiner Pseudo-Soziologie ungläubig an. Noch immer keine Spur von der *Aryon*.

Er hat mich wirklich verblüfft.

»Auch wenn du mir nicht glaubst, Clotilde, auch wenn du mir nicht glaubst. Schnapp dir einen Surfer, einen Forschungsreisenden oder einen Kosmonauten, der dir die Sterne vom Himmel verspricht, und dann reden wir weiter. Aber ich werde mir eine Schöne in der Bucht von Recisa angeln, eine nette, fleißige, zärtliche.«

»Du bist echt zu blöd!«

Ich weiß, das hätte ich nicht sagen sollen, aber es ist mir so rausgerutscht. In diesem Augenblick habe ich mich ein wenig als die Vertreterin aller Surfer-Frauen gefühlt, aller Frauen von Seemännern, Fernfahrern, Soldaten, all derer, die ihr Leben damit verbringen, auf ihren Liebsten zu warten.

Das hat Cervone ganz offensichtlich verärgert!

»Dumme Ziege! Und was versprichst du dir von deinem Alten? Hör auf, aufs Meer zu starren, der kommt so bald nicht zurück. Soll ich dir sagen, wo die *Aryon* hingefahren ist? Wo dein Natale Angeli ist? Er macht eine Ausfahrt mit deiner Maman! Oh ja, meine Liebe, alles was die Delphine heute zu fressen bekommen, ist der BH und der String deiner Mutter, die dein Engel ihnen hingeworfen hat.«

Ich will, dass er aufhört. Ich starre wie eine Verrückte auf die weißen Segel, die langsam am Horizont vorbeiziehen. Segelschiffe, nur Segelschiffe, kein Fischerkahn. Aber Cervone ist in Fahrt gekommen.

»Sei nicht traurig, das darfst du deiner Mutter nicht übel nehmen. Sie ist hübsch. Und sexy. Sie wäre ja schön dumm, die Gelegenheit nicht zu nutzen. Und dann ist sie diskret genug, sich von Angeli auf dem offenen Meer vögeln zu lassen. Nicht wie dein Vater …«

»Was ist mit meinem Vater?«

Und da triumphiert dieser Dreckskerl von Cervone. Er fügt nichts hinzu, schaut nur ostentativ auf den Hafen von Stareso zu seiner Rechten, von dem die *Aryon* ausgelaufen ist, und lässt dann seinen Blick über den Chemin des Douaniers wandern, um genau gegenuber, an der Spitze der Halbinsel von La Revellata, beim Leuchtturm innezuhalten.

Dann sagt er:

»Der Leuchtturm gehört wie alles andere hier den Idrissis. Ich glaube, dein Vater hat den Schlüssel.«

Ich bin gegangen,
über den Weg bis hin zum Leuchtturm,

ich habe die Tür aufgestoßen, die nicht verschlossen war,

ich bin weitergelaufen, habe unterdrücktes Gelächter gehört,

den Blick gehoben,

und bin langsam die Wendeltreppe hinaufgestiegen, bis mir schwindelig wurde, aber nicht wegen der vielen Stufen, der Hitze, der Höhe oder dem Nichts, das man hinter den Schießscharten ahnte,

bis mir schwindelig wurde,

denn in meiner Naivität hatte ich geglaubt, sie wären zu zweit,

Papa und seine Geliebte,

nur zu zweit.

· · ·

Es ist der große Tag, wiederholte er und schloss das Heft.

Der, an dem die Zeugen gestehen müssen ... oder für immer schweigen.

KAPITEL 48

Cervone Spinello stand gerne früh auf und ging, bevor die Touristen aufwachten, über die verwaisten Wege des Campingplatzes, lauschte dem Schnarchen in den Zelten, manchmal auch dem Stöhnen, zählte die leeren Flaschen vor den ausgekühlten Grills, lief leise an den in ihren Schlafsäcken vermummten Campern vorbei. Dabei fühlte er sich wie ein Schlossherr, der über seinen Besitz schreitet, seine Leute, seine Bauern grüßt, die Erfolg versprechende künftige Ernte berechnet und allein durch seine Anwesenheit Ordnung und Harmonie garantiert.

Cervone stand gerne früh auf, aber nicht zu früh.

Um 7:30 Uhr klingelte der Wecker, um 7:45 Uhr sprang er aus dem Bett.

Seine Frau Anika war morgens schon eine Stunde vor ihm auf den Beinen und saß um diese Zeit bereits am Empfang, um die Abrechnung zu machen, die Vorräte zu verwalten, die Ein- und Ausgänge zu kontrollieren. Dieses Ritual erlaubte ihr, ganz für die ersten Camper da zu sein, die zum Frühstück kamen, ihre Zeitung holten oder nach Vorschlägen für Ausflüge fragten.

Perfekt.

Als Cervone mit seiner Kaffeetasse an ihr vorbeiging, hob Anika den Blick nicht von ihrer Excel-Tabelle. Cervone wusste ganz genau, dass sich die Leute hinter seinem Rücken Fragen stellten. Anika war gerade vierzig geworden und verfügte über eine unglaubliche Energie, bei den Verhandlungen mit den Lieferanten war sie bestimmt und energisch, Kindern gegenüber geduldig, bei den Männern sexy und lustig, mit den Frauen liebenswürdig und einem Schwätzchen nicht abgeneigt. Sie beherrschte sechs Sprachen, unter anderem Korsisch und Katalanisch. Anika war eine ehemalige Surferin, die aus Montenegro in die Bucht von Recisa gekommen war; Cervone hatte sie ihrem Freund, einem neureichen Kosovaren, ausgespannt, der alleine mit seinem Geländewagen hatte nach Hause fahren müssen. Es war normal, dass die Leute sich Fragen stellten. Was konnte eine so charmante, kompetente und intelligente Frau wie sie mit einem solchen Trottel anfangen?

Mit ihm!

Und ehrlich gesagt, fragte sich Cervone das jeden Morgen selbst. Es mochte ja sein, dass er sie betört hatte, als sie vor zwanzig Jahren an diesem Strand gelandet war. Aber dass sie bei ihm geblieben war? Es stimmte offenbar, dass die perfektesten Frauen nur kaputte und gequälte Typen lieben konnten. Ein bisschen so wie Milliardäre, die Wohltätigkeit praktizierten. Vielleicht blieb ja Anika auch nur aus Mitleid bei ihm.

»Mein Gott«, sagte Anika plötzlich, ohne den Blick von ihrem Bildschirm abzuwenden.

Neben ihren anderen morgendlichen Tätigkeiten hatte sie es sich zur Angewohnheit gemacht, die Lokalnachrichten zu lesen.

»Was?«

»Sie haben den Ertrunkenen aus der Bucht von Crovani identifiziert. Und das, was wir seit gestern befürchteten, ist eingetreten. Es handelt sich um Jakob Schreiber.«

Cervone verzog das Gesicht.

»Verdammt … Wissen sie schon, wie es passiert ist?«

»Keine Ahnung, es ist nur ein Dreizeiler in der Online-Ausgabe des *Corse-Matin*.«

Cervone schob die Hand in seine rechte Tasche und umklammerte den Schlüsselbund, der sich in sein Fleisch bohrte. Er musste schnell etwas sagen, etwas, das seiner Frau normal erschien.

»Ich fahre heute Vormittag zur Polizeistation von Calvi und frage Capitaine Cadenat, er wird mir sicher mehr sagen können.«

Er verließ eilig den Empfang, denn er wusste, dass Anika den alten Deutschen, ebenso wie alle anderen Stammgäste des Campingplatzes, sehr mochte. Und er hatte keine Lust, ihr etwas vorzumachen, zumindest nicht an diesem Morgen.

Er entfernte sich auf der nächstgelegenen Allee und versuchte, Bilanz zu ziehen. In den letzten Tagen hatte er durch das Verschwinden des Deutschen und den Unsinn, den er Clotilde über ihren Bruder erzählt hatte, Zeit gewinnen können. Doch seither wurde es immer enger für ihn, zu viele Menschen näherten sich der Wahrheit. Dabei war dies nicht der richtige Moment, um alles in den Sand zu setzen! Sein Luxushotel *Roc e Mare* wuchs, der alte Cassanu war in die Notaufnahme des Krankenhauses eingeliefert worden, kurz, die Zukunft war rosig, er musste nur noch etwas durchhalten.

Er setzte seinen Inspektionsrundgang fort und blieb vor dem kleinen Bau für die Mülltonnen stehen. Die Katzen hatten die Beutel zerfetzt und überall waren fettiges Papier, Styroporstücke und zerdrückte Milchtüten verstreut. Mistviecher! Jede zweite Nacht ging der Ärger mit den Biestern wieder von vorne los.

Er hob den Blick. Ein anderer Mitarbeiter des Campingplatzes war auch schon auf den Beinen, und zwar noch früher als er – Orsu. Der hinkende Riese zog einen ellenlangen Schlauch hinter sich her. Es gehörte zu seinen Aufgaben, den gesamten Campingplatz zwischen neun Uhr abends und neun Uhr morgens zu gießen, ehe die Sonne den geringsten Wassertropfen, der auf die rissige Erde fiel, auf der Stelle aufleckte.

Der Leiter des Campingplatzes wartete, bis Orsu näher kam.

»Verdammt, Orsu, ich habe dir doch gesagt, du sollst dich um die Katzen kümmern!«

Der Behinderte betrachtete seinen Chef, ohne zu antworten. Ohne auch nur zu reagieren.

»Sauerei, jeden Morgen dasselbe!«

Nachdem Cervone nicht die Katzen anbrüllen konnte, musste er einen anderen Schuldigen finden. Er stocherte mit dem Fuß im Unrat.

»Ekelhaft!«

Wenn er weitermachte und sich noch mehr aufregte, wäre dieser Trottel Orsu fähig, ein Campingbett vor den Mülleimern aufzustellen, um sie die ganze Nacht zu bewachen, ohne dass er ihn extra darum bitten müsste. Das würde ihn beschäftigen … Orsu liebte es, sich nützlich zu machen, sich anbrüllen zu lassen und zu gehorchen.

»Wir müssen uns diese Viecher vom Hals schaffen!«

Ihm nichts befehlen, nur andeuten. So zurückgeblieben Orsu auch sein mochte, er war in der Schäferei aufgewachsen, er wusste sicher, wie man mit solchen Schädlingen umging, konnte sie fangen, erwürgen, ihnen die Gurgel durchschneiden.

»Verdammt noch mal, das ist dein Job.«

Orsus Blick wandte sich ab, Cervone erriet eine Art Lächeln, so als würde dieser Dummkopf sich schon einen Plan ausdenken, um die Kater zu fangen und sie auf grausame Art leiden zu lassen. Orsu hatte eine Killervisage. Schon als Kind hatte er ihm Angst gemacht. Eines Tages würde er jemanden umbringen, wenn das nicht schon geschehen war, wenn Cassanu ihn nicht schon längst damit beauftragt hatte.

Letztlich, so beruhigte sich Cervone, erwies er der Gesellschaft einen Dienst, indem er dieses Monster beschäftigte, ausbeutete, ihm anbot, seine Triebe an Katzen auszulassen. Er wandte sich kurz zu dem Pinienhain, der sanft zur *Grotte des Veaux Marins* hin abfiel, schloss die Augen und stellte sich wie jeden Morgen anstelle der spärlichen Bäume einen Infinity Pool von sechshundert Quadratmetern mit Blick aufs Mittelmeer vor. Er hatte ihn schon von einem Architekten in Ajaccio entwerfen lassen, jetzt fehlte ihm nur noch der Kredit … und die Baugenehmigung. Ja, er hatte eine rosige Zukunft vor sich.

Als er an dem Schuppen vorbeikam, in dem das Sportmaterial untergebracht war, schrillte eine Alarmglocke in seinem Kopf. Die Tür stand offen! Wieder etwas, was Orsu nicht überprüft hatte. Jeder x-Beliebige könnte hineingehen und sich bedienen, und die Ausrüstungen für Tauchen, Canyoning und Kajakfahren waren mehrere zehntausend Euro wert.

Er fluchte. Dann trat er ein, hob ein schlecht aufgerolltes Kletterseil auf. Er dachte kurz an den Karabinerhaken von Valentines Ausrüstung, der in der Schlucht von Zoicu nachgegeben hatte. Heute hatte er weniger Skrupel als in dem Moment, da er das Messingteil gerade so viel beschädigt hatte wie nötig. Letztlich war alles gelaufen wie geplant und gut ausgegangen. Die kleine Valentine war mit dem Schrecken davongekommen – er hatte gehofft, groß genug, um diese Schnüfflerin von Clotilde loszuwerden. Das war danebengegangen. Das Mädchen und der Vater waren zwar weg, hatten ihm aber die Quertreiberin dagelassen.

Eine Quertreiberin, die bald alles durchschauen würde …

Welche Wahl blieb ihm noch? Der Diebstahl der Brieftasche aus dem Safe ihres Bungalows hatte auch nicht mehr gebracht, außer, dass er einiges über die Enkelin von Cassanu erfahren hatte. Was blieb ihm anderes übrig, als auch sie verschwinden zu lassen? Allerdings war es für ihn zwar vorstellbar, den Sturz einer Jugendlichen ins Wasser herbeizuführen oder sozusagen versehentlich mit einer Pétanque-Kugel die Schläfe eines vertrottelten Greises zu treffen, aber kaltblütig einen Mord begehen, war noch einmal etwas anderes. Der ganze Quatsch, der über die Korsen verbreitet wurde – Vendetta und Morde, Omertà, die mit der Beretta sichergestellt wird, die Vorliebe für Gewalttätigkeit, die ihnen angeblich im

Blut liegt, alles Unsinn! Gegenüber einem Cassanu Idrissi, der kaltblütig und entschlossen war, wurden zwischen Ajaccio und Calvi neunundneunzig Typen geboren, die außerstande waren, auf etwas anderes zu schießen als auf ein Wildschwein oder eine Schnepfe. Dennoch musste er einen Weg finden, sich dieser neugierigen Anwältin zu entledigen.

Er wandte den Blick zur Tür. Orsu war aus seinem Blickfeld verschwunden. Schon unterwegs zur Katzenjagd? Automatisch beugte sich Cervone Spinello über die Taucherausrüstungen. Dieser Faulpelz von Betreuer hatte nichts aufgeräumt, weder die Neoprenanzüge noch Masken oder Schnorchel. Selbst die Harpunen lagen überall herum. Jeder x-Beliebige hätte sich eine schnappen können.

Der Leiter des Campingplatzes bückte sich, legte das Material in die Kästen und auf den Ständer, ordnete und zählte. Er besaß acht komplette Taucherausrüstungen zum Unterwasserfischen.

Eine fehlte übrigens …

Acht Anzüge, acht Sauerstoffflaschen, acht Bleigürtel, aber nur sieben Druckluft-Harpunen. Er suchte unter dem Tisch und unter dem Schrank.

Nichts.

»Was suchst du?«

Natürlich erkannte Cervone die Stimme. Einen Sekundenbruchteil später erkannte er auch die fehlende Harpune. Sie war auf sein Herz gerichtet.

»Du solltest deine Sachen besser aufräumen, Cervone. Du solltest dein Personal besser behandeln. Und auch deine Geheimnisse teilen. Es ist gefährlich, einen solchen Schatz für sich allein zu behalten.«

Das Ganze dauerte drei Minuten. Eine, bis Cervone sich entschloss zu sprechen, fast zwei, um das Unvorstellbare zu gestehen, und dann eine Sekunde Schweigen, in der er Vergebung erhoffte.

Doch sobald er fertig war, begriff er, dass ihm seine Aufrichtigkeit nicht das Leben retten würde. Das letzte Bild, das ihm vor Augen trat, war das von Anika, als er sie zum ersten Mal in der Bucht von Recisa gesehen hatte. Sie war zweiundzwanzig Jahre alt, las *Briefe einer Unbekannten* von Stefan Zweig und war so schön wie eine Blume, die man nicht zu pflücken wagte. Er hatte sich dennoch getraut. Alles andere, alles, was er seither getan und in den letzten dreißig Jahren versucht und vermasselt hatte, war nur geschehen, um sie zu beeindrucken.

Der Finger legte sich um den Abzug.

Würde wenigstens Anika um ihn trauern?

Die Harpune bohrte sich in sein Herz.

KAPITEL 49

So einfach war es also, zu töten?

Sich anschleichen, den Pfeil abschießen, gehen.

Zu der Überzeugung gelangen, ein Problem geregelt zu haben.

Vergessen.

Er setzte sich ruhig hin und schlug das Heft wieder auf.

...

Mittwoch, 23. August 1989, siebzehnter Ferientag,
aquamarintoter Himmel

Ich bin die Wendeltreppe noch ein paar Stufen weiter hinaufgestiegen, um besser sehen zu können.

Zwei riesige Schatten.

Aus dieser Perspektive wirkt Papa fast so groß wie der Leuchtturm. Er trägt seine Windjacke, die neonblaue Kapuze flattert im Wind. Ich kann mich nicht zurückhalten und erklimme drei weitere Stufen, so leise wie eine kleine Maus.

Sie steht meinem Vater gegenüber. Ihre Hand streicht über seinen Rücken bis zum Nacken hinauf, spielt mit seinen Haaren und legt sich dann auf seine Schulter. Besser gesagt, klammert sich an seine Schulter, so als würde er gleich über die

Brüstung springen und davonfliegen. Von meiner Position aus erscheint auch sie mir riesig, fast so groß wie mein Vater, auch wenn das von hier aus schwer zu sagen ist.

Sie küssen sich. Auf den Mund.

Falls ich noch Zweifel gehabt hätte ...

Ich höre sie noch immer lachen, die Männer bei Basile in der Bar. Ich hoffe, dass es einen unterirdischen Tunnel gibt, der vom Leuchtturm aus ins Nirgendwo führt. Für später. Denn diesmal renne ich nicht gleich weg. Ich steige noch zwei Stufen höher. Wenn sie den Blick senken, werden sie mich zwangsläufig sehen. Aber das ist nicht zu befürchten, sie sind zu beschäftigt damit, sich zu umarmen, sich aneinander zu pressen wie zwei Bäume entlang der Küste, deren Wurzeln sich verschlungen haben, um dem Meerwind besser standhalten zu können.

Sie wendet mir halb den Rücken zu, doch ich kann sie trotzdem sehen, zum ersten Mal. Sie ist dunkelhaarig und sehr schön, sie trägt ein helles, langes Kleid, das zugleich einfach und doch sexy ist. Geheimnisvoll, provokant, verknallt. Genauso, wie man sich eine Geliebte vorstellt, lachend und von unglaublicher Sinnlichkeit. Aber Maman ist genauso schön.

Unentschieden, würde ich sagen.

Fast könnte ich meinen Vater bewundern, wenn ich ihm nicht noch lieber den Hals umdrehen würde. Mein Papa, der Rasenverkäufer, Korse, wenn es ihm gerade passt, Ehemann und Vater, wenn es ihm gerade passt, der sich die schönsten Mädchen schnappt.

Noch eine Stufe ...

Versprochen, die letzte.

Ich sehe zunächst ein Rad, dann ein weiteres, schließlich noch zwei und dann den ganzen Kinderwagen. Und natürlich auch das Baby. Ich habe es sofort bemerkt.

Wie hätte ich es auch übersehen können?

Ich bin nicht sehr gut darin, das Alter von Säuglingen zu schätzen, aber ich würde sagen, ein paar Monate, noch kein halbes Jahr. Aber ich muss gestehen, nachdem ich den ersten

Schock überwunden habe, ist es nicht so sehr das Kind, das mich verwundert.

Was mich verwundert, ist, dass nicht die sinnliche Brünette, die meinen Vater küsst, es auf dem Arm trägt.

Sondern mein Vater.

KAPITEL 50

Am frühen Morgen, sobald die Feiernden den Strand von
L'Oscelluccia verlassen und Maria-Chjara ihren Bademantel angezogen hatte, die Lichter des Tropi-Kalliste erloschen
und die letzten Töne der Technomusik vom beruhigenden
Rauschen der Wellen weggespült worden waren, war Clotilde
tief und fest am Boden der *Aryon* eingeschlafen, die sie sanft
wiegte.

Sie hatte sich an eine alte schmutzige Decke geschmiegt,
die im Fond lag und nach Jod und Diesel roch. Zuvor hatte sie
lange in einer Art Halbschlaf die Sterne betrachtet und sich
von den gelben und grünen Laserblitzen beschießen lassen,
die das Stroboskop an der Strohhütte in die Nacht schickte.
Sie hatte sich gefragt, ob ihre Mutter auf einem dieser Ge-
stirne lebte und manchmal auf die Erde zurückkam. Hatte
von den Kometen-Männern geträumt, die sie verließen. Die
schwarzen Löcher in ihrer Erinnerung erforscht, jene, die zwischen dem Urknall und den Felsen von Petra Coda verborgen
lagen. Nach diesem unruhigen Schlummer war sie in einen
tiefen Schlaf gefallen.

Das Klingeln ihres Handys weckte sie.

Natale!

Dieser Mistkerl, der sie für seine Frau hatte hängenlassen ...
Der seine Träume zusammen mit der *Aryon* aufgegeben hatte.

Dieser Mistkerl, der sein Leben wegen des Geistes einer Architektin aufgegeben hatte. Dabei war sie bereit, sich um die alten Akten zu kümmern, sich mit Herz und Verstand, mit voller Hingabe darin zu vertiefen, sich zur Anwältin seines fehlgeschlagenen Schicksals zu machen. Aber sie war zu spät gekommen, fast dreißig Jahre zu spät …

Wenigstens hatte Natale genug Stil, sie anzurufen und sich zu entschuldigen.

»Clotilde? Hier ist Natale. Mein Schwiegervater will dich sehen.«

Merkwürdige Art, sich zu entschuldigen!

»Sergent Garcia? Wo denn? In seinem Jacuzzi?«

Clotilde kam langsam zu sich. Um sie herum plätscherte das Wasser. Sie fühlte sich leicht und frei und hätte beinahe das Tau der *Aryon* gekappt.

»Nein, bei mir. In Punta Rossa.«

Clotilde hatte Lust zu scherzen.

»Hast du ihm gesagt, dass du seine Tochter verstößt und um meine Hand anhältst?«

»Clo, es ist ernst. Heute Morgen ist ein Mord passiert. Auf dem Campingplatz Euproctes.«

Clotildes Hand umklammerte die schmutzige Decke. Ohne zu wissen, warum, dachte sie augenblicklich an Valentine.

»Cervone Spinello«, fuhr Natale fort. »Cervone ist ermordet worden.«

Sie presste den stinkenden Stoff an ihr Gesicht.

Cervone hatte ihr Lügengeschichten über ihren Bruder Nicolas erzählt. Cervone hatte vermutlich die Lenkung des Autos ihrer Eltern vorsätzlich beschädigt. Nun, wo er tot war, nahm er sein Geheimnis mit sich.

Sie unterdrückte einen aufkommenden Brechreiz. Ihre Finger, ihre Arme, ihr ganzer Körper stanken nach Benzin, Salz und Vogelkot. Das Schlingern der *Aryon* verstärkte ihre Übelkeit nur noch.

»Man hat ihm den Pfeil einer Harpune ins Herz geschossen«, erklärte Natale. »Cervone war auf der Stelle tot. Mein Schwiegervater will unter vier Augen mit dir sprechen. Er will dir etwas erzählen, etwas Wichtiges über deine Familie. Er will es dir lieber sagen, ehe du von der Polizei vorgeladen wirst.«

»Ich habe zum Zeitpunkt des Mordes in deinem Boot geschlafen. Allein. Ich weiß nicht, wie ich der Polizei helfen könnte, den Mörder zu finden.«

»Darum geht es nicht, Clotilde, die Polizei braucht deine Hilfe nicht.«

»Wie?«

»Sie haben den Mörder schon geschnappt.«

Clotilde warf die Decke weg. Sie richtete sich schwankend in der *Aryon* auf und starrte auf das Meer wie eine Schiffbrüchige auf einem Floß, das Tausende von Kilometer vom Festland entfernt treibt.

»Wer … wer war es?«

»Das Faktotum des Campingplatzes. Du kennst ihn sicher, bist ihm bestimmt schon begegnet, den übersieht man nicht. Ein bärtiger Riese, der nur einen Arm und ein Bein und eine gelähmte Gesichtshälfte hat. Orsu Romani ist der Mörder. Die Polizei hat ihn bereits festgenommen.«

· · ·

Aurélia stand Hand in Hand mit Natale vor ihrem Haus auf den Felsen der Punta Rossa, zu beiden Seiten toste das Meer. Cesareu Garcia hielt sich zwei Schritte links von ihnen. Als Clotilde den Passat parkte, fühlte sie sich an eine Postkarte erinnert, an ein Bild aus einer Zeitschrift, eine gestellte Szene für ein Hochglanzmagazin. Ein Traumhaus mit einem schönen Blondschopf davor, das blaue Meer, die authentischen alten Steine kombiniert mit modernem Glas und Holz. Selbst Aurélia passte in das Bild: Wenn es ihr auch immer noch an Charme mangelte, konnte ihre hochgewachsene, schlanke Gestalt doch vermuten lassen, dass sie einmal hübsch gewesen war – ein strahlendes Gesicht, feingezupfte Augenbrauen, schmale Taille, lange Beine. Ein Äußeres, dass sie sich unter körperlichen und finanziellen Opfern erkämpft hatte, das verrieten ihr strenges, elegantes Kleid, die Strumpfhose, die wie eine zweite gebräunte Haut wirkte, die hohen Absätze, die sie mit einer leicht überheblichen Eleganz trug. Wer sie nicht mit fünfzehn gekannt hatte, konnte sich jetzt nur schwer vorstellen, wie plump sie damals gewesen war.

Clotilde war bewusst, dass der Gegensatz zu ihr beeindruckend sein musste. Sie war direkt vom Strand von L'Oscelluccia hierhergeeilt. Sie hatte weder geduscht, noch sich geschminkt oder Parfum aufgelegt, doch sie spürte noch den Geschmack von Natales Küssen, trug seine Liebkosungen auf ihrer Haut und sein Sperma in sich.

Aurélia musterte sie eingehend von oben bis unten.

Konnte eine Frau das bei ihrer Rivalin spüren? Den Geruch der heimlichen Liebe wahrnehmen?

Es war Clotilde egal, dass sie sich nicht gerade vorteilhaft präsentierte, ihr gefiel diese Rolle der Straßenkatze, die in das Gebiet ihrer Rivalin, der Angorakatze eindrang, um dort Unruhe zu stiften.

Cesareu Garcia ließ ihnen keine Zeit, einander zu begrüßen. Er drängte sich an seiner Tochter und seinem Schwiegersohn vorbei und zerstörte mit seiner massigen Gestalt das Postkartenensemble.

»Komm, Clotilde, komm … Wir haben nicht viel Zeit. Gib mir die Schlüssel, Aurélia.«

Er nahm seiner Tochter den Bund aus der Hand und zog Clotilde zu einem Schuppen, der ein paar Meter neben dem Haus lag. Das Innere glich einer dunklen, fensterlosen Garage ohne jegliche Dekoration. Vier Steinwände und eine nackte Glühbirne an der Decke. Zwei Stühle, ein Tisch. Auf den in den Wänden verankerten Eisenregalen reihten sich Dutzende von Boxen aneinander, die besser geordnet schienen als die alten Weinflaschen im Keller eines Sommeliers.

»Praktisch, diese Hütten«, erklärte der Sergent, während er die Tür hinter ihnen schloss. »Man findet sie überall an der Küste, sie dienten den Schäfern beim Weidewechsel in Richtung Meer als Unterschlupf. Fünfzig Zentimeter dicke Wände, flaches Erddach, da braucht man im Inneren keine Klimaanlage und fühlt sich sicherer als in einem Bunker. Hier habe ich mein gesamtes Archiv, meine Unterlagen, meine Erinnerungen untergebracht, als ich mein Büro bei der Polizei räumen musste. Manchmal komme ich zum Arbeiten her. Ich habe hier mehr Platz als bei mir zu Hause, und es ist kühler. In meinem verdammten Haus scheint überall die Sonne rein. Ja, ich weiß, du denkst, wie blöd muss man sein, an die Punta Rossa zu kommen, wo man einen kilometerweiten Blick aufs Meer hat, um sich in einem Kellerloch einzusperren. Also, ich will dir mal was sagen, Clotilde, und fass das als vertrauliche Mitteilung auf: Nachdem ich das Meer ständig vor der Nase habe, bin ich es gründlich leid. Ein bisschen wie eine Frau, so schön sie auch sein mag, die man jeden Morgen vor sich hat.«

Wir haben nicht viel Zeit, wiederholte Clotilde im Geist. Dabei schien der Polizist im Ruhestand über alles sprechen zu wollen, nur nicht über die eigentliche Geschichte. Sie beschloss, die Initiative zu ergreifen.

»Orsu ist unschuldig«, erklärte sie unvermittelt. »Ich weiß nicht, wer Cervone Spinello getötet hat, aber auf alle Fälle nicht Orsu.«

Cesareu lächelte nur.

»Woher willst du das wissen? Du warst ja nicht dabei.«

Das stimmte … Woher wollte sie das wissen?

»Nennen Sie es, wie Sie wollen! Intuition, Überzeugung.«

Orsus Gesicht tauchte vor ihren Augen auf, sein Körper, seine Behinderung – er war das ideale Opfer, eine prädestinierte Beute für die Henker.

Cesareu schob eine Akte zu Clotilde hinüber.

»Es gab Fingerabdrücke auf der Tatwaffe. Eine Harpune.«

Der Reflex der Anwältin gewann bei Clotilde die Oberhand, selbst wenn sich ihre Arbeit seit Jahren auf uninteressante Scheidungen beschränkte. Sie bemühte sich um gütliche Trennungen und hatte deshalb, vor allem bei den Männern, einen recht guten Ruf. Normal, denn kein Mann hätte eine Frau als Anwältin genommen, die die Alimente oder das Sorgerecht für die Kinder im Nahkampf aushandelte.

»Orsus Fingerabdrücke?«, fragte sie. »Die findet man sicher überall auf dem Campingplatz, denn er räumt alles auf. Die Taucherausrüstungen ebenso wie den Rest.«

»Er war einer der wenigen, die zur Tatzeit schon auf waren«, beharrte Cesareu Garcia. »Und Cervone hat ihn wenige Minuten vor dem Mord zurechtgewiesen. Gedemütigt, wäre übrigens eher das richtige Wort.«

»Wenn alle Angestellten, die von ihren Chefs gedemütigt werden, ihnen deshalb den erstbesten spitzen Gegenstand ins Herz stießen, wären meine Kollegen vom paritätischen Schiedsausschuss arbeitslos.«

Sergent Garcia lächelte erneut, ehe er die Akte öffnete. Obwohl der Raum kühl war, war das Hemd, in dem er steckte wie in einer Wurstpelle, schweißdurchtränkt.

»Da ist noch etwas, Clotilde. Die Polizisten haben Orsus Zimmer durchsucht und … Pétanque-Kugeln gefunden.«

»Wow … Pétanque-Kugeln? Dürfen Einarmige keine besitzen? Ist das auf Korsika ein Verbrechen? Keine Hand, keine Boulekugel?«

»Seltene Kugeln, Clotilde. Prestige Carbonne 125. Es ist nicht schwer, sie zuzuordnen. Nur ein einziger Gast auf dem Campingplatz besaß solche …«

Schweigen.

»Jakob Schreiber. Der alte Deutsche, der seit drei Tagen verschwunden ist. Und auf den Kugeln«, Garcia wischte sich mit dem Hemdzipfel den Schweiß ab, der über seine Schläfen rann, und entblößte dabei seinen Fettwanst, der fast auf dem Tisch lag, »haben die Ermittler Blutspuren gefunden. Viel

Blut. Blut und graue Haare. Ohne jeden Zweifel die von Jakob Schreiber.«

»Das glaube ich nicht.«

»Orsu ist kein Engel, Clotilde. Er ist kein armer kleiner, schlecht behandelter Behinderter. Er macht Blödsinn, er ist schon öfter wegen Gewalttätigkeit verurteilt worden, wegen Schlägen vor allem – selbst wenn ich zugeben muss, dass er dazu angestiftet wurde. Orsu ist leicht zu manipulieren, seine Mutter hat sich umgebracht, noch ehe er eine Erinnerung an sie haben konnte, seinen Vater hat er nie gekannt, seine Großmutter Speranza hat ihn so gut großgezogen, wie sie konnte.«

Das undeutliche Bild von Orsu als Kind in seinem Laufstall unter der Steineiche in der Schäferei von Arcanu fiel ihr wieder ein. Clotilde war damals fünfzehn gewesen und hatte das Baby nicht mehr beachtet als eine Puppe in einem Puppenwagen.

Dann durchzuckte es sie.

»Weiß man, wer Orsus Vater ist?

Eine Frage, deren Antwort sie schon ahnte.

»Das ist ein offenes Geheimnis«, antwortete der Sergent. »Ein offenes Geheimnis in einer Schublade.«

Er zwang sich zu einem Lachen. »Eine Schublade, die kaum jemand öffnen will. Darum habe ich dich hergebeten. Seit seiner Haftstrafen ist Orsu in der nationalen Fingerabdruckdatei registriert. Es war nicht schwer für mich, die Gerüchte, die seit seiner Geburt kursieren, zu überprüfen.«

Warum kam er nicht endlich zur Sache? Wann würde dieser alte Bulle endlich seine Bombe platzen lassen?

»Du hast es schon erraten, Clotilde, hast dich vielleicht sogar erinnert. Es ist kein Zweifel möglich. Orsu und du, ihr habt denselben Vater. Dein Papa hatte ein Kind mit Salomé Romani, der Tochter von Speranza. Er hat sie im August 1988 geschwängert. Das Kind wurde am 5. Mai 1989 geboren, es ist seinem Vater zwei Wochen, exakt gesagt sechzehn Tagen lang

sporadisch begegnet. ›Sporadisch begegnet‹ mag sogar übertrieben sein, Paul war verheiratet und Vater zweier großer Kinder, von Nicolas und dir. Ich bin nicht einmal sicher, ob Paul
ihn gesehen, anerkannt hat oder überhaupt von seiner Existenz gewusst hat.«

Verschwommene Bilder wirbelten durch Clotildes Kopf –
eine Wendeltreppe, ein Leuchtturm, ein Baby auf dem Arm
ihres Vaters. Bilder, die unterdrückt, aber nie vergessen
waren, höchstens »aussortiert«. Wie eine Geschichte, bei der
einige Seiten fehlen, vor allem die letzten, die die Auflösung
bringen.

»Ist Orsu behindert zur Welt gekommen?«

»Ja, Salomé wollte das Baby nicht behalten. Aber bei der
erzkatholischen Familie Romani kam eine Abtreibung nicht in
Frage. Salomé wollte das Baby wegmachen lassen, wie man
damals sagte. Orsus Arm, sein Bein und eine Gesichtshälfte
sind gelähmt, und wahrscheinlich auch ein Teil seines Ge-
hirns, nämlich jener, der das Sprachzentrum befehligt.«

Orsu, ihr Halbbruder? Clotilde konnte es nicht fassen. Sie
hatte den Eindruck, ihr Gehirn würde in den Autopilot-Modus
schalten, überlieferte Berufsreflexe aktivieren.

Sie musste sich ganz auf den Mord an Cervone Spinello konzentrieren, später könnte sie dann Bilanz ziehen, sich fragen,
was die Existenz eines Halbbruders für ihr Leben bedeutete.

»Okay, okay«, sagte sie. »Orsu ist ein ungewolltes Kind. Aber
das macht ihn noch lange nicht zum Mörder.«

Sergent Garcia schien erleichtert. Den schwierigsten Teil
hatte er hinter sich.

»Sagst du das wegen der Blutsverwandtschaft?« Ein kurzes
Auflachen ließ das Hemd an seinen Bauch klatschen. »Bei den
Idrissis hält man zusammen.«

Clotilde hob die Stimme.

»Baron, mein Familienname ist Baron! Maître Baron. Und
im Moment braucht Orsu vor allem einen guten Anwalt.«

Garcia suchte vergeblich nach einem Hemdzipfel, um sich

den Schweiß abzuwischen. Wenn das Gespräch noch lange dauern würde, würde er austrocknen wie ein gestrandeter Wal.

»Und ich brauche Ihre Hilfe«, fügte Clotilde hinzu.

Sie erhob sich plötzlich, lief durch den Raum, betrachtete die Regale an den Wänden und die darin aufgereihten Kartons und Ordner. Nach einer Weile wandte sie sich an den Sergente und bat ihn, ihr eines der kleinen Köfferchen zu leihen, die auf den Brettern standen und das notwendige Material enthielten, um Fingerabdrücke zu nehmen: einen Pinsel, Kontrastpulver und Kupferoxid.

»Ich versichere dir, dass es sich bei den Fingerabdrücken auf der Harpune um die von Orsu handelt, aber wenn es dir Spaß macht …«

»Ich möchte auch seine Akte, Cesareu. Oder wenigstens eine Kopie seiner Fingerabdrücke.«

»Sonst nichts?«

»Sonst nichts!«

Der alte Polizist erhob sich, suchte den Buchstaben R und zog den Ordner heraus.

»Ich habe Kopien von allem«, scherzte er. »Das ist natürlich verboten, aber auf Korsika ist das für einen Polizisten, der seine ganze Laufbahn hier absolviert hat, eine Art Lebensversicherung.«

Er öffnete den Ordner und zog eine Schwarz-Weiß-Aufnahme heraus. Der Abdruck von einem Daumen und drei Fingern.

»Hier, die Unterschrift deines Bruders. Eine, die man unter Tausenden erkennt. Die Hand eines Riesen, die mehr Kraft hat als zwei unversehrte Männer.«

»Danke.«

Sie ging zur Tür, zögerte und wandte sich dann um. Schließlich hatte Sergent Garcia als Erster die Geheimniskiste geöffnet.

»Sagen Sie, wie hat Ihre Tochter es angestellt, sich Natale Angeli zu angeln?«

Der Angriff war heftig und unerwartet, doch Garcia zeigte keine Emotionen. Er räumte ruhig die Akte weg und setzte sich dann wieder, ganz so, als wären diese Anstrengungen genug Bewegung für einen ganzen Tag gewesen. Schweiß rann an seinem Hals herunter.

»Aurélia hat ihn geliebt. Wirklich geliebt. Meine Tochter ist in fast jeder Hinsicht eine sehr vernünftige Frau. Was aber die emotionale Seite angeht, so fühlte sie sich stets zu ungewöhnlichen Männern hingezogen, zu Gauklern, Seiltänzern, Troubadouren, ganz so wie ein Nachtfalter, der dem Licht nicht widerstehen kann. Vielleicht, weil sie Krankenschwester ist. Wo soll die arme Aurélia etwas Phantasie in ihrem Leben finden, wenn nicht in den Armen eines Traumtänzers?«

»Das war eigentlich nicht meine Frage«, antwortete Clotilde knapp. »Ich wollte wissen, warum Natale ja gesagt hat. Warum hat er eine Frau wie sie geheiratet? Ohne Aurélia zu nahe treten zu wollen, er hätte alle Mädchen haben können, die er wollte, die schönsten, humorvollsten und jüngsten.«

Der ehemalige Polizist ließ seinen Blick über die Akten wandern. Seine Lebensversicherung, wie er vorhin scherzhaft gesagt hatte. Er schien zu zögern, antwortete dann aber doch.

»Um sich zu schützen, Clotilde. So einfach ist das. Wenn man hier die Tochter eines Polizisten heiratet, stellt man sich unter den Schutz des Gesetzes, das heißt der Armee, des Staats, Frankreichs.«

»Vor was wollte er sich schützen?«

»Sei nicht so naiv, Clotilde! Vor deinem Großvater natürlich. Vor Cassanu. Nach dem tödlichen Unfall deiner Eltern litt Natale unter einer irrationalen, belastenden, fast lähmenden Angst …«

Clotilde erinnerte sich an diese wahnwitzig klingende Geschichte, die Natale hier in Punta Rossa erlebt haben will.

In der Sekunde, als der Wagen auf die Felsen von Petra Coda geschlagen ist, in der Sekunde, als dein Vater, dein Bruder und deine Mutter ums Leben gekommen sind, habe ich deine Mutter ebenso deutlich erkannt wie jetzt dich. Sie hat mich angestarrt, als wolle sie mich ein letztes Mal sehen, bevor sie entschwand.

Hatten ihn der Tod ihrer Mutter und dann diese Erscheinung verrückt gemacht?

Selbst wenn Palma durch ein unglaubliches Wunder den Unfall von Petra Coda überlebt hätte, noch lebendig ins Krankenhaus von Calvi eingeliefert worden wäre, hätte sie sich nicht auf dem Weg die Schläuche herausreißen können, um lächelnd vor dem Haus in Punta Rossa zu stehen.

»Hatte er Angst um sein Projekt?«, meine Clotilde, ohne selbst daran zu glauben. »Um sein Delphin-Reservat? Wollte Cassanu nach dem Tod meiner Eltern nichts mehr davon wissen?«

Der Sergent fegte das Argument mit einer Handbewegung weg und schnaubte auf die umstehenden Aktendeckel.

»Cassanu waren die Delphine völlig wurscht. Es geht um den Unfall. Ich sollte übrigens nicht von einem Unfall sprechen, denn es handelt sich um vorsätzliche Beschädigung, eine Schraubenmutter an der Spurstange löst sich nicht von selbst. Für Cassanu war es ebenso, wie für mich, schlichtweg Mord. Und er suchte nach dem Mörder.«

Clotilde wurde von einem Schwindel erfasst.

Natale? Ein Mörder? Die Lenkung eines Wagens beschädigen, um sich seines Rivalen zu entledigen? Meines Vaters, weil er meine Mutter liebte? Das war doch totaler Unfug!

»Und hat Cassanu nie Cervone Spinello verdächtigt?«

»Den Sohn seines besten Freundes? Cervone war damals noch nicht einmal achtzehn. Nein, Clotilde, nein, meines Wissens nicht. Warum hätte der Junge das auch tun sollen?«

»Nur so ...«

Sie öffnete die Tür, sie wollte nicht mehr preisgeben, sondern lieber so schnell wie möglich nach Calvi fahren. Um Orsu zu befragen. Aber zunächst musste sie noch etwas überprüfen, ein einfacher Test, der nicht lange dauern würde.

Als sie gerade gehen wollte, hielt Garcia sie zurück.

»Eine letzte Sache, Clotilde. Ich glaube, es ist besser, wenn du es erfährst, bevor du in der Vergangenheit wühlst. Aurélia hat Natale all die Jahre diese Frage gestellt, und sie hat derart insistiert, dass er schließlich geantwortet hat, er hat es geschworen, und ich glaube ihm. Vor siebenundzwanzig Jahren war nichts zwischen ihm und deiner Mutter. Deine Mutter war treu, sie wollte deinen Vater nur eifersüchtig machen, aber sie liebte Natale nicht.« Er schwieg eine Weile. »Und Natale liebte sie auch nicht.«

Widersprüchliche Bilder tauchten vor ihrem inneren Auge auf. Alte Bilder, die sie zweifeln ließen. Sie legte die Hand auf die Klinke. Die Stimme des Sergent klang nun fast autoritär.

»Bitte, Clotilde, noch eine Sekunde. Natale hat es Aurélia vor Jahren gestanden, also will ich es dir lieber sagen, ehe du angegriffen wirst.«

»Was hat er gestanden?«

»Er hat es gestanden, weil er dachte, er würde dich nie wiedersehen. Weil er glaubte, die Zeit wäre vorbei und die Geschichte Vergangenheit.« Ein bedauerndes Lächeln huschte über sein Gesicht. »Er hat gestanden, dass du diejenige warst, die er 1989 geliebt hat.«

Als Clotilde den dunklen Raum verließ, explodierte die Sonne vor ihren Augen. Sie spiegelte sich auf den Wellen rund um die Halbinsel und blendete wie ein Scheinwerfer. Es dauerte eine Weile, bis sie die Schatten vor sich klar erkennen konnte.

Aurélia klammerte sich an Natales Arm, als wäre er ein Wertgegenstand, der ihr gehörte, ein exotischer Schatz, den sie vom anderen Ende der Welt mitgebracht hatte und über den sie eifersüchtig wachte. Dann tauchte das Bild von Aurélia vor ihr auf, wie sie vor siebenundzwanzig Jahren am Strand von L'Oscelluccia am Arm ihres Bruders hing. Genau dieselbe Geste. Natale stand reglos da und starrte auf den Horizont, so als wäre das Meer um ihn herum ein Fluch.

In diesem Moment war sich Clotilde sicher, dass Aurélia Bescheid wusste.

Über die letzte Nacht, die sie mit ihrem Mann auf der *Aryon* verbracht hatte.

Umso schlimmer.

Umso besser.

Sie konnte es nicht sagen. Sie musste jetzt gehen, sich um Orsu kümmern, um den Mord an Cervone Spinello und an Jakob Schreiber, um die Sabotage am Wagen ihrer Eltern. All das hing zwangsläufig zusammen.

Sie musste auch Franck und Valentine anrufen. Seit der kurzen SMS in der Nacht hatte sie nichts mehr von ihnen gehört.

Alles in Ordnung.
Wir kommen, wie geplant, in ein paar Tagen wieder.
Du bist mir wichtig.

Sie ging wortlos zu dem Passat, vermochte aber eine Frage nicht zu unterdrücken.

Sah sie Natale heute zum letzten Mal?

In Filmen entreißen sich die Männer den Armen einer ungeliebten Frau und stürzen sich in die der anderen, und alle erwarteten genau das, verzeihen ihm, und niemand beachtet mehr die verlassene Ehefrau. In Filmen folgen alle ihrem Herzen und schieben die Vernunft beiseite.

Doch Natale rührte sich nicht vom Fleck. Er machte keine Anstalten, sich aus Aurélias Umarmung zu befreien.

Clotilde stieg in den Wagen

Vielleicht würde er ihr eine SMS schicken?

Vielleicht würde Natale einmal, nur einmal in seinem Leben Mut beweisen?

Vielleicht würde er es wagen, die Anker zu lichten.

Das war ihre letzte Überlegung.

Dann fuhr sie los.

· · ·

Nach etlichen Kurven, kurz bevor sie die Einfahrt von Calvi und die Polizeidienststelle erreichte, hielt Clotilde am Straßenrand an. Eilig öffnete sie ihren Sicherheitsgurt und beugte sich über ihre Handtasche auf dem Beifahrersitz. Sie verfluchte sich innerlich wegen der unglaublichen Unordnung, die darin herrschte, wegen all des Krams, den sie mit sich herumschleppte, in erster Linie Papiere, alte Metrotickets, beschriebene Klebezettel, die sie vergessen hatte, irgendwelche verknitterten Prospekte, die man ihr auf der Straße gegeben hatte – kurz, alles, was sie nicht einfach auf den Boden zu werfen wagte oder nicht in einem Papierkorb entsorgt hatte. Sie breitete den gesamten Inhalt auf dem Sitz aus und bekam schließlich das Gesuchte zu fassen.

Einen Brief, dessen erste Zeilen sie noch einmal las.

Meine liebe Clotilde,
ich weiß nicht, ob Du heute noch immer so eigensinnig bist,
wie Du es früher warst, aber ich möchte Dich um etwas
bitten.

Ganz ruhig. Sie musste ausnahmsweise einmal methodisch vorgehen. Sie legte den Brief auf das Armaturenbrett und holte den Pinsel und das Fingerabdruckpulver aus dem Etui. Sie hatte ein paar Mal die Polizisten bei der Arbeit beobachtet, wenn sie auf Anordnung des Familienrichters wundervolle Liebesbriefe in trübe Beweise einer verbotenen Beziehung verwandelten.

Clotilde musste einige Sekunden warten, dann blies sie vorsichtig auf den Brief, um das überschüssige Pulver zu entfernen und fasste ihn mit Zeigefinger und Daumen an der oberen Ecke an. In der anderen Hand hielt sie die Schwarz-Weiß-Kopie, die Cesareu Garcia ihr anvertraut hatte.

Sie näherte sie ihren Augen, um sie zu vergleichen.

Es dauerte nicht länger als eine Sekunde. Eine Sekunde, um Gewissheit zu erlangen, danach zitterten ihre Hände zu stark.

Die Buchstaben tanzten wild vor ihren Augen.

Mein ganzes Leben ist eine Dunkelkammer.
Ich umarme dich.
P.

Unter den vielen undeutlichen Fingerabdrücken zeichneten sich klar die eines Riesen ab.

Die von Orsu.

Orsu, der Analphabet, der diesen Brief geschrieben hatte.

Oder ihn zumindest überbracht hatte.

KAPITEL 51

Alles ist wieder in Ordnung ...

Die *Aryon* liegt im Hafen ...

Papa ist vom Leuchtturm zurück ...

Und wie geplant, treffen sich alle um den großen Familientisch, der unter der Eiche im Hof der Schäferei von Arcanu gedeckt ist. Opa Cassanu sitzt als Oberhaupt an einem Tischende, und Oma, die neben ihm steht, ist seine Zeremonienmeisterin.

Lisabetta und die alte Frau, die ihr hilft und deren Namen ich nicht kenne, tragen verschiedene korsische Vorspeisen auf: süße und salzige Canistrelli, Saliti au Figatellu, aufgeschnittene Panzetta, Prisuttu und Coppa, unterschiedliche Terrinen. Auch entfernte Cousins verschiedenen Alters, die ich nie gesehen habe, sind gekommen, die Älteren trinken den berühmten Clos Columbu Wein, den mein Großonkel herstellt, die Jüngeren Cola. Daran ist nichts zu ändern, auch wenn es Opa nicht gefällt. Es gibt zwar korsischen Wein, aber keine heimische Limonade!

Etwa fünfzehn Idrissis hocken um den Tisch. Er ist lang und schmal und besteht eigentlich nur aus einer Platte auf zwei Böcken, und die Größe ist genau so berechnet, dass sich die Gruppen nicht vermischen. An einem Ende unterhalten sich die Männer über Politik, Umwelt, Traditionen – ich hätte gerne zugehört, aber ich schnappe nur einige Gesprächsfetzen auf, wie Grundsteuer, Spekulation, Vorkaufsrecht. Am anderen Tischende sitzen die Kinder und Jugendlichen und in der Mitte die Frauen, fast verdeckt durch die großen Sträuße gelber Rosen, die Papa mitgebracht hat. Sie sprechen über andere Themen, und zumeist auf Korsisch. Absichtlich, damit Maman sie nicht verstehen kann?

Sie sitzt da in ihrem schwarzen Kleid mit den roten Rosen, das Papa ihr in Calvi gekauft hat, und gähnt. Maman langweilt sich. Man würde nicht meinen, dass sie in einer knappen Stunde, wenn der Aperitif zu Ende ist, den Idrissi-Clan verlassen wird, um sich zu einem verliebten Tête-à-Tête zur *Casa di Stella* zu begeben, während der Rest der Familie, Anhängsel wie Nicolas und ich ausgenommen, mit ihren Autos zur Kirche Santa fahren wird, um dem unumgänglichen Konzert von A Filetta zu lauschen.

Man spürt wirklich, dass Maman am liebsten sofort verschwinden, während Papa gerne noch ein bisschen bleiben würde. So gesehen ähnelt ihr Rendezvous einem Kompromiss. Einer, der keinen der beiden wirklich zufriedenstellt.

Ist so das Leben in einer Beziehung? Kompromisse: Sieht so das Leben der Erwachsenen aus? Sich mit der halben Freiheit zufriedenzugeben?

Über was werden meine Eltern reden, wenn sie oben angekommen sind? Über die ligurisch-provenzalische Strömung und die Delphine, die man von der *Aryon* aus beobachten kann? Über den Leuchtturm von La Revellata und sein Beleuchtungssystem? Oder reden sie über alles und nichts, über uns? Basteln sie aus dem Tischtuch, auf dem sie essen, und den Laken, in denen sie sich lieben, weiße Fahnen? Waffenstillstand einmal pro Jahr, so wie zu Weihnachten überall auf der Welt Frieden herrscht?

Ich weiß es nicht. Und es ist mir eigentlich auch egal. Ich habe mich ohnehin schon verzogen und sitze mit meinen Kopfhörern auf meiner Bank, um in voller Lautstärke Mano Negra zu hören und in Ruhe zu schreiben. Jetzt muss der Aperitif fast vorbei sein, es wird bald dunkel. Und ich werde nach meiner fast schlaflosen gestrigen Nacht schon müde.

Ich lese noch einmal, was ich geschrieben habe.
Vielleicht bin ich inzwischen auch eingeschlafen.
Alles war ruhig, meine Sätze sind ordentlich, die Musik wiegt mich, als ich plötzlich laute Stimmen höre.
Das klingt nach einem Streit im Hof der Schäferei, ich höre Schreie und Schluchzen.
Ich zögere, ob ich nachsehen soll. Nur kurz. Aber eigentlich sind mir die Auseinandersetzungen der Familie Idrissi auch egal. Also setze ich meine Kopfhörer wieder auf und stelle den Ton lauter, viel lauter.
Vielleicht schlafe ich auch wieder ein.

• • •

Er blätterte die Seite um.
Und entdeckte eine weitere handgeschriebene.
Die letzte.
Alle folgenden waren weiß.

KAPITEL 52

23. August 2016
10 Uhr

Als Clotilde die Polizeistation von Calvi betrat, schien die Stimmung dort recht entspannt. Gar nicht wie in einem Hauptquartier, in dem die Ermittler auf Hochtouren arbeiten, ganz offenbar hatten die Kommissare von Calvi ein ruhigeres Leben als die von Miami. Capitaine Cadenat las die Sportzeitschrift *L'Equipe* und trank eine Dose Cola.

»Madame Baron?«, sagte er mit der ausgesuchten Höflichkeit eines Händlers, der am Morgen seine erste Kundin begrüßt.

Hm hm …

Die hübsche Anwältin schien nicht zum Scherzen aufgelegt. Der Polizist faltete seine Zeitung zusammen, stellte die Coladose ab und fühlte sich verpflichtet, seine Untätigkeit zu erklären.

»Kommen Sie wegen Orsu Romani? Er befindet sich im Nebenzimmer, in guter Gesellschaft. Die Hauptdirektion der Kriminalpolizei von Ajaccio hat uns heute Morgen zwei Kommissare geschickt, die sich ab jetzt um den Fall kümmern. Offensichtlich hatte Cervone Spinello gute Verbindungen, und sein Tod hat Aufsehen erregt. Also sind wir vom hiesigen Revier sozusagen das fünfte Rad am Wagen, das heißt, wir kümmern uns eher um drohende Waldbrände.«

Cadenat hoffte, sich so aus der Affäre ziehen und weiterlesen zu können, doch Clotilde hatte bereits die Hand auf die

Türklinke des Raums gelegt, in dem Orsu verhört wurde. Cadenat geriet in Panik.

»Madame Baron, nein …«

Wütend knüllte er seine Zeitung zusammen und warf dabei die Coladose um.

»Sie können da nicht rein, die beiden Hauptkommissare haben ihn im Kreuzverhör.«

Clotilde sah ihm in die Augen.

»Ich bin seine Anwältin!«

Das schien den Rugby-Polizisten nicht weiter zu beeindrucken.

»Ach? Und seit wann?«

»Seit jetzt! Übrigens weiß mein Mandant noch nichts davon.«

Cadenat zögerte. Clotilde Baron bluffte nicht, er hatte ihren Beruf gelesen, als sie vor zehn Tagen die Verlusterklärung ausgefüllt hatte. Aber eigentlich störte es ihn auch nicht weiter, wenn die Anwältin in den Verhörraum eindrang und die Pläne der Kommissare aus Ajaccio durchkreuzte.

»Sehen Sie doch zu, wie Sie mit ihnen klarkommen. Und wenn die Spezialeinheit Korsika-Süd Sie nicht rausschmeißt, dann alles Gute … Ihr Mandant ist nicht gerade der Gesprächigste. Er pflegt sogar die Omertà in Reinkultur: den ersten Ermittlungsergebnissen zufolge hat er seit seiner Geburt nicht mehr als drei zusammenhängende Worte gesagt.«

Clotilde betrat den Raum. Orsu saß ihr gegenüber. Die beiden Kommissare in grauen Anzügen wandten ihr den Rücken zu. Sie fuhren gleichzeitig überrascht herum, und es hätte nicht viel gefehlt und sie hätten ihre Waffen gezogen.

Schnell … Aber nicht schnell genug!

Clotilde kam ihnen zuvor.

»Maître Idrissi!«

Sie hielt ihnen ihre Karte unter die Nase, auf der sie zwar Maître Clotilde Baron stand, doch sie lasen sie erst gar nicht, der Titel und der Name taten ihre Wirkung.

Der ältere der beiden, der eine feine, rechteckige Brille trug, fasste sich als Erster.

»Meines Wissen hat Monsieur Romani keinen Anwalt beauftragt.«

Sie musste sofort dagegenhalten.

Orsu saß noch immer ebenso teilnahmslos da, doch sie nutzte eine vage Handbewegung, die er machte, und rief:

»Nun, jetzt ist es aber der Fall. Ich muss Sie auf zwei Dinge hinweisen, zwei wichtige Dinge. Erstens: Monsieur Orsu Romani ist nicht nur ab sofort mein Mandant, sondern darüber hinaus auch mein Halbbruder. Zweitens ist mein Mandant ganz offensichtlich unschuldig.«

Ihre Ausführungen lösten betroffenes Schweigen aus.

Das war viel auf einmal.

Und dann auch noch der Name Idrissi. Die beiden Kommissare hatten einen idealen Schuldigen gefunden. Einen geistig Zurückgebliebenen, der bereits vorbestraft war, belastende Umstände und niemanden, der einen fast stummen Außenseiter verteidigen würde … Und plötzlich schüttelte er eine Anwältin aus dem Ärmel, eine Anwältin, deren Name ihren Einfluss erklärte und die noch dazu eine Blutsverwandte war!

Doch damit hatte Clotilde die Partie noch nicht gewonnen, sie kannte das Gesetz. Bei allen kriminellen Delikten war der Anwalt bei der ersten Vernehmung nicht zwingend zugelassen, die Ermittler mussten ihn lediglich über die Aktenlage informieren. Erst nach der Vernehmung durfte sich der Anwalt maximal dreißig Minuten mit seinem Klienten besprechen. Angesichts dieser beiden Pokerfaces blieb ihr nichts anderes übrig, als zu bluffen.

»Ich nehme an, die erste Vernehmung hat schon stattgefunden? Also würde ich mich jetzt gerne allein mit meinem Mandanten unterhalten.«

»Wir sind noch nicht fertig«, warf der jüngere der beiden ein, der ein Ziegenbärtchen trug.

Übersetzung: Wir traktieren diesen behinderten Mistkerl jetzt seit einer Stunde, und er hat kein Wort gesagt.

»Mein Mandant wird mit Ihnen sprechen, nachdem wir uns unterhalten haben.«

Den Blick ausgenommen, der starr auf Clotilde gerichtet war, zeigte Orsu keine Reaktion.

Die beiden Ermittler sahen sich an.

Der Name Idrissi zwang sie zur Wachsamkeit, ihnen war klar, dass sie sich auf vermintem Terrain bewegten. Der Verdächtige erweckte den Eindruck, als würde er achtundvierzig oder gar zweiundsiebzig Stunden Untersuchungshaft durchhalten, ohne den Mund aufzumachen. Was konnten sie schon verlieren, wenn sie sich von dieser Anwältin, die plötzlich aus dem Nichts aufgetaucht war, helfen ließen?

»Dreißig Minuten und nicht eine mehr«, erklärte der Brillenträger.

Sie verließen den Raum.

Clotilde und ihr Halbbruder blieben allein zurück.

Allein? Nicht ganz. Orsu hatte eine andere Freundin, eine Ameise, die vor ihm auf dem Tisch herumspazierte. Seine einzige Sorge schien es zu sein, den Finger so vor sie zu legen, dass sie hinaufkrabbeln musste. Clotilde wurde klar, dass sie einen Monolog halten würde. Das war sie nicht gewohnt. Bei den normalen Scheidungsfällen waren die Mandanten nicht zu bremsen und legten endlos die Alleinschuld ihrer besseren Hälfte dar, von der sie sich trennen wollten.

»Wir wollen mit offenen Karten spielen, Orsu. Wir können später gerne über unseren Vater reden. Aber wenden wir uns zunächst dem Dringlichsten zu.«

Nur sein linker Zeigefinger bewegte sich, um der Ameise den Rückzug zu versperren.

»Erstens: Ich weiß, dass du diesen Dreckskerl nicht umgebracht hast, also werde ich dich hier rausholen, du kannst dich auf mich verlassen.«

Die Ameise versuchte durch einen verzweifelten Zickzack-Lauf zu entkommen.

»Zweitens: Ich weiß genau, dass du viel mehr verstehst, als die anderen sagen, dass du es nur nicht zeigen willst. Wie Bernardo in *Zorro*. Wenn ich dir also helfen soll, verlange ich eine Gegenleistung.«

Die Ameise lief im Kreis. Zum ersten Mal hob Orsu den Blick zu Clotilde – es war derselbe wie damals, als sie die beiden kleinen Trottel im Waschraum des Campingplatzes zurechtgewiesen hatte. Schüchtern und verlegen, schien er darum zu bitten, es dabei zu belassen. Die Tatsache, dass er all das in einem Blick ausdrückte, war schon der Beweis dafür, dass sie sein Vertrauen gewonnen hatte, selbst wenn das nicht ausreichte, um Orsu dazu zu bewegen, mit einer Fremden zu sprechen.

Sie kramte in ihrer Tasche, zog zwei Blätter hervor, legte sie auf den Tisch und fuhr mit dem Finger unter den letzten Sätzen des ersten entlang.

Mein Leben ist eine Dunkelkammer.
Ich umarme dich
P.

Das zweite folgte.

Dort wartest Du, bis er kommt und Dich führt.
Zieh Dich warm an, es wird sicher etwas kalt sein.
Er führt Dich zu meiner Dunkelkammer

Dann sah sie Orsu an.

»Ich will nur eine Antwort, Orsu. Nur einen Namen. Wer hat das geschrieben?«

Red du nur, mich interessiert nur die Ameise.

»War es meine Mutter? Hat Palma diese Briefe geschrieben?«

Sollte sie die Frage wiederholen?

»Kennst du sie? Hast du sie wiedergesehen? Weißt du, wo sie ist?«

Gefangen und in die Enge getrieben, geriet die Ameise in Panik. Clotilde zögerte, sie zu zerquetschen, um ihm so eine Reaktion zu entlocken.

»Verdammt noch mal, Orsu, es ist ihre Schrift, und deine Fingerabdrücke sind auf den Briefen, du hast sie mir gebracht, du hast mich um Mitternacht zu der Hütte in der Macchia geführt. Aber ... aber ich habe meine Mutter bei diesem Autounfall sterben, habe ihre Leiche auf den Felsen liegen sehen. Also bitte, wenn du die Wahrheit kennst, erklär sie mir, bevor ich wahnsinnig werde.«

Nach einem letzten Zögern kroch die Ameise schließlich auf Orsus behaarten Finger.

»*Campa sempre.*«

Clotilde hatte nichts verstanden.

»*Campa sempre*«, wiederholte er.

»Ich spreche kein Korsisch, was bedeutet das?« Sie schob ein Blatt und einen Stift zu ihm hinüber. »Schreib es auf!«

Langsam und mit kindlich zögernder Schrift begann Orsu zu schreiben, ganz darauf bedacht, die Ameise nicht zu stören, die über seinen Unterarm lief.

Campa sempre.

Clotilde stürzte aus dem Zimmer und hielt den beiden Ermittlern aus Ajaccio den Zettel unter die Nase.

»Was bedeutet das?«

Die beiden sahen sich die Worte an, wägten ab, schüttelten den Kopf, so als handele es sich um sumerische Schriftzeichen. Clotilde fluchte, sie hatte keine Lust, sich ihre Entschuldigungen anzuhören – dass die Beamten erst kürzlich vom Festland hierher versetzt worden waren und kein Wort Korsisch sprachen, Englisch ja, zur Not auch Italienisch, aber nicht die Sprache dieser verdammten Insel ... Dann lief sie an dem Rugby-Polizisten vorbei, ohne auch nur stehen zu bleiben.

Campa sempre.

Verflixt noch mal, das war doch der Gipfel, in diesem verfluchten Revier von Calvi war kein Mensch in der Lage, ihr zwei Worte aus dem Korsischen zu übersetzen. Kurz überlegte sie, ob sie nicht auf die Straße rennen und den erstbesten Passanten anhalten sollte, um ihn zu fragen.

Campa sempre.

Ein Geräusch in Nebenraum ließ sie aufhorchen.

Die Toilettentür öffnete sich und eine Putzfrau kam heraus. Sie trug ein Kopftuch und eine blaue, goldbestickte Tunika. Wie jeder zehnte Bewohner der Region war sie marokkanischen Ursprunges. Mit ihrem Eimer und Besen erinnerte sie Clotilde sofort an Orsu. Sie trat vor und hielt ihr den Zettel hin.

»*Campa sempre*«, las die Marokkanerin mit tadellosem korsischem Akzent.«

Clotilde schöpfte neue Hoffnung.

»Bitte, was heißt das?«

Die Frau sah sie an, als wäre das ganz offensichtlich.

»Sie lebt. Sie lebt noch immer.«

KAPITEL 53

Clotilde?«

Ich lasse meine Kopfhörer heruntergleiten und bin stink-
sauer. Ich höre lieber die Stimme von Manu als die meines
Bruders.

»Ja?«

»Wir fahren.«

Wohin fahren wir?

Ich seufze. Ich bin gerade wach geworden und noch etwas
benommen. Die Steine der Mauer drücken sich in meinen Rücken, und das raue Holz der Bank zerkratzt meine Beine. In
der Schäferei von Arcanu herrscht Stille, man könnte meinen,
alle wären weg.

Aber wohin?

Ich schließe die Augen und sehe wieder die Gesichter des
Idrissi-Clans rund um den Tisch, die gelben Rosen, den Clos-
Columbu-Wein, höre die lauten Gespräche. Ich öffne die
Augen. Nico steht vor mir, er sieht aus wie irgendein hohes
Tier bei der Gewerkschaft. Oder der Chef-Unterhändler bei
der GSG 9, der Typ, der mit den Bankräubern verhandelt, um
die Geiseln frei zu bekommen.

Das funktioniert bei mir nicht!

Se la traga mi corazón, brüllte Manu Chao. Ich stelle den
Ton lauter. Ich habe keine Lust, aus meinem seltsamen Traum
zu erwachen. Ich greife zu meinem Heft und meinem Stift.

Ich bin noch etwas benommen, weiß nicht genau, wie lange ich geschlafen habe oder wo ich bin. Es ist fast dunkel, als ich eingenickt bin, war es noch Tag.

Langsam komme ich zu mir …

Soll ich Ihnen meinen Traum erzählen, ehe er verfliegt? Ehe ich wieder einschlafe? Sie werden sich wundern!

Wissen Sie was? Dieser seltsame Traum spielte zu Ihrer Zeit, in sehr weit entfernter Zukunft! Nicht in zehn Jahren, nicht in dreißig, nein mehr, ich würde sagen, in mindestens fünfzig Jahren.

Nicolas steht noch immer vor mir. Sieht so aus, als wäre er genervt.

»Clotilde, wir warten alle nur auf dich. Papa fährt nicht eher …«

Papa?

Habe ich was verpasst? Hat Papa seine Pläne geändert? Mein Blick wandert kurz zum Mond am Himmel und seinem Spiegelbild im Meer, und ich schreibe noch schneller.

Nicolas steht vor mir und zieht ein komisches Gesicht, man könnte meinen, während meines Traums wäre ein Unheil über die Insel hereingebrochen, ein Meteorit mitten auf die Schäferei gestürzt oder ein Tsunami hätte die Steineiche entwurzelt.

Schnell … Ich darf mich nicht verzetteln, sonst erinnere ich mich nicht mehr an meinen Traum.

Mein Traum spielt genau nebenan, am Strand von L'Oscelluccia, aber in ferner Zukunft, ich erkenne die Felsen, den Sand, die Form der Bucht. Sie sind immer noch gleich. Aber ich nicht mehr, ich bin alt geworden – eine Oma! Und auch der Rest hat sich verändert. In den Felsen sind seltsame Gebäude entstanden, aus merkwürdigem, fast durchsichtigem Material errichtet, wie in einem Science-Fiction-Film. Sie erinnern an die Häuser, die Maman entwirft, nur das Schwimmbad ist noch in etwa so, wie wir es heute kennen, es ist ein großer Pool, und ich tauche meine alten, faltigen Füße hinein.

Ich beeile mich, okay, ich beeile mich. Ich höre Schritte, es sind die von Papa.

In meinem futuristischen Traum kommt auch Natale vor. Im Pool sind Kinder, vielleicht sind es meine, oder meine Enkel, ich bin nicht sicher. Alles, was ich weiß, ist, dass ich glücklich bin und alle um mich herum sind, es fehlt niemand, so als hätte sich innerhalb von fünfzig Jahren nichts verändert, als wäre niemand gestorben, als würde letztlich die Zeit, die vergeht, nichts verändern, als wäre es ein Irrtum, zu behaupten, sie sei mörderisch …

•••

Sein Blick wanderte in die Ferne.
Das Tagebuch endete mit diesem Wort.
Mörderisch
Er las es noch einmal und schloss das Heft.

KAPITEL 54

Clotilde war schon einmal da gewesen, aber nachts.

Geführt von Orsu.

Jetzt, bei Tageslicht, hatte sie nicht die geringste Vorstellung, wie sie die Schäferhütte wiederfinden sollte. Sie verfügte nur über vage Anhaltspunkte: einen Bach überqueren, anschließend einen steilen Hang erklimmen, dann ein langer Marsch durch die Garrigue.

Sie irrte schon eine gute Weile durch die Macchia, ihren Wagen hatte sie an der Wegkreuzung zur *Casa di Stella* abgestellt, wo sie um Mitternacht auf Orsu gewartet hatte. Die Türen waren offen und der Schlüssel steckte im Zündschloss, die Ermittler hatte sie einfach in Calvi sitzenlassen.

Campa sempre.

Mehr hatte sie nicht aus Orsu herausholen können, aber das machte nichts, das Wichtigste hatte sie erfahren. Ihre Mutter lebte!

Selbst wenn sie vor ihren Augen gestorben war und Orsu nicht mehr erklärt hatte. Ihr Halbbruder hatte nur das bestätigt, was sie gespürt hatte, seit sie nach Korsika zurückgekehrt war, jenes Geheimnis, das sie seit langem in sich trug.

Sie lebte.

Sie erwartete sie.

In der Schäferhütte.

Sie stieg auf einen kleinen Hügel, von dem aus man in

hundert Metern Entfernung die Schäferei von Arcanu sehen konnte und blieb oben stehen.

Bleib ein paar Minuten bei Sonnenuntergang an der Stein-eiche stehen, damit ich Dich sehen kann.

Ich hoffe, ich erkenne Dich wieder.

Ihre Mutter hatte sich eindeutig irgendwo in den Bergen versteckt, um sie zu beobachten, sie hielt sich noch immer dort versteckt. Von jedem beliebigen, leicht erhöhten Punkt aus – sei es zwischen den Felsen, in der Macchia, in dem Ginster oder Heidekraut, die ihr bis zur Taille reichten – konnte man sehen, ohne gesehen zu werden, hören, ohne ge-hört zu werden, ausspionieren, ohne verdächtigt zu werden. Und sie hatte naiv geglaubt, wenn sie bei Tag hier wäre, würde sie sich erinnern, die Schatten der Nacht wiedererkennen, An-haltspunkte finden, etwa die Form der Steine, der Biegung der Baumstämme, die Dornen der Heckenrosensträucher. Doch es war unmöglich. Unmöglich, sich in dem Labyrinth aus Kas-tanienbäumen, Eichen, Ginster, Erdbeerbäumen und Heide-kraut zurechtzufinden. So weit das Auge reichte, nichts als Macchia, deren Duft sie betörte.

Sie wollte gerade aufgeben und mit Vollgas nach Calvi zu-rückkehren, um die Ermittler aus Ajaccio zu überreden, ihr ein zweites Gespräch mit Orsu zuzugestehen, ihr zu erlauben, ihn mitzunehmen, damit er sie führen könnte, wie neulich nachts. Selbst wenn das vollkommen illusorisch war. Ihr Halbbruder saß wegen Mordverdachts in Untersuchungshaft. Es würde Wochen dauern, bis sie eventuell ein Rechtshilfeersuchen vom Ermittlungsrichter bekommen würde, um den Tathergang nachzustellen.

Sie wollte sich gerade abwenden, als sie ihn sah.

Einen purpurroten Fleck mitten in den Beeren des Erbeer-baums.

Einen blutroten Fleck.

Dann einen anderen, auf dem staubigen Boden. Und einen dritten am Stamm einer Zeder.

So als hätte sich jemand geschnitten.

Um ihr den Weg zu weisen?

Instinktiv folgte sie der blutigen Spur. Und wieder kam sie sich dumm vor. Sie konnte von irgendeinem verletzten Tier stammen, einem Fuchs, einem Wildschein oder einem Hirsch. Sie berührte die roten Flecke. Das Blut war noch feucht.

Was stellte sie sich denn vor? Dass ein Unbekannter kurz vor ihr versucht hatte, die Schäferhütte zu erreichen? Ein Unbekannter, der Blut verlor, wollte vor ihr dort sein? Das war Unsinn. Sie überlegte, während sie der Spur durch die Macchia folgte, das Heidekraut schien niedergetrampelt, einige Zweige waren abgebrochen.

Es sei denn, es wäre umgekehrt, dachte sie plötzlich. Es sei denn, der unbekannte Verletzte wäre nicht zur Hütte gegangen, sondern von dort gekommen. Egal, je länger sie der Spur folgte, desto mehr wuchs ihre Überzeugung, dass sie zu der Lichtung führen würde, auf der Orsu sie vor drei Tagen verlassen hatte, weil Franck plötzlich aufgetaucht war. Ihr Mann, der ebenfalls den Weg kannte, ohne dass sie verstanden hätte, woher. Doch er war trotz ihrer widerholten Anrufe seit heute Morgen unerreichbar.

Sie hatte das Handy endlos klingeln lassen.

Mailbox!

Bitte, Franck, ruf mich an.

Ruf mich an.

Ruf mich an.

Diese Frage würde sie sich später stellen.

Campa sempre.

Das allein zählte. Sie musste weiter. Jetzt erinnerte sie sich an einige Details, ein paar Anhaltspunkte – eine leichte Steigung, die Macchia, die sich lichtete, eine Korkeiche. Sie ging ein paar Meter weiter, die Blutstropfen verdichteten sich jetzt und plötzlich lag eine Schäferhütte vor ihr.

Clotildes Herz überschlug sich.

Mein Gott!

Ihr wurde übel, sie schluckte und widerstand dem Wunsch, sich umzudrehen und einfach wegzulaufen. Er lag dort am Boden. Er hatte sich nicht die Adern aufgeschnitten, um sie zu führen. Man hatte ihn erstochen! An seiner linken Flanke sah sie einen großen braunen Fleck.

Er war sicher schon seit einer Weile tot, ruhte auf einem Teppich aus weißen und malvenfarbenen, welken Zistrosenblättern. Wäre Clotilde nicht der Blutspur gefolgt, hätte sie glauben können, er schliefe.

Sie trat näher. Zögerte, sich hinabzubeugen, zu sprechen.

»Pacha?«

Die Harpune steckte im Hals des Labradors. Im Hals dieses Hundes, der den Namen eines anderen trug – dessen, der ihre Kindheit bewacht hatte. Es war, als hätte man ihn ihr ein zweites Mal genommen.

Die Tür der Hütte stand offen.

Die Insekten surrten um den Kadaver und luden sich schon zum Picknick der Aasfresser ein. Clotilde ging auf das Steinhäuschen zu. In der Nacht hatte sie nicht das dicke Vorhängeschloss bemerkt, das die Holztür verriegelte wie den Kerker einer mittelalterlichen Burg. Und auch das einzige Fenster war gesichert – doppelt sogar, mit dicken Eisenstäben und einem eindrucksvollen Laden aus massivem Eichenholz.

Und dieses Gefängnis war bewohnt. Jemand befand sich darin. Jemand, der weinte.

War es ihre Mutter? Eingemauert? Lebendig?

Zitternd trat Clotilde ein.

All das, was sie in den letzten fünf Tagen erlebt hatte, beflügelte ihre Phantasie. Sie entdeckte ein Bett. Einen Holztisch. Einige getrocknete Blumen. Ein Radio. Mehrere Dutzend Bücher auf einem Holzregal, das fast die Hälfte des kleinen Raums einnahm.

Und in einer Ecke saß auf einem Hocker eine gebeugte alte Frau, die ihr den Rücken zuwandte.

Das lange graue Haar fiel über ihren Rücken, so als hätte eine Großmutter ihren Knoten geöffnet, um ihrem Spiegel, einem ehemaligen Liebhaber oder ihren Enkeln ihre frühere Schönheit zu enthüllen.

Doch es war sonst niemand in diesem Zimmer.

Nur eine alte Frau, die sich fast kniend dieser kalten, dunklen Steinecke anzuvertrauen schien. Wie ein bestraftes Kind, dachte Clotilde. Ein bestraftes Kind, das man ein Leben lang vergessen, das niemand zurückgeholt hatte und das dort alt geworden war, weil man ihm befohlen hatte sich nicht vom Fleck zu rühren.

»Maman?«

Die alte Frau wandte sich langsam um.

Die Hände, die Arme und der Hals waren blutverschmiert.

»Maman?«

Clotildes Herz schlug zum Zerspringen. War das möglich? Ein anderes Bild trat vor ihre Augen, eines, das sie all diese Jahre beherrscht hatte, das des blutigen Körpers ihrer Mutter vor siebenundzwanzig Jahren. Auf einem Felsen zerschellt. Und doch hatte sie ihre Mutter lebendig vor sich, allem Anschein und aller Logik zum Trotz.

Es konnte nicht anders sein.

Schließlich wandte sich die alte Frau ganz um.

Clotilde wusste es, sie spürte, dass sie es war.

Maman?

Doch diesmal blieb ihr das Wort im Hals stecken.

Die alte Frau, die sie flehentlich ansah, deren Blick um Vergebung zu bitten schien, war über achtzig, aber noch immer schön, würdevoll und stolz. Wie sehr schien sie all diese Jahre gelitten zu haben.

Aber die alte Frau war nicht ihre Mutter.

III

Sempre giovanu

KAPITEL 55

Man hätte sie für Zwillingsbrüder halten können, die unterschiedlich schnell gealtert waren. Der erste versteckte seinen Hals unter einem Rollkragen, den des zweiten zierte ein Schlangentattoo, das sich bis zum Schulterblatt zog. Der erste hatte eine Brille mit dicken Gläsern, der zweite einen silbernen Piercingring durch die Nase. Der erste trug einen abgewetzten flaschengrünen Cordsamtanzug, der zweite eine zu enge Jogginghose in Rot-Weiß, den Stadtfarben von Ajaccio.

Gebrüder Castani, Gebrauchtwagen und Ersatzteile hatte es in der Anzeige geheißen.

Der Rollkragen war mit dem Transporter gekommen, der Tätowierte in einem roten Auto.

Der Rollkragen zählte die Geldscheine, der Tätowierte öffnete die verbeulte Motorhaube.

»Für eintausendfünfhundert Euro«, sagte er und wischte sich die Hande an seiner sauberen Jogginghose ab, »kriegen Sie natürlich keinen Wagen, mit dem Sie quer durch Europa reisen können.«

Der Kunde war nicht sonderlich gesprächig, aber er zahlte cash. Allerdings hatte er ausdrücklich einen diskreten Treffpunkt gefordert, auf dem Parkplatz des Wasserspeichers am Rande des Waldes von Bocca Serria. Alles in allem ein lohnendes Geschäft für die Gebrüder Castani: kein TÜV, kein Kfz-

Brief, keine Zulassung, nur ein paar Scheinchen für eine alte, kaum fahrtüchtige Klapperkiste.

Der Rollkragen steckte das Geld in die Tasche.

»Sie müssen aufpassen … Der Wagen stand jahrelang bei uns auf dem Schrottplatz rum. Nicht, dass Sie einen Unfall bauen.«

Der Tätowierte schloss die Motorhaube.

»Ich habe überprüft, was ging, die Lenkung, den Achsstand, die Bremsen, das wird schon eine Weile halten. Aber passen Sie auf, dass Sie nicht von der Polizei angehalten werden!«

Er reichte ihm die Schlüssel.

»Viel Spaß damit.«

Der Tätowierte zwinkerte dem Rollkragen zu, und die beiden stiegen in den Transporter, ohne weitere Fragen zu stellen. Für gewöhnlich verkauften sie alte Autoteile an Tüftler, Amateurmechaniker und Tuningfreaks. Doch dieser Kunde interessierte sich ganz offensichtlich nicht für Kfz-Mechanik. Der Tätowierte trat aufs Gaspedal, während der Rollkragen beobachtete, wie der Mann im Rückspiegel verschwand. Den Gebrüdern Castani war es letztlich piepegal, was der Kerl mit der Schrottkiste anfangen würde.

• • •

Er wartete, bis der Transporter hinter dem Cap Cavallo verschwunden war und betrachtete einen Moment lang beinahe ungläubig das Auto. Innerhalb weniger Stunden konnte man auf irgendeiner Suchmaschine im Internet, egal, ob auf Korsika oder anderswo, alles auftreiben. Er ging zu seinem Geländewagen, der hinter den Schwarzkiefern im Wald stand. Der Treffpunkt mit den Schrotthändlern war nicht zufällig gewählt: die Gegend hier war abgeschieden und bot die Möglichkeit, unauffällig zu parken. Er öffnete die Tür, griff nach dem Heft auf dem Beifahrersitz und legte es auf den Fahrersitz des Autos, das er soeben gekauft hatte.

Um in Übung zu bleiben.

Das Schwierigste stand ihm noch bevor.

Er öffnete den Kofferraum seines unter den Kiefern geparkten Geländewagens und schob ein paar Äste beiseite, ohne sich um die spitzen Tannennadeln zu scheren.

»Fahrzeugwechsel!«

Sie riss die Augen auf, reckte und streckte ihre Arme und Beine, die in den letzten Stunden steif geworden waren. Es roch nach Kiefern.

»Fahrzeugwechsel«, hatte er gesagt.

Warum?

Ihr Rücken tat ihr höllisch weh, sie fühlte sich fast wie gelähmt, weil sie sich so lange im Kofferraum des Geländewagens hatte zusammenkauern müssen. Er half ihr heraus und bei den ersten unsicheren Schritten. Sie verstand nicht, warum sie das Fahrzeug wechseln mussten. Im grellen Sonnenschein blinzelte sie heftig und tastete sich voran.

Nach und nach gewöhnte sie sich an das helle Licht.

Und dann sah sie das Auto. Direkt vor ihr.

Ein roter Fuego. Modell GTS.

Er spürte, wie die Beine der Frau, die er stützte, nachgaben. Er hielt sie fest. Denn er hatte die Wirkung seiner Überraschung vorhergesehen.

»Na, weckt das keine Erinnerungen bei Ihnen, Madame Idrissi?«

KAPITEL 56

Diese alte Frau war nicht ihre Mutter.

Sie starrte Clotilde an, ihr Gesicht war blutverschmiert, aber vielleicht waren es ja auch rot gefärbte Tränen, die über die angeschwollenen Hämatome rannen. Sie wischte sie mit ihrem langen grauen Haar weg.

Nein, dachte Clotilde, während sie tief in ihren Erinnerungen forschte, diese in Tränen aufgelöste Frau konnte nicht ihre Mutter sein.

Die Frau vor ihr war viel älter. Eine ganze Generation.

Die Frau vor ihr war Lisabetta, ihre Großmutter.

Noch ein Geheimnis, noch ein Täuschungsmanöver, noch ein Unheil.

Clotilde blieb keine Zeit für weitere Fragen, denn mit einmal wurde es finster in der Schäferhütte, so als hätte man im Eingang einen dunklen Vorhang heruntergelassen. Clotilde drehte sich um. Sie hatte sich nicht geirrt, doch es handelte sich nicht um einen Vorhang, sondern um ein schwarzes Kleid, das den Raum verdunkelte. Das Kleid der Hexe Speranza, das die Hütte in ein Verlies verwandelte, damit Ratten, Spinnen und Skarabäen aus ihren Verstecken zwischen den Steinen krochen, um sie willkommen zu heißen.

Ohne Clotilde zu beachten, wandte sich Speranza an Lisabetta.

»Sie haben Orsu mitgenommen. Es ist niemand mehr da.«

Wer sind sie? schrie eine Stimme in Clotildes Kopf.

»Sie hat Pacha getötet«, fuhr Speranza fort.

Wer ist sie?

Die Worte überschlugen sich in ihrem Kopf.

»Die Tür stand auf, als ich kam«, sagte Lisabetta.

»Wer?«, fragte Clotilde leise. »Von wem sprecht ihr?«

Keine Antwort.

Diesmal schrie Clotilde.

»Wo ist meine Mutter? Sie lebt, das hat mir Orsu gesagt! *Campa sempre*. Wo ist meine Mutter?«

Lisabetta erhob sich langsam. Clotilde dachte, sie wolle ihr antworten, aber es war Speranzas Stimme, die durch die Schäferhütte tönte.

»Nicht hier, Lisa. Nicht hier. Wenn du mit ihr reden willst, dann unten.«

Lisabetta zögerte. Die Hexe beharrte.

»Cassanu kommt nach Hause. Der Krankenwagen wird ihn vor zwölf nach Arcanu bringen. Und nichts ist fertig, Lisa. Nichts.«

• • •

Nichts ist fertig.

Clotilde hatte nicht sofort verstanden, was das heißen sollte.

Die drei waren schweigend wieder zur Schäferei von Arcanu hinuntergegangen. Die alten Frauen schlugen ein rasches Tempo an, waren fast schneller als Clotilde. Sie schienen jeden Ast zu kennen, an dem sie sich mit ihren faltigen Händen festklammern, jeden Stein, auf dem sie gefahrlos ihren Fuß setzen konnten. Ihre Beine waren es gewohnt, und ihre mageren Körper schienen nie leichter gewesen zu sein.

Nichts ist fertig.

Das klang fast so, als seien sie in Panik. Ständig sahen sie auf die Uhr, und sobald sie in der Schäferei angekommen waren, hatten sie Clotilde offenbar völlig vergessen. Sie folgte ihnen einfach, während die beiden schnurstracks in die Küche gingen.

Lisabetta öffnete den Kühlschrank.

»Figatellu mit Linsen.«

Ihre ersten Worte nach fast einer halben Stunde. Speranza erwiderte nichts, sondern fischte aus der Gemüsekiste Tomaten und Zwiebeln. Ihre Großmutter hatte sich in der Zwischenzeit bereits eine Schürze umgebunden, ein Schneidbrett herausgeholt, den Panzetta und die Figatelli, die Wurst aus Schweineleber, bereitgelegt.

Als sei sie nun beruhigt, wandte sich Lisabetta endlich ihrer Enkelin zu.

»Setz dich, Clotilde. Cassanu war über vierundzwanzig Stunden im Krankenhaus von Calvi. Er hat sicher nichts gegessen, kein Wunder, bei eingeschweißtem Schinken, den Joghurts und Breis, die sie ihm dort vorsetzen.« Sie sah zur Küchenuhr hinüber. »Nicht ein einziges Mal in siebzig Jahren, Clotilde, nicht ein einziges Mal ist es vorgekommen, dass das Essen noch nicht fertig war, wenn Cassanu sich zu Tisch setzte.«

Sie lächelte, während sie sich die Hände wusch.

»Du hast Mühe, das zu verstehen, mein Liebes? Hier läuft es anders als in Paris. Hier ist es nun mal so, und das ist nicht einmal die Schuld der Männer, denn wir haben sie ja so erzogen.«

»Wo ist meine Mutter, Oma? Wo ist Palma?«

Lisabetta sah wieder zur Uhr und griff dann nach einem großen Messer.

»Setz dich, habe ich gesagt, mein Liebes. Ich werde dir alles erzählen. Bevor dein Großvater kommt. Die korsischen Frauen verstehen es, sich um den Haushalt zu kümmern und zugleich zu reden.«

Lisa vielleicht. Speranza nicht. Die Hausherrin schnitt mit gesenktem Blick entschlossen den Speck in Streifen.

»Das ist eine lange Geschichte, Clotilde. Es ist auch deine Geschichte, obwohl sie bereits vor deiner Geburt begonnen hat.«

Sie sah kurz von ihrer Arbeit auf und hinüber zu der Hexe, die mit präzisem Schnitt die Tomaten würfelte. Dann fuhr sie fort:

»Vor fünfzig Jahren arbeitete Speranza bereits in Arcanu, auch wenn arbeiten nicht das treffende Wort ist. Sie wohnte schon hier, lebte hier und, genau wie heute, kümmerte sie sich mit mir um alles, den Haushalt, die Mahlzeiten, den Garten, die Tiere. Speranzas Tochter, die kleine Salomé, ist 1948 in Arcanu geboren worden. Drei Jahre nach deinem Vater. Salomé und Paul wuchsen zusammen auf. Die beiden waren unzertrennlich.« Sie sah wieder zu Speranza hinüber, die ganz darauf konzentriert zu sein schien, die Tomaten zu würfeln. »Alle Welt wusste, dass sie eines Tages heiraten würden. So sollte es sein, so war es vorherbestimmt ... Je mehr Jahre ins Land gingen, desto schöner wurde Salomé. Hoch gewachsen, brünett, mit Haaren, die ihr bis zur Taille reichten. Große, braune Augen, anmutig wie ein junges Reh und mit einem herzerfrischenden Lachen, das die Zitadelle von Calvi zum Einsturz hätte bringen können. Ein wahres Märchen, mein Liebes. Paul der Prinz, der einst vierundzwanzig Hektar Macchia erben würde, und Salomé, das hübsche Aschenputtel ohne einen Cent, aber darum hat man sich bei uns ja noch nie geschert. Was zählte, ist von jeher der Clan, der gesellschaftliche Stand ist nebensächlich. Mit fünfzehn haben wir sie verlobt. Ja, mein Liebes, ein wahres Märchen: Es war einmal auf La Revellata ... Paul und Salomé würden heiraten und viele Kinder haben.«

Sie unterbrach ihre Erzählung. Mit sicherem Schnitt zerteilte sie jede Wurst in vier gleich große Teile.

Ein erneuter Blick zur Küchenuhr.

11.27 Uhr

»Alles geriet im Sommer 1968 ins Wanken«, fuhr Lisabetta leise fort, die die Länge ihres Berichts mit der gleichen Präzision zu kalkulieren schien wie die Garzeit des Gerichts. »Ohne dass jemand etwas hätte kommen sehen. Ehrlich gesagt, als dein Vater begann, mit dieser jungen, französisch-ungarischen Touristin zu flirten, die dort ihr Zelt aufgeschlagen hatte, wo später der Campingplatz Euproctes entstehen sollte, hat uns das nicht wirklich beunruhigt. Die Männer hier sind im Winter auf der Jagd nach den korsischen Schwalben, und im Sommer jagen sie eben die vom Festland. Und wie alle anderen Mädchen wäre Palma Ende August auch schon wieder verschwunden. Paul würde ein bisschen weinen, wenn die Fähre ablegte, doch nach einer Woche wäre es vorbei. Das habe ich zumindest gedacht, das haben wir alle gedacht. Doch sie haben einander geschrieben. Wenn du wüsstest, mein Liebes, wie gerne ich die in Paris abgestempelten Briefe, die der Postbote zu uns nach Arcanu brachte, verbrannt hätte. Wenn ich es getan hätte, meine Schöne, wärest du jetzt nicht da, um mir zuzuhören. Es mag seltsam scheinen, das zu sagen, aber so viel Leid und so viele Tote hätten sich dadurch verhindern lassen. Du kannst dir nicht vorstellen, wie oft ich mich verflucht habe, weil ich sie damals nicht ins Feuer geworfen habe.« Sie ließ einen Moment lang die Linsen aus den Augen, die sie gerade verlas, um sachte nach der Hand ihrer Enkelin zu greifen. »Weihnachten 1969 hat Paul Palma ein erstes Mal in Paris besucht, dann ein weiteres Mal zu Ostern, und zu Christi Himmelfahrt ist er dort geblieben, und wir haben ihn im Sommer nicht wiedergesehen, den hat er nämlich in Griechenland auf den Kykladen verbracht. Er hat uns Postkarten aus Naxos, Sifnos, Santorin geschickt, so als wolle er unsere Insel eifersüchtig machen. Es war aus und vorbei, das hatten wir schon alle längst begriffen. Alle, bis auf Salomé. Die Arme war so unglücklich, wir waren uns alle darüber im Klaren, dass sie Paul nie würde vergessen können. Und selbst wenn sie es versucht hätte, ihre Jugendliebe kam ja jeden Sommer hierher zurück: zuerst mit seiner Frau, dann ab Sommer 1971 mit Frau und Sohn, und dann im Sommer 1974 und allen folgenden mit seiner Frau, deinem Bruder und dir. Wir haben euch in Arcanu willkommen geheißen, versucht, das Ganze positiv zu sehen, ich habe deiner Mutter sogar beigebracht, wie man *Figatelli*, den korsischen Kuchen *Fiadone* und ein Wildschweinragout zubereitet. Speranza ist mit ihr Kräuter sammeln gegangen: Oregano, Minze, Engelwurz. Wir haben sie gastfreundlich aufgenommen, weil sie zur Familie gehörte, auch wenn sie uns unseren Sohn gestohlen hatte, auch wenn wir ihr deswegen gram waren, auch wenn wir sie im Grunde eigentlich nie mochten.«

Lisabetta sah beunruhigt zur Uhr, 11:32 Uhr, ließ Clotildes Hand los und schüttete die Linsen in einen Topf mit kochendem Wasser. Speranza schälte Zwiebeln, ließ dabei aber nicht die geringste Emotion erkennen.

»Jeden Sommer«, fuhr Lisabette fort, wobei sie es vermied, Speranza anzusehen, »versteckte sich Salomé, um zu weinen. Sie war ein stolzes Mädchen, also zog sie es vor, Paul nicht zu beobachten, wenn er seine junge Frau am Strand von L'Alga küsste oder mit seinen Kindern spielte. Um nicht das Glück mit ansehen zu müssen, das sie sich für sich selbst gewünscht hatte. Deshalb, mein Liebes, bist du ihr praktisch nie begegnet.« Sie gab die Speckwürfel und die Zwiebeln in eine Pfanne und fügte etwas Olivenöl hinzu. »Doch die Zeit arbeitete für Salomé, zumindest klammerte sie sich an diese Hoffnung. Zwischen den anständigen Mädchen und den Schlampen sind es stets die ersten, die schließlich triumphieren«, wie es bei Brassens heißt. Das Wort »Schlampe« aus dem Mund der alten Lisabetta ließ Clotilde aufhorchen. Welcher Hass musste in ihrer Großmutter schlummern? Speranza unterstrich das Gesagte mit dem Geklapper der Teller, die sie stapelte.

»Rund ein Dutzend Jahre später«, erzählte Lisabetta weiter, »hatten sich sämtliche Trümpfe von Palma in Luft aufgelöst. Alles, was deinen Vater an ihr fasziniert hatte. Das Unbekannte, die Andersartigkeit, das Exotische, nenn es, wie du willst, hatte sich verflüchtigt. So ist das immer hier. Die Korsen werden Seeleute, Lehrer, Händler, um von hier wegzukommen, weil sie jung sind und das Gefühl haben, auf ihrer Insel zu ersticken. Sie erhoffen sich, woanders freier atmen zu können, andere Düfte wahrzunehmen, doch was letzten Endes zählt, sind die Gerüche der Kindheit. Verstehst du, mein Liebes? Statt in einem Palast zu wohnen, hatte ihn seine französisch-ungarische Prinzessin dazu verdammt, in einem Häuschen in einem Vorort der Normandie zu leben. Mit einem vier Quadratmeter großen Garten, während ihn hier achtzig Hektar Macchia erwarteten. Mit Blick aufs Maisfeld statt aufs Mittelmeer. Ganz zu schweigen von der Sonne, den Freunden aus Kindertagen oder seinem Beruf als Rasenverkäufer. Also ja, Korsika fehlte ihm, aber er saß in der Falle, und zwangsläufig machte er Palma unbewusst dafür verantwortlich.«

Lisabetta sah nach, wie weit alles gegart war, und gab dann die geschnittenen Tomaten hinzu, ehe sie erneut sachte nach Clotildes Hand griff.

»Mehr weiß ich nicht, mein Liebes. War es dein Vater, der sich bei Salomé gemeldet hat? Hat sie sich ihm genähert? Ich kann es dir wirklich nicht sagen, wie es dazu kam, in welchem Sommer sie wieder miteinander gesprochen, sich wieder geküsst haben, ob es an einem Tag geschah oder Jahre gedauert hat.« Sie sah kurz zu Speranza hinüber. »Ich kann dir nicht einmal sagen, ob es deinem Vater ernst war, ob er deine Mutter noch liebte oder nicht, ob er sich wieder in Salomé verliebt hatte …, davon weiß ich nichts, weder Speranza noch ich wussten irgendetwas, als Salomé sich zu Weihnachten 1988 vom Leuchtturm von La Revellata stürzte. Doktor Pinheiro nahm uns beiseite und sagte uns, Salomé würde überleben, ihr sei nichts Ernstes passiert, da die Ginsterbüsche den Sturz abgemildert hätten …, aber es wären dennoch weitere Untersuchungen nötig, eigentlich nicht für sie, hatte er präzisiert, sondern für das Baby. Denn er machte sich Sorgen wegen des Babys.«

Speranza wischte sich mit dem Zipfel ihrer Schürze über

die Augen und warf dann die Zwiebel- und Tomatenschalen weg.

»Salomé war schwanger. Es war zu spät, um es abzutreiben, der Embryo hatte sich schon eingenistet. Das Kind kam am 5. Mai 1989 ohne einen Schrei zur Welt, ein Arm und ein Bein waren steif und eine Seite seines Gesichts gelähmt. Also entwickelte Salomé eine andere Strategie: die der ledigen Mutter, die ohnehin nichts mehr zu verlieren hatte, und schon gar nicht ihre Ehre, die aber alles wagt, um das Ansehen ihres Sohnes zu retten. In jenem Sommer versteckte sich Salomé zum ersten Mal nicht. Sie zeigte sich am Strand, breitete ihr Badelaken nur einen Meter von dem deiner Mutter entfernt aus und zog unter dem Vorwand, ihren Sohn stillen zu müssen, ihr Bikinioberteil aus. In einem luftigen Sommerkleid marschierte sie zum Markt am Hafen von Stareso, mitsamt dem Kinderwagen, mit dem sie Palma sogar über die Pumps fuhr. Natürlich wusste deine Mutter, wer Salomé war, und sie wusste auch, wer der Vater ihres Kindes war. Ja, in jenem Sommer 89 hat Salomé, ohne dass du es mit deinen gerade mal fünfzehn Jahren bemerkt haben wirst, deine Mutter in die Enge getrieben, und es hat funktioniert, und der Erfolg hat all ihre Erwartungen übertroffen.«

11:36 Uhr

Lisabetta gab die Figatelli zu der köchelnden Masse in der Pfanne, bestreute das Ganze mit Thymian und legte ein halbes Lorbeerblatt hinein.

»Deine Mutter nahm sich einen Geliebten …«

Clotilde wollte protestieren, nein, Oma, so war es nicht, zwischen Natale Angeli und meiner Maman ist nichts gewesen, doch ihre Großmutter schlug mit dem Topf gegen die Kochstelle, was wie ein Gongschlag wirkte, der sie wohl zum Schweigen bringen sollte.

»Salomé hatte deinen Vater mit seiner Verantwortung konfrontiert. Von da an stand es Kind gegen Kind, Frau gegen Frau, Korsika gegen französisches Festland. Deine Mutter trug zwar den Namen Idrissi, sieben Buchstaben am Ende eines Eheregisters, aber den ganzen Rest, all das, was dieser Name repräsentierte, den besaß Salomé.«

Ein Gedanke beschlich Clotilde. Dass Papa sich damals im Sommer 89 hatte vorstellen können, sie alle im Stich zu lassen, sie zu dritt aufs französische Festland zurückzuschicken und selbst in Arcanu zu bleiben, um ein anderes Kind großzuziehen, eine neue Familie zu gründen.

Lisabetta entkorkte eine Flasche Wein, einen Clos Columbu 2007.

»Alles geriet ins Wanken, als Palma damals am 23. August 1968 ihr Zelt hier auf La Revellata aufstellte. Und alles musste sich zwangsläufig auch am gleichen Tag wieder neu regeln.«

Sie kostete den Wein und verzog das Gesicht, ehe sie fortfuhr.

»Zu deiner Beruhigung sei gesagt, dass deine Mutter noch im Vorteil war. Dein Vater war ein Mann mit Pflichtgefühl. Niemals hätte er zugelassen, dass eure Mutter mit euch allein die Fähre nimmt. Ohne ihn … Normalerweise hätte Palma, wie jedes Jahr, gewonnen. An diesem 23. August hatte er den Tisch mit gelben Rosen geschmückt. In den Jahren zuvor waren sie rot gewesen – die Farbe der Leidenschaft. Gelb bedeutet in der Sprache der Rosen, dass man um Verzeihung bitten möchte für einen Fehler, für Treulosigkeit. Am Tag der Sainte-Rose sollte Palma mit deinem Vater in der *Casa di Stella* das erlesene Menü genießen, sie würden dort den Abend, die Nacht gemeinsam verbringen, sich für ein Jahr versöhnen, bis zum nächsten Sommer. Salomé hatte keine Wahl, sie musste alles auf eine Karte setzen. Ich vermute, dass du dich an diesen letzten Abend erinnerst, mein Liebes, rund fünfzehn Personen waren um den Tisch versammelt, Freunde und Cousins, zu einem Aperitif vor dem Konzert in der Kirche Santa Lucia in Prezzuna. Aber du kennst nicht den weiteren Verlauf dieses Abends, weil du aufgestanden und mit deinen Kopfhörern und deiner Musik zu der Bank gegangen und dort eingeschlafen bist.«

Clotilde erinnerte sich an diese letzten Augenblicke. An das offene Heft auf ihren Knien, den wilden Rhythmus von Mano Negra, an das Geschrei im Hof, dem sie keine weitere Beachtung geschenkt hatte.

»Als Salomé, ihr Baby im Arm, in den Hof von Arcanu kam, verschlug es uns allen den Atem.«

Schweigen. Lisabetta schien zu zögern, ob sie fortfahren sollte. Langsam erhob sich Speranza und ging ins Nebenzimmer. Als sie zurückkam, schob sie wortlos die Fleischabfälle beiseite und legte einen Bilderrahmen auf den Tisch. Er zeigte das Porträt einer sehr schönen Frau. Die Haut leicht gebräunt. Dunkle, mandelförmige Augen und eine schmale, etwas zu spitze Nase.

Vermutlich Salomé. Clotilde war vom Anblick dieser Unbekannten verwirrt, deren Gesicht und Gestalt ihr dennoch überraschend vertraut schien. Lisabetta deutete mit ihrem Messer auf das Foto.

»Ja, deine Mutter und Salomé ähnelten einander. Das ist wahrscheinlich auch der Grund, warum sie deinem Vater im Sommer 68 aufgefallen ist. Die gleichen Augen, die gleiche Größe, das gleiche Lächeln, die gleiche Anmut, aber deine Mutter war für ihn eben geheimnisvoller.«

Clotilde betrachtete das Porträt eingehend. Bilder stiegen in ihr auf, Bilder, die sie fast vergessen hatte, von dem einzigen Mal, als sie Salomé bewusst gesehen hatte, am Tag vor dem Unfall, zusammen mit ihrem Vater, im Leuchtturm von La Revellata. Nur von hinten, nie von vorne.

11:42 Uhr

Mit sicheren Gesten vermischte Lisabetta die Speckwürfel, die geschnittenen *Figatelli*, die Zwiebeln, den Thymian und die Tomaten, wobei sie in der einen Hand einen Holzlöffel hielt, mit dem sie rührte, während sie mit der anderen Öl hinzugab. Für einen Moment konzentrierte sie sich voll und ganz aufs Kochen, dann schaltete sie schließlich die Gasflamme unter der Pfanne kleiner und drehte sich zu Clotilde um.

»Ja, mein Liebes, es verschlug uns allen den Atem. Deine Mutter muss unser Schweigen als Unterstützung für Salomé aufgefasst haben, aber ich glaube, wir waren in erster Linie überrascht. Salomé hatte sich entschieden, aufs Ganze zu gehen, um deiner Mutter begreiflich zu machen, dass sie nicht nach Arcanu gehörte – weder jetzt noch früher. Wie schön sie auch sein mochte, Palma konnte verstoßen und durch eine andere ersetzt werden. Bis zu diesem Moment hatte Salomé mit Kleid, Bikini und Haut gekämpft, hatte beweisen wollen, dass sie genauso hübsch sein konnte wie Palma. Doch an jenem Abend trieb sie die Provokation noch weiter. Als sie den Hof der Schäferei von Arcanu betrat, trug Salomé die gleiche Frisur wie deine Mutter, einen von einem schwarzen Band zusammengehaltenen Knoten, das gleiche Make-up, den gleichen dunklen Lippenstift, das gleiche Armband, die gleiche rubinrote Halskette, das gleiche Parfüm, *Imiza*, aus dem korsischen Immortellenkraut. Deine Mutter hatte sicher über eine Stunde vor dem Spiegel verbracht, um an jenem Abend die Schönste in der *Casa di Stella* zu sein, um deinem Vater zu gefallen … und Salomé hatte die gleichen Anstrengungen unternommen. Strähne für Strähne. Strich für Strich. Salomé war in ihrer Respektlosigkeit sogar noch ein Stück weiter gegangen. Du erinnerst dich sicher, Clotilde, an jenem Abend trug deine Mutter ein Kleid von Benoa, schwarz mit roten Rosen. Das Kleid, das dein Vater ihr in Calvi gekauft hatte. Salomé trug das gleiche Modell! Sie hatte fast dreihundert Francs dafür ausgegeben, um das gleiche kurze, dekolletierte Kleid wie ihre Rivalin zu besitzen und um Paul zu beweisen, dass sie darin ebenso verführerisch aussah. Ja, sogar aufreizend. Gleich bei ihrer Ankunft in Arcanu hatte Salomé wortlos ihr Kind der Großmutter anvertraut. Die Gespräche am Tisch verstummten mit einem Schlag. Dabei bedarf es einiges, um fünfzehn Korsen zum Schweigen zu bringen, vor allem, wenn sie schon fünf Flaschen Clos Columbu geleert haben. Nur Cassanu wagte es, sich zu äußern. ›Setz dich, Salomé. Setz dich.‹ Er stand auf und zog einen Stuhl herbei, genau zwischen uns.«

Clotilde betrachtete durch das Küchenfenster den leeren Hof der Schäferei, die Pergola, die große Steineiche. Sie konnte nicht glauben, dass sich all das hier an jenem 23. August 1989 innerhalb weniger Minuten abgespielt hatte, während sie schlief, weil sie in der Nacht zuvor ihrem Bruder nachspioniert hatte, weil sie sich gerne absonderte und diese nicht enden wollenden Familientreffen nicht ausstehen konnte. Hinter ihr erhob sich Speranza, um die Abfälle in den Mülleimer zu werfen, setzte sich dann wieder und lauschte schweigend Lisabettas Erzählung.

»Das war eine ungeheure Provokation, mein Liebes. Eine unglaubliche Demütigung für Palma. Wir haben nichts dergleichen beabsichtigt, aber wir haben auch nichts getan, um es zu verhindern. Wie sollte deine Mutter auf die junge Frau reagieren, die ihren Platz einnahm, als würde sie, Palma, gar nicht existieren, als hätte sie nie existiert? Wie sollte sie derjenigen begegnen, die sie öffentlich demütigte, ohne sie auch nur eines Wortes zu würdigen? Was sollte deine Mutter machen, mein Liebes? Schweigen? Wie wir alle? Du erinnerst dich an sie, Clotilde, schweigen war nicht wirklich ihre Sache. Deine Mutter erhob sich also, ich erinnere mich, als wäre es erst gestern gewesen, an jedes einzelne Wort, an jeden Hauch, jedes Geräusch. Wir haben ihre Worte seither so oft abgewogen, das kannst du mir glauben, und es vergeht kein Tag, an dem ich nicht daran zurückdenke und mich frage, ob wir damals nicht die größte Dummheit unseres Lebens begangen haben …«

Clotilde zitterte vor Kälte. Obwohl sie einfach nur dasaß,

war ihr schwindelig. Um wieder ihr Gleichgewicht zu finden, presste sie ihre eiskalten Finger auf die gekachelte Wand gleich neben sich. Lisabetta stand weiter am Herd.

»Deine Mutter schob ihren Stuhl zurück«, fuhr sie fort, »drehte sich zu deinem Vater um und forderte von ihm: ›Sag ihr, sie soll gehen.‹

Dein Vater hat nicht geantwortet, also wiederholte deine Mutter lauter: ›Sag ihr, sie soll gehen.‹

Alle Blicke waren auf Paul gerichtet. Alle waren deiner Mutter feindlich gesonnen. Alle wären gegen ihn gewesen, wenn er ihre Partei ergriffen hätte: ›Verlang das nicht von mir, Palma.‹ – ›Ich bin hier zu Hause. Bei meiner Familie. Sag ihr, sie soll gehen.‹

Ich erinnere mich noch an das Schweigen, meine arme Clotilde. Sogar die Vögel, sogar der Wind in den Zweigen der Steineiche verstummten. Dein Vater ließ sich sehr viel Zeit mit seiner Antwort. Als hinge sein Leben davon ab. Schließlich sagte er: ›Bitte, Palma. Es ist für niemanden einfach. Wir müssen uns alle bemühen.‹

Wenn ich mich an das Gesicht deiner Mutter erinnere, sehe ich vor allem ihren Zorn. Wir haben ihn damals alle gesehen, diesen zornerfüllten Blick. Den Hass. Das hat den Ausschlag gegeben. Dein Vater hat es, glaube ich, nicht bemerkt. Es ging also nicht darum, seine Frau zu verlieren, er dachte nicht einmal daran, dass er Palma verlieren könnte. In jenem Moment wollte er nur seine Ehre, sein Ansehen vor den anderen wahren. Deshalb fuhr er fort: ›Wir müssen uns alle bemühen. Ich. Du. Ich lasse heute meine Familie zurück, um den Abend mit dir zu verbringen.‹ – ›Ich soll mich bemühen? Heute Abend?‹

Dann hat Palma ihren Stuhl umgestoßen, ebenso wie die Vase mit den gelben Rosen und eine Flasche Clos Columbu. Vielleicht hast du in jenem Augenblick Geräusche gehört, Geschrei? Vielleicht bist du aufgewacht?«

Clotilde erinnerte sich, dass sie damals achselzuckend ihren Walkman lauter gestellt und weiter vor sich hin geträumt hatte.

Lisabetta schaltete das Gas unter der Pfanne aus, kontrollierte, ob die Linsen weich genug waren, und begann den Tisch zu decken. 11:57 Uhr. Perfekt.

»Danach fielen nicht mehr viele Worte, mein Liebes. Gerade mal vier Sätze, die Palma geschrien hat. Vier Sätze, die uns damals normal erschienen, die wir erwartet und vielleicht sogar erhofft hatten. Doch als wir sie uns nach dem Unfall wieder in Erinnerung riefen, bekamen sie ein anderes Gewicht.«

»Was hat meine Mutter gesagt?«

»Nun ja, es war nicht viel … Mit jedem Satz entfernte sie sich einen Schritt weiter in die Nacht, die über den Bergen hereinbrach.

›Geh schon zu deinem Konzert. Geh mit ihr!‹

Ein Schritt.

›Ich räume das Feld, denn das wollt ihr ja alle.‹

Noch einen Schritt, sie wandte sich um.

›Aber ich warne dich, wage es ja nicht, die Kinder mitzunehmen.‹

Ein letzter Schritt, dann war sie vom Hof.

›Hast du gehört, geh, geh mit ihr. Aber wehe, du lässt die Kinder mit ins Auto steigen. Halte sie gefälligst da raus.‹

Meine arme Kleine, ich habe so oft an diese beiden letzten Sätze gedacht. Mir gesagt, dass ihr beide, Nicolas und du, die Einzigen wart, an die sich deine Mutter auf diesem Hof und gegenüber unserem Clan noch klammern konnte. Sie hätte niemals akzeptiert, dass ihr Korsika nicht nur ihren Ehemann, sondern auch noch ihre Kinder stahl. Und sie hätte alles darangesetzt, euch zu behalten. Selbst wenn diese junge Frau ihr den Rest nahm und sie verdrängte, hätte sie doch immer für ihre Kinder gekämpft. Das habe ich immer gedacht, sicherlich, weil ich selbst Mutter bin und genauso reagiert hätte. Sicher hat Palma deswegen so vehement darauf bestanden, dass ihr deinen Vater und Salomé nicht mit zu dem Konzert begleitet.«

Hinter ihr stellte Speranza geräuschvoll einen Stapel Teller auf den Tisch. Clotilde drehte sich nicht um, und Lisabetta fuhr fort.

»Doch weder Cassanu noch Speranza noch irgendjemand sonst hat meine Meinung geteilt. Deine Mutter verschwand zu Fuß in die Berge über den Weg, auf dem weiter unten das Auto geparkt war. Sobald sie außer Sichtweite war, schob Salomé ihren Stuhl zurück, ging zu Paul, um ihn zu küssen, und umschlang seine Taille, so als sei in den letzten fünfzehn Minuten, in den letzten fünfzehn Jahren nichts gewesen, nur ein unbedeutendes Intermezzo, das sie einfach überging. Lange blieb sie wortlos so bei ihm stehen, dann ging sie ohne jede Hast zum Auto und setzte sich auf den Beifahrersitz. Sie hatte gewonnen!«

Speranza stellte geräuschvoll Gläser und Teller auf den Tisch und klapperte lautstark mit dem Besteck.

»Du weißt, wie es weiterging, mein Liebes. Dein Vater hat sicher gezögert, deiner Mutter nachzulaufen. Und er hätte es wohl auch getan, wären nicht fünfzehn Augenpaare auf ihn gerichtet gewesen, darunter die seines Vaters. Er hatte soeben jede Würde verloren. Er war zum Spielball zweier Frauen geworden. Also versuchte er zu wahren, was ihm an Autorität geblieben war, und tat das, was alle Männer tun, wenn sie sich erniedrigt fühlen, nämlich die Stimme, manchmal auch die Hand gegen ihre Kinder zu erheben – doch wie du weißt, war dein Vater zu Letzterem nicht fähig. Diese Männer erteilen oft ungerechtfertigte Befehle, um sich zu beweisen, dass man ihnen gehorchen muss. Ja, mein Liebes, du weißt, wie es weiterging. Der ganze Clan wartete gespannt darauf, wie dein Vater, der Erbe von Arcanu, reagieren würde. Seine Geliebte saß bereits im Auto. Also stand dein Vater auf und herrschte Nicolas an, er solle seine Schwester holen und unverzüglich mit ihr zum Auto gehen.«

Lisabetta hielt kurz inne und sah ihrer Enkelin in die Augen.

»Ich weiß nicht, was dein Bruder für jenen Abend geplant hatte, vielleicht eine Spritztour mit seinen Freunden oder seiner Freundin. Mein Gott, dieses gekränkte Gesicht, man hätte meinen können, der Blitz hätte ihn getroffen, das Verschwinden deiner Mutter schien vergleichsweise nebensächlich. Aber er muckte nicht auf. Ich habe deinen armen Bruder nicht gut genug gekannt, um zu wissen, von wem er diesen Stolz, dieses Pflichtgefühl hatte. Von deinem Vater oder deiner Mutter, vielleicht von beiden, aber wie groß seine Enttäuschung, sein Groll, das Gefühl der Ungerechtigkeit auch sein mochten, er sagte kein Wort, versuchte nicht zu verhandeln, sondern ging dich holen.«

Clotilde hörte wieder die letzten Worte ihres Bruders, sah, wie sie sich auf ihrer Bank nicht vom Fleck rührte, wie ihr Vater sie am Handgelenk packte und mit sich zog, ihr so weh tat, wie noch nie zuvor.

Jetzt verstand sie alles.

»Du warst gerade aufgewacht, mein Liebes. Niemand sagte ein Wort. Wie hättest du daran zweifeln können, dass die Frau, die im Auto auf dem Platz deiner Mutter saß, die frisiert, angezogen und geschminkt war wie sie, dass diese Frau, die die Hand deines Vaters hielt, nicht deine Mutter war?«

Clotilde sah die Bilder wieder vor ihrem geistigen Auge vorüberziehen.

Die Stille im Fahrzeug, nur unterbrochen von den wenigen Worten, die Papa und Nicolas wechselten. Von der Frau vor ihr hatte sie den Haarknoten, den Nacken, die Ohrringe, das Kleid, die Beine gesehen, sonst nichts. Den Rest, ihr Gesicht, das Lächeln ihrer Mutter, hatte sie im Laufe der Jahre dazu erfunden, hatte diese Dinge der Frau zugeordnet, die niemand anders als ihre Mutter sein konnte. Jener Frau, deren Hand ihr Vater gedrückt hatte, kurz bevor der Fuego auf den Felsen zerschellte.

Nicolas hatte es gewusst, Nicolas hatte sie gesehen, hatte sie gehört, das Drama begriffen, das sich gerade abspielte.

Aber sie? Wie hätte sie auch nur für einen Moment daran zweifeln sollen, dass diese Frau nicht ihre Mutter war?

12 Uhr

Lisabetta erhob sich und machte einen Schritt Richtung Hof.

»Der Krankenwagen kommt immer pünktlich. Giovanni, der Fahrer, ist ein alter Freund. Er weiß, dass Cassanu nicht gerne wartet.«

Clotilde konnte ihren Blick nicht von Salomés Porträt lösen. Ängstlich sah Lisabetta ständig zur Küchenuhr hinüber, doch ihre Stimme klang sanft.

»Du hast verstanden, nicht wahr, mein Liebes, dass es nicht das Grab deiner Mutter in der Familiengruft der Idrissis ist, an dem Speranza jeden Tag Blumen niederlegt? Es ist … es ist das Grab ihrer Tochter.«

Clotilde sah wieder vor sich, wie Speranza auf dem Friedhof die Gießkanne schleppte, mit der Schere auf der Inschrift im Marmor herumkratzte und versuchte, den Namen von Palma Idrissi auszulöschen, hörte wieder die Verwünschungen der alten Hexe.

Sie hat hier nichts verloren. Ihr Name hat bei den Idrissis nichts zu suchen.

Wie ein Echo zu ihren Gedanken, äußerte sich Speranza hinter ihr zum ersten Mal.

»Ich habe nicht gezögert, Clotilde. Ich habe nicht eine Sekunde gezögert, meine Tochter unter dem Namen einer anderen zu beerdigen, damit sie neben deinem Vater in der Gruft der Idrissis ruht. Es war nicht schwer, zu behaupten, Salomé sei verschwunden, habe nach dem Unfall Selbstmord begangen. Stattdessen habe ich einen leeren Sarg auf dem Friedhof von Marcone bestatten lassen. Denn genauso hätte sie es gewollt. Teil eurer Familie zu sein, davon hatte sie stets geträumt.« Sie stieß das Messer, das sie noch immer in der Hand hielt, in den Brotlaib auf dem Tisch. »Ihr Traum wurde nur

wahr, weil sie mit ihrem Leben dafür bezahlte! Weil ...« Ihre
Gefühle überwältigten sie, und sie starrte Clotilde mit derselben Entschlossenheit an, mit der sie gerade noch das Messer ins Brot gerammt hatte. »Weil deine Mutter sie getötet
hat!«

12:01 Uhr

Jetzt schien für die beiden Frauen nur noch der Krankenwagen
zu zählen, der langsam in den Hof der Schäferei einbog. Sie
vergewisserten sich mit einem letzten Blick, dass in der Küche
alles an seinem Platz war, hängten ihre Schürzen auf und gingen hinaus.

Clotilde blieb allein zurück.

Die letzten Worte klangen in ihr nach.

Weil deine Mutter sie getötet hat.

Instinktiv griff sie nach dem Handy in ihrer Tasche. Sie
hatte eine SMS erhalten. Von Franck, endlich. Ihr Mann hatte
versucht, sie zu erreichen.

Haben von dem Mord an Cervone Spinello erfahren.
Wir kommen zurück.
Fahren direkt zum Campingplatz, wo bist du?
Bis ganz bald
Franck

Die SMS war vor rund einer Dreiviertelstunde abgeschickt
worden. Im Hof reichte Lisabetta Cassanu ihre Hand und
einen Stock. Speranza war schon ins Haus zurückgekehrt, um
nach dem Essen zu sehen.

Sie warf ihr einen finsteren Blick zu.

Weil deine Mutter sie getötet hat.

Clotilde baute sich vor ihr auf, versperrte ihr den Weg. Ihr
war es egal, ob das Essen auf dem Ofen verkochte.

»Sie haben mir nicht geantwortet. Ihr habt mir eure Ge-

schichte erzählt, aber weder Oma noch Sie haben mir geantwortet. Wo ist meine Mutter?«

»Sie ist abgehauen, meine Kleine«, knurrte Speranza. »Sie
hat Pacha erstochen und ist auf und davon.«

KAPITEL 57

Für die Gäste des Campingplatzes Euproctes war es jetzt schwieriger, durch das Eingangstor zum Strand zu gelangen, als für einen Mexikaner, die Grenze von Tijuana in die USA zu passieren. Zwei junge, lächelnde, aber absolut unnachgiebige Polizisten kontrollierten jede Strandtasche, rollten jedes Badetuch auseinander, nahmen die Personalien der Gäste auf, notierten Ein- und Ausgangszeit. Völlig überflüssig, schimpften die, die es am eiligsten hatten. Was suchten die denn noch? Man hatte schließlich die Tatwaffe gefunden und den Schuldigen eingesperrt. Im Grunde war die einzige Frage, die die Gäste interessierte, die für eintausendzweihundert Euro pro Woche einen Bungalow gemietet hatten, wer jetzt die Klos putzen würde, nachdem der Meister der Besen in Calvi im Gefängnis hockte, und wer seine Vertretung einstellen würde, nachdem der Leiter des Campingplatzes im Leichenschauhaus von Ajaccio lag.

Inmitten des ganzen Chaos saß Anika Spinello mit verweintem Gesicht am Empfang und tat das Nötigste. Sie beruhigte die Gemüter, erklärte in allen Sprachen der Welt, dass alle befragt, die Zelte aber nicht durchsucht, der Campingplatz geöffnet bleiben und sich nichts ändern würde, dass sie weiterhin den Strand genießen könnten, es heute aber keine Aktivitäten gäbe, keine Tauchgänge, keine Pétanque-Partie. Nein, sie hatte nicht geschlafen, ja danke, Marco, sie wollte gerne eine Zigarette, ein Taschentuch, auch eine ganze Kleenex-Box, nein, sie wollte sich nicht ausruhen, brauchte kein Schlafmittel, sondern wolle weitermachen, das Ruder in die Hand nehmen. Denn dieser Campingplatz war Cervones Leben, sein Werk, sein Reich, und nachdem er nicht mehr da war, würde sie die Leitung übernehmen. Euproctes würde nicht geschlossen werden, denn das hieße quasi, Cervone ein zweites Mal zu töten. Und ja, meine Kleine, danke, das berührt mich sehr …

Valentine legte ihr Sträußchen Feldthymian und die Kondolenzkarte, die sie geschrieben hatte, auf den Tresen.

»Ich mochte Ihren Mann sehr«, erklärte sie. »Selbst wenn ich in meiner Familie die Einzige war. Wir sind zurückgekommen, sobald wir davon erfahren haben.«

Anika bedachte sie mit einem aufrichtigen Lächeln.

»War der Segeltörn schön?«

»Ja …«

Die Antwort war vielsagend.

»Ist dein Vater nicht da?«

»Ich weiß nicht.«

Anika ging nicht weiter darauf ein, ihre Gedanken schweiften erneut ab, Jahre zurück, zu jener Zeit, als sie das Surfen aufgegeben hatte, eine gestrandete Sirene. Damals hatte nur Cervone die Gabe gehabt, sie aufzufangen.

»Sie haben mich herbestellt, Anika?«

Das schien die Chefin des Campingplatzes schon vergessen zu haben. Sie dachte kurz nach.

»Ach ja, stimmt, entschuldige. Ich habe eine Nachricht für dich. Du sollst nach Arcanu kommen. Es ist dringend, deine Mutter erwartet dich dort.«

• • •

Vor dem Campingplatz standen drei Kleinbusse der Polizei, doch ein Stückchen weiter war kein Mensch mehr zu sehen.

Ganz so, als würden die Heuschrecken, Grillen und Grashüpfer ihr eigenes Leben führen, abseits von all der Aufregung. Valentine verstand nun, warum es so einfach war, sich in der Macchia zu verstecken: Man brauchte sich nur ein paar Meter von dem Polizeiaufgebot entfernt in die Büsche zu schlagen und schon hatte man gewonnen, niemand würde mehr nach einem suchen. Nicht einmal die Polizeihunde, denn all diese duftenden Pflanzen schienen nur gewachsen zu sein, um Flüchtige zu schützen.

Sie hatte den direkten Weg hinauf nach Arcanu gewählt. Nach der Kurve, genau an der Stelle, an der der Pfad die asphaltierte Straße kreuzte, parkte ein Wagen. An irgendetwas erinnerte er sie, undeutlich. Eher ein Bild. Die Form, die Farbe. Vermutlich das Vintage-Auto irgendeines Serienhelden im Fernsehen. Ohne weiter darüber nachzudenken, lief sie in Richtung Straße und fragte sich, was Maman wohl von ihr wollte. »Dringend«, hatte Anika Spinello erklärt. Sie seufzte. Sie hatte die Nase voll von diesen Geschichten von Arcanu, den Großeltern, den Urgroßeltern, ihrer Mutter, den Geistern, den Toten …

Genau!

Jetzt erinnerte sie sich. Das Auto hatte sie auf alten Fotos gesehen, die sich Maman zu Hause manchmal ansah. Ein … Valentine ärgerte sich, der Name lag ihr auf der Zunge. Wie hieß dieses verflixte rote Auto? Ein komischer Name, ein bisschen spanisch …

Sie trat näher. Auf dem Beifahrersitz saß eine alte Frau. Valentine hatte sie noch nie gesehen, doch als ihr Blick auf sie fiel, fröstelte das junge Mädchen.

Als hätte sie einen Geist vor sich. Sie versuchte, den unerträglichen Eindruck zu vertreiben, dass die alte Frau ihr ähnlich sah! Für eine Sekunde hatte Valentine das Gefühl, sich in einem Spiegel zu sehen, der sie altern ließ und in sechzig Jahren zeigte.

Albern!

Los, geh weiter. Sie hatte noch zweihundert Höhenmeter vor sich, ehe sie sich unter die Steineiche von Arcanu setzen könnte. Ungewollt wandte sie noch einmal den Kopf nach dem roten Auto um und begegnete dem Blick der Alten. Er schien bittend und flehentlich, so als wolle er ihr eine Nachricht übermitteln, die sie nicht aussprechen durfte. Außer ihnen war niemand da, nur das Zirpen der Insekten war zu vernehmen. Plötzlich schien ihr die Stille beunruhigend.

»Verdammt«, rief Valentine, »wie heißt das verflixte Auto noch mal? Das, das den Unfall hatte, mit dem Maman uns dauernd nervt.«

»Fuego«, sagte eine Stimme hinter ihr.

KAPITEL 58

23. August 2016
12 Uhr

Cassanu Idrissi übersah die Hand, die seine Frau ihm entgegenstreckte, um ihm aus dem Krankenwagen zu helfen, reichte dem Fahrer Giovanni einen Zwanzig-Euro-Schein und stieß verärgert den Spazierstock zurück, den Lisabetta ihm hinhielt.

»Schon in Ordnung, Lisa, ich habe schließlich zwei Beine.«

Er stieg die Stufen zur Schäferei hinauf und betrachtete den Tisch, der für vier gedeckt war.

Dann erst wandte er sich um und entdeckte Clotilde, die in einer Ecke des Zimmers stand.

»Wir haben einen Gast«, sagte Lisabetta leise.

Speranza stand schon am Herd. Nichts schien so wichtig wie das Kochen. Hatte sie den Rest bereits vergessen? Die Nacht der Sainte-Rose, den Tod ihrer Tochter, die letzten Worte, die die Hexe Clotilde zugezischt hatte?

Sie ist abgehauen, meine Kleine. Sie hat Pacha erstochen und ist auf und davon.

Nein!

Das schien Clotilde unvorstellbar. Ihre Mutter sollte siebenundzwanzig Jahre lang ganz allein mitten in der Macchia ausgeharrt haben, um dann genau an dem Tag, an dem ihre Tochter zu ihrer Hütte kam, zu verschwinden? Nachdem sie ihr verschiedene eindeutige Einladungen hatte überbringen lassen?

Das war völlig unlogisch.

»Einen Gast«, scherzte Cassanu. »Ein großes Wort! Als die Kinder noch hier waren, Freunde und Familie vorbeikamen und blieben, als das Wort Familie noch einen Sinn hatte, waren wir selten weniger als zehn Personen an diesem Tisch.«

Lisa rang die Hände.

»Sie ... Sie hat sich aus dem Staub gemacht ...«

Cassanu sah sie seltsam an, ohne etwas zu sagen.

»Sie ist abgehauen«, wiederholte Speranza. »Sie hat Pacha erstochen und ist auf und davon. Und ... Orsu ...«

»Orsu ist im Gefängnis«, unterbrach sie der alte Korse, »ich weiß. Giovanni hat mir unterwegs alles erzählt, die Polizei behauptet, er hätte Cervone ermordet.«

Er lehrte sein Glas Clos Colombu in einem Zug und legte sein Messer zwischen Teller und Serviettenring. Als Cassanu gerade seinen Stuhl zurückschieben wollte, ganz so, als würden ihn diese Informationen nicht interessieren oder als hätte er bereits das Nötige angeordnet, hielt Clotilde ihren Großvater am Ärmel zurück.

»Orsu ist nicht in Gefahr. Ich verteidige ihn, ich bin seine Anwältin, er ist unschuldig.«

Cassanu stellte sein Glas ab.

»Unschuldig?«, wiederholte Cassanu mit einem kleinen Lächeln, das hinter seiner Serviette verschwand, als er sich den Mund abwischte.

Genau, behandele mich nur wie ein Kind! Tut mir leid für dein Herz, Opa, tut mir leid für dein Essen, Oma, aber ich kann mich nicht beherrschen.

»Unschuldig«, erklärte Clotilde mit erhobener Stimme. »Orsu wäre nicht im Stande, einer Ameise etwas zuleide zu tun. Das weiß ich ..., und zwar nicht nur, weil er mein Bruder ist.« Sie nahm sich Zeit, um die Wirkung dieser Enthüllung zu genießen. »Ich weiß es, weil er der Einzige ist, der meine Mutter liebt. Der Einzige, der ihr in all diesen Jahren geholfen hat.«

Eine Enthüllung, die sie zu versteinern schien, dachte Clotilde. Sechs Hände waren wie erstarrt, die Körper wie mumifiziert. Man hörte nur noch das Köcheln der Linsen, die Speranza auf dem Herd hatte stehen lassen.

»Ich will die Wahrheit wissen, Opa, bitte. Erzähl mir, was geschehen ist.«

Cassanu zögerte lange, ließ seinen Blick von Speranza zu Lisabetta wandern, dann zu dem Kochtopf, der Weinflasche, dem Brot, den vier Tellern, dem Messer, und schob schließlich seinen Stuhl zurück.

»Komm mit.«

...

Diesmal hatte Cassanu seinen Spazierstock mitgenommen. Sie traten auf den Hof und liefen dann über einen kleinen, von schwarzen Holunderbüschen gesäumten Weg. Als sie am Küchenfenster vorbeikamen, hörten sie Geschirrklappern. Der alte Korse wandte sich an seine Enkelin.

»Vier Teller ... Das ist der Anfang vom Ende. Die beiden verrückten Alten werden sich daran gewöhnen müssen, zu zweit zu essen, denn ich werde nicht mehr lange da sein. Es ist das Schicksal der Frauen, sich um ihre Männer zu kümmern, die unterwegs sind, sie zu begleiten, auf sie zu warten, sie zu besuchen. Wenn sie jung sind, müssen sie ein Haus in der Nähe einer Schule finden, im Alter in der Nähe eines Friedhofs.«

Clotilde begnügte sich mit einem Lächeln. Sie zögerte kurz, den Arm ihres Großvaters zu nehmen, doch Cassanu deutete auf den Pfad vor ihnen.

»Keine Sorge, wir gehen nicht zum Capu di a Veta, auch wenn Doktor Pinheiro ein Idiot ist. Meine Beine werden weiterlaufen, selbst wenn mein Herz aufgehört hat zu schlagen. Ich will dir alles erklären, Clotilde, auch Korsika und seine Geschichte, das wird dir helfen, die unsere zu verstehen. Komm ... und sag mir, was die beiden Verrückten dir erzählt haben.«

Sie liefen über den schmalen Weg. Clotilde wiederholte, was sie gehört hatte, die Geliebte und das uneheliche Kind ihres Vaters, Salomé, die am Abend des 23. August den Platz ihrer Mutter eingenommen hatte, der Unfall, Lisabettas Zweifel an den letzten Worten, die Palma ausgesprochen hatte.

Cassanu nickte.

»Lisabetta hat meine Meinung nie geteilt. Sagen wir, sie war anderer Überzeugung. Aber sie hat nichts gesagt. Lisa ist eine loyale Ehefrau. Sie hat unsere Wahl respektiert.«

»Die Wahl der Männer?«

»Wenn du so willst, Clotilde ... Aber auch Speranza war auf unserer Seite.«

»Was ist passiert, Opa, was ist nach dem Unfall passiert?«

Der alte Korse schlug mit seinem Spazierstock auf den Boden, so als wolle er seine Haltbarkeit prüfen, dann sprach er ebenso langsam weiter, wie er lief.

»An diesem Abend ging alles sehr schnell. Wir haben gegen neun Uhr von dem Unfall erfahren, Cesareu Garcia, der an Ort und Stelle war, hat mich angerufen und mir den Sachverhalt beschrieben. Der Wagen in der Schlucht von Petra Coda. Und du, die einzige Überlebende. Sonst wusste er nichts. Ein Unfall? Ein Attentat? Eine Vendetta? Ich hatte zu jener Zeit einige Feinde.« Ein kurzes, rätselhaftes Lächeln glitt über sein Gesicht. »Damals habe ich alle möglichen Hypothesen ins Auge gefasst, aber dennoch sogleich beschlossen, deine Mutter abzufangen. Sie war zu Fuß aus der Schäferei geflohen, aber ihre letzten Worte hallten noch in meinen Ohren wider: ›Geh mit ihr. Aber wehe, du lässt die Kinder mit ins Auto steigen‹, wie eine Drohung, so als wüsste sie, was passieren würde.«

Clotilde sagte nichts. Sie wandte sich um und ließ den Blick über die Spitze von La Revellata schweifen, die ein paar hundert Meter tiefer lag. Aus dieser Entfernung wirkte die bewaldete Halbinsel mit den winzigen Stränden, den wenigen verstreuten Häusern und den kleinen weißen Wegen wie ein paradiesischer Zufluchtsort. Welche Illusion. Eine Halbinsel ist nichts anderes als eine Sackgasse.

Cassanu folgte ihrem Blick.

»Es war nicht schwer, zu erraten, wohin deine Mutter gehen würde. Ich habe zwei Männer, Miguel und Simeone, losgeschickt, die sie in der Nähe des Leuchtturms von La Revellata erwischt haben, direkt oberhalb des Hauses von Natale Angeli, ein paar hundert Meter, bevor sie ihren Geliebten erreichte.«

Das Phantom, dachte Clotilde, der Geist, den Natale an diesem Abend gesehen und der ihn sein ganzes Leben verfolgt hatte. Dabei war die Wahrheit so einfach. So offensichtlich. Natale hatte nicht geträumt. Es war wirklich Palma gewesen, die ihm von der Höhe der Punta Rossa aus zugelächelt hatte, ehe Cassanus Männer sie festsetzten. Palma, die zu ihm kam, sicher, um sich ihm an diesem Abend hinzugeben oder einfach nur, um in seinen Armen zu weinen. Wer wusste das schon. Vermutlich nicht einmal die beiden selbst.

Sie folgten weiter dem schmalen Pfad, der nach Lavendel duftete. Zu ihrer Rechten lag ein von Einschüssen übersäter Felsen. Cassanu hatte diesen Weg mit Bedacht gewählt. Clotilde erinnerte sich, dass man ihn den Felsen der Föderierten nannte, denn hier waren im September 1943, wenige Wochen vor der Befreiung Korsikas, korsische Widerstandskämpfer hingerichtet worden. Cassanu fuhr lediglich mit den Fingern über die Einschläge und setzte seinen Bericht fort.

»Deine Mutter lief zu ihrem Liebhaber. Verstehst du, Clotilde, das lässt die Szene, die dem Unfall vorausgegangen war, in einem ganz anderen Licht erscheinen. Deine Mutter hatte vor uns allen und vor Salomé im Hof von Arcanu das Opfer gespielt, die gedemütigte Frau. Die ganzen Ferien über hatte sich alles um den Abend der Sainte-Rose gedreht und um das Essen mit deinem Vater in der *Casa di Stella* zu diesem Jahrestag, dabei war das nur eine Inszenierung gewesen. In Wirklichkeit wollte deine Mutter nur eins: zu Natale Angeli! Und noch dazu hätte ich damals fast auf dich gehört, meine Kleine. Du hattest mich dort oben überzeugt, und ich hätte ihm beinahe ein Stück Land für seine Delphine überlassen. Mein armes

Mädchen, auch du warst nur eine Figur auf seinem Schachbrett … Die beiden waren Komplizen, selbst wenn ich, was Angeli betrifft, nie wirklich einen Beweis dafür hatte. Wusste er von den Plänen seiner Geliebten? War er an dem Mord an meinem Sohn beteiligt? Hätte er ihn verhindern können? Im Zweifelsfall hätte ich ihn sicher umbringen lassen. Ich hatte begonnen, ihn zu bedrohen, um ein Geständnis zu erwirken, um Gewissheit zu haben. Vielleicht habe ich ihm zu viel Angst gemacht. Denn dieser Feigling hat Aurélia, die Tochter von Cesareu geheiratet … Sergent Cesareu Garcia drückte bei vielem, was auf der Insel geschah, ein Auge zu, sicher aber nicht bei einem Mord an seinem Schwiegersohn. Ich will nicht behaupten, dass ich Natale Angeli mit der Zeit vergeben hätte, oh nein, aber ich bin zu dem Schluss gekommen, dass er sich hat manipulieren lassen, dass dieser Alkoholiker hinter seiner hübschen Fassade nicht das Zeug zu einem Mörder hatte. Und nicht mal zu einem Komplizen.«

»Komplize bei was?«

Cassanu ging ohne zu antworten weiter. Mit jedem Meter, den sie an Höhe gewannen, öffnete sich der Blick auf die Villen in den Vororten von Calvi mit ihren Pools und Terrassen über dem Mittelmeer, die sich immer weiter in die Macchia hineinfraßen.

»Am nächsten Tag wurde der Fuego untersucht und das offizielle Ergebnis gegen Abend mitgeteilt: ein Unfall. Damit war die Sache abgeschlossen, und die Leichen wurden der Familie übergeben. Wir konnten sie begraben und vergessen. Die Behörden atmeten auf. Hätte es sich um Mord oder eine Abrechnung gehandelt, wäre mit Sicherheit ein Krieg zwischen den Clans der Balagne ausgebrochen, die Idrissis gegen die Pinellis, die Casasopranas gegen die Poggiolis … Die offizielle Version – ein Unfall, zurückzuführen auf Müdigkeit, Alkohol, Geschwindigkeit und das Schicksal – kam allen zugute. Aber Aldo Navarri, der Mechaniker, der die Expertise in Calvi vorgenommen hatte, ist ein alter Freund. Sein Vater und mein Vater haben gemeinsam Korsika befreit. Noch ehe er sie der Polizei unterbreitete, hat er mir seine Schlussfolgerung mitgeteilt: der Wagen meines Sohnes war vorsätzlich beschädigt und die Schraubenmutter der Spurstange gelockert worden. Für Aldo war das keine Vermutung, sondern eine Gewissheit. Die Pleulstange war unversehrt, ein Beweis dafür, dass sie nachgegeben hatte, bevor der Wagen von der Straße abkam. Ich habe ihm gesagt, er solle schweigen und der Polizei das erzählen, was alle Welt hören wollte, nämlich, dass nichts Ungewöhnliches gefunden worden war. Aldo hat der Polizei ohne zu zögern ein falsches Gutachten geliefert. Er machte höchstens drei Expertisen pro Jahr für die Behörden, und er teilte meine Meinung, dass bestimmte Familiengeschichten sie nichts angingen.«

Er vermied es, Clotilde anzusehen und ließ seinen Blick über die Dörfer der Balagne wandern. Montemaggiore, Moncale, Calenzana.

»Cesareu Garcia hat Monate gebraucht, um zu demselben Resultat zu gelangen wie ich. Er hat einen Freund um ein Gegengutachten gebeten. Zu spät ... viel zu spät.«

Clotilde sah ihn entsetzt an und hoffte nicht zu ahnen, was ihr Großvater ihr gestehen würde.

»Ihr habt eure eigene Polizei engagiert? Selbstjustiz geübt?«

»Wer hätte es denn sonst tun sollen? Etwa die Bürokraten vom Festland? Durch Los ausgewählte Richter, denen man die Unschuldsvermutung eingetrichtert hat? Gegen die offensichtlichen Fakten? Trotz der Beweislage? Freispruch mangels Beweisen! Du bist Anwältin, meine Kleine, du weißt, wovon ich spreche, ich habe ausreichend von diesem Kasperletheater profitiert, um zu wissen, wie es funktioniert. Nein, Clotilde, zu dieser Justiz habe ich nie Vertrauen gehabt, und auch nicht zu diesen Gesetzen. Weder zu diesem Recht noch zu dem des Städtebaus oder des Handels, und schon gar nicht zum Strafrecht.«

Clotilde strauchelte. Vor ihr lag der fast perfekte Kreis des Golfs von Calvi.

»Also hast du Selbstjustiz geübt?«

»Deine Mutter hat einen Prozess bekommen, der ebenso fair war, als hätte ihn die französische Justiz geführt.«

»Und hatte sie auch einen Anwalt, der sie verteidigte?«, fragte Clotilde spöttisch.

Cassanu sah sie herausfordernd an, in seiner Stimme schwang keine Ironie mit.

»Es tut mir leid, Clotilde, aber ich habe nie verstanden, wozu ein Anwalt gut sein soll. Damit meine ich nicht dich, keine Sorge. Du kümmerst dich um Scheidungen, Sorgerecht, Alimente, und das ist richtig, es ist zeitgemäß, es geht nicht um Gut oder Böse, sondern man braucht einen Schiedsrichter, um solche Angelegenheiten zu regeln. Aber ich spreche von einem Verbrechen. Wozu soll ein Anwalt in diesem Fall gut sein? Es gibt Ermittlungen, Indizien, Beweise, eine Akte, man entscheidet, auf welcher Seite die Wahrheit liegt, und anhand der Fakten bestraft man oder auch nicht. Das Einzige, wozu ein Anwalt gut sein könnte, wäre, die objektive Beweislage zu beeinflussen. Warum brauchen also Schuldige in diesem Fall einen Anwalt?«

»Und die Unschuldigen?«

Diesmal stieß Cassanu ein höhnisches Lachen aus.

»Die Unschuldigen? Ich kenne die Rechtsprechung dieses Landes, meine Kleine. Ein Unschuldiger ist ein Schuldiger mit einem guten Anwalt.«

Clotilde ballte die Fäuste und ließ ihre Gedanken im Stillen brodeln. Du hast Glück, Opa, Glück, das ich herausfinden will, wie weit du deinen Wahnsinn getrieben hast, denn ansonsten hätte ich dir einiges zu deiner Rechtsauffassung zu sagen, und ich würde auch von deinem Enkel sprechen, der jetzt im Gefängnis hockt und für den du auf der Stelle den berühmtesten Anwalt bezahlen würdest, wenn du kein Vertrauen in mich hättest.

»Also, Opa, erzähl mir von deinem gerechten Prozess.«

Cassanu starrte auf den Baum vor ihnen und blieb stehen.

Clotilde erinnerte sich an eine alte Legende. An dieser Stelle hatte angeblich der Söldnerführer Sampiero Corso die Mitglieder seiner Schwiegerfamilie erhängen lassen, die ihn an die Genueser verraten und verkauft hatten. Seiner Frau Vanina gegenüber war er milder gewesen, er hatte sich damit begnügt, sie eigenhändig zu erwürgen.

»Ich habe die Freunde und die Leute aus der Region versammelt, damit sie die Geschworenen von Arcanu werden. Vertrauenswürdige Leute mit Ehrgefühl, einem Sinn für die Familie und den Clan. Insgesamt ein Dutzend.«

»War Basile Spinello dabei?«

»Ja …«

»Wer sonst noch? Die Cousins, die Zeugen von Salomés Auftritt am Abend der Sainte-Rose gewesen waren?«

Cassanu antwortete nicht. Zumindest nicht auf diese Frage.

»Ich weiß, was du denkst, Clotilde. Du bist sicher, dass deine Mutter von vornherein verurteilt war. Aber du irrst dich. Ich wollte einen richtigen Prozess. Ich wollte, dass man den Geschworenen Beweise liefert, dass sie in voller Kenntnis der Sachlage entscheiden. Und ihr Urteil ausschließlich auf der Grundlage von Fakten fällen. In diesem Prozess ging es um den Mord an meinem Sohn und meinem Enkel. Ich habe keinen Schuldigen gesucht, sondern ihren Mörder.«

»Und du hast Palma gefunden? Meine Mutter? Die sich unter unser Auto gelegt und eine festgezogene Schraubenmutter gelockert hat? Und du hast zehn Geschworene gefunden, die das geglaubt haben?«

»Deine Mutter war Architektin, Clotilde, das ist ein Männerberuf, und sie kannte sich mit technischen Dingen aus, ich habe keine der anderen Spuren vernachlässigt. Die Casasopranas, die Pinellis und die anderen Clans haben mir bei ihrer Ehre geschworen, dass sie nichts damit zu tun hatten, und ich habe ihnen geglaubt. Auf Korsika regelt man Familienstreitigkeiten nicht, indem man ein Auto vorsätzlich beschädigt und Kinder tötet, man schießt seinen Feind mit gezogener Waffe nieder. Überleg doch einmal, meine Kleine, es gibt nur eine Gewissheit bei der ganzen Sache, nämlich die Tatsache, dass jemand absichtlich die Lenkung an dem Wagen deines Vaters beschädigt hat. Jemand, der wusste, dass der Fuego in irgendeiner Kurve ausbrechen würde. Nachdem es sich also um ein vorsätzliches Verbrechen handelt, beschränkt sich alles auf zwei Fragen: Wer hatte ein Motiv, deinen Vater zu töten, und wer wusste, dass er den Wagen benutzen würde? Die Antwort ist einfach und offensichtlich, meine Kleine, selbst wenn es dir nicht gefällt. Nur eine einzige Person: deine Mutter! Deine Mutter, die an diesem Abend nicht in den Fuego steigen wollte, deine Mutter, die ihre Rivalin dazu getrieben hat, sich auf den Beifahrersitz zu setzen, neben den Mann, der sie nicht mehr liebte, der sie verlassen und ihr ihre Kinder nehmen wollte. Denn er wäre nicht mit Salomé und Orsu auf Korsika geblieben ohne euch beide. Den Mann, der ihr, wenn er die Scheidung einreichen würde, alles nehmen würde, auch das Vermögen der Idrissis, das er eines Tages erben würde. Wenn er hingegen bei einem Unfall starb, solange sie noch verheiratet waren …«

Während Cassanu sprach, richtete er den Blick auf den höchsten Zweig des Baumes, an dem Sampiero Corso seine Schwiegerfamilie aufgehängt hatte.

»An diesem Abend hat deine Mutter deinem Vater befohlen, euch nicht in dem Wagen mitzunehmen. Weder dich noch Nicolas. Sie hat es zweimal betont, dann ist sie gegangen.«

Sie liefen weiter, und Cassanu schwieg eine Weile. Nach etwa dreißig Metern im Sonnenlicht, erreichten sie wieder den Schatten der Macchia. Cassanu stützte sich vorsichtig an einem warmen glatten Stein ab und rang nach Atem. Und wenn er recht hätte, dachte Clotilde. Cassanu hatte seine Argumente mit großer Aufrichtigkeit vorgebracht. Und wenn Anwälte wirklich nur dazu gut waren, vorsätzlich eindeutige Fakten zu zerstören? Offensichtliches zu Zufälligem zu machen? Überzeugungen durch Emotionen zu erschüttern? Und sie noch mehr als andere Anwälte.

»Ich habe nie den geringsten Zweifel gehabt«, fuhr Cassanu fort, als könne er ihre Gedanken lesen. »Deine Mutter war an jenem Abend die Einzige, die entschied, wer in den Wagen steigen sollte und wer nicht. Deine Mutter hatte ein Motiv, mehrere sogar – Liebe, Geld, ihre Kinder. Deine Mutter ging an diesem Abend zu ihrem Liebhaber. Sie hat sich selbst angeklagt, indem sie euch schützen wollte, aber sie hatte keine andere Wahl.«

Er wandte sich um und ergriff zum ersten Mal die Hand seiner Enkelin. Die von Cassanu war faltig und leicht, als sei sie blutleer und ohne Fleisch. Wie die Rinde einer Korkeiche.

»Ich schwöre es dir, Clotilde. Ich habe gesucht. Ich habe nach anderen möglichen Schuldigen gesucht, nach anderen Erklärungen, aber keine war glaubwürdig.«

Endlich begann Clotilde zu sprechen.

»Meiner Mutter die Schuld zu geben ist eine genauso unglaubwürdige Spur.«

Cassanu seufzte. Sie gelangten zu einem Brachland, auf dem wilde Ziegen weideten.

»Siehst du, Clotilde, genau darum wollte ich keinen Anwalt, sondern wahre Gerechtigkeit. Die staatliche Justiz dieses Landes hätte argumentiert wie du. Keine Beweise, keine Schuldige, keine Verurteilung. Die Justiz dieses Landes hätte den Fall einfach abgeschlossen und das Verbrechen wäre ungesühnt geblieben. Der Mörder meines Sohnes und meines Enkels hätte ungestraft in aller Ruhe weiterleben können. Wie hätte ich das akzeptieren können? Die Geschworenen von Arcanu mussten diejenige verurteilen, gegen die sich die Verdachtsmomente verdichtet hatten. Die Geschworenen von Arcanu haben nicht gezögert. Sie haben ihr Urteil einstimmig gefällt. Deine Mutter war schuldig, daran hat nie jemand gezweifelt.«

Mein Gott … Clotilde spürte, wie ihr Körper vor Kälte zitterte. Ihr Blut schien gefroren, und die Sonne, die hoch am Himmel stand und durch das magere Buschwerk drang, brachte es zum Schmelzen, ihre Haut verbrannte, während die Adern vereisten.

Cassanu setzte sich auf einen Granitstein. Clotilde erinnerte sich, dass sie als kleines Mädchen oft hierher, nach Paoli gekommen war. Die Legende besagt, die Unabhängigkeitsbewegung hätte hier einen Goldschatz vergraben, Goldstücke, die sie kurz vor der Revolution in Corto hatte prägen lassen, zu jener Zeit, als Korsika nicht mehr italienisch und noch nicht französisch war.

Aber niemand hatte je etwas gefunden.

Eine Legende, ein Gerücht, aber ohne jeden Beweis!

»Die Geschworenen von Arcanu«, fuhr ihr Opa fort, »haben deine Mutter für schuldig befunden. Zu einer früheren Zeit, jener, die Prosper Mérimée in *Colomba* oder *Mateo Falcone* beschreibt, hätte man Palma hingerichtet.« Seine Hand, die an einen ausgetrockneten Schwamm erinnerte, verkrampfte sich in der von Clotilde. »Ich hätte sie vor siebenundzwanzig Jahren ohne zu zögern zum Tode verurteilt, aber andere haben dagegen gesprochen. Lisabetta als Erste, und auch Basile. Palma gehörte trotz allem zu unserer Familie, sie blieb eine Idrissi, die Mutter unserer Enkelin. Außerdem, das war Lisabettas Argument, hatte sie nie gestanden. Was wäre, wenn man nun irgendwann eine andere Wahrheit erfahren würde? Basile hatte hinzugefügt, dass man nicht weniger zivilisiert als die französische Justiz sein könne, die die Todesstrafe selbst für die schlimmsten Schwerverbrecher abgeschafft hatte. Also entschied man sich für eine lebenslängliche Freiheitsstrafe. Deine Mutter hat im Übrigen nicht protestiert. Selbst wenn sie nie gestanden hat, hat sie sich auch nie verteidigt – oder versucht zu fliehen.«

Bis heute, dachte Clotilde. Zum Zeitpunkt dieser Prozess-Farce hatte ihre Mutter gerade ihren Mann und ihren Sohn verloren – und selbst in dem Unglückswagen sitzen sollen. Wie hätte sie sich, allein, traumatisiert, beschuldigt, in die Enge getrieben und von Schuldgefühlen geplagt, verteidigen sollen?

Sie hatte an diesem Abend alles verloren.

Alles, außer ihrer Tochter.

Clotilde wollte etwas sagen, doch Cassanu entzog ihr seine Hand und legte sie auf ihre Schulter.

»Ich bin kein Monster, Clotilde. Deine Mutter hat nur ihre Freiheit verloren. Das war der einzige Preis, den sie zu zahlen hatte, denselben wie jeder Dieb, Vergewaltiger oder Mörder. Aber sie ist nie schlecht behandelt worden, im Gegenteil, viel besser, als all die Häftlinge im Gefängnis von Borgo. Ich kann dir versichern, dass Lisabettas Essen wesentlich besser war als das einer Gefängniskantine und ihr Bewacher Orsu der respektvollste aller Gefängniswärter. Dass ihr Hund Pacha deutlich mehr Zuneigung bewies als die Schäferhunde, die zum Töten abgerichtet sind. Wir sind keine Monster, Clotilde, wir wollten nur Gerechtigkeit.«

Clotilde wich einen Schritt zurück.

»Und jetzt? Jetzt, da sie geflohen ist? Was hast du jetzt davon? Sie wird auf der Stelle zur Polizei gehen und euch anzeigen.«

Cassanu schüttelte lächelnd den Kopf.

»Wenn sie das getan hätte, wäre die Polizei schon längst da. Nein, meine Kleine, deine Mutter ist nicht aufs Revier gerannt, um dort ihre unglaubwürdige Geschichte zu erzählen. Jahrelang in einer Schäferhütte gefangen! Nein, sie hat uns nicht angezeigt, obgleich das sicher jede Geisel getan hätte, da bist du doch meiner Meinung, oder? Ein weiterer Beweis, Clotilde, ein weiterer Beweis ihrer Schuld.« Sein Blick versuchte den seiner Enkelin zu erhaschen. »Wir werden sie suchen und auch finden. Dann kannst du mit ihr sprechen. Ein Korse kann jahrelang in der Macchia verschwinden, nicht aber eine Fremde, eine Fremde, die seit siebenundzwanzig Jahren keinen Fuß nach draußen gesetzt hat.«

Als sich ihre Blicke trafen, kam es Clotilde kurz so vor, als hätten sie dieselben Gedanken. Vielleicht steuerte Palma einfach dasselbe Ziel an wie jenes, das sie am 23. August 1989 nicht hatte erreichen können, jenes Haus und den Mann, der dort lebte.

Natale Angeli.

»Komm«, sagte Cassanu, »wir gehen nach Arcanu zurück.«

Sie machten schweigend kehrt, kamen am Baum der Gehängten und am Felsen der Widerstandskämpfer vorbei, und Cassanu ließ ihr die nötige Zeit, das Unerträgliche zuzulassen, das Unvorstellbare zu glauben. Ihre eingesperrte Mutter, die Freundschaft, die nach und nach zwischen ihr und Orsu entstanden war, jenem schweigsamen Jungen, der ihr das Essen brachte. Ein Welpe, der geboren wurde und den sie taufen wollte. Gesprächsfetzen, die sie aufschnappt, einige Worte, die sie vielleicht mit Lisabetta gewechselt hatte, und dann erfährt sie nach all den Jahren in ihrer Dunkelkammer, die nur bisweilen von Beteigeuze erhellt wird, dass ihre Tochter nach Korsika zurückgekehrt ist. Sie benutzt Orsu als Boten, vertraut ihm ein paar Zeilen an, die ausreichen, um ihrer Tochter den Beweis zu liefern, dass sie noch lebt. Anschließend beauftragt sie ihn, den Frühstückstisch so zu decken wie vor siebenundzwanzig Jahren, und Clotilde um Mitternacht zu ihrem Gefängnis zu führen. Um sie zu sehen, nur um sie zu sehen, nicht, um sie in Gefahr zu bringen.

Welche Gefahr?

Welches Geheimnis verbarg ihre Mutter?

Sie hätte niemals Pacha erstochen und wäre nie in dem Augenblick geflohen, in dem sie Clotilde hätte wiedersehen sollen. Niemals hätte sie die Lenkstange des Fuego beschädigt. Niemals hätte sie ihre Kinder an jenem 23. August in Lebensgefahr gebracht, das Risiko auf sich genommen, sie zufällig zu töten. Letztlich zählte nur eine einzige Information unter all den zum Teil völlig absurden, die man ihr heute ins Gesicht geschleudert hatte.

Ihre Mutter lebte!

Campa sempre.

Jetzt war sie am Zug. Das war ihr Beruf.

Die Unschuld ihrer Mutter zu beweisen.

Cassanu beschleunigte den Schritt, vielleicht, weil der Weg bis Arcanu leicht abschüssig war, vielleicht weil er sein Gewissen erleichtert hatte und jetzt nur noch an die vier Teller und die Figatellu dachte.

Nicht so schnell, Opa, dachte Clotilde, nicht so schnell. Deine Enkelin könnte dir noch gründlich den Appetit verderben.

Sie legte ihre Hand auf die ihres Großvaters, die den Spazierstock hielt.

»Opa ... und wenn es nun eine andere Spur geben würde? Einen anderen möglichen Schuldigen?«

Cassanu blieb nicht stehen, ging vielleicht sogar noch etwas schneller.

»Ich hatte recht«, antwortete er nur. »Es war besser, das ohne Anwalt zu regeln.«

Mit betont ironischem Unterton fuhr sie fort:

»Und wer steckt dahinter? Diese Berufswahl verdanke ich dir! Erinnere dich, vor siebenundzwanzig Jahren da oben auf dem Capu di a Veta. Vielleicht war alles vorherbestimmt, vielleicht hast du mir nur in den Kopf gesetzt, dass ich Anwältin werden soll, damit ich dir Jahre später beweise, dass dieses Urteil die größte Fehlentscheidung deines Lebens war.«

Das entlockte Opa nicht einmal ein Lächeln.

»Wir sind allen anderen möglichen Spuren gefolgt, Clotilde, glaub mir.«

»Habt ihr auch an Cervone Spinello gedacht?«

Diesmal geriet Cassanus Schritt aus dem Rhythmus.

»Cervone Spinello? Was hat der denn damit zu tun? Er war damals vierzehn Jahre alt.«

»Siebzehn ...«

»Siebzehn, wenn du willst. Er war noch ein Kind! Welchen Zusammenhang gibt es da mit der vorsätzlichen Beschädigung des Fuego? Ist das die Vorgehensweise der Anwälte vom Festland? Sich jemanden aussuchen, der seit ein paar Stunden tot ist, und ihm dann die Schuld in die Schuhe schieben?«

Clotilde ließ sich nicht beeindrucken. Sie setzten ihren Weg fort, und man sah schon die Spitze der Steineiche von Arcanu. Bei ihrem Großvater musste sie, wie bei allen Männern, bluffen.

»Cervone wusste Bescheid über meine Mutter, nicht wahr? Über den Prozess und die Verurteilung zu lebenslänglich. Cervone hat euch erpresst, ja?«

Cassanu verdrehte die Augen.

»Das hat nichts mit der Beschädigung des Wagens zu tun, aber es stimmt, Jahre später hat Cervone gehört, wie sein Vater Basile mit anderen Geschworenen von Arcanu diskutierte. Cervone hat schon immer geschnüffelt, überall zugehört. Als er nach dem Tod seines Vater im Jahr 2003 den Campingplatz geerbt hat, hat er mich erpresst, wie du es nennst – hier verwenden wir solche Begriffe nicht, denn sie können dazu führen, dass man auf einer Caféterrasse von Kugeln durchlöchert wird. Er hat mir nur zu verstehen gegeben, dass er Bescheid weiß. Wir haben nicht einmal darüber sprechen müssen, wir kannten beide die Vereinbarung. Wenn er einem Polizisten, einem Journalisten oder sonst irgendjemandem davon erzählte, wären meine Familie und ich ins Gefängnis gekommen. Cervone bat mich lediglich darum, ihn ein paar Hektar bebauen, den Campingplatz renovieren zu lassen, ein größeres Restaurant, zusätzliche Sanitäreinrichtungen und finnische Chalets errichten zu dürfen, außerdem wollte er eine Strohhütte am Strand von L'Osculuccia bauen. Das Land würde weiterhin mir gehören, aber er könnte es nutzen. Was *Roc e Mare* angeht, so hatte er das Land schon gekauft, bat aber um, wie soll ich sagen, meinen Schutz. Und er wusste, welche Wahl ich zwischen der Familienehre und ein paar betonierten Hektar treffen würde.«

»Wenn das keine Erpressung ist, wie nennt man es dann?«

»Eine Verhandlung. Cervone wusste, dass er von mir nichts zu befürchten hatte. Er war der Sohn meines besten Freundes.«

»Dann hast nicht du ihn umbringen lassen?«

Cassanu riss verwundert die Augen auf. Sie hatten den Hof von Arcanu erreicht, und die Steineiche warf ihren riesigen Schatten auf sie.

»Nein, warum hätte ich diesen Mord in Auftrag geben sollen? Cervone Spinello war ehrgeizig und skrupellos und hatte eher einen Sinn für Geschäftliches als für den Erhalt der Natur, aber er liebte Korsika auf seine Art. Auf eine andere Art, wie eine andere Generation es tut. Und was den Beton angeht, so hatte er vielleicht sogar recht.«

Clotilde ging nicht weiter darauf ein. Im Grunde war ihr Opa wie die anderen. Ein Mann, der seine Illusionen unterwegs verloren hatte … Weil sich die Welt zu schnell drehte und alle Utopien durcheinanderwirbelt. Sie zögerte und beschloss dann, für den Moment keine weiteren Details ihrer Version zu liefern – Cervone Spinello, der die Schraubenmutter der Lenkung gelockert hatte, weil er sicher war, dass Paul und Palma Idrissi den Wagen an diesem Abend nicht benutzen, dass sie wie geplant zu Fuß zur *Casa di Stella* hinaufgehen würden. Denn derjenige, der an diesem Abend den Wagen nehmen sollte, auch wenn kein Erwachsener davon wusste, war Nicolas. In Begleitung von Maria-Chjara. Und die beiden wollte der Mörder loswerden. Aus Neid, Eifersucht, enttäuschter Liebe. Diese Hypothese hätte weder Cassanu noch irgendein anderer Erwachsener über achtzehn aufstellen können. Die Geheimnisse einer Teenagerbande sind noch schwerer zu enthüllen als die eines korsischen Dorfes, das der Omertà unterliegt.

Sie gingen langsam über den Hof der Schäferei und umrundeten sorgsam die Beete mit Orchideen, die Lisabetta angelegt hatte. Entgegen Clotildes Erwartungen lief Cassanu nicht in die Küche, sondern setzte sich auf die Bank, auf der sie vor siebenundzwanzig Jahren, genau vor dem Unfall, eingeschlafen war.

Nein, dachte sie weiter, niemand hätte erraten können, was sich in diesem Sommer in der Gruppe von Jugendlichen abgespielt hatte. Niemand, kein Zeuge, kein Erwachsener.

Es sei denn …

Clotilde beobachtete, wie Cassanu langsam atmete. Ihr Opa glich einem Kater, einem großen, schlafenden Kater, den man für müde, schlaff und jeglicher Anstrengung unfähig hält, doch der bei dem ersten Anzeichen von Gefahr gnadenlos aufsprang.

Lisabetta war aus dem Haus getreten und näherte sich beunruhigt. Speranza verharrte wachsam auf der Schwelle.

»Alles in Ordnung, Cassanu?«

Ihr Mann antwortete nicht. Er schloss langsam die Augen und ließ sich von der Sonne in den Schlaf wiegen, bestätigte jedoch zuvor durch ein Kopfnicken, dass alles in Ordnung war. Ein Spazierstock, ein Hut, seine Schäferei, seine Steineiche, sein Clan.

Es sei denn …

Clotildes Gedanken überschlugen sich.

Sie hatte einige Minuten vor dem Unfall an Cassanus Stelle gesessen. Sie war eingeschlafen, hatte Mano Negra gehört und dann ein paar Sätze in ihr Heft geschrieben, ehe ihr Vater sie zwang, in den Fuego zu steigen …

Es sei denn …

Kein Erwachsener hätte die Dramen erraten können, die sich in diesem Sommer 1989 zwischen den Jugendlichen abspielten.

Es sei denn, einer von ihnen hätte ihr Tagebuch gelesen!

Oma Lisabetta, beruhigt über den Gesundheitszustand ihres Mannes, trat zu ihr und strich ihr über die Schulter. Sie beugte sich zu ihrer Enkelin, als hätte sie ihr ein Geheimnis anzuvertrauen. Als hätte sie ihre Gedanken erraten.

»Am Abend des Unfalls, mein Liebes, hast du dein Tagebuch hier auf der Bank liegenlassen. Und …«

Ehe sie zu Ende gesprochen hatte, vibrierte Clotildes Telefon in ihrer Tasche.

Franck!

Endlich.

Clotilde trat ein paar Schritte beiseite. Die Stimme ihres Mannes klang atemlos. Man hätte meinen können, er wäre gerannt oder um ihn herum würde der Wind tosen. Sie hatten seit zwei Tagen nicht miteinander gesprochen, doch er verlor keine Zeit mit einer Begrüßung.

»Ist Valou bei dir?«

»Nein, warum?«

»Ich bin am Empfang des Campingplatzes bei Anika. Angeblich hast du eine Nachricht hinterlassen, dass Valentine so schnell wie möglich zur Schäferei kommen soll.«

Der Boden schien unter Clotildes Füßen nachzugeben. Sie hielt sich an der Bank fest, um nicht das Gleichgewicht zu verlieren.

»Das war ich nicht, Franck! Ich habe nichts hinterlassen.«

»Dein Großvater auch nicht? Niemand aus Arcanu?«

»Ich weiß nicht, das ist merkwürdig. Warte, ich frage.«

Clotilde lief zu Lisabetta, doch bevor sie den Mund aufmachen konnte, beendete ihre Großmutter den Satz.

»Am Abend des Unfalls habe ich es eingesammelt.«

KAPITEL 59

Der Fuego fuhr langsam über den schmalen, steinigen Weg, Dornen zerkratzten die Karosserie und hinterließen Schrammen im Lack. Den Brüdern Castani hätte vielleicht die Art, wie er das soeben erstandene Sammlerstück behandelte, nicht gefallen.

Aber wahrscheinlich war es ihnen egal.

Ihm eigentlich auch.

19:48 Uhr

In ein paar Stunden wäre die Karosserie ohnehin …

Genauer gesagt, in einer Stunde und vierzehn Minuten.

Der gleiche Wagen.

Auf die Minute genau zur selben Zeit.

Am selben Ort.

Und die Leichen würden genauso aussehen wie damals, wenn die Polizei sie finden würde.

Entstellt.

Er musste die Sache zu Ende bringen und zwar ohne zu zögern. Dieses Drama so zu Ende bringen, wie es begonnen hatte, um sich sozusagen am Schicksal zu rächen, es herauszufordern, den Kreis zu schließen und die Truhe doppelt zu sichern, ehe sie im Mittelmeer versenkt wurde.

Er sah in den Rückspiegel, um sich davon zu überzeugen,

dass man das Auto weder von der D 81 noch von dem oberhalb verlaufenden Pfad aus sehen konnte, aber dort verkehrten
im Allgemeinen nur Fahrzeuge, die in den Steinbruch fuhren,
der war heute geschlossen. Und auch kein Tourist würde sich
hierher wagen, ein Einheimischer schon gar nicht. Er hatte
ausreichend Zeit gehabt, den Ort auszukundschaften – siebenundzwanzig Jahre.

20:03 Uhr

Er würde hier auf die Stunde X warten, in Ruhe, entspannt
und abgeklärt. Und falls die Damen sich langweilen sollten,
hatte er Lesestoff vorgesehen.
     Vor allem für Valentine.
     Er wählte einen Platz im Schatten einer großen Schwarz-
kiefer, schaltete den Motor aus, zog die Handbremse an und
wandte sich zu seiner Rechten.
     »Die vorletzte Etappe, Madame Idrissi, ich hoffe, es gefällt
Ihnen. Ich habe alles, wirklich alles geplant, um Sie nicht zu
enttäuschen.«
     Natürlich antwortete Palma Idrisi nicht. Er beugte sich über
den Beifahrersitz.
     »Entschuldigen Sie, Palma.«
     Er öffnete seinen Sicherheitsgurt, dann das Handschuh-
fach, zog eine Plastiktüte heraus und drehte sich um. Valentine saß auf der Rückbank, die Hände gefesselt und mit einem
hautfarbenen Pflaster geknebelt, so dass es aussah, als hätte
sie keinen Mund. Sie rollte wütend mit den Augen, konnte
aber kaum ihre Panik verbergen.
     »Ich hatte keine Zeit, es als Geschenk zu verpacken, aber du
kannst es öffnen, Valentine.«
     Ungeschickt zog das junge Mädchen mit den gefesselten
Händen ein blaues Heft mit verblasstem Einband, vergilbten
und gewellten Seiten aus der Tüte.
     »Die Ehre kommt der Jüngsten zu, sind Sie einverstanden,

Palma? Sie kennen ja vermutlich den Inhalt dieses Hefts ohnehin schon, nicht wahr?«

Palma Idrissi schwieg noch immer.

»Du kannst ja die Hände und auch die Augen bewegen, Valentine. Ich bin sicher, du wirst es lieben. Davon träumen wir doch alle, oder? In die Gedankenwelt der eigenen Mutter einzudringen …«

Und im Kopf fügte er hinzu: Als deine Mutter in deinem Alter war.

Valentine zögerte, ihre Finger umklammerten das geschlossene Heft, aber sicher konnte sie nicht widerstehen, sobald sie den Blick senken und die Schrift ihrer Mutter auf dem Einband erkennen würde. Sie würde es aufschlagen und schon bei den ersten Zeilen die Gewissheit haben, dass es sich um Clotildes Tagebuch handelte.

Sie hatte schließlich auch das Recht, es zu erfahren.

Zu erfahren, wer ihre Mutter, wer ihre Großmutter war.

Ehe sie ins Wasser stürzen,

ehe sie untergehen würde.

So wie alles andere, wie dieses Auto, wie dieses Heft.

Wie die drei Insassen.

KAPITEL 60

23. August 2016
20 Uhr

F ranck? Franck! Bist du noch dran?«

Clotildes Stimme wurde lauter. Der Ton schien aus weiter Ferne zu kommen, so als befände sich ihr Mann noch immer auf dem Meer.

»Franck! Niemand hat eine Nachricht für Valou hinterlassen. Weder ich noch Opa oder Oma. Niemand hat sie nach Arcanu bestellt!«

»Verdammt!«

»Was soll das heißen, Franck? War Valou nicht bei dir?«

»Ich … Ich bin nur schnell duschen gegangen, eine knappe Viertelstunde. Der Mord an dem Leiter des Campingplatzes hatte Valentine sehr getroffen. Sie wollte mit Anika sprechen, ihr sagen, dass sie Spinello gerne mochte, ihr Beileid bezeugen, verstehst du … Sie war ziemlich mitgenommen. Als ich zurückkam, war sie verschwunden. Anika hat mir von dieser Nachricht erzählt. Dann habe ich dich angerufen.«

Die Bank, die Steineiche, der gesamte Hof der Schäferei begannen, sich um sie zu drehen. Die Insel schien abzudriften, ihre Berge im Mittelmeer zu versinken.

»Wie lange ist das her? Vielleicht ist sie unterwegs, irgendwo auf dem Pfad. Trödelt herum …«

Die Stimme ihres Mannes wurde noch leiser. Sie hörte ihn fast nicht mehr.

»Sie ist nicht unterwegs, Clotilde.«

»Woher willst du das wissen?«

»Ich weiß, wo Valou ist.«

Hatte sie richtig verstanden? Machte er sich über sie lustig? Clotilde schrie. Vielleicht würde das Echo der Berge dafür sorgen, dass ihre Worte schneller durch die Leitung zu ihrem Mann vordrangen.

»Was? Was redest du da für einen Unsinn?«

Lisabetta stand neben ihr und hing an ihren Lippen, um der Hälfte des Gesprächs zu folgen. Außer ihr hatte niemand den Schrei gehört.

»Valou befindet sich zehn Kilometer von hier entfernt, irgendwo im Wald von Bocca Serria, oberhalb von Galéria.«

Für einen Augenblick glaubte Clotilde, ihr Mann hätte Valentine entführt. Dass er sie in der Macchia gefangen hielt, dass er sie bedrohte und sie ihre Tochter nie wiedersehen würde.

»Verdammt noch mal, erklär dich!«

Sie spürte, wie sich Franck am anderen Ende der Leitung wand, so als zögere er, ihr ein schmerzliches Geheimnis anzuvertrauen. Dass er in einem Dilemma steckte, aus dem er keinen Ausweg fand. Lisabetta warf ihr beunruhigte Blicke zu.

»Was treibt sie dort?«, wiederholte Clotilde. »Woher weißt du, dass sie in diesem Wald ist?«

Der Wind pfiff ins Leere, ehe er einige gestammelte Worte zu ihr herübertrug.

»Ich … Ich habe etwas in ihrem Handy installiert … Einen Spytic … Eine Überwachungsanwendung, um ständig ihre geographischen Koordinaten feststellen zu können.« Seine Stimme wurde noch leiser, so dass sie nur noch Wortfetzen hörte. »Für den Fall, dass … dass ihr etwas zustoßen würde … Ich, ich … du kennst mich, Clotilde … ich habe immer Angst um Valou … Ich habe dir nichts davon erzählt, weil du nicht einverstanden gewesen wärst … Aber genau das ist passiert, Clotilde … Es ist ihr etwas zugestoßen.«

So als würde die Sonne eine Wolkenwand zerreißen, wurde

in Clotildes Kopf plötzlich alles klar. Nun begriff sie. Zunächst spürte sie eine Welle von Hass in sich aufsteigen, die jedoch sogleich einer unendlichen Erleichterung wich.

»Hast du deinen Spytic auch in meinem Handy installiert?«

»...«

»Es ist mir egal, Franck, wir haben keine Zeit zu verlieren. Ich will nur wissen, ob du auch in mein Telefon eine Wanze eingebaut und mich deshalb vor drei Tagen in der Macchia aufgespürt hast.«

»Ja ...«

Sie schloss die Augen und biss die Zähne zusammen, um die Flüche zu unterdrücken, die in ihr aufstiegen.

»Ruf die Polizei an, Franck! Gib ihnen die Koordinaten deiner verdammten Überwachungssoftware durch! Sie sollen das Gebiet absperren, den ganzen Wald von Bocca Serria. Damit dein Scheißding mindestens zu etwas gut ist. Ich fahre los, bin gleich am Campingplatz. Wo bist du?«

Aber ihr Mann hatte schon aufgelegt.

Lisabetta stand noch immer vor ihr. Ohne etwas zu sagen. Ohne etwas zu fragen. Wartete nur, ob sie etwas tun könnte, so wie ein nützlicher Gegenstand, der an seinem Platz ist, wenn man ihn braucht. Robust, kaum verbraucht, nur leicht gebeugt.

Die Ruhe, die ihre Großmutter ausstrahlte, stand im krassen Gegensatz zu Clotildes Panik. Ihre Hände fuhren nervös durch die Luft.

Alles ging zu schnell, überschlug sich. Sie hatte keine Zeit, alle Informationen, die sie bekommen hatte, zu ordnen. Ihre Mutter, ihre Tochter, beide verschwunden, aber am Leben, das zumindest hoffte sie.

Cassanu war aufgewacht, hatte seinen Hut zurückgeschoben und ließ sich von der untergehenden Sonne blenden, ohne die Aufregung um ihn herum zu verstehen.

Clotilde umfing die Hände ihrer Großmutter.

»Oma, mein Tagebuch, das du eingesammelt hast, hast du es auch aufbewahrt? Du musst es mir sagen, Oma, es ist wichtig. Wem hast du es sonst gezeigt? Wer hat es noch gelesen?«

Lisabettas Hände wollten sich frei machen wie zwei gefangene Schmetterlinge.

»Ich weiß es nicht, Liebes.«

»Du hast es niemandem gezeigt?«

»Nein.«

»Du bist also die Einzige, die … es gelesen hat?«

Tränen traten in die schwarzen Augen der alten Frau, die von tragischer Schönheit waren. Und zum ersten Mal Zorn verrieten.

»Aber für wen hältst du mich, meine Kleine? Natürlich habe ich dein Tagebuch eingesammelt. Aber ich habe es nicht geöffnet! Es gehörte dir. Nur dir. Ich habe es zusammen mit den anderen Sachen, die noch in Arcanu waren – Bücher, Kleidung, eine Tasche – zum Campingplatz getragen. Du warst im Krankenhaus. Ich hätte dir nicht alles bringen können.«

»Von der Klinik aus hat man mich direkt aufs Festland gebracht, ich war gar nicht mehr auf dem Campingplatz.«

»Ich weiß, mein Liebes, ich weiß … Basile Spinello sollte dir alle Sachen aus dem Bungalow bringen.«

Clotildes Hände zitterten.

»Das hat er auch getan, Oma.« Sie schwieg kurz. »Basile hat mir alles gebracht, aber nicht das Tagebuch.«

KAPITEL 61

Mit einem Fußtritt zerquetschte er das Handy auf einem Stein. Auch wenn er nichts von der neuen Technologie verstand, hatte er doch genügend Krimis gesehen, um zu vermuten, dass man auch ein ausgeschaltetes Handy mehr oder weniger exakt orten konnte. Aber das würde sicher eine gewisse Weile dauern.

Er hatte sich nicht beeilt. Während Valentine mit gefesselten Händen und Tränen in den Augen das Tagebuch ihrer Mutter las, hatte er ihr Smartphone untersucht.

Was für eine Enttäuschung! Er hatte nichts Interessantes erfahren.

Er hatte den Postein- und ausgang kontrolliert, die SMS gelesen, sich die archivierten Fotos angesehen, einige Auszüge der heruntergeladenen Musikstücke gehört. Er war kurz in die Welt dieser Fünfzehnjährigen eingetaucht, ohne etwas Besonderes zu finden. Keine Kritik an den Eltern. Keine obszönen Fotos, keine Alkoholflaschen im Hintergrund, kein Freund, den sie zu erregen, keine Freundin, die sie neidisch zu machen versuchte.

Ein braves junges Mädchen.

Das sich wohl fühlte und sich verhielt, wie es sich gehörte.

Ohne Hass und Probleme, einfach so, als wäre für sie das Leben das Geschenk eines anonymen Wohltäters – auspacken, sich freuen, lächeln, Danke schön sagen, ohne Wehmut die

Kerzen ausblasen, glauben, dass der Weihnachtsmann immer existieren wird, genauso wie Papa, Maman, der liebe Gott und Buddha. Ein unverletztes, unbeschädigtes junges Mädchen. Der Gegensatz zu dem Tagebuch, das ihre Mutter im selben Alter verfasst hatte, war eindrucksvoll!

Nur eine Frage der Technologie?, dachte er. Letztlich diente ein Smartphone dazu, mit der Welt in Kontakt zu treten, und ein Tagebuch dazu, sich von ihr abzuschotten.

Nur eine Frage der Generation?

Er hob einen Stein auf und schlug damit auf die Überreste des Handys ein. Jetzt konnte er sicher sein, dass das letzte Signal eines eventuellen Ortungsversuchs vom Wald von Bocca Serria ausging.

Nun durfte er nicht mehr trödeln, es musste zügig weitergehen.

Er warf einen Blick durch die Scheiben des verriegelten Fuego und beobachtete die Gesichter der beiden Frauen – Palma und Valentine. Die Ähnlichkeit war frappierend. Groß, schlank, aufrecht. Sie waren beide von derselben klassischen Schönheit – der hoch erhobene Kopf, der stolze Blick, die königliche Selbstsicherheit, der auch die Jahre keinen Abbruch tun konnten. Elegant, attraktiv, beruhigend.

In dieser Hinsicht war der Unterschied zu Clotilde Idrissi ebenfalls offensichtlich. Auch sie war hübsch, doch ihr Charme beruhte auf fast gegensätzlichen Eigenschaften. Klein, energisch, unangepasst.

Vielleicht, dachte er belustigt, während er den Stein wegwarf, hatte der Magier, der bei der Geburt die Gene vergab, nur einen gewissen Vorrat pro Familie und musste die Zutaten bestmöglich zwischen Eltern und Kindern, Brüdern und Schwestern aufteilen, bis er neue Vorräte hergestellt hatte. So übersprang die Genetik oft eine Generation.

Während er zu dem Fuego ging, dachte er an die Tochter, die Mutter, die Großmutter. Clotilde hatte nie mit ihrer Mutter reden können, das stand in ihrem Tagebuch. Und auch mit ihrer Tochter gelang es ihr nicht besser, das hatte er selbst zur Genüge beobachten können.

Welche Ironie …

Denn die Großmutter und die Enkelin hätten sich lieben, schätzen und verstehen können. Das war ganz offensichtlich.

Schade …

Schade, dass sich ihre Begegnung auf zwei gemeinsame Stunden in einem verbeulten, zerkratzten Fuego beschränken würde – noch dazu die eine geknebelt und gefesselt, so dass sie sich weder umarmen noch miteinander sprechen konnten.

Er durfte sich nicht ablenken lassen. Musste so schnell wie möglich von hier verschwinden.

Er öffnete die Fahrertür.

20:34 Uhr

Perfekt, er würde pünktlich am Zielort eintreffen.

Ein letztes Mal betrachtete er Valentine, die auf der Rückbank saß. Sie blätterte weiter die Seiten des Tagebuchs ihrer Mutter um, ohne sie jedoch zu lesen. Das junge Mädchen konnte die Zeilen nicht mehr erkennen, da ihr die Tränen über die Wangen liefen. Würde sie mithilfe dieses Hefts endlich ihre Mutter lieben können? Oder würde sie sie noch mehr verabscheuen?

Egal.

Valentine hätte keine Gelegenheit mehr, es ihr zu sagen.

Er öffnete die Tür.

Die beiden rührten sich nicht.

»Es ist Zeit, Madame Idrissi. Wir haben eine Verabredung an der Schlucht von Petra Coda.«

KAPITEL 62

Clotilde stand nervös vor dem Passat und suchte verzweifelt den Autoschlüssel in den Tiefen ihrer Tasche. Alles überschlug sich in ihrem Kopf, sie wusste nicht einmal, wohin sie fahren sollte, wenn sie den Wagen angelassen hätte. Zur Polizei? Zum Campingplatz? Sollte sie einfach der Straße folgen, in der Hoffnung, Valentine oder ihre Mutter zu finden? Sie schaffte es nicht, all die Puzzleteile zusammenzusetzen, doch sie hatte eine Intuition, dass sich das Drama wiederholen würde, das sich im Sommer 1989 zwischen zwei getrennten Kreisen – Jugendlichen und Erwachsenen – abgespielt hatte, und dass das alte Tagebuch die einzige Verbindung zwischen beiden war.

Geschrieben von einem Teenager, von ihr selbst, enthielt es all die Beobachtungen und Anmerkungen, die sie seither vergessen hatte.

Und das von einem Erwachsenen gelesen worden war. Gestohlen von einem Erwachsenen, der auf diesen Seiten eine Wahrheit gefunden hatte, seine Wahrheit. Er hatte einen Schlüssel in diesem Durcheinander entdeckt. Genau das, was sie in ihrer Tasche nicht fand! Sie schimpfte und stand wie ein Idiot vor der verschlossenen Tür, begann fast zu weinen. Wie albern! Wo war der verdammte Schlüssel?

Ihr Handy vibrierte.

Das zumindest fand sie auf Anhieb.

»Clotilde! Hier ist Anika! Was für ein Unglück, was für ein

Unglück.« Anika schniefte, stieß zwischen zwei Schluchzern ein paar Worte hervor.

»Heute Morgen Cervone ermordet, jetzt Ihre Tochter verschwunden.«

Das Weinen nahm Überhand. Anika verlor die Fassung, die Chefin an allen Fronten, die den Campingplatz durch ihre Kraft und Überzeugung leitete und einen angenehmen Empfang gewährleistete, hatte keinen Halt mehr.

»Ist Franck bei Ihnen, Anika?«

»Ähm ... nein ... Ich bin allein am Empfang.«

»Wo ist Franck?«

»Ich weiß es nicht.«

»Holt er die Polizei?«

»Ich weiß es nicht ... Vielleicht spricht er mit den Beamten ..., sie sind ja schon seit heute Morgen da ... wegen Cervone ...« Ihr Schluchzen wurde lauter. »Ich weiß, Sie haben ihn nicht sonderlich gemocht, Clotilde ... Aber Cervone hat Besseres verdient als ...«

»Haben Sie mich angerufen, um über Ihren Mann zu sprechen«, unterbrach Clotilde sie kurz angebunden.

Sie hatte endlich ihren Schlüssel gefunden. Sie musste sich beeilen, durfte die Telefonleitung nicht blockieren.

Anika antwortete ohne Feindseligkeit. Trotz allem stets hilfsbereit.

»Nein, ich habe Sie angerufen, weil mir ein Detail wieder eingefallen ist.«

Clotildes Herz schlug zum Zerspringen, der Schlüssel des Passats blockierte im Schloss der Fahrertür.

»Die Nachricht vorhin, die besagte, dass Valentine nach Arcanu kommen sollte, war auf ein Blatt Papier gekritzelt und mit Ihrem Namen unterschrieben. Ich hätte misstrauisch werden, alles überprüfen sollen ... Aber meine Güte, ich bin etwas durcheinander ...«

»Was war das Detail, Anika?«

»Kurz bevor oder nachdem der Zettel abgelegt wurde, parkte

ein Wagen vor dem Campingplatz. Er hat gebremst und für ein paar Minuten angehalten. In diesem Moment habe ich mir nichts dabei gedacht. Es ist mir gerade erst wieder eingefallen.«

Clotilde öffnete die Tür und schob den Schlüssel in das Zündschloss, um losfahren zu können, sobald Anika zu Ende erzählt hätte.

»Cervone hat mir alles erzählt«, fuhr die Verwalterin des Campingplatzes fort. »So oft erzählt … Aber vor langer Zeit. Es ist mir nur plötzlich in den Sinn gekommen, wie eine Assoziation von Gedanken, die nicht wirklich zusammenpassen, dann habe ich die Nachricht gesehen, Valou ist gekommen, und ich habe es vergessen.«

»Was war denn mit dem Auto, Anika?«

»Es war ein Fuego. Ein roter Fuego. Wie der, von dem Cervone immer gesprochen hat. Wie der, in dem Ihre Eltern und Ihr Bruder ums Leben gekommen sind.«

• • •

Clotilde drehte den Zündschlüssel herum, der Motor des Passat sprang an, doch sie gab weder Gas, noch legte sie den Rückwärtsgang ein. Leerlauf! Drei rote Warnleuchten blinkten in ihrem Kopf auf, drei Sirenen und ein brennendes Warndreieck.

Zuerst ein roter Fuego.

Dann die geografischen Koordinaten, die die Wanze in Valous Telefon angezeigt hatte, Franck, der vom Wald von Bocca Serria gesprochen hatte, einige Kilometer oberhalb von der Schlucht von Petra Coda.

Und schließlich ihre Mutter und ihre Tochter.

Alles zusammen führte sie zu einer Gewissheit: Jemand hatte absichtlich dasselbe Automodell ausgeliehen, wie das ihrer Eltern, hatte ihre Mutter und ihre Tochter hineingelockt und war jetzt unterwegs zur Küstenstraße von Petra Coda.

Clotilde wusste nicht, wer, wie und warum, aber sie war sicher, dass sich alles dort abspielen sollte. Sie sah ängstlich auf die Uhr im Armaturenbrett.

20:44 Uhr

Irgendjemand, ein Verrückter, ein kranker Geist fuhr zu der Schlucht von Petra Coda, um das Szenario zu wiederholen, das sich vor siebenundzwanzig Jahren abgespielt hatte. An einem 23. August. Ohne sie, aber mit einer anderen Fünfzehnjährigen auf dem Rücksitz. Ihrer Tochter!

Sie dachte an ihren Besuch der Küstenstraße vor zehn Tagen. Die Feldthymiansträußchen. Franck und Valou, denen das völlig egal war, die Autos, die auf der schmalen Straße vorbeifuhren. Sie war sich jetzt ganz sicher, der Irre würde um exakt 21:02 Uhr dort ankommen. Um den Fuego in den Abgrund zu steuern.

Zurücksetzen. Losrasen. Alle verständigen, die sie erreichen konnte.

Es mussten Leute vor Ort sein. Ehe er dort ankam. Ehe sie selbst das Ziel erreichen konnte.

In genau achtzehn Minuten.

Ihr blieb keine Zeit.

Reflexartig hob sie den Blick zum Rückspiegel und trat das Bremspedal durch.

Cassanu wartete hinter ihr, weiß und faltig, den Hut zurückgeschoben, den Spazierstock ausgestreckt wie ein verstörter Gandalf. Sie hatte den Eindruck, er hatte alles gehört. Und auch alles verstanden. Sie flehte ihn fast an.

»Geh zur Seite, Opa …«

»Ich komme mit.«

»Verschwinde, du hast schon genug Unheil angerichtet.«

Der Kies knirschte unter den Reifen des Passat. Cassanu konnte nur knapp ausweichen, um nicht von dem Wagen angefahren zu werden, der zurückschoss. Direkt darauf verschwand er in einer Staubwolke. Clotilde begnügte sich mit einem letzten Blick in den Rückspiegel. Cassanu stand noch immer wie angewurzelt da, so als würde er sich nie mehr vom Fleck rühren, sich nur noch wünschen, eins mit der Natur, zu einem Baum oder einem Stein zu werden.

Die Straße nach La Revellata und weiter zur Schlucht von Petra Coda bestand aus einer endlosen Abfolge von Serpentinen. Clotilde fluchte, weil sie den kilometerlangen Umweg über den Fahrweg von Arcanu bis zur Departementalstraße des Campingplatzes machen musste, während die Entfernung in Luftlinie nur wenige hundert Meter betrug.

20:46 Uhr

Auf den kurzen geraden Strecken gab sie Gas und bremste zu Beginn der Kurven zu scharf.

»Verdammt noch mal!«, schrie sie, den Blick von Tränen verschleiert. »Beruhig dich, beruhig dich, dann kommst du schneller voran.«

Doch ihr Kopf drohte zu implodieren. Wer konnte dieser Irre sein? Egal, sie musste vor ihm, vor ihnen die Schlucht von Petra Coda erreichen. Und das würde sie alleine nicht schaffen. Ohne das Tempo zu verringern, hielt sie mit der rechten Hand das Lenkrad und zog mit der linken ihr Handy aus der Tasche. Ihre Augen wanderten von der kurvigen Straße zum Display und der Nummer, die sie wählen wollte. Warum zum Teufel hatte sie nicht gewagt, seine Nummer in die Kontakte aufzunehmen, zum Beispiel unter einem falschen Vornamen? Warum hatte sie sie sich nur gemerkt?

06

Die Kurve nehmen.

25

In den zweiten Gang zurückschalten, wieder Gas geben.

96

Niemand gegenüber, niemand unterhalb, drei Serpentinen weiter nach links einschlagen, über die weiße Linie fahren, um ein paar Sekunden zu gewinnen.

59

Mehr Gas geben.

13

Klingeln lassen.

Antworte, verdammt noch mal!

Bremsen, Zeit verlieren, in den ersten Gang zurückschalten.

Mist, Mist, Mist, antworte!

Eine Nachricht brüllen.

Natale! Natale, hör zu. Meine Tochter ist entführt worden. Ich weiß nicht, von wem. Aber er hat auch Palma in seiner Gewalt. Ich weiß nur, dass sie auf dem Weg zur Schlucht von Petra Coda sind. In einem roten Fuego. Um sie zu töten, Natale. Um sie ins Meer zu stürzen. Du bist in der Nähe, du kannst als Erster da sein.

Sie nutzte die gerade Strecke vor der Departementalstraße, um das Gespräch zu beenden, und war deshalb kurz abgelenkt.

In letzter Minute machte sie eine Vollbremsung.

»Verdammt!«

Cassanu Idrissi stand mitten auf der Straße! Der alte Irre hatte die Abkürzung über den Pfad genommen. Auf seinen Stock gestützt, zitterte er wie ein Marathonläufer, der seine letzten Kräfte mobilisiert hat. Ihr Entschluss war augenblicklich gefasst: Es würde länger dauern, dem Greis auszuweichen, als ihn einsteigen zu lassen.

Sie beugte sich zur Seite und öffnete die Beifahrertür.

»Verflixt, glaubst du nicht, dass du schon genug Unsinn angerichtet hast? Los, steig ein!«

20:50 Uhr

Sie hatte eine halbe Minute verloren. Cassanu setzte sich wortlos. Keuchend rang er nach Luft und hustete, als würde sein Herz jeden Moment explodieren. Er war wahrscheinlich losgelaufen, sobald der Passat außer Sichtweite gewesen war. Ohne weiter auf Lisabettas Geschrei zu hören, war er den Pfad heruntergerannt, auf dem er jeden Stein und jede rutschige Stelle kannte.

Eine Kurve folgte auf die andere. Nach und nach beruhigte sich die Atmung des alten Mannes. Der Motor des Wagens hingegen schien sich zu erhitzen, ein Geruch nach Verbranntem drang durch die geöffneten Fenster herein.

Die Bremsen? Die Reifen? Die Kupplung?

Egal, die acht Kilometer würde er schon aushalten.

»Clotilde, ich glaube, deine Mutter ist nicht geflohen.«

Etwas spät für ein schlechtes Gewissen, Opa.

Als der Passat wegen der überhöhten Geschwindigkeit ausbrach und ein paar Meter an der Steinmauer entlang schrammte, die sie vom Abgrund trennte, schlug sie das Lenkrad nach links ein.

»Ich glaube … Ich glaube, sie ist entführt worden.«

Das Handy klingelte. Die Reifen quietschten.

Natale?

Franck?

Clotilde nahm das Gespräch an, während der Wagen geradeaus auf den Abgrund zuraste.

»Rechtskurve«, sagte Cassanu leise. »In zweihundert Metern, hundertzwanzig Grad.«

Sie riss in letzter Sekunde das Steuer herum. Vielleicht konnte ihr der Alte doch nützlich sein. Er kannte jeden Meter dieser Straße.

»Clotilde, hier ist Maria-Chjara!«

Vor Überraschung hätte sie den Passat beinahe vor die gegenüberliegende Felswand gelenkt. Sie konnte gerade noch einer kleinen Kapelle mit Plastikblumen, einer Jungfrau und einem Kreuz ausweichen. Zur Erinnerung an ein anderes verunglücktes Auto, ein anderes Leben, das hier eines Nachts oder eines Tages erloschen war?

»Nach hundertfünfzig Metern eine scharfe Linkskurve.«

»Maria?«

»Ich habe noch einmal über unser Gespräch nachgedacht. Über Cervone Spinellos Lügen. Diese Geschichte mit der beschädigten Lenkung.«

»Ja?«

»Nach hundert Metern scharfe Rechtskurve, einhundertsechzig Grad.«

»Cervone hat seine Geschichte eigentlich nicht ganz erfunden.«

Blitze zuckten durch Clotildes Gehirn. Maria-Chjara nahm das zurück, was sie gesagt hatte. Und Cervone, der ideale Schuldige, war nicht nur ermordet worden, sondern auch noch unschuldig. Auf die Blitze folgte krachender Donner. Wenn Cervone unschuldig war, war dann ihr Bruder der ideale Schuldige?

»Sie haben mir doch versichert, dass ...«

»Ich habe seither ständig darüber nachgedacht. Habe versucht, mir jede Minute, jedes Wort, jede Geste dieses 23. August 1989 in Erinnerung zu rufen.«

»Nach hundertfünfzig Metern leichte Verengung auf der linken Seite.«

»Jede Geste? Nach so langer Zeit?«

»Hören Sie, Clotilde, hören Sie mir zu. Ich war all die Jahre überzeugt, dass der Tod von Nicolas und ihren Eltern ein Unfall war. Wenn aber jemand den Wagen, den Ihr Bruder und ich an jenem Abend benutzen wollten, vorsätzlich beschädigt hat, muss man nach einem Mörder suchen. Und wenn jemand uns beide töten wollte, dann kann das nicht Cervone gewesen sein. Denn er war nicht derjenige, der maßlos eifersüchtig war.«

»Verengung links!«, schrie Cassanu.

Ohne das Telefon loszulassen, riss Clotilde im letzten Augenblick das Steuer herum. Der Passat kam leicht von der Fahrbahn ab, wirbelte Schotter und die gelben Blüten der Steckenkräuter auf, als er über die Böschung schoss. Clotilde stand der Schweiß auf der Stirn.

»Ich habe nicht den geringsten Zweifel«, fuhr Maria-Chjara fort. »Nie werde ich den Blick vergessen, mit dem er uns am Vortag des Unfalls betrachtet hat. Es war am Abend am Strand von L'Oscelluccia, als alle außer ihm schon gegangen waren. Und derselbe Blick ruhte am nächsten Tag, an dem sich das Drama ereignete, auf mir. Jetzt habe ich es verstanden. Es war …, weil er uns töten wollte … Weil er Nicolas getötet hatte.«

»Vierhundert Meter gerade Strecke, du kannst Gas geben.«

»Wer, Maria? Wer hat dich so angesehen?«

Clotilde hörte ein Lachen in der Leitung. Ein gekünsteltes Lachen. Maria-Chjara befreite sich von ihren jahrelangen unsäglichen Schuldgefühlen. Sie hatte jemanden eifersüchtig gemacht, so eifersüchtig, dass er zum Mörder wurde.

»Auch du könntest dich erinnern, Clotilde, erinnerst dich zwangsläufig an ihn. An seine Augen. Auch wenn man meistens nur eines von beiden sah.«

KAPITEL 63

Der Fuego fuhr langsam durch die Serpentinen und hielt sich exakt an die Geschwindigkeitsbegrenzungen. Der Fahrer brauchte das Tempo weder zu verlangsamen noch zu steigern, er wusste, wenn er den Anweisungen des von ihm programmierten Navi folgte, würde er um Punkt 21:02 Uhr die letzte Kurve der Schlucht von Petra Coda erreichen. Und dann war es so weit.

In genau neun Minuten wäre alles vorbei.

Für ihn etwas früher als vorhergesehen.

Sein Arzt hatte ihm noch neun Monate gegeben.

• • •

Der Passat näherte sich der Departementalstraße 81. Sie entfernte sich etwas von der Küste und war weniger kurvig, so dass Clotilde den fünften Gang einlegen konnte und auf gerader Strecke fast einhundert Stundenkilometer erreichte, ehe sie erneut zurückschalten musste.

Das Handy hatte sie zwischen ihre Schenkel geklemmt.

»Hermann war es!«, rief sie.

Cassanu drehte sich zu ihr um.

»Hermann Schreiber?«

Clotilde wandte den Blick nicht von der Straße.

»Ja, er hat sie umgebracht. Und er wird in knapp zehn Minuten weitermachen, wenn wir nicht rechtzeitig ankommen. Er hat Valou und Maman entführt!«

»Unmöglich …«

20:53 Uhr

»Oh nein, Opa, ganz und gar nicht! Ich habe gestern mit diesem Schwein telefoniert und …«

Ihr Großvater legte eine Hand auf ihren Oberschenkel.

»Es ist unmöglich, Clo, ganz bestimmt. Du kannst gestern nicht mit ihm gesprochen haben.« Er seufzte. »Hermann Schreiber ist 1991 gestorben, achtzehn Monate nach dem Unfall deiner Eltern. Er war noch keine zwanzig.«

• • •

20:54 Uhr

Der Fuego fuhr an dem Felsen Capo Cavallo vorbei, sechs Kilometer südlich von La Revellata.

Ankunft um 21:02 Uhr, zeigte das Navi an, das an der Windschutzscheibe befestigt war.

Auf dem Display war die stilisierte Miniaturansicht der Landschaft zu sehen, durch die sie gerade fuhren. Elektrischblaues Meer, khakigrüne Berge, cremefarbener Himmel.

Eine ebenso grelle wie fade Darstellung, dachte Jakob Schreiber, und absolut hässlich im Vergleich zu der wundervollen Realität. Vor ihm lag die Halbinsel La Revellata, der Leuchtturm und die Zitadelle von Calvi, die das Abendlicht erröten ließ wie ein schüchternes Mädchen. Er bremste leicht, um kurz das Panorama zu genießen. Dadurch würde er etwas von der angegebenen Zeit abweichen, seine Verspätung jedoch nach der Punta Cantatelli wieder aufholen. Diese Landschaft war mit Sicherheit das Einzige auf dieser Erde, dem er nachtrauern würde.

Die Straße wandte sich wieder den Bergen zu und führte an trockener Macchia vorbei, auf der magere Kühe grasten. Im Grunde genommen war es dumm, im Zusammenhang mit den kommenden Minuten von Bedauern zu sprechen. Selbst wenn Clotilde Idrissi nicht vor fünf Tagen hierher zurückgekehrt wäre und die kaum vernarbten Wunden erneut hatte aufbrechen lassen, wäre dieser Sommer 2016 der letzte gewesen. Der älteste Gast des Campingplatzes Euproctes hätte sich lieber hier auf Korsika empfohlen, statt langsam im Klinikum von Leverkusen zu krepieren. Es war besser, sich in einer paradiesischen Gegend umzubringen, zumal man nicht sicher sein konnte, dass es nach dem Tod so etwas geben würde.

Maximal noch neun Monate, hatte sein Arzt ihm versichert.

Das erste Alarmsignal, der erste Tumor war vor acht Jahren leicht oberhalb der Leber festgestellt worden. Man hatte seine Speiseröhre gereinigt, wie man eine Dachrinne mit einem Hochdruckstrahler frei macht, doch der saure Regen war weiter gefallen – auf die Bauchspeicheldrüse, die Lunge, den Magen. Die Krebsgeschwulst hatte gesiegt. Er hatte das eigentlich schon früher erwartet. Als der Buchhalter der Bayerwerke ihm mitgeteilt hatte, er würde im Ruhestand eine Sonderzulage von dreihundert Mark beziehen, weil er seine ganze Laufbahn über mit schädlichen, verschmutzenden und lösungsmittelhaltigen Stoffen zu tun gehabt hatte, war er eigentlich überzeugt gewesen, seine Rente nicht länger als fünf Jahre genießen zu können. Aber er hatte fünfzehn Jahre durchgehalten, denn er war leitender Angestellter gewesen und hatte die Produktion nur via Bildschirm überwacht. Glücklicherweise für die Firma Bayer kamen die Arbeiter, die direkt mit den Schadstoffen hantierten und die Kessel reinigten, sie weniger teuer zu stehen.

Er warf einen Blick in den Rückspiegel und fragte sich, ob seine Beifahrerinnen ahnten, was sie erwartete. Palma hatte es mit Sicherheit begriffen: der rote Fuego, das auf dem Navi angezeigte Fahrtziel, ihre Enkelin auf dem Rücksitz – die Indizien waren deutlich genug. Und auch Valentine wusste bestimmt Bescheid, denn jetzt, nachdem sie das Tagebuch ihrer Mutter gelesen hatte, kannte sie die ganze Geschichte. Dennoch blieben beide ruhig. Aber was hätten sie auch anderes tun können? Sie konnten höchstens hoffen, dass diese Spazierfahrt nur ein Bluff war, ein schlechter Scherz, eine Inszenierung ... Oder dass die Brüstung der Schlucht von Petra Coda seit 1989 verstärkt worden war.

Jakob Schreiber hielt sein Tempo ein, jetzt kam die Bucht von Nichiareto in Sicht. Die Lektüre von Clotildes Tagebuch in den letzten Tagen hatte die Glut seines Hasses erneut geschürt, die im Laufe der Jahre nie vollständig erloschen war.

Sein Sohn Hermann trug keinerlei Verantwortung.

Alles war die Schuld von Maria-Chjara, Nicolas, Cervone, Aurélia und all der anderen Jugendlichen, die in jenem Sommer 89 zu der Clique gehört und ihm nur Verachtung und Egoismus entgegengebracht hatten. Er hatte nichts erfunden, Clotilde hatte es ganz genau in ihrem Heft beschrieben. Sie hatten diesen Zorn, die Eifersucht und den Wahnsinn genährt. Sonst wäre nichts passiert. Sein Sohn war ein netter, ernsthafter, fleißiger Junge und wohlerzogen. Er besuchte die katholische Lise-Meitner-Schule und später das Werner-Heisenberg-Gymnasium in Leverkusen, war ab sechs Jahren bei den Wölflingen und dann bis fünfzehn bei den Pfadfindern, stets mit einem Stück Holz zum Schnitzen in der Hand, einem glänzenden Stein in der Tasche und einem Grashalm im Mund.

Hermann war sanfter als die anderen.

Er liebte die Musik und die Schönheit. Er lernte die Tonleitern, Geige spielen und malte Meeresbilder mit sehr blassem Himmel und verwaschenen Farben, er nahm Unterricht bei einem Aquarellmaler, der früher im Museum von Morsbroich gearbeitet hatte. Hermann war Einzelkind. Er lebte gern in seiner eigenen Welt und baute sich ein Universum aus Schätzen, die er nach dem Zufallsprinzip gesammelt hatte. In seinem Zimmer gab es keine Poster von Tennisspielern, Sängern oder

Formel-1-Fahrern, sondern Dutzende von Seiten eines Herbariums, das er stetig vervollständigte. Im Alter von zehn Jahren hatte er eine wundervolle Idee gehabt, nämlich eine Sammlung aller Sterne, die er finden konnte: Seesterne, vergoldete Sterne, mit denen man den Weihnachtsbaum schmückt, Sheriffsterne, in der Nacht am Himmel fotografierte Sterne und solche auf Fahnen, Plakaten und Romanen. Hermann war ein sehr guter Schüler und hatte die Aufnahmeprüfung zum Polytechnikum in München bestanden, in der Fachrichtung angewandte Kunst. Er war zugleich Künstler und Handwerker. Er interessierte sich für die Funktionsweise der Dinge, für Physik und Mechanik, aber er war auch von der Schönheit, der Stofflichkeit der Schönheit angezogen und davon überzeugt, dass die Natur das größte schöpferische Genie auf Erden war. Nur sie konnte die ultimative Harmonie und Perfektion hervorbringen. Der Mensch hingegen musste sich damit zufriedengeben, sie zu bewundern, sich von ihr inspirieren und nähren zu lassen.

Hermann war einfach und aufrichtig.

Er war ein Einzelgänger, schüchtern, zurückhaltend und oft unverstanden, aber er kannte keine Lügen, und das Böse war ihm fremd. Das hatten ihn die anderen, all die anderen gelehrt. Die Jugendlichen seines Alters. Hermann beherrschte ihren Kodex nicht. Er war zu empfindlich. Er wollte nur so sein wie sie, einen Sommer lang akzeptiert werden. Grausamkeit kannte er nicht. Ohne die anderen hätte Hermann niemals vorsätzlich die Lenkung des Wagens beschädigt, jenes Wagens, in den Maria-Chjara und Nicolas steigen sollten. Hermann hatte sie nicht töten wollen, er wollte sich nur rächen, hatte vor, ihre Spritztour zu vereiteln, dafür zu sorgen, dass das Auto mitten in der Nacht nicht fahrtüchtig wäre und sie zu Fuß weitergehen müssten. So wollte er Nicolas seine Wichtigtuerei austreiben und Maria daran hindern, sich ihm hinzugeben. Er hatte nur vor, ihnen Angst einzujagen, ihnen eine Lektion zu erteilen. Er, der noch nie eine Freundin gehabt

hatte. Er wollte nicht, dass Nicolas' Hände die Schönheit be-
schmutzten, die Anmut, die Perfektion dieses Gesichts, dieses
Körpers, der ihn so verrückt machte – der Körper dieser kleinen Hure Maria-Chjara.

Jakob Schreiber starrte auf die Felsen, die steil ins Mittelmeer
abfielen, er hatte erneut das Tempo verlangsamt.

Natürlich wollte Hermann Nicolas und Maria-Chjara nicht
töten. Nicolas sollte, wie geplant, an diesem Abend das Auto
seiner Eltern nehmen und mit Cervone, Aurélia und ihm in
diese verfluchte Diskothek La Camargue fahren – das hatte
er ihnen versprochen. Doch ein paar Stunden zuvor war Hermann ihnen gefolgt. Nachdem sie den Fuego auf dem Parkplatz
des Euproctes abgestellt hatten, hatte er Maria-Chjara sagen
hören, sie wolle Nicolas begleiten ..., aber ohne die anderen
Trottel vom Campingplatz! Eine Spritztour zu zweit. Die er versauen würde, hatte sich Hermann gedacht, als er sich unter
das Auto gelegt hatte. Wie hätte er auch die Programmänderung ahnen können? Dass letztlich Paul Idrissi mit seiner Frau
und seinen Kindern in den Fuego steigen würde? Dass er den
Tod einer ganzen Familie verursachen würde? Dass er mit noch
nicht einmal achtzehn Jahren zum Mörder werden würde ...

20:56 Uhr
Ankunft um 21:02 Uhr

Heutzutage, dachte Jakob Schreiber, konnte man den Tod auf
die Minute genau programmieren.

Hermann hatte nichts gesagt. Die Polizei hatte einen Unfall
festgestellt.

Doch Hermann hatte sich nie davon erholt. Er war verantwortlich für den Tod von drei unschuldigen Menschen.

Hermann war ein Semester lang zwischen den Gräsern und
Sternen in seinem Zimmer geblieben, ohne die Kurse des Poly-
technikums besuchen zu können. Mehr als dreißig Sitzungen

beim Psychiater waren nötig gewesen, ehe er ihnen gestand, was am 23. August 1989 geschehen war und was Anke und er schon lange geahnt hatten.

Hermann ging weiter zum Psychiater. Er spielte wieder Geige, sammelte Gräser und beobachtete die Sterne. Jakob hatte eine andere, weniger angesehene Schule für ihn gefunden. So begann Hermann eine Ausbildung in Marketing an einer privaten Einrichtung, in der man auch im laufenden Schuljahr aufgenommen wurde. Er machte Praktika, und Jakob sorgte dafür, dass er bei Bayer anfangen konnte, weniger, um zu arbeiten, als um ihn zu beschäftigen.

Es ging Hermann besser, das glaubte Jakob, er wollte es glauben, sich davon überzeugen.

Am 23. Februar 1991, genau achtzehn Monate nach dem Unfall von Petra Coda, war Hermann einem Kessel mit Ätznatron an dem Fließband, das er beaufsichtigte, zu nahe gekommen. Sein Körper wurde innerhalb weniger Augenblicke von der Säure zerfressen. Jakob hatte glauben wollen, dass es ein Unfall gewesen war, nur ein Unfall. Doch zehn Arbeiter am Fließband im Gang B3 hatten gesehen, wie Hermann den Kessel über sich ausgeschüttet hatte.

Hermann war ein begabter und sanfter Junge mit einer brillanten Zukunft. Er hätte eine wichtige Funktion in einer großen Firma übernommen, eine wunderbare Frau betört, im Einklang mit seinen Idealen das Leben geführt, das er verdiente, ein Leben, wie es Jakob Clotilde Idrissi vorgestern am Telefon geschildert hatte, als sie ihn angerufen und er sich als sein Sohn ausgegeben hatte. Er hatte nichts erfunden, nur die Existenz beschrieben, die man ihm genommen hatte.

Anke war ein paar Jahre später vor Kummer gestorben. Im August 1993 hatte seine Frau darauf bestanden, den Urlaub auf der Insel Pag in Kroatien zu verbringen, die mit ihren Felsen und Dörfern ein wenig an Korsika erinnerte. Als sie eines Morgens mit dem Mercedes zum Bäcker gefahren war, hatte sie in einer Kurve oberhalb eines Abgrunds das Lenkrad nicht eingeschlagen. In ihrem Portemonnaie, das sie nicht mitgenommen hatte, hatte er einen Zettel mit dem Wort *Entschuldigung* gefunden.

Die Ermittlungen hatten ergeben, dass der Mercedes bestens gewartet war. Die Lenkung funktionierte perfekt.

Seither hatte Jakob Schreiber genug Zeit zum Nachdenken gehabt. Hermann und Anke hatten für einen Fehler bezahlt, den sie nicht begangen hatten.

Er hatte Zeit genug gehabt, die Verantwortung abzuwägen.

Ja, die Tragödie der Familie Schreiber war ebenso schlimm wie die der Familie Idrissi.

Als er Hermann nach dem 23. August 1989 wie erstarrt auf den Stufen des Bungalows angetroffen hatte, hatte Jakob erraten, dass er mitschuldig an dem Unfall war. Eigentlich hätten sie noch acht Tage Urlaub gehabt, doch sie waren am nächsten Tag nach Deutschland zurückgefahren. Am Morgen vor der Abreise war Jakob zu dem Bungalow C29, dem der Familie Idrissi, gegangen. Er war leer. Das Heft, das die kleine Überlebende Clotilde stets mit sich herumgetragen hatte, lag zusammen mit den anderen Sachen, die Basile Spinello ins Krankenhaus bringen sollte, auf dem Küchentisch. Er hatte es mitgenommen. Um zu verstehen. Und damit es niemand anders lesen könnte, falls es Indizien oder irgendwelche Beweise gegen seinen Sohn enthielt.

Er hatte das Tagebuch wieder und wieder gelesen – in diesem Sommer zum letzten Mal. Nein, nichts deutete auf Hermann als Mörder hin … Clotilde Idrissi zumindest wusste nicht Bescheid.

Doch es gab einen Zeugen, einen Augenzeugen. Cervone Spinello. Am 23. August 1989 hatte er sich am Empfang aufgehalten und Nicolas und Maria-Chjara nicht aus den Augen gelassen. Und er hatte gesehen, wie sich Hermann unter den Fuego gelegt hatte, dann hatte er die Erwachsenen von der beschädigten Lenkung sprechen hören. Cervone gab ihm später zu verstehen, dass er wusste, wer der Mörder der Familie Idrissi war, doch er beschuldigte Hermann nie öffentlich und sprach weder mit der Polizei noch mit Cassanu darüber. Jakob hatte sich immer gefragt, warum, bis sich die ersten Steine der Marina *Roc et Mare* auf dem Fundament erhoben und der Wind über das Tropi-Kalliste am Strand von L'Oselluccia wehte, ohne dass die Strohhütte weggefegt wurde. Die Erklärung war eindeutig. Cervone erpresste Cassanu Idrissi! Er hatte ihn in der Hand, selbst wenn Jakob keine Ahnung hatte, wie. Welche falsche Wahrheit er erfunden hatte. Er wusste nur, dass Cervone noch einen Trumpf in der Hand hatte: Er kannte den wahren Mörder von Paul und Nicolas Idrissi. Cassanu hätte niemals Hermann Schreiber verdächtigt, diesen jungen deutschen Touristen, den er kaum kannte.

Jakob warf einen Blick nach hinten. Valentine las nicht mehr in dem Tagebuch. Er hatte gehört, wie ihre gefesselten Hände es umständlich in die Plastiktüte zurückgeschoben hatten. Palma Idrissi und ihre Enkelin saßen reglos da, nur ihre Haare wehten leicht im Wind, der durch das einen Spaltbreit geöffnete Rückfenster blies. Die beiden Frauen starrten ihn an. Sie konnten wohl nur seinen Nacken, seine Schulter und seinen Arm sehen. Und seine Augen, die dem Blick seiner beiden Passagiere im Rückspiegel begegneten. Er hatte diesen Monat August mit Gelassenheit abgewartet, noch einmal das Mittelmeer sehen, ein letztes Bier trinken, eine letzte Partie Pétanque spielen wollen. Den Ärzten zufolge ließ sein Krebs ihm Zeit für einen letzten Sommer, den allerletzten. Und plötzlich war Clotilde Idrissi aufgetaucht, schnüffelte herum, ermittelte, behauptete das Unmögliche. Angeblich lebte ihre Mutter noch! Eine Schimäre, ein Wahnsinn, aber sie beschwor die Vergangenheit herauf, befragte Maria-Chjara, Natale Angeli, den Sergenten Cesareu Garcia, dessen Tochter Aurélia, erweckte das, was vorüber war, zu neuem Leben, zog den Phantomen das Leichentuch weg. Wie er es erwartet hatte, war sie zu ihm gekommen, um ihn um Fotos vom Sommer 89 zu bitten. Wer hätte sagen könne, ob nicht eines einen Hinweis auf die Wahrheit enthielt? Seine Verwunderung war perfekt gespielt, als er den leeren Schuber *Sommer 89* geöffnet hatte. Wenn er die entsprechenden Fotos von der Cloud hatte herunterladen wollen, dann, um sie für immer zu zerstören.

Er hätte nicht gedacht, dass die Gefahr von Cervone Spinello kommen würde. Hätte nicht vermutet, dass der Leiter des Campingplatzes noch mehr zu verlieren hatte als er selbst. Ehe er den Abzug gedrückt hatte und die Harpune in Cervones Herz gedrungen war, hatte dieser ihm alles gestanden. An dem Abend, als Jakob Spinello um eine WLAN-Verbindung gebeten hatte, um die Fotos herunterzuladen, hatte Cervone es mit der Angst zu tun bekommen. Er war geradezu in Panik geraten. Seit Clotilde Idrissi auf den Campingplatz zurückgekehrt war, hatte er alles getan, um sie zu verschrecken, sie zu verjagen, aber Clotilde war hartnäckig und scharfsinnig. Und auch irgendwie rührend. Cervone fürchtete, sie könne Jakob dazu bringen, alles zu gestehen, die beiden Überlebenden der dezimierten Familien könnten sich in die Arme fallen und Jakob schließlich sein Gewissen erleichtern.

Jakob Schreibers Hände umklammerten das Lenkrad. Vor ihm bildete die Sonne eine Feuerkugel, deren Strahlen das Meer entzündeten. Ja, Cervone Spinello hatte Angst gehabt, alles zu verlieren. Wenn Clotilde die Wahrheit herausgefunden und öffentlich gemacht, wenn sie alles der Polizei und Cassanu erzählt hätte, wäre es mit seinem Business vorbei gewesen. Schlimmer noch, wenn der alte Korse von Arcanu erfahren hätte, dass Cervone vor siebenundzwanzig Jahren Augenzeuge der Beschädigung des Wagens gewesen war und all die Jahre geschwiegen hatte, hätte er ihn sicherlich ohne zu zögern eliminieren lassen – egal, ob er der Sohn seines besten Freundes war oder nicht. Also hatte Cervone Jakob überstürzt und unbedacht mit den Pétanque-Kugeln niedergeschlagen. Und er hätte ihn sicher umgebracht, wären nicht plötzlich die Poker-spieler auf dem Weg aufgetaucht und hätten nach ihm gerufen. Unmöglich, die Leiche verschwinden zu lassen, keine Zeit, den Tatort zu säubern, Cervone hatte den Bungalow A31 überstürzt verlassen müssen. Er hatte sicher vorgehabt, später zurück-zukommen und sein Werk zu vollenden. Doch Jakob hatte die Kraft gefunden zu fliehen. Er hatte Verbandszeug mitgenom-men und sich vom Campingplatz geschleppt. Nachdem er seit fünfzig Jahren die Gegend erkundete, kannte er die Macchia.

Was blieb Cervone anderes übrig, als zu warten, zu zittern und zu hoffen, dass Schreiber wie ein verwundetes Tier ir-gendwo krepierte.

Jakob hatte in Ruhe ausgeharrt, die Dinge reifen lassen, und im geeigneten Moment zugeschlagen.

Er hatte nur Zeit gewinnen müssen.

Der nicht identifizierte Ertrunkene in der Bucht von Crovani war die perfekte Gelegenheit gewesen, vermutlich handelte es sich um einen unvorsichtigen Schwimmer, wie man sie jeden Sommer aus dem Wasser fischte. So musste Jakob nur noch einige Kleidungsstücke, seine Uhr und die Papiere von der Brücke an der Landzunge von Mursetta werfen, dort, wo die Strömung am stärksten war. Die Polizei war nicht dumm und würde nur wenige Stunden, vielleicht einen Tag brauchen, um die Leiche zu identifizieren oder zumindest herauszufinden, dass es sich bei dem Toten nicht um Jakob Schneider han-delte. Ein paar Stunden, die bei Weitem ausreichten, um Cer-vones Misstrauen zu beruhigen.

Der Leiter des Campingplatzes konnte nicht wissen, dass Jakobs Tage gezählt und es ihm egal war, wie er zu Tode kam. Dass sich sein Hass nicht auf die Familie Idrissi beschränkte, sondern auf alle hier erstreckte, all jene, die dieses Paradies in Beschlag nahmen. Cervone konnte nicht ahnen, dass Schmerz und Einsamkeit Jakob verrückt gemacht hatten, dass auch er die Hälfte seiner Rente bei einem Psychiater ließ, dass auch er im Gang B3 der Bayer-Werke am Fließband 07 vor einem Kessel mit Ätznatron stehen geblieben war, dass er sich über die weißen Felsen der Insel Pag, die roten Felsen der Schlucht von Petra Coda gebeugt hatte, bis er fast das Gleichgewicht verlor.

Jakob hatte erst an diesem Morgen Cervone Spinellos Geheimnis gelüftet, das ihm den Schutz von Cassanu Idrissi einbrachte.

Palma Idrissi lebte.

Von einem Volksgericht – statt Hermann – im Sommer 1989 zu lebenslanger Gefangenschaft in einer Schäferhütte verurteilt.

Jahrelang hatte Cervone ein doppeltes Spiel betrieben und jeden seine Wahrheit glauben lassen: Cassanu wusste nicht, wer der wahre Schuldige war, und Jakob Schreiber nicht, wer für schuldig gehalten wurde. Cervone hatte nicht einmal lügen müssen, sein Schweigen reichte aus, um ihn zum Herren der Geschehnisse zu machen – bis zur Rückkehr von Clotilde Idrissi.

Cervone Spinello verdiente nicht den Tod, aber ihm einen Pfeil ins Herz zu schießen, war im Grunde nur Notwehr. Die Idrissis hingegen verdienten ihn. Einen qualvollen Tod. Wenn sie nicht über drei Generationen gelogen hätten, wäre nichts passiert.

21:01 Uhr

Die Sonne war noch nicht in der Bucht von Calvi versunken, sie schwebte über der Zitadelle wie ein Scheinwerfer, der die Welt wie ein Schattentheater erscheinen ließ. Jakobs Blick trübte sich. Seit heute Morgen, seit diesem Sommer, seit siebenundzwanzig Jahren hallten die ständig gleichen Worte in seinem Kopf wider.

Wir waren eine normale Familie, wir liebten die einfachen Dinge, kamen, um den Urlaub in der Sonne zu verbringen.
Auf der Île de Beauté, der Insel der Schönheit.

Wir wussten nicht, dass diese Schönheit jene versengt, die sich ihr zu sehr nähern, dass sie verlogen war und sich denen entzog, die sie berühren wollten.

Wir haben es Hermann nicht gelehrt, dass man Kopf und Kragen riskiert, wenn man sie begehrt.

Herrmann war zu rein, zu anders.

Er konnte es nicht ertragen.

Sie haben ihn umgebracht!

Ich gehe dahin, wo Anke ist, wo Hermann ist.

Am 23. August, um 21:02 Uhr.

In einem roten Fuego.

Auf der Küstenstraße von Petra Coda an der Spitze der Halbinsel La Revellata.

Ein Mann, eine Frau, eine Fünfzehnjährige.

Drei Leichen.

Dann ist alles vorbei.

Ein krönender Abschluss.

KAPITEL 64

Nur noch eine Minute.

Die Augen von Tränen verschleiert, beschleunigte Clotilde das Tempo erneut.

Das Handy hatte sie auf das Armaturenbrett geworfen. Die Halbinsel La Revellata erstreckte sich vor ihnen, aber sie mussten sie einmal umrunden, den Hügel in der Mitte hinauf- und auf der anderen Seite wieder herunterfahren und circa zwanzig enge Kurven meistern.

Sie würde es nicht rechtzeitig schaffen.

Es sei denn, er war zu spät dran. Eine Minute, ja sogar ein paar Sekunden könnten reichen.

Opa Cassanu saß schweigend auf dem Beifahrersitz. Die Landschaft war wegen ein paar engen Serpentinen für einen Moment nicht mehr zu sehen, bis sie das Zentrum der Insel erreichten und im Süden wieder Blick auf den Campingplatz, im Norden auf den Leuchtturm hatten. Clotilde durchfuhr die Kurve mitten auf der Straße, ohne Sicht zu haben oder sich wegen eines entgegenkommenden Fahrzeugs zu beunruhigen. Die weiße Linie war nur ein Band, das dem Wagen die Richtung vorgab.

Schließlich erreichten sie den Berggipfel und schossen in einer Staubwolke an einigen, auf dem Parkplatz abgestellten Autos vorbei. Die Touristen, die die Aussicht fotografieren wollten, schimpften auf die Fahrerin, ohne dass diese es bemerkt hätte. Jetzt lag die Straße fast einen Kilometer lang frei vor ihr. Nach zehn Kurven, die bergab führten, konnte man an der Steilküste die Schlucht von Petra Coda schon erkennen.

Plötzlich entdeckte Clotilde das Auto.

Aus den Augenwinkeln sah sie, wie Cassanus faltige Hand den Sicherheitsgurt umklammerte, während sie unter Missachtung jeglicher Vorsicht das Gaspedal durchtrat.

Der rote Fuego verließ die Hafenbucht von Port d'Agro und näherte sich ihnen langsam. Nur noch wenige hundert Meter trennten das Fahrzeug von der Schlucht von Petra Coda.

Während sie im vierten Gang und mit über achtzig Stundenkilometer die erste Kurve nahm, hatte Clotilde das Gefühl, die beiden linken Räder würden vom Asphalt abheben und der Passat umkippen. Im letzten Moment riss sie das Steuer herum. Wieder trat sie das Gaspedal durch. Sie musste sich auf die Straße konzentrieren und durfte nicht den roten Punkt in der Ferne fixieren, der immer näher kam.

Zunächst hatte sie den Eindruck, das rote Auto würde seine Geschwindigkeit verringern. Kurz stieg Hoffnung in ihr auf, die genauso schnell wieder erlosch wie ein brennendes Streichholz im Wind. Urplötzlich beschleunigte der Fuego und schoss schneller und schneller über die gerade Strecke, die in die tödliche Kurve oberhalb der Schlucht von Petra Coda mündete.

Clotilde machte das Gleiche und bremste praktisch überhaupt nicht mehr. Noch vier Kurven. Sie klammerte sich an die Hoffnung, dann dem roten Auto gegenüberzustehen, ihm den Weg abzuschneiden, damit es gegen ihren Wagen prallte und sie in die Schlucht katapultierte, die sie schon einmal überlebt hatte. Doch das war nicht wichtig. Hauptsache, der Zusammenstoß rettete ihre Mutter, ihre Tochter.

Der Fuego beschleunigte gleichmäßig das Tempo.

Die Brüstung war inzwischen erhöht worden, das hatte Clotilde bemerkt, als sie mit Valou und Franck die Blumensträuße niedergelegt hatte. Die hölzerne Absperrung war durch eine Steinmauer von einem halben Meter Höhe ersetzt worden. Ein Fahrzeug würde, selbst wenn es mit hoher Geschwindigkeit fuhr, daran abprallen, sich um die eigene Achse drehen, sich vielleicht auf der Küstenstraße überschlagen, aber nicht über die Brüstung stürzen.

Die beiden letzten Serpentinen, keine dreihundert Meter mehr.

Zu spät.

In einer Sekunde würde der Fuego mit voller Wucht in die Mauer rasen, die ihn von dem zwanzig Meter tiefen Abgrund trennte, gespickt mit Tausenden von spitzen, blutroten Felsen, die danach lechzten, ihren siebenundzwanzig Jahre alten Durst zu stillen.

Clotilde schloss die Augen.

Der Fuego war noch immer da, unter ihren Augenlidern, ihr Vater griff nach einer Hand, die sie für die ihrer Mutter gehalten hatte. Nicolas entschied sich mit einem Lächeln auf den Lippen zu sterben.

Cassanu schrie, griff ins Lenkrad und riss es nach links. Der Wagen schrammte über die Böschung und enthauptete die jungen Zweige einiger Steckenkräuter, deren goldene Blüten auf die Windschutzscheibe herabrieselten. Doch der Passat kam nicht zum Stehen und hatte kaum an Fahrt verloren.

21:02 Uhr

Der Passat schleuderte mit vollem Tempo über die holprige, steinige Böschung. Unwillkürlich machte Clotilde die Augen auf.

Sie sah, wie der Fuego langsam von seinem Kurs abkam, so als wolle er nicht frontal die steinerne Mauer oberhalb des Abgrunds treffen. Einen Moment lang glaubte sie, das Fahrzeug würde an den Steinen entlangschrammen, einen Kotflügel, eine Tür verlieren, aber letztendlich zum Stehen kommen.

Nein. Sie hatte nichts begriffen. Jakob Schreiber hatte sicher hundertmal diese Kurve fotografiert, sie studiert, das Ende wieder und wieder in Gedanken durchlaufen.

Der Deutsche steuerte nicht auf die Absperrung zu wie damals ihr Vater, sondern auf den Zaun aus Rundstämmen direkt daneben, oberhalb einer kleinen Bucht mit viel steilerem Gefälle.

Das Holz splitterte. Der Fuego schien eine unwirkliche Sekunde lang in der Luft zu schweben.

Clotilde sah, dass ihre Mutter in dem Auto saß.

Und ihre Tochter.

Dann stürzte der Fuego den schwindelerregenden Steilhang hinab, an dessen Ende zwanzig Meter tiefer das Meer unablässig an die Felsen schlug.

Es war vorbei.

KAPITEL 65

Der Passat erreichte die Felsschlucht von Petra Coda unmittelbar darauf. Clotilde machte eine Vollbremsung. Der Wagen brach aus, schlitterte ein paar Meter über den Asphalt und kam mitten auf der Straße zum Stehen.

Clotilde riss die Tür auf und stürzte zur hölzernen Absperrung, die der Fuego kurz zuvor durchbrochen hatte, ohne vorher noch den Motor auszuschalten, die Handbremse anzuziehen oder gar die Warnblinkanlage einzuschalten.

Das rote Auto trieb zwanzig Meter weiter unten im Wasser, von den Wellen zwischen den Klippen hin und her geschaukelt wie ein Korken. Unmöglich von hier oben den Zustand des Fahrzeugs zu erkennen, aber Clotilde nahm an, dass der Wagen ein-, zwei-, zehnmal auf die Felsen geschlagen war, denn trotz der hohen Geschwindigkeit waren die Chancen gering, dass er direkt in die enge, tiefe Bucht geschossen war, in der er jetzt mit jeder Sekunde tiefer sank.

Zu zwei Dritteln war das Fahrzeug schon unter Wasser.

Innerhalb weniger Sekunden würde es endgültig im türkisfarbenen Meer untergehen. Sie hoffte jetzt fast, dass Valentine und Maman durch den Aufprall auf der Stelle tot gewesen waren und nicht den langsamen Todeskampf des Ertrinkens durchleiden mussten.

Sie starrte angestrengt auf das, was noch aus dem Wasser ragte.

Mein Gott!

Nur die von den Wellen gewaschene Heckscheibe war noch zu erkennen. Clotilde glaubte zwei Silhouetten auszumachen, zwei Schatten, die sich hektisch im Wasser bewegten.

Bildete sie sich das nur ein?

Sie würde es nie erfahren, denn gleich darauf war an der Wasseroberfläche nur noch die Gischt zu sehen, die ihr Terrain zurückeroberte und sich damit vergnügte, tausend kleine Bläschen an den nackten Felsen zerplatzen zu lassen.

»Geh zur Seite!«

Ohne nachzudenken, machte Clotilde einen Schritt nach rechts.

Cassanu trat dicht an die Felskante. Und sprang.

Blitzartig erinnerte sich Clotilde an ein früheres Gespräch mit ihrem Großvater: »Alle jungen Korsen sind von dort ins Meer gesprungen, aber ich war nicht der Mutigste von allen.« Sie biss sich auf die Lippe, bis sie blutete.

Konnte ein Körper, auch nach all den Jahren, sich die Erinnerung an dieses perfekte Gleichgewicht bewahren, das für einen Zwanzig-Meter-Sprung in die Tiefe nötig ist, um beim Aufprall auf die Wasseroberfläche nicht zu Schaden zu kommen? Die Fähigkeit, sich auf diesen Sturz zu konzentrieren, den richtigen Punkt anzuvisieren, das Meer zu erreichen, ohne sich an der Steilküste zu verletzen? Vorausschauend genug sein, um kurz vor dem Eintauchen die roten Felsen, aufgereiht wie Pfähle in einem Wassergraben, zu meiden und die nötige Tiefe zu finden?

Ja.

Ja, Cassanus Körper hatte nichts vergessen.

War es Zufall, Glück oder war Opa tatsächlich ein außergewöhnlich guter Springer gewesen? Sein Sprung beschrieb jedenfalls eine perfekte Flugbahn, die knapp an den steinernen Felsspitzen vorbeiführte, um an genau der Stelle ins

Wasser zu tauchen, an der der Fuego gerade untergegangen war.

Dann nichts mehr.

Eine Weile sah Clotilde rein gar nichts. Hatte Cassanu seinen Sprung nicht überlebt? Hatte er sich geopfert, war er nicht gesprungen, um die Frauen zu retten, sondern hatte sich umgebracht, um nicht mit seiner Schuld konfrontiert zu werden?

Hinter ihr heulten Sirenen auf. Autotüren schlugen. Der Lärm hastiger Schritte hallte auf dem Asphalt wider. Widerstrebend wandte Clotilde den Kopf, nur für einen winzigen Augenblick, ehe sie wieder aufs Wasser starrte.

Im Moment zählte nur die türkisfarbene Wasseroberfläche.

Jetzt hieß es beten, beten, beten.

Beten, dass ein Körper, ein Kopf, eine Hand auftauchte.

Die Neuankömmlinge hinter ihr eilten geschäftig hin und her. Clotilde hatte unter ihnen vier oder fünf Polizisten in Uniform ausgemacht, darunter Capitaine Cadenat, Sergent Cesareu Garcia, seine Tochter Aurélia und Franck.

Franck hatte das Nötige unternommen. Er hatte die Polizei verständigt, die schnell am Unfallort erschienen war. Aber was nützte ihre schnelle Reaktion? Eine Minute zu spät gekommen zu sein entsprach einer Ewigkeit.

Franck nahm ihre Hand. Clotilde ließ es geschehen.

Eine Ewigkeit.

Das Mittelmeer gab niemals etwas wieder her.

Clotildes Herz klopfte zum Zerspringen.

»Da!«

In den Wasserstrudeln tauchte Großvaters Brustkorb auf. Er hielt einen Körper in seinen Armen. Clotilde erkannte seine verzweifelten Anstrengungen, den Leib über Wasser zu halten. Schließlich sah man den Kopf, den Hals, die Schultern.

Valou!

Lebend.

Die langen braunen Haare ihrer Tochter trieben wie die Fangarme eines Kraken im Wasser. Franck drückte Clotildes Hand noch fester. Valou hustete nicht, spuckte kein Wasser, ihr Mund war mit einem Pflaster verklebt.

»Verdammt!«, schrie ihr Ehemann. »Sie ist gefesselt und geknebelt worden. Sie kann es nicht schaffen!«

Die Felsen am Grund der kleinen Bucht fielen nahezu senkrecht ab und waren zu steil und ohne Vorsprünge. Cassanu und noch weniger Valou konnten sich an ihnen festklammern.

Der alte Cassanu war schon wieder nach unten getaucht.

Valou trieb, mit weit aufgerissenen Augen, so gut sie konnte auf dem Meer. Sicher hielt sie sich durch Beinbewegungen an der Oberfläche.

»Sie kann es nicht schaffen«, rief Franck erneut. »Werft ihr ein Seil zu, verdammt noch mal, eine Boje, irgendwas!«

Die Polizisten sahen einander konsterniert an. Sie waren in ihre Fahrzeuge gesprungen, sobald Franck sie wegen der Entführung einer Jugendlichen gerufen hatte, und nicht als Seenot-Rettungsdienst unterwegs. Woher hätten sie das wissen sollen … Die Feuerwehr war informiert und würde jeden Moment eintreffen.

Valou versuchte verzweifelt, sich über Wasser zu halten, doch die heftigen Wellen schleuderten sie hin und her, ehe sie sich an den Felsen brachen. Sie schienen sie mitreißen zu wollen und überspülten sie, doch Valentine tauchte jedes Mal wieder auf, sobald sich der Wellenkamm entfernte.

Sie wollte sich festklammern.

Doch wie kann man sich am Nichts, an Wasser festklammern?

Da ihre Tochter nicht in der Lage war, um Hilfe zu schreien, brüllte Clotilde an ihrer Stelle:

»Verdammt, will denn keiner von euch runter, um sie zu retten?«

Die Männer zögerten.

Die Bucht war eng, und die Felsen ragten so zahlreich aus dem Meer, dass nur ein professioneller Taucher den Sprung wagen konnte. Selbst für einen geübten Springer standen die Chancen eins zu zehn, ein solches Unterfangen nicht zu überleben.

Franck wagte sich als Erster über die Absperrung.

»Man muss doch hinuntersteigen, einen Weg finden und weiter unten ins Wasser kommen können.«

Er hielt sich an den Ginsterzweigen fest und rutschte auf dem Hinterteil ein paar Meter nach unten. Die vier Polizisten folgten seinem Beispiel.

»Schnell!«, schrie Clotilde.

Ihr Großvater war gerade wieder an der Oberfläche aufgetaucht. Er schien erschöpft, musste heftig husten, spuckte Wasser und Blut, doch er hielt einen anderen Körper in seinen Armen. Am Ende seiner Kräfte hielt er ihn über Wasser.

Maman!

Ihre Augen waren geschlossen, und sie wirkte leblos.

Doch sie atmete, bestimmt. Wenn ihr Großvater versuchte, diese Frau, die ihm so verhasst gewesen war und die er zu lebenslänglich verurteilt hatte, über Wasser zu halten und zu retten, dann, weil sie noch atmete.

Diesmal tauchte Cassanu nicht wieder unter. Er schob einen Arm unter Palmas Schultern. Mit der anderen Hand versuchte er, Valentine zu erreichen.

In dieser Position würde er nicht lange durchhalten.

Franck und die Polizisten kamen nicht weiter. Herunterzuklettern war wirklich die schlechteste Idee gewesen. Ohne Ausrüstung war der Abstieg nicht möglich, und sie saßen fest, sobald es keine Büsche mehr gab, an die sie sich klammern konnten. Unterhalb der fast senkrechten Steilwand lagen andere Felsvorsprünge, die es unmöglich machten, von hier ins Wasser zu springen. Die einzige, ebenfalls schmale Felsspalte, die sich direkt auf die Bucht öffnete, ging von der Straße ab.

Aber das stellten sie erst jetzt fest. Zu spät. Sie mussten wieder nach oben.

Und noch immer keine Feuerwehr in Sicht.

Jetzt ist es endgültig aus, dachte Clotilde.

Aus und vorbei ... Cassanu hatte sein Bestes gegeben.

Sie ging nach vorne, setzte zum Sprung an. Noch nie in ihrem Leben war sie von einem höheren Punkt als einem Dreimeterbrett gesprungen ...

Egal.

Eine starke Hand, die ihr rechtes Handgelenk umklammerte, hielt sie zurück.

Die Hand eines Riesen, gegen die sie sich nicht zu wehren vermochte. Sergent Cesareu Garcia ließ sie nicht los und begnügte sich mit einem vielsagenden Blick: Nein, es reicht, es sind schon genug Tote zu beklagen, ein weiteres Opfer würde nicht helfen.

Sie waren nur noch zu dritt an der zerstörten Absperrung.

Cesareu, Aurélia und sie.

»Lassen Sie mich.«

Sie zog und zerrte, aber der Sergent gab nicht nach. Clotilde spürte, dass sie hysterisch wurde, handeln musste, sie konnte doch nicht ihre Tochter und ihre Mutter einfach ertrinken lassen.

»Hör doch«, sagte Aurélia.

Was?

Der Wind wehte vom Meer herüber. Vielleicht verdrängte er das Geräusch der Feuerwehrsirene in Richtung Berge? Sie lauschte angestrengt, doch es war nichts zu hören. Nur das Pfeifen des Windes, das – so kam es ihr vor – stärker und stärker wurde, genauso wie das Rauschen der Wellen, die sich immer höher, machtvoller und todbringender auftürmten.

Sie sah hinab.

Cassanu hatte Valou an der Schulter gepackt und hielt mit der anderen Hand noch immer Palma. Alle drei trieben verzweifelt wie Bojen im Wasser und wurden von den Strudeln nach unten gezogen, sanken und stiegen, von Mal zu Mal erschöpfter, wieder nach oben. Ihre einzige Hoffnung war es, sich irgendwie über Wasser zu halten.

Warum durchhalten? Wie lange noch? Wer würde sie retten?

»Hör doch«, wiederholte Aurélia.

Noch Jahre später würde Clotilde es sich vorwerfen, nie hatte sie diese Kränkung wirklich verwunden. Aurélia hatte vor ihr das Geräusch erkannt, selbst wenn sie es fast nie zuvor gehört hatte. Ein Motorengeräusch.

In jenem Moment ließ Clotilde ihren Emotionen einfach freien Lauf.

Sie schrie aus Leibeskräften: »Da hinten, da!«

Und rief ihnen zu: »Haltet durch! Bitte, haltet durch, gleich werdet ihr gerettet!«

In rund hundert Metern Entfernung tauchte hinter dem letzten Felsen, der die Spitze der Halbinsel La Revellata, die *Grotte des Veaux Marins*, den Leuchtturm und die Punta Rossa verdeckte, ein kleines Boot auf.

Die *Aryon*.

Bei voller Fahrt durchpflügte das Boot die Wellen und umschiffte gekonnt die Klippen, die es in- und auswendig zu kennen schien. Natale an der Ruderpinne trug eine rote Windjacke, und sein blondes Haar flatterte im Wind.

Clotildes Herz klopfte wie nie zuvor.

Natale war im Handumdrehen bei den drei Schiffbrüchigen angekommen. Er schaltete den Motor ab und beugte sich vor, um Valentine als Erste an Bord zu ziehen.

Das war gar nicht so einfach, denn die kräftigen Wellen schaukelten das Boot hin und her, und die gefesselte Valentine konnte ihm kaum helfen. Nur Cassanu konnte den Körper der jungen Frau nach oben stoßen, auch wenn er dazu Palma loslassen musste. Natale lehnte sich so weit über die Reling, dass er fast selbst ins Wasser gestürzt wäre.

Schließlich schaffte er es, Valentine auf dem Boden des Bootes abzulegen.

Nun war Palma an der Reihe.

Sie bewegte sich. Genug, so dass ihr Körper kein schweres Bündel war, das aus dem Wasser gezogen werden musste. Sie half den beiden, so gut sie konnte. Cassanu Idrissi legte ihr einen Arm um die Taille, schob den anderen unter ihre Oberschenkel und hob sie zu Natale hoch. Wie eine Frischvermählte, die über die Schwelle getragen wurde.

Clotilde hatte das Gefühl, dass sich in diesem Moment die Blicke der beiden kreuzten, dass sie einander etwas sagten.

In dem ihres Großvaters las sie: »Verzeih mir.«

In dem ihrer Mutter: »Danke.«

Dann lag Palma neben ihrer Enkelin auf dem Boden der *Aryon*.

Gerettet!

Nun reichte Natale Cassanu seine Hand.

Ihr Großvater hatte fast sieben unendliche Minuten lang gegen das Meer, die Wellen, die Strömung, die Felsen angekämpft.

Ein ungleicher Kampf, den er jedoch überstanden hatte. Er hatte durchgehalten.

Nun war der alte Mann am Ende seiner Kräfte.

Das zumindest schlussfolgerten die Polizisten, und so stand es dann auch am nächsten Morgen auf der Titelseite der Zeitung, so erzählten es sich, mit ungeheurem Stolz, die Jäger in der Bar des Campingplatzes, so berichtete es auch Clotilde ihrer Tochter Valou und ihrer Mutter Palma jedes Mal, wenn eine der beiden von ihr wissen wollte, wie denn alles geendet hatte.

Cassanu hatte bis zum letzten Atemzug gekämpft.

Niemals erzählte einer der Zeugen je, was sie zu sehen geglaubt hatten.

Natale Angeli streckte ihm seine Hand entgegen. Sie war nur ein paar Zentimeter von Cassanu entfernt.

Dieser jedoch ergriff sie nicht. Er ließ seinen Körper einfach ins Wasser sinken und wurde von den Wellen verschlungen.

KAPITEL 66

Selten hatten sich so viele Menschen auf der Küstenstraße von Petra Coda versammelt.

Zumindest seit siebenundzwanzig Jahren nicht mehr.

Kreuz und quer standen dort drei Feuerwehr- und zwei Krankenwagen, vier Kleinbusse der Polizei und eine beeindruckende Anzahl von Touristen-Autos, die auf der einzigen Straße zwischen Ajaccio und Calvi im Stau standen. Nur ein paar Motorräder und die abendlichen Sportler – Jogger und Radfahrer – konnten sich im Schneckentempo durchschlängeln, wobei sie es sich nicht entgehen ließen, einen Blick in den Abgrund zu riskieren.

Feuerwehrmänner hatten eine Strickleiter hinuntergeworfen und mit Eisenhaken in den Felsen gesichert, ein Schlauchboot der Wasserschutzpolizei suchte vergeblich die Bucht ab, in der Cassanu untergegangen war. Die *Aryon* war zusätzlich zu den Polyesterseilen mit Krallen und Stahlketten vertäut worden. Nachdem sie so stabilisiert war, hatte man mit der Strickleiter und einer Winde Valentine und Palma, geleitet von erprobten Rettungshelfern, heraufholen können.

So erreichten sie die Straße, wo sie fast genötigt waren, sich einen Weg durch das Spalier aus Schaulustigen, Polizisten und Helfern zu bahnen. *Gehen Sie bitte beiseite, gehen Sie bitte beiseite.* Man legte der Enkelin und ihrer Großmutter goldfarbene Rettungsdecken um. *Alles in Ordnung,* hatte rasch ein Notarzt diagnostiziert, der aussah wie der junge Harrison Ford. Dennoch hatte er darauf bestanden, dass die beiden ins Krankenhaus nach Ajaccio gebracht wurden. Die Tür des Rettungswagens stand offen, die Tragen waren schon herausgezogen, der Motor lief, der Fahrer war startklar. Matt hob Palma die Hand: *Immer mit der Ruhe* schien sie sagen zu wollen. Clotilde hatte kaum Zeit gehabt, ihre Tochter und ihre Mutter in die Arme zu schließen, ehe die Rettungshelfer sie trennten: *Später, Madame, später.*

Natale erreichte als Letzter die Straße über die Strickleiter, und zwar ohne Winde oder Eskorte. Cesareu Garcia half ihm tatkräftig hinauf, als er die letzte Sprosse erklommen hatte. Dann klopfte er ihm freundschaftlich auf den Rücken, ein körperlicher, stiller Glückwunsch unter Männern: *Gut gemacht, mein Junge.*

Franck war zu den Autos hinübergegangen, um Valentine trockene Kleidung zu bringen, einen Pullover, eine Hose, Turnschuhe.

Aurélia sprach mit Harrison Ford, wobei ihr Gesichtsausdruck die kompetente und mitfühlende Krankenschwester verriet.

Ohne es beabsichtigt zu haben, stand Clotilde auf einmal Natale gegenüber. Nur wenige Meter trennten sie beide. Sie fand ihn unglaublich sexy in seiner Windjacke, deren Reißverschluss bis zum Bauchnabel geöffnet war, seine blauen Augen unter dem nassen Haar, sein Lächeln, das eines unaufgeregten Helden. Sie verspürte spontan den unwiderstehlichen Drang, sich ihm an den Hals zu werfen, ein normaler, natürlicher Impuls, ihm *Danke, danke, danke* zuzurufen und zu gestehen, sie habe schon immer gewusst, dass die *Aryon* die Anker lichten und wieder fahren würde. Dass sie beide nur die Strickleiter hinabklettern, die Segel setzen und davonfahren müssten. Ihre Tochter, ihre Mutter waren gerettet, hatten sich gefunden. Alles war in bester Ordnung. Zeit, zu gehen.

Sie machte einen Schritt.

Ihr Wunsch, ihren Körper an den von Natale zu pressen, war übermächtig und animalisch, so als verfüge nur er über diese Mischung aus Kraft und Ruhe, die alles zu lindern vermochte.

Aurélia ließ Harrison Ford stehen und machte zwei Schritte.

Franck gab dem ersten Sanitäter, der vorbeikam, die trockene Kleidung für seine Tochter und machte drei Schritte.

Cesareu Garcia trat beiseite, wie ein Schiedsrichter bei einem Boxkampf, der den Ring den beiden Gegnern überlässt.

»Natale!«, schrie Aurélia.

Er rührte sich nicht.

»Clo!«, schrie Franck hinter ihr. »Clotilde!«

Sie rührte sich nicht.

»Clotilde, Valou will dich sehen.«

Sie zögerte.

»Sie hat etwas für dich ... etwas Wichtiges, das sie dir geben möchte.«

Der Krankenwagenfahrer hatte seine Zigarettenkippe weggeworfen. Ein Sanitäter kam auf sie zu. Die Dunkelheit brach herein. Die Feuerwehr rückte schon ab. Das Boot der Wasserschutzpolizei zog immer weitere Kreise auf dem Meer, um nach Cassanu zu suchen.

Clotilde wurde das Herz schwer.

Was konnte sie anderes tun? Ihre Tochter im Stich lassen?

Sie drehte sich um.

Valou und Palma saßen nebeneinander, die gleiche golden schimmernde Rettungsdecke auf den Knien, das gleiche weiße Handtuch um die Haare gewickelt, die gleiche gebeugte Haltung. Ihre Ähnlichkeit war verblüffend.

»Ja, Valou?«

»Maman, ich ... ich habe etwas für dich ...«

Noch ein wenig unsicher auf den Beinen, erhob sich Valentine und zog unter der Decke eine Plastiktüte hervor. Sie zögerte kurz, dann beugte sie sich zu ihrer Großmutter hinab.

»Nein ... Das sollten Sie machen ... Sie sollten es ihr geben.«

Palmas Stimme zitterte, und es kostete sie große Mühe, die einzelnen Silben auszusprechen.

»Sag ... doch ... du ... zu ... mir ...«

Sie brachte ein Lächeln zustande und legte die mysteriöse Plastiktüte auf ihre Knie, ohne dabei die Hände ihrer Enkelin loszulassen.

Clotilde trat näher.

Drei Paar Hände vermengten sich, hielten gemeinsam das Paket. Palma versuchte erneut zu sprechen.

»Das ... gehört ... dir.«

Palma und Valou öffneten ihre Hände. Beide weinten.

Clotilde packte vorsichtig ihr Geschenk aus, ohne zu verstehen, was diese Emotionen ausgelöst haben könnte. Als Erstes erkannte sie durch das Plastik hindurch, dass es sich um etwas verblasstes Blaues handelte, dann tastend die rechteckige Form, ein Buch, nein, weicher, kein Buch, eher ein dickes Heft.

Die Plastiktüte flog in Richtung La Revellata davon, und niemand machte sich die Mühe, sie wieder einzufangen.

Ferientagebuch. Sommer 89.

Die Schrift auf dem Umschlag des Heftes aus ihrer Jugend war noch immer lesbar.

Sie öffnete es unendlich achtsam, so wie ein Forscher die Blätter einer Papyrusrolle aus einem Pharaonengrab.

Montag, 7. August 1989, erster Ferientag
Ich heiße Clotilde.
Ich möchte mich Ihnen vorstellen, einfach weil es höflich ist, auch wenn ich nicht weiß, wie Sie heißen.
Mein Liebhaber, der Mann meines Lebens, dem ich am Morgen nach dem ersten Mal zitternd das Tagebuch aus meiner Jugendzeit überreiche?
Irgendein Idiot, der es gefunden hat, weil ich superchaotisch bin und so etwas deshalb fast vorprogrammiert war?

Tränen liefen Clotilde über die Wangen. Die Buchstaben, die Worte, die Zeilen waren unbeschädigt, die Blätter lediglich gewellt und in den Ecken vergilbt, was ihnen den Anschein eines alten Zauberbuchs verlieh. Für einen Augenblick hatte Clotilde das Gefühl, sich selbst wieder zu begegnen, wie sie vor siebenundzwanzig Jahren gewesen war – wie zwei Heldinnen einer Geschichte, die von zwei Schicksalen erzählt, die sich im letzten Kapitel kreuzen.

Valou warf ihr einen stolzen Blick zu.

»Ich habe es gerettet, Maman. Ich habe es gerettet!«

Sie weinten. Nun weinten sie alle drei.

Ein Arm umschlang ihre Taille, eine Hand legte sich auf ihr Dekolleté.

Franck.

Sie drehte sich zu ihm um, berührte flüchtig den Körper ihres Mannes, presste ihren Kopf an seinen Hals. Franck konnte dies als zärtliche Geste interpretieren, sie jedoch begnügte sich damit, über seine Schulter zu blicken.

Aurélia hatte sich in der offenen Windjacke an Natale geschmiegt, presste sich schutzsuchend an ihn.

Clotilde drückte das Tagebuch an ihr Herz.

KAPITEL 67

Amüsiert betrachtete Lisabetta die Menschenmenge im Hof der Schäferei von Arcanu. Die sonntäglich gekleidete Versammlung schmorte unter der im Zenit stehenden Sonne. Vergeblich suchten die Anwesenden nach einem schattigen Plätzchen. Alle waren sie in die Falle getappt. Cassanu hätte seine helle Freude daran gehabt.

Er hatte nie etwas übrig gehabt für diese düsteren Inszenierungen, die sich bei manchen Korsen noch großer Beliebtheit erfreuten. Schwarz gekleidete Frauen, die *lamenti* und *voceri* sangen, all diese Legenden, um dem Tod zu trotzen, wie zum Beispiel die Vorhänge im Haus des Verstorbenen geschlossen zu halten oder die Spiegel zu verhängen. Cassanu wollte nichts dergleichen am Tag seiner Beerdigung. Das hatte Lisabetta ihm versprechen müssen.

Und sie hatte Wort gehalten.

Doch man konnte die Leute schließlich nicht daran hindern, zu kommen.

Zahlreich, neugierig, schweigend waren sie erschienen. Und Lisabetta sah, wie sie schwitzten, das Wasser lief ihnen herunter, und sie stellte sich vor, dass sich unter ihren Füßen kleine Lachen bildeten, Pfützen, die hinab bis ins Mittelmeer flossen.

Im gesamten Hof der Schäferei von Arcanu gab es nicht ein Fleckchen Schatten.

Erdrückt von der bleiernen Sonne wartete die Menge.

Gefangen in diesem Hof, der sich in einen Glutofen verwandelt hatte. Als wolle Korsika sich rächen.

Und die Prozession kam nur langsam voran.

Vorneweg der Sarg, getragen von Orsu, Miguel, Simeone und Tonio, den engsten Verwandten. In einem dicht gedrängten Zug verließ die Trauergemeinde die Schäferei und begab sich über den Weg entlang der Steilküste bis zum Friedhof von Marcone. Die unendlich lange schwarze Raupe schien nur schleppend voranzukommen. Man konnte auf dem schmalen Pfad nur zu zweit nebeneinandergehen, keinen Abstand halten und bekam kaum Luft. Erst auf dem Küstenweg – also auf dem letzten der drei Kilometer, die der Trauerzug von der Schäferei bis zum Mausoleum zurücklegen musste –, brachte ein schwacher Wind ein wenig Linderung. Der Zug erstreckte sich über die gesamte Entfernung, so dass der Sarg bereits auf dem Friedhof von Marcone angekommen war, als sich die letzten Gäste in der sengenden Sonne von Arcanu in Bewegung setzten.

Um sich die Wartezeit zu vertreiben, konnte man in der anonymen Masse einen Präfekten, vier Gemeinderäte, sieben Abgeordnete des korsischen Parlaments, den Präsidenten der korsischen Jägervereinigung und den Direktor des regionalen Naturparks entdecken ... Ja, Cassanus Korsika rächte sich. Je höher der Rang der Würdenträger war, umso eher waren sie mit zu engen Hemden, zugeknöpften Jacken, polierten Schuhen bekleidet, litten unter der unerträglichen Hitze und beneideten die Kinder, die in Shorts herumliefen, oder die jungen, knapp bekleideten Mädchen und ihre Freunde in T-Shirts, die auf Friedhof nichts anderes trugen als beim Pétanque-Spielen.

Wie ein letztes Augenzwinkern von Cassanu gegen die etablierte Ordnung.

Der größte Teil der Trauergesellschaft geduldete sich noch immer in der Gluthitze im Hof von Arcanu.

Die Eiche war kahl.

Seit Jahren hatte Lisabetta darüber nachgedacht. Jeden Tag hatte sie sich am Fenster ihrer Küche, wenn sie die riesige Steineiche mitten im Hof betrachtete, stundenlang vorgestellt, dass die Zeremonie nicht anders ablaufen konnte. Sie hatte Cassanu gebeten, dies schriftlich in seinem Testament festzuhalten.

Keine Blumen, keine Kränze.

Für Lisabetta, für alle war die Steineiche von Arcanu, die Eiche von La Revellata gleichbedeutend mit Cassanu. Also hatte sie, wie geplant, jedem Freund, jedem Gast, jedem Besucher, der gekommen war, um ihrem Mann die letzte Ehre zu erweisen, einen Zweig der Steineiche geschenkt, damit er ihn ins Grab legte. Es waren an die tausend Menschen gekommen, die sich um den Baum geschart hatten, der ihnen nicht mehr den ersehnten Schatten spendete.

Alle Zweige der dreihundertjährigen Eiche waren abgeschnitten worden.

Ohne jedes Laub sah sie aus wie im tiefsten Winter. Ein Skelett. Ein riesiger ausgemergelter Kadaver.

So hatte es Lisabetta gewollt. Egal, wie viele betrübte Menschen gekommen waren, in Wahrheit war dieser Baum der Einzige, der Trauer trug.

Einen Sommer lang.

Und in ein paar Monaten würde er wieder ausschlagen. Dann würde Arcanu zu neuem Leben erwachen. Zighundert Jahre, da Cassanu und diese Eiche eins wären. In seinen Adern floss kein Blut, sondern der Saft der Eiche. Der der Idrissis, seit Urzeiten.

Lisabetta beobachtete weiter beeindruckt das Ballett der Zweige, die von Tausenden schwarzer Ameisen transportiert wurden. Die letzten Teilnehmer des Trauerzugs verließen den Hof. Sie bildete das Schlusslicht, so hatte sie es entschieden. Bevor sie ging, warf sie einen Blick hinüber zu ihrem blühenden Blumenbeet, das keiner der Gäste zu betreten gewagt hatte. Ihr kleiner Garten, ein paar Blumen, die sie jeden Morgen goss.

Sie dachte, dass sie an ihrem Todestag, auf ihrem Grab mit einer Orchidee zufrieden wäre.

...

Lisabetta lief mit kleinen Schritten an dem Trauerzug vorbei, der schon nach dem ersten Kilometer zum Stehen kam, weil die zuerst Angekommenen den kleinen Friedhof füllten. Die Leute machten ihr den Weg frei, für den Marsch benötigte die Witwe fast eine Stunde.

Die Familiengruft oberhalb der Bucht von La Revellata war offen. Doch wie schön das Panorama auch sein mochte, Lisabetta gefielen diese Grabkammern nicht, vor allem dann nicht, wenn sie großen Familien gehörten, deren letzte Ruhestätten beinahe monumentale Ausmaße hatten. Trotz ihrer Pracht, ihrer griechischen Säulen oder ihrer osmanischen Kuppeln handelte es sich eigentlich um überdimensionierte Schränke, in denen sich Generationen in Schubfächern stapelten. Eines Tages würde sie bis in alle Ewigkeit die fünfte Schublade von rechts mit Cassanu teilen. Ordentlich verräumt, wie ihre Eltern, Großeltern, Urgroßeltern, Ururgroßeltern, die in den Etagen darunter lagen. Und mit ihrem Sohn, der sie darüber erwartete.

Langsam näherte sie sich der Familiengruft. Selbstverständlich wäre sie die Erste, die einen Eichenzweig auf den Sarg werfen würde, aber sie hatte beschlossen, diese Ehre zu teilen. Die letzten Meter kosteten sie Mühe, zumindest wirkte es so für die ungeduldige Menge. Lisabetta wandte den Kopf nach rechts und wortlos verstand Speranza die Botschaft. Sie trat zu ihr und hakte sie unter, um ihr zu helfen. Gemeinsam mit Lisabetta würde sie als Erste das Mausoleum betreten.

Dort ruhte auch ihre Tochter Salomé.

Lisabetta sah nach links und forderte, mit einem Blick, der keinen Widerspruch duldete, Palma auf, ihren linken Arm zu nehmen.

Dort ruhte auch ihr Ehemann Paul.

Drei Frauen stützten einander und näherten sich dem Sarg.

Lisabetta stand zu dieser Idee, die ihr gestern in den Sinn gekommen war und über Nacht Zeit zu reifen gehabt hatte. Palma und Speranza miteinander zu versöhnen ginge am besten während der Trauerfeier. Frieden stiften. Auf Korsika besaßen Frauen diese Gabe.

Gemeinsam und mit dem gleichen Schwung warfen sie ihre drei Zweige in die Gruft. Die grünen Blätter landeten sanft auf dem lackierten Holz, so als wäre der Eichensarg wie durch Zauberhand zu neuem Leben erweckt, als beginne er wieder zu sprießen und zu blühen. Und wenn man ihn dort in der Erde ließe und nicht in den marmornen Schrank schlösse, wäre er im nächsten Frühling wieder ein Baumstamm mit Wurzeln und Eicheln, und Fischadler würden darin nisten. Es folgten Hand in Hand Clotilde und Orsu. Bruder und Schwester wieder vereint durch ein Schicksal, das sich womöglich vorwarf, sie zu Waisen gemacht zu haben. Zu zweit trugen sie nur einen Zweig, der in der einzigen, der rechten Hand steckte, die Orsu benutzen konnte. Sie wirkten wie zwei Verliebte, deren ineinander verschränkten Finger eine einzige Blume umschlossen.

Dann kamen alle anderen.

Ein großer Haufen abgeschnittener Zweige türmte sich auf. Die alte, nun kahle Eiche hatte ihnen alle ihre Grüntöne beschert, von moos- bis jadegrün, von lindgrün bis opalfarben, so als wolle sie, dem Schwarz der Kleidung und dem Weiß der Gruft gegenüber gleichgültig, das Blau des Mittelmeeres und das Rot der Felsen von La Revellata herausfordern.

Lisabetta erkannte unter den anonymen und offiziellen Gästen, deren Gesicht oder Rang ihr oft nichts sagten, einige Menschen, die ihr lieb und teuer waren oder deren Geschichte in Verbindung mit ihrer eigenen stand.

Anika blieb lange am Grab stehen, sie war untröstlich. Am Vortag hatte sie auf demselben Friedhof ihren Mann, von deutlich weniger Menschen begleitet, beerdigt. Lisabetta hatte lange mit ihr gesprochen und ihr geraten, Leiterin des Campingplatzes zu bleiben. Sie würde es sich überlegen …

Maria-Chjara Giordano war schön und würdevoll, von Kopf bis Fuß ganz in Schwarz erschienen, zwei Leibwächter an ihrer Seite.

Franck warf seinen Zweig mit Feingefühl, rasch und diskret. Dann ließ er Valentine allein am Grab zurück. Die Jugendliche stand unendlich lange mit leerem Blick reglos da, ohne eine Träne zu vergießen. Sie schien über die Fähigkeit zu verfügen, durch das Holz in den Sarg und darin ihre Vergangenheit zu sehen. Ihr Vater musste sie schließlich sanft am Arm zurückziehen.

Dann folgte Aurélia am Arm von Cesareu Garcia. Der Sergente war der einzige Gast, dem man das Warten in Arcanu, den Marsch zum Friedhof und den Aufstieg zum Mausoleum erspart hatte, aber dennoch war das dunkle Hemd des Polizisten im Ruhestand mit weißen Flecken und Schweißrändern übersät.

Aurélia entfernte sich, noch immer am Arm ihres Vaters, bedachte Lisabetta mit einem Lächeln und sah dann aufs Meer.

Nur Natale war nicht erschienen.

...

Die Menge zerstreute sich. Nachdem Clotilde Lisabetta lange umarmt hatte, ging sie hinüber zu einer Bank mit Blick aufs Meer. Palma saß bereits schweigend dort. Trotz der Hitze hatte sie sich ein dünnes, schwarzseidenes Tuch mit Heckenrosenmotiv um die Schultern gelegt. Valentine saß neben ihr und tippte etwas in ihr Handy. Hatte ihre Großmutter in ihrem Gefängnis davon gehört, dass ein solches Gerät erfunden worden war, das Jugendliche süchtig machte?

Ihre Mutter wusste so vieles nicht. Und sie wusste nicht viel über ihre Mutter. Nun hatten sie Zeit, sich wieder aneinander zu gewöhnen. Das würde nicht leicht werden. Seit sie wieder frei war, hatte Palma nur wenig gesprochen, wenig erzählt, meistens schwieg sie. Hörte zu.

Sie war achtundsechzig Jahre alt, das grelle Tageslicht erschöpfte sie, genauso wie der Lärm, die Hektik, die Fragen, alles ging ihr viel zu schnell, sie musste zu viele Informationen speichern. Zu viele Namen, zu viele Vornamen.

Sie brachte alles durcheinander. Wenn sie ihre Enkelin Valentine erblickte, nannte sie sie Clotilde, so als wäre während ihrer Gefangenschaft die Zeit stehengeblieben, ihre Tochter noch immer fünfzehn und hätte sich nur äußerlich verändert.

So verändert, wie sie es sich immer erhofft hatte. Zu einem Mädchen, das ihr ähnlich war.

Clotilde war das völlig egal. Heute war sie mit sich im Reinen.

Die Augen aufs Meer gerichtet, stand sie neben der Bank, auf der ihre Mutter und ihre Tochter saßen.

»Er ... geht«, sagte Palma.

Clotilde dachte zunächst, dass ihre Mutter von Cassanu sprach, dann erst bemerkte sie, dass auch Palma zum Leuchtturm von La Revellata sah.

Ein Boot entfernte sich, sie beide erkannten die *Aryon,* und an der Ruderpinne erahnte man die gebeugte Gestalt von Natale Angeli.

»Er ... geht«, wiederholte Palma.

Es war das erste Mal seit ihrer Befreiung, dass ihre Mutter sich in zusammenhängenden Worten ausdrückte.

»Ich habe ... so oft ... an ihn gedacht. Ich war ... vierzig

Jahre alt …, als ich in meine … Dunkelkammer kam … ich war noch … eine schöne Frau … glaube ich … Ich hatte einen Spiegel … ich habe mich dazu gezwungen …, Natale zu vergessen. Meine größte Angst … war, dass er mich wiedersieht … Die Zeit ist grausam … ungerecht … zu den Frauen … ein Mann … von fünfundfünfzig … Jahren … liebt … keine … Frau …, die siebzig ist …«

Clotilde sagte nichts.

Was auch?

Sie begnügte sich mit dem hinreißenden Panorama, das sie so sehr liebte. Sie ließ den Blick zum Kreuz der Österreicher oben auf dem Gipfel des Capu di a Veta wandern, dann hinüber zur Zitadelle von Calvi, weiter zum Campingplatz Euproctes und schließlich zum Strand von L'Alga und zum Strand von Oscelluccia, zu den Ruinen der Marina *Roc e Mare*, zum Leuchtturm von La Revellata.

»Sieh nur, Maman«, sagte Valentine, die endlich die Augen vom Display ihres Handys gehoben hatte.

»Was?«

»Da, draußen auf dem Meer, gleich hinter dem Leuchtturm.«

Sie sah nichts.

»In der Nähe der *Aryon*. Vier schwarze Punkte.«

Clotilde und Palma starrten angestrengt in die angegebene Richtung, ohne etwas zu erkennen.

»Das sind sie, Maman! Orophin und Idril und Galdor und Tatie. Deine Delphine!«

Clotilde musste schlucken und fragte sich kurz, woher ihre Tochter diese Namen aus ihrer Kindheit kannte, ehe sie begriff. Natürlich, das Heft, das Heft über den Sommer 89, dass ihre Tochter im Fuego gelesen hatte.

»Ich bin mir ziemlich sicher, Maman! Das ist normal. Sie haben die *Aryon* wiedererkannt.«

Könnte sich ihre Tochter, die normalerweise so ernsthaft war, so etwas ausdenken? Dass Delphine nach siebenundzwanzig Jahren das Motorgeräusch eines Bootes wiedererkennen?

»Ein Delphin kann fünfzig Jahre und älter werden«, beharrte Valentine, »und sie besitzen, wenn du dich erinnerst, ein unglaubliches Gedächtnis, Maman: ›Das beste von allen Säugetieren. Sie sind auch noch zwanzig Jahre nach der Trennung in der Lage, eine Partnerin an ihren Schreien zu erkennen.‹«

Clotilde suchte mit den Augen den Horizont ab, ohne sie jedoch zu entdecken.

»Zu spät«, meinte Valentine kurz darauf, »ich sehe sie nicht mehr.«

Sollte ihre Tochter wundersamerweise durch die Lektüre ihres Tagebuchs gelernt haben zu bluffen? Valou fuhr fort, als hätte sie noch nicht alle Trümpfe ausgespielt.

»Was wird eigentlich jetzt, wo Cervone tot ist, aus dem Fundament der Marina *Roc e Mare*?«

»Das weiß ich nicht, Valou. Es wird sicher noch jahrelang einfach stehen bleiben.«

»Schade …«

»Warum schade?«

Valentine drehte sich zu ihrer Großmutter um, dann hinüber zur Familiengruft, auf der sie jeden der in den Marmor gemeißelten Vornamen entzifferte, nicht nur den ihres Onkels und den ihres Urgroßvaters, sondern jeden einzelnen der dort seit drei Jahrhunderten ruhenden Vorfahren.

»Schade, dass ich nicht den Namen Idrissi trage.«

Schweigen. Diesmal war Palma diejenige, die es brach.

»Was … würdest du denn … mit dem Namen … Idrissi anfangen?«

Valentine musterte sie. Sie schien hinter den faltigen Gesichtszügen ihrer Großmutter nach der im Tagebuch ihrer Mutter beschriebenen, verführerischen Frau zu suchen.

»Warst du nicht Architektin, Oma?«

»Ja …«

Wieder Schweigen. Clotilde wiederholte die Frage ihrer Mutter.

»Was würdest du damit anfangen, Valou, mit dem Namen Idrissi?«

Valou sah wieder hinüber zur Gruft, dann auf die Stelle im Meer, wo sie angeblich die Delphine gesichtet hatte, dann hinüber zur Marina *Roc e Mare*.

»Dafür sorgen, dass hier nicht alles verfällt!«

Siebenundzwanzig Jahre später

KAPITEL 68

Oma, dürfen wir im Pool spielen?«

Sie bejahte die Frage und lächelte ihren Enkeln verschwörerisch zu. Immer fragten sie bei ihr um Erlaubnis, nie bei ihrer Mutter. Denn die wollte das nicht. Ihre Mutter sagte immer nein, beim Baden ebenso wie beim Rest.

Zu kalt, zu warm, zu nass, zu gefährlich.

Ihre Mutter war ein bisschen nervig.

»Danke, Oma Clotilde!«

Felix und Ines sprangen mit angezogenen Knien, die Hände um die Beine gelegt, im Paketsprung in den Pool, so dass das Wasser in hohem Bogen aufspritze. Clotilde beobachtete sie kurz und hob dann den Blick in die Ferne, hin zum Stand von L'Alga. Das Becken lag oberhalb der Halbinsel von La Revellata. Tursiops, das Schutzgebiet für Delphine hatte seine Tore vor nunmehr fünfzehn Jahren geöffnet. Das Hauptgebäude, das den Empfang, das Museum, die Labor- und Konferenzräume beherbergte, war nach Palmas Plänen vollständig aus Schwarzkiefernholz erbaut worden. Ein kleines Meisterwerk der Integration in diese Umgebung, das mit Wind-, Wasser- und Solarenergie betrieben wurde – ein pädagogischer Erfolg. Von der Marina *Roc et Mare* war nichts geblieben außer dem hiesigen Gestein, das für den Weg und die Treppe zum Schwimmbad und zur Aussichtsplattform oberhalb des Delphinbeckens verwendet worden war.

»Kommst du nicht ins Wasser, Oma Clotilde?«

»Lasst eure Großmutter in Ruhe!«, schrie Valentine, ehe sie sich wieder auf die Zahlen und Tabellen auf ihrem Tablet konzentrierte.

Clotilde zögerte. Sie schwamm noch fast jeden Tag, meistens mit Cirdan und Eöl, den Delphinen des Schutzgebiets, oder mit Arnel, dem Tümmler, den sie aus den Netzen der Fischer von Centuri gerettet hatten. Felix und Ines waren nur im Sommer da ... Sie zögerte, erhob sich aber schließlich, um eines der letzten Male das Bad mit ihren Enkeln zu genießen. In zwei Tagen würden sie zusammen mit Valentine in ihre Wohnung im Pariser Bercy-Village zurückkehren, die direkten Blick auf das große Büro ihres Papas bot. Clotilde würde allein hierbleiben. Ende August gab es weniger Touristen, doch das Lachen anderer Kinder würde die Flure des Reservats erfüllen, denn ab Anfang September wurde Tursiops von korsischen Schulklassen bevölkert. Clotilde hatte, seit sie im Ruhestand war, die Insel nicht mehr verlassen.

Ihr Blick wanderte zu der Weltzeituhr, die oberhalb des Beckens angebracht war, dann weiter zu der Wasserqualitätsanzeige und der Wetterstation und hielt auf einer kleinen Holztafel inne, die unterhalb des Hightechmaterials auf die Architektin verwies. Zu beiden Seiten des Namens ihrer Mutter war die Blüte einer Heckenrose eingraviert – dieselbe Pflanze, die auch den Park umgab und von April bis Juli in allen Rosa- und Violetttönen blühte.

Ihre Mutter ruhte in der Gruft der Familie Idrissi neben ihrem Mann. Nach ihrer Befreiung hatte Palma in einer kleinen, dunklen Wohnung im Vernon gelebt, die sie fast nie verließ. Clotilde hatte ständig Angst gehabt, ihre Mutter könnte eines Morgens nicht mehr aufwachen, und niemand würde es bemerken. Sie hatte begriffen, dass Palma, sobald der Bau beendet war, ihren Tod herbeisehnte. Also hatte sie sie jeden Tag angerufen und darauf bestanden, dass Valentine sie während ihres Urlaubs ablöste, denn sie hatte den beruhigenden

Worten ihrer Mutter nicht getraut. Und als sie eines Abends vom Gericht kam und ihre Mutter friedlich in ihrem Bett entschlafen war, hatte sie zwischen Trauer und Erleichterung geschwankt – nach Aussage des Arztes war sie erst wenige Stunden zuvor gestorben.

Palma war neben ihrem Mann auf Korsika beigesetzt worden. Man hatte etwas Platz in der Gruft schaffen müssen, denn in Paul Idrissis letzter Ruhestätte lag ja schon eine andere Frau! Also beschloss man, Salomé Romanis Gebeine einige Etagen tiefer, neben die ihrer Mutter zu betten. Speranza war an einem Abend im Mai 2020 in Arcanu entschlafen, auf der Bank unter der Steineiche, neben sich einen Korb mit Linsen, frischem Engelwurz und Majoran. Lisabetta war ihr drei Monate später gefolgt. Ihr Herz hatte eines Morgens plötzlich aufgehört zu schlagen, als sie auf dem Orchideenbeet Unkraut jätete.

Clotilde legte ihr Handtuch beiseite und zeigte auch als Siebzigjährige ungeniert ihre Figur, während sie zum Becken ging. Sie fühlte sich wohl in ihrem Körper und bewunderte neidlos die perfekten jungen Touristinnen, die in ihren Liegestühlen lasen, schliefen oder ihre Partner umarmten. Letztlich, dachte sie, beschränkt sich das Leben darauf, die Schönheit der Welt zu genießen. Ihre Harmonie und Poesie. Sie zu betrachten, ehe alles verschwindet. Im Grunde genommen stirbt man nicht, sondern man wird blind. Man begreift, dass es zu Ende geht, wenn all das Wunderbare um uns herum erlischt.

Doch heute strahlte es noch! In dem unterhalb gelegenen Becken, das aufs Mittelmeer hinausging, zog Eöl, der jüngste Delphin, anmutig seine Bahnen, gefolgt von Matteo, dem blonden, muskulösen jungen Mann, der sich ganz der Choreographie der Tiere anzupassen schien, während er sie mit ruhigen, präzisen Gesten fütterte. Matteo hatte das reine helle Lachen des Kleinen Prinzen, das sie vor etwa zehn Jahren zum ersten Mal gehört hatte, als sie ihn, in sein *Harry Potter*-Buch vertieft, am Strand von L'Alga getroffen und er ihr gestanden hatte, dass sein Vater früher den Spitznamen Hagrid hatte! Heute würde es niemand mehr wagen, Orsu, den ernsthaften Leiter des Campingplatzes Euproctes, so zu nennen.

Clotilde tauchte einen Fuß ins Wasser. Unter einem Sonnenschirm schlief Natale, den Hut auf dem Kopf, das geöffnete Buch auf der Nase. Sie unterdrückte den unbändigen Wunsch, sich ihm zu nähern und ihn nass zu spritzen! Oder Felix und Ines um Hilfe zu bitten, um seinen Liegestuhl anzuheben und ihn ins Wasser zu werfen, oder ihnen vielleicht vorzuschlagen, direkt neben ihm in den Pool zu springen.

Kurz nachdem Valentine volljährig geworden war, hatte sich Clotilde von Franck getrennt. Im Januar 2020 hatten sie im gegenseitigen Einvernehmen den Scheidungsbeschluss unterzeichnet und so den Anwalt gespart. Dann hatte Clotilde vom Winter an bis zum Monat Juli nur noch den dringenden Wunsch verspürt, nach Korsika zurückzukehren und Natale wiederzusehen. Sie war wieder frei, und mit Lisabettas Geld, Palmas Plänen und Valentines Marketing konnte das Delphinschutzgebiet jetzt Wirklichkeit werden.

Die Neuigkeit sprach sich herum, und sie hatte einen langen Brief von Aurélia bekommen, in dem sie ihr erklärt hatte, sie würde sich nicht widersetzen, wenn Clotilde nach Korsika zurückkommen und Natale mit ihr leben wollte … (Es gab viele »wenn« in diesem Brief!) Selbst wenn Aurélia Natale noch immer liebte und weiterhin überzeugt war, die richtige Frau für ihn gewesen zu sein, selbst wenn sie ihn all die Jahre vor den Phantomen geschützt, ihn diskret in seinem neuen Leben begleitet hatte. Selbst wenn Natale sie nie geliebt hatte, wäre er mit einer anderen nicht glücklicher geworden.

Und Clotilde wusste, dass sie recht hatte … Aurélia hatte das von Natale erdachte Projekt Tursiops koordiniert. Sie hatte sich für dieses Delphinreservat engagiert, denn es war zwar Natales großer Wunsch, aber er hatte nicht die Energie. Ein außergewöhnlicher Liebhaber, wie sich Clotilde erinnerte, den sie als Mann allerdings nie ertragen hätte. Wie sehr hatte sie seine innigen Briefe verflucht, auf die monatelanges Schweigen folgte, seine wunderbaren Versprechungen, die er sofort wieder vergessen hatte ... Die Liebe war verflogen. Natale blieb ein Vertrauter, für den sie unendliche Zärtlichkeit empfand, doch Aurélia verstand es besser als sie, ihn zu lieben. Nach ihrer Scheidung hatte Clotilde verschiedene Liebhaber gehabt, einige attraktive, intelligente und brillante Weggefährten. Manche waren verheiratet, andere Ausländer. Wenn sie mit einem von ihnen noch am 23. August zusammen war, nahm sie ihn mit in die *Casa di Stella* und liebte ihn die ganze Nacht unter dem Sternenhimmel.

»Aufgepasst, Oma!«

Clotilde zuckte zusammen und hob den Blick zu dem großen Sprungturm, der sich vor dem wolkenlos blauen Himmel abzeichnete. Mit einem unguten Gefühl. Jedes Mal, wenn sie jemanden springen sah, dachte sie an Cassanu.

Die Touristen rund um den Pool waren beeindruckt.

Der Körper drang wie ein Pfeil ins Wasser, fast ohne dass ein Tropfen aufgespritzt wäre.

Ein wunderbarer Sprung.

Profimäßig.

Wie eine Meerjungfrau.

Kurz darauf tauchte Maria-Chjara wieder auf. Die siebzigjährige Nixe stellte unter ihrem durchsichtigen weißen Badeanzug zwei Brüste, so straff wie Granaten, zur Schau.

Felix und Ines applaudierten. Sie liebten Tante Maria.

Clotilde lachte schallend. Maria-Chjara und sie waren Freundinnen geworden. Maria erzählte gerne, dass sie ihre Brüste jedes Jahr vor dem Sommer aufpumpen ließ. Wenn sie sterben und man sie auf dem Rücken liegend in einen Sarg betten würde, könnte man wegen ihres Umfangs den Deckel nicht schließen!

Und bei ihrer Beerdigung sollte es keine mehrstimmigen korsischen Gesänge geben, keine *Lamenti* oder *Voceri*.

Unter den erstaunten Blicken der verblüfften Männer und ihrer schockierten Frauen, willige Opfer des Schönheitsdiktats, rückte sie ihren transparenten Badeanzug zurecht.

Die Zeit ist mörderisch.

Doch manchmal gibt es mildernde Umstände.

»Kommst du, Oma?«, riefen Felix und Ines.

Clotilde lächelte und ließ sich von einer sanften Melancholie wiegen, während sie den in seinen Träumen verlorenen Natale, die auf ihre Konten konzentrierte Valentine und Maria-Chjara beobachtete, die ein Auge auf den schönen Matteo geworfen hatte, der sein Delphinbaby fütterte.

Sempre giovanu.

DANKSAGUNG

Für Luc Besson und
die Produktionsfirma Gaumont

ANHANG

Folgende Liedzitate finden sich im Buch:
Die Liedzeile »*Tú me estás dando mala vida*« auf Seite 7 stammt
aus dem Lied *Mala Vida* von Mano Negra, 1988.

Die Liedzeile »*Vivez heureux aujourdhui, demain il sera trop
tard*« auf Seite 113 stammt aus dem Lied *La Ballade de Tao*
von Jacques Higelin, 1982.

Die Liedzeile »*We are the world … We are the children*«
auf Seite 331 stammt aus dem Lied *We are the world* von USA
for Africa, 1985.

Die Liedzeile »*Forever young, I want to be forever young*«
auf Seite 333 stammt aus dem Lied *Forever young* von Alpha-
ville, 1984.

Die Liedzeile »*J'ai bu la tasse, tchin tchin. T'avaler, que m'importe, si l'on me trouve à moitié morte*« auf Seite 37 stammt aus
dem Lied *Pull marine* von Isabelle Adjani und Serge Gainsbourg, 1983.

Folgende Filmzitate finden sich im Buch:
Das Zitat »*Mein ganzes Leben ist eine Dunkelkammer*« auf Seite
47 stammt aus dem Film *Beetlejuice* von Tim Burton, 1988.

Das Zitat »*Einmal unten genießt du die Stille und dann willst du ihnen dein Leben schenken für immer bei ihnen bleiben. Eerst dann werden sie herbeieilen, um deine Liebe zu prüfen. Ist sie ehrlich, ist sie pur und edel?*
Und sie mögen dich, Werden sie dich für immer mitnehmen.« auf Seite 217 stammt aus dem Film *Im Rausch der Tiefe* von Luc Besson, 1988.

Das Zitat »*Go. Go and see, my love*« auf Seite 280 stammt aus dem Film *Im Rausch der Tiefe* von Luc Besson, 1988.

Es werden folgende Lieder erwähnt:
Rock Island Line, Mano Negra, 1988
Boys don't cry, The Cure, 1984
Charlotte Sometimes, The Cure, 1984
Lovecats, The Cure, 1983
La Ballade de Tao, Jacques Higelin, 1982
Una storia importante, Eros Ramazzotti, 1985
You're My Heart, You're My Soul, Modern Talking, 1985
Massage in a Bottle, The Police 1979
Live is life, Opus, 1985
99 Luftballons, Nena, 1983
Joe le taxi, Vanessa Paradis, 1988
Lambada, Kaoma, 1989
Tarzan boy, Baltimora, 1985
Boys boys boys, Sabrina, 1987
Still loving you, Scorpions, 1984
Wake me up, Wham!, 1984
Careless Whisper, George Michael, 1984
Loin du cœur et loin des yeux, Demis Roussos, 1978
Petite fille de casbah, Daniel Balavoine, 1985
Le monde est bleu comme toi, Étienne Daho, 1988
Macumba, Jean Pierre Mader, 1985
Moi aussi, j'irai là-bas, Jean Jacques Goldman, 1987
Trompettes de la renommée, Georges Brassens, 1962

Michel Bussi
Das verlorene Kind
Aus dem Französischen
von Barbara Reitz und Eliane Hagedorn
Roman
432 Seiten
ISBN 978-3-352-00886-3
Auch als E-Book erhältlich

Eine hochemotionale Identitätssuche

Malone ist ein ganz normaler Junge. Er spielt gerne mit seinem Stofftier und liebt es, Geschichten zu erfinden. Oder sagt er etwa die Wahrheit, wenn er behauptet, dass die Frau, bei der er lebt, nicht seine leibliche Mutter ist? Keiner glaubt ihm. Keiner außer dem Schulpsychologen Vasile, dem es nach und nach gelingt, aus Malones Erinnerungsfetzen, die Wahrheit zusammenzusetzen. Doch plötzlich ist sein Leben in größter Gefahr und das von Malone ...

»Absolut packend!« MARIE CLAIRE

»Eine Geschichte, für die man gerne seinen Nachtschlaf opfert.« OSTTHÜRINGER ZEITUNG

Regelmäßige Informationen erhalten Sie über unseren Newsletter. Jetzt anmelden unter: www.aufbau-verlag.de/newsletter

rütten & loening

Michel Bussi
Die Frau mit dem roten Schal
Aus dem Französischen
von Olaf Matthias Roth
Roman
368 Seiten
ISBN 978-3-7466-3302-2
Auch als E-Book erhältlich

Ein emotionales Spiel zwischen Schein und Wirklichkeit

Jamal sieht zuerst nur den roten Schal. Dann die verzweifelte Frau, die am Rand der Klippen steht. Er will sie retten, wirft ihr den Schal zu, aber im selben Moment springt die Frau in die Tiefe. Und niemand glaubt ihm seine Geschichte, denn es sind bereits zwei Frauen zu Tode gekommen – nach exakt dem gleichen Muster. Verzweifelt versucht Jamal zu beweisen, dass er nichts mit dem Tod der Frau zu tun hat, aber alles spricht gegen ihn. Und schon bald weiß er selbst nicht mehr, was wahr ist und wem er noch trauen kann …

»Eine aufregende Geschichte um Liebe, Verrat und Verdacht«
BücherMagazin

» Ein raffinierter Handlungsaufbau, falsche Fährten und psychologische Verwirrspiele sorgen für Spannung.« DPA

Regelmäßige Informationen erhalten Sie über unseren Newsletter. Jetzt anmelden unter: www.aufbau-verlag.de/newsletter

Michel Bussi
Das Mädchen mit den blauen Augen
Aus dem Französischen
von Olaf Matthias Roth
Roman
416 Seiten
ISBN 978-3-7466-3147-9
Auch als E-Book erhältlich

Ein Flugzeugabsturz – nur ein namenloses Baby überlebt

1980. In der Vorweihnachtsnacht kommt es im verschneiten Jura zu einem tragischen Unfall: Ein Flugzeugabsturz, den allein ein kleines Baby überlebt. Doch auf der Passagierliste sind zwei Säuglinge vermerkt, beide Mädchen, beide drei Monate alt. Welches der Babys wurde gerettet? Zu einer Zeit, in der es noch keine DNA-Tests gibt, ist dies kaum mit Sicherheit nachzuweisen. In einem aufwühlenden Sorgerechtsprozess, den die Großeltern beider Familien führen, fällt trotz letzter Zweifel schließlich ein Urteil: Emilie Vitral hat überlebt, nicht Lyse-Rose de Carville. Achtzehn Jahre später entdeckt ein Privatdetektiv den Schlüssel zur Wahrheit, kurz darauf wird er tot aufgefunden. Zuvor aber hat er Emilie seine Aufzeichnungen zukommen lassen, die das Leben der jungen Frau von Grund auf verändern.

Ausgezeichnet mit dem »Prix Maison de la Presse«

»Eine atemberaubende Geschichte.« Ici Paris

Regelmäßige Informationen erhalten Sie über unseren Newsletter. Jetzt anmelden unter: www.aufbau-verlag.de/newsletter

Michel Bussi
Beim Leben meiner Tochter
Aus dem Französischen
von Barbara Reitz und Eliane Hagedorn
Roman
400 Seiten
ISBN 978-3-7466-3193-6
Auch als E-Book erhältlich

Und plötzlich bist du allein …

Eine glückliche Familie inmitten der heilen Welt einer paradiesischen
Insel. Türkisblaues Wasser, Sonne, Palmen – ein Traum, der plötzlich zu
einem Alptraum wird, als Liane verschwindet und ihren Mann Martial
mit ihrer kleinen Tochter Josapha verzweifelt zurücklässt. Alles deutet
auf ein brutales Verbrechen hin, und schon bald weiß Josapha nicht
mehr, wem sie überhaupt noch trauen kann.

»Ein außerordentliches Lese-Vergnügen!« Le Figaro Magazine

»Eine atemlose Flucht unter tropischer Sonne.« Libération

**Regelmäßige Informationen erhalten Sie über unseren Newsletter. Jetzt anmelden
unter: www.aufbau-verlag.de/newsletter**